KB159209

중국조선족 이야기꾼의 구연설화

이헌홍(李憲洪)

1948년 경남 밀양에서 출생
부산대학교 문리과대학 국어국문학과 졸업
부산대학교 대학원 석사·박사과정 졸업(문학박사)
부산대학교 국어국문학과 교수(1982~2013)
부산대학교 국어국문학과 명예교수

주요 저서
고전소설 연구입문(세종출판사, 1996)
한국 송사소설 연구(삼지원, 1997)
고전소설 강론(세종출판사, 1999)
동북아시아 한민족 서사문학 연구(박이정, 2005)
고전소설 학습과 연구(신지서원, 2011)
중국조선족 이야기꾼 김태락의 구연설화(박이정, 2012)
재일한인의 생활사이야기와 문학(부산대학교출판부, 2014)
역주 : 한국고전문학전집 제23권(조웅전·적성의전, 1996)
공저 : 한국 고전문학 강의(박이정, 2012)
      한국지성사의 흐름(부산대학교출판부, 2010) 외 다수

중국조선족 이야기꾼의 구연설화

이헌홍 지음

박이정

이 책은 중국조선족 이야기꾼 12명의 구연설화 83편을 채록하고, 이를 바탕으로 하여 중국조선족 구연설화와 정리설화의 실상 및 그 상관관계를 살핀 내용을 두루 담고 있다. 여기에 수록된 83편의 구연설화는 1999년에서 2000년 사이에 중국 연변조선족자치주 경내의 몇몇 지역에서 채록한 녹음 자료이다. 이 자료를 문자화하면서 주해를 곁들이고, 연구논문을 더하여 책으로 펴내게 된 것이다. 이 책의 제1부는 중국조선족 구연설화 관련 연구인데, 여기에는 총설과 함께 구연설화 자료와 관련된 연구논문 3편을 수록하였다. 제2부는 구연설화 녹음 자료를 문자로 옮기면서 낯선 어휘나 어법에 대한 주해를 첨가하고 있다. 제3부는 부록이다. 여기에는 이 책의 내용과 관련성을 지닌 저자의 '중국조선족 이주·정착담' 관련 논문(2013) 1편을 전재하고, 이어서 이 책 저작 과정에서의 도움은 물론, 그 내용의 올바른 이해를 위한 길잡이가 될 만한 자료 및 연구서 목록을 참고문헌이라는 항목으로 수록하였다.

이 책에 앞서 저자는 2012년에 '중국조선족 이이야기꾼 김태락의 구연설화' 50편을 문자로 옮기면서 난해한 어휘와 어법에 대한 주해를 곁들이고, 관련 내용에 대한 안내 및 평설적 성격의 글 4편과 연구논문 1편을 더하여 책으로 펴낸 바 있다. 이번에 펴내는 책은 그 자매편이라 이를 만한 것이다. 그 까닭은 구연설화의 채록 지역과 채록 시기가 대동소이하다는 점, 이야기꾼 한 사람의 작품 50편에 다시 이야기꾼 12명의 작품 83편을 더함으로써 보다 다양하고 풍부한 자료집으로서의 모습을 갖추게 된 점, 그리고 구연설화 자료의 주해와 함께 그 자료를 바탕으로 한 연구를 두루 곁들이고 있다는 점 등에서 두 책은 상호 관련성을 지니고 있기 때문이다.

이 책에 수록하는 논문 세 편은 모두 저자가 녹음 채록한 구연설화 자료를 바탕으로 한 것이다. 그 첫째는 구연설화 전반을 대상으로 하여 구술자 개입 양상과 의미를 살핀 논문이며, 둘째는 구연설화와 정리설화에 두루 보이는 '온달 서사'의 전개 양상과 의미를 분석한 논문이며, 셋째는 중국조선족의 구연설화와 정리설화를 중심으로 하고, 그 외에 19세기의 야담, 그리고 영월지역의 구연설 화 등에 두루 보이는 작품인 소위 '쫓겨난 세조 딸 이야기'의 서사적 양상과 의미를 살핀 논문이다.

설화는 신화 전설 민담 등을 포괄하는, 서사문학의 한 갈래이다. 이와 함께 통시적 관점으로 볼 때 설화는 서사의 초기 형태이면서 지금까지도 꾸준히 그 생명력을 지니면서 전파·전승되고 있는 갈래이다. 설화의 생성과 전승은 구연현 장을 바탕으로 이루어지는데, 입말 시대의 설화와 글말 시대의 설화는 그 기능 과 의미가 판이하다. 입말 시대의 설화 구연현장은 그 제의적 성격과 함께 삶의 역사와 지혜가 전승되는 무대로서의 의미도 아울러 지니고 있다. 시간의 흐름과 더불어 글말이 생겨나고, 글말 문화와 함께 메스컴이 발달하면서 설화 구연현장 의 이러한 기능은 점차 축소되고, 정책적 의도나 흥미 위주의 문화 관습적 소통 현장으로 변모하게 된다.

오늘의 우리는 구연현장과 문헌 자료를 통해 두루 설화에 접할 수 있지만, 문헌 자료를 통해 설화를 접하는 기회가 더 많다. 중국조선족의 설화에도 당연 히 구연 자료와 문헌 자료가 있다. 그런데, 오늘날 우리가 책으로 접하는 중국조 선족의 설화는 모두 민간문학 작가들이 채집한 자료를 문자로 옮기는 과정에서 손질을 가하여 펴낸 자료들로서 소위, 정리 윤색한 설화이다. 그러므로 이들은 구연설화 본래의 모습과는 사뭇 다른 성격을 지니고 있다. 저자는 이를 정리설화라 일컫고 있다. 여기서 말하는 정리란 구연 자료를 녹취하여 그대로 문자화한 것이 아니라, 정리자인 소위 민간문학 작가들이 채집한 원자료를 그들의 의도에 따라 변개한 일종의 개인적 작품화 과정의 산물이다. 그들의 의도는 자존적 민족의식, 사대적 중화의식, 반봉건·반중세적 혁명의식 등의 속성을 띠고 정리설화에 반영되는가 하면, 인민을 계몽하려는 선도적 사명감 내지는 독자의 이해를 돕거나 예술성을 더한다는 등의 여러 명목으로 상정되기도 한다. 이러한 의도에 따라 원자료에 윤색이 가해진 모습의 소위 정리설화가 생겨난 것이다.

이 책은 중국조선족 구연설화 자료의 제시와 함께 이들에서 추론할 수 있는 몇몇 의미들을 살펴본 것이다. 저자는 1994년부터 중국조선족 설화에 관심을 두고, 그에 관련된 논문 다섯 편을 발표한 바 있는데, 이들 연구는 대부분 정리설화 자료를 주 텍스트로 한 것이었다. 그러기에 이들을 지칭하는 용어도 중국조선족 설화, 중국조선족 문헌정착설화, 중국조선족 창작설화 등의 임의적인 것이었다. 이런 사정으로 인하여 저자는 중국조선족 구연설화의 실상에 대한 궁금증과 함께 그 자료의 수집 필요성을 절감하고 있었다. 이러한 고민의 와중에 저자의 문하에서 수학 중이던 중국조선족 학자인 장연호 교수의 결정적 도움으로 연변 지역에 거주하는 우리 동포의 구연설화를 녹취하고(1999년~2000년), 그 자료를 살피기 시작했다. 그 성과 중의 일부로 2012년에 '고사능수'인 김태락의 구연설화 자료 50편 및 이 자료 관련 논문을 책으로 펴낸 바 있으며, 그때 남겨둔 12명 구연자의 설화 83편의 주해와 함께 3편의 연구논문을 더하여 마무리 작업으로서의 책을 이제야 펴내게 된 것이다. 이들 구연설화는 6명의 작품이 70편으로 절대다수를 차지하고, 나머지 6명의 작품이 13편이다. 이런 사정을 근거로 하여 저자는 이들 구연자 모두를 중국조선족 이야기꾼이라 지칭하는 것이다.

이와 같은 여러 과정을 통하여 저자는 중국조선족 구연설화의 존재 의의와 함께 그 중요성을 깨닫게 되었다. 설화의 본령은 구연 전승의 현장에 있지만, 대부분의 경우에 우리는 문헌 자료를 통해 설화에 접하게 된다. 우리의 문헌설화는 삼국사기나 삼국유사 등 이른 시기의 역사 기록물에서 국가 창건의 유래와 경과를 보이거나, 열전 등의 기록에 화석화된 흔적으로 잠재되거나, 특정 신앙 관련 연기緣起의 영험이나 이적異蹟 등의 모습으로 남아 있는가 하면, 조선 시대에는 소위 야담이나 패설, 필기 등의 모습으로 전승되기도 한다.

이런 관점에서 볼 때 중국조선족 설화는 조선시대의 야담이나 패설稗說 등과 유사한 성격을 지닌 정리설화 특유의 문헌설화적 모습으로 전승되고 있는가 하면, 구연현장에서 생성된 속성을 그대로 지닌 소위 구연설화의 실체도 아울러 보여주고 있는 귀한 자료들이다. 이를테면, 중국조선족의 정리설화 자료는 중세적 서사의 하나인 야담집이나 필기·패설집에 수록된 문헌설화로서의 속성을 지니고 있으며, 그들의 구연설화는 구연현장에서 생성 창조되는 입말 시대 설화의 속성도 아울러 살필 수 있는 동시대의 소중한 자료라는 의미이다. 그중에서도 특히 중국조선족의 구연설화는 그 채록자료가 희귀할 뿐만 아니라, 유능한 구연자를 발굴하는 일 또한 쉽지 않은 형편이다. 그러므로 우리는 중국조선족 구연설화의 채록에 보다 심혈을 기울여야 할 것임은 물론, 이들에 대한 다각적인 연구 또한 아울러 수행해야 할 소중한 과제임을 밝혀둔다.

인간의 사유 활동은 뇌를 중추로 하여 이루어지며, 그 구체적 내용이나 모습은 관련 기관을 통해 표출된다. 그중에서도 특히 인간의 언어활동은 생성·창조적 사유 활동의 일환이라 일컬어지는데, 설화 구연의 현장은 바로 이의 연장선위에 있는 것이다. 특히 입말 시대의 구연이란 서사물을 생성 창조하는 행위그 자체인 것이다. 여기서 구연자는 이야기의 소재원 그대로를 외워서 재생하는 것이 아니라, 그 이야기의 주인공과 배경, 특정 모티프나 에피소드, 줄거리, 시작과 종결 방식 등등 여러 층위의 구성 요소들을 기억의 창고에 저장해두었다가 구연현장에서는 이들을 바탕으로 변형과 생성의 과정을 통해 자기류의 새로운 이야기를 창조해내는 것이다. 그러므로 구연현장에서 채록한 구연설화는 바로 이러한 성격의 창작품이라 이를 수도 있는 것이다.

이처럼 소중한 의미를 지니고 있는 중국조선족 구연설화의 탐구를 위한 두 번째 걸음으로 저자는 80편 남짓의 구연설화 자료에 3편의 연구물을 첨가하여 세상에 내놓는다. 앞으로 중국조선족 설화의 연구, 그중에서도 특히 구연설화에 관한 연구는 이 책의 자료와 김태락의 구연설화 자료가 유용한 텍스트로 두루 활용될 수 있을 것이라 생각한다.

끝으로 중국조선족 구연설화 자료의 채록에 결정적 도움을 준 장연호 교수의 노고와 후의에 거듭 감사하는 마음이다. 그리고 늘 가까이서 격려를 아끼지 않는 나의 모든 가족은 물론, 오늘까지도 나의 연구 활동을 지켜보고 성원하는 여러분께 고마운 마음 담아 이 책을 올린다. 특히 도서출판 박이정의 박찬익 사장과 정봉선 실장, 그리고 관계자 여러분께는 더욱 그러한 마음이다.

2023년 한더위의 끝자락 평산재에서
광안리의 갯내음과 함께 이 헌 홍

차례

제3부 부록

*일러두기 :

① 설화의 기록은 구연자의 발음대로 표기하되, 가능하면 형태소를 유추할 수 있도록 적는다.

② 함경도, 평안도 방언의 어휘나 억양으로 구술하므로 주석을 달아야 할 경우가 매우 많은데, 발음상의
차이에 따른 뜻풀이는 본문의 해당 어휘에 괄호로 나타내고, 단어의 뜻이나 어법이 다른 경우에는
각주로써 뜻을 풀이한다.

③ 위와 같은 어휘나 표현이 두 번 이상 나오더라도 별개 작품일 경우에는 독자의 편의를 위해 일일이
각주를 달아두기로 한다.

④ 구연자의 연령은 채록 시점을 기준으로 한 것이다.

제1부

중국 조선족 이야기꾼 구연설화 연구

1. 중국조선족 구연설화의 명칭, 개념 및 연구 방향

중국조선족이란 중화인민공화국에 거주하고 있는 우리 동포를 일컫는 말이다. 이들을 재중동포라 이르기도 하는데, 이 말에는 한중韓中 수교修交 이후에 중국으로 가서 거주하는 우리 동포들이 포함되기도 하므로 엄밀히 말하면 중국조선족과는 그 개념이 다른 말이다. 여기서 말하는 조선족 또는 중국조선족으로 지칭되는 사람들의 국적은 물론 중국이다. 조선족이란 중화인민공화국을 이루는 56개 민족[1] 중의 한 구성원인 우리 동포를 지칭하는 중국 측의 말이며, 중국조선족[2]이란 중국에 거주하고 있는 조선족을 우리 측 시각에서 일컫는 말이다. 같은 대상을 두고 일컫는 주체가 누구인가에 따라 그 이름이 각각 다른 모습으로 나타나고 있는 것이다. 그러므로 조선족 설화 혹은 조선족설화라고 하면[3]

---

1 중화인민공화국을 구성하는 56개 민족 중에는 한족이 12억 2천만여 명으로 전체 인구의 92%를 차지하면서 그 첫 번째 위치에 놓이며, 조선족은 180여만 명으로 15번째에 위치한다. 이는 우병국, 『중국의 민족정치와 조선족』(한국학술정보, 2018.)에서 볼 수 있는 2018년의 통계(243쪽)이다. 그런데 조선족의 인구는 1945년의 210여만(19쪽) 명보다 15% 가까이 줄어든 것이다. 이런 수치의 변동과 그 요인 등에 대한 구체적 논의는 이 책과 함께 정근재, 『그 많던 조선족은 어디로 갔을까?』(북인, 2005.) ; 이윤기, 『잊혀진 땅 간도와 연해주』(화산문화, 2005.) ; 설용수 『재중동포 조선족 이야기』(미래문화사, 2004.) 등을 두루 참조할 만하다.

2 중국 조선족, 또는 중국조선족이라 표기해도 무방할 듯하다. 전자의 경우는 두 단어로 된 한 가지 개념의 말이요, 후자는 두 단어를 합쳐서 같은 개념의 한 단어로 나타낸 것이니 이른바 합성어라 하겠다.

3 '중국조선족' 혹은 '조선족'이라는 말이 가리키는 대상은 모두 같다. 그러므로 '조선족'이라는 단어 앞에 '중국'이라는 단어를 붙이지 않더라도 그 뜻에는 변함이 없이 두루 통용되는 말이기에 굳이 그럴 필요가 없다는 견해도 있다. 이러한 견해에 대해서는 임철호, 『조선족설화 연구』(역락, 2017), 87~92쪽을 참조. 필자는 그의 '조선족' 혹은 '조선족설화'라는 용어에는 동의하지 않는다. 그 이유는 본문의 첫 단락에 명시되어 있다. 덧붙이건대, 일본인들이 일컫는 '조선인'이란 말에 대하여 우리는 '재일 조선인' 혹은 '재일 한인'이라 일컫는 경우와 마찬가지다. 그리고, '중국조선족 설화'에는 소위 정리설화뿐만 아니라 구연설화도 있기 때문에 전자를 '중국조선족 정리설화' 후자를 '중국조선족

중국 사람들이 바라보는 즉, 중국 측 시각을 내포한 말이기에 이보다는 중국조
선족 설화라고 지칭함이 좋을 듯하다.

이들 조선족의 중국 이주 시기는 대체로 1860년대부터 1945년의 광복 이전까
지로 추산되는데, 그중에서도 특히 1900년대 초부터 일제 강점기 동안에 이루어
진 이주가 대부분을 차지하는 것으로 파악되고 있다. 이들의 이주 목적은 가난
으로부터의 탈출, 국외에서의 독립운동, 상거래, 선교 및 교육 활동 등으로 매우
다양하지만, 그 절대다수는 배고픔을 해결하기 위하여 압록강과 두만강을 건너
낯설고 물선 땅으로 가서 농사를 지으며 생계를 꾸려나갔던 사람들이다. 이들
중의 일부는 광복을 맞아 조국으로 귀환하기도 했지만, 대부분의 동포들은 그곳
에서 새로이 일궈낸 삶의 터전을 버릴 수가 없었을 뿐만 아니라, 돌아가고자
해도 마땅히 돌아갈 만한 곳이 없는 상태였다. 이를테면, 일제의 간악한 토지
정책으로 인하여 삶의 터전을 빼앗기고 쫓겨나다시피 해서 떠나온 조국이었기
에 그곳에는 이미 그들이 비빌 만한 언덕조차 남아 있지 않은 형편이었다. 때문
에 그들의 대부분은 귀국을 단념하고 현지에 머무르면서 중국 국민으로서의
삶을 살아갈 수밖에 없었던 것이다.[4]

우리가 설화를 접하는 경우는 구연현장 또는 문헌에 정착된 자료를 통해서이
다. 중국조선족 설화의 경우도 이와 다르지 않다. 구연현장에서 생성된 소위
구연설화와 문헌에 정착된 자료로서의 정리설화[5]가 바로 그것이다. 그런데, 지

구연설화로 구분하여 일컬어야만 그 실체를 보다 뚜렷이 드러낼 수 있다고 생각한다.
4 중국조선족 사회의 형성과 소수민족정책, 중국조선족 사회의 규모와 특징, 그 시대별 과제와 전망
   등에 대한 구체적 논의는 우병국, 위의 책을 참조할 만하다. 그리고 광복 전후 중국 동부지역의
   정세, 중국공산당과 이 지역 조선인의 상호관계, 중화인민공화국 수립과 이 지역 조선인의 위상과
   역할 등 중국조선족이 정착하는 과정에서의 슬픈 역사에 관해서는 곽승지, 『조선족 그들은 누구인
   가』(인간사랑, 2013). 설용수(앞의 책) 등을 두루 참조할 만하다.
5 필자는 2013년에 발표한 논문에서 이미 정리설화란 용어를 사용한 바 있다. 그 구체적 내용에
   대해서는 이헌홍, 『중국조선족 이주·정착담의 서사적 양상과 의미』(한국민족문화 46집, 부산대학
   교 한국민족문화연구소), 76쪽의 각주 4)를 참조.

금까지 중국에서 간행된 중국조선족 설화 자료는 모두가 정리설화이다.[6] 이는 문자 정착과정에서 '정리'라는 이름 아래 손질이 가해져 윤색된 설화이다. 때문에 이들은 구연설화 그대로의 모습과는 상당한 거리가 있다. 그러므로 이것만으로는 중국조선족 설화의 실상을 온전히 파악할 수가 없다. 그럼에도 불구하고 정리설화가 중국조선족 설화 내지는 '조선족설화' 그 자체를 의미하게 된 까닭은 중국 사회에서는 모든 출판물이 정부 당국의 허가를 받아서 이루어지기 때문이다. 이런 정책에 맞추어 중국조선족 설화 채집자들[7]은 '정리원칙'[8]을 내세우면서 자신들이 채집한 자료의 정리 내지는 변개에 적극적인 태도를 보이기도 하였다.

말하자면, 정책 당국의 교화적 의도에 따라 그들은 설화의 채집 정리와 구연 대회 등을 통해 민족의식 함양의 대열에 앞장서는가 하면, 나아가 공산주의 이데올로기를 선양하는 경우에도 이를 적극 활용하였음을 알 수 있다.[9] 이러한

---

6 구체적으로 표현하자면, 정리하면서 윤색한 설화 즉 정리윤색설화이다. 이런 성격의 설화를 필자는 '중국조선족 설화' 혹은 '중국조선족 문헌정착설화'라 일컬으며 세 편의 논문을 발표한 바 있는데 (1995, 1997, 2004), 이보다는 '중국조선족 정리설화'라는 명칭이 보다 타당할 것이라는 점을 밝힌 바 있다(이헌홍, 2013). 중국조선족의 이 정리설화를 두고 임철호는 '조선족설화'라 지칭하면서 그 형성과 장르적 성격, 전승 현황과 변이양상, 설화에 내포된 조선족 형상과 조선족의 역사의식 등을 종합적 안목에서 살핀 바 있다(임철호, 앞의 책, 2017). 그런데 임철호는 필자가 2012년에 펴낸 『중국조선족 이야기꾼 김태락의 구연설화』(박이정)와 각주 5)의 논문(2013)을 보지 못한 듯하다. 그리고 임철호가 자신의 책에서 사용하고 있는 '조선족' 및 '조선족설화'라는 명칭의 장단점에 대해서는 앞의 각주 3)을 참조.

7 이들을 민간문학 작가 혹은 민간문예 연구자라고 일컫기도 하는데, 지칭 그 자체에 이미 윤색을 담당하는 전문 작가라는 의미가 내포된 어감이다. 이는 '민간문학을 발굴·채록하는 사람'이라는 본래적 의미와는 다른 모습인데, 이들이 바로 정리설화의 생산자들이다.

8 구연설화를 문자로 옮기는 과정에서 설화 그 자체를 완전히 바꾸는 것은 아니다. 설화집 편저자 나름의 정리원칙이 정해져 있는데, 이를 요약하면 다음과 같다. "*이야기 줄거리는 개조 못 한다. *이야기 인물을 바꾸지 못한다.(예: 선비를 도둑으로, 가난한 사람을 부자로 만드는 일 등) *전면적으로 수집하라. *작품이 가지고 있는 예술품격을 고치지 못한다. (예: 유우머를 비극물로 만드는 것 등) *구술자의 예술품격을 존중해준다. *반드시 정리를 할 때는 알맹이와 찌꺼기를 골라서 정리해야 한다. *정리는 신중하게 하고 대대적으로 보급시키고 연구는 강화하라." 이에 대해서는 김선풍이 이미 지적한 바 있다(김선풍, 「조선족설화연구」, 『조선족구비문학총서1』, 민속원, 1991, 8~9쪽).

9 이헌홍, 「중국조선족 설화의 구술전통과 이데올로기 지향성」, 『한국문학논총』제16집(한국문학회,

목적 외에, 책으로 설화를 접하는 이의 이해를 돕고, 정리자 나름으로 예술성을 획득할 수 있다고도 생각하였기 때문에 그들은 채집한 설화를 정리 개변하여 간행하였다.[10] 이와 같은 의도 내지는 여러 사연을 지니고 간행된 중국조선족 설화집이 구연설화 본래의 실상과는 거리가 있는, 정리 윤색된 모습으로 나타날 수밖에 없음은 당연한 일이라 하겠다.

오늘날 우리가 볼 수 있는 중국조선족 설화집은 모두가 이런 방식으로 정리된 결과의 산물인 소위 정리설화이다. 심지어는 가장 최근에 간행된 설화집도 이에서 벗어나지 않고 있다.[11] 이렇게 정리된 설화집의 작품들은 ①이야기의 주요 장면에 노랫말이나 속담 등을 끼워 넣는 서술상의 변모가 일어나고, ②계급대립적 내용과 노동 가치를 중시하는 등의 이데올로기 지향적 주제가 첨가 강화되는가 하면, ③적극적 정리의 결과가 창작설화로 나타나기도 하는 등의 특징을 두루 지니고 있음을 살핀 바 있다.[12]

1995), 33~40쪽 ;「중국조선족 문헌정착설화의 변이양상」,『한국문학논총』제20집(한국문학회, 1997), 29~67쪽 등을 참조. 이 외에도 필자는 2004년, 2005년에 중국조선족의 소위 정리설화에 관련된 연구 논문을 발표한 바 있다.

10 이런 정리 개작 행위의 목적과 그로 인한 부작용 등에 대해서는 김태갑이 직접 언급한 바 있다. "원고를 심열하고보니 지난 시기 '좌'적로선의 영향을 받아 지나치게 이야기의 교양적 의의를 강조하고 이른바 '인민성'을 강조한데서 본래는 선과 악, 아름다움과 추함의 갈등으로 엮어진 이야기가 인위적으로 계급투쟁의 내용으로 정리된 작품들도 적지 않다는 느낌이 든다. 앞으로는 이런 폐단을 버리고 과학적인 태도로 전설이나 이야기들을 력사의 본래 몰골대로 그려내기에 힘써야 할 것이다... 그런데 섭섭한 것이라면 글재간이 모자라 그 정리된 이야기가 읽기에 따분하고 구수한 맛이 적은 것이다. 이와는 반대로 장기간 구비문학정리사업에 종사한 작자들의 일부 작품에는 전설의 단순성과 소박성에 손상을 줄 정도로 지나치게 가미한 흔적이 보이는 등 결함이 있다."(김태갑 편,『조선족전설집』, 민족출판사, 1991, 3~4쪽.

11 김재권 편,『황구연전집』전10권(연변인민출판사, 2007)은 표지에 아예 '김재권 수집정리'라 밝혀 놓고 있는데, 그 내용 또한 녹음 자료 그대로를 문자로 옮긴 것과는 전혀 다른 모습이다. 말하자면, 윤색하고 다듬어서 펴낸 소위 정리설화집이라는 것이다.

12 이헌홍의 앞 논문들에서 연구한 결과를 요약한 것이다. 이런 특징에 대한 필자의 언급은 중국조선족 설화 그중에서도 특히 정리설화의 특징과 한계를 동시에 살핀 것이다. 이러한 시각은 임철호에 의해 보다 거시적이고 통합적 관점으로 확장되면서, 중국조선족 정리설화 전반의 실상과 그 문학사적 의미의 해명 등으로 연결되는 모습이다(임철호, 앞의 책, 2017).

이처럼 정리 윤색된 소위 중국조선족 정리설화집[13] 소재의 작품들은 구연설화 본래의 모습과는 상당한 거리를 지니고 있는 자료들이다.[14] 그러므로 여기서는 구연현장에서 채록한 이야기꾼의 녹음 자료를 바탕으로 구연설화와 정리설화의 실상 및 그 상관관계를 추론해 보기로 한다. 이를 위해 먼저, '구술자가 개입하는 양상과 의미'를 통해 구연설화의 특징을 살필 것이다. 둘째, '온달설화의 두 모습'을 통해 구연설화와 정리설화의 상관성을 추론할 것이며, 셋째로는 '쫓겨난 세조 딸 이야기의 설화적 양상과 의미'를 살필 것이다. 이런 과정을 통해 중국조선족 설화 즉 구연설화와 정리설화의 실상과 그 상관성은 물론, 동일 유화로 보이는 19세기 말의 야담과 1980년대에 채록된 국내 설화를 아울러 살핌으로써 중국조선족의 구연설화와 정리설화를 보다 심도 있게 이해하는 방편으로 삼고자 한다. 이런 몇몇 과정의 연구를 통해 중국조선족 설화의 전반적인 모습을 바라볼 수 있는 시각의 일단을 마련할 수도 있지 않을까 생각한다.

이 책에 앞서 필자는 2012년에 『중국조선족 이야기꾼 김태락의 구연설화』(도서출판 박이정)라는 책을 펴내면서 이야기꾼 김태락의 구연설화 자료 및 그 내용과 특징에 대한 견해를 피력한 바 있다. 돌이켜 생각해보건대, 김태락의

---

13 임철호는 위의 책에서 이들 정리설화의 특이성 내지는 독자성을 강조한 나머지 그 명칭을 '조선족 설화'라 단정하고 논의를 전개한 바 있다. 이 용어의 적절성 여부에 대한 검토는 앞의 각주 3)과 6)을 참조.

14 정리설화로 출간된 작품들의 본래 모습인 구연설화 즉, 구연 자료 그 자체의 모습을 구체적으로 찾기는 쉽지 않은 문제인 듯하다. 중국조선족 정리설화의 정리자들, 그중에서도 특히 1960년대에서 1970년대에 활동한 민간문학작가들이 구연자의 구술 내용을 녹음으로 채록하였는지도 불확실하거니와, 만약 녹취했다 하더라도 당국의 허가 없이 녹취자료 그대로를 문자화할 수는 없었을 것이다. 필자가 짐작하건대, 이른 시기의 민간문학작가들은 제보자의 구술을 듣고 메모한 후에 그 줄거리를 문자로 옮기면서 지금과 비슷한 모습의 정리설화를 만들어내지 않았을까 생각한다. 그 이유의 일단으로는 1980년대에 채록한 황구연의 녹음 자료는 그 분량이 엄청날 것인데, 이마저도 극소수의 몇몇 작품, 그것도 일부만 소개되고 있는 실정이다. 뿐만 아니라 『황구연전집』에 수록된 설화 작품들 모두가 정리설화의 전형적 모습으로 존재하고 있기 때문이다. 『황구연전집』 소재 설화의 녹음 자료에 대해서는 최향, 『중국 조선족 이야기꾼 황구연의 설화 연구』(민속원, 2012), 36~45쪽을 참조.

구연설화 50편 중에는 국판 인쇄로 20쪽을 넘는 작품이 5편에 이를 정도이다. 이는 웬만한 단편소설을 능가하는 분량이다.[15] 이야기의 분량뿐만 아니라 그 사건의 전개 방식이나 내용도 재미있고 풍부하며 작품의 주제 또한 다양하다. 때문에 김태락의 구연설화 50편 모두 그 작품 가치가 뛰어나며, 연구대상 자료로서의 의미도 풍부히 지니고 있다. 이번에 펴내는 책에 수록하고 있는 구연설화 자료 또한 그 나름의 가치를 지니고 있다.[16] 앞의 책이 이야기꾼 한 사람의 구연 자료를 취급하고 있음에 비해 이 책에서는 12명이 구연한 83편의 작품[17]을 수록하고 있기 때문에 그 자료적 가치면에서는 약간의 차이가 있을 것이다. 그런 가운데서도 '구술자 개입'이라는 관점에서는 다양성을 보이기도 한다. 앞으로 중국조선족의 구연설화에 관심을 가진 사람이나 연구자는 이 두 권의 책을 주요 자료로 활용할 수 있지 않을까 기대하는 마음이다.

---

15 참고로 작품 전체의 분량이 370쪽인데, 이를 50편으로 나누어 보니 평균 7.5쪽에 이를 정도로 그 내용이 풍부한 작품들이다.

16 이 책에 수록한 3편의 논문은 우선 눈에 띄는 몇몇 작품과 유형을 대상으로 작성해 본 사례이다.

17 12명이 구연한 것이지만, 10편 이상을 구연한 사람이 6명이고 그 누적 작품 수가 70편이며, 그 작품의 성격 또한 다양하다. 그러므로 이들 모두를 중국조선족 이야기꾼이라 일컬어도 무방할 듯하다.

2. 중국조선족 이야기꾼 구연설화의 구술자 개입양상과 의미

1. 글머리

이 책의 제2부에 수록된 12명 구연자의 작품 중에는 구술자가 개입하는 실상이 매우 다양한 방식으로 전개되는 모습을 보인다. 여기서는 이를 다섯 유형으로 나누어 그 구체적 양상과 의미를 추론해 보기로 한다. 이런 과정을 통해 우리는 중국조선족 구연설화가 지닌 특징의 일단에 접근할 수도 있지 않을까 생각한다.

구술자란 설화를 입으로 서술하는 사람이라는 뜻이다. 이와 유사한 개념으로 구연자라는 말이 쓰이기도 하는데, 양자 모두 설화를 구술하는 사람 또는 설화를 서술하는 사람이란 뜻으로 두루 쓰이는 말이면서도 약간의 차이를 두고 사용하는 경우도 있다. 이를테면, 구연자라고 할 경우에는 입으로 설화를 서술하는 사람의 행위 그 자체뿐만 아니라 그의 기량, 동작과 표정 등의 기예적技藝的 행위 전체를 두루 포괄하는 의미를 지닌다.[1] 이와는 달리 구연을 통해 이루어진 설화 텍스트 그 자체 또는 특정 부분을 고정된 실체로 파악하고, 그 생성에 관련되는 실상의 해명 등을 위해서는 구술자라는 말을 통해 접근함이 보다 효과적이지 않을까 생각한다.[2]

---

[1] 이 경우의 구연이란 말에는 입(발성 기관)으로 만들어낸다, 입을 통해 생성된다는 뜻이 내포되어 있다.

[2] 이에 대해서는 이헌홍, 「김태락 설화의 구술자 개입양상과 의미」,(『한국민족문화』 제44집, 2012.8.) 6쪽의 각주 5)를 참조. 이 논문은 『중국조선족 이야기꾼 김태락의 구연설화』(도서출판 박이정, 2012.12), 66~83쪽에 그대로 수록되어 있음을 밝혀 둔다.

이런 관점에서 볼 때, '구술자 개입'이란 설화를 구술하는 자연인으로서의 구연자[3]는 물론, 이야기 그 자체에 내포된 서술자(작품외적 자아)가 작품 내용에 개입하는 경우까지를 두루 포괄하는 개념이다. 달리 말하자면, 설화를 구연하는 사람은 물론, 설화 그 자체에 내포된 서술자의 목소리가 각종의 방식으로 작품의 내용에 끼어드는 경우를 말한다. 이런 현상은 구연현장에서 청자의 반응을 의식하거나 예상하면서 이루어지는 경우가 많기 때문이다. 이는 판소리 사설의 바탕글과 유사한 것인데, 설화에서는 그 양상과 의미가 보다 풍부한 모습을 보인다.

지금까지 조사 보고된 중국 조선족 설화의 총수를 어림잡은 견해는 4,000여 편(김선풍, 1991), 2,500여 편(김동훈, 1999 ; 우상렬, 2002 ; 강봉근, 2015), 3,000여 편(이헌홍, 2012), 6,000여 편(임철호, 2017)에 이르는 것으로 각각 추산되고 있다.[4] 그러므로 중국조선족 설화의 구술자 개입양상을 살핌에 있어서는 이들 자료를 두루 활용함이 마땅할 것이다. 그런데 이들 자료는 모두 문자 정착과정에서 '정리'라는 이름 아래 손질이 가해져 윤색된 자료, 소위 정리설화[5]들이기 때문에 구연설화 그대로의 모습과는 거리가 멀다. 그러므로 이들을 가지고는 구술자 개입의 온전한 모습을 찾기 어렵다. 사정이 이러한 까닭은 중국 사회에서는 모든 출판이 정부 당국의 허가를 받아 이루어지기 때문이다.

---

3 구연자와 구술자를 구별하는 경우가 있는가 하면, 때로는 구술자라는 말에 구연자를 포함하여 일컫는 경우도 있다.

4 수치에 편차가 심한 까닭은 집계 시기상의 차이 때문이거나 중복 작품의 제외 여부 때문일 수도 있다. 이들 견해의 출처는 참고문헌 목록으로 미룬다. 다만, 근자에 임철호는 "140여 권의 작품집에 누적 작품 수 6000여 편이 수록되어 있다."고 주장한 바 있다(임철호, 위의 책, 17쪽 및 50쪽을 참조). 임철호의 이러한 언급은 많은 자료를 추가로 찾아 그 수를 늘려 잡은 최근의 견해라는 점에서 주목할 만하다. 다만, 140여 권에 이른다는 설화집 혹은 설화를 수록하고 있는 책의 목록만이라도 따로 제시하였더라면 하는 아쉬움이 남는다. 그런 연후에 개별 작품의 중복 여부를 따져 그 수치를 획정하는 작업을 뒤이어 수행할 수도 있지 않을까 하는 생각에서이다.

5 정리설화의 의미와 그 실상에 대해서는 이 책의 19쪽 및 20쪽의 각주 6), 8), 10)을 참조.

이렇게 정리 윤색된 소위 중국조선족 정리설화집 소재의 작품들은 구연설화 본래의 모습과는 상당한 거리를 지니고 있는 자료들이다. 그러므로 여기서는 구연현장에서 채록한 이야기꾼의 녹음 자료를 바탕으로 구술자가 개입하는 양상과 의미를 살피고자 하는 것이다. 그래야만 중국조선족 설화의 전반적인 모습을 제대로 바라볼 수 있을 것이기 때문이다.

2. 구술자 개입의 양상과 의미

설화 속에는 전승 집단이 지니고 있을 법한 삼라만상의 내력과 섭리, 인간과 자연의 교섭, 인간끼리의 삶에 얽힌 애환과 지혜 등이 두루 녹아 있다. 특히 입말 시대의 설화 구연현장은 그 제의적 성격과 함께 삶의 역사와 지혜가 전승되는 무대로서의 의미도 아울러 지니고 있다.[6] 글말이 생겨나고 글말 문화와 함께 메스컴이 발달하면서 설화 구연의 이러한 기능은 점차 축소되고, 교훈이나 흥미 위주의 문화 관습적 소통 현장으로 변모하게 된다. 이와 같은 관점에서 이 책에 수록된 중국조선족 구연설화 자료들을 대상으로 구술자가 개입하는 양상과 의미를 살펴볼 것이다. 그 항목을 1)사물 설명과 문맥 해설, 2)주의 환기와 공감 유도, 3)논평과 해석, 4)비판적·이데올로기 지향적 시각의 발현, 5)구술자의 설화관 등의 다섯으로 묶어서 살피고자 한다.[7] 이 차례에 따라 관련 예문을

---

6 구연현장에서 채록한 소위 구연설화는 구연자가 앞서 들은 바 있는 해당 이야기를 외워서 구술한 결과의 산물이 아니다. 이를테면, 구연설화는 그 소재원으로서의 이야기에 내포된 줄거리와 특징적 구조를 바탕으로, 구연자가 새로이 생성한 창조의 산물이다. 이는 인간의 언어 활동이 인간 고유의 언어 능력을 바탕으로 이루어지는 창조적 정신 활동의 결과라는 사실과 마찬가지이다. 때문에 입말시대 설화 구연의 현장은 전승 집단의 지혜와 문화 그 자체가 살아서 숨쉬는 무대로서의 의미를 지닌다고 할 수 있는 것이다.

7 이에 대해 이헌홍은 위의 논문(2012)에서 1), 2), 3)의 세 항목으로 나누어 설명한 바 있다(11~25쪽). 여기서는 두 항목을 추가하여 모두 다섯 항목을 설정하고 논의를 전개할 것이다. 두 항목을 추가한 까닭은 전자(김태락)의 설화는 한 사람이 구연한 50편의 작품들임에 비해 이 책의 설화는 12명이

들면서 논의를 진행할 것이다.

1) 사물 설명과 문맥 해설 : 현장성의 구현과 개연성의 확보

설화의 전반적 내용, 또는 특정 대목에 등장하는 사물의 내용이나 유래를
설명하는 과정에서 구술자의 목소리가 개입된다. 이를 통해 서사 문맥을 해설하
면서 해당 부분을 강조하는가 하면, 이야기의 현장성을 효과적으로 구현함은
물론, 나아가 이야기 전반의 개연성을 확보하는 등의 효과를 거둘 수 있다고
생각하기 때문인 듯하다. 필자가 채록한 설화의 구연자들은 대부분이 이주 1세
및 그 자녀들이다. 이들은 조국의 삶과 전통문화에 비교적 익숙한 사람들이기에
오늘날의 젊은이들이 제대로 알지 못할 것이라고 짐작하는 예전의 사물이나
제도 등이 나타나는 대목에서는 이를 알기 쉽게 설명하면서 이야기를 전개한다.
그래서인지 이들의 구연설화에는 이런 의도로서의 구술자 개입이 빈번한 모습
을 보인다. 아래의 인용을 통해 이를 구체적으로 살펴보기로 한다.[8]

> (1) "내 어떻게 여기서 하룻밤 자구서 거저 가겠는가? 그래이까 내, 이 산속에
> 서 돈이나 귀할 건대 내 여기 저, 보물 있는데 드리겠다."
> 궁전에서만 있는 그런 그 보물을, 그런 <u>금·은 덩어리두 궁전에서 쓰는 거는
> 딴 거지. 이거는 백성 있는 데는 없지.</u> 궁전에서만 쓰는 그런 금덩어리를 내놓지.
> 그다음에 이 사람이 생각해보이 아이 참 이거 어떻게 된 일인가? "이거 나는
> 못 받겠다. 이거는 궁전에서만 쓰는, 임금과 정승들이 쓰는 금덩이인데 이거 어디
> 서 가져왔는가?" <기이한 인연> - 손창석

구연한 80편 내외의 작품이므로 구술자 개입이 보다 다양한 모습으로 나타나고 있기 때문이다.
[8] 인용문은 모두 이 책의 제2부에 수록된 작품의 특정 부분을 옮긴 것이다. 이하의 인용에서는
구연자와 작품명만 밝혀 둔다. 밑줄 부분에서 우리는 구술자 개입을 실감하게 된다. 이 부분이
개입됨으로써 이야기의 이해는 물론, 현장성이나 개연성이 강화된다는 것이다. 이해의 편의를
위해 현지 방언의 주석을 그대로 붙여 둔다.

(2) 조선에 정치가 혼란하고 나라에 이런 공로 없는 사람들, 다시 말해서 백성들의 기름을 짜고 탐오를 하고 이런 거 하니까. 나라의 왕이 지금 말해서 공작대처럼 나라에 뭔가믄 벼슬을, 급제를 한 사람을 암행어사라는 어사를, 어사라는 벼슬을 줘 가지구. 이 어사는 다시 말해서 어사또라는 이 사람은 임금이 그 명령을, 그 왕패를 어사또라는 그 패를 직접 가지고 거지 옷을 입고 거지 차림을 하고 숱한 군대를 암암리에 파해서[9] 이래 조선의 어느 지방의 군수라든가 이런 지방의 그런 그 관들의 뭔가믄 정치를 하는 거 정탐하지. <박문수 대감의 제주도 방문> - 김경준

(3) 이래서 그다음에 박문수 대감이 하는 대로 하니까 결국은 저 차차 내리 이렇게 뭐인가믄 대접하니까 그분들은 다 돌아가고, 이 사람도 일백오십 살 먹은 그 할아버지도 마지막에 거, 먹고 죽더랍니다. 그래 지금도 에 이 명이 제일 길고 그 하게 되며는 제주도, 우리 저기 북조선도 좋고 한국도 좋고 제일 명이 긴 데는 아직도 제주도랍니다. 제주도에는 그게 뭐인가믄 물이 그 약수로서 참 생명수가 이렇게 지금도 그저 보장돼. 그렇게 옛날처럼 몇백 살은 못 살아도 그저 백 살 밑까지는 어렵잖게 산답니다. 보통 이게 제주도에 이런 물이 있구. <박문수 대감의 제주도 방문> - 김경준

(4) 이전에 조선의 단천에 이런 사실이 있다는 거, 우리 엄마도 들은 소리겠지 뭐 이래. 저기 소금장사. 소금장사가 소금을 이렇게, 이전에는 마대도 없구 이러이까 이런 저기 가마에다가서리[10] 소금을 옇어가지구 메구 다니며 팔았답니다. 이래 팔라 댕기다가서리[11] 해가 저물게 되구, 이러니까 한 고장에 가서, 한 집에 들어가서 자게 됐지 뭐 그래. <한 번 배필은 영원한 배필> - 김분순

(5) 그러니까 이 집에 아들이 딱 하나지. 하나인데 결의 형제를 맺으면 옛날에 결의 형제가 되면 어떻게 맺는가 하게 되면 그저 우리처럼 이렇게 맺는 게 아니라 부모를 이런 넓은 치마를 입히구 소꼬시를 입히구 그 다음에 이렇게 떡 벌리구

---

9 파해서 : 파견해서. 어떤 용무로 사람을 보내서.

10 가마에다가서리 : 가마니에다.

11 팔라 댕기다가서리 : 팔러 다니다가. 팔러 다니는 도중에.

서지 뭐. 선 다음에 그 애가 거기로 벌벌 기여 나가지. 낳았다는 표현이지 뭐. 이래서 결의형제를 맺은 건 친형제하구 한가지지 뭐. 그 부모가 세상을 뜨면 같이 그런 몽사 입어야[12] 되지 뭐. 그래서 지금 우리 옛날에 이제 우리 아버지가 우리 할아버지 결의 형제라 하면 정말 친형제처럼 이렇게 가깝게 지냈다는 거, 여기에서 나온 사실처럼. <총명한 머슴> - 김분순

(6) 이상 몇 가지 이야기를 드리면서 나는 내 어릴 때 이런 이야기를 들려주신 할머니를 기리게 됩니다. 우리 할머니는 월성 이씬데, 이월순이라고 하는 분인데 아주 이야기를 많이 하셨어요. 박문수의 어사이야기도 들려주었고, 또 삼국유사에서 나오는 이야기라든지 삼국지의 이야기라든지, 물론 편단[13]이긴 하지만. 알고 보니 그런 책에서 나온 이야기들도 무척 많았던 거로 기억되고 있습니다. 이만 그치겠습니다. <신랑의 오해로 죽은 신부> - 김영덕

(7) 서울에 한 정승이 있었는데, 그래 이정승이라고 합시다. 아들 형제를 낳았는데 말이, 그 큰아들이 머저리란 말이. 그래서 이제 나이가 차고 이렇게 되니까 참 부모님들 걱정되지. 근데 옛날에는 뭔가게 되면 말입다. 장가를 가기 전에는 출세를 못하지, 못하는 모양입니다. 그래서 이제 아버지가 생각을 해서 좀 똑똑한 여자아이를 하나 며느리로 불러가지고, 그 정승이라 하게 되면 말입다. 지금 말하게 되면 중앙에 그 요직을 가진 사람이지. 말 한마디면 그저 원이라는 게 지금 말하자게 되면 현장, 현의 서기나 현장을 말하는데 이런 거 하나 시기기는 문제도 아닙니다. 그래서 장가를 보냈지. 그래 장가를 보내서 어느 곳에 원으로 내려 보냈는데, 지금은 현 아래게 되며는 무슨 경찰도 있구 감찰도 있구 법원도 있구 이렇지마는, 옛날에는 일체 원이 다 결정을 하지. 그래 부임된 이튿날에 어떤 일이 있었는가 하게 되면, 그러이까 아! 자신이 있단 말이요. 무릎을 탁 치며 아, 그전에 내가 빼놓았구나. 그 소 문제 때 어떻게 됐는가 하게 되면

<이정승의 우스개> - 방상일.

---

12 몽사 입어야 : 몽상蒙喪. 부모상을 당하여 상복을 입음.
13 편단 : 떨어져 나온 조각 이야기를 말함인 듯.

(1)은 손창석이 구연한 〈기이한 인연〉이라는 설화의 한 대목이다. 이 설화는 《쫓겨난 세조 딸 이야기》로 명명할 수 있는 유형의 한 각편인데, 이 유형의 설화는 『금계필담』이라는 조선후기 문헌설화, 중국조선족 손창석의 구연설화, 『황구연 전집』 소재의 정리설화, 『한국구비문학대계』 소재의 구연설화 등의 다양한 모습으로 전승되고 있다.[14] 이 대목은 세조의 계유정난과 정적 살해 등의 폭정을 거론하며 아버지에게 선정을 건의하다가 부왕의 격노로 인하여 쫓겨나게 된 공주[15]가 깊은 산속을 헤매다 한 총각을 만나 인연을 맺게 되는 과정의 일부이다. 이 과정에서 처녀(공주)가 꺼내놓은 보물을 두고 총각이 보이는 반응 직전에 구술자가 개입하여 그 보물이 궁전에서만 볼 수 있는, 예사롭지 않은 물건임을 설명하는 부분이다. 이어지는 내용에서 총각[16] 또한, 그것이 궁전에서만 쓰이는 것임을 알고 받기를 거절하는데, 이 금덩어리 보물로 인하여 처녀는 이 남자가 보통 인물이 아님을 직감하고 신분을 캐묻는다. 이런 과정을 통해 둘은 서로의 신분을 알게 되고, 나아가 동거하는 관계에까지 이르게 된다. 여기서 구술자는 궁전에서 사용하는 금, 은 등의 보화는 민간에 유통되는 보통의 것과는 다르다는 점을 미리 설명함으로써 이야기의 개연성을 확보하고 있다 할 것이다.

(2)는 김경준이 구연한 〈박문수 대감의 제주도 방문〉이라는 작품의 일부이다. 이 이야기는 어사 박문수가 제주도 암행 길에서 겪게 되는 기이한 일 두 가지를 담고 있다. 이 두 가지 일을 겪는 과정을 자연스레 나타내기 위한 전제로 암행어사 제도에 대한 설명을 먼저 내세움으로써 이야기의 개연성을 확보하게

---

14 이 유형에 속하는 설화의 내용과 특징 등에 대해서는 이 책의 제1부에 수록된 논문 〈쫓겨난 세조 딸 이야기의 설화적 양상과 의미〉를 참조.

15 이 작품에서의 공주는 역사적으로 실존했던 세조의 공주와는 다른 허구적 인물이다.

16 작중에서 총각은 김종서의 손자로 그려지고 있으나, 이 또한 설화에서 설정된 허구적 작중인물일 따름이다.

되는 것이다. 예문에서 보이는 이런 사명을 띠고 파견된 암행어사에게 부닥친 현실과 그 극복에 얽힌 두 에피소드가 이채롭다. 인용한 예문은 그 첫 번째 기이한 일을 드러내기 직전의 설명에 관련되는 부분이다. 이 에피소드는 천명수 天命水라는 샘물에 얽힌 이야기이다. 천명수라는 특정의 이 샘물을 먹고 사는 일가족 모두가 수명이 점점 길어지면서 고조부모, 증조부모, 조부모, 부모가 함께 살 수밖에 없는 가정의 기이한 모습은 물론, 이로 인한 아비규환의 비극 또한 만만치 않은 모습으로 그려지고 있다. 가재도구 취사도구의 부족은 말할 것도 없거니와, 먹거리조차 부족할 수밖에 없는 처지이다. 이로써 수명이 매우 길어진, 소위 장수라는 축복이 도리어 재앙으로 밀어닥치는 재난의 현실로 이어지게 된다.

(3)은 위에서 보인 이 심각한 현실의 난제를 해결함으로써 제주도가 '조선의 대표적 장수 지역'이 되도록 이끈 박문수의 능력에 대한 설명의 부분이다. 수명 장수가 도리어 재앙으로 다가온 이런 비극적 현실을 목격하게 된 박문수는 그 원인이 일가족 대대로 음용해온 샘물 때문임을 알게 된다. 이에 박문수는 천명수가 아닌 다른 곳에 샘을 파주고, 음용 여부를 그들에게 맡기니 모두가 새로운 우물물 먹기를 원한다. 지금까지 마시던 천명수를 그만두고 그 대신에 새로운 우물물로 바꾸어 마시자 수백 살을 헤아리던 노인들이 차례로 별세하고, 나머지 가족 구성원들은 100살 내외의 수명만을 누리게 된다. 이에 그 샘물을 참 생명수라 일컫게 되었으며, 이로 인하여 제주도는 조선에서 명이 긴 지역의 하나로 꼽히게 되었다고 한다. 박문수가 제주도에서 겪은 둘째 에피소드는 늙은 홀아비를 모시고 사는 아들 내외가 우울증에 빠진듯한 아버지에게 웃음을 되찾아 드리기 위하여 실천하는 효행의 이야기이다. 웃음을 잊고 사는 슬픈 모습의 아버지를 위하여 아들은 물장구를 두드리고, 며느리는 머리를 깎아 팔아서 진수성찬을 갖춘 상을 펼쳐놓고, 물장구 장단에 맞춰 춤을 추는 장면을 연출한다. 이처럼

지극한 효행의 장면을 목격하게 된 박문수가 아들 내외를 칭찬하고 감탄하면서 덧붙인 해설[17] 또한 도입부 못지않게 자세한 모습이다.

(4)는 김분순이 구연한 〈한 번 배필은 영원한 배필〉이라는 작품의 도입부이다. 단천이라는 특정 지역의 사실에 얽힌 이야기임을 상정하면서도 한편으로는 "우리 엄마도 들은 소리겠지 뭐"라면서 이야기 그 자체를 구전되어 온 '옛말'로 인식하는 양면성을 내보이고 있다. 이를테면, 떠돌이 장사꾼의 경험담이라 말하고 싶은가 하면, 한편으로는 전승 설화의 하나로 인식하는 양면성을 내비치는 해설이라고 이를 만한 대목이다. 이어지는 소금장수의 행색에 대한 설명과 함께 민가에 유숙하며 다니는 떠돌이 행상의 모습은 예전의 상행위에 대한 설명이다. 이를테면, 자신이 구연하는 이야기의 개연성 확보를 위해 떠돌이 행상의 경험담으로 치부하면서 그 소금장수의 행색을 도입부로 설정하는가 하면, 다른 한편으로는 전승 민담의 하나라는 자기 생각을 덧붙임으로써 이 이야기의 허구성에 대한 인식을 아울러 보여주고 있는 듯하다. 전자가 이야기의 중심 사물에 대한 설명이라면, 후자는 이야기의 허구성에 대한 해설이라 이를 만하다. 이로써 이야기의 현장성 구현과 함께 개연성을 마련하고 있는 것이다.

(5)는 〈총명한 머슴〉이라는 작품의 종결부이다. 이 이야기의 주요 내용은 어떤 머슴이 주인집 아들을 모시고 과거 길에 올라, 자기에게 부과된 여러 과제들을 해결함으로써 그 총명함을 인정받아 주인집 아들과 결의 형제를 맺고 잘살게 되었다는 내용이다. 인용문은 이 이야기의 종결부로서 결의 형제를 맺는 방식과 그 의미에 대한 설명의 부분이다. 이 부분에 앞서 다음과 같은

---

17 "짝을 잃어버린 이런 노인들은 늘그막에 늙어 죽을 뿐이고 그거는 고독하고 슬퍼하고 아주 설워하고 이게 있지. 그런데 이렇게 되니까 웃지 않고 기색이 아주 영 초라하게 구게졌지. 그러니까 이거 웃겨보느라고 그 며느리 자기 머리를 깎아 팔아서 그 다음에 그 음식을 차리고, 자기 춤까지 췄으니까 이게 우리 조선의 그 아주 그 민족의 미담이지." 여기서 밑줄 친 부분은 해설보다는 해석에 더 가까울 듯하다. 이에 대한 구체적 내용은 3)항의 논평과 해석으로 미룬다.

주제가 제시된다. "'야, 진짜로 머슴이라는 게 따로 없다'는 게지... 그 '쌍놈의 집안에도 골(頭腦)이 좋고 이런 사람이 있다'는 게지... 남자가 하도 골이 좋고 애가 총명하구 이러니까 거기에서 결의 형제라는 거 맺었지 뭐."라는 언급이 바로 그러하다. 이러한 주제를 뒷받침하는 당연한 조치로 결의 형제를 맺게 되었다는 것이다. 같은 부모에게서 태어난 자식임을 재현하면서 스스로 다짐하는 절차는 결의 형제의 의식에 대한 설명이며, 그에 앞서 제시되는 결의 형제를 맺은 이유는 바로 이 작품의 주제이자 이야기 문맥에 대한 해석으로서의 의미를 지닌다 하겠다.

(6)은 김영덕이 다섯 편 이야기를 구연한 후에 제보자의 정보에 관련된 내용을 끝으로 이야기를 마무리하는 장면이다. 이 책에 수록된 김영덕의 이야기는 모두 10편이다. 효행담, 변신담, 지략담 등의 구전 민담과 함께, 변경지역의 생존 현실을 그리고 있는, 실사에 바탕을 둔 듯한 〈어느 장사꾼의 죽음〉이라는 이야기도 있다. 이처럼 다양한 이야기의 구술을 통해 언급되고 있는 김영덕 설화의 소재원 내지 원제보자는 그의 할머니임을 밝히는 대목이다. 그가 구술한 〈범에 물려간 이야기〉의 결말부에 이어지는 다음의 말에서도 우리는 '사물 설명과 문맥 해설'의 사례를 잘 읽을 수 있을 듯하다. "이래서 사람들은 이야기를 한입 두입 건너서 여러 사람들이 다 알게 됐습니다... 최영감이 뭐 어떻게 했길래 범에 물려갔다가 되살아 돌아오는가 하고 의심을 가지는 사람들이 아주 많았던 것입니다. 그렇지마는 어쨌든 그때부터 이런 말이 남은 것만은 사실이라고 합니다. 다른 것이 아니라 '범에 물려가도 정신만 차리면 살아난다.' 하는 말인 것입니다." 문맥 해설의 의도가 밑줄 부분의 격언 도출에 집중되고 있음을 알 수 있는 대목이다.

(7)은 방상일이 구연한 〈이정승의 우스개〉에서 당대 지방 수령의 광범위한 업무 영역을 설명하는 대목이다. 이런 막중한 권력을 지닌 수령일진대, 만약

부적격의 사람이 그 직책을 맡게 될 경우에는 여러 문제들이 빈발할 수밖에 없다. 그 구체적 사례가 이야기로 이어진다. 먼저, 이정승이란 사람이 머저리 아들을 두고 고민하던 차에, 똑똑한 색시를 골라서 아들을 장가보낸 후에 그를 지방 수령으로 내려보내게 되는데, 이 과정에 정승이란 존재가 마음대로 좌우할 수 있는 지방 관리의 임용 실상이 당대의 관행인 것처럼 구술자 개입으로 진술되고 있다. 이렇게 정승인 아버지의 힘으로 고을의 수령이 된 머저리 아들이 송사 사건을 처리하는 과정에서 황당한 판결을 보일 것임은 당연하다. 조선 시대의 지방 수령은 관할 지역의 행정은 물론 경찰, 감찰 등의 사법권 모두를 한 손에 쥔 막강한 권력의 소유자이다. 지방 통치제도의 전근대적 모습과 그 미비점, 관리 임용의 타락상 등으로 인한 송사 사건의 처결이 결코 웃어넘기지 못할 비극으로 치닫는 모습을 우스개 형식으로 그리고 있다. 지방 관리 임용의 부조리한 현실, 행정권과 사법권을 아울러 지닌 관장이 무능할 경우의 비극적 상황 등을 사물의 설명과 문맥 해설로 두루 보임으로써 이야기의 현장성과 개연성을 마련하고 있는 사례이다.

2) 주의 환기와 공감 유도: 문화적 소통과 인식의 공유

설화를 구연하면서 구술자[18]는 이야기의 특정 장면이나 특정 정황의 대목에서 자신의 생각이나 태도를 직접 드러내려는 시도를 보이는 경우가 있다. 이를 위하여 구술자는 청자의 주의를 끌거나 관심을 집중시킬 만한 언사를 사용하는가 하면, 이야기 내용에 공감하도록 청자의 생각이나 느낌을 유도하는 어법을 구사하기도 한다. 구술자의 생각이나 태도는 특정 정황이나 장면이 지닌 시대

---

18 이 항목은 이야기를 구연하는 자연인의 목소리로 직접 개입하는 경우가 대부분이기에 '구술자'라는 말 대신에 '구연자'라고 지칭해도 무방할 듯하다. 그럼에도 구술자라고 일컫는 까닭은 이 글의 전반적 내용 및 제목과의 연관성 등을 고려하였기 때문이다.

사회적 특수성이나 차별성 등에 기인되어서 나타나는 경우가 많은 듯하다. 이런 경우에 구연자는 자기가 구술하는 이야기를 통해 구연현장의 청자는 물론, 동시대 사람들의 계층적 문화적 간격 내지는 이질성을 좁히려는 의도를 내보이기도 한다. 이는 상호 소통을 통한 인식의 동질성 확보라는 의도의 발현이라 일컬을 수도 있을 것이다.

(1) 게까[19] 정성이 지극하면은 하늘이 감동한다, 그런 거야. 지성이면 감천이다. 그래 그런 걸 했는데, 그게 무신가 하믄 효도에 대한 거지. (중략) "애! 여자인 몸으로 절당에 가 그거 어떻게 그러겠는가? 안된다. 정말 그렇다면은 내가 간다." 그 아들이 그러지. 개서(그래서) 정말 아들을 보낸다 말이야, 그 남편을 보내지. 근데 그 노친께 속이지, 엄마게다는(엄마에게는). 엄마게 그 말하믄 되겠소? 그래서 엄마를 속이고서르 가는데 그래, 그 노친은 아들이 떠난 다음에 그 며느리게 자꾸 물어보지.   <지성이면 감천> - 손창석

(2) 게까 그 쇠돌이는 형이고 그다음에 차돌이는 동생인데 게, 이게 이 사람들 둘이 그 한 집에 살았지. 한집에 살았는데 이 형이라는 거는 좀 우둔하고 욕심이 많고 이렇고, 차돌이라는 거는 좀 영리하고 이런데, 형이 그 상당히 그 마음이 좋아 아이 했지.[20] 이래서 하루는 저기 저눔 새끼, 저 형이란 눔이, 쇠돌이란 눔이 동생을 이거 그러이까 이거 시끄럽다[21] 말이야. 그래서 이거 똘굴[22] 예상하지, 쫓을려 한다.   <차돌이와 쇠돌이> - 손창석

(3) 그런데 셋째 사위를 삼겠는데, 명궁수를 삼겠다고 방을 내붙였다 말이. 그때는 방을 탁 내붙였다지 방을 탁 내붙였지. 그래 그 술한 놈들이 왔다가 가구, 퇴짜를 맞구 가는데...(중략) 저 각기 지금 제 가시애비[23] 시키는 대로 지금 그

---

19 게까 : 그러이까(그러니까).
20 마음이 좋아 아이 했지 : 마음에 아니 좋아했지. 부정조동사 도치.
21 시끄럽다 : 거추장스럽다. 성가시다.
22 똘굴 : 쫓아낼. 똘구다 : 쫓아내다.
23 가시애비 : 각시의 아비. 장인.

골안(골짜기 안쪽)으로 들어갔다. 그래 다른 것들은 다 내려가구 이랬는데, 이 야가 지금 골안 떡 갔는데 이거 활 쏠 줄 모르니까 무스글[24] 사냥하겠소? <활을 쏠 줄 모르는 명궁수> -손창석

(4) 그래 그다음에 옛날에는 저기 잔치를 하면 한짝 나들이[25] 하이까, 남자가 이 여자 집에 와 있단 말이야, 한짝 나들이 잔치는. 그담에 그래 잔치르, 구레(구렁이)하고 셋째 딸하고 약혼을 해서 잔치를 했지. 잔치를 하는데 구레, 그래 자기 여자 집에 와서 잔칫날 저녁에 그 구레이가 여자를 보구 그러더랍니다.

"그래 삼년 묵은 장독이 있는가?"

"있다구."

부잣집인게[26] 뭐이 없겠소, (중략)

"이 숯을 하얗게 될 때까지 씻어주면 알케주겠다"

고 하더랍니다. 그러이까 이 여자도 보통 여자는 아이지 뭐. 그래 숯을 그냥 씻으라 하니까 꺼면 숯이 하얗게 될 때까지 씻느라니까 시간이 많이 갔겠지 뭐. 그래 씻으이까나 하얗게 되더란 말이. <구렁서방> - 배금순

(5) 그래 일본 황제가 이상하단 말이야. 좌우간 저 무쇠가 까라앉겠는데 까라앉지 않고 뭐 해깝기로[27] 가랑잎처럼 물 우에서 동동 떠돌아 다니구, 그 위에 조선 사절이 아니 중놈이 뭐인가믄, 까까 중놈이 타구서리 왔다 갔다 하구 말이.(중략) 그러이까 어쨌든지 언매나(얼마나) 똑똑한가 일본놈들이 이걸 알아보자는 게지. 네가 언매나 똑똑하구 언매나 지혜가 있는가? 이걸 시탐하기[28] 위해서 이놈들이 새명단 (사명당)을 지금 굴려먹는 판이지. 그래 이 새명단이 거기서 가만이 무쇠가 얼마나 무겁겠소. 하지만 가랑잎 탄 것처럼 물위로 왔다 갔다 하지. <사명당의 일본 사행> -김경준

---

24 무스글 : 무슨. 무엇을.
25 한짝 나들이 : 신랑이 신부 집에 장가들어 삼년 후에 신부를 데리고 본가로 돌아오는 제도.
26 부잣집인게 : 부잣집이니까.
27 해깝기로 : 가볍기로.
28 시탐하기 : 정탐하기.

(6) 그다음에 인차[29] 그 원을 찾아. 고을에 그 원님이라는 게 그 제일 큰 지금 말하면 행장[30]이겠지. 그런 대궁[31]을 찾아가이까 원님이 있단 말이. 그래 원님한테 가서 말하니까 정말 구렁이 말마따나 하 비웃거든. '하! 이 당신이 정신이 있는가' 구.(중략) 그래 그다음에는 이 사람들이 아 이게 땅이 생겼다구 막 접어들지.[32] 하 그다음에 이 사람이 다니면서 원님의 계약서와 도장 찍은 거 내보이면서 그러니까 원님이 어쩌겠소? 원님도 제가 도장을 찍고 제가 그걸 돈 받고 문서를 맹글었으이까 원님도 방법이 없단 말이. 그래 아무리 옛날의 그런 원님이라도 제 도장은 승인하는 모양이지. 그래 그 사람이 그걸 가지구 정말 대대손손이 정말 잘 살았답니다. 없는 사람들한테도 토지를 주고 자기도 붙이고 잘 살았다는 게지.

    <산삼 이야기> - 김경준

(7) 그다음에 이 에미가 감사한테다가 말했지, 이런 일이라고. 그다음에 이 감사가 대뜸 호출을 내렸단 말이. 그놈을 잡아 올리라구. 그런게[33] 뭐 이늠이 평양 감사로 왔으니까 거기가 평안도에 속한단 말이. 그 영감이 그 다음에 그 감사의 명령이 떨어지지. 그래 어느 명령이라고 거역하겠소.   <노부부> - 김경준

(1)은 〈지성이면 감천〉이라는 이야기의 도입부이다. 인용문 앞쪽의 밑줄 부분은 '지성이면 감천'이라는 말의 뜻을 직역한 후에, '지극 정성의 결과로 하늘이 감동하는 사례로서의 효행'이라고 하면서 주의를 환기하는 모습이다. 이를테면, 효자 이야기를 통해서 '지성이면 감천'이라는 사실을 보여줄 테니 주의를 집중해서 잘 들어보라는 뜻을 내포하고 있다고 할 것이다. 이 설화는 가난한 시골 선비 내외의 효행에 얽힌 이야기이다. 삯바느질과 빨래 등 홀어머니의 온갖

---

29 인차 : 이내. 즉시.
30 행장 : 행성(행정구역 단위)의 우두머리.
31 대궁 : 큰 집.
32 접어들지 : 모여들지. 달려들지.
33 그런게 : 그러니까.

희생과 노력 덕분에 글을 깨우치게 된 가난한 선비가 농사를 짓는 틈틈이 글을 읽으며 어려운 살림살이를 지탱해 나간다. 이러던 중에 어머니의 건강이 나빠지더니 마침내 눈까지 멀어서 사물을 보지 못하는 지경에 이른다. 어머니의 딱한 모습을 보다 못한 아들 내외가 '절에 가서 3년 동안 불공을 드리면 어머니의 눈을 뜨게 할 수 있다'는 속신을 믿고 기도하러 집을 떠나게 된다. 그런데 정작 어머니께는 "엄마게 그 말하믄 되겠소?" 라면서 엄마를 안심시키기 위해 아들이 공부하러 절에 갔다고 둘러대는 장면이다. 이 부분은 바로 구술자가 청자의 주의를 환기하면서 이야기 내용에 공감할 것을 요구하는 듯한 효과를 노리고 있는 장면이라 할 것이다.

(2)는 악형선제담의 한 유형이다. 등장인물의 성격을 그리는 도입부에서 구술자가 자신의 윤리적 감정 내지는 판단을 미리 내보이는 대목이다. "저기 저눔 새끼, 저 형이란 눔이, 쇠돌이란 눔이 동생을 이거 그러이까 시끄럽다 말이야." 라면서 앞으로 전개될 사건의 향방을 예고함과 동시에 청자의 공감을 유도하고 있는 듯하다. 여기서 청자에게 요구하는 공감의 내용은 이야기 줄거리는 물론, 감정이나 윤리 문제까지 두루 포함되고 있음을 보인다. 대부분의 악형선제담과 마찬가지로 〈차돌이와 쇠돌이〉 또한 형의 욕심 때문에 목숨을 잃을 위기마저도 겪었던 동생이지만, 막판에 이르면 그는 형을 용서하고 함께 잘 사는 결말을 보인다. 이야기 내용 자체는 악형선제담이지만 결말만은 우애 있는 형제 이야기와 비슷한 모습을 보인다고 이를 만한 것이다.

(3)은 활을 쏠 줄도 모르는 주제에, 사기 행각의 엉터리 수법을 통해 사위가 된 인물의 가짜 궁술에 얽힌 기발하고도 우스꽝스러운 이야기이다. 한량 기질이 있는 데다, 딸만 셋을 둔 박 좌수라는 인물이 첫째와 둘째는 활을 잘 쏘는 사람을 사위로 삼았는데, 셋째는 방을 내붙이는 공개모집의 방식을 통해 사위를 선발하고자 하는 대목이다. "그때는 방을 탁 내붙였다지 방을 탁 내붙였지." 이 인용

중에 '내붙였다지'란 말은 청자의 주의를 환기함은 물론, 그 방을 보고 '수많은 사람들이 지원을 하게 되지 않겠는가'라는 공감 유도의 의미를 아울러 지닌다고 말할 수 있을 듯하다. 위 대목은 방을 보고 지원한 예비 사위의 사기 행각을 암시하는 도입부이다. 이어지는 "이거 활 쏠 줄 모르니까 무스글[34] 사냥하겠소?"라는 대목은 사기 궁술을 통해 셋째 사위가 된 인물이 활쏘기 대회에 참여하는 과정에 앞서 청자의 공감 유도 및 주의 환기와 함께, 그 사냥대회에서는 과연 어떤 기발한 사기 행각을 펼쳐 보일까를 기대하도록 이끄는 장치로서의 효과를 예비하고 있다고 할 것이다.

(4)는 변신설화의 일종이다. 여기서는 구렁이로 태어난 아기가 부잣집 셋째 딸과 혼인하는 과정을 통해 인간으로 변신하여 잘살게 되었다는 내용이다. 예문에서 보듯 "삼 년 묵은 장독이 있는가?"라는 구렁이 신랑의 물음에 "부잣집인게 뭐이 없겠소"라면서 구연자가 직접 개입하여 공감을 유도하는 모습을 보인다. 이에 더하여 숯이 하얗게 될 때까지 씻는 과정에서는 청자의 공감을 직접 유도하기보다는 분위기 조성으로 이를 대신하고 있다. "이 여자도 보통 여자는 아이지 뭐."라는 말로 셋째 딸의 비범성을 드러내는가 하면, "꺼먼 숯이 하얗게 될 때까지 씻느라니까 시간이 많이 갔겠지 뭐."라면서 그 끈질긴 모습을 드러냄으로써 자연스레 공감을 유도하는 모습을 보이기도 한다.

(5)는 사명당의 일본 사행에 얽힌 설화의 일종이다. 이 대목은 그가 발휘했다고 전해지는 신통술의 일부이다. "그래 이 새명단이 거기서 가만이 무쇠가 얼마나 무겁겠소. 하지만 가랑잎 탄 것처럼 물위로 왔다 갔다 하지."라면서 무쇠를 가랑잎처럼 타고 바다를 활보하는 사명당의 모습을 그림으로써 그의 신통술에 대한 공감을 확보하는가 하면, 그 무쇠가 매우 무거운 것임을 적시함으로써 청자와의 인식을 공유하려는 의도 또한 은연중에 내비치고 있는 대목이다.

---

34 무스글 : 무엇을.

(6)은 산삼 캐러 갔던 심마니가 이무기를 만나 산삼을 구하는가 하면, 큰 부자가 되어 잘살게 되었다는 이야기의 한 대목이다. 천 길 낭떠러지에 굴러떨어져 명재경각의 순간에 만난 큰 구렁이가 바로 용으로 승천 못 한 이무기였던 것이다. 심마니는 이 이무기의 부탁과 지시를 믿고 천년 묵은 여우를 찾아가 여의주를 구해다 주니 그 이무기는 마침내 용으로 승천할 수 있게 된다. 이 일의 대가로 심마니는 용의 지시를 따라 쓸모없이 버려진 땅을 차지하고 큰 부자가 되어 선행을 베풀며 잘살게 되었다는 이야기이다. 이 과정에 그는 원님을 찾아 황무지로 버려진 광활한 땅을 헐값으로 샀는데, 그 땅이 천지개벽으로 인하여 옥토로 바뀜에 그는 큰 부자가 된다. "그 원님이라는 게 그 제일 큰 지금 말하면 행장35이겠지."라면서 원님의 권능에 대한 설명조의 개입이 있는가 하면, "그래 아무리 옛날의 그런 원님이라도 제 도장은 승인하는 모양이지."라는 부분에서는 공감 유도를 통해 문화적 소통과 함께 인식의 공유에 이르는 모습도 아울러 유추할 수 있을 것이다.

(7)은 만득자의 죽음에도 불구하고 기이한 손자를 얻게 되는 과정에 얽힌 이야기이다. 먼저, 나이 오십이 넘도록 아이를 갖지 못한 노부부가 지극 정성의 기도 끝에 아들 하나를 얻어 쉰둥이라 부르며 행복한 삶을 누리게 된다. 그런데 늘그막에 얻은 이 만득자가 열여덟에 갑자기 병사를 당함에 노부부는 슬픔을 이기지 못해 시신을 앞에 두고 밤낮으로 울며 세월을 보내다가 용한 스님을 만나 자식을 살려달라고 애걸복걸한다. 이를 딱히 여긴 스님은 "이미 죽은 사람은 다시 돌아오지 못한다. 이미 죽었지만 대는 이을 수 있다."라며 가만히 비법을 알려준다. 그 비법이란, '십자 거리에 집을 짓고 죽은 쉰둥이를 부엌 바닥에 매장해 두고 살면 손자를 볼 수 있을 것'이라는 내용이다. 스님의 지시대로 그곳에 집을 짓고 살던 중이었다. 그러던 어느 날 전라감사가 평양감사로 부임

---

35 행장 : 행성(행정구역 단위)의 우두머리.

하던 행차가 이 십자 거리를 지나게 되었는데, 그때 엄청난 폭우가 쏟아지므로 이 십자 거리 노부부의 집에서 비를 피하던 중이었다. 이때 감사의 딸이 부엌에서 오줌을 누는데, 쉰둥이가 감사의 딸에게만 보이고 다른 사람은 볼 수 없는 환영으로 나타나 감사의 딸을 겁탈하게 된다. 그런 이후로 열 달이 지나자 감사의 딸이 아이를 갖게 되는데, 딸의 임신에 얽힌 기막힌 사연을 알게 된 감사가 내리는 명령이다. "그 감사의 명령이 떨어지지. 그래 어느 명령이라고 거역하겠소." 나는 새도 떨어뜨린다는 권세의 상징인 감사가 내린 명령이 지엄함을 잘 드러내면서 자연스레 청자의 공감을 유도하는 대목이다. 전후 사정을 파악하게 된 감사가 조용히 '딸을 그 노부부네 집으로 보내어 후손을 잇게 하였다'는 것이 바로 감사가 내린 지엄한 명령이었다는 내용으로 마무리되는 이야기이다.

3)논평과 해석

구술자 스스로가 자신이 이야기한 설화 내용의 일부나 전체에 대한 느낌과 해석, 그리고 해당 부분의 가치에 대해 평가하는 모습으로 자신의 목소리를 드러내는 경우이다. 이는 해당 설화에 대한 개별적 평가로서의 성격과 함께 설화 일반에 대한 자신의 견해 즉, 설화의 효용성에 관한 생각을 담고 있는 경우도 보인다. 설화의 효용성은 교훈적인 경우와 비판적인 경우로 나눌 수 있는가 하면, 때로는 이 효용성이 구술자의 자부심과 사명감으로 나타나기도 하는데, 이 경우의 구술자는 잠재적 지도자 흉내내기의 모습으로 비치기도 한다.

(1) 옛날 이씨조선 때 이 세조임금이 에, 무서운 폭군인데, 이 임금이 어떻게 임금의 자리에 올라앉게 됐는가? 본래는 단종이라는, 단종이 그 임금이 되았을 땐데, 단종이 그 어리다 말이야. 그때 아버지가 일찍이 돌아가. 아버지 다음에

그 아들이 하는 게이까,[36] 아버지가 돌아가다나이까[37] 단종이, 어린 단종이 열 맷(몇) 살짜리가 임금이 됐다 말이야, 됐는데. 이 세조이 임금 자리가 욕심이 났어. 세조는 그게 그래이까 그 삼촌이라 말이야 그 단종의 삼촌이지. 자리가 욕심이 나서 모해를 꾸몄다 말이야 모해를 꾸몄어. 두루두루 그 신하들과 이래가지고서 는[38] 모해를 꾸며서 그거 떨구구서[39] 자기가 임금이 떠억 됐지. <기이한 인연> - 손창석

(2) 가면서 어떻게 뭔지 짐작 없지 뭐. 근데 또 한 번은 범이 턱 나타났다, 범이가.[40] 옛말이 웃긴 게. 그리까 범이 척 나타나서 말이야 아 이러면서 절을 하지. 아 이게 이상하다. 범이 나왔으믄 혼비백산할 지경인데 범이라는 게 참 그래.

"아이, 호랑님 나는 신선 만나러 가는데, 나는 잡아먹지 말고 어떻게 내 무사히 가게 해 달라." 하이까 "아, 그럼 그렇다"는 게거든 범이가. <차돌이와 쇠돌이> - 손창석

(3) 아, 밥을 어저는 먹어야 되겠는데, 아 배고프다 말이야. 이거 밥도 해결해 주는지 모르겠다. 그래서 뚝 뚝, "배고파 기러는데 밥이나 좀 주시오." 했다 말이야, 뚜드리며. 그래끼[41] 또 어떤 일 생기는가 하이까 도깨비가 말이야 도깨비서니[42] 턱 나왔다 말이야. 아이 이거 무시[43] 기가 차지. 도깨비라는 게 아주 그 사람 상상해 만든 긴데 도깨비란 놈이 과연 무섭지. 이런 키라는 게 구척이나 되구. 눈까리 시뻘건 게 아이 여기 뿔두 나구 이런 게라. 손톱이랑 이마이(이만큼) 길구. 아이 이 겁이 나서. <차돌이와 쇠돌이> - 손창석

---

36 하는 게이까 : 하는 것이니까.
37 돌아가다나이까 : 돌아가시니. 돌아가시다 보니.
38 이래가지고서는 : 이렇게 해서. 이리 이리하여.
39 떨구구서 : 쫓아내고서. 떨구다 : 쫓아내다.
40 범이가 : 범이+가. 주격조사 중첩.
41 그래까 : 그러니까.
42 도깨비서니 : 도깨비란 것이.
43 무시 : 무섭게. 매우.

(4) 그래 이거 무엇을 설명하는가? 그러니까 효도, 응! 그 나무(남의) 자식이래도 시아버지 홀로 나서 고독하게 이런 짝을 잃어버린 노인들은 늘그막에 늙어 죽을 뿐이고 그거는 고독하고 슬퍼하고 아주 섧어 하고 이게 있지. 그런데 이렇게 되니까 웃지 않고 기색이 아주 영 초라하게 구게졌지. 그러니까 이거 웃겨보느라고 그 며느리 자기 머리를 깎아 팔아서 그 다음에 그 음식을 차리고, 자기 춤까지 췄으니까 이게 우리 조선의 그 아주 그 민족의 미담이지. <박문수 대감의 제주도 방문> - 김경준

(5) 옛날에 이제 한 가정에 한 부부가 살구. 정말 이제 장가들어서 근근 삼십 년 만에 아들을 척 낳았지 뭐. 아들을 낳았는데, 아들을 낳아서 야덟(여덟) 살을 떡 먹이구나니까 아주 서방을 보낼[44] 생각이 불뚝 난단 말이. 그런데 조선에는 어떤가 하며는 그 망할 나라에서 자기 자식은 열 살 전에 장가 보내구, 데려오는 며느리는 스무 살 가까이 먹어야 데려온단 말이. 어째서 이러는가? 데려와서 머슴을 시키자는 이런 뜻이 하나 있었지. <여덟 살짜리 서방과 열여덟 살짜리 신부> - 김분순

(6) 아마도 옛날부터 조선에 선비들은 효도로써 자기를 단속했고, 충신으로써 자기를 훈계했던 모양입니다. <효도하는 아이> - 김영덕

(1)은 첫머리에서 세조가 폭군임을 단정하는 모습을 보인다. 이어서 세조가 왕이 되는 과정을 통해 그 폭군으로서의 근거를 제시하고 있다. 그 근거란, 신하들과 모해謀害를 꾸며서 어린 나이에 왕위에 오른 조카를 쫓아낸 사건이다. "모해를 꾸며서 그거 떨구구서 자기가 임금이 떠억 됐지."라는 언급은 바로 그 부당성에 대한 구술자의 논평이자 해석이라 이를 만한 것이다. 조선왕조 말기 서유영의 금계필담에 수록된 동일 계열 이야기 즉 〈기이한 인연〉에 보이는 계유정난의 중립적 언급에 비해, 여기서는 구술자의 논평이 매우 직접적이고

---

44 서방을 보낼 : 혼인시킬. 장가를 보낼. 서방가다 : 장가가다. 시집가다.

단정적임을 보여주는 대목이다.

(2)는 악형선제담의 일종이다. 못된 형에게 쫓겨난 착한 동생이 범의 등에 업혀서 서천국의 신선을 만나러 가게 되는 대목이다. 보통 상식으로는 범이라면 무서워서 도망을 치고 말 일이다. 여기서 구술자는 "옛말이 웃긴 게 (중략) 아! 이게 이상하다. 범이 나왔으면 혼비백산할 지경인데 범이라는 게 참 그래."라는 언급으로 이야기의 허구성에 대한 자신의 생각을 논평의 형식으로 내보이는 대목이다.

(3)도 위의 (2)와 동일한 작품의 한 대목이다. 여기서는 도깨비의 도움으로 배고픔을 해결하는 장면에 앞서 나오는 부분이다. "도깨비라는 게 아주 그 사람 상상해 만든 긴데 도깨비란 놈이 과연 무섭지."라면서 도깨비의 무서운 형상을 구체적으로 그리고 있다. 여기서 구술자는 자기 이야기의 신이로운 해결 부분에 등장하는 도깨비 등의 등장인물이 바로 꾸며낸 내용임을 논평적인 방식으로 알려주고 있다 할 것이다.

(4)는 아내를 먼저 보내고 늙은 몸으로 고독과 실의에 젖은 나날의 아버지 마음을 위로해드리기 위한 아들과 며느리의 갸륵한 효성에 얽힌 이야기이다. 늙고 외로운 아버지를 위해 머리카락을 팔아 술과 음식을 장만하고, 물동이에 바가지를 엎어놓고 장구 장단을 두드리며 그에 맞춰 춤을 추는 등의 효행을 목격한 어사 박문수의 민정 시찰 이야기의 일부이다. 이 이야기 끝에 구술자가 개입하여 그 의미를 논평 해석하는 대목인데, "이게 우리 조선의 그 아주 그 민족의 미담이지."라는 언급은 바로 교훈담을 민족의 미담으로 기리는 논평과 해석이라 하겠다.

(5)는 〈여덟 살짜리 서방과 열여덟 살짜리 신부〉라는 이야기의 도입부이다. 이 이야기는 말썽꾸러기 어린 신랑의 언행을 부각함으로써 조혼의 폐단을 지적하고 비판하는 내용이 많다. "그런데 조선에서는 어떤가 하며는, 그 망할 나라에

서 자기 자식은 열 살 전에 장가보내구, 데려오는 며느리는 스무 살 가까이 먹어야 데려온단 말이...데려와서 머슴을 시키자는 이런 뜻이 하나 있었지"라는 부분에서 우리는 조혼에 대한 구연자의 논평과 함께 그 사회적 배경까지 더듬을 수 있다. 다른 한편으로, 이 이야기의 끝부분에서는 어린 나이에도 불구하고 자기 각시의 위기 상황을 해결해 주는 신랑의 지혜를 아울러 담아냄으로써 이야기로서의 재미를 확보하는 모습을 보이기도 한다.

(6)은 그늘을 옆에 두고도 뙤약볕에서 책읽기를 고집하는 아이에게 한 과객이 그 이유를 물었더니 "뙤약볕에서 어머니와 아버지가 괴로움을 무릅쓰고 집안을 위해서, 아들인 자기를 위해서 일하신다는 것을 잊지 않기" 위함이라 대답한다. 아이의 이와 같은 언행에 대해 "아마도 옛날부터 조선에 선비들은 효도로써 자기를 단속했고, 충신으로써 자기를 훈계했던 모양입니다."라면서 이야기를 마무리하는 구술자의 논평이 조선 시대 선비 일반의 충효 관념에 대한 해석으로까지 이어지는 의미를 지니고 있다고 이를 만하다.

4) 비판적, 이데올로기 지향적 시각[45]의 발현

구연자 스스로 설화의 일부나 전체적 내용에 대해 직접적 목소리로 비판적 시각을 피력하거나, 아니면 비판의 심사를 이데올로기 지향적 시각을 통해 드러내는 경우를 말한다. 여기서의 이데올로기는 주로 공산주의 지향의 반봉건·반부패, 지배층을 겨냥한 적대의식 등으로 나타나는 경우가 많다. 그런가 하면, 가끔은 사대적 중화의식, 자존적 민족의식 등의 모습으로 나타나기도 하는데, 여기서 사대적 중화의식과 자존적 민족의식은 서로 어긋나는 명제인 듯하다.

---

45 이데올로기 지향적 시각은 주로 정리설화에서 많이 표출되고 있다. 구연설화에서는 그 빈도 및 정도가 그리 심하지는 않지만, 그래도 중국조선족 구연설화의 한 특징으로 논의할 만한 가치가 있음은 분명하다.

하지만 중국조선족이 처한 중화인민공화국 구성원으로서의 지향가치와, 독자성과 고유성을 지닌 문화민족으로서의 지향가치라는 관점에서 볼 때 이는 배척보다는 공존 관계라는 합일점으로 수렴되어야 할 명제가 아닌가 한다.

(1) 그래 그 속리산 아래에 그 마을에, 첫 마을에 가서 집을 잡구 사는데, 집을 좋은 기와집을 짓구, 거기서 둘이서 아기자기하게 사랑을 하매 살았지. 근데 한 칠팔 년 지난 다음에 어저는 아들이 이래 크지. 칠팔 년 이후에 세조 임금에게 무슨 일이 생겼는가 하이까. 세조 임금이 또 거기는 또 부패한 놈이니까 전국 각지 명승지를 유람하러 댕긴단 말이야. 그러이까 숱한 인마를 거느리고 그 뭐 북을 치고 나발을 불면서, 그 인마가 군대까지 숱한 게 따랐어.   <기이한 인연>
- 손창석

(2) 이 밀양부사의 배를 가르고서 그 간을 빼서 부인을 먹일 계획이란 말이야. 이게 임금이 이런 임금이라 말이야.

'요게 괴물이까는 어떻게든 내 어떻게 처리하겠다 가능하면.' 여우가 변한, 여우가 사람으로 변한, 여우란 원래 요사한 놈인데 요게 변해서 임금님께 붙어 가지고 임금을 지금 못 살게 하구 나를 죽여야 되겠다는 요런 기라.   <밀양부사의 이야기> - 손창석

(3) 그 좀 지식이나 있고 글깨나 읽은 이런 선비가 지금 길을 가다가 해가 지게 되자 에 그, 술 생각이 났지 술 생각이. 술이나 한잔 먹구 걸어갔으믄 좋겠다 해서 그, 한 그 동네에 떡 가이까 어디 술집이 있는지 모르겠다 말이야. 그래서 지금 지나가는 농민을 보고 물어봤지. 이게 지금 그 선비라구, 그래 지식인이라구 아주 그 고상하게 말하느라구 뭐이라구 말하는가 하이까.

"여보, 이 동네에 주가가 어디에 있소?" 했거든. 주가라는 거 술집이란 말이지.
"주가가 어디에 있소?" 이랬다 말이야. (중략)
"이 마을에 주가는 없소이다. 박가, 김가, 마가, 최가 이거 다. 근데 주가는 없소이다."

그래 그 다음에는 이놈의 지식 분자, 선비라는 놈 새끼 요 새끼 요게 또 우푼[46] 놈이거든. 자기를 골려줄라 하거든. 자기를 골려줄 그놈의 농민을 보고 골려줄깐 해서 어 그거는 그래 퇴임하구서,[47] <나그네와 농부> - 손창석

(4) 우리 조선 나라의 그 명의를 그다음에 불렀지. 부르이 조선이라는 나라 그 팔도, 이전에는 팔도로 나뉘었는데, 그 쪼꼬마한 나라인데 명의라고는커녕 아무런 의사, 좀 그 배앓이병도 온전히 떼는[48] 의사 없단 말이야. (중략)

그래서 이제 거기서 중원 천자의 그 병을 봐 주구, 병을 침을 놔 주구서는 중원천자의 병이 호전되구 중원에서 그 나라에서 뭐인가믄 조선에다 예물을, 조선 나라의 그 왕한테다 예물을 갯다가[49] 그 금과 은으로. 그 다음에 천을 숱한 거 말이, 필[50]을 마필에다서[51] 이렇게 실어서 이래 조선나라에 뭐인가믄 보냈어. 이 사람이 배로, 지금 후에 배를 타고 오는데, 이래 오는데 이 사람이 그 접경지대에 와가지구 조선하구 중국 접경지대에 와서 아무리 생각해 봐도 이 금자호동침은 중국의 보물이란 말이. 중국 보물인데 이걸 내 가지구 조선에 가면 내 중국 선배들, 중국 선조들한테 벌을 받는다. 이게 중국의 보물인데 내 못가지고 간다. 그래 이 사람이 그걸 그 침을 그 국경연선(국경선상)에 가 가지구서는 그 다음에 말했지.

"이거는 실지 내가 명인인 게 아니라 이거는 너 나라의 보물인데, 이거는 내가 범한테 잡혀가서 이 보물을 범한테서 선사를 받아 가지구 이걸 가지구 너의 황제를, 너네 왕을 치료를 했는데. 결국은 이게 내 의술인 게 아니라 너네 그 보물의 덕택으로 너네 왕이 뭐인가믄 병이 나았는데, 이걸 가지고 가면 너네 중원나라에 내 죄를 진다. 역사의 죄를 지니까 이걸 너께 돌려준다."

그래 그 침을 돌렸단 말이. 돌리니까 '아 그러면 그렇겠지. 조선나라에 그 쪼꼬

---

46 우푼 : 우스운. 웃브다 : 우습다의 고어.
47 퇴임하구서 : 그만하고. 그 정도로 하고.
48 떼는 : 고치는.
49 갯다가 : 가져다가.
50 필 : 피륙을 헤아리는 단위. 광목의 경우에는 통이라고도 함.
51 마필에다서 : 말 몇 마리에다.

만 손바닥만한 나라에 무슨 놈의 의사가 그리 잘해서 중원의 그 황제의 병을 봤겠는가.' 그래서 결국은 그 침을 조선왕이가 왕국에 대비 돌렸답니다. <중원천자가 조선국에 명의를 청함> -김경준

(5) 옛날에 중국 사신이가[52] 조선 형세가 어떻는가 이래서 한번 시찰을 나갔단 말이. 그래서 압록강 부두에 턱 나가서 손가락을 서이르[53] 척 내 흔들었단 말이예. 손가락 서이가, 이건 무슨 의미인가 하니까네 '천황, 인황, 지황 세 개 왕을 알 수 있느냐?' 이놈이 물어봤는데(중략)

그래 손가락 다섯 개를 척 내보이며, 나는 삼황을 물어 봤는데 이 양반은 삼황을 알 뿐만 아니라 염제 실록씨[54]를 알구, 태희 복기씨[55]까지 오지까지[56] 아는구나. 이렇게 떡 중국 사신이 떡 판단하구 돌아왔습니다. 아! 조선이 인재가 많으니 안 되겠다구.

그래 몇 해 후에 또 중국 사신이가 한번 턱 압록강 부두에 나가서 배를 불러, 세우니까 타구 나가는데, 조선 뱃사공이가 안질이가 한 짝이 멀었단 말이다. 그래 중국 사신이가 찬찬히 보다가서 뭐라고 했는가 하니까 담배 종이를 꺼내서 거기에다가 뭐라고 썼는가 하니까 '좇다 사공목[57] 했단 말이. 네 눈을 새가 쬐어 먹었구나. 그래 이 양반이 그 쪽지를 턱 보니까 고놈이 나쁜 놈이란 말이. 그래서 그다음에 찬찬히 보니까 코이 한쪽으로 삐뚤어 나왔거든. 그래 그다음에 화답한 게 '풍치 사신비.'[58] 바람이 불어 네 코가 삐뚤어졌다. 이래서 그 뭔가 하니까 중국 사신이가 "야, 조선에 인재가 있으니까 안 되겠다."그래 쓱 돌아오더랍니다.

<중국 사신을 혼내준 이야기> - 이용호

(6) "야, 너네 모른다. 아이 우리 집 주인 양반 봐라. 얼매나 날마다 고저 고이

---

52 사신이가 : 사신이. 주격조사 중첩.
53 서이르 : 셋을.
54 실록씨 : 신농씨.
55 복기씨 : 복희씨.
56 오지까지 : 오제五帝까지.
57 좇다사공목 : 조타사공목(鳥打沙工目 -새가 사공의 눈을 쪼아 먹었구나).
58 풍치사신비 : 풍측사신비(風仄使臣鼻 -바람이 사신의 코를 비뚤어지게 했구나).

놀구 부채질하며 앉아서 웅! 마을 사람들이 그저 가꿔주는 피땀 빨아먹으면서리 잘 먹구 호식하다나니까 얼매나 피둥피둥 살이 쪘니? 이런데 이거 날마다 나는 그 육중한 몸을 말이, 담아 싣구서리 고저 진탕, 마른 데를 고저 왔다갔다 왔다갔다 하다 나니까 온 하루 동안 얼매나 곤한지 모르겠다. 아이! 이래 이거 밤잠도 바로 오지 않는다 너무 곤해서."

(중략-버선의 신세 한탄-발 고린내 내뿜는 양반)

(중략 -감투의 신세 한탄 - 씩씩거리며 내뿜는 땀 냄새)

"아이 들어 보이까 정말 옳다 말이야. '야, 우리 다 고달프구나.' 그래서 이거 이야기가 끝나는데, 원래 이야기는 어떤가 하니까 에 나막신하구 버선하구 이 영감의 하신이가[59] 얘기한 게란 말임다. 얘기하는 겐데, 게 하신이 하는 이야기.

"아, 너네 모른다. 온 하루 나는 말이, 이 영감게 거꿀루 매달기 해서 말이[60] 댕기는데, 저녁때가 되면 잘까 하는데, 잘까 하는데, 아이 이거 말이, 숱한 첩을 두구, 아이 본댁인데[61] 가서 말이, 어찌 나를 가지고 홀럭대는지 말이, 아이 이래다 나니까 아이, 제구[62] 얻어먹은 말이, 신죽두[63] 다 토해 버린다. 아이 그래 아이 어전 좀 잘까 하니까 아니 이놈 영감이라는 게, 그에서 만족하는 게 아이라 또 작은댁인데 가서, 아이 또 그저 나를 못 살게 구이까 마지막에는 열물꺼지[64] 다 토했다."

그런 얘깁니다. 그래 그거는 우리 여기 사회주의 제도에서는 용인하지 않으니까 감툴루[65] 고치가 그랬는데 그 노인 이얘기가 성省에 우수작품까지 됐었다. 흐흐 흐. <나막신 버선 감투의 불평> 이용득

---

59 하신이가 : 성기가. 하신+이+가(주격조사 겹침).
60 거꿀루 매달기 해서 말이 : 거꾸로 매달려서 말이야.
61 본댁인데 : 본댁에게.
62 제구 : 겨우.
63 신죽두 : 흰죽도.
64 열물 : 미상. 사정 때의 배설물인 듯.
65 감툴루 : 감투로.

(1)은 구술자가 내리는 세조에 대한 윤리적 단죄, 즉 비판의식의 일단을 보여주는 대목이다. 피부병으로 고생하던 세조가 그 치유를 위해 여러 지역의 온천을 두루 찾아다닌 일은 근거 있는 역사적 사실인 듯하다.[66] 그런데 이를 두고 구술자는 "세조 임금이 또, 거기는 부패한 놈이니까 전국각지 명승지를 유람하러 댕긴단 말이야"라면서 질병 치유를 위한 나들이가 아닌 놀이를 위한 유람으로 단정하는 어법을 보인다. 이를테면, 조카를 내쫓고 왕위에 오른 세조에 대한 윤리적 단죄라는 비판의 화살을 그의 나들이에 곧바로 대입시키는 모습이다. 이에 더하여 "그러이까 숱한 인마를 거느리고 그 뭐 북을 치고 나발을 불면서 그 인마가 군대까지 숱한 게 따랐어."라는 말을 덧붙이고 있다. 이로써 세조를 폭군 내지는 부패 군주로 단정짓는 구술자 스스로의 비판의식을 보다 구체적인 모습으로 드러내고 있다고 할 것이다.

(2)는 소위 아랑형 전설이라 불리는 삽화의 일부를 지니고 있으면서도 그와는 사뭇 다른 별개의 작품이다. 먼저, 과거에 응시하기 위해 몰려드는 수많은 사람들을 상대로 특별히 담이 큰 사람을 가려내는 삽화가 이야기의 앞머리에 제시된다. 남의 집살이를 하면서 동냥글을 익힌 한 청년이 과거에 응시하기 위하여 과장 인근의 한 여관에 기숙하였다가 담대한 사람으로 인정받게 된다. 이어서 그는 이튿날의 필기시험에서도 특별 혜택으로 합격의 영예를 누리게 되는데, 이런 과정을 통해 그는 밀양이라는 고을에 부사로 파견된다. 이 부사가 처녀 원귀 사건을 해결하는 삽화는 기존에 알려진 아랑형 전설과 유사하다. 이렇게 원귀 사건을 해결한 밀양 부사가 선정으로 소문이 나면서 급기야는 궁궐의 해괴망칙한 일에 말려들게 된다. 몹쓸 병에 걸린 왕후가 '밀양 부사의 간을 먹으면 나을 수 있다'고 말하는데, 이 말을 믿고 부사를 불러올린 임금을 두고

---

[66] 이에 대해서 금계필담은 세조가 만년에 '절을 두루 돌아다니면서 부처님에게 지난날을 참회하는 기도'차 속리산을 찾았다 하였으며, 1980년대에 채록된 영월지방의 구연설화에서는 '문둥병과 같은 악성의 피부병'이라 언급하고 있다.

"이 밀양부사의 배를 가르고서 그 간을 빼서 부인을 먹일 계획이란 말이야. 이게 임금이 이런 임금이라 말이야." 이런 상황에서 부사는 왕후의 정체가 둔갑한 여우임을 밝혀내게 된다.[67] 이와 같은 공로로 그는 병권兵權을 좌우하는 중앙권력의 실세로 보임되는데, 이를 마다하고 "백성 곁에 가서 백성을 위해서 일하겠다."면서 임지로 돌아와 선정을 펼치게 된다는 결말이다. 무능 무도한 임금에 대한 구술자의 비판적 목소리가 담겨있음은 물론, 권력을 탐하지 않고 백성 곁에서 선정을 펼치려는 부사의 자세가 대비됨으로써 비판적 시각이 더욱 돋보이는 효과를 거두고 있는 모습이다.

(3)은 선비로 대변되는 지식 분자의 자기 과시적 위선에 대한 비판적 시각이 두드러지는 작품의 일부이다. "이게 지금 그 선비라구, 그래 지식인이라구 아주 그 고상하게 말하느라구 뭐이라고 말하는가 하이까, 여보, 이 동네에 주가가 어디에 있소?"라고 묻는다. 농민에게 '술집'을 물으면서 굳이 '주가'라고 말하니, 그 농민이 "이 마을에 주가는 없소이다. 박가, 김가, 마가, 최가 이거 다. 근데 주가는 없소이다."라는 말로 답함으로써 선비의 위선을 비꼬는 모습이다. "이눔의 지식 분자, 선비라는 놈 새끼 요 새끼 요게 또 우픈 놈이거든"이라는 말에 이어서 전개되는 화소 또한 점입가경이다. "당신이 쓴 거는[68] 뭐요?"

"쓴 거는 쓴 것이야. 아이 오뉴월의 외꼭지가 쓰겁지."

위에서 보이는 '이레, 지금 그 선비라구, 그래 지식인이라구' 라는 언급이나 '이눔의 지식 분자 선비라는 놈 새끼 요새끼 요게 또 우픈 놈'이라는 언급은 바로 공산 혁명 이데올로기의 일단을 내비치는 언사인 듯하다. 공산 혁명에서 타도 대상으로 거론되는 전근대적 통치시대의 부패 무능한 지배층을 대변하는

---

67 왕후로 둔갑한 이 여우의 정체는, 밀양부사가 여우굴을 소탕할 때 잡히지 않고 도망친 여우가 한 마리 있었는데, 이렇게 도망친 여우가 바로 둔갑술을 부리는 요물이었던 것이다.
68 머리에 쓴 '모자'를 지칭하며 묻는 말에 '맛이 쓴 외꼭지'로 응대하는 기지 속에 담긴 비판의식이다.

듯한 '지식 분자' '선비 놈'이란 어휘들이 바로 그러하다. 이런 사례는 중국조선족의 정리설화에서 많이 보인다. 정리설화의 이데올로기 지향성은 지배계급 비판과 극단적 대립구도의 설정 등의 구체적이고도 의도적인 모습으로 나타나고 있다.[69] 이 자료는 정리설화 저술자[70]의 손을 거치지 않은 구연현장에서 녹음으로 채집한 설화 그 자체이지만, 구연자의 성향[71]에 따라 간혹 공산주의 혁명 이데올로기에 영합하는 듯한 비판적 성향을 내비치는 사례에 해당한다고 이를 만하다.

(4)는 구술자 개입이 사대적 중화의식 지향의 이데올로기적 모습으로 드러나고 있는 사례의 작품이다. 중국 황제가 불치의 병에 걸려 고생하다가 조선에 도움을 청하기에 이르는데, 이런 요청을 받은 조선에 대해 구술자는 "조선이라는 나라...그 쪼꼬마한 나라인데 명의라고는커녕 아무런 의사, 좀 그 배앓이병도 온전히 떼는[72] 의사 없단 말이야."라는 자기비하적 시선, 즉 사대적 중화의식을 내비친다. 구술자의 이런 인식에도 불구하고 중국에 파견된 의원은 명재경각의 위기 상황에서 신비로운 침을 구하고, 그 침으로 황제의 병을 고치는 행운을 얻게 된다. 이리하여 의원 본인은 물론, 조선의 왕에게도 많은 예물을 실어 보낼 정도로 그는 천하 명의로서의 융숭한 대접을 받게 된다. 그런데, 귀국

---

69 이에 대해서는 이헌홍, 「중국 조선족 설화의 구술전통과 이데올로기 지향성」(한국문학논총 제16집, 1995.12.), 31~56쪽 ; 「중국 조선족 문헌정착설화의 변이양상」(한국문학논총 제20집, 1997.6.) 29~67쪽 등을 참조.

70 이들을 통상 민간문예 연구자 혹은 민간문학 작가로 일컫기도 한다.

71 손창석이 구연한 16편의 작품 대부분이 구비전승되는 설화 본연의 모습에 충실한 듯하다. 비판적 시각에 입각한 구술자의 의도적 개입이 심하지 않다는 의미이다. 구태여 찾는다면, 〈기이한 인연〉, 〈밀양 부사 이야기〉 등에 무능한 왕이나 폭군에 대한 비판의 목소리가 언뜻언뜻 내비치는 모습이다. 그런데, 유독 〈나그네와 농부〉라는 이 작품에서만 양반 지식인의 허위의식에 대한 비판 내지는 폭로가 두드러지고 있는데, 여기서 우리는 공산주의 혁명 이데올로기 지향 의지를 엿볼 수 있다는 것이다. 이러한 현상은 구연자가 중학교 교장을 역임한 분이라는 사실과도 무관하지 않은 듯하다.

72 떼는 : 고치는.

직전에 그 의원이 "이게 내 의술인 게 아니라 너네 그 보물의 덕택으로 너네 왕이가 뭐인가면 병이 나았는데, 이걸 가지고 가면 너네 중원 나라에 내 죄를 진다. 역사의 죄를 지니까 이걸 너께 돌려준다."면서 그래 그 침을 중국에 돌려주게 된다. 그렇게 돌려주게 되니까 "아 그러면 그렇겠지. 조선나라에 그 쪼꼬만 손바닥만한 나라에 무슨 놈의 의사가 그리 잘해서 중원의 그 황제의 병을 봤겠는가."라는 구술자의 자기비하적 목소리가 다시 한번 더 언급되는 모습을 보인다. 중화인민공화국 구성원으로서의 일개 소수민족, 그 소수민족 설화 구연자의 겸손한 목소리 내지는 자기비하적 처세술이 부지불식간에 묻어나는 대목의 일단이라고나 할까. 이 설화의 구연자 김경준이 노인협회장을 지낸 경력의 소유자라는 사실과 이 설화 문맥과의 상관성도 유추해볼 만한 지점이라 하겠다.

(5)는 바로 앞에서 본 중화적 사대의식 지향의 자기비하적 태도와 대조되는 듯한 제목의 작품이다. 〈중국 사신을 혼내준 이야기〉라는 제목에서부터 자존적 민족의식의 발현을 예감할 수 있을 듯하다. 이야기는 두 개의 에피소드로 이루어진 것이다. 그 내용을 살펴보면 첫째 에피소드는 중국 사신 스스로의 오해에서 비롯된 우스개에 불과한 짧은 내용이다. 중국 사신이 손가락 셋을 내밀며 '너희가 어찌 삼황=皇을 알겠느냐는 의도로 물었는데, 그를 본 사공이 손가락 다섯을 내미니 그는 이를 '삼황은 물론, 오제五帝까지도 알고 있다.'로 해석하고는 "아! 조선이 인재가 많으니 안 되겠다"고 내뱉게 되는 뜬금없는 에피소드이다. 이에 비해 둘째 에피소드는 한문에 능숙한 사람이라야 구사할 수 있는 문자화답[73]을 통해 시인 묵객으로 행세할 수 있는 인재가 많은 조선을 드러내고 있다. 이를테면, 문화민족으로서의 자질을 지닌 인재가 만만치 않은 당대의 현실을 드러내고자 한 이야기이다. 이는 바로 자존적 민족의식의 발현[74]이라

---

73 중국 사신과 조선 사공이 주고받은 문자의 구체적 내용에 대해서는 인용한 본문(5)를 참조.
74 이 작품을 구연한 이용호의 〈돌이와 두꺼비〉 또한 자존적 민족의식의 일단을 내비치고 있다.

이를 만한 것이다. 여기서의 자존적 민족의식은 앞에서 본 사대적 중화의식과 그 지향점이 서로 다른 이질적 모습으로 비치는 듯하다. 그러나 조금 더 음미해 보면 이는 중국조선족이 지닌 의식의 양면성이라 해도 과언이 아닐 듯하다. 중화인민공화국을 이루는 한 구성원으로서의 삶과, 우리 민족 고유의 전통문화를 일궈낸 주체적 문화민족으로서의 삶이 공존하는 현실 그 자체가 담고 있는 양면성 때문이라고나 할까.

(6)은 1960년도에 신현구라는 노인이, 68세 때 이용득에게 들려준 이야기이다. 이 이야기를 39년이 지난 1999년 2월에 이용득이 다시 구술한 〈나막신, 버선, 감투75의 불평〉이라는 제목의 작품이다.76 먼저 나막신이 자기 신세가 가장 불우하고 고달프다는 불평이다. 아무 일도 하지 않고 마을 사람들의 피땀이나 빨아먹으면서 호의호식하는 양반, 피둥피둥 살찐 양반이 육중한 몸을 이끌고 이곳저곳 출입하는 걸음걸이를 도맡은 신발이 겪는 고초를 잘 드러내고 있다.

"야, 너네 모른다. 아이 우리 집 주인 양반 봐라. 얼매나 날마다 고저 고이

인용 예문 (4)가 조선 의원의 사대적 행태를 드러내고 있는 작품임에 비해, 여기서는 돌이와 두꺼비라는 두 아이가 특별한 후각을 지닌 사람으로 행세하면서 중국 황제의 잃어버린 보검寶劍을 기이한 방식으로 찾아낸다. 이로써 돌이와 두꺼비는 해결자로서의 당당한 모습으로 대접받고 귀국길에 오르는데, 이들의 재주에 감탄한 조선의 왕이 석함에 두꺼비를 넣어두고 이들의 재주를 확인할 겸 해서 알아맞히기 문제를 제시하게 된다. 이런 위기 상황에서 내뱉은 "아! 돌이래서 두꺼비가 죽는구나!"는 한탄으로 석함의 비밀 또한 우연히 풀어내게 된다. 여기서 벌인 돌이와 두꺼비의 장난기로 인하여 중국의 보물을 찾아주고 그에 대한 보상을 당연한 것으로 받아들이는 모습이 인용 예문 (4)의 이야기 사례와는 그 차원이 다르다는 의미이다.

75 감투 : 복주감투의 준말. 중년 이상 노인들이 주로 쓰는 방한용 모자.

76 이용득이 1969년도에 신현구에게서 들었던 이야기를 1999년에 다시 채록자에게 구연하는 이야기이다. 설화의 구연은 남에게서 들었던 내용을 외워서 구술하는 것이 아니다. 설화의 구연은 구연자 자신이 들었던 이야기의 핵심 줄거리와 특징을 기억한 연후에, 자신의 이야기 창고에 저장하고서 묵혀두었던 것을 자신의 목소리로 다시 엮어내는 창조행위인 것이다. 이는 인간의 언어 활동이 언어 능력을 바탕으로 이루어지는 창조적 정신 활동이라는 학설과 그 궤를 같이하는 것이다. 이용득이 중국조선족의 정리설화 구축에 일익을 담당한 사람이라는 선입관 때문에 그의 구연설화 그 자체를 폄하할 이유는 없다는 뜻에서 덧붙인 말이다.

놀구 부채질하며 앉아서 응! 마을 사람들이 그저 가꿔주는 피땀 빨아먹으면서리 잘 먹구 호식하다나니까 얼매나 피둥피둥 살이 쪘니? 이런데 이거 날마다 나는 그 육중한 몸을 말이, 담아 싣구서리 고저 진탕, 마른 데를 고저 왔다갔다 왔다갔다 하다 나니까 온 하루 동안 얼매나 곤한지 모르겠다. 아이! 이래 이거 밤잠도 바로 오지 않는다 너무 곤해서."

나막신의 불평에 이어서 버선은 제대로 씻지도 않으며 곳곳을 출입하는 양반의 발 고린내 때문에 고통스럽다는 불평, 이에 뒤질세라 본댁과 첩댁을 무시로 드나들며 흘리는 비지땀을 고스란히 도맡을 수밖에 없는 감투의 신세 한탄이 더해진다. 그런데 감투의 정체가 머리에 쓰는 물건이 아니라 남성의 하신, 즉 성기를 지칭한 것이라는 해명이 덧붙으면서 이 이야기의 원래 모습은 외설적 성격의 유희담이었음이 드러난다. 그 까닭은 당대 사회주의의 미풍양속 중시 풍조 때문에 성행위를 노골적으로 암시하는 '하신'이라는 단어가 이 문맥에서 금기시되었던 사정을 보여주기 때문이다. 아래의 인용문이 바로 그러하다.

"아이 들어 보이까 정말 옳다 말이야. '야, 우리 다 고달프구나.' 그래서 이거 이야기가 끝나는데, 원래 이야기는 어떤가 하니까 에 나막신하구 버선하구 이 영감의 하신이가[77] 얘기한 게란 말임다. 얘기하는 겐데, 게 하신이 하는 이야기. (중략 -영감의 하신으로 매달려 갖은 고통을 겪는 남성 성기의 불평) 그런 얘깁니다. 그래 그거는 우리 여기 사회주의 제도에서는 용인하지 않으니까 감툴루[78] 고치가 그랬는데 그 노인 이야기가 성*에 우수작품까지 됐었다. 호호호."

여기서는 남성의 성기를 지칭하는 '하신'이라는 어휘를 직접 드러내어 쓰지 못하고, 머리에 쓰는 '감투'라는 말로써 이를 대신하여 구술할 수밖에 없었던 사정을 잘 알려주고 있다. 성행위 그 자체를 직접적 언사로 구술해서는 곤란한

---

77 하신이가 : 성기가. 하신+이+가(주격조사 겹침).
78 감툴루 : 감투로.

사회적 상황과 함께, 그러한 상황에서 개최된 이야기 대회의 사정 등을 두루 짐작할 수 있는 대목이라 하겠다.

5) 설화관

구술자 자신의 설화에 대한 생각이나 관념 즉 설화관을 피력하는 내용을 말한다. 설화 일반의 효용, 기능 등과 함께 특정 설화의 내력과 근원 등을 담고 있는 경우가 대부분이다. 설화의 효용은 상호 소통과 교류가 이루어지는 구연현장, 그 마당에서 함께 즐기는 오락으로서의 재미에 있다고 할 것이다. 설화의 기능으로는 지식과 교훈의 전수, 충효열 등 통치이념의 선양, 모순 부조리의 현실에 대한 비판 정신의 함양 등을 들 수 있을 것이다. 이러한 기능이나 효용은 대중매체가 발달하기 이전의 폐쇄적 시공에서 더 큰 영향력을 발휘할 수 있었을 듯하다. 이 책 제2부의 설화들은 1999년과 2000년에 구연 채록한 것이다. 중국이 개혁 개방 정책을 펼치고 우리나라와 개교한 지 7~8년 정도 될까 말까 한 때이며, 그 구연자 대부분이 노인들이기에 설화 구연 현장의 재미나 분위기 등에 비교적 익숙한 사람들이다. 게다가 개혁 개방 이전의 중국 조선족 사회는 농경이 주요 생업이었다. 그러므로 농한기의 농민들은 상호 소통하면서 즐기는 오락의 일환으로 설화 구연의 현장을 즐겨 마련하였던 듯하다. 이 현장은 자연 발생적 모임일 수도 있고, 의도적 기획으로 마련된 모임도 많았던 듯하다.[79] 이런 현장에서 볼 수 있는 구연자의 설화관을 몇몇 들어두고자 한다.

(1) 함경북도 사실인데, 이씨하구 김씨. 남과 남이지 뭐. 남과 남인데 아주 친형제처럼 다정하게 지내는데 말이야. 이씨라는 사람은 서른다섯 살이구 김씨는 서른두 살이구. 그래 둘이 남과 남인데 아주 형제간처럼 다정하게 형제를 맺고

---

[79] 이에 대해서는 이헌홍, 김동훈, 우상렬, 임철호 등의 연구성과들을 두루 참조.

살았단 말이오. 그런데 이씨 형님은 말이오, 어디로 가서 한 일주일씩 있다가 오면 그저 돈을 잔뜩 가지고 벼락부자가 된단 말이. (중략)

그래 며칠을 그랬더이 아, 돈을 마이 벌었단 말이, 숱한 사람 죽여가지고. 그러 이 동생을 살가(살려) 놓으면 자기가 마을에 와서 폭로되겠지. 그러이까 죽이고 와야 된단 말이오. (중략)

아이, 정말 죽었거이 했는데, 한 다섯 너덧 달 지나도 소식이 없으이까 정말 죽었거니 했는데, 왔다이까나 아이 깜짝 놀라 밥이 모가지에 막혀 썩어지더라 하재이요,[80] 죄를 만나서. <함경도 지방 이야기> - 배금순

(2) 이런 말을 노인들이 하는데, 게 농촌 마을이라 문화가 없고, 인차 배운 게 그게 다 전설인데, 이런 걸 가지고 하다나니까 그게 무슨 완전한 뭐이도 아이고 그저... <사명당의 일본 사행> - 김경준

(3) 그래 그러이까 그 물이가, 지금 이런 베갯모처럼 세운 돌이 있는데 그게 그때 중원에 있는 생불하구 조선의 용이 싸움을 하면서 터를 잡을 때 세워놓은 그 귀틀돌[81]이라는 게지. 그래 그 밑으로 지금 뭐인가믄 말이야. 그냥 더운물이 온수가 나오고, 기실은 그게 땅속에서 나오는 온천이겠지 뭐. 그런데 중국 중원에 그 뭐인가믄 말이야 그 생불이 해를 내리쪼여서 끓여 놓은 물이. 그 물이 지금도 뭐인가믄 더워서 흘러 내려온다는 그런 거짓말이지.[82] 그래 기실 이래서 오타수물 의 형성됐다는 이런 말을 옛날에 우리 아버지가 이런 옛말을 어느 책에서 본 것도 아니고 들은 것도 아니고 그저 옛말로 내려온 것입니다. <단발령에 깃든 이야기> - 김경준

(4) 이야기는 많지만 어떤 이야기들은 아주 신기하기도 하고, 생각하면 할수록 그럴 수가 있겠느냐 하는 이런 이야기들도 많이 있는 것입니다. 예, 오늘은 범에게 물려간 이야기를 하나 할까 하는데...(중략) 이래서 사람들은 이야기를 한입 두입 건너서 여러 사람들이 다 알게 됐습니다. 최영감은 참 신기하다고 하는 사람들이

---

80 썩어지더라 하재이요 : 죽었더라 하였지요. 죽었더라 하지 않겠어요?
81 귀틀돌 : 주춧돌.
82 거짓말이지 : 구전되는 설화를 지어낸 이야기 또는 근거 없는 이야기로 인식함. 구연자의 설화관.

있는가 하면, 최영감이 뭐 어떻게 했길래 범에 물려갔다가 되살아 돌아오는가 하고 의심을 가지는 사람들이 아주 많았던 것입니다. 그렇지마는 어쨌든 그때부터 이런 말이 남은 것만은 사실이라고 합니다. 다른 것이 아니라 '범에 물려가도 정신만 차리면 살아난다.'하는 말인 것입니다. <범에 물려간 이야기> - 김영덕

(5) 옛날에 우리 조선 사람들은 아버지는 자식들을 사랑하고 자식들은 또 부모님께 효도하는 이러한 미덕이 전해져 내려왔습니다. 물론 이것이 어떤 사람들이 인정하는 것과 같이 유학의 가르침이라고, 유학이 보급되어 사람들이 자식을 사랑하고 부모에게 효도한다고 이렇게 이제 말하고 있지만, 기실 부모가 자식을 사랑하는 것, 또 자식이 부모에 효도하는 것, 그 인륜이 그렇게 된 것입니다. 혈육 관계로서 그것을 저도 모르게, 또 아주 그것이 전통적으로 이어져 내려온 것입니다. 물론 이런 이야기는 다 사실이 있었는가 하는 것은 모르겠지만 그런 생각을 좋은 생각, 그런 일을 좋은 일이라고 선양한 것만은 사실입니다. <시어머니께 효도한 며느리> - 김영덕

(6) 저, 소학교 댕길 때 6학년 때인데, 우리 담임 교원이 이야기를 잘하지. 선생이 역사 시간이믄 역사책을 강의하는 게 아니라 그 역사책에 무슨 과목에 나오는 거기에 대해선 책을 저쪽으로 하구, 옛날이야기를 한단 말이야. 쭉 이야기를 하지 뭐, 조선이야기를. 그런데 또 이 바보 온달전 이게 나오니까 그 다음 바보 온달에 대한 이야기 이것두, 그 뭐 전몽지[83] 죽던 이야기, 이런 거 다 잘하데. 우리 요번에 생동하게[84] 생각나서 이야기를 이것두 더러 많이 났지. 바보 온달전에, 그러니깐 그 양반이 얘기하던, 나도 그 양반처럼은 못하는데 그 양반은 원래 구술 재간이 있단 말이. 거 잘하지 응. 그래 우리 들은 겐데. <바보 온달전> - 최형주

(1)은 제목부터 특정 지역에 바탕을 둔 이야기라는 점에서 주목을 끌고 있다.

---

83 전몽지 : 문맥으로 보아 정몽주를 지칭하는 듯.

84 생동하게 : 생생하게.

게다가, 첫마디부터 "함경북도 사실인데"라면서 이어지는 내용 또한 실화인 것처럼 전개되는 모습이다. 세 살 차이인 이씨와 김씨는 서로 남남인데도 친형제처럼 다정히 지내고 있다는 사정과 함께, 일주일 전후의 기간으로 외지를 다녀올 때마다 거금을 벌어서 돌아오는 형님 이씨의 행각 등이 사실을 말하는 듯한 흐름으로 이어지는 느낌을 보인다. 이런 형님을 부러워하며 동행을 간곡히 부탁하는 동생 김씨의 요구를 거절하기만 하던 형이, "너 정 그러면 그저 나를 따라가도 말이야, 내 시키는 대로 뭐든지 해야 되지 그러지 않으면 안 된다."는 조건을 제시한다. 이에 그 조건을 '반드시 지키겠다'는 아우의 다짐을 받고는 동행을 허락하게 된다. 이렇게 하여 그들이 이른 곳은 중국, 쏘련, 조선 삼국의 변경지였는데, 이씨 형님은 그곳에 임시 거처를 마련해놓고 거기에 머물면서, 외국으로 돈벌이 떠났다 돌아오는 사람을 살해하고 돈을 빼앗는 강도였던 것이다. 이런 상황에서 형이 '이제 네가 나의 정체를 안 이상, 너도 강도짓을 함께 하지 않으면 죽이겠다'며 협박하는데, 이러한 형의 요구대로 동생도 따라다니며 모든 과정을 목격하게 된다. 이로써 동생 또한 묵시적 공범자의 처지로 몰리는 신세가 될 수밖에 없다. 이렇듯 동생과 함께 다니며 사람을 죽이고 돈을 많이 강탈한 형은 아우와 함께 귀국하면 자신의 강도짓이 탄로될까 두려워 동생이 스스로 바위 절벽에서 떨어져 죽도록 몰아간다. 이런 압박을 통해 동생이 절벽에서 뛰어내리는 것을 확인한 형은 그렇게 떨어진 동생이 죽은 것으로 믿고 혼자 귀가한다. 혼자 돌아온 형은 동생 부인에게 "아무개 동생은... 자기는 며칠을 돈 더 벌어가지고 오겠다"고 하기에 '나 혼자 먼저 왔다'고 거짓으로 꾸며댄다.

한편, 형의 강요와 협박에 못 이겨 절벽에서 뛰어내린 동생은 요행히도, 이전에 형이 저지른 강도짓의 제물로 살해되어 내던져진 수많은 시체 더미 위에 떨어져 구사일생으로 목숨을 건지게 된다. 이렇게 살아난 동생은 먼저 죽은 사람의 윗도리 솜 누비 속에 감춰진 돈을 찾아내어 그 돈으로 떠돌아다니다가

한 달 만에 집에 돌아와 아내에게 자초지종을 말하게 된다. 이렇게 귀가한 후에도 동생은 다섯 달을 숨어 지내게 된다.

그러던 어느 날 동생의 아내가 이씨 형네 집을 찾아감으로써 이야기는 결말로 치닫게 된다. 형의 면전에서 "'우리 아무개 아버지 왔다'하이까나 '응!'하면서는 아이, 정말 죽었거이 했는데, 한 다섯 너덧 달 지나도 소식이 없으이까 정말 죽었거니 했는데, 왔다이까나 아이 깜짝 놀라 밥이 모가지에 막혀 썩어지더라 하재이요,[85] 죄를 만나서..."라며 마무리된다. 여기서 보이는 결말부의 어법은 사실성과 허구성 양자를 두루 지니고 있는 듯하다. 변경지역에서 빈발하는 강도 살인 사건의 개연성 등으로 미루어 보건대 이 이야기의 소재는 사실을 바탕으로 하고 있는 듯한 느낌을 줄 만하다. 그런데 동생이 틀림없이 죽었을 것이라 생각하며 형은 안심하고 살고 있다. 그러던 어느 날 그 형에게 동생이 느닷없이 들이닥치니 그로 인한 놀라움 끝에 사망에 이르는 장면에서는 '깜짝 놀라 밥이 모가지에 막혀 썩어지더라 하재이요'라면서 은연중에 허구성을 드러내는 모습을 보인다. 사실을 가장하는 듯한 설화의 허구적 수법이라고나 할까.

(2)는 사명당의 일본 사행에 관련된 여러 이야기 중의 하나로 보인다. 이 설화는 ①사명당이 일본 사신으로 결정되는 과정에 얽힌 사연, ②사행 직전에 사명당이 자신의 사신 선정 결과를 비난한 사람들을 처치하는 삽화, ③99칸 병풍의 글귀 외우기 삽화, ④무쇠집에 감금하고 방화 살해하려는 음모와 관련되는 삽화, ⑤뱃놀이를 가장한 수장 살해 음모와 그 극복에 얽힌 삽화, ⑥위기 극복 후의 사명당이 일본에 인피 300장, 불알 서 말 등을 요구하고 받아내는 삽화 등으로 마무리되는 내용이다. 이어지는 결말부에서 우리는 구연자의 설화관을 읽을 수 있을 듯하다.

"그래서 한번 조선 황제가 일본 나라에 그 조한朝翰을, 서산대사의 제자 새명

---

85 썩어지더라 하재이요 : 죽었더라 하였지요. 죽었더라 하지 않겠어요?

단이를 보내 가지구서 한번 조선 그 약소국가로 일본 놈들한테 없이 보이구 이러던 게 한번 일본 놈을 데비[86] 까꾸로 내리누르고 일본에 그런 승리를 했다. 이런 말을 노인들이 하는데, 게 농촌 마을이라 문화가 없고, 인차 배운 게 그게 다 전설인데, 이런 걸 가지고 하다나니까 그게 무슨 완전한 뭐이도 아이고 그 저..."

사명당설화의 허구성을 사실과 거리가 있는 것으로 해석하면서 그 까닭을 전승집단의 문화적 분위기, 혹은 '전설'(전해 내려오는 이야기) 때문인 것으로 치부하는 모습 말이다. 이런 설화관은 동일 구연자 김경준의 〈의형제〉라는 작품에서도 보인다. "이게 실합니다. 육담이라 할까 그런 미심쩍은 그런 옛말인데, 아무런 가치도 있는 것 같잖은 그런긴데."라는 모습으로 나타나고 있다. 예문 (1)의 사례가 실제 사실을 바탕으로 전개되는 설화의 모습에 경도되는 인식을 보임에 반해 예문 (2)는 설화의 허구성을 보다 부각시키고자 하는 설화관을 보여주는 사례라 이를 만하다.

(3)은 피부병에 시달리던 조선의 왕이[87] 단발령 고개 너머에 있는 오타수의 온천을 찾아 목욕을 하고 병을 고쳤다는 삽화가 먼저 제시된다. 이어서 이 온천이 생겨난 유래에 얽힌 이야기가 전개된다. 그 내용은 조선의 용이 살고 있는 오타수라는 호수에 중국의 생불이 무단으로 들어오는데, 이런 상황에서 용과 생불이 이곳을 차지하기 위하여 조화를 부리며 서로 싸우는 모습이 제시된다. 이 싸움의 과정에 중국의 생불이 오타수 물을 펄펄 끓게 하니 용이 쫓겨날 수밖에 없게 되고, 생불이 그 자리에 절을 짓게 되었다는 이야기이다. "그런데 중국 중원에 그 뭐인가믄 말이야 그 생불이 해를 내리쪼여서 끓여 놓은 물이,

---

86 데비(되비) : 도로. 도리어.

87 본 설화에서는 이 왕의 정체를 밝히지 않고 있지만, 여러 정황으로 미루어 보건대 세조일 가능성이 크다.

그 물이 지금도 뭐인가믄 더워서 흘러 내려온다는 그런 거짓말이지.[88] 그래 기실 이래서 오타수물이 형성됐다는 이런 말을 옛날에 우리 아버지가 이런 옛말을 어느 책에서 본 것도 아니고 들은 것도 아니고 그저 옛말로 내려온 것입니다."

조선의 용과 중국 생불의 싸움에서 용이 패배하고 그 자리에 절당이 들어서게 되었다는 점에서 중국을 우위에 두는 사대적 요소가 엿보이기도 한다.[89] 그러나 그보다는 이 온천수에 관련된 사연을 '거짓말'이라면서 그 내용의 허구성을 언급하는 대목이 이채롭다. 이어서 '책에서 본 것도 아니고 들은 것도 아니고 그저 옛말로 내려온 것'이라는 마무리에서 우리는 '불특정 다수의 입에서 입으로 구전되어 온 이야기'라는 구연자의 설화관을 읽어낼 수 있을 듯하다. 이런 모습은 "그래 형제가 생각하기를, 이게 실홥니다. 육담이라 할까 그런, 미심쩍은 그런 옛말인데, 아무런 가치도 있는 것 같잖은 그런 긴데…"[90]라는 언급에서도 잘 드러나고 있다. 실화라고 하면서도 아무런 가치도 없는 미심쩍은 옛말로 치부하고 있다. 이를테면, 실제 사실인 듯하면서도 그 내용의 진위 여부를 떠나 흥미 중심으로 전해져오는 이야기라는 의미로서의 설화관을 추론할 수 있다는 것이다.

(4)는 〈범에 물려간 이야기〉라는 제목의 작품인데, 이는 설화가 속담이나 격언의 유래를 설명하는 기능을 지니고 있는 사례의[91] 하나로 들 수 있는 것이다. "이야기는 많지만 어떤 이야기들은 아주 신기하기도 하고, 생각하면 할수록

---

88 거짓말이지 : 구전되는 설화를 지어낸 이야기 또는 근거 없는 이야기로 인식함. 구연자의 설화관.
89 이와 비슷한 시각은 이어지는 〈의형제〉라는 그의 구연 설화에도 약간 내비치는 모습이다. 이 설화의 첫머리에 "옛날에 조선에, 자그마한 나라지만 곡절이 많고, 사람들이 생활에서 닥치는 게 정말 생활상에서나마 이제 그 모든 면에서 곡절적인 게 많았던 것 같애."라는 부분이 그러하다.
90 위의 각주에서 보인 〈의형제〉라는 작품의 둘째 단락을 참조.
91 이런 사례는 『속담이야기』(김선풍, 리용득 편저, 국학자료원, 1993)에 많이 보인다. 그리고 이와 관련된 논문으로는 이헌홍, 「황금은 흑사심의 창작설화적 성격」(동남어문논집 19집, 2005.3)을 참조.

그럴 수가 있겠느냐 하는 이런 이야기들도 많이 있는 것입니다. 예, 오늘은 범에게 물려간 이야기를 하나 할까 하는데,"라면서 이야기의 신이성과 논리적 초월성에 대하여 구연자가 지닌 평소 생각의 일단을 먼저 피력하고서 이야기를 시작하는[92] 모습이다. 이야기 내용은 여름날 저녁에 일가족이 모깃불을 피워 놓고 앉아 놀던 때에 갑자기 범이 나타나 노인을 물고 가버린 후에 사나흘이 지나도 돌아오지 않자 시신 없는 장례를 치르는데, 닷새 만에 느닷없이 노인이 살아서 돌아온 것이다. 이 이야기에는 범에게 물려간 노인이 정신을 잃지 않고 침착성을 유지해서 살아남게 되었다는 사연만 보인다. 범에게 물려갔다가 살아 돌아온 삽화 중에는 업혀 간 노인이 늙은 범의 목에 걸린 가시를 제거함으로써 범의 목숨을 구해준 대가를 받는 등의 내용이 보이기도 하는데,[93] 여기서는 이 삽화가 없고 단지, 범이 '탁 내려놓을 때 그만 왼쪽으로 툭 떨어졌다'는 식으로 정신을 잃지 않고 침착했던 사정만 언급될 뿐이다. 노인은 2년 후에 다시 범에게 물려갔으나 이번에도 죽지 않고 살아오는 기적을 보인다.

이 이야기를 마감하면서 구연자는 전승 집단이 지닌 설화의 내용에 대한 의구심과 함께, 신이성을 중심으로 전파·전승되면서 지니게 되는 설화 특유의 기능과 그 불멸의 생명력을 강조하고 있는 듯한 모습을 보인다. "이래서 사람들은 이야기를 한입 두입 건너서 여러 사람들이 다 알게 됐습니다. 최영감은 참 신기하다고 하는 사람들이 있는가 하면, 최영감이 뭐 어떻게 했길래 범에 물려 갔다가 되살아 돌아오는가 하고 의심을 가지는 사람들이 아주 많았던 것입니다. 그렇지마는 어쨌든 그때부터 이런 말이 남은 것만은 사실이라고 합니다. 다른 것이 아니라 '범에 물려가도 정신만 차리면 살아난다.'하는 말인 것입니다."

---

92 이와 유사한 성격의 동일 구연자 작품으로 〈호랑이는 신령이다〉라는 제목의 이야기도 있다.
93 이런 삽화를 지닌 작품으로는 손창석님이 구연한 〈활을 쏠 줄 모르는 명궁수〉, 김경준님이 구연한 〈중원천자가 조선국에 명의를 청함〉 등을 들 수 있다.

(5)는 교화적 기능을 지닌 설화의 일단, 그중에서도 효행에 관한 사연을 보여주는 것이다. 어려운 상황에서 불가능한 현실을 극복할 수 있는, 기적을 불러일으키는 힘을 지닌 것으로서의 효행에 얽힌 이야기이다. 가난한 살림살이에도 불구하고 노모를 지극 정성으로 모시며 사는 부부에게 아들이 태어나니 노모는 손자 사랑에 즐거운 나날을 보내게 된다. 그런데 이 손자가 자라면서 정성으로 마련한 노모 밥상의 맛있는 음식을 탐내어 먹기를 계속하자 노모의 먹거리가 부족하게 된다. 아이를 할머니 밥상에서 떼어 놓으니 아이가 끼니마다 보채고, 이를 마음 아파하는 할머니의 일상이 반복되는 나날이다. 어느 날 어머니께 드리고자 며느리가 가마솥에 엿을 달이던 도중에 업고 있던 아이가 떨어져 솥에 빠져버렸다. 그런데도 며느리는 주걱질을 계속하며 엿을 달여서 어머니께 올렸다. 뒤늦게 손자의 죽음을 알게 된 할머니는 식음을 거부하고 안타까움의 나날을 보내게 된다. 아들 내외는 미음이나마 정성으로 올리니 희한하게도 어머님의 건강이 놀랄 정도로 좋아지는 모습이다. 알고 보니 그 아이는 천년 묵은 동삼으로서 효행이 지극한 이 부부의 자식으로 환생하였다가 자기 소명을 다하고는 다시 하늘나라로 올라가는 과정이었던 것이다. 삼국유사 소재의 〈손순매아孫順埋兒〉와 비견될 만한 이야기인데, 효도를 위해 자식을 희생시키는 방식과, 그로 인한 기적 발현의 양상이 다를 뿐이다.[94]

이 설화의 서두에 보이는 언급에서 우리는 구연자의 설화관을 엿볼 수 있다. 우리 조선 사람의 자식 사랑과 효행의 미덕은 오래전부터의 전통인데, 이를 두고 흔히들 유학의 가르침 때문이라고 말하기도 하지만, 그보다는 "기실 부모가 자식을 사랑하는 것, 또 자식이 부모에 효도하는 것, 그 인륜이 그렇게 된 것입니다. 혈육관계로서 그것을 저도 모르게, 또 아주 그것이 전통적으로 이어

---

94 본서의 자료편에는 김영덕이 구연한 〈효부종〉이라는 설화가 있는데, 이는 그 제목이 보여주듯 〈손순매아〉와 흡사한 내용이다.

져 내려온 것"이라는 구연자의 관점을 엿볼 수 있는 대목이다. 이어서 구연자는 "물론 이런 이야기는 다 사실이 있었는가 하는 것은 모르겠지만 그런 생각을 좋은 생각, 그런 일을 좋은 일이라고 선양한 것만은 사실"이라고 덧붙이기도 하는데, 여기서 우리는 설화의 교화적 기능을 분명히 하는 구연자의 설화관을 읽을 수 있다는 것이다.

(6)은 역사와 설화의 관련상을 담고 있는 내용이다. 이야기(story)의 어원을 역사 즉 히스토리(history)에서 찾을 정도로 역사와 설화의 관계는 매우 밀접할 뿐만 아니라 그 존재 방식과 내용 또한 유사한 성격을 많이 지니고 있다. 인간의 삶을 시간적·인과적 계기 관계 중심으로 나타낸 것이라는 점에서 역사는 서사의 일종이라 일컬을 수도 있다. 특정 시공을 무대로 하여 펼쳐지는 인간의 삶에 얽힌 굴곡을 특정 인물의 특이한 활약상을 중심으로 하는 이야기 말이다. 고구려의 온달과 고려의 충신 정몽주 등 역사적으로 특이한 인물의 특이한 삶을 생동하는 모습으로 이야기하던 소학교 시절 담임 교원의 구술 재간을 떠올리면서 그때 들었던 이야기를 구술하는 듯한 이야기이다. 최형주가 구연한 〈바보온달전〉은 소위 '온달설화'로서 그 원천은 삼국사기 열전의 〈온달〉임이 분명하다. 열전 〈온달〉을 중심에 두고 중국조선족 정리설화와 구연설화의 상관성과 그 실상[95]을 상당 정도 확인할 수 있을 듯하다.

3. 마무리

위에서 필자는 중국조선족 이야기꾼 12명의 구연설화 83편에 나타난 구술자 개입의 양상과 의미를 다섯 항목으로 나누어 살펴보았다. 해당 내용의 구체적

---

[95] 이의 구체적 내용은 이 책의 제1부에 수록된 논문 「중국조선족 온달설화의 두 모습」을 참조.

모습은 본문으로 미루고 여기서는 그 전반적 특징과 의미를 음미해 보고자
한다.

1) 본론에서 살핀 '중국조선족 이야기꾼 구연설화의 구술자 개입양상과 의미'
는 이 책에 앞서 필자가 발표한 '중국조선족 이야기꾼 김태락 구연설화의 구술자
개입양상과 의미'에 보이는 내용과는 약간의 차이를 보인다.[96] 그 실태를 보면,
김태락의 구연설화는 자기가 어릴 적에 듣고 기억한 내용 그대로에 비교적 충실
한 자료인 듯하다. 본인 스스로 '책에서 본 것이 아니고 어릴 적에 부친이나
어른들에게 직접 들은 이야기'라고 밝히기도 하였다. 그래서인지 이 자료에는
자신이 살고 있던 당대 중화인민공화국의 정치 사회적 이데올로기에 입각하여
의식적 혹은 무의식적으로 첨삭하거나 변개한 듯한 흔적이 별로 보이지 않는다
는 점이다.[97] 그는 설화 구연에 뛰어난 자질의 소유자 즉, '고사능수'로서 자신이
앞선 제보자로부터 전해 들었던 내용을 구비전승의 속성[98]을 바탕으로 비교적

---

96 필자의 『중국조선족 이야기꾼 김태락의 구연설화』(박이정, 2012.12)는 김태락 혼자서 구연한
이야기 자료를 바탕으로 하고, 몇몇 관점의 연구를 더하여 한 권의 책으로 펴낸 것이다. 이
책에 나오는 구연설화의 수는 50편인데, 이번에 펴내는 책은 12명 구연자에 83편의 작품이다.
우선, 구연자가 많고, 작품 또한 그 종류가 다양하다는 차이가 있다. 그런데, 두 자료 모두 1999년
에서 2000년 사이의 특정 시점에, 연변 조선족 자치주 경내의 여러 지역에서 구연과 동시에
녹음한 것이기에 양자의 차이를 구연 시점에서 찾을 이유는 없다. 다만, 비슷한 시기에 녹음한
자료를 책으로 펴낸 시점이 전자는 2012년이고, 후자는 11년 정도의 시간이 지난 지금일 뿐이다.
두 자료에서 볼 수 있는 '구술자 개입양상과 의미'의 차이점에 대해서는 본문에서 언급되고 있다.
97 차라리 그의 작품에서는 대국 중심의 중화주의를 넘어서는 민족의식의 표백이라 이를 만한 내용
이 비치기도 한다. 〈대국에서 보내온 석함〉에 감춰진 비밀을 풀어냄으로써 조선의 대외적 위상을
높이는 등의 내용이 바로 그러하다. 이는 뒤에서 언급할 삼국유사 소재 설화의 민족의식과도
일맥상통한다고 이를 만한 것이다. 이와는 달리 김태락이 구연한 자료 중에서 공산주의 이데올로
기의 설화적 변용 가능성을 보이는 작품으로 〈장을덕이〉를 들기도 한다. 얼토당토않은 판결을
내린 관장을 '군중'들이 직접 쫓아내는 대목에서 그런 가능성을 읽을 수도 있을 듯하다. 필자
또한 위의 책에서 〈장을덕이〉를 언급하면서 그러한 견해를 피력한 바 있는데, 여기서는 그 견해를
수정하고자 한다. 그 까닭은 〈장을덕이〉라는 작품의 결말부에서 쫓겨난 관장이 처형되거나 유배
형을 당하지 않고 '집에서 업무를 처리하게 됐다'고 말하는 장면이라든지 구술자가 이 이야기를
'우픈(우스개) 소리'라 단정하는 대목 등으로 미루어 볼 때 이 설화의 주제를 '이데올로기 지향적
의도의 표백' 등으로 추론하는 일은 적절하지 못한 접근이라 생각하기 때문이다.

충실히 구연한 듯하다.

2) 이에 비해 여러 구연자의 작품을 모아놓은 이 책의 설화에서는 구연자가 속한 당대의 사회적 가치나 규범의 내용이 어느 정도 반영되는 사정을 엿볼 수 있을 듯하다.[99] 이를테면, 이들의 작품에서는 미세하나마 당대적 삶의 현실에 유인된 듯한 내용을 더듬을 수 있다는 것이다. 우선, 김태락의 경우에는 구술자 개입양상을 넷[100]으로 나눌 수 있었음에 비해 이 책에선 그 양상을 다섯 유형으로 나누고 있다는 점에서 그 차이가 드러나기도 한다. 구연자의 면면이 다양하기 때문이라고나 할까. 숫자상의 차이를 넘어 그보다 주목할 만한 부분은 '비판적, 이데올로기 지향적 시각의 발현'이라는 항목이다. 여기서 볼 수 있는 반봉건·반부패, 지배층의 위선과 허례허식 등에 대한 공격적 언사는 공산혁명적 이데올로기의 반영으로 볼만한 소지가 있으며, 이에 더하여 다민족국가인 중화인민공화국을 이루는 일원으로서의 조선족이 지녀야 할 사대적 중화의식의 표백이라 이를 만한 언급도 언뜻언뜻 내비친다.[101] 이런 현상은 삼국유사 소재의 설화들이 당나라를 비하하거나 당나라에 맞서고자 하는 당대 민중의 자주적

---

98 구비전승물 특유의 현장성과 발랄성, 창작과 감상이 동시에 이루어지는 구연현장의 속성 등을 말한다. 이는 기록문학의 장면 묘사적 성향이나 심리적 추이, 문맥의 행간을 읽는 독자의 상상력 개입 등의 속성과는 대가 되는 개념이다.

99 이런 견해가 이번에 펴내는 자료의 전반적 성격이라는 뜻은 아니다. 대부분 구연자의 작품은 김태락의 경우와 같이 중국조선족의 삶에 연관된 모습으로서의 특정 이데올로기 개입이 보이지 않는다. 다만, 특정 구연자의 특정 작품에 이런 성향이 언뜻언뜻 내비치고 있다. 이를테면, 노인협회장을 지낸 김경준의 〈중원 천자가 조선국에 명의를 청함〉이라는 작품, 중학교 교장을 역임한 손창석의 〈나그네와 농부〉라는 작품, 그리고 민간문학작가인 이용득의 〈나막신 버선 감투의 불평〉이라는 작품 등에서 우리는 지배층에 대해 강한 비판의식을 드러내는 모습을 볼 수 있는가 하면, 이와는 약간 다른 어조로 이데올로기 지향 내지는 이에 순응하는 듯한 내용을 직접 드러내는 모습을 읽을 수도 있다는 것이다. 이러한 모습 또한 중국조선족의 삶과 의식세계의 일단을 엿볼 수 있는 자료의 한 부분이기에 그 의미를 두루 음미해 볼 필요가 있을 것이다.

100 구술자 개입양상이라는 항목에서는 셋으로 나누었지만, 따로 언급한 김태락 설화의 특징에서 보인 설화관을 추가하면 사실상 넷이 된다.

101 이에 대해서는 김경준의 작품과 이용득의 작품을 참조하고, 그 구체적 내용은 '비판적, 이데올로기 지향적 시각의 발현'의 본문을 참조.

민족의식을 보여주는 것과는 대조되는 모습으로의 차이를 보인다.[102] 당나라의 도움으로 이룬 통일과 그로 인한 간섭, 민중의 삶이 배제된 듯한 삼국사기의 편찬과 그로 인한 한계 등에 염증을 느낀 남북국시대 민중의 자존의식이 반영된 서술이라고나 할까. 게다가 몽고 침략 이후에 편찬된 삼국유사이기에 그 책에 실린 설화나 역사 고사의 상당 부분이 당나라의 부당성을 비판하고 신라의 정당성을 부각시키고 있는 사정과 대비되는 현실이라 하겠다.

3) 사대적 중화의식의 이런 모습과는 달리, 미약하나마 자존적 민족의식을 내비치는 경우도 있다.[103] 이런 양면성을 우리는 상호 대립적인 것으로 바라보기보다는 중화인민공화국 구성원으로서의 조선족이 처한 국가적 현실과, 문화민족으로서의 자존의식이 공존하는 마당으로서의 구연설화가 지닌 의미로 해석함이 바람직하지 않을까 생각한다. 설화는 민중의 입에서 입으로 구비전승되는 서사물이다. 그러므로 우리는 중국조선족 구연설화의 구술자 개입양상과 의미를 통해 당대 해당 지역 민중의 삶이나 의식을 추론함은 물론, 이를 앞 시대 혹은 동시대의 여타 서사물과 비교 음미해 볼 필요성을 발견하게 된다고 할 것이다.

---

102 이에 대해서는 김일렬, 『한국설화의 민족의식과 민중의식』(새문사,2006)을 참조. 이 책에는 삼국유사는 물론, 각종 구전설화 등을 대상으로 나·당대결담, 한·중대결담 등을 두루 찾아 그 설화의 성격과 민족의식, 나·당대결담의 생성과 역사적 배경, 한·중대결담의 전승과 성격 등을 두루 살피면서 그에 투영된 민족의식과 그 의의를 아울러 추론하는 성과를 거두고 있다.

103 이에 대해서는 4)항(비판적 이데올로기 지향적 시각)의 인용 예문 (5)와 그에 관련되는 본문의 내용을 참조.

3. 중국조선족 온달설화의 두 모습

1. 글머리

이 책의 제2부에 수록되어 있는 최형주 구연의 〈바보온달전〉은 삼국사기 열전의 〈온달〉과 그 줄거리가 대동소이한 모습으로 전승되는 소위 '온달설화'이다. 이는 중국조선족의 구연설화를 직접 채집하여 문자화한 것인데, 그 분량은 4,100자 내외이다. 이 이야기와 비슷한 줄거리를 지닌 중국조선족 정리설화로는 『황구연전집』 제3권 소재의 〈바보온달과 평강공주〉[1]를 들 수 있는데, 그 분량은 6,200자 내외이다. 여기서는 이 두 각편[2]을 비교해봄으로써 중국조선족 구연설화와 정리설화의 실상 및 그 상관성을 깊이 이해하는 계기로 삼고자 한다. 양자의 비교를 위해 빼놓을 수 없는 자료가 삼국사기 열전의 〈온달〉이다. 열전의 〈온달〉을 우리말로 번역한 텍스트의 분량은 대체로 2,900자 내외이다.[3] 열전의 〈온달〉을 기준으로 그 양적인 비율을 살펴보면, 정리설화는 100% 내외, 최형주의 구연설화는 40% 내외의 확장된 모습으로 존재하는 작품들[4]임을 알 수 있다.

지금까지 전승되는 중국조선족의 설화는 크게 정리설화와 구연설화로 나눌

---

1 『황구연전집』 제3권(연변인민출판사, 2007). 31~40쪽.
2 각편이란 동일 유형에 속하는 구비문학의 개별 작품을 일컫는 말이다. 기록문학에서는 이를 이본이라고 한다.
3 이재호 역, 『삼국사기』(양현각, 1983), 720~723쪽. 이 책 후반부에는 한문 원문도 수록되어 있으므로 이를 두루 참조하였다. 이 과정에서 수긍하기 어려운 몇몇 글자가 있었는데, 이 경우에는 목판 원본을 살폈다. 이는 조병순이 증보 수주한 『삼국사기』(성암고서박물관, 1986), 782~784쪽을 활용하였음을 밝혀 둔다.
4 이들 자료는 그 분량이 그리 많지 않다(3~9쪽). 그러므로 본문에서 이들 자료를 인용할 경우에는 해당 작품의 쪽수를 일일이 밝히지 않아도 무방할 듯하다.

수 있다. 정리설화는 민간문예연구자 내지는 민간문학작가라고 지칭되는 사람들이 조사 채집한 자료를 정리하여5 책으로 펴낸 것인데, 현전하는 중국조선족 설화 자료의 대부분이 이런 방식으로 전승되고 있는 듯하다. 구연설화는 구연자가 구송하는 내용을 가감없이 그대로 문자화한 것인데, 이런 자료가 책으로 출판된 사례는 찾기가 쉽지 않다.6 이런 까닭에 양자의 실상을 파악하기 위한 방안의 하나로 온달설화의 두 유형을 주목하게 된 것이다.7 비교 및 그 결과의 의미 해석을 위한 준거準據 자료는 삼국사기 열전의 〈온달〉이다. 현전하는 '온달 이야기' 중에서 가장 오래된, 그것도 관찬 사서에 수록되어 전하는 자료이기 때문이다.

2. 삼국사기 열전 〈온달〉의 서술 분절

여기서는 열전 〈온달〉의 이야기 줄거리를 서술 분절8로 나누고, 이를 중심으로 정리설화인 〈바보온달과 평강공주〉와 구연설화인 〈바보온달전〉을 비교 검토하여 그 의미를 추론해 보고자 한다.

(1) 평강왕 때 사람 온달은 그 용모 탓에 비웃음을 사나 '마음은 훤하고 밝은'9

---

5 이 자료는 민간문예연구자가 조사 채집하여 문자화한 경우가 대부분이겠지만, 때로는 남이 조사 채집한 자료를 물려받아 정리하여 책으로 펴낸 경우도 있는 듯하다.

6 필자가 알기로는 본인이 펴낸 아래의 책 하나뿐인 듯한데, 혹시나 해서 '찾기가 쉽지 않다'고 조심스레 언급한 것이다. 이헌홍, 『중국조선족 이야기꾼 김태락의 구연설화』(도서출판 박이정, 2012.)

7 열전 〈온달〉 및 온달설화의 비교 검토에서 한 걸음 나아가 이들에 내포된 전기적 요소 내지는 전기적 성격을 추론하는 성과도 아울러 거둘 수 있지 않을까 생각한다.

8 여기서 서술 분절이란 이야기 서술상의 장면이나 사건의 정황에 변동이 생기지 않는 범위에서 그 줄거리를 추상한 것으로서, 이는 소위 '최소 서사 단락'과 비슷한 개념이다.

9 '中心則○然' 대목에서 자체가 희미한 4번째 글자를 曉로 판독한 조병순님의 견해를 따라서 해석한 것이다.

사람이다.

(2) 남루한 차림새의 걸식 행각 탓에 바보온달이라 불리면서도 노모를 지성으로 봉양하다.

(3) 아기 평강공주가 울보이므로 부왕이 '너를 꼭 바보온달에게 시집보낼 것이라' 희언하다.

(4) 평강공주가 결혼 적령기에 이르자 부왕이 명문가와의 혼처를 정해서 통보하다.

(5) 공주가 두 가지 이유를 들며 부왕이 정한 혼처를 거부하다.

　(가) 어릴 적에 부왕이 자신의 혼처에 대하여 했던 말과 어긋남.

　(나) 임금은 식언은 물론, 희롱하는 말도 해야 하지 않기 때문.

(6) 왕명을 거부한 딸에게 임금이 축출을 명하다.

(7) 금붙이를 챙긴 공주가 온달의 집을 찾아가 노모에게 인사하고 사연을 말하다.

(8) 홀로 있던 온달의 노모가 두 가지 이유로 인연 맺기를 거절하다.

　(가) 공주의 체취와 손길로 귀인임을 직감.

　(나) 궁핍 불우한 아들의 처지 때문.

(9) 공주가 온달을 만나 속마음을 말하니 온달이 '여우 귀신'이라며 집으로 가버리다.

(10) 이튿날 아침에 공주가 다시 찾아가 온달 모자를 설득하여 허락을 받아내다.

(11) 공주가 패물을 팔아 집과 가재도구 등을 마련하고 명마 구입과 그 조련술을 가르치다.

(12) 삼월삼짇날 사냥 행사에 온달이 참여하여 두각을 드러내니 왕이 성명을 묻다.

(13) 외적을 물리친 전공으로 온달이 관직을 제수받으니 그 위광과 권세가 드높아지다.

(14) 고구려 고토회복 전쟁을 건의한 온달이 출정하여 사생결단의 각오로 싸우다 전사하다.

(15) 온달의 관이 움직이지 않으므로 공주가 '생사는 이미 결정됐으니 아아! 돌아갑시다'며 위무함으로써 장례를 마치게 되다.

(16) 대왕이 이 소식을 듣고 매우 슬퍼하다.

3. 열전 〈온달〉과 정리설화 및 구연설화의 비교

열전 〈온달〉을 중심에 두고 정리설화인 〈바보온달과 평강공주〉와 이 책의 제2부에 수록된 최형주의 구연설화인 〈바보온달전〉을 비교하면서 읽으면 구연설화보다는 정리설화가 열전 〈온달〉에 더 가까운 느낌을 준다. 여기서는 그 실상을 구체적으로 파악하기 위하여 서술 분절 단위의 미세한 부분끼리 비교한 연후에, 그 결과적 의미를 통합적인 안목에서 음미하면서 마무리에 임하고자 한다. 이하 서술 분절을 비교하는 내용의 본문에서 ①은 열전과 정리설화의 비교 내용이고, ②는 열전과 구연설화의 비교 내용이다.

분절(1)은 주인공의 소개에 관한 내용이다. 열전과 정리설화는 모두 고구려 평강왕 시절이라는 특정의 시공간을 무대로 하여 전개되는 이야기임을 도입부에 명시하고 있다. 이는 역사적 인물의 특이한 삶을 포폄褒貶의 원리에 입각하여 기술하려는 입전立傳 의도의 발현이라 이를 만한 것인데,[10] 정리설화 또한 주인

---

10 전傳을 짓는 의도는 특이한 행적을 남긴 인물의 삶을 서술하면서 그 의미를 평가함에 있다. 전의 서술에는 대체로 해당 인물의 가계, 출생, 행적, 죽음, 평결이라는 형식적 요건이 있는데, 실재하는 전 작품 중에는 이 요건에 약간의 넘나듦을 보이기도 한다.

공의 소개에서는 열전의 서두와 유사한 흐름을 보인다. 다만, 열전에서는 온달의 용모와 행색이 세간의 놀림거리였지만, 속으로는 훤하고 밝은 마음의 소유자임을 언급함으로써 입전 대상 인물의 비범성 내지는 특이성을 은연중에 드러내고 있는 듯하다. ①정리설화에서는 이 부분을 "어리무던하고 맘씨 고운 그는 언제나 성내지 않았다."고 두루뭉술하게 표현하고 있을 뿐이다. 이에 더하여 "고구려 제25대 임금 평원왕 때 온달이라는 청년이 있었다."면서 이야기를 시작하고 있다. 여기서 말하는 평원왕平原王은 평강왕平岡王 또는 평강상호왕平岡上好王으로도 지칭한다. 이로 미루어볼 때 〈바보온달과 평강공주〉는 김재권이 황구연의 구연 설화를 채집하고 이를 정리하는 과정에서 열전 〈온달〉의 역사적 근거를 확인하였거나, 아니면 처음부터 열전 〈온달〉을 바탕으로 정리설화인 〈바보온달과 평강공주〉를 지어낸 것일 수도 있다. 이는 중국조선족 정리설화가 지닌 '이데올로기 지향성'[11]에 더하여 '사실성 강화'[12]의 요소도 아울러 추구되는 사례로서의 의미를 지닌다 하겠다. 이에 비해 ②구연설화인 〈바보온달전〉은 '소학교 시절 역사 시간에 들었던 여러 역사 이야기 중의 하나'라면서 자신이 구연하려는 이야기의 소재원을 먼저 제시한다. 그런 연후에 "옛날에 어느 고을에 정말 아주 못사는 집이 있었던 모양이야. 못사는 집인데, 정말 이 홀과부 노친이 아들 하나 데리구 사는데, 깊은 산골에서. (중략) 힘이 장사란 말이, 이 바보온달이가."라면서 주인공을 소개하고 있다. 이처럼 구연설화에서는 역사적 인물임을 강조하고자 하는 시대적 배경이 '옛날 어느 고을에'라는 막연한 시공으로 바뀜으로써 민담의 서두에 가까운 모습으로의 변이를 보인다. 구전되어 오던 이야기를

---

11 중국조선족 정리설화의 이데올로기 지향성은 중화주의, 반부패·반봉건적 공산주의 등으로 요약할 수 있다. 이의 구체적 내용에 대해서는 이 책의 「중국조선족 이야기꾼 구연설화의 구술자 개입양상과 의미」 부분을 참조.

12 여기서 말하는 '사실성 강화'란 허황한 이야기가 아니라, 근거를 지닌 이야기임을 드러내고자 하는 의도가 은연중에 내포되어 있다는 의미이다.

듣고 주요 줄거리 중심으로 기억해 두었다가 이를 다른 기회에 소위 '생성창조의 정신 활동'의 일환으로 구술하는 것이다. 이를테면, 구비전승 자료의 청취와 기억, 기억 창고에 갈무리된 자료를 현장에서 구연하는 등의 과정을 통해 집적된 구비전승물로서의 성격을 잘 드러내고 있는 각편 중의 하나라 이를 만하다.

분절(2)는 온달이 노모를 지성으로 봉양하는 모습이다. 열전과 정리설화 모두 온달의 걸식하는 차림새와 초라한 기색으로 인하여 사람들이 '바보온달'이라 일컬었음을 서술하고 있다. 그런데, ①정리설화에서는 이 걸식의 모습을 "밥 좀 주소. 어머니를 대접하게 밥 좀 주소!"라면서 그 장면을 등장인물의 직접적 발화로 처리하는 모습으로의 변개를 보인다. 역사적 사실로서의 배경과 함께 등장인물의 걸식장면을 구체화하는 등의 방식으로 의도적 손질을 가함으로써 정리설화의 실상을 처음부터 보여주는 대목이라 하겠다. ②이에 비해 구연설화에서는 온달이 "그저 쌀을 한 줌씩 사가지구 와서는, 어머니하구 그래 그저 같이 거, 어머니를 아주 공대를 지극하게 하지"라는 설명조의 언급뿐이고, 걸식으로 어머니를 봉양한다는 내용은 보이지 않는다. 어려운 처지의 온달이 걸식이 아닌 스스로의 노력에 의해 어머니를 봉양한다는 점을 부각하고 있는 모습이다. 그리고 그의 별명에 대해서도 거지 행각으로 인한 것이 아님을 "원래 머저리는 아니지. 원래 못살아 놓으니까 말을 아이 한단 말이지... 그러니까 사람들은 그를 바보라 하지. 바보 바보. 그래 바보온달이가 별명이 됐다 말이."라면서 그 원인을 말 없는 모습과 허름한 차림새에 두고 있다. 설화가 그 구연의 현장에서 변이되는 가능성의 일단을 보여주는 대목이라 하겠다.

분절(3)은 평강왕의 어린 공주가 울보이므로 부왕이 '너 자꾸 그렇게 울면 바보온달에게 시집보낼 것'이라 희롱하는 내용이다. ①정리설화에서는 어린 공주의 별명이 울레미이고, 울레미에 대한 부왕의 잦은 희언으로 '바보온달이라는 이름이 공주의 귀에 못박히었다'로 구체화함으로써 공주의 혼인 관련 기행奇行에 대한 복선으로서의 의미를 내포하고 있는 모습이다. 이에 더하여 '그러다 보니 나 어린 공주의 귀에는 바보온달이라는 이름이 귀에 못이 박힐 정도가 되었다'는 언급도 보인다. 구비전승되는 설화 일반이 지닌 사건의 우연적 전개를 줄이고자 하는 의도의 발현이라 하겠다. ②구연설화에서는 공주뿐만 아니라 온달도 결혼 적령기에 이르렀음을 그리고 있는데, 이는 구연설화에만 보인다. 신랑 신부 둘 다 결혼 적령기의 남녀일 수밖에 없을 것이라는 당연한 생각이 구연 현장에 서 부지불식간에 반영된 모습이 아닐까 한다. 이와 함께 '그 아버지가 이거 바보온달한테 시집보내야 되겠다. 그 소리만 하면 그친단 말이. 그게 참 별일이 거든."이라면서 평강공주가 부왕이 정한 혼처를 거부하는 행위의 정당성 마련이 라는 장치로서의 변이를 보여주기도 한다. 구비전승되는 설화의 변이와 그 진폭 의 일단을 보이는 사례라고나 할까.

분절(4)는 왕이 공주의 혼처를 귀족 집안으로 정하여 통보하는 내용이다. ①정리설화에서는 공주가 방년에 이르니 '꽃보다 아름다운 처녀로 성숙했고 인물은 하늘의 선녀처럼 예뻤다'는 묘사와 함께 공주에게 부왕이 마음에 두고 있는 배필을 알리며 넌지시 공주의 뜻을 묻는 대목이 보인다. 공주가 방년芳年에 이른 사실만 적시하는 열전의 내용에 비해, 정리설화에서는 "세월은 류수처럼 흘러 어느덧 공주가 열여섯의 꽃나이가 되었다. 어려서 그렇게도 울기를 잘하던 공주가 꽃보다 아름다운 처녀로 성숙했고 인물은 하늘의 선녀처럼 예뻤다."면서 정리자가 공주의 미모를 구체적으로 그리고 있는 대목이 돋보인다. ②구연설화 에서는 "그러니까 이 왕이 그다음에 사윗감을 골라서 이제 그 어느 대신의 아들 한테 이제 시집보내겠다 그랬는 모양이지. 그래 의향을 물었겠지."라면서 그 줄거리의 흐름을 알기 쉽게 서술하는 모습이다.

분절(5)는 공주가 부왕이 정한 혼처를 거부하는 대목이다. 열전과 정리설화 모두 공주의 거부에 대한 이유가 명시되고 그 내용도 비슷하다. ①그런데, 정리설화에서는 이 부분이 주목할 정도로 확대되는 모습을 보인다. 공주의 동의를 은근히 묻는 부왕의 질문에 대한 답변을 두고 설전을 벌이는 듯한 대화[13]가 길게 이어진다.

≪대왕아바마마, 그게 무슨 말씀이오니까?≫

≪왜, 뭣이 못마땅하냐?≫

≪부왕마마께선 저한테 일찍 언약해놓고 이제 와서 일구이언할 수 있나이까?≫

≪언약이라니? 내가 언제 너와 무슨 언약을 했단 말이냐?≫

≪부왕마마, 제가 어릴 적부터 늘 온달에게 시집보낸다고 해놓고서는 벌써
　　잊으셨사옵니까?≫

그 바람에 평원왕은 영문을 깨닫고 앙천대소하였다.

≪핫핫하! 핫핫하! 그래 그 말을 정말로 믿었단 말이냐? 그건 네가 울보가
　　돼서 하도 울기에 너를 달래느라고 롱담으로 한 말이다.≫

≪롱담이라니요? 초야에 묻혀사는 백성들도 자식들의 종신대사를 두고 롱담
　　이 없는데 나라님으로서 어찌 그런 롱담을 할 수 있사오며 부왕의 명을
　　거역할 딸이 어디에 있겠사옵니까?≫

≪그래, 정말 바보온달에게 시집가겠단 말이냐?≫

≪예!≫

구연설화의 서술에서는 등장인물이 직접 대화를 주고받기보다는 대화의 요지나 정황을 작품외적화자(서술자)의 개입으로 드러냄이 일반적이다. 그런데 위에서 보는 바와 같이 정리설화에서는 등장인물을 직접 내세워 그 장면을 구체

---

13 이하, 대화를 직접 인용하는 대목에서는 정리설화를 수록한 책의 편집체계와 동일한 부호
　　(≪ ≫)를 쓰기로 한다.

적으로 그리고 있으니 이는 설화 일반의 이야기 전개방식과는 판이한 모습이다. 이를테면 이 대목은 정리설화라는 말보다 더한 정리윤색설화라고 지칭해야 마땅할 듯하다. ②이에 비해 구연설화에서는 '임금이 일구이언해서는 안된다'면서 거절하는가 하면, '장난삼아 한 소리'라며 달래도 계속해서 거절하는 모습이다. 거절의 이유 두 가지가 비슷한데도 그 문맥의 흐름이 등장인물의 대화체가 아닌 서술자의 개입에 의한 진술의 모습을 보인다.

분절(6)은 부왕이 자신의 뜻을 거역한 공주를 '쫓아내라'고 명하는 대목이다. ①정리설화에서는

≪그래, 정말 바보온달에게 시집가겠단 말이냐?≫

≪예!≫

≪그럼 좋아! 너는 오늘부터 공주가 아니다. 당장 대궐에서 나가거라!≫

평원왕은 노기등등하여 소리치며 자리를 차고 일어나는 모습을 보이는데, 여기서도 등장인물의 대화를 직접 인용하는 수법으로의 정리를 보인다. ②구연설화에서는 '장난으로 한 소리'라며 달래어도 계속 거부하는 딸에게 왕은 "작살받아라. 가서 고생을 콱 하다가 응! 해보라구선 쫓아보내라."라면서 격한 반응을 보이는데, 이는 왕의 노여움을 뚜렷이 드러내고자 하는 구연자의 의도가 반영되고 있는 대목이다. 이런 사태를 보다 못한 왕비가 값나가는 금붙이를 챙겨주는 대목도 보이는데, 그 챙기는 방식이 대화를 통해 구체적으로 묘사되는 것이 아니라, 이야기 전개 중심의 단순서술일 뿐이다.

분절(7)은 공주가 금붙이를 챙기고서 온달의 집을 찾아가 그의 노모를 만나는 대목이다. ①정리설화에서는 당장 대궐에서 나가기를 명령하는 부왕의 지시에도 공주는 "부왕의 등에 대고 곱게 절을 한 후 자기 방에 가서 옷가지를 대수 정리해가지고 대궐을 나왔다."라며 공주의 차분하고 침착한 행동을 부각하고

있다. 그런가 하면 공주가 어릴 적부터 자신의 낭군으로 회자된 바 있는 바보온 달에 대해 궁금히 여기고, 시녀에게 조심스레 물은 연후에 가만히 자신의 생각을 정리해 보는 내용도 보이는데, 이 대목은 주목할 만하다.

≪온달이란 어떤 사람이라더니?≫

≪바보래요. 그리고 거지래요.≫

≪맘씨는? 힘은?≫

≪맘씨는 한량없고 힘은 황소같고 키는 구척이래요.≫

이에 공주는 "마음씨만 곱고 몸만 튼튼하면 됐지, 바보가 따로 있나?"라면서 중국의 한신에 얽힌 고사를 떠올리면서 내면적 속삭임 내지는 스스로의 다짐을 밝히기도 하는데, 이 모두가 열전에는 없는 내용들이다. 이는 정리자가 적극적으로 개입하는 실상을 잘 보여주는 대목들이다. 문자 그대로 소극적 태도의 정리를 넘어 적극적 태도의 정리 윤색으로 내닫는 모습이다. ②구연설화에서는 "공주가 바보온달을 홀몸으로 찾아갔단 말이, 찾아갔어. 찾으니까... 온달은 나무하러 가구 없구 이래서 그 노친을 보구 이런 말을 했겠지. 그러니깐 펄쩍 뛰지."라면서 노모를 먼저 상면하게 되는 과정 중심으로의 단순서술을 보인다.

분절(8)은 낯선 처녀가 인사를 하면서 아들의 행방을 묻자 노모가 이상히 여기고 인연 맺기를 거절하는 대목이다. 열전과 정리설화 모두 거절에 대한 이유14가 제시되고 있다. 그런데, ①정리설화에서는 이 대목이 장면을 보여주는 듯한 모습으로 확대되고 있다. "공주는 온달의 어머니인줄 짐작하고 다가가서 공손히 절하고 아뢰었다.

≪어머니, 안녕하셨어요? 저올시다.≫ 로파는 공주의 섬섬옥수를 꼭 쥐고

---

14 그 이유를 열전에서는 낯선 여성에게서 풍기는 체취와 부드러운 손길로 미루어 귀한 신분의 사람임이 분명한데, 자기 아들은 나무를 팔아 생계를 유지하는 가난뱅이 신세라는 이유를 들면서, "누구에게 속아 이곳에 왔습니까?"라면서 이야기 경과 중심의 단순서술로 일관하고 있다.

몸을 한참이나 어루만지더니 고개를 절레절레 젓는 것이었다.

≪입은 옷이라든지 몸에서 풍기는 냄새라든지 비단같은 손을 봐선 귀인이
　틀림없는데 어찌 이런 곳을 찾아왔수?≫

≪아니예요, 어머니의 며느리로 될 사람이예요. ≫

≪며느리? 우리 아들에게 시집오겠다구?≫

≪그래요. ≫

≪당치도 않은 소리, 하루에 한 끼도 못 얻어먹는 집에 귀인이 시집을 오겠다
　구? 그런 소리 하지 말고 어서 갈데나 가시우.≫

　　이와는 달리 ②구연설화에서는 공주의 방문을 받은 노친이 펄쩍 뛰면서 "이
게 무슨 말인가구, 응, 이게 무슨 이런 그 천한 여자도 아니구, 나라의 공주가
어떻게 우리 천한 집에 찾아오는가?"라는 반응을 보인다. 이 대목에서 온달의
노모를 만난 공주가 그 사연을 얘기하는 내용은 보이지 않는다. 다만, 노모가
펄쩍 뛰면서 보인 반응으로 미루어 그 사연을 밝힌 점을 짐작할 수는 있을
것이다. 이처럼 구연설화에서는 온달 이야기 전반의 내용을 알고 있는 화자가,
청자 또한 이 이야기에 대해 다소간의 식견을 갖추고 있을 것이라 짐작하고서
이야기 줄거리 중심으로의 개략적 서술을 보이는 내용이 대부분이다. 소학교
때 들은 역사 이야기로서의 〈바보온달전〉을 자신이 기억하는 줄거리 중심의
단순서술 방식으로 구연하는 모습이라 하겠다.

　　분절(9)는 공주가 온달을 만나 자신의 결심을 말하는 대목이다. 열전과 정리
설화 모두 공주가 산밑으로 마중 가서 온달에게 사연을 말하자 곧바로 내쫓기는
모습이다. 이 대목을 열전에서는 "이곳은 어린 여자가 다닐 곳이 아니다. 틀림없
이 사람이 아니고 (둔갑한) 여우 귀신이다. 내게 가까이 오지 말라."라며 집안으로
들어 가버린다. ①정리설화에서도 온달이 공주를 거절하는 태도를 보이지만
그 정도가 확연히 다르다. 온달을 찾아 뒷산으로 간 공주가 나뭇짐을 지고 내려

오는 사나이와 마주치자 그들 둘이 주고받는 대화를 보면 정리자가 손질한 모습이 선명히 드러나고 있다.

≪온달이시지요?≫

≪대관절 그대는 누구시오?≫

≪오늘부터 당신의 안해로 될 사람이예요.≫ 그 말을 들은 온달의 눈이 종지굽만큼 커져서,

≪무엇이라우? 안해가 되겠다구? 여기는 젊은 아녀자들이 다닐 데가 아닌데 너는 필시 사람이 아니라 귀신인 게로구나. 가까이 오면 낫으로 찍을 테니 썩 물러가거라!≫면서 집으로 들어가 공주의 보따리를 밖으로 던져버리는 모습을 보인다. ②구연설화에서는 극단적 귀천의 차이 때문에 반대하는 노모를 설득하고 있는데, 온달이 오는 것을 보니 그 풍채가 "장군이지 뭐, 못살아 그렇지 장군이란 말이."라 느끼고는 곧바로 "내가 부인으로 이렇게 살겠으니까 이젠 내가 시키는 대로 인젠 우리 같이 살자구."라는 말로 설득하면서 자기 뜻을 관철하고 있을 뿐이다.

분절(10)은 거절당한 공주가 싸리문 밑에서 자고 이튿날 다시 찾아가서 조르니 이에 온달 모자가 반응하는 대목이다. 열전에서는 온달이 머뭇거리는 태도이고, 모친은 여전히 반대하는 모습이다. ①그런데 정리설화에서는 이튿날 공주를 다시 만나게 되는 장면부터가 확연히 다르다. "이튿날 아침에 온달이 문을 열고 나와보니 장밤을 밖에서 새운 공주의 머리며 옷은 이슬에 함뿍 젖어있었다."

≪대체 사람이요, 귀신이요? 사람이라면 귀한 몸으로 무엇 때문에 이 고생을 사서 하면서 나를 찾아왔단 말이요?≫

≪안에 들어가서 말씀드리겠어요.≫

≪글쎄...그럼 루추한 집이나마 우선 들어오시오.≫라는 등의 우여곡절 끝에 공주가 전후 사실을 차근차근 이야기하니, 비로소 모친이 던지는 말이다.

≪나라의 공주님이 이렇게 구차한 집에서 어찌 견디여내겠수?≫

≪서로 마음만 맞으면 그뿐이지요. 가난한 것쯤이야 맞들고 벌면 되겠지요. 그런걸 두려워한다면 제가 여기까지 찾아왔겠습니까?≫

≪그래두…≫

≪옛날사람들이 말하기를 〈한말의 곡식도 찧어서 함께 먹을수 있고, 한자의 베도 기워서 같이 입을수 있다.≫고 했으니 어찌 부하고 귀해야만 같이 살겠어요? 만일 제가 이 집 며느리로 못되면 이 자리에서 죽는 한이 있어도 아무데도 안가겠습니다.≫

"온달 모자는 그제서야 마음을 허락하고 그날밤 정갈한 랭수 한그릇 떠놓고 례를 치렀다." 이 대목에서 우리는 정리설화의 실상을 제대로 바라볼 수 있을 듯하다. 전체적으로는 설화이지만 중요 대목에서는 등장인물의 성격 묘사는 물론, 그 소통의 기법이 소설에서 추구하는 경지를 떠올릴 정도의 수준에 이르고자 하는 정리자의 의도를 읽을 수 있다는 것이다. ②구연설화에서는 이 대목이 분절(9)에 흡수되어 있을 뿐 이튿날 다시 만나는 과정이 보이지 않는다. 이를테면, 공주가 온달의 모친을 만나서 설득하는 중에 온달이 나무를 해가지고 집에 오는데, "오는 거 보니까 장군이지 뭐, 못살아 그렇지 장군이란 말이. 그래 이런 이야기하구. 내가 부인으로 이렇게 살겠으니까 이젠 내가 시키는 대로 인젠 우리 같이 살자구."라면서 자신의 결심을 통보하는 듯한 모습이다. 이야기 줄거리 중심의 대체적, 경과적인 단순서술 방식을 보여줄 뿐이다.

분절(11)은 공주가 패물을 팔아 토지, 집, 우마, 가재도구 등을 마련하는 대목이다. 열전에서는 여러 물건들의 구입 사실 및 명마를 조련하는 사실만 간단히 나열할 뿐이다. 이에 비해 ①정리설화에서는 온달이 공주를 아내로 맞이함으로써 달라지는 풍채를 "의표단장이라고 지난날의 거지도 몸을 깨끗이 닦고 새옷을 입고 나서니 어엿한 사내대장부가 되었다. 그 누구도 '바보온달'이라 부르지 못하고 '온달님'이라 불렀다."면서 온달의 변화된 모습을 그리고 있다. 이에 더하여 명마를 골라서 조련하고서는 "그때부터 온달은 눈만 떨어지면 말타고, 활쏘고, 칼쓰는 법을 익혔다. 원래 구척 같은 키에 튼튼한 온달은 신바람이 났다."면서 훗날 온달이 세우는 전공에 대한 근거를 마련하는 듯한 모습을 보인다. ②구연설화에서는 기물을 구입하는 부분이 열전보다 간명하다. 그 대신에 공주가 온달에게 글을 가르치고 무술을 가르치는 대목이 확대되고 있다. 특히 장검으로 콩알의 절반을 쪼개는 비법을 며칠 동안의 훈련으로 성취하는 대목이 이채롭다. "그다음에 공주가 나서서 무술을 가리키는데, 정말 뭐 부쩍부쩍 난단 말이. 와느르[15] 산골에서 자라서 뭐 힘이 좋겠다. 공기 좋은 곳에서 이산에서 버쩍 저산에서 버쩍 뭐 날면서 무술을 배우는데, 그다음 '이만하면 됐다.'"라면서 설화 구연자 나름으로 온달이 무사로 성숙 변화되는 모습을 그리고 있다.

분절(12)는 삼월삼짇날 산천제山天祭를 위한 범국가적 사냥 행사에서 온달이 두각을 드러내자 왕이 그를 불러 성명을 묻고는 이상히 여긴다는 내용이다. 이 대목의 요지는 열전과 정리설화가 비슷하다. ①다만, 정리설화에서는 왕과 온달이 상면하는 장면의 대화는 물론, 그와 관련된 내용의 서술 등에도 등장인물의 심리적 추이가 묻어나고 있다.

≪저 날랜 무사는 누군가?≫ 왕이 좌우를 둘러보면서 물었으나 누구인지 아는 사람이 없다.

≪참으로 대장부로다!≫ 왕은 또 한번 감탄하면서 그 사나이를 직접 불러 묻는다.

≪무사의 이름은 무엇인고?≫

≪네, 온달이라 하옵니다.≫

---

15 와느르 : 아주. 완전히.

≪무엇이? 온달이라구? 그렇다면 혹시…≫라고 놀라면서도 왕의 입으로 차마 '바보온달'인가고 물을 수 없었다.

≪그렇소이다. 사람들은 제가 어렸을 때 '바보온달'이라 불렀나이다.≫

왕은 감개무량하고 또 부끄럽기도 하여 그길로 대궐로 돌아가고 말았다. 온달은 자신이 왕의 사위 즉 부마임을 잘 알고 있으면서도 온달이란 자기 이름만 말할 뿐이고, 왕 또한 온달의 정체를 알게 되어서 감개무량하지만, 지난날 공주를 내친 자신의 행위가 부끄러워 눈앞에 자기 사위를 두고서도 아는 체하지 못하고 도망치듯 대궐로 돌아가고 마는 장면이다. 여기서 우리는 시침떼기 수법까지 동원하는 정리자의 윤색을 볼 수 있을 듯하다. ②최형주의 구연설화에서는 이 대목을 찾을 수 없다. 구연자 최형주의 누락인지 아니면, 원제보자의 누락인지 알기 어렵다. 다만 소학교 6학년때 담임이었던 원제보자의 '구술재간이 있었다'는 언급으로 미루어 최형주의 누락일 가능성이 크다.

분절(13)은 외적의 침입에 온달이 크게 전공을 세우자 왕이 부마임을 알리고, 관직을 제수하니 그 위광과 권세가 날로 드높아지게 된다는 내용이다. 열전과 정리설화 모두 외적의 정체를 '후주後周의 무제武帝'라 밝히고 있는데, 열전에서는 온달의 전공을 "온달이 선봉이 되어 빨리 싸워 적군 수십여 명을 베어 죽이니, 여러 군대들이 이긴 기세를 타서 힘을 내어 쳐서, 크게 이겼다."라면서 그의 활약상과 공로를 인정하는 내용을 평면적으로 서술하고 있다. 이에 비해 ①정리설화에서는 "그때 고구려진중에서 날랜 장수가 성난 사자와도 같이 동에 번쩍 서에 번쩍하면서 적군을 풀베듯"하는데, 이 장면을 목격한 왕의 물음과 신하의 대답이다.

≪저 날랜 장수가 누군가?≫

≪전번 초사흗날 사냥때 용맹을 떨쳤던 그 온달인줄 아뢰오.≫라는 대답에 깜짝 놀란 왕이,

≪온달이라? 과연 내 사위로다!≫라면서 왕은 온달을 불러 그의 공을 치하하면서 말한다.

≪과인이 불민하여 지난날 그대를 홀대하였으니 섭섭히 생각지 말라≫라며 공로를 치하하고는 '대형大兄이라는 높은 벼슬을 내리니 온달은 한낱 거지로부터 명실공히 부마가 되었을 뿐만 아니라 나라의 명장이 되었다'는 내용의 서술을 보인다. 이로 미루어 볼 때 정리설화는 온달과 왕이 극적으로 만나는 장면의 현장성 제고를 위해 대화의 채택은 물론, 등장인물 내면의 심리적 추이까지도 그려내고자 하는 방향으로의 윤색을 보인다. ②최형주의 구연설화에서도 이 대목만은 열전에 비해 조금 더 구체화되는 모습이다. 여기서는 공주의 지도로 무술을 익힌 온달이 외적의 침입을 혼자서 물리치고 돌아오는데, 이런 온달을 두고 왕이 "'어떻게 돼서, 어디서 온 사람인데 이름이 무엇인가?'라며 묻는다. 이에, '제가 온달이올시다. 몇 년 전에 여기 장마당에서 나무를 팔던 바보온달이라구요.' 아, 그다음에 왕이 무릎을 탁 치면서 '아! 그런가? 그래 정말 내 딸이 사람을 바로 봤구나.' 그래서 정말 들어와서, 왕의 그러니까 가시애비16겠지, 그래 큰절을 올리구. 그다음에는 아버지 그러니까 왕이니까 모셔다가 그다음에는 임금이라구 잘 모시구 살았단 말이."라는 마무리를 보인다. 삼월삼짇날의 사냥 행사가 아예 누락되고 후주의 침입을 물리치는 전투에서 온달이 공을 세우고 왕의 인정을 받는 대목이 열전보다 확대되는 모습은 어쩌면 당연한 일인 듯하다. 그럼에도 불구하고 이 대목 또한 정리설화에서 볼 수 있는 정리자의 적극적 개입에 비해, 설화 일반의 전승 과정에서 발생하는 변이의 한 모습일 따름이기에 그 정도가 미약함은 당연하다 할 것이다.

분절(14)는 온달이 고구려의 옛땅 회복을 위한 전쟁을 건의하고, 출전하여

---

16 가시애비 : 각시의 아버지, 장인.

사생결단의 자세로 싸우다가 전사하는 대목이다. 열전에서는 전장으로 나가기 전에 "온달은 맹세했다. '계립현과 죽령으로부터의 그 서쪽 땅을 우리 땅으로 회복하지 못한다면 나는 돌아오지 않겠다.'라는 각오로 싸우다가 적의 화살에 맞아 도중에 전사하는 모습이다. 이 부분을 ①정리설화에서는 온달의 건의를 받은 영양왕이 ≪과연 고구려의 충신이로다!≫라며 군사를 주어 내보내는가 하면, 출전의 날 공주에게 작별인사를 하는 온달의 말이 보다 구체적이다. ≪대장부 세상에 태여나 나라를 위해 목숨을 바치지 않는다면 어찌 대장부라 하겠소? 내 이제 가서 잃은 땅을 찾지 못하면 영영 돌아오지 않으리다.≫ 이런 각오로 출전하니 온달은 전투의 승기를 잡고 적은 후퇴하는 분위기이다. "이때 눈먼 화살이 윙- 하고 날아오더니 온달의 가슴에 박혔다. 독을 묻힌 화살이라 온달은 말에서 떨어져 두 눈을 부릅뜨고 숨을 거두었다." ≪온달장군의 원쑤를 갚자!≫ 라는 함성과 함께 고구려군사들은 용기백배하여 적을 물리치는 모습을 보인다. ②구연설화에서는 분절(13)으로 이야기가 마감되므로 이 대목 이하는 찾을 수 없으니 당연히 비교할 자료도 없다. 하지만 위의 열세 분절 비교만으로도 중국 조선족 정리설화와 구연설화의 실상은 상당 정도 드러난 셈이다. 이하 분절(14) 이후의 비교는 열전과 정리설화만으로 수행할 것이다. 그 초점은 물론, 정리설화의 개작 내지는 윤색의 실상을 제대로 보여줌에 있다.

분절(15)는 온달의 장례 때 운구를 하려는데, 관이 움직이지 않는 변고가 발생한다. 이에 공주가 "생사가 이미 결정됐으니 아아! 돌아갑시다"라며 위무하니 관이 움직여서 장례를 마쳤는데, "대왕이 이 소식을 듣고 매우 슬퍼했다."는 언급으로 작품이 종결되는 대목이다. 열전에서는 이 글의 내용과 그 분량상 가감이 없는 내용이 설명조로 진술되어 있다. 이러한 내용에 비해 ①정리설화에서는 "싸움이 끝나자 군사들이 장군을 입관하여 운반하려 하였으나 관을 움직일 수가 없었다. 숱한 장사들이 달라붙어 밀고 들고 하여도 관은 땅에 붙은 채

끄떡도 하지 않았다. 그들은 고국에 있는 공주에게 알리였다. ≪아, 장군이 가셨구나!≫ 공주는 눈물을 머금고 관에 엎드려 관을 쓰다듬으면서 산 사람 타이르듯 말하였다. ≪장군, 생사는 이미 결판났으니…아아, 돌아가시라!≫ 공주의 말이 끝나자 그제서야 관은 땅에서 떨어졌다고 한다."는 언급으로 작품이 마무리되고 있다. '대왕이 이 소식을 듣고 매우 슬퍼했다.'는 언급은 없다. 온달의 죽음으로 인한 공주와의 이별만으로 작품을 마무리하고자 하는 정리자의 의도가 반영된 끝맺음이라고 이를 만하다. 전傳의 결말에는 평결이 따르는데, 이는 입전대상자의 삶을 평가하는 내용이다. 열전에서는 대왕이 온달의 삶과 죽음에 애도를 표하고 있음에 비해 정리설화에서는 이 부분이 없다. 온달과 평강공주의 애틋한 사랑, 그리고 이를 인정받은 삶에 대한 귀추를 그릴 뿐 그 평가에 대한 역사 서술의 요건에 구애받지 않는 모습이라 하겠다.

4. 마무리

삼국사기 열전의 〈온달〉은 서사적 성격을 지닌 문학작품으로 평가되기도 한다. 열전列傳은 여러 사람의 전傳을 일컫는 말인데, 삼국사기 열전의 인물들로는 김유신, 을지문덕, 박제상, 도미, 온달, 설총 등의 수십 명을 헤아릴 수 있다. 전傳의 주인공, 즉 입전立傳 대상 인물은 특이한 행적을 남긴 사람들이며, 전을 짓는 사람은 이들의 행적을 포폄襃貶의 원리에 입각하여 기술함으로써 후인의 감계鑑戒를 위한 자료로 남기고자 하였던 것이다. 그런데 〈온달〉의 주인공인 온달과 평강공주의 삶은 특이한 모습을 지니고 있기에 일찍부터 서사문학 연구자들의 주목을 받은 바 있다.[17] 이들 연구성과를 요약하면 〈온달〉은 열전에

---

17 〈온달〉의 전기(傳奇)적 성격에 대해서는 일찍이 임형택이 언급한 바 있다. 「나말여초의 전기문학」, (한국한문학연구 제5집, 한국한문학연구회, 1981, 89~104쪽) 이후의 연구성과로는 박희병,

수록되기 이전의 원자료를 상정해볼 필요가 있으며, 현존하는 텍스트의 문맥 행간에 그러한 요소가 화석화된 흔적으로 잠재되어 있다는 것이다. 열전 〈김유신〉에 내재된 '귀토지설', 열전 〈설총〉에 내재된 '화왕계' 등이 그 좋은 사례라 하겠다.

이런 관점에서 삼국사기 열전 〈온달〉의 서술 분절을 중심에 두고, 중국조선족의 정리설화 및 구연설화와의 비교 검토 결과를 음미함으로써 열전 〈온달〉의 기술에 얽힌 원자료적 요소의 추정 가능성을 엿볼 수 있을 것이다. 이를테면, 신분 장벽을 초월한 사랑 모티프, 남편 출세시킨 당찬 여성 모티프, 나라 위해 목숨 바친 애절한 영웅의 일생 모티프 등등을 들 수 있을 것이다. 정리설화에서 우리는 열전 〈온달〉의 문맥 이면에 잠재 내지는 화석화된 모습으로 남아 있는 이런 흔적들을 추론하기가 용이하다는 점을 먼저 지적해 두고자 한다. 중국조선족 정리설화가 지닌 특징이면서 그 한계로 지적되곤 하는 사항들이[18] 여기서는 긍정적 요소로 작용하는 일면이 있다. 말하자면 입전立傳의 대상으로 채택된 원자료가 정사正史로서의 규격에 맞게 손질되는 모습을 거꾸로 상정할 때, 우리는 열전 〈온달〉이 그 전기傳奇적 모습을 추론할 수 있는 자료로서의 속성을 지니고 있음을 알 수도 있다는 것이다.[19] 전기傳奇는 '기이한 전' 또는 '기이한 것을 입전立傳한다'는 뜻으로 풀이할 수 있다.[20] 그러므로 전기적 성격의 원자료

　　「나려시대의 전기소설」,(『한국전기소설의 미학』,(돌베개, 1997, 113~172쪽) ; 이헌홍, 「나말여초 인물전의 전기적 성격」,『동양학』 제29집(단국대 동양학연구소, 1999, 23~36쪽) 등을 들 수 있다.
18 정리설화는 구비전승되는 설화에 정리자 임의로 손질을 가한 것이다. 구연설화의 내용에 속담이나 격언 등을 곁들여 문맥을 매끄럽게 보이도록 하거나, 공산주의 이데올로기적 요소를 첨가하면서 계급대립적 상황을 부각하거나, 민족문화의 전통을 고양하고자 하는 등의 여러 의도들이 더해진다. 때문에 이들은 구연현장의 설화 그 자체와는 사뭇 다른 변이된 모습으로 전하고 있기에 원자료의 훼손이라는 결점을 적지않이 지니게 된다.
19 때문에 여기서는 구비전승의 속성을 지니면서 전개되는 구연설화의 발랄성이 주목의 대상에서 배제되는 운명에 놓이게 된다. 구연설화 텍스트가 지닌 발랄성과 현장성 등은 서술 분절의 비교 검토 항목에서 이미 언급한 바 있으므로 해당 부분을 참조하기 바란다.
20 여기서 전기(傳奇)를 말하는 까닭은 전기가 바로 소설의 첫 모습으로 상정되기 때문이다. 전기의

가 전에 채입採入될 때는 '실존 인물의 행적과 그 평결 중심으로의 기술'이라는 전의 성격에 맞게 변개된다는 의미이다. 이하에서는 열전 〈온달〉과 대비되는 정리설화의 특징을 몇몇 의미 중심으로 정리해 볼 것이며, 그 자세한 내용은 서술분절 비교 항목으로 미룬다.

1) 〈바보온달과 평강공주〉라는 설화의 정리자²¹는 열전 소재 온달이라는 인물의 시대적 배경 등을 사료史料를 통해 확인한 듯하다.

2) 〈온달〉이 지닌 전기성傳奇性의 흔적과 정리설화의 관계는 밀접한 모습을 보이는 것으로의 추정이 가능하다. 삼국사기 열전 중의 하나인 〈온달〉에는 전기적 요소가 화석화된 상태로 내재되어 있다. 이를테면, 중국조선족의 민간문예 연구자, 또는 민간문학작가가 '력사이야기편' 등의 체계로 설화를 정리 출판하는 과정에, 해당 자료에다 자신의 생각을 가미하여 보다 실감나게 표현하려는 등의 의도로 윤색한 결과 구비전승되는 설화 본연의 모습과는 거리가 먼 상태의 작품으로 남아 있다는 것이다.

3) 이를 한마디로 요약하면, 민중의 입에서 입으로 구비전승되는 설화는 이야기의 정황이나 사건을 줄거리 중심의 평면적 서술로 드러냄이 일반적이다. 이에 반해 중국조선족의 정리설화는 위의 사건이나 정황의 요소요소에 속담, 격언, 시구, 민요 등을 첨가하여 그 흐름을 매끄럽게 보이도록 손질하거나, 사건의 분위기나 장면을 구체적으로 그리는가 하면, 등장인물의 대화를 직접 드러내는 등의 기법을 보인다. 이를테면, 평면적 서술을 입체적 서술로 탈바꿈하여 나타낸다는 것이다.

발생은 중국 당나라 때이고, 우리 역사에서는 나말여초에 전기 작품집이 편찬된 것으로 보인다. 그러므로 삼국사기가 편찬될 때 전기 작품집 소재의 기이한 사연이 특정 인물의 전(傳)에 채입될 여지가 있으며, 그 대표적 사례가 〈온달〉〈설총〉〈김유신〉 등의 작품이라는 것이다.

21 『황구연전집』의 성격으로 보아, 이 작품의 정리자로는 황구연과 김재권을 두루 상정할 수 있는데, 어느 쪽인지는 불분명하다. 황구연전집의 자료적 성격과 문제점에 대해서는 임철호, 앞의 책, 129~154쪽을 참조.

4) 중국조선족 황구연의 설화집에 보이는 〈바보온달과 평강공주〉라는 작품은 위의 3)에서 언급한 손질 즉, 정리 윤색의 실상을 두루 담고 있는 소위 정리설화의 대표적 사례라 이를 만한 것이다. 이런 한계에도 불구하고, 이 작품은 삼국사기 열전 소재의 〈온달〉에 내재된 전기적 속성의 일단을 짐작할 수 있게 하는 작품으로서의 긍정적 의미 또한 아울러 지니고 있음을 부인할 수는 없을 듯하다. 이를테면, 정리설화가 구연설화의 자료적 실상을 왜곡 내지는 훼손하고 있다는 부정적 평가를 넘어, 역사 기록물인 전傳에 잠재된 구비전승적 요소를 추론할 수 있는 단초로서의 긍정적 의미를 상정해볼 수도 있다는 것이다.

4. 쫓겨난 세조 딸 이야기의 설화적 양상과 의미

1. 글머리

이 책 제2부의 구연설화 자료 중에는 손창석이 구연한 〈기이한 인연〉이라는
제목의 작품이 있는데,[1] 이 이야기와 그 줄거리가 대체적으로 비슷한 내용의
작품을 몇몇 곳에서 찾을 수 있다. 먼저, 조선후기 서유영(1801~1873)의 『금계
필담』에는 〈피눈물로 얽힌 갸륵한 인연〉[2]이라는 제목의 이야기가 있는가 하면,
『황구연전집』 3권에도 손창석의 작품 제목과 똑같은 제목이면서 그 줄거리가
비슷한 작품이 있으며,[3] 『한국구비문학대계』 2-8권에는 〈세조를 역적으로 여긴
세조대왕의 딸〉[4]이라는 제목으로 이와 유사한 설화가 수록되어 있다.[5]

위에 열거한 자료들은 각각 중국 조선족의 구연설화, 조선후기(19세기 후반)
야담집 소재의 문헌설화, 중국 조선족의 정리설화, 그리고 1980년대에 채록한
강원도 영월지방의 구연설화 등으로서 각각 그 나름의 독자적 의미를 지니고
있다. 이들 이야기는 서로 다른 각편[6]으로 존재하면서도 그 이야기의 핵심 줄거

---

1 이 책 제2부의 목차 및 해당 부분을 참조.
2 서유영, 『금계필담』, 김종권 교주·송정민 외 역, 명문당, 1985, 32~36쪽. 금계필담 원문에는 제목
   이 없는데, 번역자가 임의로 제목을 만들어 붙인 것이다.
3 김재권 수집정리, 『황구연전집』3, 연변인민출판사, 2007, 350~357쪽. 황구연전집에 수록된 작품들
   은 대부분 중국 조선족 설화를 윤색 편집한 소위 정리설화이다.
4 김선풍 편, 『구비문학대계』2-8, 한국정신문화연구원, 1986, 516~521쪽. 이 설화의 구연자는 김진홍
   (58세, 1983년 채록 당시)이다.
5 이하, 이들 작품 내용의 개별적 인용에 대한 각주는 특별한 경우가 아니면 위의 네 각주에 제시한
   책과 그 책에 딸린 출판지로 미룬다. 그리고 각 작품의 분량 또한 10쪽 내외이므로 본문을 인용할
   경우에 일일이 그 쪽수를 밝히지 않아도 무방할 듯하다.

리가 비슷한 내용이기에 필자는 이를 「쫓겨난 세조 딸 이야기」로 명명하고,[7] 그 실상과 의미를 더듬어 보고자 하는 것이다.

이들 이야기의 공통단락을 아래와 같이 정리하고 이 공통단락을 중심으로 각편의 개별적 세부 내용을 더듬어 그 이야기 전개의 양상과 의미를 추론해 보기로 한다.

① 세조가 단종을 축출하고 왕위에 오르다.
② 세조의 딸이 부왕에게 폭정 중단을 건의하다.
③ 세조의 격노로 딸이 처형의 위기에 놓이다.
④ 왕비의 간청으로 딸이 심산유곡에 내쳐지다.
⑤ 깊은 산속을 헤매던 딸이 한 총각을 만나게 되다.
⑥ 총각은 김종서의 손자(아들)[8]로서, 둘은 동거하면서 남매를 낳고 살다.
⑦ 세조가 치병 내지는 유람차 명산대천을 찾아다니다.
⑧ 부녀가 우연 상봉하게 됨에, 세조는 귀경길에 함께 환궁할 것을 지시하다.
⑨ 귀경길에 딸의 가족들이 종적을 감춰버렸음을 알게 된 세조가 안타까워 하다.

여기서는 논의의 편의상 19세기 후반 야담집의 문헌설화를 (가), 중국 조선족 이야기꾼 손창석의 구연설화를 (나), 중국 조선족 이야기꾼 황구연의 정리설화

---

6 비슷한 유형의 이야기 묶음에 속하면서도, 독자적 성격을 지니고 존재하는 설화의 개별 작품 하나하나를 말한다. 소설이나 야담 등 문헌 자료의 경우에는 이들을 이본이라 일컫는다.

7 이들 이야기에 등장하는 세조의 딸은 실재했던 인물이 아니고 각각의 이야기 속에서 가공된 인물인 듯하다. '조선시대 공주와 옹주 일람에 의하면 세조에게는 의숙공주만 있을 뿐 이 이야기의 주인공에 해당하는 인물은 보이지 않는다. 그리고 금계필담에는 딸과 관련된 인물로 정희대비가 언급되는데, 정희대비 소생의 공주는 의숙공주이므로 작품 속 주인공과는 더욱 거리가 멀다. 이에 대해서는 신명호, 『조선공주실록』, 역사의아침, 2009, 340~356쪽 등을 참조.

8 대부분의 각편이 김종서의 손자로 소개되는데, 손창석님의 구연본만은 아들로 설정되어 있다.

를 (다), 1980년대 영월지역의 구연설화를 (라)로 각각 지칭하기로 한다. 그리고 공통단락을 비교할 때는 이 지칭의 순서와 이름을 두루 활용하면서 논의를 전개할 것이다. 참고로 각 설화의 분량을 한글의 글자 수로 환산해 보면, (가)는 2,900자 내외, (나)는 11,000자 내외, (다)는 5,000자 내외, (라)는 4,300자 내외로 추산된다. 분량상 두드러지게 드러나는 각편은 중국 조선족 이야기꾼 손창석의 구연작품이다. 다른 각편에 비해 2배~3배 이상의 분량을 보인다는 점에서 여기서는 일단, 이 작품의 자료적 특징 내지는 그 가치에 주목해야 할 필요가 있음을 언급해 두고자 한다.

2. 공통단락별 텍스트 분석 검토

1) 공통단락① : 세조가 단종을 축출하고 왕위에 오르다.

자료(가)는 1873년에 서유영이 편찬한 『금계필담』[9]이라는 야담집 소재 작품이다. 여기에는 먼저, 어질고 덕스러운 성품을 지닌 세조의 한 공주가 소개되고, 이어서 세조의 집권으로 인하여 희생된 김종서, 사육신, 단종 및 여러 신하들의 처지를 안타까이 여기고 비통해 마지않는 공주의 모습 등이 7행에 걸쳐 간략히 제시된다.[10]

자료(나)는 중국조선족의 구연설화이다. 여기서는 세조를 폭군이라 단정하

---

9 이 야담집에는 세조의 집권과 관련된 야사적 성격의 이야기 5편이 수록되어 있는데, 이들 이야기 5편 모두가 세조의 무력에 의한 집권 과정 그 자체의 부당성 등에 대한 직접적 언급을 자제하고, 그 사건으로 인한 비극적 인물의 후일담을 이야기의 실마리로 연결하고 있는 모습을 보인다. 왕조시대 말기 지식인이 자신의 정치적 소신을 표면에 직접 내세우지 않는 조심스런 서술이라고나 할까.

10 금계필담 소재 서두부의 일부를 보이면, "공주는 단종이 왕위에서 물러나고…단종의 복위를 도모하려다가 그 가족들이 다 죽임을 당하는데 이르는 것을 보고 일찍이 눈물을 흘리며 밥도 먹지 아니하였다."(32쪽)

고, 그의 권력욕으로 인해 벌어지는 계유정난의 부당성, 반대파의 무자비한 살육, 단종을 죽음으로 내모는 비정한 음모 등을 구체적으로 서술함으로써 이어지는 공통단락②와 ③ 즉, 세조 딸의 충심 어린 간언과 그로 인한 처형 위기의 상황과 축출이라는 전개로의 연결을 자연스레 유도하고 있다. "자기를 반대하는 사람이 대단히 많았단 말이야. 그 나라에 그 중앙의 정승들 가운데서 판서 이런 사람들 반대가 많아 반대하는 사람 몽땅 다 죽여버렸다. 그 사람 칼 밑에 다 죽었다. 이렇게 되이까 그때 제일 안타깝게 생각한 게 딸이지."라면서 딸과 세조의 대립 관계를 부각시키려는 의도를 내비치고 있다.

자료(다)에서는 "세조가 어린 조카 단종을 몰아내고 왕위에 오른 지 몇 해 후의 일"(350쪽)이라는 사실을 서두의 두 줄로 간략히 언급하고 있다. 곧이어 '속리산 숲길로 얼굴이 준수하게 생긴 젊은 나그네가 괴나리봇짐을 메고 아픈 다리를 질질 끌면서 걷고 있는' 모습을 석 줄 등 도합 다섯 줄만으로 작품의 발단부를 마련하면서 독자의 궁금증을 불러일으키는 모습을 보인다. 그리고 공통단락①의 주요 내용인 세조의 횡포와 정적 제거의 잔혹한 모습 등은 모두 이 작품의 중·후반부에 배치하는 의도적 극적 구성으로의 변화를 보인다. 이러한 의도적 구성은 중국조선족 정리설화의 윤색 실상을 서두부에서부터 뚜렷이 보여주는 좋은 사례라 하겠다.

자료(라)는 1983년에 채록한 강원도 영월의 구연설화이다. 여기서는 〈세조를 역적으로 여긴 세조대왕의 딸〉이라는 제목에서부터 가치 평가가 분명히 제시되고 있다.[11] 이어지는 "임금이 되기 위해서는 임금의 자리를 방해하는 사람은 누구나 다 죽였으니까. 마지막에는 당시의 공주인 자기 따님이 말이야 공주가, 공주께서 자기 아버님을 보고 말이야..."(516쪽)라는 서두부 다섯 줄의

---

11 이 제목이 구연자의 것인지, 아니면 조사 채록자의 것인지는 불분명하다. 그러나 이 이야기 전체의 분위기나 영월이라는 지역적 특성을 감안한다면, 세조에 대한 감정이 매우 부정적인 것은 확실하다.

언급에서 제목 설정의 의미를 확인할 수 있다.

2) 공통단락② : 세조의 딸이 부왕에게 폭정 중단을 건의하다.

자료(가) 즉, 『금계필담』에서는 딸이 밥도 제대로 먹지 않고 눈물로 호소하는가 하면, 특히 단종의 모친인 소능이 참변을 당할 때는 "울면서 간하기를 그치지 아니하니"(32쪽)라는 모습의 설명적 진술을 보인다.

자료(나)에서는 세조가 정적들은 물론, 단종마저 제거하는 등의 폭정을 일삼으니, 딸이 안타까워하면서 "아, 아버지는 어떻게 돼서 이렇게 하는가? 이게 정말 그 절대 할 짓이 못된다는 거, 옳은 처사가 아이라는 거 이거 이제 그 아버지한테 가서 말했지."라면서 그 부당성을 직접 언급하며 적극적으로 간언하는 모습을 보인다.

자료(다)의 서두에는 이 공통단락이 보이지 않고, 서두의 2행에 이어 곧바로 속리산 숲길을 헤매고 있는 나그네(남장 공주)의 모습만 제시된다. 그러면서 정작 이 부분에 있어야 할 공통단락의 주요 내용은 앞의 경우처럼 작품의 중반부, 즉 세조의 딸이 숲속을 헤매다가 나무꾼으로 살고 있는 김종서의 손자와 만나서 인연을 맺기 전후의 대목에 배치된다. 이 대목에서 딸이 자신의 사연을 설명하는 중에 "≪아버님은 천추에 루명을 쓸 일은 하지 말으셔야 할줄 아나이다.≫ 하고 일찌감치 침질하였다."(355쪽)라면서 세조를 강하게 비판하는 모습을 보인다. 이처럼 자료(다)는 중국 조선족 정리설화가 지니고 있는 윤색의 모습 즉, 극적 효과를 거두기 위해 이야기 줄거리의 시간을 역순으로 배치하는 등의 방식으로 정리자가 의도적으로 개입하는 실상을 뚜렷이 보여주고 있다. 이와 함께 딸의 충심 어린 간언을 '침질'이라는 치료적 의미의 어휘로 대체하면서 긍정적 평가 의도를 은연중에 드러내고 있는 모습이다.

자료(라)에서는 딸이 "이게 도저히 후세의 역사에 길이 오명을 냄길 일이니까 그러지 말고 그 오라버니께 말야, 단종께 왕위를 도로 양해하시라."(516쪽)라며 단종을 옹호하는 극단적 간언의 모습을 보인다. 이처럼 단종에 대한 연민의 감정이 두드러지는 이면에는 영월지역에서 전승된 자료 특유의 발현으로 해석할 수 있는 가능성이 내포되어 있다. 단종의 비극적 죽음과 그 유해를 안치하고 있는 이 지역 민중의 연민이 이와 같은 설화의 특이성으로 나타나고 있는 것이 아닐까 라는 생각에서이다.

공통단락③ : 세조의 격노로 딸이 처형의 위기에 놓이다.

자료(가)에서는 "세조는 크게 노하여 화가 장차 어디까지 미칠지 헤아릴 수 없게 되었다."(32쪽)며 조심스레 언급하는 모습을 보인다.

자료(나)에서는 "이년 너두 나를 반대를 하는 년이구나."라고 진노하며 "칼을 빼서 단번에 죽여 버리려 했다."는 구체적 언급을 보이는가 하면, "'아이거, 제발 나를 죽이더라도 가만(그 아이만) 살가(살려) 달라'구 해서 제발 비이까 칼을 줴 빼들구서 명령 내렸다 말이야. '당장 이년을 가마에 실어다가 강원도 심산 밀림 속에다 던져라. 짐승의 밥이나 되게 던져버려라.'"라면서 상황을 구체적이고 사실적으로 그려내는 모습을 보인다. 이러한 모습은 이야기꾼 손창석의 재능과 역량을 두루 보여주는 대목이라 하겠다.

자료(다)에서는 공통단락②에 이어 숲속에서의 여인이 김종서의 손자인 나무꾼 총각에게 자신의 정체를 밝히는 대목이다. "≪입에서 젖내나는 계집애가 방자하도다! 너도 죽고 싶어서 그러느냐?≫ 세조는 진노하여 고함을 지르며 보검을 빼들었다. 급해난 황후는 세조의 팔에 매달려 혀가 닳도록 빌었다. 세조는 보검을 내동댕이쳤으나 사약을 내려 죽이려 하였다."(355쪽)는 위기 상황을 제시하고 있다. 이 단락 또한 앞의 공통단락②와 마찬가지로 작품의 중반부 이후, 즉 두 남녀가 만나 각자의 사연을 설파하는 대목에 배치함으로써 의도적 변개의 흔적을 뚜렷이 드러내고 있다.

자료(라)에서는 그래 "세조는 당시에 따님이래도 할 수 없단 말이야, 세조는 자기의 임금의 자리를 방해하는 사람은 다 죽여야 하니까 그러니까 그만 따님도 죽일려고 그래."(516쪽)라면서 권력 쟁취를 위한 세조의 처사가 극단으로 치달을 수밖에 없는 상황을 그림으로써 그 잔인성을 부각시키는 설명조의 모습이다.

공통단락④ : 왕비의 배려로 딸이 심산유곡에 내쳐지다.

자료(가)에서는 유모를 동반시키고 보물을 충분히 마련해주어서 딸을 내보낸다. 이 유모는 간간이 공주의 보호자 역할을 수행하는 모습을 보이는데, 다른 각편에는 이 유모가 등장하지 않는다. 비록 쫓겨나는 신세로 전락한 공주이지만, 그에게 딸린 유모의 존재는 당연한 일일진대, 그 유모를 배행으로 설정하는 이러한 전개 방식은 아마도 야담으로 정착되는 과정에서 편찬자의 의도가 작용한 결과가 아닌가 한다.

자료(나)에서는 왕비의 간청을 들은 세조가 군대를 시켜 딸을 가마에 태워서 심산유곡에 버리도록 지시하는데, 왕비는 이에 더하여 딸을 남자로 분장시켜 보내는 방식으로 개연성을 더하고 있다. "이 여자는 어머니가 올 때 , 그 가마에 태울 때 남복을 챙겨서 주지. 여자복을 챙겨서 주면 아이 되지. 어디 가 못 산다 말이. 그래서 남자 옷을 입혀서 갓을 씌어서 두루매기를 입혀 가지고 선비처럼 챙겨가지고서리 턱 거기다 떨가 놓고 가니까,"라면서 그 정황을 구체적으로 그려내고 있다.

자료(다)에서는 왕비가 "딸의 목숨을 구하기 위해 급급히 공주를 남복을 입혀 금은보화 한 보통이를 주면서 어디로든지 멀리 가서 숨어살라"(355쪽)고 당부하는데, 이 대목 또한 두 남녀의 만남 이후에 배치하는 의도적 정리의 모습을 내포하고 있다.

자료(라)에서는 왕비가 딸을 불러서 "부왕께서 이러이러 하시니까, 여 있다간 죽을 테니까 너, 그러지 말고 멀리 도망을 가라고 말이야."(517쪽) 라면서 금을 보자기에 싸서 챙겨주기만 할 뿐 남장 여부의 언급은 보이지 않는다. 여기서의 공주는 여성 차림 그대로 심심유곡을 헤매는 모습으로 그려냄으로써 그 가여운 처지를 부각시키는 의도적 수법을 드러내고 있다고 이를 만하다.

공통단락⑤: 깊은 산속을 헤매던 딸이 한 총각을 만나게 되다.

자료(가)에서는 산속에서 만난 총각의 물음에 유모가 "나와 이 낭자는 서울에서 난을 피해 도망하여 이곳에 이르렀으나, 어디로 가야 할지 몰라서"(32쪽)라고 답하는 모습이다. 총각 또한 "화를 피하여 이곳에 와서 산 지가 벌써 1년이 지났소이다."(32쪽)는 말로 응답하니 이에 유모가 함께 기거하기를 제의하고 총각은 그 제의를 흔쾌히 수락하게 된다.

자료(나)에서는 혼자서 깊은 산속을 헤매다가 쉬고 있는 처녀(세조 딸)에게 총각이 접근해서 내심 남장 여자가 아닌가 의심하면서도 "여기 집이, 백 리 안에는 집이 없으니까 어떡해? 내 산속에 사는데 우리 집에 가서 하룻밤 묵어가는 게 어떻겠는가?"라며 자기 집에서 유숙할 것을 권하니 공주는 그 제안에 따를 수밖에 없는 상황이다. 심산유곡을 헤매던 공주와 인연을 맺기까지에 연관되는 여러 정황을 보다 세심하게 배려하는 전개 방식을 보이는 대목이라 하겠다.

자료(다)에서는 이야기 서두에서 괴나리봇짐을 지고 가는 나그네(남장 공주) 앞에 불쑥 나타나는 나무꾼 총각이 '초동으로서는 아까운 얼굴인걸!'이라고 생각하면서 "소생이 아까부터 뒤를 밟으며 보니 먼 길을 걸어본 손님 같지 않으신데, 어디로 가시는 길이옵니까?"(350쪽)라며 의도적으로 접근하는 모습을 보인다. 이에 공주는 "예, 저는 몇해전부터 과거나 볼가하여 서울에 가 류경살이를 하면서 글공부에 열중하던 몸입니다. 그런데 란이 벌어지는 바람에 학업을 그만두고 팔도강산을 이렇게 떠다니는 몸입니다."(350쪽)라고 응대하니 나무꾼 총각은 '나그네의 꽃같은 얼굴과 은방울을 굴리는 듯한'(351쪽) 말소리에 무슨 말 못할 곡절이 있어 남장을 한 여자가 아닌가 속으로 의심하면서도 겉으로는 상대를 총각으로 인정하는 것처럼 응대한다. 나그네의 정체를 남장 여성으로 짐작하는 근거로서의 용모와 음성 등에 대한 묘사를 속마음인 것으로만 그리고 있는 전개 방식 등은 바로 정리자의 의도가 내포된 정리윤색설화로서의 면목을 드러내고 있는 모습이라 하겠다.

자료(라)에서는 "세조의 따님께서 그제선, 세상이 다 귀찮단 말이야...그러니까 에, 가는대로 가다가 이제 죽으면 고만이다 말이야, 그래가지고 인가가 있는 데로 안 가고 그저 산이고 그저 뭐 개울이고 그저 닥치는 대로 갔지"(517쪽). 이렇게 가던 공주가 깊은 산중에서 불빛이 비치는 초막을 찾아서 혼자 사는 총각을 만나게 된다. 이처럼 극단적 상황에서 갖은 고초를 겪다가 만나게 되는 상황으로 전개되는 모습을 그려내고 있는 것이다.

공통단락⑥ : 총각은 김종서의 손자[12]로서, 둘은 동거하면서 남매를 낳고 살다.

이 단락은 공주와 나무꾼 총각이 심산유곡에서 우연히 만나 기이한 인연을 맺으며 부부로서 살게 되는 과정이 제법 다채롭게 전개된다.

자료(가)에서는 함께 기거한 지 며칠이 지나서 유모가 보물을 꺼내놓으며 장에 가서 팔아오라는 장면, 그 보물의 출처가 궁중임을 알아채고는 팔러 가지 않는 총각의 사려 깊은 태도 등의 모습이 보인다. 이렇게 1년 남짓 사는 동안에 총각과 공주는 정을 통하고 혼례를 올린 후에 각자의 정체를 설파하게 되고, 서로 공경하며 온정을 더욱 깊이 나누고, 아들과 딸을 낳아 기르며 사는 모습이다. 세월이 흐름에 따라 부부는 산밑의 마을로 내려와 농사를 지으며 살게 된다.(33쪽)

자료(나)에서는 괴나리봇짐을 메고 남장한 공주가 나무꾼 총각의 귀틀집에

---

12 대부분의 각편이 손자로 소개되는데, 중국조선족 이야기꾼 손창석의 자료만 아들로 설정되고 있다.

서 하룻밤을 묵게 되었는데, 이 과정에 주고받는 대화는 제법 구체적인 모습을
보인다. 통나무로 지은 귀틀집에 들어가자마자 둘이 나누는 대화부터 그러하다.

"아, 이 집의 식구들은 다 어데 갔는가?" 하이까

"예, 집에 식구 없으이까 내 혼자뿐입니다."

"아, 그럼 나는 여기 못 있겠다. 나는 간다."

기렇게 말하이까 여자라는 게 드러나지. 이 총각은 표시를 아이 내고,

"아, 뭐 일있는가? 어떻게 내 여기서 정말 선비님을 보내겠는가? 여기서 일없
다구. 우리집에서 쉬라."라며 접근한다. 이들 두 사람이 서로의 정체를 알게
되기까지는 상당한 사연이 제법 구체적인 모습으로 펼쳐진다. 앞의 인용에서
보듯 집을 떠나려는 여자에게 총각이 하룻밤 더 유숙을 권하는 과정에서의 대
화, 여자가 감사 인사로 건네는 금덩어리, 그것이 대궐에서나 쓰는 물건임을
알아보는 총각의 눈치 등이 제법 실감 나게 그려지고 있다.

이어서 남자가 김종서의 아들임을 밝히자, 속으로 두려워하며 떠나기를 더욱
고집하는 나그네, 그 나그네가 귀한 집 출신의 남장녀임을 가만히 눈치채고서도
짐짓 총각으로만 대하면서 계속 유숙하기를 권하는 장면, 잠자는 나그네의 유방
을 보게 된 남자가 여자를 깨워 사연을 묻는 장면, 여자가 공주라는 자기 신분을
감추고 떠돌이 양반이라고만 얼버무리는 장면, 동거를 제의하며 끈질기게 나그
네의 신분을 추궁하는 남자, 김종서를 죽인 원수 즉 수양대군의 딸임을 실토하
고 자기 목숨을 내맡기는 공주, 이런 과정을 거치면서 여자는 자신의 신분을
솔직히 말하지 않을 수 없게 된다.

"내 뉘긴가 하이까 바로 당신의 말이야, 당신의 아버지를 죽인 세조 임금의
딸이다. 그래 우리 원수다. 당장 나를 칼을 내서 목을 비라. 니 원수를 갚아라."
여자 그런다 말이야. 아, 그래 이 남자가

"아, 그럴 수가 있는가? 이 난리 세월에 그럴 수가 있는가? 야 이거 공주님이

나는 이태까지 공주님인지 모르고 기랬는데, 공주님에게 나는 혼인을, 나는 못 하겠다." 그다음 여자가 끌어안으면서, "도련님!" 그다음에 이 남자가 "공주님!" 그래서 이게 정말 거기서 인연을 맺고, 그게 결국은 결혼이지 뭐, 그래서 거기서 살게 됐다 말이야."

이런 우여곡절의 과정을 거치며 둘은 아들딸 낳고 속리산 아래의 마을로 내려와 좋은 기와집을 짓고 아기자기 사랑을 나누며 사는 모습을 보인다. 이와 함께 마을로 내려와 살기까지의 과정이 여기서는 보다 구체화된다. 이와 같은 일련의 이야기 전개 방식에서 우리는 이 각편의 독자성을 읽을 수 있을 듯하다. 말하자면, 구연자 손창석의 재능이 잘 드러나고 있는 각편으로서의 가치라 이를 수 있을 것이다.

자료(다)에서는 여성 신분임이 드러난 남장 공주가 "이미 탄로된 이상 소녀는 날이 새면 곧 떠나겠사오니 그리 알고 자세한 것은 더 묻지 말아 주시와요."(352쪽)라며 떠날 차비를 하고는 총각에게 "황송하오나 그대도 란을 피해 숨어사는 몸이라 했사온대 도대체 서울 어느 대감집 도련님이옵니까?"(354쪽) 되묻게 된다. 이런 과정을 거치며 서로의 신분을 알게 되자 총각과 처녀는

"당초에 귀인이신 줄은 짐작이 갔지만 공주님이신 줄은 생각도 못했습니다."

"도련님은 소녀의 목을 베고 원쑤를 갚으세요."

"아닙니다. 공주님은 실로 충의지사이며 보기드문 녀중호걸이올시다."

"죽이지 않으시려거든 안해로 삼으세요."

"아까까지는 방자하게 놀았습니다만, 알고서야 어찌…?"

"아니예요, 도련님!" 공주는 총각을 놓치기라도 할까봐 그를 와락 끌어안았다."(355-356쪽)

이런 과정을 거치며 '사랑은 연분이라더니 어제는 원수간이더니 오늘은 부부간으로 실로 기이한 인연이었다.'라며 격언을 인용하는[13] 방식으로 둘의 결합을

정당화면서 행복한 결혼생활을 예고하는 모습으로의 의도적 정리의 흔적을 그 대로 지니고 있다.

자료(라)에서는 초막에서 만난 총각의 배려로 며칠 묵게 되었는데도 총각은 처녀의 털끝 하나 건드리지 않고, 자고 나면 약초 캐러 갔다가 돌아오곤 하는 나날이다. 이상하게 생각한 공주가 총각의 내력을 몇 번이나 물어도 "그냥 이 산중에 약초나 캐고 하는 사람이니까 내력도 필요도, 알 필요도 없고 하고 안 가르쳐 줘. 그래서 공주께서 자기의 내력을 먼저 얘기를 하니 총각 또한 김종서 의 손자임을 밝힌다. 그래서 세조의 따님인 공주가 말하기를 "이건 천생의 연분 이다 말이야, 사실 내 딴데루 가고 싶어도 우리는 말야 같은 뜻을 가지고 있는 사람이 아니냐 말이야 이러면서 둘은 내외분이 돼가지고 사셨대요."(518-519쪽) 조선족 이야기꾼 손창석의 작품에서는 세조 딸이 김종서 아들에게 '자신이 원수 의 딸'이라며 처분을 기다리는데, 조선족의 정리설화와 강원도의 구연설화 두 각편에서는 공히 '세조의 횡포에 저항하거나 희생된 인물'이라는 점을 들어 동지 애의 명분으로 내세우는 모습이다.

공통단락⑦ : 세조가 참회, 유람, 또는 치병을 위해 명산대천을 찾아다니다.

자료(가)에서는 세조가 말년에 '절을 두루 돌아다니면서 부처님에게 지난날 을 참회하는 기도'차 속리산을 찾았다가, 마침 공주가 사는 마을을 지나게 되는 모습이다. 세조가 심산유곡의 유명 사찰을 두루 찾아다닌 까닭을 자기의 과거를 뉘우치고 참회하는 심정의 발로라고 하는 대목이 이채롭다. 조선 시대 말기 지식인의 세조에 대한 인식의 일단을 엿볼 수 있다고나 할까.

자료(나)에서는 "근데, 칠팔 년 이후에 세조 임금에게 무슨 일이 생겼는가 하이까, 세조 임금이 또 거기는 또 부패한 놈이니까 전국 각지 명승지를 유람하

---

13 이는 정리설화의 주요 특징 중 하나이다. 이야기의 장면이나 내용과 관련이 있는 가요, 명구名句, 속담이나 격언, 민요나 전설 등 정리자의 해석이나 의도에 따라 다양한 모습으로 그려지고 있다.

러 댕긴다 말이야'라면서 그의 유랑마저 '유흥의 목적'이라는 부정적 의미로 평가하고 있다.

자료(다)에서는 "바로 이 무렵 세조 임금은 경치좋은 명산대천을 유람하던 중 충청도 속리산으로 행차하게 되었다"(356쪽)라는 언급만을 보인다.

자료(라)에서는 "그 후에 세조께서... 꿈에 그 말하자면 자기의 그 형수 즉, 단종의 왕비, 왕비께서 꿈에 침을 뱉더래요, 얼굴에. 그래가지고 그래 버짐이 된 기 말이야 흠집이 된 기 그게 말하면 문둥병으로 화해가지고 전국 각지의 사찰로 댕기면서 치성을 드리고 말야..."(519쪽)라면서 인과응보의 결과로 생겨난 질병임을 노골적으로 강조하고 있다.

공통단락⑧ : 부녀가 우연 상봉하게 되자, 세조가 함께 환궁하기를 지시·약속하다.

자료(가)에서는 길거리에서 왕의 행차를 구경하던 아이를 통해 부녀가 우연 상봉하게 되는 과정, 사위가 김종서의 손자임을 알고도 기꺼이 받아들이고 봉작마저 약속하는 모습은 물론, 승지를 파견하여 그들을 맞아 오라는 지시를 내리기도 한다. 이런 일련의 과정이 별다른 설명없이 줄거리 중심으로 제시되기만 한다.

자료(나)에서는 자료(가)와 유사한 줄거리에다 그 세부 정황이 묘사적 설명과 함께 보다 구체적으로 제시되는 모습을 보인다. 먼저, 세조가 온다는 소문이 퍼지자 공주는 "아! 참 큰일 난 건 공주라. 이거 어떡하는가? 이거 아버지 여길 오게 되믄 이걸 어떻게 하는가?'라며 당황하는 모습을 보이는가 하면, 구경하러 나가는 아이들을 말리지 못하는 사정, 자기 딸을 닮은 아이를 알아보는 세조의 안목 등을 통해 부녀가 상봉하게 되는 과정, "군대고 뭐시기고 하나도 따라오지 마라"며 좌우를 모두 물리치고 직접 아이 부모의 집을 찾아가는 세조의 모습, 엄벌을 자청하는 딸에게 자신의 잘못도 크다면서 너그러움을 보이는 모습, 사위가 김종서의 아들임을 알고서는 "오! 그렇구나. 너희들이 정말 천상연분이로구나. 이게 이런 데 와 만났구나"라며 "가에게도 죄없다. 내 잘못이다. 가 아버지게도 죄 없고 가에게는 더구나 죄 없다. 그러이까 내 이번에 다 데리고 가겠으니 너 근심 말고 이 손자까지 몽땅 데리고 가서 그래 너 만년에 재밌게 보내게 하겠다... 여기서 꼭 있어라. 내 올 때 꼭 데리고 가니까 있어라."라고 기약하는 모습을 보인다.

자료(다)에서는 "세조임금이 백성들의 환영을 받으며 지나다 보니 자기 딸처럼 곱게 생긴 여자애가 있는지라 '너희들은 뉘집 애들이냐?'하고 물었다. '울엄마가 그러시는데 상감님은 우리 외할아버지라고 하셨어요' 딸을 만난 세조를 두고 "혈육지정이라 할가 아니면 지난날에 대한 참회라 할가"(356쪽)라는가 하면, 김종서의 손자가 사위임을 알고는 "당년 김정승에게 무슨 죄가 있었단 말이냐. 그의 손자가 네 남편이 되었다니 이건 다 하늘의 뜻이라 할 수밖에 없지. 내 돌아가는 길에 들리마"(357쪽)라며 함께 귀경할 것을 약속한다.

자료(라)에서는 세조의 문둥병이 문수보살의 시혜로 완쾌되었다는 사연이 먼저 소개되고, 그 이전에 세조의 딸이 부왕의 행차를 보기 위해 엎드려 있다가 세조의 눈에 띄어 상봉하게 되는 모습, 세조가 함께 귀경할 것을 제의함에도 "도저히 저는 아버님과 뜻을 달리하기 때문에 갈 수 없습니다"(520쪽) 라며 완강히 거절하는 딸의 모습을 보인다. 이에 세조는 김종서의 손자마저 사위로 인정하고 동행을 거듭 지시하는 장면 등이 제법 구체적으로 제시된다. 이를테면, 세조가 권력 쟁탈을 위해 자행한 과거의 정변과 그로 인한 갈등 관계 등을 모두 청산하고, 부녀지간의 정을 돌이키고자 하는 마음을 드러내 보이는 내용이다.

공통단락⑨ : 세조가 귀경길에 딸의 가족을 찾았으나 종적을 감춰버렸음을 알게 된다.

자료(가)에서는 "다음날 세조는 승지를 파견하여 그들을 맞아 오게 하였으나, 공주는 밤을 틈타 그 남편과 함께 가족을 거느리고 몰래 어디론지 숨어버리니 그 거처를 알아낼 수가 없었다."(34쪽)는 이야기 줄거리와 함께 이 이야기를 전해 듣게 된 경위, 그리고 그 근거가 빈약한 탓에 더 이상 "임금에게 알려지지는 못하고 말았다."(34쪽)며 전체 이야기를 마무리하고 있다.

자료 (나)에서는 공주 출신의 아내로부터 저간의 사정을 들은 남편 즉 김종서의 아들이 "저 그게 그 세조임금 같은 사람이 날 이래 얼려가지고 우리 둘을 얼려가지고 다 죽인다. 그러이까 빨리 뛰자"라는 반응을 보이며 함께 잠적하게 된다. 그런 다음에 "그래 임금이 돌아왔다 말이야 올 때 들러 보이까 집이 싹 비었지. 어디로 갔는지 없지. 그때 임금이 눈물을 뚝뚝 떨구더라."면서 세조가 딸에게 한 말에도 아랑곳없이 그녀는 '속임수로 용서한 것'이라는 남편의 말에 따라 그 아버지로부터 영원히 종적을 감춰버리는 모습이다.

자료(다)에서는 "세조는 귀경길에 데리고 가야겠다고 생각하고 돌아오는 길에 들리니 그 집에는 이미 다른 사람이 들어있고 딸과 사위는 간데온데가 없었다고 했다."(357쪽)며 이야기를 끝맺는 모습이다.

자료(라)에서는 "그 이튿날 올 시간이 돼도 생전 안 오더래여. 그래가지고 사람을 보내니까 말야, 그 초막에 사람이란 없더래요, 거다 편지를 한 장 말야 떡 냉기고 갔는데, 그 편지에 뭐라고 썼느냐 하면 말이야. "아무리 말야 지금은 원수가 없어지고 아버님이라 할지라도 우리는 말이야 우리는 역적의 곁에 가서 살 수는 없는 일 아입니까 말야. 우리는 그 단종대왕의 말씀을 어디까지나 모시는 신하로서 말야 역적의 곁을 갈 수 없으니 영원히 떠나간다고 말이야. 그훈(後는) 어디로 갔는지 없어 못 찾고 갔어요. 그 따님을 영원히 못 찾았어요."라는 결심을 보이며 화해를 거부하는 모습이다. 단종의 비극이 서린 지역에서 그의 비극적 운명에 대해 민중이 느낄법한 애틋한 감정의 일단을 드러내 보이는 대목이라 하겠다. 이어서 "그 훈(후눈) 어디로 갔는지 없어 못 찾고 갔어요. 그 따님을 영원히 못 찾았어요."(521쪽)라는 언급으로 마무리 짓는 모습 또한 그러한 민심의 연장선상에 있음을 보여주는 대목이라 하겠다.

3. 마무리

이상에서 〈쫓겨난 세조 딸 이야기〉 유형으로 상정되는 각편 넷을 공통단락 중심으로 분석 검토해 보았다. 여기서는 앞의 분석 결과를 종합하면서 마무리에 갈음하고자 한다.

1) 먼저, 『금계필담』 소재 141편의 이야기 중에 5번째로 나오는 「피눈물로 얽힌 갸륵한 인연」이라는 제목의 이야기이다.[14] 이 작품은 서유영이 승지 박승휘에게서 듣고, 김종서 집안 관련 일을 갖추어 조정에 올리려 하였으나, '증빙이 될 만한 근거가 빈약하다'는 판단에 따라 그러한 의견을 이 이야기에 덧붙여 그의 필담집에 수록하고 있는 것이다.[15] 이로써 보건대 이 작품은 야사 내지는 야담적 성격을 지닌 이야기라고 할 수 있을 듯하다.[16] 세조의 딸과 김종서 손자의 기이한 인연이라는 소재를 바탕으로 하고 있으면서도, 세부 정황의 서술에서는 근거가 부족하거나 지나친 상상을 절제하는 듯한 어조를 보인다. 말하자면, 세부 정황을 구체적으로 진술하기보다는 이야기의 앞뒤 맥락에 단절이 생기지

---

14 금계필담의 원본에는 개별 이야기들의 제목이 없는데, 번역본에서는 이야기 각각의 내용을 잘 드러내기 위하여 임의로 제목을 붙여두고 있다. 이 이야기도 그 제목을 〈피눈물로 얽힌 갸륵한 인연〉이라 붙이고 있는데, 이 글에서는 번역본의 제목을 그대로 수용하고 논의를 전개하였다.
15 『금계필담』, 앞의 책, 34쪽~35쪽의 번역과 원문을 함께 참조.
16 그 까닭은 금계필담의 편저자인 서유영이 남긴 서문에 잘 드러나고 있다. "옛날에 들어서 아는 것을 거둬 모으는 한편, 생각에 떠오르는 대로 그때그때 기록해서 겨우 139가지(141편) 사실을 얻게 되었다...이 한 권의 책에는 믿을 만한 역사적 사실에서 누락된 것도 있겠고, 혹은 여러 사람에게서 들은 이야기에서 나온 것도 있어서 아마도 진짜와 가짜가 반반은 될 것이다."는 기록이 바로 그러하다.

않는 범위 내에서 줄거리 전반의 정황 중심으로 간략히 서술하는 모습을 보인다. 이를테면, 이 유형이 두루 지닌 공통단락의 순서 그대로를 연결하기만 해도 이 각편의 윤곽이 대체적으로 드러나고 있다는 의미이다.

2) 다음은, 손창석이 구연한 「기이한 인연」이라는 제목의 이야기이다. 이 각편은 동일 유형의 이야기 4편 중에서 가장 분량이 많고, 상대적으로 보아 이야기의 서사적 긴밀성 또한 양호한 편이다. 이와 함께 이 각편은 영월지역의 설화처럼 세조에 대한 적대감을 드러내지는 않지만, 딸과 사위의 앞날을 보장하겠다는 세조의 약속에도 불구하고 종적을 감춰버리는 결말을 보임으로써 후환을 두려워하는 민중의 심사를 은연중에 드러내고 있는 모습이라 하겠다. 그리고, 손창석은 채록 당시(1999년) 71세의 고령임에도 모두 16편의 설화를 구연할 정도로 설화 구연자로서의 풍부한 자질을 지니고 있는데, 이 작품은 그러한 역량을 뚜렷이 드러내고 있는 작품 중의 하나라 이를 만하다.

3) 세 번째는 김재권이 수집 정리한 황구연의 작품인데, 제목 또한 손창석의 설화 제목과 동일하다. 중국조선족의 소위 정리설화는 구연자의 구술을 그대로 문자화한 것이 아니라 수집한 사람이 '정리'라는 명분으로 윤색한 모습의 작품이 대부분이다.17 이를테면, 정리자의 의도를 원자료에 덧칠하여 문자화하는 방식이랄까. 이 작품 또한 서두의 배경설정에서부터 궁금증을 불러일으키려는 의도적 구성방식을 보이는가 하면, 군데군데 속담과 격언을 덧붙이는 등의 수사적 필치로 윤색을 가한 흔적이 뚜렷한 모습으로 남아있다. 민간문예 연구자로서의 자기류적 사명18을 수행하는 모습 이면에 원자료가 지닌 구연현장의 생동감과 그에 내포된 민중의 애환을 있는 그대로 접할 수 없는 아쉬움을 남기는 사례의

---

17 이에 대해서는 참고문헌목록에 있는 이헌홍의 논저 및 임철호의 『조선족설화 연구』(역락, 2017) 등을 두루 참조.
18 민간문학작가 또는 민간문예 연구자라 지칭되기도 하는 이들의 사명이 '정리원칙'이란 항목으로 명시되어 있다. 이에 대해서는 이 책의 서두 부분을 참조.

일단 등을 두루 보여주고 있다고 할 것이다.

4) 네 번째는 강원도 영월 지방에서 김선풍과 유기태가 조사 채록한 김진홍의 구연설화이다. 조사 지역의 특성 때문인지 이 작품에는 세조에 대한 부정적 인식과 강한 어조의 비판 내지는 거부감이 보이는가 하면, 이에 더하여 단종에 대한 연민과 애틋한 감정 등이 아울러 투영되고 있는 모습이다.

위에서 살핀 바와 같이 이들 이야기 4편은 수양대군이 획책한 계유정난, 단종의 폐위와 사사 등에 얽힌 역사적 사건의 이면에서 생겨났을 법한 허구적 사건을 모티프로 하여 전개되고 있는 작품들이다. 이 글은 동일 유형의 설화이면서도, 이야기 서술자의[19] 세계 인식이나 가치관 등에 따라 개별적 이야기 각편은 다양한 모습으로 실현되고 있는 방식을 살펴본 것으로서의 의미를 지닌다. 이 중에서도 특히 중국조선족 이야기꾼 손창석의 〈기이한 인연〉이라는 제목의 작품은 여타 3편의 각편에 비해 설화가 구연 전승되는 현장의 모습을 충실히 담고 있으며, 구연자의 재능과 구연 솜씨 또한 돋보이는 것으로서의 의미를 아울러 지니고 있음을 알게 되었다.

---

19 여기서의 서술자는 구연자, 화자 또는 작품외적 자아 등을 두루 포괄하는 개념으로 사용한 것이다.

제2부

중국조선족 이야기꾼 구연설화의
자료와 주해

구연자 1 : 손창석(남, 71세, 중학교 교장 역임)
고향 : 경상남도 밀양
채록 시기 : 1999.9.2.~1999.9.3
채록 장소 : 용정시 용문가
소재원 : 용정시 용신향의 서당 훈장(고 최인관)

1) 기이한 인연

옛날 이씨조선 때 이 세조 임금이 에, 무서운 폭군인데, 이 임금이 어떻게 임금의 자리에 올라앉게 됐는가? 본래는 단종이라는, 단종이 그 임금이 되았을 땐데, 단종이 그 어리다 말이야. 그때 아버지가 일찍이 돌아가. 아버지 다음에 그 아들이 하는 게이까,[1] 아버지가 돌아가다나이까[2] 단종이, 어린 단종이 열 맻(몇) 살짜리가 임금이 됐다 말이야. 됐는데, 이 세조이(세조가) 임금 자리가 욕심이 났어. 세조는 그게 그래이까 그 삼촌이라 말이야 그 단종의 삼촌이지. 자리가 욕심이 나서 모해를 꾸몄다 말이야 모해를 꾸몄어. 두루두루 그 신하들과 이래가지고서는[3] 모해를 꾸며서 그거 떨구구서[4] 자기가 임금이 떠억 됐지.

임금이 떠억 된 다음에, 후에는 그 단종을 죽여 버렸어. 어떻게 또 무슨 죄를 만들어서는 말이야, 시겨서(시켜서) 죽여 버렸지. 그래 죽어버리구 자기를, 그렇게

---

1 하는 게이까 : 하는 것이니까.
2 돌아가다나이까 : 돌아가시니. 돌아가시다 보니.
3 이래가지고서는 : 이렇게 해서는. 이리이리 하여서.
4 떨구구서 : 쫓아내고서. 때로는 '똘구다'로도 발음함. 떨구다 : 쫓아내다.

되이까 그래이까 자기를 반대를 하는 사람 대단히 많앴다 말이야. 그 나라에 그 중앙의 정승들 가운데서 에, 판서 이런 사람들 반대가 많았다. 반대가 많아 반대하는 사람 몽땅 다 죽여버렸다. 다 그 사람의 칼 밑에 다 죽었다. 죽었는데 그때 에, 그 정승이 한내,[5] 그 정말 그 아주 유명한 그 전의 임금일 때두 정승이요, 지금 와서두 정승이요, 이런 아주 나라의 충신이지. 이런 사람까지 다 죽여 버렸다.

이렇게 되이까 그때 제일 안타깝게 생각한 게 딸이지. 딸이, 공주가 이거 안타깝게 생각했다. 아! 아버지는 어떻게 돼서 말이야 이렇게 하는가? 이게 정말 그 절대 할 짓이 못 된다는 거, 옳은 처사가 아이라는 거, 이거 이제 그 아버지한테 가서 말했지. 말하이까 이 세조라는 임금이 말이야 그 자리에서,

"이년, 너두 나를 반대를 하는 년이구나."

칼을 빼서 단번에 죽여 버리려 했다. 이때 그 임금의 황후지, 황후가

"그 아이, 거 제발 나를 죽이더라도 가만 살가 달라[6]"구.

해서 제발 비이까(비니까) 칼을 줴(쥐어) 빼들구서 명령 내렸다 말이야.

"당장 이년을 가마에 실어다가 강원도 심산 밀림 속에다 던져라. 짐승의 밥이나 되게 던져 버려라."

이래서 정말 그 명령을 받구 그 밑에 그 군대들이 그 가마에 메구서르, 고저 그 강원도에 그 무슨 속리산[7]이라 속리산이란 데루[8] 메칠 걸어갔지. 그때 꽤 머이까 서울에서 그 어디요? 메칠 걸어갔지. 걸어가다가 한 곳에 가서 정말 심산 밀림에 사람이 없는 데다 턱 내라 놨다. 내라 놓구 이놈들 가버렸지.

게이까[9] 이 여자는 어머니가 올 때, 그 가마에 태울 때 남복을 챙겨서 주지. 여자복을 챙겨서 주면 아이 되지. 어디 가 못 산다 말이. 그래서 남자 옷을 입쳐서(입

5 한내 : 하나. 한사람.
6 가만 살가 달라 : 그 아이만은 살려 달라. 살구다 : 살리다.
7 강원도에 그 무슨 속리산 : 속리산은 현재 행정구역으로는 충청도에 속함.
8 속리산이란 데루 : 속리산이라는 곳으로.
9 게이까 : 그러니까.

혀서), 갓을 씌아서(씌워서), 두루매기 입쳐가지고[10] 야, 선비처럼 챙겨가지고서리[11] 턱 거기다가 떨가 놓고[12] 가이까 정말 무릉도원이라 말이야. 없다 말이야. 정말 사람두 없구, 아무것도 없다 말이야. 짐승소리만 들리는 곳에다 떡 떨가 났다 말이거든. 게(그래서) 이 여자가, 공주가 그저 산속으로 지양 없이[13] 걸어가지. 어딘지 모르고 자꾸 걸어가. 어딘지 모르고 자꾸 걸어가다가 그 진대 나무[14]가 있는데 가 앉아서 쉬지 뭐. 쉬는데 오늘 저녁에 어디 가 자겠는고? 오늘 저녁에 짐승의 밥이 될는지 모르고 정말 기가 찬 일이지.

이때 무슨 일이 생겼는가 하므, 한 젊은 총각이 말이야 쪽지게[15]를 턱, 낭그르[16] 해서 턱 지구서 그 앞으로 오게 됐지. 그 앞에 와서 이 공주가 앉아 있는 거기 와서 쪽지게 내라 놓구(내려놓고) 떠억 옆에 앉아서 떠억.

"아, 이거 선비님은 어디서 오시는지 몹시 피곤한 거 같우구만."

하고 물었다.

근데 이 공주가 말하믄 여자라는 게 탄로되믄 이 안되지. 게, 대답 안하구 고저 머리만 꺼떡꺼떡 하고 있지. 그다음에 이 선비가 생각해 보이까 요게 필경 남자가 아이다 말이. 그 모양새를 보이까 그거 아주 곱게 생겼는데, 상투를 꼭찌고[17] 있는데, '이게 남자가 아이구(아니고) 여자다.' 이런 생각이 들었지, 이 사람이. 기래서

"야, 이거 피곤하겠는데 어저는[18] 해도 넘어가는데 어떡하겠는가? 여기 지금 집이 없다. 여기 집이 백 리 안에는 집이 없으이까 어떡해? 내 산속에 사는데 우리 집에

---

10 입쳐가지고 : 입혀서. 입힌 다음에.
11 챙겨가지고서리 : 챙겨서. 챙긴 다음에. 챙겨 입혀서.
12 떨가 놓고 : 떨어뜨려 놓고. 떨구다 : 떨어뜨리다.
13 지양 없이 : 지향 없이. 그침 없이.
14 진대 나무 : 산속에 죽어서 넘어지거나 쓰러져 있는 나무. '강대 나무'는 선 채로 말라죽은 나무.
15 쪽지게 : 다리가 짧고 자그마한 지게.
16 낭그르 : 나무를(남+ㄱ+를).
17 상투를 꼭찌고 : 상투를 쪼고.
18 어저는 : 이제는. 인제. 별다른 뜻이 없는 발어사로도 쓰임.

가서 하룻밤 묵어가는 게 어떤가?"

그 사람이 자청해서 그랬지. 그래이까 이 여자 가마이 생각해 보이까 그렇거든. 이게 뭐 이게 가다가 짐승 밥이나 되겠는지 산속에서 사람 만나가(만나서) 기쁘기 한량없다 말이야. 그래서, "아! 그럼." 대답하고 갔지. 가면서 암만 생각해 봐두 이게 어떤 사람이겠는지 모르지. 이게 뭐 산에 무슨 도적이겠는지도 모르고, 무슨 소린지도 모르고, 어쨌든지 갈 곳이 없으이까 따라간다 하고 갔다 말이야. 따라가이까 산 밑에 말이야, 귀틀집19 있지. 나무 귀틀집이 딱 있는데, 아주 겉을 보겠는데는 형편이 없는 나무집, 낭그에20 통나무로 지은 집인데, 안으로 쑥 들어가이까 아주 깨끗한 집이지. 깨끗하게 벽도 싹 도배를 하고 말이야 고 집도 단칸집이지마는 아주 깨끗하지. 가매21가 있고.

아, 그래 떡 들어가자마자 이게 공주가 물었지.

"아, 이 집의 식구들은 다 어데 갔는가?"

그러이까 여자 목소리 나왔다 말이야.

"어데 갔는가?" 하이까

"예, 집에 식구 없으이까 내 혼자뿐입니다."

"아, 그럼 나는 여기 못 있겠다. 나는 간다."

기렇게 말하이까 여자라는 게 드러나지. 이 총각은 그 표시를 아이 내고,

"아, 뭐 일있는가? 어떻게 내 여기서 정말 선비님을 보내겠는가? 여기서 일없다구.22 우리 집에서 쉬라."

기래 지금 억지로 있는데, 아이 저녁에 그 이밥23에다가 말이야, 그 산속에 어디 밥 있는지 밥에다가 고기반찬 해주는데, 아이 이거 그 이상한 집이라 말이야. 그

---

19 귀틀집 : 통나무와 흙으로 지은 집.
20 낭그에 : 나무에. (남 +ㄱ+에).
21 가매 : 가마솥. 부엌 또는 부뚜막으로도 쓰임.
22 일없다 : 괜찮다. 문제없다. 걱정 없다.
23 이밥 : 쌀밥.

여자는 떠억 주는대루 아이 모르겠다구. 이 여자도 대담한 여자지. 애비께서 임금인데도, 막 접어드는[24] 여잔데, 이게 글쎄 간단한 여자는 아이지. 그래 밥 주는 대루 먹구서, 아 그다음에 아 이 남자는 물어두 아이 보구.[25] 이 여자도 무슨 말두 아이하고, 그러다가 밥 다 먹구 거의 잘 임시인데,[26]

"아, 선비님은 어데 계시는데, 아마 서울에서 오는 것 같은데, 어데 계시는가?" 그래이까,

"예, 나는 서울에서 공부를 하고 과거시험을 보게 되었는데 나라의 지금 이 임금이 바뀌우는 그런 그 일이 있어서, 이게 내 과거시험도 못 치고 어저는[27] 돌아댕기면서(돌아다니면서) 산천경개나 구경을 하면서 세월을 보내자고 떠돌아댕기는 사람이요다." 한단 말이, 이 여자가.

그래이까 이 남자는 점점 의심하지. '아, 이거 일났다! 이, 여자 같은데? 또, 남자 같기도 하고' 말이야. 그래서 그런 말을 듣구 아 기래. 또 이 여자도 그랬지(그렇지). 보니까 그렇쟎 같다[28] 말이.

"선비님은 도대체 어째 이 산속에 들어와 혼자 사는가?" 말했지.

"아, 정말 피차일반"이라는 게지.

"나두 그런 사람"이란 게지.

"나두 이래 공부를 해서, 과거시험 치르러 가다, 이 저기 난신이[29] 일어나는 바람에 내 공부를 못하구 산속에 들어와서 혼자 이래 세월을 보내는 중이다." 아, 이렇게 됐다.

기래이까(그러니까) 아, 이게 그렇구나. 기래 둘이 지금 언어가 통해가지고 두루

---

24 접어드는 : 대드는.
25 물어두 아이 보고 : 아니 물어보고. 부정조동사 도치.
26 잘 임시인데 : 잘 무렵인데. 잘 시간이 임박했는데.
27 어저는 : 이제, 이제는 등의 뜻. 때로는 별다른 뜻이 없는 발어사로도 쓰임.
28 그렇쟎 같다 : 그렇지 않은 것 같다. 괜찮지 않은 것 같다.
29 난신이 : 정변이. 신하들의 난리.

애길하고 이랬는데, 어저는 자게 됐다 말이야. 그래서 밤이 깊었는데 자게 됐어. 이불을 펴는 거 보이까 아, 이불이 비단이불이 아, 두 채 있다 말이야. 아 그래 한나(하나) 덮구서 구석에 넣고, '웃채(위쪽에) 자라구! 자기는(나는) 저 아래서 자겠다구.'

아! 여자, 자부렘[30]이 올 택이[31] 있소? 이게 도대체 옆에 남자 눕혀놓고, 자부렘이 안 오지. 자부렘이 올 택이 있소? 그래 자지 앉고 꾸벅꾸벅 그랬지. 남자는 그저 쿨쿨하고 자지. 아침에 일어나이까, 게이까(그러니까) 새벽에 싹 잠이 들어서, 여자가 조금 눈감아서 수풀뜨레[32] 잤는데, 중간에 남자가 일어나 밥을 싹 했다 말이야. 밥을 싹 해놓구 또 밥상을 챙겼다 말이야. 그래 이제 밥을 먹었지. 먹구서 여자가 아침 다 먹구,

"나 어저는 가야 되겠다."

"아! 어딜 가시려고 그러는가?"

"매일 떠돌아다니는 사람이 내 일없다구.[33] 내 금강산 구경이나 가야겠다."

그래이까 이 남자가 암만 봐두 이게 수상한 사람인데, 이래 참 모르겠다 말이야. 그래서,

"아! 어떻게 이제 이렇게 여기 와서 하루만? 여기서 좀 쉬라고. 집이 뭐 정한 데두 없고 간다는데, 하룻밤 여기 하루 더 여기서 좀 묵구 가라구."

자꾸 이런다.

"아, 나는 기어이 떠나겠다." 그래면서 이 공주가,

"내 어떻게 여기서 하룻밤 자구서 거저 가겠는가? 그래이까 내 이 산속에서 돈이나 귀할 건데 내 여기 저, 보물 있는데 드리겠다."

궁전에서만 있는 그런 그 보물을, 그런 금은 덩어리두 궁전에서 쓰는 거는 딴(다른) 거지. 이거는 백성 있는 데는 없지. 궁전에서만 쓰는 그런 금덩어리를 내놓지.

---

30 자부렘(자부렴) : 졸음.
31 올 택이 : 올 턱이. 올 리가.
32 수풀뜨레 : 미상. 어렴풋이 잠자는 모습인 듯.
33 일없다구 : 괜찮다구.

그다음에 이 사람이 생각해 보이 '아이 참 이거 어떻게 된 일인가?'

"이거 나는 못 받겠다. 이거는 궁전에서만 쓰는 임금과 정승들이 쓰는 금덩인데 이거 어디서 가져 왔는가? 이거 어떻게 받는가? 나는 이거 못 받는다. 이거 받으면 목이 달아난다. 아이 받겠다."

아이, 이 여자가 생각해 보이 '이 남자가 보통이 아이라 말이야. 이거 궁전에 쓰는 겐지 어찌 아는가 이 사람이?' 아 이런 생각이 들었다. 그래서,

"아! 이거 그러지 말구 받아라."

"아이, 난 못 받겠다."

그래 그다음에 다시

"당신은 도대체, 그 당신은 도대체 어디 사람인가? 서울에 누기(누구)? 궁전에, 필명³⁴ 궁전에 있는 사람인데 필경 누긴가?"

"아이, 나는 아무것두 애이라구. 고저 우리 집에 좀 잘 살 뿐이라구."

그래도 이 남자³⁵ 자꾸 물어보지. 자꾸 물어보이까,

"아, 그런 게 아이라, 나는 그, 저 서울에 김종서라는 정승의 아들이다."

정승의 아들이라 이랬거든.

기래까 그다음에 여자가 꿈틀했지. '아이구 우리 아버지가 죽인 정승이구나.' 게이까 원수가 만났다 말이야. '이게 알기만 하믄 나를 단박 나를 죽일 텐데⋯⋯' 이렇게 속이 한 줌만 해서 지금 앉아 있지.

"아! 절대 근심 말라구 그런 일없다구. 이거 이 돈 내 아이 받겠다구. 아이 받구 여기서 며칠 묵으라구. 그리구 여자의 몸으로³⁶ 어디루 돌아다닐려구."

지금 여자라는 게 탄로되는 판이지. 탄로되는데 그러니까 그런 말은 아이 하지만 이게, '못 댕긴다'는 게지.

---

34 필명 : 필연 필경 등에 가까운 뜻인 듯. 기필코. 분명히.

35 이 남자 : 이 남자(에게).

36 여자의 몸으로 : 화자(구술자)의 무의식적 개입으로 인하여 남자 입에서 '여자'라는 말이 튀어나옴.

"세월이 지금 완전 변해버려서 아래에서 고을마다 원님 다 죽구 이런 판에 어딜 가느냐? 좀 있다 몇 달 있다가 나라가 좀 평정된 다음에 그다음에 나가는 게 어떤가?"

기래 이 공주가 가마이 생각해 보이까 게(그래) 그 사람 말이 옳다 말이야. '내 이제 나가 댕기매 제 여자 몸으로 이 난리판에 댕기매 어디가 어떻게 되겠는지 모르겠다. 차라리 여기서 쏙 붙어 있으믄 에, 무슨 남잔 거처럼 해 있으믄 일없겠다.'[37] 이러구 생각하구 있게 됐지. 그래서 그게 정말 아, 말이 통해서 아, 그러믄 며칠 있어보자. 그러구 그 집에서 떠억 있는 판이야.

게, 떠억 있는데, 이 남자는 산에 가 나무를 해다가 때구. 어디 가서 무슨 저 그 짐승두 잡아서 말이야, 이런 판이야. 그런데 어느 날 그 달 밝은 밤인데 방에 척 이래 눕어 자구, 이 사람 다른 짝에서 눕어 자는데, 여자가 밤에 동안 태질을 하다가서[38] 이불을 벗어 댕겄다 말이야. 이게 그만 유방이 드러났다 말이야. 유방을 쌌는데, 유방을 보로 싸는데 그게 다 풀어지고 유방이 턱 드러나지. 그다음에 이 사람 턱 가보이까 그렇지. 틀림없는 여자구나 이게 여자다. 그런데 이게 무슨 곡절이 있는 여자다. 그래서 그 자리에서 담방 깨왔지(깨웠지).

"아이, 내 이제 보이까, 내 맨 처음부터 의심했는데 이게 웬일인가? 내게 솔직히 말해라."

기래 그다음에 어찌겠소? 여자가,

"좋다. 어저는 내 다 탄로 난 이상, 내 어저는 다 말하고 내 오늘 떠나겠다. 떠나겠으이까 의심 말라구."

여자가 그거 쭉 얘길 하지. 얘길 하는데, 이게 정말 그 자기 아버지가 말이야, 그 세조 임금의 칼날 아래 이래 쓰러졌는데, 오늘 지금 이 그런 거 싹 지금 얘길 하구. 그다음에 저, 이 공주는 말이야 자기가 공주라는 거, 자기 말 아이 하구 아이 그런 거. 자기는 그양(그냥) 이런 과거시험 치지 못하구 떠돌아다닌다는 그것만 얘길

---

37 일없겠다 : 괜찮겠다.
38 밤에 동안 태질을 하다가서 : 밤중에 세차게 몸부림을 치다가.

했지.

"그래 이젠 떠나가오. 나 이젠 가겠다. 어저는 내 이제 돈 줘도 아이 받구 이랬는데 내 이거 가이까 와서 신세 많이 지고 간다."

그다음에 이 남자 떡 부르지.

"못 간다. 어저는 거기가 여잔 줄 알고 내 이제 또 서울에 아무 대감의 아들인 거 알지 애있는가(않았는가)? 그러이까 우리 아버지는 없다. 그러이까 나는 붙들리믄 나는 죽는 사람이다. 죽는 사람인데 어떡하겠는가? 자기도 그런 것 같은데 우리 여기서 같이 살자. 뭐 일이 있는가. 우리 남녀가 만나서 이래 인연 맺고 같이 살믄 어떻겠는가?"

기래 이 공주가 가마 생각해 보이까 그것도 그렇다 말이야. '내 이제 가도 어디로 가겠는가? 내 이제 나이 들어 시집갈 나이가 다 됐는데, 아무데서나 이래 어저는[39] 죽는 놈이 살았는데, 아무튼지 이 총각을 보이까 그게 인물이 잘났지, 그게 또 정승의 아들이이까 글도 잘 읽는 게구.' 아 그다음에는 이것들 둘이 동의를 했지. 그 다음에 동의를 하게 됐는데, 여자는 동의를 하게 되는데 이 남자는 의심을 하지. '이 여자는 도대체 무슨 여자냐?' 그거만 아이 말하지 고저.

"중앙에 고급 판서의 딸이다." 그렇게만 말하지.

"기래 아이, 그런 같잖은데[40] 거 꼭 말해 달라. 그래 나 알구야 하지 그렇지 애이믄(않으면) 못한다 이거."

그래 그 여자가 솔직히 말하지.

"내 뉘긴가 하이까 바로 당신이 말이야, 당신의 아버지를 죽인 세조 임금의 딸이다. 그래 우리 원수다. 당장 나를 칼을 내서 목을 비라. 니 원수를 갚아라."

여자 그런다 말이야 야. 그래이까 이 남자가,

"아! 그럴 수가 있는가? 이 난리 세월에 그럴 수가 있는가? 야! 이거 공주님이,

---

39 어저는 : 이제, 이제는 등의 뜻. 때로는 아무 뜻 없는 발어사로도 쓰임.
40 그런 같잖은데 : 그런 것 같지 않은데.

나는 이태까지 공주님인지 모르고 기랬는데 공주님에게 나는 혼인을, 나는 못 하겠다."

그다음 이 여자가 끌어안으면서

"도련님!"

그다음에 이 남자가

"공주님!"

그래서 이게 정말 거기서 인연을 맺고, 그게 결국은 결혼이지 뭐. 그래서 게서(거기서) 살게 됐다 말이야. 그래 가지고 돈이 많다 말이야. 이 여자가 가지고 온 패물 어머이 보내준 보물이 그게 말이야, 돈이 뭐 몇만이나 있는지 말이야 그런 보물을 가지고 왔다 말이야. 가지고 왔으니 돈이 많으이까 한 삼 년 지난 다음에 어데는[41] 아꺼지[42] 낳았거든. 아꺼지 났는데, 삼 년 지난 다음에 나라에서 붙잡는 게 없다 말이야. 없으이까,

"야, 기러지 말구 우리 산속에서 살지 말구 아래 내려가서 살자."

그래 그 속리산 아래에 그 마을에, 첫 마을에 가서 집을 잡구 사는데, 집을 좋은 기와집을 짓구, 거기서 둘이서 아기자기하게 사랑을 하매 살았지. 근데 한 칠팔 년 지난 다음에 어저는 아들이 이래 크지. 칠팔 년 이후에 세조 임금에게 무슨 일이 생겼는가 하이까. 세조 임금이 또 거기는 또 부패한 놈이니까 전국 각지 명승지를 유람하러 댕긴단 말이야. 그러이까 숱한 인마를 거느리고 그 뭐 북을 치고 나발을 불면서, 그 인마가 군대까지 숱한 게 따랐어.

지금 속리산 구경 가는데 속리산에 유명한 절이 있었지. 절당이 있었는데, 그 절을 구경한다고 아이 세조 임금이 온다고 마을에 소문이 쫙 퍼졌다 말이야. 아 참 큰일 난 건 공주라. '이거 어떡하는가? 이거 아버지 여길 오게 되든 이걸 어떻게 하는가?' 이런 문제라 말이야. 그러나 이건 말 아이 하고 나가도 되겠으니까 집안에

---

41 어데는 : '어저는'과 두루 쓰임. 이제, 이제는 등의 뜻. 때로는 발어사로도 쓰임.
42 아꺼지 : 아이까지.

딱 있고 아들은 구경할라 한다 말이야. 기리까 그게 임금 온다 하이까, 그게 임금 유람 온다니까 임금께 나가서 임금 오게 되믄 백성들이 길에 엎디고 막 이래재오.[43]

근데 이놈 자식들이 나갔다 말이야 둘이. 떡 나가는데 이 세조 임금이 늙어서 수염이 시허연 기, 이런 게 지금 그거 하던 게, 지금 거기 와서 앉아서 휴식하게 됐지. 산속에 마을이 자그맨한 마을이니까 그 마을 어귀 앉아서 있는데, 아들이 그기 다른 것들은 다 머리를 못 들지 그렇지 애이?[44] 백성들이라는 거 그 임금이 여기와 앉아서 누기도(누구도) 못 들어오고 앉아 있는데, 그 아들은 꾹 그 앞에서 그 임금 구경한다 말이야 자식들이.

그 임금이 가만히 그 아들을 보이 그 아들이 참 잘 생겼다. 참 곱게 생기구 그놈이 아주 총맹해 보이고 이렇다 말이야. 그래 어디루 보든지 딱 보던 사람 아이 같단 말이야. 딱 보던 거 같다 말이야. 그래 자기 그 에미를 닮았으이까, 자기 딸을 닮았지. 아 그래 이 임금이,

"야, 너 여기로 오너라."

그래 그 아들이 갔다 말이야. 이 아들이 그 임금이 뭔지 모르고 고저 갔지.

"아, 너 저기 너 아버지 누기냐?" 하이까,

"예, 아버지 아무개 있다."

"게(그래) 어머니는 누구냐?"

"어머이는 아무갭다."

무슨 공주라 하겠소?

"오 그라냐? 너는 본래 어딨었느냐?"

"아 본래 여기서 살았다."는 게거덩[45].

그래 보이까 아이게[46] 또 더하지. 그래,

---

43 엎디고 막 이래재오 : 엎드리고 막 이러지 않으오.

44 그렇지 애이? : 그렇지 않아?

45 게거덩 : 것이거든.

46 아이게 : 아이에게.

"너 집이 어디냐?"

"집이 여 뒤에 있다"는 게지.

그래 '저기 저 기와집'이라는 게지.

"아, 그러냐? 너거(너희) 집에 가보자."

아이! 임금이 떠나오지. 떠나는데 그 신하들에게

"군대고 뭐시기고[47] 하나도 따라오지 마라. 나 혼자 간다. 하나도 따라오지 말라."
하이까 그것들은 못 따라오지.

원래 지금 여기 지금 임금이 어딜 가게 되믄 뭐 숱한 게 보윤하느라[48] 이런 판이
아니겠소? 근데,

"오지마 내 혼자 가. 내 뒤 집에 방문할 데 있는데 가보겠다."

그래, 지금 임금이, 아이 그 임금이, 옷이 무시 이런 거 쓰구 아이 지금 그 집으로
왔다.

고때 공주는 지금 자기 아버지가 지금 왔다이까 자기 아버지, 자기를 알믄 죽일
것 같거든. 그러이까 이게 나가지 못하고 지금 창구멍으로서 내다보는 판이지. 내다
보는데 자기 아들이 그 임금 데리고 들온다 말이야. 저놈들이 다 말한 것 같기두
하구. 아들에게 공주란 말 아이 했으이까 그럴 수는 없겠는데, 자꾸 온다 말이야.
게 떡 들어와서 아 주인 찾으이까 어쩌겠소? 그때 남자는 없었다 말이야. 남자는
어딜로 가고 일할러 갔는지 없고 근데 여자가 나갔지. 여자가 정말 새하얀 옷을
입고 새하얀 조선복 입고 턱 나갔어. 그 임금 앞에 가 탁 꿇어 엎뎄지. 엎드렸단
말이야. 엎드려서 아느새[49] 있다가, 그 임금 내려다 보지. 있다가,

"아버님!" 했다 말이야.

하하, 아이 이게 기찬 일이지 임금이.

---

47 뭐시기고 : 무엇이고.

48 보윤하느라 : 임금을 보호하느라.

49 아느새 : 한참 동안. 잠깐 동안.

"머리를 들어라."

머리를 들지.

"아! 니 어찌 지금 살아 있느냐?" 그러지.

"예 지금 살아 있습니다. 기래 오늘 임금님을 만나서 내 이런 죄를 졌는데 죽여주시오다." 하이까

"야 이거 무슨 소리냐? 이게 니가. '내 그땐 내 잘못했다고 비시오⁵⁰.' 내 그게 너무했다. 잘못했다. 네 말이 또 일리 있다. 긴데 야, 니 살았는데 살았으믄 됐다. 인제는 내가 구경 돌아 나올 때 가자 같이. 이번에 같이 행찰(행차를) 하자."

하이까. 그러구서,

"너희 남편은 누구냐 얘."

솔직히 말한다.

"예, 우리 남편인 즉은 그 아무개 정승의 아들이옵니다."

"오! 그렇구나. 너희들이 정말 천상연분⁵¹이로구나. 이게 이런 데 와 만났구나." 가(그 아이)도 만나서 붙들어 매 죽이자던 게, 가는 들고 뺐지.⁵² 기런데,

"아버지께서 그 우리 낭군 되는 분을 용설 할 수 있는가?" 하이까,

"용서가 뭐냐? 용서 꼭 용서란다. 가에게도 죄 없다. 내 잘못이다. 가 아버지게도 죄 없고 가에게는 더구나 죄 없다. 그러이까 내 이번에 다 데리고 가겠으니 너 근심 말고 이 손자까지 몽땅 데리고 가서 그래 너 만년에 재밌게 보내게 하겠다." 이랬다 말이.

"예, 황송합니다."

하구선 지금 그다음 애비는 떠억 가지, 갔어.

"여기서 꼭 있어라. 내 올 때 꼭 데리고 가니까 있어라." 그래고 떠나갔다.

---

50 비시오 : '빌어라'가 어법에 맞음. 구술자의 착각인 듯.
51 천상연분 : 천생연분.
52 들고뺐지 : 달아났지. 도망쳤지.

그다음에 남편이 왔지. 남편이 떠억 와서

"어떤 일 있었는가? 야 이거 큰일 났다 모도 다." 하구서,

"저 그게 그 세조 임금 같은 사람이 날 이래 얼려가지고,[53] 우리 둘을 얼려가지고 다 죽인다. 그러이까 빨리 뛰자."

그래 밤새를(밤사이에) 몽땅 놔두지. 몽땅 놔두고 돈이나 조곰 가지고서 들구 뛰었지. 어디로 갔는지 모르지. 게 지금도 행방불명이라. 그래 임금이 돌아왔다 말이야. 올 때 들러 보이까 집이 싹 비었지. 어디로 갔는지 없지. 그때 임금이 눈물을 뚝뚝 떨구더라.[54]

---

53 얼려가지고 : 속여서. 꾀어서.

54 떨구더라 : 떨어뜨리더라. (눈물을) 흘리더라.

2) 지성이면 감천

게까[1] 정성이 지극하면은 하늘이 감동한다, 그런 거야. 지성이면 감천이다. 그래 그런 걸 했는데, 그게 무신가 하믄 효도에 대한 거지.

옛날에 한 고을에 말이야 에, 한 선비가 있었는데 이 사람이 정말 글을 몇 해 읽었지. 그래 그 선비가 그 어머니 한 분이, 아버지 없고, 고저 그 샂바느질 하구 샂빨랠 해주구 이래면서 돈을 모아서 그거 그래 공부를 시켰다 말이. 그래 시켰났어 (시켜났어). 났는데, 저게 그 과거시험에 급제를 못 했거든. 급제를 못 하이까 집에 와서 농사를 짓게 됐는데, 이 아들이 생각하게 되믄 항상 그렇지.

'아 나는 어머니 때문에 이래 공부를 마이(많이) 하고 이래 살아가는데, 내 어떻게 어머니께 효도를 하겠는가?' 지금 이런 판이지. 이런 거 생각하고 있는 아들이 원래 효성 있는 아들이지. 그다음에 노친은, 어마이는 이제 늙어서 마지막에 고상(고생)을, 젊었을 때 고상을 그리했는데 눈이, 두 눈이 실명됐다. 앞을 보지 못한다는 소리지.

이래구 저 장가를 들었어. 그 부인이 또 양반의 가정에, 또 양반이지. 그 아주 그 교양을 잘 받은 부인이 돼서, 그 부부가 그저 그 부모를 공대恭待를 하는데 정말 지극하지 뭐. 이렇게 지금 공대를 하는데 그래 공대를 하이까 이게 지금 그거는, 그런데 다른 동네방네에서 다 그 집에서만 아들이 그 며느리하구 아들이 정말 효자다. 이러케 지금 말이 도는데[2] 그러나 이 며느리 생각은 무스게[3] 생각이냐믄 '야 이게 글쎄, 우리 글쎄, 이게 밥은 자시게 하고 옷을 깨끗이 빨아 입히구 이거는

---

1 게까 : 그러이까(그러니까).
2 말이 도는데 : 소문이 나는데.
3 무스게 : 무슨. 어떤.

글쎄 문제없는데, 저 눈을 저거 보지 못하는 거 저거 보게 해야 되지 않겠는가?'
이게 그 며느리가 정말 생각하는 그런 거지.

겐데 하루는 그 며느리가 자기 남편보고 그러지.

"우리 효성이 지극하다고 동네에서 이렇게 말하지마는, 우리 효성이 아죽(아직)
멀었다. 에, 우리 어머니가 지금 이 광명천지 이 위에를 보지 못하고 얼마나 속이
타겠는가? 그러니 우리 어머니를 거, 눈을 뜨게 해야 된다."

그래까 아들은,

"야, 어떻게 그게 눈뜨게 하는가? 약도 아이 되고, 의사도 아이 되는 거 어떻게
해서 눈을 뜨게 하는가? 눈을 뜨면 좋겠지마는 그거 어떻게 눈뜰 수 있겠는가?
지금 어디 그런 약이 있고 그런 게 있는가? 신선도 아이 되고, 아이 된다. 그거."
그러이까 이 며느리가 하는 말이,

"여보, 내 하나 좋은 소식을 들었는데 이대로 해보믄 어떤가?"

"그래 무슨 일인가?"

"여기 그 절이, 절당⁴이 무슨 산에 절당이 있는데, 그 절당에 아주 영명한 중이
있다. 이 중이 말하는 게 '너 어머니가 너 그 시어머니가 이 절당에 와서 기도를
삼 년만 드리믄, 삼 년만 삼 년만 기도를 하믄 너 시어마이 눈을 뜬다.' 이렇거든.
이런 말을 들었는데 내가 가서 기도를 드리겠다"는 게지, 그 며느리가. 게까(그러니까)
아들이 생각해 보이까,

"아, 여자인 몸으로 절당에 가 그거 어떻게 그러겠는가? 안 된다. 정말 그렇다면은
내가 간다."

그 아들이 그러지. 개서(그래서) 정말 아들을 보낸다 말이야, 그 남편을 보내지.
근데 그 노친께 속이지, 엄마게다는(엄마에게는). 엄마게 그 말하믄 되겠소? 그래서
엄마를 속이고서르 가는데 그래, 그 노친은 아들이 떠난 다음에 그 며느리게 자꾸
물어보지.

---

4 절당 : 절(寺刹). 절의 건물.

"야(이 아이), 어딜 갔는가? 야, 어째 없는가?"

"아, 그런 게 아이라 야 공부를 더 하겠다고 해서 지금 어느 절에 가 공부를 한다." 그랬다 말이야.

"어, 그래 그거는 옳은 일이다."해서 지금 그라구 지우지.[5]

에이, 이거 지금 그 아들이 절당에 가서 기도를 드리는데, 석 달을 드리는데, 매일 이라구서(이러면서) '그저 어머니 눈을 뜨게 해주시요.'하고 기도를 이렇게 부처님 앞에다가 말이야, 이러는데. 아 그게 손이 가잰다[6] 말이. '어째 그게 내 이렇게 한다 구 해서 이게 눈뜨겠는가?' 이게 마음 상으로 그라믄 그게 아이 된다메? 옛날에는 이러는데. '야 이게 아이 되겠다.' 할날에는[7] 그 중인데[8] 가서 그게 무슨 주지승이라 는지, 거기 가서 청가[9]를 맡고

"내 집에 간다."고 했다.

"그, 집에 갔다 오라."

게(그래서, 그렇게) 왔지 뭐. 가서 자기는, '그만두자, 에 내 이래 떠난 다음에 안깐이[10] 혼자서 벌어서 부모를 모시지 이거 아이 된다.' 그래서 이 사람이 집으로 왔다 보이까 안깐이라는 게,

"어째 왔는가?"

그래 그 얘길 하지.

"내 부처님께 암만 기도를 드려도 눈뜰 것 같지 않더라. 이게 어디메(어떻게) 그래 뜨겠는가?"

아이, 그다음에 며느리,

---

5 지우지 : 끝내지. 그치지. 제우다 : 그치다. 끝내다.

6 손이 가잰다 말이 : (비는) 손길이 닿지 않는다 말이야, 또는 납득이 되지 않는다 말이야.

7 할날에는 : 하루는. 하루+날+에는

8 중인데 가서 : 중에게 가서.

9 청가 : 휴가를 청함.

10 안깐이 : 아내가.

"아이 그렇다."는 거지. "된다"는 거지.

"그래 당신이 가기 싫으면 내 온짝¹¹에 내 가겠으니까 당신은 어저는 어머닐 모시고 있어라, 내 가겠다구."

아이, 이 사람이 또 아이 되겠다 말이야. 그렇게는 또 못하겠다. 자기 부인을 공복으로¹² 못 보내겠다 말이. 그래서

"아, 글쎄 내가 가겠다. 가겠는데 저녁이나 먹구 가겠다."

"아이 저녁을 먹으믄 시간이 늦어진다."는 게지. 그래이까

"내가 가겠소. 당신 그라이까."

아이, 저녁을 못 먹구 똘기워¹³ 가지.

쫓아가서 그다음에는 그 절을 또 갔다 말이지. 그 절당에 주지승이 그러지.

"어째야 하룻밤 자고 올 끼지야.¹⁴ 부인님 만나서 하룻밤 자고 와야지."

아! 부인이 말하는 게 도리 있다는 게지. 이 기도를 드릴 때 부정행위라 한다.¹⁵ 그거 남녀관계를 못한다는 게지. 그 부인이 절대 못한다는 게지.

"아! 너거들이 정말 정성이 지극하구나."

그 중도 말이야 감동을 했지. 기래서 하여간,

"정성껏 이 기돌 드려라. 그러면 너 어머니가 눈뜰 수 있다."

그래서 3년을 있는 판이오. 집을 아이 온다, 꼴딱 새고.¹⁶ 이게 마 이거 때문인지 몰라도 눈을 뜨게 됐는데.

그간에 무슨 일이 생겼나 하이까 이 며느리가 말이야 지내¹⁷ 생활이 곤란하고

---

11 온짝 : 오늘 저녁. 지냑(지약) : 저녁.
12 공복으로 : 빈속으로. 밥도 먹지 않고.
13 똘기워 : 쫓기어. 똘구다 : 쫓아내다.
14 올 끼지야 : 올 것이지요.
15 부정행위라 한다 : '부정 탄다'고 한다.
16 꼴딱 새고 : (3년을) 꼬박 새우고.
17 지내 : 너무. 아주. 지나치게.

그런데 시어마이 지금 병이 들어 눕어 앓는데 말이야. 멕일 것도 없다 말이야. 고길 먹여야 되는데 고기 없지 뭐. 돈이 없어 사질 못한다.

그래서 하루는 저 강변에 가보이까 낚시꾼들이 낚시질을 하는데, 고다 대(큰) 지네를,[18] 지네를 낚싯대 물게가[19] 고기 물기워 나온다 말이야. '아야, 저게 지네라는 게, 흔한 게 지넨데 저게 고기 잘 무는 거 사람 묵으믄 아이 될까?' 이렇게 생각했다 말이야. 그래서 이 며느리가 '옛다 모르겠다. 한번 해보자.' 이래서 대 지네를 잡아서 국을 잘 끓였지. 국을 끓여서,

"이거 어머이 잡수시오."

이거 소경인 노친이 과연 구수하고 맛있다 말이야. 그래 고기 그 지렁이 삶은 거 씹어보니 고소한 게 좋다 말이야.

"아이구! 너 어서[20] 고기를 얻었느냐[21]? 무슨 고기냐?"

"아이, 어머니 저기 배에 가 물고기를 잡은 건데 잡사(잡숴) 보시오."

"오, 그 맛있구나!"

기래서 그거 맛있다 하이까네, 아 때마다 그거 흔한 게 그겐데. 그 파머[22] 있으니까는 먹였다 말이. 아주 보얗게 병이 나아 가지구 좋아진다. 그래 이 에미가, 시어마이가 이게 며느리 잡은 게 무슨 고긴지 모르겠다 말이야. '무슨 고긴가?' 하믄, '나도 무슨 고긴가 모르겠다' 하지. 기래서 이 노친이 그거 겅지서[23] 헝겊에 싸서 깔개 밑에 놔뒀다가 아들 오면 배우겠다구(보이겠다고). '내 이거 먹으이까 몸 좋아진다'는 거.

그래서 그양 그러이까 그거 그저 삼 년 거의 됐지 뭐. 고저 쌀을 얻기 위해서

---

18 고다 대 지네를 : 거기에다 큰 지렁이를.
19 낚싯대 물게 가 : 낚싯대에 물려가지고.
20 어서 : 어디서.
21 얻었느냐? : 구했느냐.
22 파머 : 땅을 파면.
23 겅지서 : 건져서.

빨래질을 해서 밥해서 자기는 못 먹어두 시에미는 먹여야지. 그래 삼 년이 지났다 말이야. 돌아왔지 뭐. 아들이 돌아왔다. 아들이 기도 끝나 돌아왔는데 어머니 눈은 아이 뜨지 뭐.

"야! 소용없구나."

기러구 들어오지. 들오는데 그날 저녁에 눈뜬다 말이야, 돌아와서.

"야, 니 어디 가서 공부를 삼 년 했으믄 이젠 많이 했겠구나. 어데는[24] 어사나 되겠구나."

이렇게 기뻐하지.

"아, 이제 내 과거시험 보겠습니다 어머니. 그 과거시험 봐야 알지 그 어찌 알겠습니까?" 그래 얼리지.[25]

근데 어머니가,

"야! 내, 니 공부할러 간 다음에 저 며느리가 나를 무스게 줬는지 모른다. 내 그거 먹으이까 지금 참 몸이 좋아졌다. 밥맛이 다 좋아졌다. 니 이거 좀 봐라."

깔개 밑에서 꺼내지. 아들이 척 보이까 지네(지렁이)거든.

"아이구! 어째 이걸 먹있누?"

"아, 그게 무시게냐?"

이거 대답 못한다. 지네라는 거.

"어머니 벨기[26] 아입니다. 벨기 아입니다."

"야 그거야 며느리도 무시겐지 모르고 야 너두 무시겐지 모르냐? 그게 무시게냐?" 그래서 그다음에는 자꾸 기라이까 아들이 말했지.

"어머니 이게 별게 아입니다. 지넵니다."

"어어 보자." 지네란 말에,

---

24 어데는 : 어저는과 두루 쓰임. 이제는, 인제는 등의 뜻. 발어사로도 쓰임.
25 얼리지 : 속이지. 달래지. 위로하지.
26 벨기 : 별것이.

"어어 보자."

하던게[27] 눈이 퍼뜩 뜨았지.

눈이 퍼뜩 뜨이까 그게 얼매나 기쁜 일이겠소? 그래 그게 정말 그 시어마이가 며느리 턱 보이까 며느리 생긴 거 이때까지 보지도 못했지. 아! 우리 며느리 이런 사람이구나.

"니, 그런데 어째 예뻤냐?[28] 야, 니 내 때문에 이렇게 예뻤구나."

기래 막 울지. 아들도 울지, 눈떴으이까네. 기래서 이게 지성이면은 감천이다. 하늘이 감동했다.

---

27 하던게 : 하니까. 하더니.
28 예뻤냐 : 어위었나.

3) 차돌이와 쇠돌이

게까(그러니까) 그 쇠돌이는 형이고 그다음에 차돌이는 동생인데 게, 이게 이 사람들 둘이 그 한집에 살았지. 한집에 살았는데 이 형이라는 거는 좀 우둔하고 욕심이 많고 이렇고, 차돌이라는 거는 좀 영리하고 이런데, 형이 그 상당히 그 마음이 좋아 아이 했지.[1] 이래서 하루는 저기 저놈 새끼, 저 형이란 눔이, 쇠돌이란 눔이 동생을 이거 그러이까 이거 시끄럽다[2] 말이야. 그래서 이거 똘굴[3] 예상하지, 쫓을려 한다.

그래 쫓으겠는데는(쫓으려면) 무슨 구실이 달아야 되지. 그래 하루는 어떤 일이 있었냐이까, 나무(남의) 집 송아지가 말이야 자기네 그 채소장에[4] 뛰어들었다. 뛰어들어온 거, 형은

"그 송아지를 잡아라, 잡아먹자."

그래서 그 차돌이하고

"니, 그 송아지 잡아라." 이래. 차돌이는,

"아, 그라믄 안 된다. 어찌 나무(남의) 소를 잡아먹으면 되는가?"

붙잡아서 그 사람, 차돌이는 그 송아지를 임자를 찾아줬다 말이.

"예이 밥통 같은 녀석, 너는 우리 집에서 나가. 가서 네 맘대로 하고 살아라."

이래 쫓았지.

이래 쫓이고(쫓겨나고) 나서 이 저기 차돌이가 그 들을라이까 그 저, 그 북방에 그 어떤 곳에 신선이 있다거든, 신선이 있다게서.[5] 그 신선이 말이야 사람의 팔자를

---

1 마음이 좋아 아이 했지 : 마음에 아니 좋아했지. 부정조동사 도치.
2 시끄럽다 : 거추장스럽다. 성가시다.
3 똘굴 : 쫓아낼. 똘구다 : 쫓아내다.
4 채소장에 : 채소밭에.

판단하고 살길 찾아주고 아 이렇다는 얘길 들었지. 이래서 그 신선 있는 데를 찾아가야겠다. 이 차돌이가 지금 거기를 떠나지. 형이 쫓았으이까 갈 곳이 없고 하이까 거(거기) 찾아가지. 찾아서 걷고 걸어서 지금 그거 북쪽을 향해서 가다가도 북쪽에 신선이 계신 곳이 어딘가 물어보고 가지. 그래 그냥 가는데, 아니 이거 뭐 몇 달 가야 되지. 그렇게 멀다 말이야.

하루는 가다가서 어떤 거 만났나 하이까, 거기 조그만 오막살이집이 있는데, 허리가 아주 활등처럼 휜 요런 꼬부랑 할머니가 있고, 그 할머니가 처녀를 한내(하나) 손목을 쥐고 걷고 나오거든. 처녀는 젊은 처년데 이거 손목을 쥐고 나온다 말이야. 아이 차돌이가 이,

"할머님 저기 처녀는 어떻게 되는 사람인가?" 하니까,

"아이고 내 딸이다 내 딸. 근데 이 딸이 무슨 몹쓸 병이, 못할 일을 해서 들었는지 불세르[6] 눈이 둘 다, 눈이 실명돼서 보지 못하지, 소경이 됐다. 그래서 내 불쌍해서 이러고 데리고 온다."

"아, 그런가? 기래 아, 기래 어떻게 살아가는가?"

"아, 이거 살아가는 게 정말 근근득식[7]이다. 한날(하루) 가서 빌어서 한날 먹고 살고 이런다."

아, 그 총각은 말이야 보겠는데, 아주 그 잘 생겼는데 총각, 이 처녀가 생각 있으믄 말이야 줄 수 있다는 게지. 기래 야도 그랬지.

"그거는 아직 나도 그럴 신세가 못 되는데, 나는 지금 신선을 찾아간다. 서천국에 신선 찾아가는데, 이 신선이 팔자를 다 판단해주고 기라고 이래 잘 살게 해주고 이렇게 한다. 그래 내 거기 갔다 온 다음에 봅시다."

이렇게 됐지 뭐.

"아, 기러믄 그렇게 하자."

---

5 있다게서 : 있다고 했어. 있다고 그랬어.

6 불세르 : 불시에. 갑자기.

7 근근득식 : 僅僅得食. 겨우 밥이나 먹고 삶.

이라구서 그다음에 갈라져서 가지.

기라구 그 물어 보구 가구, 또 한 곳을 가다가 물을 건너는데, 건너는데 뱃사공이 할아버지가 한나[8] 있지. 뱃사공이 떡 있는데,

"어디루 가는가?"

"내 서천국으로 간다." 기라이까

"어, 그러냐?"

"야, 그거야 서천국으로 가믄 그런 신선이 있는데, 이 사람이 그 정말 팔자를 다 해주고 앞으로 어떻게 사는 거 다 맨들어 주는데."

"아, 그거 좋은 데로 간다. 근데 나는 갈 수 없는데, 늙어서 갈 수 없는데, 니가 가서 나를 좀 그 서천국 신선께 좀 물어봐 달라. 나는 무슨 사람인가 하이까 나는 용이다 용인데, 용인데. 용이 저 무인가 천 년을 묵으믄 말이야 하늘로 승천한다. 근데 나 천 년을 묵었는데 승천을 못 한다. 이거는 뭐 때문에? 그런 판정을 해 달라." 이렇다 말이야.

"그래서 그거 판단해서 가지고 오겠다믄 내 후히 니게다 감사를 드리겠다."

"아! 그러냐? 그거 내 알아다봐 주겠다."

이러면서르 갔다 말이.

가면서 어떻게 뭔지 짐작 없지 뭐. 근데 또 한 번은 범이 턱 나타났다, 범이가.[9] 옛말이 웃긴 게, 그리까 범이 척 나타나서 말이야 아 이러면서 절을 하지. 아 이게 이상하다. 범이 나왔으믄 혼비백산할 지경인데 범이라는 게 참 그래.

"아이, 호랑님 나는 신선 만나러 가는데, 나는 잡아먹지 말고 어떻게 내 무사히 가게 해 달라." 하이까 아, 그럼 그렇다는 게거든 범이가.

그래서 '이 잔허리에[10] 앉으라'는 게거든. 아이 그래서 이눔이 범 시키는 대로 앉았다, 꿇어앉았지. 앉아서 떡 붙들었지. 범이 찔(홀쩍) 나르는데 기차게[11] 빠르지.

---

8 한나 : 하나. 한 사람.
9 범이가 : 범이+가. 주격조사 중첩.
10 잔허리에 : 잔등에.

기차게 빨라서 신선국으로 갔다 말이야 그래. 근데 거(거기) 가서 범 내려놓고서 그다음에 저 돌아가고 자기는, 범은 갔다. 그다음에 이게 서천국에 신선 있는 데라는데, 이 고요한 늪이지. 늪이 있고 그 변두리에는 말이야 그 기암괴석이 쪽 있는데, 거기는 꽃이 피고 온갖 새들이 날아 아주 경치 좋은 데라. 그래 고 앉아서 아이 이게 서천이라는데 아이 신선이 어디메[12] 있는지 사람이 없어 모르지. 그기[13] 앉아서 꺼떡꺼떡 졸지 뭐. 꺼떡꺼떡 조는데 졸음이 와서 시컷(실컷) 졸지야.

근데 어떤 일이 생기는가 하이까, 아! 무서운 소리 나지. 그 소리가 대단하지. 막 산이 흔들리구 말이야 막 늪의 물이 막 이래 파도치고 막 이렇다 말이야. 그래 눈 퍼뜩 떠봤다. 뜨이까 그 늪 속에서 백발 할아버지가 척 나왔지. 이런 관을 쓰고 말이야 턱 나와. 아이 이거 보이까 그 신선이겠거든. 아이 머리에서 빛이 좌악 비치지 뭐, 그런 신선이다. 게 그다음에,

"아! 신선님 저 이래 찾아 왔다구 저 이제 앞으로 갈 자리 판단해 달라."

"어, 내 올 줄 알았다." 그 신선이 그랬어.

"니, 저기 이래 왔는데 또 다른 게 없는가?"

"예, 다른 게 있습니다. 올 때 그 어떤 처녀가 만났는데 눈이 멀어서 그래서 할머니 부탁하던 그런 일이 있고, 그다음에 용이 승천을 못 해서 이런 거 부탁하더라. 기래 그거 알아가지고 가기로 했다오."

"오, 그러냐?"

기래서 그 신선이 알케 주지.[14]

"니 가다가 그 할아버지 만나라. 그 뱃사공 할아버지 만나서 말해라. 니 저 그 영감께 그 뱃사공 영감께 지금 여기 그 금막대가 금방망이가 말이야, 금으로 만든 방망이 두 개 있는데, 이거 때문에 승천을 못했다, 니(너의) 승천은."

---

11 기차게 : 기가 차게. 매우.
12 어디메 : 어느 곳에.
13 그기 : 거기. 그곳에.
14 알케 주지 : 알려 주지. 가르쳐 주지.

그래 그 신선이 말하는 게,

"그 영감이 승천을 못하는 원인은 그 사람이 욕심 지내[15] 많아서, 금방망이 두 개를 가지면 아이 되는데, 하날 남을 주고 꼭 하나만 가지구야 올라갈 수 있는데 욕심이 많아서 두 개 가지고 갔다. 그래 못 올라갔다. 그래서 이번에 가게 되믄 그 금방망이를 남을 주되, 딱 자기가 이거 딱 주구 싶은 사람게 주라 해라. 그라믄 그 사람이 승천한다. 그 용이 승천한다." 이러거든.

기래이까,

"예, 그러겠습니다. 그다음에는 그 소경 처네는 어떻게 하면 눈을 뜨게 할 수 있겠습니까?"

"아, 그거는 어렵지 않다. 니 이제 그 방망이를 가지고 가게 되믄 금방망이를 가져가믄 너를 줄 끼다. 그 할아버지가 너를 줄 끼라는 거지. 너를 주게 되믄 그거 사양말구 가지라. 가지구 가서 그 여자 그 눈을 뜨게 할 수 있다. 기래 가서, 니 그 여자 눈뜨게 할 때는 니 어떻게, 니 그거 가지구서 생각해서 눈뜨게 해라. 그거는 금방맹이를 땅에다 탕 두드리믄 비 오게 할 수두 있구, 눈이 오게 할 수두 있구, 뭐 가뭄 들믄 다 저기 재를[16] 말릴 수 있구, 그기 그런 기다. 그라믄 그다음에는 그 뭐 재산 요구를 하믄 재산이 나오구 뭐시기든(무엇이든) 다, 그런 방맹이다. 겐데 이제 그거 가지구 가, 니 맘대로 그 방맹이를 사용하믄 거기서 해결된다." 이렇다 말이야. 기래이까

"그러겠습니다."

"그라믄 돌아가거라."

고저 이렇다.

기리까는[17] 자기 거는 못 물어봤지 뭐. '아이 이거 어떡하겠는가? 나는 어떡하겠는가?' 물어보지 못해서 지금 아이, 물어보질 못해서 속이 타서 바들바들 타는데

---

15 지내 : 너무. 지나치게.
16 재를 : 재앙을.
17 기리까는 : 그러니까.

아이 신선은 물밑에 쑥 들어갔다. 아 그래 방법이 없이 뚜벅뚜벅 내려오지. 내려오는
데, 말이 한내[18] 말이야 말이, 백마가 그래 쏜살같이 달아오지(달려오지) 사람도 없고
말만. 그 말이 자기 앞에 턱 서거든. 탁 서는데 이 말이라는 게 말한다 말이야.

"아, 신선님이 보낸 말인데 내 등을 타라. 그러믄 니 저 거침없이 간다."는 게지.

'아이 이게 정말 신선이라는 게 이런 게구나. 아이 그런데 글쎄 내 것 못 물어보이
이거 어떻게 하겠는가?' 지금 이게 근심이지 뭐. 그래이까 그 말이 말이야, 알케
준다[19] 말이야, 말이.

"니거(너의 것) 니 신선이 다 알케 준다. 니 이제 그것만 가지구 가믄 니 다 해결된
다."

이러지.

그래서 지금 이 사람 오지. 말을 타고 지금 척 와서 그 길꺼지 왔다 말이야.
영감이 그 뱃사공 있는 데꺼지. 뱃사공이

"니, 신용이 있구나 여 왔구나. 그래 어떻게 됐느냐?"

이렇게 되니까 이 사람이 그랬지.

"에, 할아버지께서 그 신선이 말씀하길 할아버지께 그 금방망이 두 개 있는데
할아버지 욕심이 지내[20] 많애서 다른 사람은 주지 애이쿠[21] 제 혼자 가지고 있어서
승천을 못 한다 합데다. 그래서 그 금방망이를 가장 주고 싶은 사람에게 그걸 주랍디
다. 기러믄 하늘로 올라간답디다." 그래이까,

"오, 그래 옳거니 옳거니."하지. 그래서

"아, 그러믄 이 금방망이는 반드시 자네가 가져야지."

그래서 그 척 받아 드이까 금방망이 요매[22] 짜른(짧은) 긴데 맨[23] 금이지 뭐. 이거

---

18 한내 : 하나가. 하나+이
19 알케 준다 : 알려준다, 가르쳐준다.
20 지내 : 너무, 지나치게.
21 주지 애이쿠 : 주지 아니하고. 주지 않고.
22 요매 : 요만큼, 이만큼.
23 맨 : 온통.

가지구서 그 영감 알게 준다 말이야. 이거 가지고서르 어떻게 어떻게 사용하게 되믄 어떻게 되야 된다 이런 판이라 말야. 기래서 그다음 그러구서는 이 저 뭔가 그 영감은 승천한다구서 쓰윽 용으로 변해서 말이야 하늘루 쑥 올라갔다 말이야. 그래서 여기서 그러믄 됐다. 그다음, 말은 갔으니까 걸어가지. 걸어서 멀지 애이니까, 가이까 그 또 꼬부랑 할머니 처녀를 데리고 있다 말이야.

"아, 그래 왔구나. 이 총각이 왔구나. 야! 그 어떻게 됐는가?"

"예, 저 할머니 따님은 저기 눈을 뜨게 할 수 있답니다."

"야! 그럼 빨리 눈을 뜨게 해 달라"는 게지.

"그런데 이거 조금 내 어떻게 되는지 내 모르겠는데, 아 내 좀 눈을 뜨게 하겠다." 그랬거든.

그러이까 금막대기를 써 못 봤다[24] 말이야. 니 머릴 생각해서 쓰라 했다. 이거 무슨 일을 할 때에는 이거 땅에다 뚝 뚜드리믄 무시게 소원이 이뤄진다 했거든. 그래 금막대기를 땅땅 치면서,

"아, 이 처녀 불쌍한 처녀 있소. 눈앞 못 보는데 이 눈을 뜨게 해주시오." 이랬다 말이야. 아 그러더니 이 처녀가 말이야 그라구서 턱 아무 것도 없는데,

"엄마 뵈운다. 세상이 다 보인다. 다 뵈운다." 처자는 눈떴지.

"야! 이게 참 별일이구나. 이게 그러이까 어전[25] 어찌겠냐? 야, 니 그저 나무라지 않는다면 우리 딸이 인물도 괜찮구 마음두 곱다. 그래까 니 버리지 말구 야를 데리구 가서는 잘 살아라." 이랬거든. 아이 그게 정말 무슨 방법 있소? 그 또 좋지 뭐. 그래,

"아, 그러겠다." 했지 뭐.

"그래 할머니도 같이 모셔가겠다."

"아, 나는 안 모셔갈, 일없다.[26] 나는 여 뒀다가 있다가 보구서 데려 갈려면 데려

---

24 써 못 봤다 : 못 써봤다. 부정조동사 도치.

25 어전 : 이제, 인제, 이제는 등의 뜻과 함께 발어사로 쓰이기도 함.

가구 빨리 내려가라. 내려 가구 너네 먼저 가거라."

그래서 정말 거기서 작별하구서 그 처녀를 데리구서 지금 오지. 데리고 오는데, 아 무슨 일이 생겼는가 하이까. 아 밥을 어저는 먹어야 되겠는데, 아 배고프다 말이야. 이거 밥도 해결해 주는지 모르겠다. 그래서 뚝 뚝,

"배고파 기러는데 밥이나 좀 주시오."

했다 말이야, 뚜드리며. 그래까27 또 어떤 일 생기는가 하이까 도깨비가 말이야 도깨비서니28 턱 나왔다 말이야. 아이 이거 무시29 기가 차지. 도깨비라는 게 아주 그 사람 상상해 만든 긴데 도깨비란 놈이 과연 무섭지. 이런 키라는 게 구척이나 되구. 눈까리 시뻘건 게 아이 여기 뿔두 나구 이런 게라. 손톱이랑 이마이(이만큼) 길구. 아이 이 겁이 나서,

"아이구! 저 정말 도깨비님 어떻게 해서 이거 목숨 좀 살리주시오."

"아이, 겁내지 말라. 그런 게 아이라는 게지. 내 이거 신선이 보내온 사람인데, 아 이거 저 아 무슨 요구가 없는가? 그람 신선님 해결해 도우라 하더라. 그래서 내 왔다."

"아, 그런 게 애이라 배고파 그러는데……."

"아이 글쎄 그저 밥도 먹고 그다음에 무스글 있음 요구 되는대로 다 해결하라."

아이 밥을 어떻게 하는가 도깨비 밥을 지어서 각시가(각시와) 지금 둘이서 먹었지. 다 먹구서,

"무슨 요구가 없는가?"

"아, 무슨 요구 없는데 고저 감사할 뿐이라구. 그래 앞으로 여 저기 우리 고저 욕망이라는 게 인제 가서 결혼하고 잘 살려……."

"아 그거 정말 가서 니 그 막대기 가지고 가서 니가 집을 짓게 하믄 집이 나오구,

---

26 일없다 : 괜찮다. 관계없다.
27 그래까 : 그러니까.
28 도깨비서니 : 도깨비란 것이.
29 무시 : 무섭게. 매우.

두드리믄 소 나오구, 무시기 이래 무시기 다 나오구 이렇다는 게지. 그래 사용하믄
된다."

그렇지 뭐.

"아, 그런가?"

기래 도깨비는 없어졌지. 그거 말하구 싹 없어진 다음에 이 사람 각시를 데리구
서, 아 기러구 도깨비 또 무스글 주는가 하이까 말을 또 하나 주지, 말을. 어찌된
게 말이 턱 나오구, 각시 태우고 말을 타고 천천히 정말 척 집까지 왔다 말이야.

그래 쇠돌이란 놈이 아이 이눔 새끼 가던 긴데 말꺼지 타고 색시까지 데리고
왔다 말이야.

"니, 지금 어디 갔다 오느냐?"

"아, 내 그저 신선인데[30] 갔다 왔다. 신선 있는데 갔다 와서 내 저기 팔자를
고쳤는데 형님 보라."

그래서 막대를 대구 두드리니까 말이야 아, 집이 나와. 아 이눔 집이 고래등
같은 기와집이 나오구 지금 이런 판이지. 기래까 이 형이 원래 욕심 많은 이 형이,
아 이거 정말 대단하다. 아이 이눔 형이 욕심이 나서,

"아이 이거야! 니 나도 가는 길 알케 달라."

"에, 형님 못 간다구."

"일 없다. 니 가는 길만 알케 달라."

기래 그다음엔 길 알케 주지.

"기럼 가 보라구."

이게 가오 지금. 가서 인제 고비를 다 넘기구 가다가 그런 건 만난 건 없지
뭐. 그 뱃사공을 만나고 그건 없구. 이건 다 제맬루 갔지. 신선 있는 데까지 갔다.
기래이까 신선이 떡 나와서 뭐이라 하이까,

"니 아무개 형이구나. 담방 돌아가라. 돌아가믄 가다 길 도중에서 너를 어떻게

---

30 신선인데 : 신선에게. 신선 있는데.

인도해 줄 께다."

"아, 그러냐?"고,

어떻게 구체적으로 알려 달라 하니까 알려 안 주지.[31]

"아이 가다가 중도에서 너를, 이제 알려주는 사람 있다."

그래서 그 사람 돌아왔다, 돌아오지.

이 형이라는 욕심쟁이 돌아오는데, 아 오는데 어떤 일 생기는가 하이까, 그게 어슴프레한 밤인데 말이야 아 도깨비 척 나타났다 말이야. 이 지금 그 도깨비, 그 신선이 보낸 도깨비겠지.

"네 이놈이, 네 욕심이 지내[32] 많에서 말이야 니 동생을 막 쫓아내구 이런데, 네 이눔에(이놈의) 저승으로 보낼 나쁜 놈 새끼."

이랬다 말이야.

"아이구 제발 살려 달라구."

자구 빌지 뭐.

"안 된다. 욕심 많은 놈은 우리 벌을 준다."

아이! 이놈들이 이 코 줴서(쥐어서) 확 잡아댕기더만. 그래 노이까 코끼리 코만 해지지. 이렇게 길게 만들었지. 코 이마이(이만큼) 길게 맨들었지. 그 다음 귀티이를[33] 쭉, 늘고 늘어졌다. 줴 잡아댕기이[34] 이마이 길게 되구 사람이 아이라 무서운 괴물이 떡 됐다 이 사람이. 그다음에 도깨비들 '하하하' 하구 달아났지. 아 그래이까 이 사람이 집으로 돌아올 수밖에 없다 말이야. 겨우 천신만고를 걸어서 말이야, 아, 집꺼지 왔지. 집꺼지 와서는 몰라보지.

"무신 이런 괴물이 왔나?" 그래.

그래 그다음에 동생이라는 게, 아이 형이 그렇게 되었다니까 가보이까 그렇거든.

---

31 알려 안 주지 : 안 알려주지. 부정조동사 도치.

32 지내 : 너무. 매우.

33 귀티이를 : 귀바퀴를.

34 줴 잡아댕기이 : 쥐고서 잡아당기니.

이거 큰일 났다 말이야. 어떻게 하겠는가?

"그래 형님 보라구? 어째서 글쎄 그렇게 아이, 욕심 자꾸 쓰구 그래서 그랬는데 어떻든 선량한 사람 되기만 하믄 일없겠는데[35] 글쎄 이게 내 마음대로 못하구 이렇는데 이거 어떡하겠는가? 형님이란 무스글(무엇을) 요구하는 게 없는가?"

"야 요구하는 게 있냐? 이 코만 그저 제대로 두구 귀만 제대로 두면 나는 다른 거 없다. 앞으로 사람이 좋은 사람이 되겠으이까 나는 그저 제발 이렇게만 해 달라. 앞으로 다시 욕심 요마이라도(이만큼이라도) 쓰기만 쓰믄 이게 다시 귀두 늘어나구 코도 늘어난다."

"그러길래 형님이 정말 꼭 다짐하구 아이 그러겠다믄 내 지금 그 없애주겠다."

"야야! 동생아, 어찌겠니 내 다 잘못했으이까 제발 다 기래 달라."

아이 기래. 그다음에 아이 이놈이 막대기를 뚝뚝

"저거 다 없애 달라!"

하이까 그 쏙 들어가지. 제 형이 제대로 됐거든.

"형님 보라구 정말 주의를 하라구"

그 다음에 동생께,

"야, 내 다시는……."

"아! 형님두 어저는 이 집두 무슨 잘 살 것 같쟎은데, 내보다 못한데, 내 집이나 하나 저 주지."[36]

"너 집하나 맨들어줘."

기라구서 둘이 재밌게 살았다. 고저 그렇지.

<hr>

35 일없겠는데 : 괜찮겠는데.
36 저 주지 : 지어 주지.

4) 신정승과 구정승

이씨조선 때 세조 임금이 그 신하들에게 벌주를 시키는 이런 이야기지.

그래서 이 세조 임금이 그 한 개 중요한 생활 가운데, 중요한 그 일이 무인가 하든, 그 중요한 오락이 무인가 하든, 신하들을 오라 해놓고 벌주를 시키는 것이 큰 오락으로 삼는 임금이란 말이지, 임금이 말야. 그러니까 나라 통치, 정사는 어떻게 됐든 간에 우선 술을 멕여서 그놈 벌주를 줘서 취하는 거, 그거 낙으로 삼은 임금이라는 게지. 그래서 나온 이야기라.

그래서 하루는 이 세조 임금이 신정승과 구정승. 이거는 신 정승이라는 거 성이 신가고 구 정승이라는 거는 성이 구가 그래서 신 정승, 구 정승 하는데. 이 두 정승을 모셔 놓고 술상을 벌였다. 그래 먼저 술상을 벌려 놓고,

"신 정승"하고 불렀다. 그리까,

"예"

"아, 이 사람 난 자네를 부르지 않았네. 나는 구 정승을 불렀네."

그리까 아 이거 그다음에는, 그 구 정승이라는 거는 옛날부터 하던, 오래하던 정승이 구 정승인데,

"아, 자네 잘못 됐다 벌주."

하면서 술을 먹이지. 그래 술을 다 먹구서리 있는데 이번에는 또

"구 정승!" 했다 말이야. 구 정승 하이까

"예"

"아이 아이다. 나는 신 정승을 불렀다니. 새로 올라온 정승을 불렀는데 니가 대답해서 틀렸다 벌주."

아, 그 다음에 이번에 또

"신 정승"

하고 불르이까 그 다음에 대답하믄 아이 되겠거든. 대답 아이 하니까 둘 다 대답 아이 했다. 대답 아이 하이까,

"너네는 임금이 부르는데 대답도 아이 한다. 벌주."

또 술을 멕이지. 이래서 오내르¹ 술을 멕이다나이까 술에 취해서 흙이 되어² 집으로 돌아갔다. 그런 얘기지.

---

1 오내르 : 온 종일. 완전히. 늘.
2 흙이 되어 : (얼굴이) 검붉게 되어.

5) 방아 소리

이 이야기는 이씨조선 말에 우리 조선민족이 일본아들한테 나라를 멕히우고 나라 없는 망국노가 돼가지고 살길을 찾아서, 이제 그때 소련에 지금 말하믄 소련이지. 소련에 가서, 러시아에 가서 돈을 벌어서는 집에 와 생활을 보충하고 외국나들이를 했는데.

한 젊은이가 이제 금방 결혼해서 아이를 하나 낳구 처두구서[1] 러시아로 돈 벌러 떠났다. 그래 러시아로 돈 벌러 떠났어. 에, 갔어. 무슨 그때는 아랫강도이[2]라 해서 거기 가서 돈벌이를 해가지고, 돈벌이를 하다가 돌아왔는데. 그때 그 러시아도 돈벌이 잘 아이 됐어. 밥을 먹구 나이까 돈 한 푼 못 모으지. 집으로 덜렁덜렁 왔어.

한 일 년 있다가 돌아왔는데, 아 그날 저녁에 부인이 말이야 남편이 오란만에(오랜만에) 왔다고 술상을 챙겨서 술을 주니까 술을 푸그니[3] 잘 먹었지. 잘 먹구서 자다나니까 날이 밝았다. 날이 밝았는데 부인은 저 짝에서 지금 바이(방아)를 딸까닥 딸까닥 찧지. '아이 이거 내 오란만에 와서 지금 부인을 지금 다치지 않아서[4] 이 부인이 좋아 아이 했다.' 지금 이렇게 생각하는데, 방아소리 들으이까, '더러운 녀석이, 더러운 녀석이' 방아소리 이렇게 듣긴다[5] 말이야. 방아 올라갈 때는 '더러운', 내려갈 때, 떨어질 때 '녀석이', '더러운 녀석이, 더러운 녀석이' 이렇게 듣기지 이 사람께는.

아, 그래서 그 다음에 '옳다, 아 저게 안깐이노 허고[6] 하이까, 저 부인이 저렇게

---

1 낳구 처두구서 : 낳아 두고서. 낳아 놓은 채로. 낳아서 그대로 두고.
2 아랫강도이 : 러시아의 지명.
3 푸그니 : 푸근히. 넉넉하게.
4 다치지 않아서 : 닿지 않아서. 접촉하지 않아서. 성행위를 않아서.
5 듣긴다 : 들린다.

노해나서[7] 방아를 찧으이까 방아소리가 저렇게 들리리라. 이게 필명[8] 이노움(이놈)이다.' 그래서 아를 꼬잡아 때렸다 말이다. 아를 꼬집어 놓으이까 아가 울지 않겠소? 우니까 부인이 올라와 아이 젖을 먹이게 됐소. 젖을 멕일 때 다쳐났지.[9] 앉히고 그런 짓을 했다구. 하구 나서 그 다음에 부인이 또 내려갔어. 아를 젖 멕여 놓구 내려갔어. 그 짓 하구서 방아 찧는데, 이번에는 어떻게 듣기는가 하이까 '그러믄 그렇지' '그러믄 그렇지' 이러더라구. 그 방아소리 그렇게 듣기더라오.

---

6 안깐이노 허고 : 아내와 함께. 아내하고.

7 노해나서 : 노해서. 화가 나서.

8 필명 : 필경. 반드시. 틀림없이.

9 다쳐났지 : 다쳐 놓았지. 접촉해놨지. 성행위를 했지.

6) 밀양 부사 이야기

고을에, 밀양에 부사지. 밀양 부사가 있었는데, 야[1] 이름이 뭐더라? 아, 밀양부사가 야가 일찍이 부모를 여의고 나무(남의) 집살이를 하면서 글을 읽었는데, 동냥글을[2] 읽었다 말이야 동냥글을. 글을 가서 가만가만 가서 빌어서 읽었다. 그 지식 있는 사람인데 가,

"아 이거 한나(하나) 좀 배아(배워) 줍쇼."

배우면서 돌아댕겼지. 고저 할날에[3] 한 자, 두 자 하면서 기래. 고저 일 년에 삼백육십오일 치구 어느 날이나 한 자, 두 자씩 계속 배았다 말이야. 고 여덟 살부터 계속 이거 배았지.

기래서 어저는[4] 와느르[5] 마감에는[6] 어떤 선생네는 감동됐지. '야 이게 동냥글 외아서 야가 벌써 지식이 이렇게 늘었으이 글씨도 영 잘 쓰게 되구.' 글씨라는 거 붓글씨 쓴 것도 아이구 사리,[7] 이런 모래에다가 고저 손가락으로 쓰구 이래 글 익혔지. 글을 익혔는데, 아이 그게가[8] 그렇게 공부를 하이까네, 그 어떤 선생이 말이야, 그기 옛날에 그 선생이, 서당의 선생이 감동돼서,

---

1 야 : 이 아이. 이 사람. 여기서는 밀양 부사의 어린 시절을 지칭함.

2 동냥글 : 남이 글 배우는 곁에서 얻어들으며 익히는 글.

3 할날에 : 하루+날에. 하루에.

4 어저는 : 이제는. 별다른 뜻 없이 발어사로 쓰이기도 함.

5 와느르 : 완(完)으르. 완전히. 아주.

6 마감에는 : 나중에는. 끝에는.

7 사리 : 모래.

8 그게가 : 그것이. 그 아이가.

"야, 니 우리 집에 와 있으면서, 나무집살이[9] 하지 말고, 우리 집 와 있으면서여, 마당두 쓸구 심부름하면서 니 고저 아들 공부를 할 때 같이 공부해라. 너는 꼭 인재가 될 아이다."

이래서 거기다 야 그저 감사를 드리고 거기 가서 공부를 하는데, 그 일은 일대로 다 하면서도 공부를 하나 배아주면[10] 열을 안다 말이야. 열을 배아 주면 백 개를 알아. 이렇게 총명한 아이, 선생 처음 봤지.

그래서 몇 년을 배우고 나이까, 선생 배아 줄 게 없어. 그래

"너는 어저는 저, 선생께 더 배울 게 없다. 그래 너는 어저는 이제 세상에 나가서 출세를 할 만하다. 그래이까 서울에서 요즘에 말이야 과거시험 치는데 서울에 가서 과거시험 보라. 그럼 너는 꼭 장원급제를 할 수 있을 끼다."

아이 이래 선생이 말한다 말이야. 그래이까 야,

"아이고 선생님!"

백배를 인사를 하구서. 선생 또 그다음에는 돈을 내서,

"니 이거 가지구 가 여비를 해라 가라."

돈꺼지 주지.

이래서 이 사람이 서울로 과거 보러 떠났지. 과거 보러 며칠 걷고 걸어서 서울에 도착하이까, 서울이라고 이태까지 가보지도 못한 게 서울이라. 사람이 우글우글하고 고저 그 과거시험 보러 올라오는 선비들이 아이 조선팔도에서 모아드는데 그, 저 뭐 기가 차게 복잡하지. 그런데 뭐 여관이 다 만원이라. 다 만원이라 여관에 들 데도 없다 말이야. 그래서 천천히 돌아 댕기는데, 그 무슨 옛날에 그런 어떤 집에서는 여관이 아이지 뭐. 여관이 아인데 집이 빈 게 있지. 거기다가 막 서울 과거 볼라 오는 선비들을 막 거둬 옇구서 그거 해대지. 돈을 벌어대지. 그래서 아 그 집에서 여관이 만원이라이까 이 사람이,

9 나무집살이 : 남의집살이. 머슴. 고용살이.
10 배아주면 : 배우게 해주면. 가르쳐 주면.

"아, 우리 집 있는 데로 들어라. 우리 집에서 자고 밥 먹여준다."

기래서 거기 들었다. 떡 드이까 한 이야덟[11] 명 들었지. 맨 서울 과거 볼라 오는 선비 왔는데 거기는 무슨 여관이 없어. 그렇지 다 잘 사는 놈들이구 무슨 그 뭐 큰 벼슬하는 놈들 아들 다 이런 것들이 들었다. 그래 저녁꺼지 먹구 앉아 있는데, 저녁에 앉아 있는데, 이짝 아이들 두루두루 장난도 치고 이랬는데, 야는 책 계속 보고 이랬는데, 아니 밤중이 거의 될까 하는데, 무슨 일이 생기는가 하이까. 아이 키가 뭐 사람인데, 키두 크구 몸두 웅장하구 눈두 왕불통같이 들썩들썩 떨어지구, 이런 장정이 탁 뛰어들어서 칼을 딱 차구 떡 들어왔다 말이야. 들어와서,

"아, 내 이 집 주인이라"는 게지.

"내 이 집 주인인데, 너 듣거라. 오늘 저녁에 우리 거 뭐인가? 규방에 우리 딸이 있었는데 어느 놈이 와서 우리 딸을 훔쳐갔다. 훔쳐가 죽였다. 저거 죽였는데 누기(누구가) 죽였냐? 우리 집이 대문이 토성[12]이 말야 육척이고 말야, 무시기도 못 들어오는데 죽였다. 죽였으니까 가능하게 너희 아들 가운데 여기, 요기 있다. 요깄는데[13] 당박 자백해라. 자백 아이 하믄 몽땅 목을 벤다."

칼을 쑥 빼들었는데, 시퍼런 칼이 번쩍번쩍하이 기혼해.[14] 아이들이 뭐 혼비백산이지. 실제는 그 아이들 중엔 없다 말이야. 혼비백산해서 자빠지는 거 있구 그런데, 야만은(이 아이만은) 그 까딱 아이 하고 있지. 그 뭐 내(내 딸) 죽인 놈은 자백해라 이래이까 다른 것들은 막 와느르[15] 기혼해 자빠지면서,

"절대 그런 일 없습니다. 제발 목숨만 살려주십쇼."

지금 이러는 판인데 야는 까딱 아이 하지.

그래이까 이 사람이 주인이,

---

11 이야덟 명 : 일곱 여덟 명.
12 토성 : 토담. 흙으로 쌓은 담.
13 요깄는데 : 여기 있는데.
14 기혼해 : 기절해.
15 와느르 : 완完으로. 완전히. 아주.

"네 이놈! 너는 이거 어째서 아무렇지도 않게 생각하느냐?"

"아이! 주인님 생각해보쇼. 나는 이기 그 따님을 나는 죽인 일 없습니다. 내게 그런 장비도 없거니와 나는 아무것두, 과거 볼라 오는 사람인데 내 어찌 그러겠소? 그거 없으이까 무서운 게 없습다."

딱 이러지.

"어! 니 확실히 담이 있는 놈이구나. 그다음에 너이 놈들, 너네는 어떠냐?" 이러이까 이것들,

"우리도 아이 그랬습니다." 이렇지.

"그래? 너네 다 가라. 우리 집에서 썩 나가라."

그래 이짝 거 싹 떨군다[16] 말이야. 야 하나만 딱 남겨놓구.

"야, 너 그래 공부를 얼마나 했냐? 너 부모들 어떤 사람이냐?"

"부모가 없구 난 이래 동냥글을 읽어서, 나 이래 과거 보구 어떤 선생이 나를 불쌍히 여겨서 공불 시겨서 왔는데, 내일 과거에 시험장에 들어가겠는데 온짝에[17] 일이 생겼다구."

"오, 그러냐? 니 확실히 사람이 좋다. 니 과거시험에 꼭 합격할 수 있을 끼다. 이래 아무 일도 없는 줄 알아라. 기라구 나는 간다."

이라구 홀 나가이까 이 무슨 일인지 모르겠다 말이야.

기래 대수롭쟎게 코 골구 홀 자구서 아침에 정말 그 시험장으로 갔소. 시험장에 떡 가이까 숱한, 그 서울 저 온갖 조선팔도에서 선비들이 수천 명이 와서 바글바글 하지 뭐. 시험장에 도착해 가지고 시험장에 앉아 가지고 시험 떡 치게 되지. 그래 시험치러 시험장에 들어가려 하는데 그래 많은 것들 무슨 부잣집 선비들이 하나씩 둘씩 들어가고 문이 요만한데 하나씩 둘씩 그저 이 심사를 해서. 그저 무슨 이런 무슨 요 준고증[18] 같은 게 있는지 마 그래서 들어갔는데, 야는 맨 뒤에 섰지.

---

16 떨군다 : 쫓아낸다.
17 온짝에 : 오늘 저녁에. 오늘+지약에. 온짝에로도 발음함.

그래서 야 마감(마지막) 들어갈려 하는데 뒤에서 떡 사람 붙든다 말이야 한 사람이 관원인데,

"여기 잠깐 서라." 하이까,

"아이 이거 무슨 감티꺼리냐?[19]" 하구, 아, 원래 대담한 놈이.

"아이구 이거 웬일인가?"

그래 그다음에 그게 '허허' 웃으며 나오더이,

"니 날 알만 하지?" 이라거든.

그러더니 저짝에서 붙잡으면서 나오는데, 아 그 키 크다난 놈이, 까만 사람이 그 사람이 조선에 그 무시긴가 하이까 에 그런 게지, 리조판서라는 게지. 리조판서라는 게 그게 아마 저 이런 게일 게야. 무시겐지 아까 그게 리조판서라는 게지. 기런 게 턱 나오거든. 아이 보이까 그 짝에서 그 주인집에서 딸을 죽였다던 그 사람이다 말이야. 그래 그 사람이 허허! 웃으며 나오더이

"야, 네 날 알만 하지?

"아! 예, 예, 나는 예, 알만 합니다."

"야, 그런 게 아이라 너는 시험 멘지다.[20] 너는 시험 아이 치고 합격이다."

아이! 이게 웬 소린가? 어떻게 과거시험을 보지 아이코[21] 어떻게 그 합격이라고 하는가? 이래서 아이 이게 웬일인가 하구 말이야 이게 정말 놀랐지. 그래

"아이! 이거 어째, 웬일인가?"

"아이! 글쎄, 너 가기만 하믄 알 도리 있다, 가라. 가자."

그래서 그 사람이 데리구 그 사람에게, 지금 그 나라의 한갯 판서지. 그 리조판서에, 데리구서 척 임금인데 들어가이까 임금이 척 앉아서 와느르[22] 일어서서,

---

18 준고증 : 준고증准考證. 자격을 증명하는 문서나 표찰 등인 듯.
19 감티꺼리냐 : 간섭짓거리냐. 깡치찌꺼기, 양금의 변이형 발음인 듯.
20 멘지다 : 면제다.
21 보지 아이코 : 보지 아니하고.
22 와느르 : 완完으르. 완전히. 아주.

"야! 이거 내 찾던 인재가 이제 나섰다."

이랬다 말이야. '게 무슨 인재냐?' 이게 지금 어떤 인재를 고르느냐 하이까 대담한[23] 사람 고르지. 대담한 사람, 겁이 없는 사람, 그래 글은 모르구 대담한 사람 있으믄 쓰자는, 그 임금의 그런 요구가 있었다 말이야.

개서(그래서) 그 리조판서가 이런 꾀를 꾸며가지구 그 안에 공로방에[24] 와서 자는 긴데, '어느 놈 대가리 난 거[25] 보자.' 칼을 빼가지구

"내 딸을 죽인 놈 나서라."

하구 이러구 소리를 치이까 이게 저 지금 야 대담한 게 흡족했지. 그래서 그 임금께 다 쭉…….

"야! 이거 정말 내 찾던 인재다. 어째서 너를 이래 불렀는가 하믄 에, 지금 밀양군에, 밀양부에 거기 그 부사가 오늘 보내믄 이틀을 못 넘기고 죽는다. 내일 또 한나 다른 사람 보내믄 또 이틀 못 내[26] 죽는다. 개서(그래서) 숱한 사람이 죽었다. 숱한 원님이 죽었다. 원님이 다 죽었다. 겐데 모두, 그놈들이 조사를 해보이까 다 대담하지 못해서 죽은 놈들이다. 그래서 니 가믄, 니 대담한 놈이까 넌 가서 그거 꼭 이기고 그 밀양 부사질(밀양 부사 노릇) 할 수 있을 거다. 그래서 내 너를 보내는데 너에게다 저래 급제를 주고 너를 이제 밀양 부사로 봉한다. 내일 저녁에 출동해라."

이랬다 말이야.

기래서 이 아이가 급명急命을 받구서 와느르 관복 턱 입고 그렇챊겠소? 아 그 과거시험 합격한 사람이 저 밀양 부사루 있는 사람이니까 관복 입구 가매를 타구 피리를 불면서 지금 밀양군에 이르렀다 말이야. 이러이까 그 밀양고을에 사람들이,

"야! 새 원님이 또 오는구나. 또 내일 저녁에 장례를 해야 되겠으니 어떡하는가?"

지금 이렇게 탄식하는 판이지. 그래 들어보니

---

23 대담한 : 담이 큰. 간이 큰. 겁이 없는.
24 공로방에 : 길거리 방에. 길가에 있는 여관방에.
25 대가리 난 거 : 머리 나은 것. 머리 뛰어난 것.
26 이틀 못 내 : 이틀을 못 지나고.

"이게 무슨 판이냐? 이게 도대체."

이 사람이 떡 들어가서 보이까 어쨌든지 거기 지금 들어가서 볼 때 무슨 괴물이 나타나지 애이믄(아니면) 귀신이 나타나서 이거 아마 죽일 것 같으다 이런 판이지. 그래서 그렇게 생각하고 이 사람이 떡, 그다음에 그 저기 그 부사들이 있는 칸이, 집이사(집이야) 얼마나 좋겠소? 토성을 둘러싸구 군대두 꽉 지키고 이렇는데 '무시게(무엇이) 들어오겠는가? 이게 정말 귀신이 아니믄 도깨비다 다른 게 없다.' 이렇지.

그래 탁 들어가서 그날 저녁에 명령했지. 이 사람이 그 뭐 금방 올라온 원님에 대담한 놈이니까.

"너 오늘 저녁에 여기다가서[27] 불을 아흔아홉 개 켜라. 토성 주위에다 불을 이런 그 솔괭이불을[28] 예, 그거 뭐 솔괭이불을 아흔아홉 개를 켜라. 백 개 채우지 말고 딱 아흔아홉 개다. 무슨 수작인지 아흔아홉 개를 켜라. 그라구 너네 빈틈없이 보초 서라."

그래 이 군대들이,

"원, 무슨 그전에도 그랬는데 무슨······."

다 한가지라는 게지. 기러면서두 말은 못 하지. 그 원님 앞에서 뉘기(누가, 누구가) 말하누? 말은 못 하구 '그렇게 하마' 하구 나갔었지.

이 사람은 방안에 떡 앉아서 옆에다 칼을 떡 빼놓구서. 그 하인들이 드나들며 불을 태아온다.[29] 무슨 어찐다, 이러면서 이러는데, 밤중까지 딱 불을 밝히놓구 어데 두 빈틈이 없다 말이야. 아주 아무것도 없지 뭐.

"아이, 이 이상하다. 이 무슨 일일까?"

그라구 있는데 밤중이 훨씬 지났는데 문이 제절루 찰칵 열린다 말이야. 그 보초들이 든든히 섰는데, 아이 문이 다 걸었는데 찰칵 열리이까 이게 귀신 조화 아이믄

---

27 여기다가서 : 여기에다.
28 솔괭이불을 : 관솔불을.
29 불을 태아온다 : 불을 태워서 온다. 불을 붙여서 온다.

무슨. 찰각 열리더니 쑥 들어와 서는 게 뭔가? 여자가 머리를 싹 풀어 헤치구 벌거 벌건, 그 피가 묻은 비수를 입에다 딱 물구, 새하얀 소복단장을 한 여자가 말이야 머리 싹 풀어헤치매 탁 나타났다 말이야. 저래 턱 들어섰거든. 그래 그다음에 이 야가 말이야, 이 부사로 온 놈,

"너 도대체 귀신이냐? 사람이냐? 사람이면 여기 있고, 귀신이면 담방 물러가라. 그렇지 않으믄 이 칼이 용서하지 않는다."

칼을 딱 빼들고 그러이까, 그다음에 그래이까 이 귀신두 지금 '이게 대담한 놈이다.' 아마 그걸루 생각했겠지.

"예, 저는 귀신이옵니다. 사람은 아니옵니다."

"귀신이면 어서 물러가." 이랬거든. 그래이까,

"예, 그런 게 아이라 원님께 저 부사님께 그 알릴 말씀이 있사옵니다."

"어 그래, 무슨 일인고?" 그래이까,

"그런 게 아이라 나는 이 고을에 있는 그 한 진사의 딸이옵니다. 진사의 딸인데, 내 삼 년 전에 이 고을에 그 한 관리가, 군수 밑에 리방이요 호방이요 이런 거 있지 애이요? 이 고을에 리방이란 놈이 나를 강간했다."는 게지.

"강간하구 이게 탄로날까봐 나를 죽였다."는 기지.

"나를 죽여서 지금 저 쑥밭에다가 세리 던졌는데 지금도 쑥밭에 시체가 그대로 있다. 그래서 이 시체를 이제 제대로 안장해주는 게 원이 고 하나,[30] 그다음에 원은 리방이란 놈을 처치해 달라." 그러지 머.

"아! 그러냐? 음 알 만하다. 그럼 돌아가거라."

그러이까 이 귀신이 쑥 사라졌다. 그다음에 일어나 보이, 듣고 보이 영 이런 일이라. 이거 지금 이태까지 부임 온 그, 저 부사들이 다 겁이 나서 거기서 기혼해서(기절해서) 죽었다 말이야. 이런 판이구나.

이튿날 아침에 턱 앉아서, 그라구 잤지. 아침에 일어나이까 아! 이제까지 하인

---

30 원이 고 하나 : 원이 그 하나이고.

놈들이 문안 인사하러 들오는 놈 없다 말이야. 편하게 주무셨는가? 아 바깥에서 문녘에서, '죽었다.' 지금 이런 판이야. 아그 다음에,

"아, 이놈들!" 소리쳤지.

아 그러이까, 아이 살았다 말이야 '이거야 대단하다.'

기래서 지금 들어와 인사를 하지. 이거 '잘못 했다.'고 하지.

"아, 너 지금 회의를 하겠으이까 그땐 회의라 아이 하고 뭐 모임을 하겠으이까 여기 그 모든 공방놈들[31] 몽땅 싹 모여라."

기러구 곧 바루 그날 저녁에 이 밀양 부사가 그날 저녁에 그 어쨌는가 하이까 그 쑥밭에 가봤다 말이야. 쑥밭에 가이 그 시체가 있지 뭐. 그 시체 가슴에 칼이, 그 비수가 탁 꼽혀 있다 말이야. 지금 이런 판이지. 그래서 거기다 놔 두구서 왔지 뭐. 와서 회의를 턱 열구서,

"저 아무 쑥밭으루 가면은 여자 시체가 있는데, 여게 아무 진사의 딸이다. 삼 년 전에 죽었다 알만한고?" 하이까,

"삼 년 전에 그런 딸이 죽은 이 있다" 해.

"지금 행방불명돼 찾지 못하고 지금 그 집에서 헤맨다."구.

"오! 그렇지. 그 시체를 가져다 어디다 집에다 보내서 안장하게 해라."

기래 그건 그렇게 되고 그다음에는 또 무슨 명령을 내리는가 하이까 그렇게 한 다음에 또 한데 모아 놓구,

"이 가운데 말이야 아무 진사의 딸을 죽인 놈이 여기 앉아 있다. 여기 지금 앉아 있으니 지금 담방 내 앞에 와서 자수해라." 이러거든.

아 이거 보이까 무슨 귀신 한가지란[32] 말이야. 그 아래 관리들이 벌벌 떨지 뭐. 그런데 아이, 그랜 놈은 그 뭐 씁쓰레 한데, 그 정말 한 놈 새끼 야 뭔가 새까매난 놈이 있다 말이야. 그때 그 여자 귀신이 와서 말할 때 뭐이라 하든,

---

31 공방놈들 : 공방, 형방 등 관아의 아전들 모두를 이름인 듯.
32 귀신 한가지란 말이 : 귀신과 똑같단 말이야.

"그 내 누긴지 모르는데 어떡하믄 좋은가?"

하이까 그 여자 하는 말이

"고때 고놈이, 그 회의를 할 때 내 여기 저 내 나비로 와 변해서 고놈이 고 가슴 있는 데루 뱅뱅 돌겠으니 고놈 잡아내라." 그랬다.

기래 그다음에는 내려다 보이까 한 놈의 새끼 나비 한나(하나), 노란 노랑나비가 뱅뱅 뱅뱅 돈다 말이야. '어 요놈이겠구나.' 그다음 이거 모르는 것처럼 턱 앉아서,

"그래 없는가?"

없지 뭐. 대답을 아이 한다. 고놈의 새끼도.

"이놈, 아무개 나오너라."

리방이,

"예?"

"너, 나오너라."

이놈이사 다 죽은 거지 뭐.

"이놈 고백을 하겠냐? 안 하겠냐? 내가 다 알고 있는데 고백해라." 그래까,

"예, 고저 죽을죄를 지었습니다 고저."

이렇지 뭐. 그래 그 자리에서 당장 시겨서,

"이놈을 내다가 목을 따라."

그러구 목을 땄지. 일은 이러구서 여기서 끝났지.

끝나구 그다음에는 어저는 지금 정치를 하는데, 야 잘하지 뭐. 이놈이 골이(머리가) 총명하구 지식이 있구 그래. 과연 그 민사거리를[33] 잘 처리하구, 아이 너그럽게 처리하구, 백성에게 유리하게 처리하구, 관원들 나쁜 놈들 다 짜르고 똘가내구[34] 지금 이런 판이지. 이래이까 그, 이 부사가 정말 영명하다고 그 뭐 칭찬이 자자하지 뭐. 떠받들구 이렇게 떡 지우는데[35] 한 몇 년 지나서 아주 훌륭한 관원으로 지금

---

33 민사거리를 : 민사적인 성격의 송사를.

34 똘가내구 : 쫓아내고.

35 지우는데 : 높게 하는데. 특징을 뚜렷이 자리매김하는데.

저 중앙에 임금 있는 데도 지금 보고되고 이랬지.

아이! 이런데 하루는 무슨 일이 떡 생겼나 하이까 중앙에 임금이, 왕이 그 색을 좋아해 가지고 첩을 자꾸 하지. 본처가 있는데 왕후가 있는데도 첩을 자꾸 뽑지. 근데 하루는 첩이, 떡 첩을 모집하지. 그 온 나라에 통지를 해서는 말이야, 좋은 여자를 그 데리오라고. 그래서 한 고을에서 여자를 데리구 갔는데 참 곱지. 세상에 인물이 절색이라 말이야. 이런 여잘 데리고 와서 임금 앞에 꿇고 앉아,

"이 여잘 데랴 왔다."

아이 임금,

"과연 여자가 잘났다."

그저 저래 허락했지.

다른 거 다 물리치구 그런 거 딱 해서 데리구 살지. 데리구 사는데 그래 거기까지는 지금 이거는 몰랐거든, 이 부사는. 데리구 사는데, 고때 고 통지 온 게 지금 무슨 통지 왔는가 하이까, 임금님이 말이야 임금님의 부인이 지금 병이 들어서, 첩이 그게 병이 들어서 에, 지금 죽는다 산다 하는데 에, 이거 저기 말하는 게, 그 임금님 부인이 말하는 게, 세상의 명의를 싹 데려다 보여두 다 아이 되지, 못 떼지.[36] 그 여자가 말하는 게,

"이 내 병은 누가 뗄 수 있는가 하이까 밀양부사라야 뗀다."

아이 밀양부사가 어떻게 떼겠는가?

그래서 그 임금 의심하는데 아이 자꾸 이 여자는 밀양부사라야 된다. 이래서 밀양 부사를 오라했다 말이야. 근데 그 떼는 데는 어떻게 떼는가 하이까 밀양부사가 떼는 겐게[37] 아이라,

"나는 밀양부사를 잡아서 밀양부사의 간을 **빼먹겠다**. 간을 빼먹기만 하믄 나는 병이 떨어진다."

---

36 못 떼지 : 못 고치지. 떼다 : 병, 버릇 등을 고치다.
37 떼는 겐게 : 떼는 것이. 떼는 것인 게.

아이 이렇다 말이야.

개(그래서) 임금이 자기 그 충실한 신하를 글쎄 그 아주 이름 높은 그런 사람을 죽여서 글쎄 간을 빼먹자 하이까 이게 정말 아이 되지. 며칠 골 앓다가 '아 기래도 그 부인을, 부인을 살구어야[38] 되는데, 부사를 죽이더라두 말이야. 부인을 살가야 되겠다.' 그래서 이번에는 이 통지 온 게, 이 밀양부사의 배를 가르고서 그 간을 빼서 부인을 먹일 계획이란 말이야. 이게 임금이 이런 임금이라 말이야.

그래서 그거 지금 데리러 온, 데릴라 온 그거 신하들에게,

"어째 나를 오라 하는가?" 물었지. 물으이까,

그 신하들이 하는 말이 이런 이런 내용을 싹 말했지. 이런데 이렇다구.

"그러니까 당신 올라가믄 어떡하겠는가?" 이렇다 말이야. 이 사람이,

"오! 그래? 그렇다믄 임금님이 그렇게 요굴 한다믄사 내 간이 아이라 뭐 다른 거라두 다 빼줄 수 있는데 좋다 나 가겠다." 그랬지.

그래이까 이짝에 그 데릴라 온 사람들은 어딜 피했으믄 하는데 이건 뭐 '가겠다니까, 그래 데리구 덜렁덜렁 올라간다. 같이 올라왔지. 올라와서 임금 있는 데루 왔다. 와서

"예, 아무개 대령했습니다."

하이까 임금이,

"어 너 요즘에 그 정사를 잘해서 밀양에 그 아주 태평사더구나. 그래 너 수고 많았다. 그런데 이거 지금 말하지. 너 의서를 좀 배운 일 없느냐?"

이러지 임금이.

"의학을 좀 배운 일 없는가?"

"예, 의학을 전문 배운 일은 없지마는 내 이전에 좀 책을 좀 읽어본 일이 있는데 아, 무슨 일입니까?"

"그런 게 아이라 지금 우리 부인이 앓는데, 에 그렇다." 기래. 게 '아! 그러냐?'구.

---

38 살구어야(살가야) : 살려야.

"그런데 우리 부인이 하는 말이 밀양부사의 간을 빼 먹으면은 병이 낫는다 하는데, 내 믿지도 못하구 아이 믿지도 못하구 지금 이런데, 군이 들어가서 좀 어떻게 그 병을 좀 진맥하구 좀 보라"는 게지.

"아! 그 왕궁마마께서 말이야 그런 병에 내 간이 수요된다믄 간인 게 아이라 내 무시기라두 다 드리겠다구. 그 뭐 일있는가?[39] 내 기래 내 좀 그래두 진맥은 해봐야 되겠다. 내 의서를 크게 못 배워두 내 맥을 보겠다."

기래이까 이 사람 봐서 이게 밀양부사는 '옳지, 요게 사람이 아이고 요게 괴물이다.' 요렇게 짐작했다. '요게 괴물이까는 어떻게든 내 어떻게 처리하겠다 가능하면.' 여우가 변한, 여우가 사람으로 변한, 여우란 원래 요사한 놈인데 요게 변해서 임금님께 붙어 가지고 임금을 지금 못 살게 하구 나를 죽여야 되겠다는 요런 기라.

고전에 요게 어떤 일이 있었냐 하이까 그 여기 저 밀양부사가 그 밀양군 가이까 그 밀양 군중들이 의견이 가득하지. '저기 저 여우굴이라는 데가 있는데 여우굴에 여우가 수만 마리 있다'는 게지. '저 여우가 민간에 내려와서 닭을 잡아 가구, 개를 잡아 가구 고 그저 형편없다'는 게지. '기래 저거 좀 없애 달라.'해서 거기 가서 토벌을 했지. 숱한 궁수를 데리고 가서 싹 잡구 굴에다 불을 때놔서 싹 잡았지. 여우 싹 잡았지. 기런 일이 있었지. 기라구 고때 여우 한나(하나) 도망간 거 봤다 말이야.

그래 그거 아무리 궁수가 잘 명사수가 쏴도 그 못 잡았다는 거지. 기래 이 여울 한나 빼왔는데[40] 요놈의 여우 아니겠는가 하는 생각했다 말이야. 기래서 요게 '자기 때문에 그 굴이 마사졌으니까[41] 요거 앙심 품구 나를 지금 잡자는 게다.' 그런 판이지. 그래 '아 그렇겠다.' 짐작하지. 짐작하이까 그놈이 그 왕후라는 게 여우지 뭐. 요놈이 와느르[42]

---

39 일있는가? : 일없다. 일없다 : 괜찮다. 문제없다.
40 여울 한나 빼왔는데 : 여우 한 마리를 빠뜨렸는데(놓쳤는데). 여우 한 마리가 달아났는데.
41 마사졌으니까 : 부숴졌으니까.
42 와느르 : 완으르. 완전히.

"아이 된다"는 거지.

"빨리 간을 빼 바치라"는 거지.

"무스그 진맥이구 떡대가리구" 이런다 말이야.

"아이 그렇지 앬다구." 임금도,

"내가 청해온 의산데 어째 함부로 그렇게 하는고?"

이래면서 말리지.

맥을 보지. 맥을 떡 보는 것처럼 맥을 본다는 게 이게 이거 그다음 다리맥을 본다하구 다리를 내놓으라 하지. 다리를 그다음 다리맥을 떡 다리를 꽉 드니 이것두 힘두 세다 말이야. 다리를 꽉 드니 데까닥 땅에다 탁 첬다 말이야. 땅에다 탁 밀어 치이까 아이 쭉 늘어졌다 말이야. 쭉 늘어진 게 아 여우지 뭐. 그다음에는,

"당장 저 여우를 묶어라."

게, 그 여우를 묶지. 그 임금이 그 저,

"야! 이때까지 여우를 데리고 살았다."

기래서 아 그 여우를 잡았지. 임금님께 이런 일이 있었다는 거 그 얘기했지. '내 이 도착해서 군중들이 말이야 백성들이 이렇게 여우굴에 여우가 있기 때문에 이 마을에서 숱한 해를 입어서 내 그거 토벌한 일 있다. 그래서 그때 하나 내빼았 다.[43] 기게 그 천년 묵은 여우라는데 그거 뭐 내빼온 게 요게 그 여운데 이번에 요놈 잡았으니까 어저는 나라의 우환 없애버렸습니다. 나는 이제 물러가겠습니다.' 하지. 그러이까 임금이,

"야, 이게 아이 된다. 니 그럴 수 있냐? 니가 나를 정말 살갔는데[44] 너를 내 벼슬 올려준다."

여기 저 무슨 벼슬 올려줬는가 하이까 이 사람께 전 나라의 군대 지금 말하믄 군대 총사령이지. 그때는 그 뭐이라 하이까는, 아이 내 또 잊어뺐다. 그거 턱 임명했

---

43 내빼았다 : 달아났다. 내빼다 : 달아나다.
44 살갔는데 : 살렸는데. 살구다 : 살리다.

다. '아! 나는 아이 하겠다. 높은 벼슬 양보하고 나는 아이 하겠다. 나는 내려가서 백성 집(집)에 가서 백성을 위해서 일하겠다' 구. 이러구 벼슬도 싫다하구 돌아 내려온 사람이지. 기래 임금이 그 우환거리도 없애구 이래서 그 나라의 훌륭한 애국자가 되었다 그런 말이오.

7) 이게 무슨 술이야

지금 우리 민간에서 그 술을 먹을 때가 되믄 꼭 그러지. 우리 여기 저 관내 술을 갖다 놔두, "이게 무슨 술이야?" 이렇게 물어본 일 많지 뭐. 게 이게 그렇게 물어보는 그게 뿌리는 옛날에 이게 그 영감의 옛말로부터 나온 게다. 말을 전하는 사람도 그렇게 말하지. 기래서 내 그 얘길 하겠는데,

그 옛날에 그 한 고을에 말이야, 그 한 영감이 있었는데, 이 영감이 지금 며느리 삼게 됐지. 그런데 이 영감이 그 재간이 그 무슨 재간이 대단한가? 술 재간이다. 술이라믄 오금 못 쓴다. 영감이 술이라믄 오금 못쓴다. 술이 있다 하믄 십리라두 밤중에 가서 술 먹구 오지. 이런 영감인데, 집은 가난해서 돈을 주구 사는(사서는) 못 먹구 오구, 고저 공술을 댕기매 얻어 먹구 이게 이런 영감인데. 자기 집에서 며느릴 삼게 돼 잔치를 하게 됐으니까 집에 술을 고았다.[1]

게 고와서 첫날에 잔칫날에는 아이 가구, 우리 삼일 날에는 옛날에는 그 아버지가 삼일에 이래 따라가는 모양이야. 저 짝으로 따라가지. 따라가는데 각시를 지금 저 술게다가서리[2] 가매(가마)를, 달구지 우에다 떡 싣고, 기러구 거기다 각시를 앉히구, 그다음에 시아버지가, 그 앞에 술기 모는 사람 있고, 시아버지가 따라갔지. 따라서 시아버지 걸어가. 기래 가는데 가다가 말이야 아이 이 신부라는 게 오줌이 딱 마렵거든. 오줌을 눠야 되겠는데 이 신부 시애비 있는데 아 오줌 누겠다고 말하기 참 바쁘고[3] 이렇게 됐지. 아이 그래서 오줌 마렵어서 지금 이러다가 참다 못해서

---

1 술을 고았다 : 술을 담갔다. 술을 발효시켰다.
2 술게다가서리 : 술기(수레)에다.
3 바쁘고 : 어렵고. 힘들고.

오줌 지스러[4] 나갔다. 가매 안에서 가매 우에서 오줌이 쓱 나갔어. 오줌은 그 마랍던 거 참다가 나이까 오줌이 많이 분량이 많게 오줌이 나갔지. 그 가매 우에다 요이랑 깔았는데 그거 막 지나서 술게[5] 밑으루 말이야 그 오줌물이 뚝뚝 떨어졌지.

근데 이 시아버지 떡 보이까 아이 술기 밑에서 오줌이 떨어지거든. 원래 술병자리를 그 술독 술 단지를 가매 안에다 실었는데 '아이 이거 술 단지가 쏟아졌구나.' 이렇게 생각했지. '아이 이거 어쩌냐? 술이 쏟아졌다. 이거 어떡하냐? 저 아까운 술이야. 저 새도 아이 먹는 술을 야 이거 저렇게 낭비를 해서 되겠느냐?' 그다음에,

"술기를 세아라."

하구서는 술기 밑에 들어가서는 아이 그거 떨어진 거 입으로 떡떡떡떡 빨아먹소. 빨아먹는데 그 술맛이 별났거든.

"야, 이 이놈들 무슨 술 가져오느냐? 무슨 술이야 이게?"

이래서 그렇게 됐다. 그래서 거 이 며느리 오줌을 먹구서.

"이게 술인가? 이게 무슨 술이야?" 했다.

---

4 오줌 지스러 : 오줌이 지리어. 오줌이 저절로 흘러.
5 술게 : 술기의(수레의).

8) 금덩이와 효성

옛날에 그 한 노인이, 안노인이 이제 남편 잃구서 지금 아들하구 같이 살게 됐는데, 이 아들이 그 엄마를 미워하는 게 형편이었지. 이래서 나중에는 이 애미를 똘갔다.[1] 쫓았다 말이야. 밖에 쫓아서 혼자 어디다 오막살이 같은 데 집을 삼아 잡아주구서, 거기서 혼자 살아라 하구 자기들은 잘 살지. 이게 이런 판이지.

이 노친이 말이야 가만히 생각해보니 '아이 저놈 새끼들이 내게 돈이 없으이까 아이 모신다. 내게 돈이 있으믄 저놈들이 꼭 나를 꼭 모실 수 있을 게다.' 이래서 이 노인이 꾀를 꾸몄다. 꾀를 꾸몄는데 무슨 꾀를 꾸몄는가 하이까, 할날은[2] 아들 있는 데를 떡 찾아가서,

"얘야, 내게 주먹만한 금덩이 한내[3] 있는데, 너 아버지가 세상을 뜨메(뜨면서) 내게 한내 물레준(물려준) 게 있다. 금덩이 한내 있는데, 이 금덩이를 내가 죽으믄 쓸모없지 애이냐?[4] 쓸모없다. 쓸모없는데 이 금덩이를 어떻게 하믄 좋겠는지 하는 거 너네 생각해 봐라." 기래이까,

"아이구! 어머니 그런 게 있는가?"

"글쎄 너네들게 뵈오지도 않았다. 나는 감춰놓고 있는데, 너네 이제 이런 금덩이 있는데 내두 이제 올해루 죽겠는데 이 금덩이를 내 해서 뭐하겠냐? 나는 이제 이 금덩이를 팔아서 너네 저 오막살이집 사줬지만 나는 더 좋은 궁궐 같은 집을 짓구

---

1 똘갔다 : 쫓아냈다. 똘구다 : 쫓아내다.
2 할날은 : 하루+날은. 하루는. 한날은.
3 한내 : 한나+이. 하나가. 주격조사 중첩.
4 쓸모없지 애이냐? : 쓸모없지 않니?

하인을 두구 살만하다. 그러나 내 지금 그러자 하이까 너무 경솔한 거 같구 해서 내가 이러는데 너네 어떡했으면 좋겠는가?"

"아이, 어머니 우리 그때 정말 생각을 짧게 했는데 아이구! 어머니 제발 그러지 말구 우리 집에 와야 되옵소. 그거 아들로 생겨서[5] 내 어찌 이렇게 하겠습니까? 내 그때 잘못을 내 뉘우쳤는데, 어떻게 제발 우리 집으로 오시오." 그랬어.

"좋다. 그러믄 내 너거[6] 집으로 들어가 있자. 내 아무래두 자식의 집에 가 있어야지 내 혼자 산다는 게 도리 없고, 또 내 이 금덩이를 팔아서 큰 집을 혼자 짓고 살아서 내 무슨 소용이 있냐? 내 그래 너거 집으로 오겠는데, 내 다음에 죽은 다음에 내 이 금덩이를 너희들에게 주겠다."

"아! 어머니 그렇다."

그렇게 하구 데리구 갔다. 데려다가 지금 모시는데, 이눔들이 모시는데 와느르[7] 지극하지. 형편없이 지극하다 말이야. 그저 저녁에 주무실 때믄,

"안녕히 주무시오."

일어나믄,

"안녕히 주무셨는가?"

인살하고, 와느르 그저 고기반찬에 매일 달걀 지짐에 형편이 없이 잘 해주지.

그래 노친이 살이 오르구 옷이랑 좋은 거 입히구 이렇다 말이야. 그래 이눔 새끼들이 그러면서 속으로는 '요놈 노친이 죽어야 되겠는데 죽어줘야지, 죽어주지 않으이 어찌겠는가? 아이 요거야 점점 잘 멕여 놓으이까 점점 더 살아놓구(살아나고) 이런데 아이 요거 죽디 애인다 말이야. 그러나 저거는 내 금땡이다.' 하구 그래 계속 지극 효성을 하오 가짜 효성이지. 효성하는데 그다음에는 정말 하루는 이 노인이 정말 죽게 됐지.

---

5 아들로 생겨서 : 아들로 생겨나서. 아들이 되어서.

6 너거 : 너의.

7 와느르 : 완完으르. 완전히. 아주.

어저는 병이, 나이 먹으니까 아무래도 병이 나서 죽는 건데, 그때 무슨 약이나 있겠소? 이래서 죽게 되면서 아들을 불렀다 말이야. 아들을 불렀는데,

"야, 어째 그래는가?"

"내 어저는[8] 살 것 같지 앓다. 아무래도 내 이제는 이 병이 마지막 병으로 죽을 것 같은데 내 금댕이를 어디 어디다가 파묻었다. 내 파묻을 때, 그거 팔 때는 이거는 보물이기 때문에 팔 때 욕심스레 들지 말구 조심스레 파라. 조심스레 이제 한 메다(미터) 가량 파게 되믄 그 무슨 무슨 나무 밑에 어디다가 내 묻었느라. 그래까 그거 파서 가재라. 이거는 이 금이라는 거는 험하게 두믄 변질한다. 그래서 땅속에다 옇었느라. 그래서 내가 죽기 전에 알게주니까 그렇게 해라 예."

하구서리 그러자 노친이 숨이 술 넘어갔다.

그래서 이것들이 정말 상여랑 굉장했지. 아주 멋있는 장례를 해다가 상여를 다 안장하고 어전 정말 실, 금댕이 파러 갔지. 가이까 정말 그런 표시 있다 말이야. 가서 그 팠지. 파이까 이래 저 무스걸로 동지구[9] 동진 게 있다 말이야. 기름종이로 동지구 동진 게 있는데 은궤란 말이.

"아이구 이게 금덩이겠다. 이게 금덩이 틀림없다."

이래서 그거 보지도 애이쿠, 금덩이라구 좋아서 집으로 가지고 왔지. 집에 와서 척 헤쳤지.[10] 슡해[11] 싼 거 이래 헤쳤다. 헤치이까 이마이 큰 돌째기라.[12] 이마히 큰 돌덩이라. 그래 입을 하! 벌리고 그랬다는 게요. 그러이까 이게 금덩이 때문에 효성 했지. 저 저 그게 정말 진짜 효성한 게 아이라.

---

8 어저는 : 이제. 이제는. 뜻 없는 발어사로 쓰이기도 함.

9 동지구 : 묶고. 동지다 : 묶다.

10 헤쳤지 : 풀었지(묶은 것을).

11 슡해 : 슡하게. 많이. 여기서는 여러 겹.

12 돌째기 : 돌멩이.

9) 활을 쏠 줄 모르는 명궁수

옛날에 조선 영남 땅에 박 좌수[1]라는 이런 그 벼슬을 하는 양반이 있었는데, 이 양반네 집에 딸이 이제 삼형제가 있었다. 그라고 아들은 없고 딸이 삼형제가 있었는데, 이 박 좌수가 맏이야 사위를 삼겠는데는,[2] 어떤 사위를 삼는가 하게 되믄 활을 잘 쏘는 이런 궁수를 사위로 삼거든. 그래서 맏이하고 둘째는 다 그래도 활깨나 쏘는, 포수짓(포수질) 할 수 있는 이런 사위를 삼았지.

그런데 셋째 사위를 삼겠는데, 명궁수를 삼겠다고 방을 내붙였다 말이. 그때는 방을 탁 내붙였다지 방을 탁 내붙였지. 그래 그 숱한 놈들이 왔다가 가구, 퇴짜를 맞구 가는데, '저 집에서는 저놈의 딸이 욕심이 나는데, 어떻게 하믄 그래 내 활 쏠 줄은 모르는데 이거 그 어떻게 하믄 되겠는가?' 그 궁리를 짜다 짜다 하다가 할날은[3] 꾀가 올랐다 말이야.

그래서 이놈이 어떤 거 생각했나 하이까 장마당에[4] 가서 꿩 하나(하나) 샀지. 꿩을 하나 사왔거든. 죽은 꿩 사가지구 그다음에는 활을 하나 사구 활을. 그게 궁수니까 활이 없으믄 안 되거든. 활 하나 사구 활촉을 스무개 사구 그랬지 활촉. 화살을 쏴야 하니까 그래 사가지고서리[5] 그놈의 그 활촉을 스무 개를 맏이야 꿩의 그 밑궁디에다가[6] 스무 개를 다 꽂아 옇었다[7] 말이야.

---

1 좌수 : 조선 시대 지방자치 기구인 향청의 우두머리.
2 사위를 삼겠는데는 : 사위를 삼는데. 사위를 삼게 될 때는.
3 할날은 : 하루는. 하루+날은.
4 장마당에 : 시장에. 시장거리에.
5 사가지고서리 : 사가지고서는.
6 밑궁디에다가 : 밑구멍에다. 항문에다.

스무 개를 다 꽂아 옇구서리 그래가꾸서리 그거 가지고서리 그 박 좌수네 집 그 토성[8] 너머에다가 홀 넘게 뜨렸다.[9] 홀 넘게 뜨리고서 이 눔이 움측한[10] 놈이 가서 그 대문 닫아 놓은데 대문을 쾅쾅 두르이까,

"거 누구냐?"

하고 그 영감이 나왔거든, 박 좌수가 나와.

"너, 여 웬 놈인데 여기 와서 대문 두드리냐?"

"아이 좌수님, 그런 게 아이라 내 이거 산에 가서 꿩사냥 하다가 꿩을 이렇게 쐈는데, 이놈의 꿩이 이 집 마당에 와 뚝 떨어졌습니다. 그러니까 내 아마 그 꿩을 찾아 갈려 그래 찾아왔습니다."

아이 그 사람 좌수가 들어보이 그눔이 그게 활깨나 쏘는 놈이거든. 그거 나는 꿩을 쏴서 기래 여 와서 떨어지게 했으이.

"그럼 가보자."

떡 젵에(곁에) 가보이까 아 꿩이 있거든. 있는데 글쎄 활촉이 스무 개 다 밑궁그로[11] 쑥 들어갔다. '아이 이눔이…….' 박 좌수 생각해 보이 '이눔이 명궁수래두 무서운 명궁수거든 정말. 묘하게도 어쩌믄 꿩을, 글쎄 활을 스무 개를 쐈는데 그 어느 시간에 그렇게 스무 개나 다 쐈으며 그게 또 어쩌믄 밑구녕에 다 들어갔는가? 이게야 명궁수다. 이게야 세상에 천하에 누기나(누구도) 담당할 수 없는 명궁수다.'

"아! 그래냐?"

그래서 그다음에는 가지구 가는 것처럼 하이까,

"어, 여 들어오너라."

들어왔어.

---

7 꽂아 옇었다 : 꽂아 넣었다.

8 토성 : 흙으로 만든 담.

9 넘게 뜨렸다 : 넘겨 던졌다.

10 움측한 : 음흉한.

11 밑궁그로 : 밑구멍으로. 밑굼+ㄱ+으로.

그다음에 술상을 가져오라 해서 술상 채려 놓구.

"야, 너 우리 집에 방을 붙인 거 봤느냐?"

"아! 예, 봤습니다."

"그래, 어떠냐? 그래 우리 딸이 욕심이 아이 나느냐?"

"글쎄 욕심나긴 나지만은 이 소인이 쌍놈이라,[12] 쌍놈이 어떻게 좌수 집 딸을 어떻게 가히 청혼하겠습니까? 그래 나는 지금 말 아이 했다."

"어, 그래? 나는 양반이고 쌍놈이고 가리지 않는다. 그저 나는 니, 활을 잘 쏘는 놈이믄 된다. 그래이까 니 활이 재간이 이만하이까 니, 저 저, 어저는 오늘부터 내 사위질 하는 게 어떻느냐?"

"글쎄, 좋기는 좋은데 그게 될까요?"

"하! 내 된다믄 되는 기다."

그래서 허락해서 그 집 사위가 턱 됐지.

그런데 활 쏠 줄은 모른다. 아이 이런 놈 대세라구[13] 있소? 활을 쏠 줄을 모르니까 이기 무슨 이놈의 영감이 시험만 하게 된다믄 큰일 나지 이거는. 그런 판인데 그래 그렇게 지금 며칠 지났는데 하루는 이 좌수가 그 영감두 조금 활을 쏠 줄 알지. 하는데,

"우리 사위들이 서이가 다 궁수니까 우리 오늘 사냥이나 하러 가자. 산으로 사냥 하러 가자. 그래 모두 사위들이 활하고 활촉하고 잘 준비해가 오너라."

아이! 이거 지금 큰일 났지. 이거 어떡하겠는가? 그러나 무슨 가게 되든 방법이 있겠지 하고 따라나섰다. 그래 고저 이 좌수는 그리고, 셋째 사위가 명궁수니까 범을 잡겠는지 무스게[14] 잡겠는지 모르지 지금. 그래이까 활을 그리 잘 쏘는 놈이니까 그 뭐 문제없겠다. 지금 이래구 지금 데리구 갔다 말이. 데리구 갔는데 좌수가

---

12 쌍놈 : 상놈. 구연자는 된소리로 발음함.

13 대세라구 : '대책이라구'의 오용인 듯.

14 무스게 : 무엇을.

뭐이라 하는가 하이까,

"너네 서이 다 한곳으로 다니믄 안 된다. 다 갈라져라. 한 놈은 너 남쪽 골으로[15] 가고, 한 놈은 서쪽 골으로 가고, 한 놈은 북쪽 골으로 가라. 나는 저기 이쪽 골으로 간다. 기래서 몇 시 저녁에, 몇 시에 딱 이 장소에 만나자."

아이 이렇게 약속을 해놓구 헤어졌다.

저 각기 지금 제 가시애비[16] 시키는 대로 지금 그 골 안으로 들어갔다. 그래 다른 것들은 다 내려가구 이랬는데, 이 야가 지금 골 안 떡 갔는데 이거 활 쏠 줄 모르니까 무스글[17] 사냥하겠소? 이거 정말 큰일 났거든. 이거 지금 한참 궁리를 했는데 그저 바윗돌 여파래[18] 앉아서 구경을 하는데 거기에 이만한 구멍이 있다 말이야. 바위굴 있지. 바위 구멍이 있다 말이야. '아이 저게 옛날에 저런 절벽에 굴 있는 건 저게 범의 굴이라던데 저게 범의 굴이 아일까?' 이래 생각했다 말이야.

이래 생각하고 앉아 있는데 어저는[19] 오후 턱 댔는데 '아 그렇지. 이 범이 굴이 옳다. 범의 굴이 옳은데, 범이라는 것은 말이야 낮에는 다 밖으로 나간다. 밖에 나가는 게 아이라 낮에는 굴에 들어가서 자구 밤에 나가서 사냥한다 범이라는 거는. 그래니까 이게 내 오늘 밤에 이 굴에 들어가겠다. 들어가구 만나자 그 시간에 내 만나지 말구서리 내 범 굴에 들어가서 범이 이 굴 들온 다음에 내 활로 꽂아 여어믄 함 보자. 저 놈은 내 잡은 게이니까.'

지금 이래 궁리를 하구서리 아 그다음에 저녁이 되기 기다렸어. 기다리이까 아닌 게 아이라 범이 다음에 범이 쓱 나와서 저쪽으로 달아난다 말이야. '됐다! 됐다' 하고 어저는 그 놈이 글쎄 범의 굴에 턱 들어갔소. 범의 굴에 턱 들어가서 아 활촉을 싹 뽑아서 지금 다가가서 있소. 있는데, 새벽이 되이까 범이라는 거는 원래 범이

---

15 골으로 : 골로. 골짜기로.
16 가시애비 : 각시의 아비. 장인.
17 무스글 : 무슨. 무엇을.
18 여파래 : 옆에.
19 어저는 : 이제, 이제는, 발어사 등으로 두루 쓰임.

들어갈 때 대가리로 들어가는 게 아이라 엉치[20]로부터 들어가. 엉치로부터 범의 굴에 들어가. 뒷걸음으로 해 들어간다 말이, 자기를 보호를 하기 위해서. 들어가는데 이놈이 그기 저 짝에 막 끝에 있지. 이래구 떡 화살을 지구 이라고 있으이까 이러고 있는데 그게 들어오이까 밑구녁에 대구 그 수무개를 싹 박아옇었다 말이야.

아, 범이 그게 글쎄, 활촉이 그래 예리한 게 밑구녁 쑥 들어가이까 그게 아무리 범이라두 견뎌내오? 아 피똥 쭉 잘기구 싹 나가서 그 밑에 절벽 있는데 절벽에 탁 떨어져 죽었다. 그다음에 날 밝기를 기다린 게 아이라, 그 밤에 죽여놓구 내려와 보이까 다 죽었다 말이야. '에이구 나는 모르겠다. 가자.'

그다음에 지금 가시애비 집으로. 이것들은 가시애비가 맏이하구 둘째 사위는 왔는데, 이게 아이! 그게 만나기로 한 그 시간에 아이 온다 말이야 이 사위가. 그 다음에 가시애비는 지금 궁리만 많소. '야 이 사람이 어디 가 큰 짐승에 상핸 것 같다. 아무리 제 기술을 믿구서 저게 다[21] 범에게 덤비다 잡겼겠다.'[22] 근심이 태산이지. 지금.

그러나 그거 오래 있을 수도 없구 집으로 왔다 말이. 집에 와서 그 맏이들은 꿩도 잡고 몇 가지 잡았지. 잡아가지고 왔는데 그저 자지 앻구 지금 기다리지. '야 어찌겠나? 이거 사월 하나 잃어버렸다. 내 오늘 공연히 그 활을 잘 쏘는 사람 잃어버려 어찌겠는가?' 그랜데 아침에 아홉 시 만에[23] 해가 동산에 훨 떴는데 에이 그 꺼실꺼실 기어든다 말이야. 들어오는데 아무 짐승두 잡아든 게 없구 빈 게 활촉도 다 쏘버리구 없구 빈 활만 지구서 들어오거든.

"아이! 자네 어찌 이제 오는가?"

지금 가시애비가 야단이지.

"왜 이제 오는가?"

---

20 엉치 : 엉덩이.
21 저게다 : 저렇게 하다가.
22 잡겼겠다 : 잡혔겠다. '히' 대신에 '기'가 피동을 나타냄. 잡히다=잡기다.
23 아홉 시 만에 : 아홉 시쯤이 되어서. 아홉 시만(만큼) 해서.

"아이, 그런 게 아이라 아 배고파 죽겠는데, 내 이거 지금 아이, 지난밤 찬밥 고사하고 이런데, 배고파 내 이야기 천천히 할 건데 빨리 밥이나 주시오. 밥이나 주고 그다음 얘기합시다."

아이 빨리 밥을 가져오라 해서 지금 밥을 가져오는데 꿩을 고 맏이랑 둘째 사위 잡아온 꿩고기를 삶아 놓은 거.

"아이 이거 자네 묵을 거 내놨다."

이거 뭐 먼저 푹푹 퍼먹지 뭐. 다 먹구서 야는 트림을 껄껄 하면서,

"아, 얘기하지. 그런 게 아이라 '내 어제저녁 늦게 범을 만났다'는 게지. 범을 만나서 '옛다 모르겠다 범이나 잡자'하구 활을 쐈는데 화살을 스무 개 다 썼다. 다 쐈는데 가늠하게 내 다 겨누기로 밑궁디 견줬는데 고저 몽땅 밑궁디 맞았을 께라. 그래서 내 가보니까 정말 밑궁디 맞아서 쓰러졌더라. 그거 어떻게 무섭은지 내 가져 올 수 없더라구. 가져올 수 없어서 그래 우리 데리구 가서 가져오자구 이래 왔다."

들어보이까 그 정말 그렇거든. 아이, 이 맏사위와 둘째 사위는 '야! 저놈 정말 확실히 활 잘 쏘는 놈'이거든. 그다음에 발기를[24] 가지고 갔지. 가이까 정말 범이가 쇠(소) 같은 게 밑궁디 정말 화살 열개를 맞고 죽었다 말이야. 아이 그래까 그게 정말 놀랄 일이지. 야 이게야 이 사람 정말 보통 사람 아니구나. 기래서 발기에 실고 집으로 왔지. 집으로 오니까 그 범 잡았다고 지금 야단이 아이겠소? 이게 정말 명궁수다고 소문도 짜하고 지금 이렇지. 그다음에 이게 명궁수이까 어저는 야 이게 범까지 잡았으니까 이 가시애비라는 게 박좌수라는 영감이 어저는 그 셋째 사위밖에 없지 머. 다른 건 잘 아이 본다 말이야.

그저 무스거 토론해도 셋째와 토론하고 그저 그 사람만 고저 떠받들고, 그 사람만 곱다 하고 이런 판이야. 그래이까 그 맏사위와 둘째 사위는 아이 그게 질투가 생겼다.

"아이 썅! 저놈의 영감쟁이가 말이야 그 셋째 사위밖에 없다 하고, 우리는 사람으

---

24 발기 : 발구. 바퀴 없이 마소가 끄는 농기구. 방언으로는 걸채라고도 함.

로 보지도 애이쿠 말이야."

아이 이렇다 말이야. 그래서,

"에이! 저놈 우리 저 셋째를 그저 우리 저 모해를 해서 저거 저거 좀 그 우리
저 갚음하자. 저거 때문에 우리 저게 이태까지 위신 있었는데, 한거[25] 저거 때문에
없는데, 어떻게 저 골려주자."

이렇게 둘이 토론하구서 골려줄 궁리를 하지. 그래 둘이 토론하고 토론하다가
골려주자. 그래서 지금 그 집에 고 셋째 사위를 지금 돼지를 기르라고 돼지 새끼를
중돼지나 되는 거, 그 집에다가 그 가시애비라는 게 떡 줬지. 다른 사위는 아이
주고 그놈만 줬지. 아이 그래이까

"저거 돼지 새끼를 저거 우리 도둑질 해오자. 기래 저놈 새끼 어찌는가 보자."

기래 이쪽에 둘째는 있다가.

"아이 된다."는 게지 뭐.

"그거 도적질 하다가 들키기만 하게 되믄 그 사람이 활을 잘 쏘는데 근데 그
사람이 쏘는 활은 전부 밑궁디에다 쏜다. 밑궁디에 쏘이까 그거 우리 방지를 아이
하고 갔다가는 아이 된다. 방지를 하자."

"그 어떻게 방지를 하는가?"

"아이, 그 저 지금 활 쏘는 활촉은 그 철판을 뚫지 못하이까 그 철판을 여기다
이 궁디에다 떡 이래 대구 다른 데는 일없다.[26] 저 사람 거기는 아이 쏘니까 밑구녁만
쏘지. 꿩 밑궁디에다 쏘구, 범도 밑궁디에 쏘구 밑궁디 여기만 대믄 우리 되지 않겠
는가? 이래 일단 발견만 되믄 우리 그러자."

"아이, 그럼 그러자."

아이, 그래 그다음 철판을 대구서 지금 돼지 도둑질하러 가오. 그다음 이 문 옆에
가서 집안 보이까 집안에 불을 컸거든. 무슨 얘길 하는가 들어봤지.

---

25 한거 : 한 개. 하나. 한갓.
26 일없다 : 괜찮다. 문제없다.

들어보이까 지금 이 사위가 이 명궁수란 사람이 자기 부인과 옛말[27]하오. 옛말은 무슨 옛말 하는가 하이까 지금 도적이 들어오지. 자기 집으로 도적이 들오는 옛말하는데 그기 옛말에 그런 말 있지. 그기

"아! 온다 온다." 이렇지.

"아! 무시기 온다 온다" 이러지.

"아! 가까이 왔다. 가까이 왔다." 요렇지.

아, 그 사람들이 보이까 자기 오는 거 다 안다 말이야. 아이 그다음에는,

"야, 야! 가자. 이 돼질 훔치구 뛰자."

그래 뛰이까,

"뛴다 뛴다."

또 이런다 말이야. 이거 다 안다 말이야. 이거 다 알거든,

"야! 큰일 났다. 야! 우리 죽었다 이제."

이것들이 뛰지 뭐. 냅다 뛰는데 어디메 들어섰는가 하이까 그 저 메밀밭에 메밀꽃이 싹 하얗게 폈지 뭐. 아 메밀밭이 아이라 목화밭에 목화밭인데 목화가 꽃이 새하얗게 피었지. 저기 저 목화 방맹이기[28] 이래 달렸지. 아 거길 냅다가 뛰지. 냅다가 뛰는데 어찌는가 하이까 그 막 그냥 정신없이 뛰다 나이까 그 목화가 이래 앞으로 댕겼다가 뒤로 와서 엉치(엉덩이)로 그눔이 목화방맹이가 엉치를 탕 치믄 그 쇳대[29] 탁 맞히고 턱 맞지. 목화가 목화밭이 그렇게 큰데 아이 엉치를 자꾸 퉁퉁퉁퉁 치이까

"아이 이거 봐 저눔새끼 명궁수는 명궁수다. 그양 밑궁글[30] 쏘는구나."

그거 지금 사람 활 쏘는가 하지 뭐. 저러이까

"야! 저 놈이 명궁수는 명궁수로다."

그러면서 들구 그양[31] 뛰었다. 기래 이 사람 그양 에, 그렇게 그 가새애비 그 정말,

---

27 옛말 : 설화를 말함. 설화나 이야기를 중국 조선족 사회에서는 옛말이라 지칭함.

28 목화 방맹이가 : 목화송이가. 목화 꽃이 진 다음에 맺히는 열매.

29 쇳대 : 엉덩이에 대놓은 철판.

30 밑궁글 : 밑구멍을. 엉덩이를. 항문을.

그 사랑을 받으면서 행복하게 살았다는 게지. 게이까 활 쏠 줄 모르면서 이 꾀를 써서 전부 이렇게 했어.

---

31 들구 그양 : 그냥 냅다.

10) 나그네와 농부

옛날에 한 나그네가 이제 길을 가다가, 이 나그네는 본래 어떤 사람인가 하이까, 그 좀 지식이나 있고 글깨나 읽은 이런 선비가 지금 길을 가다가 해가 지게 되자에, 그 술 생각이 났지 술 생각이. 술이나 한잔 먹구 걸어 갔으믄 좋겠다 해서 그, 한 그 동네에 떡 가이까 어디 술집이 있는지 모르겠다 말이야. 그래서 지금 지나가는 농민을 보고 물어봤지. 이게 지금 그 선비라구, 그래 지식인이라구 아주 그 고상하게 말하느라구 뭐이라구 말하는가 하이까,

"여보, 이 동네에 주가가 어디에 있소?"

했거든. 주가라는 거 술집이란 말이지.

"주가가 어디에 있소?"

이랬다 말이야.

그래이까 농민은 아주 쓰겁지[1] 뭐. '이 글재나 한다구 그 술집이라 하든 될 거, 주가가 어딨소? 요놈 새끼 내 골리주겠다.' 그 농민 아주 총명한 사람이지. 그래,

"주가가 어디 있소?"

하이까

"주가 말이요?"

"예."

"이 마을에 주가는 없소이다. 박가, 김가, 마가, 최가 이거 다. 근데 주가는 없소이다."

에이 산골 놈, 산골 놈!

"내가 말하는 주가는 그런 주가가 아니라 술을 파는 집을 말하오." 그러이까,

---

1 쓰겁지 뭐 : 쓰지 뭐. 마음에 달갑지 않고 언짢음. 쓰겁다 : 쓰다의 함경도 방언.

"아 술을 파는 집 말이요? 술을 파는 집이야 있겠지요. 술집이야 있지. 그래 어디에 있는가? 술집이 당신께도 있는데……. 당신에게도 술집이 있소."

그러지.

"에이 이 사람 어디 내게 술집이 있소?"

그래 지나가는 사람이

"당신이 코밑에 게 술집이 아니요?"

아이 여기 코밑에 여기. 아이 이눔이 가마이 보이까 유다른 놈이라 말이야. 아이 그래 그 다음에는 이눔의 지식 분자, 선비라는 놈 새끼 요 새끼 요게 또 우픈[2] 놈이거든. 자기를 골려줄라 하거든. 자기를 골려줄 그 놈의 농민을 보고 골려줄깐 해서 어 그거는 그래 퇴임하구서,[3]

"여보 당신이 그 쓴 건 뭐요?"

이거 이 사람이 갓을 썼다 말이야.

"당신이 쓴 거는 뭐요?"

"쓴 거는 쓴 것이야. 아이 오뉴월의 외꼭지가 쓰겁지."

아 이 사람은 갓을 쓰겄다. 그래 그 다음에,

"아니 그 말은 그 말인 게 아이라 당신이 대가리에 쓴 게 뭐요?"

했다 말이야. 그래이까 이 사람이 뭐이라 했는가 하이까,

"대가리, 대가리가 쓴 게야 여름날에야 오이 대가리가 제일 쓰지."

또 이렇게 대답했다.

"야 그 사람이 그 말 못할 사람이군."

이 손님이 이 선비가,

"그 사람이 말 못할 사람이군."

하매 지나가더라오.

---

2 우픈 : 우스운. 옷브다 : 우습다의 고어.
3 퇴임하구서 : 그만하고. 그 정도로 하고.

11) 그런 걸 가지고 괜히

옛날에 한 고을에 원님이, 군수가 있었는데, 어느 고을의 군수가 자기 집에 인물이 절색인 부인이 있었다. 인물이 참 곱게 생긴 부인이 있었는데, 이 부인이 다른 남자하고 자꾸 그 외도를 한다는, 한다는 그런 소문이 자꾸 돈다 말이야. 외도를 한다는 소문이 도는데 아이, 이게 지금 군수가 말이야 이게 아이 될 일이지. 잘못하믄 큰 망신할 일이지. 근데 외도를 해두 뉘기하고[1] 외도를 하는가 하이까 그 사또님의 시종, 종과 지금 붙어 댕긴다 이런 소문, 기래이까 이 사또님이 말이야 돋았지.[2] 사또님이 돋아서 저 시종을 불러다가,

"네 이 놈, 바른대로 말을 해. 다 알고 있으니까 바른대로 말해라. 어느 여자하고 내통한 일 없느냐?"

그래 그 시종은 자기 그 사또님 부인과 내통한 일이 있는지라 그거 말하믄 담박 죽을 것 같거든. '야 요거 어떻게 넘기겠는가?' 이거 궁리를 하지. 그래서 이놈 새끼 시종이란 게 말한다는 게 뭐이라고 말하는가 하믄,

"에, 내 관계는 있습니다. 내 저 이 집 부인님이 외사촌이 사돈의 육촌의 딸의 그 손녀하구 내 그런 일 있수."

아, 가마히 계산하이까 무시겠지 모르겠다 말이야. 이 사또님이라는 게.

"음 그 사돈의 팔촌두 안 되는구나. 그 괜히 그 잘난 그런 것 가지고 괜히 그런

---

1 뉘기하고 : 누구하고. 누구와.
2 돋았지 : 화가 났지.

거사[3] 다 일이 없지."

그러더라. 제 안깐[4]과 그러는 걸 얼리는[5] 것도. 하! 하!

---

3 그런 거사 : 그런 것이야.

4 안깐 : 아내.

5 얼리는 : 속이는. 얼리다 : 속이다의 함경도 방언.

12) 인색한 지주와 총명한 머슴

옛날 한 시골에 아주 린색한 지주가 살고 있었습니다. 어느 해 봄 지주가 그 머슴을 보고 하는 말이,

"자네 우리 집 밥을 먹으면서 에, 나무(남의) 변소에 가 똥을 눠서는 안 되네."

나무 집 가서, 우리 집 밥을 먹구서 에, 나무 집 가서 똥을 누지 말라는 얘기지. 반드시 이제부터는 우리 집, 자기 집 변소에다 똥을 눠야 한다.

"그러지 않으면은 너는 이자(이제) 가을에 가서 삯돈을 아이 주겠다."

이렇게 지금 으르대지. 그래서 이 머슴 총각은 말이야,

"예, 그렇게 하겠습니다. 알겠소이다."

하구서 이제 정말 대답하구 '이놈의 지주 영감을 한 번 좀 톡톡히 버릇을 좀 고쳐줘야겠다.' 지주 영감을 '이거 찬찬히 버릇을 고쳐줘야겠다'는 생각을 하지.

하루는 지주가 마을과 멀리 떨어진 채석장에 가서 '돌을 실어오라.'고 분부했습니다. 그래서 머슴은 소 수레를 이제, 그 가지구 그 돌석장에[1] 가서 돌을 그저 반 수레 되나만 하게 싣고서 점심 전에 집으로 돌아왔습니다. 그러니까 지주 놈 영감이 말야,

"너 이놈! 왜 돌을 수레에 박아 싣지[2] 않고 일찌감치 돌아왔느냐?"

하고 고래고래 소리 지르지.

"예, 일하다가 그만 아 똥이 마려워서 돌아왔나이다."

---

1 돌석장에 : 채석장에.
2 박아 싣지 : 촘촘히 싣지. 가득 싣지.

이랬거든 이래.

"아, 뭐라고? 그렇게 먼 데 똥을 누러 온다 말이냐?"

이 지주가 이렇게 되묻지.

"아, 그러지 않으믄 어쩌겠습니까?"

"에이, 이 미욱한 놈아! 아무데나 똥을 누면 못 쓰느냐?"

"참 주인님두 아, 이 집 밥을 먹구 어찌 다른 데 가 똥을 어찌 누겠소? 그러다가 가을에 가서 삯돈도 못 받을라구요?"

자기가 이미 한 말이 있는 지주는 분이 상투 밑까지 치밀었으나 하는 수 없이

"됐다 됐다."

하고 호통을 쳤습니다.

"이놈아, 똑똑히 기억하거라. 이후부터는 어디 가서 일하게 되면 꼭 거기서 똥을 누란 말이다. 알아들었느냐?"

이렇게 말했다. 그래 이후부터는

"네 똥을 누러 집으로 오지 말구 거기서 똥을 눠라."

이렇게 허가했답니다.

그래서 이제 이렇게 지나는데, 탈곡도 끝났는 이런 가을인데, 이 머슴은 한창 그 두주[3]에서 곡식 두주에서 양식 마대를 메다 쌓는데, 시름이 놓이지 않는 그 지주가 어슬렁어슬렁 걸어 들어오고 있었습니다. 이때라고 생각한 이 머슴은 '이놈의 영감 어디 혼나봐라.'하고는 허리띠를 풀더니 양식 두주에 대고 똥을 쌌습니다. 이것을 목격한 지주는 너무도 어이가 없어서 어이가 없고 기가 차서,

"너 이놈, 미치지 않았느냐? 어디다 똥을 싸느냐?"

하고 대성지욕[4]을 했습니다.

"하이구 주인님두 아, 그래 주인님께서 나보구 어디 가서 일하면 꼭 거기에 가서

---

3 두주 : 뒤주.

4 대성지욕 : 큰소리로 하는 욕.

똥을 누라고 하지 않았습니까?"

하고 태연하게 대답했습니다. 말문이 막힌 지주는 턱을 다알달 떨 뿐 코를 싸쥐며
뒤를 보는 머슴을 외면하는 수밖에 없었다고 합니다.

13) 새각시의 밥 짓기

옛날에 그 한 양반 가문에서 무남독녀를 고이고이 길렀습니다. 기리까 무남독녀니까 딸 하나밖에 없지 뭐. 이래서 이거 고이고이 길렀는데 시집갈 나이가 다 되었지만 밥 지을 줄을 몰랐다 말이야. 밥할 줄 모르지. 개(그래) 고 어루만져 키우니까 밥할 줄 아오? 그래서 시름이 놓으지 않았지마는 아 그거 어루만지다나니 밥도 아이 시켰다. 그래 어머니가 그양(그냥) 그랬지.

"야, 니 인젠 시집을 가겠는데 밥 지을 줄도 모르니깐 니 어떻게 하겠는가?" 이렇게 그양 타일렀지마는 그 오히려 그 처녀가 말이야,

"그거 누가 못 짓겠는가? 밥을 못 짓겠는가? 나는 보기만 하믄 다 한다구." 이래 우쭐랑거렸지. 그래 시집을 갔다.

그래 시집을 갔는데, 시집을 간 이튿날 아침에는, 옛날에는 그 시집을 간 이튿날 아침에는 새각시가 밥을 지어야 되거든, 밥을 지어야 되지. 그래 시아버지, 시어머니 그리고 잔치에 온 친척들이 가마목에[1] 앉아서 지금 그 쌀을 씻고 밥을 짓는 새각시를 아주 대견스럽게 지켜보고 있었지. 그런데 새 각시는 정작에 그 가마목에 앉으이깐 말이야, 아이 이거 밥을 어떻게 짓는지 지금 잘 궁리나지 않는다 말이야. 쌀은 어떻게 씻고, 밥은 어떻게 안치고[2] 물은 어느 마히(만큼) 주겠는지 아이 이거 알아야지 그렇다고 시어마이게 물어보자니 이거 부끄럽고 이래서 두루두루 생각해서 에 밥을 안쳤다 말이야.

기래 밥을 안쳤는데, 밥을 안치구 이제 시어머니가 불을 때구, 자기가 이제 그

---

1 가마목에 : 부뚜막에. 때로는 아랫목을 지칭하기도 함.
2 안치고 : 삶거나 찌거나 끓일 재료를 솥이나 시루에 넣고.

가마목에 앉아서 밥이 될 때까지 기다리는데 한참 후에 가마에서, 가마 안에서 말이야, 밥이 타는 냄새가 아 물씬 나온다. 그러니까 아 새각시가 급해서 가매 뚜껑을 열어보니 밥은 까맣게 타서 먹을 수 없게 됐어. 게, 기래 이것을 본 시어머니가 혀를 끌끌 차면서,

"아유 참 이거를 어쩐다. 오늘 아침에는 땔나무가 너무 바싹 마른 것을 가지고 불을 땠더니까 이렇게 밥을 싹 태웠구나. 애기, 절대 근심하지 말게, 다 내 탓이네."

이라구 그 결점을 시어머이가 싹 끌어안았다 말이야. 내 탓이라 하지. 내 바싹 마른 나무 지내[3] 달게[4] 때서 그 밥이 탔으이 네 며느리 잘못해 그런 게 아이다. 아이 이렇게 지금 끌어안는다 말이야. 게까(그러니까) 며느리는 요거 고비를 넘겼는데 '아이고 이거 어떡하겠는가?' 근심이 많지.

그래 요번에 점심에 또 밥을 하거든. 점심에 밥하는데 가마이 보이까 그게 내 밥한 거는 불을 잘못 때 그런 게 아이라, 물을 적게 여서(넣어서) 이게 밥이 탄 거 같거든. 제 생각에 지금 그래 확실히 그렇지 뭐. 기래서 이번에는 점심에 물을 좀 마이 옇었다. 물을 얼마나 옇으면 좋은 거 모르니깐 물을 좀 마이 여야 아이 타겠거든 그래서 물을 좀 많이 부셨다[5] 말이야. 많이 부셨다 이 너무나 많이 부셨던 모양이라. 기래 그 시어마이 불을 땠다 말이야. 불을 떡 때니까 어떻게 됐느냐 하믄 말이야 아이 그래 가마에서 식식 짐만 나고 말이야 자꾸 불은 꿀렁꿀렁 끓는데 시간은 퍽이나 지났는데 밥이 아이 되거든. 그다음에 척 열어봤지. 척 열어 보이까 또 불렁불렁 끓지. 또 닫았지. 또 열어봐도 불렁불렁 끓지. 그래 자꾸 열었다 닫았다 하는 바람에 아 그다음에는 아 죽이 싹 됐소. 이 밥이 죽이 돼서 아이 이거 각시 지금 어색하지. 그런데 또 시애미가 또 말하지.

"아이구! 이거 또 내 탓이다. 에 며느리 탓이 아이다. 이거 또 내 탓이다. 내

---

3 지내 : 너무. 아주.
4 달게 : 뜨겁게.
5 부셨다 : 부었다. '붓다+었다'를 탈락이 아닌 연철로.

오늘 점심에는 아침에 경험을 살려서 너무 바싹 난 거[6] 아이 때구 좀 누빈 거[7] 땠다. 그래 불이 약해서 죽이 됐는데 이게 네 탓이 아이다."

고 이 늙은 게 아이 됐다. 이렇게 나섰다. 그래 며느리 그 고빌 넘겼지 또.

아이 저녁밥을 또 짓거든. 아이 이번에는 아침에는 물을 작게 부어서 다 타고 점심에는 물을 많이 여서(넣어서) 죽이 됐고, 이번에는 어떻게 하믄 되겠는가? 이번에는 내 그 사람이 자기 생각에는 물을 적당히 옇는다고 물을 여었지. 적당히 옇고 또 밥을 지었어. 짓는데 아이 그다음에 이 시어마이 불을 땠지. 불을 땠는데 아이 이번에는 밥이 또 싹 설었다. 밥이 삭 설게[8] 됐지. 다 익제 애있거든.[9] 그 다음에 시어마이 뭐이라 하는가 하이까 이번에는 아이 그랬지.

"야, 나도 어저는 모르겠다. 이 밥이 되서 이렇게 설구 타구 하는지 나두 정 모르겠다."

이렇게 됐지. 기래 이거 망신이거든.

이게 이 각시가 밥을 지을 줄 모른다는. 그래 그 여파래[10] 앉은 친척들은 각시 밥할 줄을 모른다는 거 벌써 다 알고 있는데 그 시어마이 그양(그냥) 그 보호를 해놓지. 이렇게 감싸줬는데 이번에는 나도 모르겠다 하이까 각시가 낯이 빨개졌다. 새빨개 나서 집에 돌아와서,

"어머니 내 잘못 했습니다. 내 어머니께 밥 짓는 거 배웠겠는 거, 이거 정말 이번에 가서 큰 망신했다."

고 했지. 기래서 어머니가 잘 알게 줘서 집에 와서 그다음부터 밥을 지으니까 잘 짓더라.

---

6 바싹 난 기 : 바싹 마른 것.
7 누빈 기 : 눅눅한 것. 젖은 것, 축축한 것.
8 밥이 설게 : 밥이 덜 익게.
9 익제 애있거든 : 익지 않았거든.
10 여파래 : 옆에.

14) 늙은 양주[1]의 후회

멀고 먼 옛날에 그 코가 떨어진, 코이 없다 말이야. 코이 떨어진 영감과 입이 특별히 큰 마누라가 한집에서 살고 있지. 마누라는 입이 커서 이러치[2] 크구, 대구입[3]이라 입이 크고, 그다음에 하나는 코이 어떻게 돼서 없지. 고거 콧구멍 팽하지. 콧등이 이런 게 없다 말이야.

이게 다 허물이 없는[4] 두 양주가 살고 있었는데, 옛날에 그때 말이야, 어느 날에 영감이 밖에 나가 들을라니까 어느 절에 도술이 높은 도사가 있다 하지 도사. 도사가 있는데 그 도사를 찾아가기만 하면은 자기 그 무슨 소원을 다 성취해 준다는 거지. 그래 이 영감이 소원이라면

"내 코이 없는데 코 맨들어 주는 게 소원이다."

이렇지. 노친[5]이 소원이라는 거

"내 입이 너무 커, 요 입이 제대로 맨들어 주믄 이게 소원인데…"

아이 이 영감이 기래 그 절당을 떡 찾아갔다 말이야.

그래이까 그 중을 만나서 자기가 찾아온 사연을 이얘기 하이까 그래까[6] 도사가 하는 말이, 그 영감께 이러지.

"에, 어떤 일 있어도 자기만 생각하고 자기만 생각하고, 이 옛날 영감들이 이렇지

---

1 양주 : 부부.
2 이러치 : 이렇게. 이만큼.
3 대구입 : 대구는 입이 큰 생선 중의 하나.
4 다 허물이 없는 : 서로 허물이 없는.
5 노친 : 늙은 어버이. 여기서는 '노파'를 말함. 노친네 : 노파(평안도 방언).
6 그래까 : 그러니까.

뭐, 자기만 생각하고 남을 잊어서는 안 된다. 이거 내 해줄게. 코 맨들어 줄게. 자기만 생각하고 남을 잊어서는 안 된다."

이러구 영감에게 부탁하구서는 에 손을 이래 뻗쳐서 영감의 얼굴을 슬슬슬 문지르더니 코이 떡 생겼지. 그래 어저는 '네 줴봐라.[7] 코이 아이 이거 정말 코이 생겼거든. 아이 이 그래 이거는 정말 재간이라 말이야. 손을 이래 슬슬 대던게[8] 코이 떡 생기지. 그런데,

"니 돌아가서 니 절대루 자기만 생각하지 말고 남을 생각해야 된다. 그렇지 애이믄 니 자기만 생각하고 남 아이 생각하믄 또 코이 없어진다. 어떻게든 명심해라."

"예."

그저 백 번 맹셀 했지.

"네 제발 아이 그러겠습니다."

하구 맹세를 했다 말이야.

아 그래 그다음에는 영감이 그렇게 저기 코 가지고 손질해 가지고 오이까 노친[9]이 또,

"아이고 야! 나두 거기 가서 입을 고치겠다."

이러지.

"아이구 그러믄 노친도 가오."

그래서 노친도 가서 떡 사정 얘길 하니까 또 이렇지. 또 도사가 말하는 긴데, "절대루 자기만 생각하믄 아이 된다. 남을 생각해야 된다. 무슨 일을 부딪히믄 먼저 남을 생각해라. 자기 먼저 생각하게 되믄 또 그 입이 그렇게 된다."

"아, 네 절대루 맹세를 하지요."

맹세를 하구서,

"아, 그럼 내 입을 고쳐준다."

---

7 줴봐라 : 쥐어봐라.

8 대던게 : 대니까. 만지니까.

9 노친 : 나이 든 사람. 아내. 여기서는 후자를 말함.

손을 슬슬 만지이까 입이 정말 제대루 아주 앵두입을 맨들어 줬지.

"됐다."

좋아서 집으로 불이 나게 돌아왔지. 영감도 좋아하구 그저 둘이 고저 웃음이지.

"아 내 코 이거 봐라."

"내 입을 요거 봐라."

지금 이런 판이요. 근데 지금 어떻게 떡 됐는가 하이까 아, 어느 날에 말이야 집에 그 땔나무가 뚝 떨어졌지. 어저는 땔나무가 없다 말이야. 그래서 아 이 영감이 저녁 늦게 나무 지게를 지구서 이제 그 나무하러 떠나면서 노친들은 어저 어떻게 말하는가 하이까,

"내 낭그[10] 즉각 해가지고 올 터이까 그 사이에 기름떡을 구울 준비해라. 우리 오늘 저녁에 기름떡 굽어 먹자."

이렇거든. 그래이까 노친이,

"아 그렇게 할 테이까 빨리 가 낭그를 가지고 오라."

그래 지금 떡을 지금 굽기 시작하지. 굽기 시작하는데 이 마누라는 요때 요 남을 먼저 생각하지. 남이란 거 고 영감 먼저 생각해야겠는데 아 고 기름떡 구워놓으면서 제 굽으면서 굽자마자 제 입에다 제깍 집어옇구 제 입에다 제깍 집어옇구 영감 먹으란 말두 아이 하고. 아이 영감 먹으란 말도 아이 하니까 아이 그다음 어떻게 되겠소? 자꾸 먹다 보이까네 아이 노친 입이 이마이(이만큼) 커진다 말이요.

"저거, 저거, 저거……."

이랬지. '아뿔사 이거 남을 먼저 생각 아이 하니까네 내 입이 이렇게 되었구나.' 이래 됐다 말이야. 그래서 그게 이게 도사의 말이 듣지 앤쿠서 그래서 입이 제대루[11] 됐지.

아이 그다음에는 이번에는 어전 어찌겠는가? 노친 입이 그렇게 됐는데 영감에게

---

10 낭그 : 나무를. 남+ㄱ+를.

11 제대루 : 원래 모습대로.

또 떡을 넘겨줬지. 넘겨줬는데 아이 노친이 문득 이랬지.

"아이구! 영감 코이 뚝 떨어졌소."

영감은 그때 또 어떤 생각했는가 하이까 이랬지 뭐. '아이 저 노친이 자꾸 남을 생각하라 했는데 떡을 지만 먹는다. 나는 아이 생각한다.' 이거 자꾸 그 떡이 노친이 먹는 게 자꾸 아깝아서 말이야 자꾸 요런 궁릴 했다 말이야. 그래이까 영감의 코두 다 없어지지. 다 없어져서 여 노친이,

"아이구 영감의 코도 없어졌소. 우리 둘이 다 한가지요 그래이까 방법이 없소. 어저는 싸지. 인젠 코도 얻을 수 없고 입도 얻을 수 없으니 어저는 이라구(이러고) 말기요."

하고 말았다.

15) 당나귀 알

옛날에 한, 그 산골에 오첨지라는 그 멍청이가 살고 있었어. 오첨지라는 멍청이가 살고 있었는데, 하루는 아내가 명주 한 필을 내주면서,

"서울 구경도 할 겸 이 명주를 가지고 가 팔아서 무엇이든지 집에 소용되는 물건을 사가지고 오라."

고 했지. 무엇이든 좋으이까. 이 부인은 똑똑한데 남편이 그 좀 부실한 남편이지. 그래 '무엇이든지 이거 팔아 가지고 니 소용되는 물건을 사가지고 와라. 그 돈 다 써도 좋으니까 사가지고 오라' 했다 말이야.

그래 이 오첨지는 서울로 떡 올라가서 명주를 팔았지 뭐. 팔아가지고서리 남대문 옆을 지나다가 길옆에 있는 그 수박장사를 떡 만났다 말이야. 그 수박장사꾼을 만나지 수박 파는, 그래 그 산골놈이 수박이란 거 못 봤지. 그런 거 그게 맛이 어떤지 모르고 기래 그,

"여보오, 이게 뭐요?"

그랬다 말이야. 기래이까 그 장사꾼이 이거 가마이 올려다 보이 어디서 그 수박인 것도 모르고 물어보이까,

"그게 알이다."

그다음에 이눔의 새끼 무시기라 물어보는가 하이까,

"이게 무슨 짐승의 알이요?"

이렇게 물어봤다. 기래 그 장사꾼이 '이게 그 머저리구나.' 이렇게 생각해서 그놈을 좀 골려줘야겠다.

"오, 이게 당나귀 알이요."

이랬다. 이게 당나귀 알이요. 그 수박 가지고[1] 당나귀 알이요 했다.

아 그래이까 이 오첨지란 사람이 '당나귀도 알을 낳는구나. 이게 우리 집에 당나귀 써야 된다. 이 알을 가지고 가서 알을 까믄 당나귀 나오겠으이까 아이 이게 좋은 일이라 말이야.'

"아이 이게 값이 얼매요?"

하이까 값이 영 눅지[2] 뭐. 어이 그거 몇 푼 애이 한다.

"아, 그거 좋구나. 그럼 이 당나귀 알을 어떻게 깨오는가?"

그 지금 장사꾼에게 물어보지.

"이 당나귀 알을 어떻게 하믄 당나귀 나오는가?"

"아, 집에 가서 아랫목에 뜻뜻한 데 가서 포대기에 싸서 잘 이래 놔두믄 거기서 당나귀가 그리 나온다."

는 게지. 야 이게 좋은 일이거든.

그래서 그 다음에는 떡 그거 지금 가지구 집으로 왔다 말이야. 그랬는데 그 아내라는 것두 그렇다 말이야. 아이 그 수박을 본 아내가 가마이 생각해 보이 그 별난 거 가지고 왔거든. 그거 아내두 그 산골에 있다보이 그 수박 못 봤다 말이야. 아무리 똑똑해두 '아이 이거 무시기 퍼르 퍼런 게 이거 줄이서리 뚬벙 뚬벙[3] 난 게 무시긴지 모른다.'

"아이 이거 뭐인가?"

이 남편이,

"어, 그 잘못하믄 그 터지겠소. 그게 당나귀 알이라는 게요."

"아, 무슨 소리요? 당나귀 알이라니?"

"아 그거 깨우믄 거기서 당나귀 나온다 말이요. 우리 집 당나귀 얼마나 수요되요? 당나귀 있어야 말이야 무슨 밭에 나가 일도 하고 수레도 끄스고[4] 하겠는데 당나귀

---

1 수박 가지고 : 수박을 두고서. 수박을.
2 값이 영 눅지 : 값이 아주 싸지.
3 줄이서리 뚬벙 뚬벙 난 게 : 줄이 듬성듬성 그어진 것이.

알이다."

"아 그러냐구? 그 어떻게 하는가?"

"그 보자기에다 빨리 싸서 가매에다⁵ 불을 뜨뜻이 때라."

아이 그래서 그다음에는 아이 이 당나귀 알을 지금 그 수박에다 싸서 그기다 또 이불 씌아 놓았다.

사흘이 지난 다음에 그 이불을 그 마누라가 뱃겼다. 하 뱃기니까 당나귀가 나온 게 아이라 다 썩어서 막 이래 헤쳐지는데 썩은 냄새가 코를 콱 지르지. 아이 그다음에는 아이 그 오첨지라는 그 나그네가 말이야 남편이 아이 그다음에는 썩은 수박을 들어서 그거 탁 들어서 탁 쿼내때리면서⁶ 말이야 내삐렸지.

"에이 더럽은 거."

근데 고때 고 나무 밑에 고 옆집 당나귀가 당나귀 새끼가 고 아래서 눕어 있었다 말이야. 그래 그거 탁 내삐리니까 그 당나귀 어쨌겠소? 놀라서 파닥닥 뛌겠지. 파닥닥 뛰이까

"어차 그게 그렇구나. 당나귀 이렇게 나온 게구나. 아이 그거 똘가⁷ 가자."

아이 똘가 가니까 그 아무개네 집으로 들어간다 말이야. 들어가니까 당나귀만 붙들지. 당나귀 막 붙드이까 그 집 주인이,

"여보, 당신이 어찌 그 당나귀를 그리요?"

"아이, 이게 내 기요."

"어떻게 당신 기요?"

"내 당나귀 알을 사다가 오늘 깨운 기요."

"에이, 이 머저리 같은 놈, 당나귀 알은 어디메 있냐? 이거 우리 집 당나귀다." 그러더라구.

---

4 끄스고 : 끌고.

5 가매에다 : 가마솥에다.

6 쿼내때리면서 : 쥐어 내던지면서.

7 똘가 : 쫓아. 똘구다 : 쫓다.

16) 술꾼의 논쟁

그 옛날에 두, 두 선비가 술을 이제 실컷 마시구서 바깥으로 나왔다. 바깥에 척 나와 보이까 밤은 캄캄한데 하늘은 이래 인제 달이 둥 떴지. 달이 둥 떴다. 그래 한 선비가 뭐이라 하는가 하이까,

"여보, 저게 뭐요?" 하이까

"에이, 그게야 달님이요." 하이까

이놈이 있다가

"에이, 그 사람 그게 어디 달님이요? 그게 햇님이요."

그랬지.

"그게 햇님이요?"

그래 햇님이 애이라느니(아니라느니) 달님이라느니 서로 둘이 장난한다 말이요.

"아이 저게 어찌 달인가? 저게 해다."

"저게 어데 핸가? 저게 달이다."

둘이 자꾸 지금 이 쟁론이라. 그래 지나가던 사람이 떡 들어보니까 두 사람이 그거 지금 쟁론하거든. 그래 이놈들 지나가다,

"여보 친구, 저게 달이요 해요?"

하이까 이 친구라는 게 가마이 보이까 '그놈들이 별난 놈들이거든.' 그래서 친구가

"그게 글쎄 달인지 핸지 나는 모르겠소. 나는 이 고장 사람이 아이니까 내 그거 어떻게 알겠소?"

이랬다. 이렇게 대답했다.

"아! 그렇지. 이 고장 사람이 애이니까 그거 모를 수 있다."

그거 또 이러더라고. 그거 주정뱅이 하는 소리다.

구연자 2 : 배금순 (여, 70세)
고 향 : 함경남도 풍산
출생지 : 안도현 장흥향 오봉촌
채록 장소 : 안도현 장흥향 장흥촌
채록 시기 : 2000.7.26.~2000.7.28.
소재원 : 친정 어머니

1) 해와 달

옛말[1]을 우리 엄마한테서 들었는데, 그래 저기 저 어머니 우리를 늘 데리구 앉아 옛말을 하는데, 그래 옛말을 많이 들었슴다 듣기는.

그런데 이건 〈해와 달〉 하는 건데, 그래 저 옛날에 예 저기 저 아버지, 엄마, 아들하구, 딸하구 요래 네 식구 살았습니다. 네 식구 살다가 아버지는 사망되구 엄마가 예 그 저기 저 딸하구 아들하구 고래 둘 데리구 사는데, 그런데 저기 그냥 엄마가 품팔이 해 살지 머. 그래 품팔이 해 사는데, 남의 삯베를 짜는데, 옛날에 베 짜는데 베 내줄러[2] 가면서 아들보고서리[3] '내 가서 베 놀라[4] 갈테니까나……'

옛날에는 영 범이 많았습니다. 산양으로[5] 드믄 드믄 집이 살았는데, 그래 범이 많아서 엄마가 일하러 가면서리,

---

1 옛말 : 옛날이야기. 설화. 이를 중국 조선족들은 옛말이라 함.
2 베 내줄러 : 베 날러 주러. 베 짜 주러.
3 아들보고서리 : 아들에게.
4 베 놀라 : 베 놓으러. 베 짜러.
5 산양으로 : 산의 양지쪽으로.

"너네 누가 문 베껴 달라[6] 해도 문을 베껴 주지 말라. 내 가서 저기 일하고 저녁에 와서 내 딱 베껴 달라 해야 문을 베껴 달라"

했단 말입니다.

그래가지구 엄마 일할라 갔는데, 범이가 말이제[7] 집 뒤에 와서 이거 엄마가 하는 소리를 다 들었어. 다 들었단 말입니다. 그래 듣구서리는[8] 그다음에 엄마 간 다음에 글쎄 저기 저 와가지구서리

"야들아, 문 베껴 도고."

그래 저기 그 남자는 오빠구, 여자는 동생인데 그래.

"어! 우리 엄마 목소리는 애이라구" 그러니까느

"야, 내 하루 종일 베 매구[9] 다이다나니까 목이 쇠서[10] 그렇지, 내 네 엄마 옳다.[11]" 그러니까,

"아이, 그럼 엄마 저기 손 들이미시오. 문으로 손 들이미시오"

그러니까 손을 들이민 거 보이까나 손에 털이 부시부시하단 말입니다. 그래,

"우리 엄마 손은 아이 이런데 어째 손이 이런가 우리 엄마 손이 아이다" 그러니까,

"하루종일 비베서[12] 손에 풀이 발려서 그렇지 내 네 엄마 옳다."

그런데 이 오래비는, 남자는 아이 베껴주자는데 여동생이 엄마라 하이까나 문을 베껴 줬단 말입니다.

그래 들어와가지구서리는,[13] 들어온 게 엄마 아이지 뭐. 범이지 뭐. 그러니까 엄마처럼 그저 대수[14] 가장하고 수건이랑 쓰고 이래 들어왔는데, 그래 아이들 둘이

---

6 문 베껴 달라 : 문고리를 벗겨 달라.

7 범이가 말이제 : 범이 말이야. '범이가'의 '가'는 주격조사 중첩.

8 듣구서리는 : 듣고서는.

9 베 매구 : 베를 짜고.

10 쇠서 : 쉬어서.

11 옳다 : 맞다.

12 비베서 : 비벼서.

13 들어와가지구서리는 : 들어와서는.

구들에 앉아 있는데 들어와 가지구 부스께[15] 옆에 앉으면서리 자기 범이니까 구들에 올라 못 오구[16] 부스께 옆에 앉아서 그 남자 애 보구서는,

"야, 니 동생을 내리워 보내라 내 젖을 먹이겠다."

그래 그 남자, '엄마 아인데 아이 내려보낼라이.' '내려 보내라' 그러니까 자꾸 '내려 보내라' 하니 그래서,

"엄마 내 저기 좀 나가 똥 싸고 오겠다." 하니까

"여기 바닥에 내려와 눠라. 한제[17] 나가지 말라." 그러는 거,

"아이 엄마 똥 꿀내[18] 나서 어쩌겠소. 한제 나가서 누구 오겠소." 그러니까

"그럼 얼씨둥[19] 나갔다 오너라."

그래 한제[20] 나가가지구서는 여동생을 제꺼덕 데리구 나가서 저 앞마당에 우물이 있는데, 큰 낭기[21] 있는데 낭기 우로 올라갔단 말입니다.

그랬는데 이 범은 집에서 암만(아무리) 기다려도 아이들이 아이 들어오지 뭐. 아이 들어오니까 그다음에 떡 나가 본게[22] 암만 찾아도 없단 말이. 그다음에 떡 낭기(나무) 우에 올려다보니까, 그 오누이 낭기 우에 올라가 있지 머. 그래

"야, 너네 어떻게 거기로 올라갔니?"

그러니까나 저기 아이들이 대답하기를 옆집에 가서 깨기름을 얻어다가 바르고 올라왔다 하이까. 그래 떡 가서 기름을 얻어다 바르이까 미끄러워 못 올라가겠단 말이.

"야, 미끄러바 못 올라가겠다."

---

14 대수 : 대충.
15 부스께 : 부엌. 부뚜막.
16 올라 못 오구 : 못 올라오고. 부정조동사 도치.
17 한제 : 바깥. 한데.
18 똥 꿀내 : 똥 구린내.
19 얼씨둥 : 얼른. 얼씬 : 얼른(경상도, 함경도 방언).
20 한제 : 바깥에.
21 낭기 : 나무가. 남+ㄱ+이.
22 나가 본게 : 나가 보니까.

그러니까 여동생이 있다가

"저 뒷집에 가서 도끼를 얻어다가 우리 톡톡 찍구 올라왔다"

그랬다 말이. 그러니까나 그 소리를 듣구서 가서 정말 도끼로 톡톡 찍으이까 올라왔단 말이 도끼로. 아이, 그래 이놈 범이 거의 올라오지 뭐. 그러니까나 아이 남자는 바빠났지[23] 뭐.

그래 가지구서리 하늘을 보구 빌었단 말이.

"하느님, 하느님, 우리를 살리려거든 바(밧줄) 내려보내 달라! 우리를 제발 살려달라" 하, 그래 범은 거의 올라오지. 그래 가지구서리 하늘에 대구 비니까나 하늘에서 정말 바이[24] 내려왔단 말이. 그래 그 바 가지구 아이들은 타구 올라갔지.

올라간 다음 이놈 범이 그 소리를 들은 채로 자기두 가서,

"하느님! 하느님! 우리를 살리겠으믄, 나를 살려달라구. 나를 살리겠으면..." 말을 거꾸로 했단 말이.

"(나를 살리겠으면) 썩은 바를 내려보내구, 나를 죽이겠으면 새 바 내려 보내라."

그래 하늘에서 바 떡 내려왔는데 썩은 바 내려왔단 말입니다. 그래서 아이들은 새 바 내려와서 타구 올라갔는데 그래 범은 올라가다가 뚝 떨어져서 수수밭에 떨어져서 그래서 옛날에 말하는 게 그런단 말입니다. 그 수수대가 뻘겋게 물든 게 그 범의 밑궁기 찔려서 뻘겋다구 이렇게 얘길 하구, 그래 하늘로 올라간 이 오누이는 여동생은 무서워 밤에 못 다닌다구 해 되구, 남자는 달이 됐다구. 옛날에 이런 옛말 이야기 있었다. 하하!

---

23 바빠났지 : 급하게 되었지.
24 바이 : 밧줄이.

2) 여자는 왜 야수[1] 같다 하는가

그래, 생활은 잘 살았는데, 아들 삼형제 낳구 딸이 없어서 기양[2] 그러다가서리 딸을 한나 낳았담다.[3] 딸을 한나 낳았는데, 이 딸이 야수 질을[4] 했는 모양이라. 그래, 아이 황소두 몇 마리 매구,[5] 살림은 아주 잘 살았는데, 이 딸이 커가지구는 한 열대여섯 먹은 다음에 아이, 하루밤에는 자꾸 깨니까 소가 죽었더래요. 그래가주고[6] 이상하다구 그래, 큰아들보구[7] 아버지가 말했지.

"오늘 저녁에 지켜라. 소를 뭐이 죽이는지 지켜라" 하이까

큰아들 밤에 지키구 있는데, 한밤중 되니까 에, 자기 여동생이 말이, 저기 나오던게,[8] 뭐 달 보구서리 손 빌구 절을 하던게, 야수로 변해 가지구서는 절 하구 대굴대굴 구불던게,[9] 야수 돼 가지구서는 소야간에[10] 들어가서 소 밑궁기에다 손을 쏙 밀어 넣어 가지구서는, 소간을 쑥 꺼내 먹구서리는 그다음에는 입을 썩 딱구 나오더람다. 그래가지구서 아들이 봤지. 그런걸[11] 보구서리 그다음 집으로 들어왔는데,

---

1 야수 : 여우.

2 기양 : 그냥.

3 한나 낳았담다 : 하나 낳았답니다.

4 야수 질을 : 여우 짓을. 여우 노릇을.

5 매구 : 매어놓고(기르면서).

6 그래가주고 : 그래서. 그리하여.

7 큰아들보구 : 큰아들에게.

8 나오던게 : 나오더니.

9 구불던게 : 구불더니. 구르더니.

10 소야간에 : 외양간에.

11 그런걸 : 그러는 것을.

아침에 아버지가 물어 보더랍다.

"그래, 소를 죽이는 거 봤는가?"

그러니까 자기 여동생이 그렇게 했다는 말을 차마 못해가지구서리[12] '못 봤다' 했지. 그래 그다음에 이튿날에는 둘째 아들을 '니 지켜라.' 둘째 아들이 정말 그 이튿날 또 지키는데 또 그 모양이더랍다. 또 밤중에 여동생이 나와 가지구서는, 또 저기 달보구 손 빌구 절하더니만, 데굴데굴 구불어서 야수 돼 가지구는 소 밑궁기에 손을 넣어서 소 간을 꺼내 먹구 그러더랍다. 그러니까 소 벌써, 황소 세 마리나 죽었단 말임다.

그다음에 사흘 날에는 셋째 아들을 보구 '네 지키라' 했지. 그래 그다음에는 셋째 아들이 지키는데, 정말 아이! 그 여동생이 나와서 그렇게 하더니만 소간 빼 먹구 들어오더랍다. 그래 그 다음에는 셋째 아들은 아버지보구 말했지 뭐. 그렇다는 사실을 말하이까 아이, 자기 그 딸을 금싸라기처럼 키우는데 제 딸을, '네 여동생을 잡아먹자'구 그런다구, 막 아들을 '당장 나가라'구 쫓아냈단 말임다. 그래가지구 셋째 아들은 쫓기워 나갔지 뭐. 그래 쫓기워 나가 먼데 가서 이래 사는데, 그다음에 이 야수가 그 집구석에서 그저 뭐 짐승이라는 짐승은 다 잡아 먹구. 사람아부라[13] 다 잡아 먹고 불야수(不여우)가 돼 가지구서는 빈집에서 시방 혼자 살지 뭐.

그런데, 이 셋째 아들이 이젠 쫓기워 나가가지구서리 먼 곳 가서 안해를 얻어 가지구서 각시를 얻어 가지구 재미있게 살지 뭐, 사는데. 한번은 자기 집에 가보겠다구서 그러이까 그 각시가 말하더래요. '가지 말라'구 각시는 이걸 안단 말임다. 그래 '가지 말라구. 가믄 당신은 돌아 못 오구[14] 죽으이까 가지 말라'구 그러더랍다. 그런 것두,[15] 그냥 내 집에 한번 가 보구 오겠다구 그냥 가겠다구 하니까 그 여자가 말임다, 약을 세 병사리[16] 주면서 하얀 병사리 하나, 또 빨간 병사리 하나, 파란 병사리

---

12 못해가지구서리 : 못해서.

13 사람아부라 : 사람까지도. 사람마저도.

14 돌아 못 오구 : 못 돌아오고. 부정조동사 도치.

15 그런 것두 : 그런 것도. 그럼에도 불구하고.

한나, 그래 세 병사리 주면서 '이거 바쁠 때[17] 사용하라'고 그러더랍다.

그래가지구 그다음에 이 남자가 그 약 세 병사리 가지구 자기 원래 집터로 왔지 뭐. 오이까 뭐 집이라는 거는 풀이 왕성하구 그래 집에 떡 들어와 보이까느 아이! 그게 정말 불야수[18] 돼 가지구 덩때[19]에 올라앉았다가 뛰여 내리면서, '아이구, 내 셋째 오빠를 마저 못 잡아먹어서 그런데, 이제는 셋째 오빠를 마저 잡아먹게 됐구나.' 셋째 오빠가 왔다구 좋다구 막 그저 뛰며 그러더래요. 그러이까나 '아이구 이게 정말 각시 가지 말라던 거 이래 왔으니까, 나는 이젠 영락없이[20] 죽었다' 생각하구서 는 그다음에 여동생이 막 뭐 점심을 해주겠다구 그러면서 그러더랍다.

거 가만히 궁리하니 어떻게 하나 그 눈을 피해 도망을 쳐야 되겠는데 그래가지구,

"뒤에 밭에 가서 응, 염지[21]를 캐다가 염지 채를 해 달라" 그러이까,

"아, 저기 저 오빠가 달아나자구 그러는가?" 그래

"니 팔목에 실을 매구, 내 팔목에 실을 매구, 내 아이 간다. 그러이까 나가서 캐라." 그러이까 아 정말 해쭉해쭉 돌아다보면서 겨우 할 수 없이 나가더랍다. 나간 다음에는 뭐 냅다 그저 실을 끊어 던지구 냅다 도망쳤지 뭐. 도망을 치는데 막,

"내 저 오빠를 못 잡아먹어서 여태 이러구 기다리구 있는데, 못 잡아먹는다." 하며 막 뒤에 쫓아오더래요.

쫓아오니까 뭐 바빠서[22] 각시 시키는 대로 뭐 하얀 병사리 약을 탁 쥐여 뿌리니까 막 가시밭이 돼 가지구 그저 가시가 쫙 엉겼는데. 이 야수가 그저 가시밭을 영 뭐 헤매구 막 따라 와. 와가지구 야수 거기서 헤매는 사이 이 남자는 얼마만치

---

16 병사리 : 병. 함경도 방언.
17 바쁠 때 : 어려울 때. 급할 때.
18 불야수 : 불여우.
19 덩때 : 시렁(함경도 방언).
20 영락없이 : 틀림없이. 꼼짝없이.
21 염지 : 부추(함경도 방언).
22 바빠서 : 급해서. 힘들어서.

도망쳤지 뭐. 그래 그 다음에 야수 또 저기 나와 가지구서는 거의 따라 오더랍다. 그 다음에는 또 할 수 없이 퍼런 병사리를 탁 쥐어 뿌리이까 아 그저 시퍼런 바다물이 돼 가지구 막 물이 좔좔좔 내려가는데 아, '저 오빠를 못 잡아먹어서 내 원통하다'며 그냥 강을 헤치며 또 거의 따라 오더래요. 그래 그 다음에는 그양, 그양 도망을 치다가 거의 따라 오이까. 그 다음에는 할 수 없이 그담에 빨간 병사리를 쥐어 뿌리니까 불이 왕왕 붙어 가지구 불바다가 돼 가지구서는 그 야수가 불바다에서 죽었지 뭐.

그다음에 그 남자가 집에 돌아와서 사실을 이야기 하니까 부인네가, '그걸 보라구, 내 가지 말라는데 갔다'구서리 그러더랍다. 그래 옛날에 '여자 야수라'구 이 논설이가[23] 이걸루 해서 여자 야수라는 그게 나온 것 같우 해요.[24]

---

23 논설이가 : 주장하는 말이나 이야기 등을 이름인 듯.
24 나온 것 같우 해요 : 나온 것 같이 보여요.

3) 구렁서방

늙은 양주[1]가 살았는데 늘그막까지 자식이 없었단 말입니다. 그런데 늘그막에 떠억 자식 봤는데, 할마이가 떠억 애기 낳았다는 게 구레이를[2] 낳았단 말이 구레이. 구레이를 낳았는데, 아이 떠억 이웃집에 김정승이네 딸이 서이[3] 있지 뭐.

그런데 그 딸이 저기 저 이 늙은이 집에 애기 낳았다는데 좀 보러 왔다구먼. 맛딸이가,

"할마이, 할마이"

"그래, 어째 그러는가?" 하이까

"할마이, 구렁 서방 낳았다는데 좀 보기오."

"그 은방석 금방석 들고 봐라."

그러이까 이래 들고 보이까 구레이란 말입니다. 그래가지구

"에이구! 애기라는 게 무슨 이런 구레인가?"

하면서 바늘로 푹 찔러 놓구 그 큰딸이 가버렸단 말이. 그러이까 아는 죽겠다고 막 울었지 뭐.

그래, 또 이튿날에 둘째 딸이 와가지구,

"할마이 할마이, 그래 구렁 서방 낳았다는 거 좀 보기오."

"오, 은방석 금방석 들고 봐라."

또 보이까 구레이란 말이.

---

1 양주 : 양주兩主. 안주인과 바깥주인. 부부.

2 구레이를 : 구렁이를.

3 서이 : 셋. 여기서는 셋이.

"어우, 할마이 이런 구레를 낳았다."

면서 또 아를 그저 눈을 푹 찔러 놓구 갔단 말이.

그래 사흘 날에 또 셋째 딸이 와가지구

"할마이, 구렁서방 낳았다는 거 보기오."

"그럼 보라."

하여. 그래 보이까 에 정말 구레이란 말이. 그래,

"어우, 할마이 애기도 곱다."

하면서 김정승 딸인게⁴ 부자집 딸인게, 옷이란 잘 입었지. 그래 셋째 딸만은 초매폭을 쭉 째서⁵ 주면서

"할마이 이걸루 애기 옷 해 입히라."

하면서 초매폭 하나 쭉 째 주구 갔단 말이.

그래 그다음에 이 구레가 이래 차츰 컸지 뭐. 커가지구서는 자꾸 글쎄 혼사 말⁶을 가가(그 아이가) 하더라구. 그래 이 할마이는 아이, 구레이를 낳은 것만 해도 챙피스러버 죽겠는데 어디로 구레를 가지구서 아이! 약혼 말을 하겠소? 그래, 그냥

"나는 아이 가겠다." 하이까

"저기 엄마 아이 가겠는가구서, 엄마 아이 가면 나는 저기 한 손에 칼을 들구 엄마 배속에 되비⁷ 들어가겠다."구서리⁸ 막 그래.

"저기 김정승이네 집에 딸이 있는데, 구혼 말을⁹ 가라"고 자꾸 그러더랍니다.

그래 갔어 엄마가. 아들이, 구레이가 너무 그러니까 할 수 없이 그 집으로 갔단 말이. 가가지구서 저기 저 첫날에는 가서 너무 챙피스러버서 구레이를(구렁이를) 가지

---

4 딸인게 : 딸이니까.

5 초매폭을 쭉 째서 : 치마폭을 질끈 찢어서.

6 혼사말 : 혼담. 혼인 이야기.

7 되비(데비) : 도로. 다시.

8 들어가겠다구서리 : 들어가겠다면서.

9 구혼 말 : 청혼하는 말, 혼인을 요구하는 말. 혼담.

구 이집 딸 달라는 말 못하구서. 그냥 까래[10] 귀때기만[11] 쥐어뜯다가서, 까래 귀때기만 쥐여 뜯는데, 그 집에 할마이가 그래.

"어우, 저 할마이 해산하구서 출출해 저러는 모양이라구."

딸들 보구서 뭐 잡술 거 대 들이라구 그러더라우.

그래 그저 얻어 잡숫고 첫날에는 갔다가 말 못하구 왔단 말이. 그래 그다음에 또 아들이,

"말을 했는가?" 고 그러니

"말을 못했다." 하이까 이튿날에 또 가라는 게야. 그래

"아이! 가면 아이 된다." 고 하니까.

"그러면 나는 한 손에 칼을 들구 엄마 배속으로 되비 들어가겠다구 그냥 가라구, 아이 가면 아이 된다구."

그래 그다음에는 이튿날에 갔지. 가가지구서리 그래 그냥 또 까래 귀때기를 쥐어뜯다가 할 수 없이 입 뗐단 말이. 그래 떼이까 그다음에는 그 엄마 부모들이 큰딸을 불러서

"아무개야, 니 저기 구렁서방인데[12] 시집가겠니?" 그러이까

"아이구 싫소. 뉘기(누구가) 그런 구레이인데 시집가겠는가? 아이 가겠다."

는 게야. 그다음에 둘째 딸을 불러서 물어보니까 둘째딸도

"아이구 어디 갈 데 없어서 구레이인데로 시집가겠는가구, 아이 가겠다."

한단 말이.

그래 셋째 딸을 떠억 불러가지구

"셋째 딸아 구레서방인데 시집가겠니?" 그러이까

"예, 가겠습니다." 한단 말이, 셋째 딸이.

---

10 까래 : 깔개. 방이나 마룻바닥에 깔고 앉거나 눕기 위해 펴두는 요나 방석 등.

11 귀때기 : 여기서는 귀퉁이를 말함.

12 구렁서방인데 : 구렁서방에게. 구렁서방한테.

그래 그다음에 옛날에는 저기 잔치를 하면 한짝 나들이[13] 하이까, 남자가 이 여자 집에 와 있단단 말이야, 한짝 나들이 잔치는. 그다음에 그래 잔치르, 구레(구렁이)하구 셋째 딸하고 약혼을 해서 잔치를 했지. 잔치를 하는데 구레, 그래 자기 여자 집에 와서 잔칫날 저녁에 그 구레이가 여자를 보구 그러더랍니다.

"저기 저 삼년 묵은 장독이 있는가?"

그래 이야기 하는 게, 뱀이가[14] 저기 장 먹으면 아이 된다는 그 말이 그 뜻이겠더라구.

"그래 삼년 묵은 장독이 있는가?"

"있다구."

부잣집인게[15] 뭐이 없겠소?

"그래 밀가리 독이 있는가?"

"그래 밀가리 독이 있다구."

그래, 그다음에는 여자가 다 알카줬지[16] 뭐. 그래 그 구레이가 삼년 묵은 단지에 들어가서, 장독에 들어가서 막 그저 구부데 치더니마는[17] 그다음에 나와가지구 그 밀가루 단지에 들어가서 이래 구부데 차구, 구불구 나오던게[18] 허물을 홀라당 벗구서리 아주 미남자가 됐지 뭐. 훌륭한 미남자가 됐지 뭐.

그래 그다음에는 이 남자가 그렇게 훌륭한 미남자가 되구 아주 똑똑한 남자가 됐으이까느 언니들 둘이 거기로 아이 가겠다던 게 그 남자를 보이까나 심술 난단 말이. 그래 그다음에 이 동생을 보면, 동생은 그래 그저 아무것도 아이 하구 그저 그래 집에 그냥, 그저 그래 있는데. 그 남자가 말이오 어디로 가면서 내 갔다 올

---

13 한짝 나들이 : 신랑이 신부 집에 장가들어 삼년 후에 신부를 데리고 본가로 돌아오는 제도.
14 뱀이가 : 뱀이. 주격조사 중첩.
15 부잣집인게 : 부잣집이니까.
16 알카줬지 : 알려줬지.
17 구부데 치더니마는 : 구불탱이를 치더니만. 마구 뒹굴더니만.
18 구불구 나오던게 : 뒹굴고 나오더니. 뒹굴고 나오니까.

동안에 그 허물, 자기 허물 벗은 거 각시를 주면서리 이 '허물을 어찌나[19] 잘 보관하라'구서리, '이 허물이 없어지는 날에는 내가 당신인데로[20] 못 돌아오이까나 이 허물 잘 보관하라'구서리 그랬단 말이.

그래 가지구 이 여자는 정말 그 허물을 보관하느라고 세수도 아이 하구 머리도 아이 빗구 방에서 그저 허물만 보관하구 나도 아이 오지 뭐.[21] 그러이까나 이 언니들이 심술나가지구[22]

"흥, 너는 어째 머리도 아이 감구, 세수도 아이하고, 방에서 나도 아이 오구 그러는가?"구

막 욕지거리 퍼붓는단 말이. 그래 너무 욕하이까나 할날은[23] 머리 빗는다고 나왔지 뭐.

그, 이제 그 허물을 가마이(가만히) 방에다 감추어 놓구 나왔는데, 언니들이 심술이 나서 이 허물을 가마이 갖다가 부쓰깨에다기[24] 걷어 여었단 말이.[25] 그래 이 남자가 오다가 냄새를 맡은게[26] 자기 허물 타는 냄새가 난단 말이오. 그러이까나 오던 길로 되비[27] 돌아갔지 뭐 집으로 아이 오구. 그래 그다음에는 여자가 아무리 기다려도 남자가 아이 온단 말이. 그래서 그다음에는 삼 년 석 달을 기다리다 못해, 그다음에는 여자가 자기 남자를 찾아서 떠났지 뭐.

그래 그담에 남자가 한 짝 손에 매를 쥐고, 한 짝 손에 막대를 짚고 매사냥을 떠났지. 매사냥 떠난다고 떠나간 게 아이 돌아온단 말이오. 그래 여자가 자기 나그네

---

19 어찌나 : 어쩌든지.
20 당신인데로 : 당신에게로.
21 나도 아이 오지 뭐 : 나오지도 아니 하지 뭐. 부정조동사 도치.
22 심술나가지구 : 심술이 나서.
23 할날은 : 하루는. 하루+날은.
24 부쓰깨에다가 : 부엌 아궁이에다.
25 여었단 말이 : 넣었단 말이야.
26 맡은게 : 맡으니까.
27 되비 : 도로. 다시.

를[28] 찾아가는데, 이제 천천히 가다가 한 고개 넘어 가이까나 밭갈이 하는 사람이 있단 말이. 그래,

"말 좀 물어봅시다."

"그래, 무슨 말인가 물어보라" 하이까

"여기 한 짝 손에 매 들고, 한 짝 손에 막대 짚고 가는 남자를 못 봤는가?"고 그러이까

"이 고개를 넘어서 물어보라."

그래서 고개를 천천히 넘어가이까나 저기 저 여자 하나가 강에서 숯을 씻더라오. 그래,

"말 좀 물어보자구. 저기 한쪽 손에 매 지구[29] 한쪽 손에 막대기 지구 가는 청년을 못 봤는가?"

하니까

"이 숯을 하얗게 될 때까지 씻어주면 알케주겠다."

고 하더랍니다. 그러이까 이 여자도 보통 여자는 아이지 뭐. 그래 숯을 그냥 씻으라 하니까 꺼먼 숯이 하얗게 될 때까지 씻느라니까 시간이 많이 갔겠지 뭐. 그래 씻으이까나 하얗게 되더란 말이.

그래 그담에는 이 고개 넘어가 물어보라 하더라. 그래 또 한 고개 천천히 넘어가 이까나 강에서 빨래하는 여자가 있단 말이오. 그래 그 여자보구,

"한 손에 매 들구 한 손에 막대 들구 가는 남자를 못 봤는가?" 하이까

"흰 빨래를 꺼멓게 맨들구, 검은 빨래를 희게 맨들어주면 알케 주겠다." 한단 말이.

그래 또 여자가 그 빨래를 그냥 씻으이까나 정말 흰 빨래가 꺼멓게 되구 검은 빨래가 희게 되구, 이렇게 됐단 말이. 그래 그담에는 '이 고개 넘어가게 되면 있다구

---

28 나그네를 : 남편을. 남정네를. 여기서는 전자임.

29 지구 : 쥐고.

가라고 하더라는 게지. 그래 정말 그 고개를 넘어가이까나 아주 그 집이 훌륭하게 큰 기와집 한 채가 있더라는 게야. 그담에 거기를 가는데 그 남자가 그 집에서 산단 말이. 그 집 개가 짖는 게,

"첩이 쿵쿵, 본댁이 컹컹" 하네.

본댁이 온단 말이지 뭐. 개가 웡웡 짖는단 말이.

그런데 아이 뭐 첩을 아홉이나 했더라오. 첩이 아홉이서 떡방아 찧는다구 난리더래. 그래 이 여자가 다가가이까나 떡방아 찧더랍니다. 그런데 떡방아가 올라도 아이 가구, 떡갈기(떡가루) 암만 쳐도 채로 나도 아이 간단[30] 말이. 그래 이 아홉이서 암만 접어들어[31] 방아를 찧어도 방아 올라도 아이 가지, 떡가루 나도 아이 가지. 그러이까

"내 지나가는 사람이지만 내 좀 쩌(찧어) 보라는가?"구

하니까 아홉이 별일 다 있다구 무슨 떡방아 찧겠다 한다구 욕한단 말이. 그래

"그러나 내 좀 쩌 보자구"

그 여자는 혼자 쩌도 덜러덩 덜러덩 올라간단 말이오. 그래 그다음엔 떡갈기도 또 이것들이 아홉이 서로 치느라 해도 아이 나간단 말이오. 그러니까 그다음에,

"내 쳐보라는가?"

하니까 못 치게 욕하던 게 쳐보라 하더라오. 그래 여자가 치이까 뭐 슬렁슬렁 나가더라오. 그다음에 떡방아 찧어 놓구. 떡 남자는 보이까 자기 본댁이 왔지 뭐. 그러이까 나 첩이 아홉이 있는데 본댁이 왔으이까 본댁을 데리구 살겠는데는 말이오. 시방 남자가 또 수를 피우지 뭐. 그래,

"너네들이 새가 가득 앉은 낭그르[32] 꺾어오너라"

그러이까 새 가득 앉은 낭그르 이 첩들이 꺾자면 새들이 다 날아나구 나무 곁에 가믄 다 달아나구 없단 말이. 그런데 이 본처만은 가서 나무를 꺾으면 그저 새가

---

30 채로 나도 아이 간단 말이 : 채에서 아니 나간단(채에서 안 빠져나감) 말이야. 부정조동사 도치.

31 접어들어 : 달려들어. 모여들어.

32 낭그르 : 나무를(남+ㄱ+을/를).

데비[33] 날아와서 새가 낭게[34] 가득 앉는단 말이오. 그래서 이 본처는 새가 가득 앉은 낭그르 꺾어왔지 뭐. 그리구 저 남자가,

"너네 저기 저 물둥기에[35] 물을 한 둥기(두멍) 이고 오는 여자는 내가 데리고 살겠다."

하이까 다 물을 한 둥기를 어떻게 들구오우? 못 이구 오지 뭐. 그 본처만 한 둥기를 들구 왔단 말이. 그래 가지구 본처를 데리구 잘 살더라우.

---

33 데비(되비) : 도로. 다시.

34 낭게 : 나무에(남+ㄱ+에).

35 물둥기에 : 물두멍에(물을 저장하는 큰 독). 물독에.

4) 제 먹을 복은 제가 타고 난다

옛날에 한 부잣집이 있었는데, 저 딸이 삼 형제 있었답니다. 그런데 뭐야 게, 엄마 아버지가 심심하던 모양이야. 할날은[1] 딸을 하나하나 불러서 물어보는 판이지. 그래 큰딸을 불러서

"저기 너는 누구 덕에 먹구 사니?" 그러니까

"엄마 아버지 덕에 먹고 살지, 누구 덕에 먹고 살겠는가?"

"둘째 딸아 오너라." 그래,

"너 누구 덕에 먹구 사니?" 그러니,

"엄마 아버지 덕에 먹고 살지, 뉘 덕에 먹고 살겠습니까?"

셋째 딸을 들어오라고 소리치니까 셋째 딸이 들어왔단 말이. 그래 셋째 딸한테

"너는 누구 덕에 먹구 사니?" 하니까,

"내, 내 덕에 먹고 살지 뭐, 누구 덕에 먹고 살겠는가?"

이랬단 말이.

그러이까 엄마 아버지가 생각한게[2] 부모덕에 먹고 산다는 말을 아이하고 제 덕에 먹고 산다 하이까 괘씸하단 말이오 그래 괘씸하다구.

"너는 집에 있지 말구 나가라." 그랬지.

그러이까 그 딸이 '나가겠다'구 그래.

그 집에 개가, 부잣집이 잘 먹이는데 개, 어째 영 예빈(여윈) 개가 있었단 말이

---

1 할날은 : 하루는. 한날은. 어느 날은. 하루+날은.

2 생각한게 : 생각하니까.

오. 형편이 없는 예빈 개가 있었지. 그래,

"엄마야, 난 나가겠소. 나가겠는데, 저 개를 비리먹은[3] 저 으슬한[4] 개를 나를 주오." 그랬단 말이오.

"오! 가지고 가라 그 잘난 개를 가지고 가라"

엄마 아버지가 가지구 가라고 했어. 그래 그 개를 데리구, 그래 엄마가 먹을 양식을 좀 줘서 내보냈단 말이.

먹을 양식을 좀 가지고 개를 데리구 첩첩 산골로 그냥 산중으로 들어가다가 서 날이 저물어 한 집에 떡 도착했단 말이. 집이 한나(하나), 헌 오두막살이 한나 있는데, 떠억 가이까 정말 늙은 총각이 그 집에 혼자 보토리로[5] 사는 집이란 말이오. 그래 들어가서 '내 이집에서 좀 자구 가자'고 그러이까나 '들어오라'구 그래. 거기에 가서 있으면서 그래 사실 이야기를 했지.

"나는 이렇게 집에서 쫓기워 나서 가고 올 데 없으이까 내 이 집에서 그저 밥이나 해주구 이 집에서 사는 게 어떻겠는가?"

하니까 이 총각도 무슨 각시를 못 얻어서 그러는게[6] 영 뭐 더 좋지 무슨.

"그러면 당신과 내가 연분을 맺어서 우리 같이 살자구."

그래 둘이 그 집에서 연분을 맺어 부부로 맺어가지구 사는데, 그러이까나 그 여자가 복이 있구, 개가 복이 있단 말이오. 그래 이 둘이서 정말 잘 살지 뭐.

그 남자하구 벌어서는 재산이 늘구 불어서 재산을 모다 가이구 잘 살게 됐는 데 아이, 엄마네는 딸이 나간 다음에는 그 많던 재산이 점점 내리막 재주를 해서 어저는[7] 재산이 다 없구 뭐 빌어먹게 됐단 말이오. 언니네는 시집간 게

---

3 비리먹은 : 비루먹은. 짐승의 피부병. 털이 빠지고 마르게 됨.

4 으슬한 : 으슬으슬한. 찬 기운이 닿아 소름이 끼치는.

5 보토리로 : 홀아비로. 노총각으로.

6 그러는게 : 그러니까.

7 어저는 : 이제는. 인제. 때로는 발어사로 별다른 뜻 없이 쓰이기도 함.

둘 다 곤란하구, 그래 엄마는 사망되구 아버지 혼자 남았단 말이오. 그래 아버지 혼자 남았는데 셋째 딸이 어디서 잘 산다는 소문을 들었지 뭐. 그래 소문을 듣구서리 아버지가 셋째 딸을 찾아갔지. 아버지가 생각한게,[8]

"오! 요 개가 복이 있구나. 내 요 개를 복개인데 내, 개를 잡아먹어야 되겠다." 생각하고 그래 딸 집에 찾아가니까 아버지 왔다고 반갑아[9] 해. 그다음에는

"야, 저기 내 정말 이래 다 집에 식구, 이래 여지없이 그저 돌아다니다나니까 썰썰한데[10] 저 개를 우리 잡아먹자." 그러이까나

"잡아 잡수시오."

하며 개를 잡아서 안쳤단 말이오.

가마에서 개 끓는데 말이오. 개 그 복기름이 말이야 이런 소래떼 같은 기름때가[11] 그저 개장물이 끓는 데서 빙빙 돌아가지구. 그러니까 아버지가 오 저 복기름을 조거(저것을) 내가 먹어야 되겠다 생각하는데, 아버지가 잡숫기 전에 그 딸이 어느 사이에 그 복기름을 푹 떠서 없앴지 뭐. 그래 그 아버지가 말이오, 복기름을 자기 먹자던 게 먹지도 못하구. 그저 그래 자기네 못살게 되니까 아버지가 딸 집에서 의지하구 살았지.

옛날엔 그렇지. 제 덕에 먹고 산다고. 우리 할아바이 맨날 그러지 뭐. 아무리 자식을 많이 낳아도 다 제 먹을 복을 타고 낳는다고. 제 먹을 복을 타고났길래 일없다는[12] 게야. 그래 제 복을, 제 먹을 복을 타고 낳는다는 게, 그 딸도 그렇지 뭐. 내, 내 덕에 살지 뭐. 뉘 복을 먹구 살겠느냐? 그래 그 말이지.

---

8 생각한게 : 생각하니까.

9 반갑아 : 반가워.

10 썰썰한데 : 출출한데. 시장한데. 배가 고픈데.

11 소래떼 같은 기름때 : 소라 모양의 기름띠. 끓는 국물 위에 뜨는 기름띠가 동그랗게 빙빙 도는 모양.

12 일없다 : 괜찮다. 무방하다. 관계없다.

5) 며느리와 머슴꾼

옛날에 한 부잣집에서 저기 아를,[1] 아들을 야듧(여듧) 살짜리를 서방보냈단[2] 말입니다, 야듧 살짜리를. 저기 저 열아홉 살 먹은 며느리를 삼았단 말입니다. 야듧 살짜리 아를, 저기 저 잘사는 것들이 며느리를 데려다 부려먹길래서[3] 자기네 부려먹길래서 이런 나 먹은 며느리를 삼았지 뭐. 그래 그담에 야듧 살짜리 아를 각시방에 들어가라이까나 그 아가 에미 떨어져 들어가오? 아이 들어가지 뭐.

그 여자 방에 들어가 자라구서 암만 들어가라고 그래도. 아버지 '들어가라'고, 제 '아이(아니) 들어가겠다'고 이런단 말이. 그래 그 여자는 시집갔다는 게, 그 집에서 그저 독방에서, 독수공방에서 그저 삼 년을 인젠 보냈지 뭐. 삼 년을 그저, 나그네[4]라는 거 구경도 못하고 삼을 살았는데, 그런데 그 옛날에 삼 년 되면 친정에 보내죠. 그래 '친정 가라'고 하더랍니다. 그래 삼 년이나 된게[5] 친정 못간게(못 가니까), 너무 가구 싶었던 김에[6] 영 좋다 하구서 친정에 가는데, 그 집에서 며느리를 혼자 보내기 그래서, 아주 머저리[7] 머슴이 있었단 말입니다, 머저리. 나 먹은 머슴이 머저리 짓을 하는 머슴이 있었지 뭐. 그래 그 머슴이 서른다섯 살 먹은 머슴이 하나 있는 거 따라 보냈어. '우리 며느리를 그 친정에 같이 데리고 가라'고.

---

1 아를 : 아이를.
2 서방보냈단 : 장가보냈단. 서방보내다 : 시집이나 장가보내다.
3 부려먹길래서 : 부려먹으려고.
4 나그네 : 남편. 남정네. 여기서는 전자.
5 된게 : 되니까.
6 가구 싶었던 김에 : 가고 싶었던 차에.
7 머저리 : 바보.

그래 이 여자는 그저 그 머슴이 머저리이까나 마음 놓구 같이 간단 말이. 친정에 가는데 강물이, 큰 강물이 이래 있단 말이오. 그래가지구 그 머슴이 머저리러니 하구는 더 서슴치도 않구 그저 엄마네 집에 가고 싶은 김에 강 여가리에[8] 가서 옷을 훌훌 벗어제끼고 옷을 홀라당 벗구서는 그래 강을 건너가는데 보선을 한 짝 떨구어 났단 말이오. 그래 그다음에는 머슴이 뻔히 서서 보기만 하구 옷도 벗지도 않고 뻔히 서서 보던게(보더니) 여자가 다 건너간 다음에 옷을 벗고 건너왔지 뭐.

그래 여자 버선을 찾아 쥐고 건너와서, 여자가 벌거벗고 서 있으니까 여기 시꺼머니까 이 머슴이 아 그 꺼먼 거는 무엇인가고 물어보더라는 게야.

"그래 그게 뭐겠는가, 까막소리[9]라는 게다."

"까막소리라는 거는 뭐하는 게야?"

그러니까

"까막소리라는 거는 도둑놈을 넣어서 혼내는 굴이야."

여자가 그랬단 말이우. 그러이까느 내 그러믄 버선을 한 짝을 도둑질했으니까 내 도둑놈인데 나를 거기에다 옇어서(넣어서) 혼내라구. 그래가 아이 그다음에는 자기 그렇게 말했으이까느 난변[10]인데 뭐 승인 아이 할 수 없지. 그래서 남자는 실지 그 남자가 그러더라오.

"내 머저리인줄 아는가? 나 실지 머저리 아이라구. 내 이 집에 와서 머슴질을 하느라고 머저리 짓을 해서 그렇지, 내 머저리 아이라구."

그래 그다음에는 여자도 인제는 스물두 살 먹었단 말이. 그 열아홉 살에 시집온 게 삼년이 됐으니까 스물두 살 먹도록 남자를 뭐 귀경도 못했으이 이 남자는 서른다섯 살 먹은 덜먹총각[11]이지, 둘이 거기에서 정말 뭐 강에서 둘이 올리 구불구 내리 구불구 기끈[12] 저네 정욕을 다 채우고 그다음에 친정에 갔지 뭐. 간게 그래 뭐 여자가

---

8 강 여가리에 : 강가에서. 강의 가장자리. 강가.　여가리 : 가장자리. 언저리.

9 까막소리 : 감옥소.

10 난변 : 변명하기 어려움.

11 덜먹총각 : 떠꺼머리총각.

임신 됐단 말이. 임신이 돼서 그다음에는 어찌겠소, 시집에는 돌아 못 가구[13] 어전 돌아 아이가구 그 남자하구 그 여자가 인제는 살지. 그래 남자가 그러지,

"내 머저리 아이라구, 우리 이제 어저는[14] 당신이 임신이 됐으니까 우리 저기 저 먼데 가서 살자구"

그래 이 여자를 이 남자가 데리구 딴 고장에, 먼데 가서 자식을 낳구 잘 살더랍니다.

---

12 기끈 : 실컷. 힘껏.
13 돌아 못 가구 : 못 돌아가고. 부정조동사 도치.
14 어저는 : 인제, 이제는 등의 뜻과 함께 발어사로도 쓰임.

6) 거짓말쟁이 돌쇠

옛날에 한 마을에 돌쇠란 아이가(아이가) 있었는데, 아주 거짓말을 잘하지 뭐. 그래 그 마을에 그 김정승이 말입니다. 하루는 심심하이까나 이 돌쇠라는 아이가 거짓말을 잘 한다는데, 야를 오늘 한번 좀 데리구 놀아봐야 되겠다구. 그래 그 다음에는 돌쇠를 찾아 나갔지. 나가는데 마침 길에서 돌쇠를 만났단 말이. 그래,

"야, 돌쇠야 네 거짓말을 그리 잘 한다는게[1] 오늘 나하구 거짓말을 좀 해봐라." 그래.

"아이구 내가 언제 말할 새 없습니다. 저기 시장[2] 늪에 고기가 왁실왁실한데 고기 잡으러 가는데 내 언제 아바이하구 거짓말을 할 새 있습니까 없습니다."

"야, 어디야? 그럼 나도 고기 잡으러 가자구."

그래 이 영감이가 집에 가서 노친[3] 보구 아, 저기 늪에 고기 가득하다는데 고기 잡으러 가기오. 고기 잡을 그릇을 달라구서리. 그래 고기 잡을 그릇을 가지구서리는 나가니까 돌쇠는 벌써 집으로 갔단 말이. 그래 돌쇠 뒤를 부지런히 따라갔지 뭐. 갔는데, 그다음에 그 아이가 늪에 가 있는데 영감이 늪으로 갔지 뭐. 그다음에 영감이 늪으로 오는 걸 보구 고기는 무슨 고기요, 거짓말이지 뭐.

그래 그다음에는 영감이 늪으로 거의 올 때 돌쇠는 또 막 달아(달려서) 집으로 왔단 말이 그 영감이네 집으로. 시장 거짓말을 하는 판입니다. 영감이네 집으로 달아와서,[4]

---

1 잘 한다는게 : 잘 한다니까.
2 시장 : 시방. 지금.
3 노친 : 늙은 부모. 나이가 지긋한 아내(노친네). 여기서는 후자임.

"할마이, 할마이, 아바이 고기잡다가 물에 빠져서 시장 허우적 허우적하는 게 거의 숨이 넘어간다구."

이런단 말이. 그래 그다음에는 노친이, 영감이 거의 죽는다고 하니까 바빠라 하구 달아가는데 얘가 또 어간에서 막 뛰어서 그 영감이 늪에 있는데 가서,

"어우 아바이! 큰일이 났습니다."

"어째 그러는가?"

하니까

"아 집에 불이 붙어서 뭐, 아이 불이 왕왕 붙는데, 막 할마이 와느르5 그 불에서 타서 **뼈따귀** 타는 소리 와삭와삭 나더라구."

이래 거짓말을 했단 말이. 그래 이 영감이는 노친이 불에 타 죽는다 하이까 달아오구, 노친이는 시장(시방, 지금) 영감이 물에 빠져 죽는다 하니까 달아가구, 영감 노친이 서로 막 달아가서는 이래 마주쳤지 뭐. 마주치이까나 아 요놈 새끼 거짓말을 정말 요렇게 하는구나. 그래 그렇게 거짓말을 잘하는 아이가 있대요.

---

4 달아와서 : 달려와서.

5 와느르 : 완宪으르. 완전히.

7) 콩쥐와 팥쥐

옛날에 콩쥐라는 아아가(아이가) 친엄마를 잃어버렸단 말이.[1] 그래 친엄마가 죽구서는 계모가 들어왔는데, 그 훗엄마 또 딸 하나 데리고 들어온 게 팥쥐란 말이. 그래 그다음에는 그 계모가 영 못된 양을 하지 뭐. 아이 저기 저, 그 풀이 가뜩한 콩밭에는 콩쥐를 매러 가라 하구, 풀이 하나도 없는 패끼 밭에는[2] 제 친딸을 매라고 하구. 그래, 풀이 가뜩한 그 콩밭을 매러 가가지구서는 너무도 기차서, 그냥 그 풀이 강산인 걸[3] 어떻게 매겠소? 앉아서 우는데 말이, 소 한 마리가 와서

"어째서 우는가, 콩쥐야 어째서 우는가?"

"아이! 우리 계모가 자기 친딸은 풀이 하나도 없는 패끼 밭을 매러 보내고 이 풀이 가뜩한 이 콩밭은 나를 매라고 하니까 내 이 풀밭을 어떻게 매겠는가? 이 밭이 큰 걸 어떻게 다 매겠는가구."

소가 돌아다니면서 밭에 풀만 다 뜯어 먹구 콩은 싹 남겨놨단 말이. 그래서 정말 그 콩밭을 다 매구서, 그다음에 저기 그 훗엄마 있는데서[4] 잘 얻어먹지 못한다나니까 배고프지. 그래 배고파 그냥 우는데 저기 소가 그러더라우.

"야, 니 그럼 내가 시키는 대로 해라. 저기 샘치[5] 물에 가서 손을 씻구, 아래 물에 가서 발을 씻구서리 니 치마를 내 밑궁기에 벌려라."

그래, '내 밑궁기에 벌려대라'하니까 소 시키는 대로, 그래 정말 우에 물에 가서

---

1 잃어버렸단 말이 : 여의었단 말이야.

2 패끼 밭에는 : 팥 밭에는.　패기 : 팥(함경도 방언).

3 풀이 강산인 걸 : 풀이 강변이나 산과 같은 것을.

4 훗엄마 있는데서 : 훗엄마에게서.　훗엄마 : 계모를 말함인 듯.

5 샘치 : 샘. '샘취' 혹은 '삼취'로도 발음함.

손을 깨끗이 씻고, 아래 물에 발 씻구서리 소밑궁기에다 치마를 대니까 먹을 게 가뜩 나온단 말이. 그래 먹을 걸 가뜩 주는 거 실컷 먹구서는 집에 도루 가지구 왔지. 집에 도루 가지구 오니까 엄마가,

"니 어디서 이리 좋은 음식을 얻었는가?"

그래 그런 이야기를 하니까

"응 그런가, 그러면 내일은 팥쥐가 콩밭 매러 가구 콩쥐는 패끼 밭에 매러 가라"구 그러더란 게지.

그래 정말 이튿날에 바꾸어서 갔지. 그래 그 콩쥐가 하던 말대로 팥쥐가 그저 앉아서 엥엥 우니까나 소가 와서

"어째 그러는가?" 그래서

"배가 고파서 운다" 그러니까

"그럼 아래 물에 가서 손을 씻구, 우에 물에 가서 발 씻구서리 내 밑궁기에다가 치마를 대라."

그런게[6] 뭐 밑궁기에 치마를 댄게,[7] 소새끼 뭐 그 에미나를[8] 그저 '손목 채로 자기 밑궁기에다 여라'해 가지구는 온 가시밭으로 끗으고[9] 댕겨서 아 뭐 피못이[10] 됐다. 그래 그다음에 떡 저녁에 돌아온게 그렇게 됐단 말이. 그래 엄마가 지내[11] 밸이[12] 나가지구서리 그래 그담엔 엄마가 그냥 콩쥐만 자꾸 일을 시키지.

그래 할날은[13] 임금이가 큰 연회 잔치르 한다구, 임금네 집에서 잔치르 한다구 광고 났단 말이. 그래 그담에는 계모가 자기 딸만 데리고 가면서 '콩쥐 너는 조이를[14]

---

6 그런게 : 그러니까.

7 댄게 : 대니까.

8 에미나를 : 딸아이를. 여자아이를.

9 끗으고 : 끌고.

10 피못이 : 피투성이가.

11 지내 : 너무. 아주.

12 밸이 : 배알이. 심술이.

13 할날은 : 하루는. 하루+날은.

저기 저 세 마대를 찧어 놓구, 물을 저기 열두 동이 드는 둥기[15]에다가 물을 한 둥기 질어(길어) 놓구. 그러구 거기로 오라구 시켜놨단 말이. 아 그래서 무슨 조이를 어떻게 다 찧구, 물을 그렇게 질구[16] 가겠소? 그래서 또 그냥 애가 앉아서 우는데, 그 소가 그러이까 그 소가 친엄마의 혼인 것 같애. 소가 또 와서,

"야, 어째 또 우니?" 그러이까

"계모가 시켜서 이거 내 언제 조이를 다 찧구…"

그래 새들이 정말 와가지구서 새들이 자꾸 와서,

"콩쥐야, 콩쥐야 어째 우니?" 그러이까

"이 조이 방아를 찧어 놓구[17] 내 저기 임금네 집에 그 잔치에 가야되겠는데 언제 이걸 다 찧겠는가" 하니까,

새들이 그저 가득 날아와서 조이를 그저 째죽째죽하며 조이를 다 까놨단 말이. 그래서 조이를 세 마대를 다 찧었지. 그다음에는 물을, 소가 와서 또 그 물을 한 둥기[18] 질어(길어) 주구, 그다음에 놀러가겠는데 말이야, 옷도 없지, 아무 것도 없어, 신도 없지. 그래, 앉아서 그냥 우는데, 소가 그럼 저기 고분(고운) 옷을 한 벌에다가 구두 영 고운 구두에다가 그래 주구 와느르[19] 마차까지 태워서 그래 주면서,

"니 가서, 거기 가서 놀되 말이야 열두 시 지나면 아이 된다. 열두 시 전으로 집에 오라" 했단 말이오.

그래서 그 마차를 타구서 옷을 곱게 입구, 콩쥐 아주 곱게 생겼지 뭐. 그래 떡 갔는데 가서 놀다나이까 시간 가는 줄을 모르고 시계를 보이까나 아! 열두 시 다 된단 말이. 그래 바빠서 오다나이까나 신이 한 짝이 벗어지는 줄도 모르고 집으로

---

14 조이를 : 조를.

15 둥기 : 두멍. 물두멍. 물을 저장하는 큰 독.

16 질구 : (물을) 긷고. 길어서.

17 조이 방아를 쩌어 놓구 : 조 방아를 찧어놓고.

18 둥기 : 두멍. 물을 담는 큰 독.

19 와느르 : 완全으르. 완전히. 아주.

오다가 시간이 다 됐어. 그 마차가 온데간데 없구, 옷도 곱은 옷도 어디에 갔는지 없단 말이오. 그래 집에 떡 와 가지구 아이(아니) 갔던 것처럼 하고 있는데, 그 임금의 아들이 말이오. 그 콩쥐가 아주 곱게 생기고 그래 자기 안해로 삼자고 욕심냈지. 그런게[20] 여자가 홀 가버렸단 말이. 그래가지구서 본게 구두 한 짝이 떨어졌단 말이오. 그래 이 신이 맞는 여자를, 이 신 임자면 그 여자겠다고 그 신을 가지구 그 여자를 찾으러 댕긴단 말이오. 그래 콩쥐네 집에 왔지 뭐.

오이까나 콩쥐는 자기는 이제 아이 갔던 것처럼 하고 집에 와 있는데. 팥쥐와 엄마가 와가지구,

"야, 오늘 정말 그 여자두 고분(고운) 여자야, 훌륭한 마차에다가 옷도 고분 거 입구 정말 고분 여자가 왔더라."

구 그러면서 말한단 말이오. 그래 콩쥐는 자기 그러구 갔댔는데 자기인 줄을 모르고 말하는 거 듣구만 있지. 그래가지구서리[21] 그 저기 임금네 집에서 구두 한 짝을 가지구서리 콩쥐네 집에 왔단 말이. 그래 그 팥쥐 엄마가 말이, 아 신을 가지구서 저네 팥쥐를 신겨보이까나 팥쥐 발에는 맞지도 않는데,

"어우! 우리 팥쥐 발에 딱 맞는구나."

그러더라오. 그래 그담에는 이 짝의 콩쥐를 그 신을 신겨보이까나 콩쥐 발에 맞지 뭐. 콩쥐 신인게[22] 콩쥐 발에 맞지. 그래 그담에는 이 콩쥐 발에 맞으니까 어, 나라의 임금이 이 여자가 그 여자겠다구 그래 데려갔다오. 콩쥐를 데려다가 임금이 그래 자기 각시를 삼아[23] 잘 살았다 합니다.

---

20 그런게 : 그러니까.
21 그래가지구서리 : 그리하여. 그렇게 하여.
22 신인게 : 신이니까.
23 자기 각시를 삼아 : 자기 아내로 삼아.

8) 이정승 며느리

옛날에 저기 이정승이네가 맏이 며느리를 얻었는데 말이. 아이, 이 며느리가 저기 시집가서 이튿날에 시아바이 밥상을 들다가서리는, 상을 들여놓다가 방귀를 뽕 꼈단 말이. 그래가지구 시아바이가,

"아, 어디에서 쌍놈의 집구석의 자식을 데려왔다구서리 당장 데려가라"

구서리 아들을 막 호통하면서리 '빨리 당장 데려가라'고서리 그래.

아들네 부부간은 영¹ 정이 좋지 뭐. 그런데 아버지의 명령이니까나 할 수 없단 말이. 그래가지구서리 각시를 친정으로 데려갔지 뭐. 데려갔는데 뭐 하룻밤을 자도 만리성을 쌓는다고, 하룻밤을 그래 지낸 게 각시가 임신이 됐단 말이오. 그래가지구 서리는 그 다음에는, 옛날에는 무슨 그래 한번 가면 또 다시 어디로 또 훌쩍훌쩍 가지도 못하지. 그러이까나 이 여자 또 임신은 됐지 이러니까나 다른 데는 시집을 안 가고서리 그냥 친정에 있었단 말이.

친정에 있어서 애기를 낳았는데, 남자아를 낳았지. 남자아를 낳았는데, 야가 여섯 살을 먹어도 아버지가 없단 말이요. 그래 그다음에는,

"엄마, 어째 나는 아버지가 없는가?" 그러니까나,

"아버지가 돈을 벌러 저기 먼 데 갔는데, 이제 돈 많이 벌어가지고 온다."고 그러니까.

"그런가?"고.

그래도 야는 내내 그냥 아버지가 없어서 학교에 가며는,

---

1 영 : 도무지. 전혀. 여기서는 아주, 매우의 뜻으로 쓰임.

"야는 아버지가 없는 아이"

라고 그냥 놀려댄다는 말이요.

그러이까나 아가 그냥 그저, 하루는 학교에 가면 그냥 놀려대지. 아버지 없는 애라고. 이러이까나 하루는 떡 엄마한테 와서 칼을 집어 들고 와서,

"엄마, 바른 대로 아이 대겠는가. 엄마가 나를 바른대로 안 알려주면 엄마를 그저 이 칼로 찔러 죽이고 나도 죽겠다. 나에게 어째서 아버지가 없는가? 나는 학교에 가면 아버지 없는 아이라고 놀려대기[2] 싫다. 나도 아버지가 있겠는데 어째서 아버지가 없는가. 바른대로 대라."

고 하니까, 그다음에 엄마가 말을 했단 말이.

"사실은 그런 게 아니라, 저 아무 곳에 너의 아버지랑 할아버지랑 다 있다. 그 이정승이라는 사람이 너의 할아바이이고 아버지도 있는데 말이. 내가 그렇게 잔치한 이튿날에 밥상을 들다가 방귀를 께가지구[3] 그래 쫓겨 왔다."

구서리 그러이까나.

"아! 그런 영문인가? 그러면 나를 저기 박의 씨를 좀 얻어 달라."구.

"그래 너 박씨를 얻어서 뭘 하겠는가?"그러니까,

"글쎄 얻어 달라."

그래 그다음에는 박씨를 좀 얻어 가지구 이정승네 집에 갔단 말이. 이정승이네 집 마당에 가서, 그다음에는 그 저기 이정승이네 집에 가니까나, 그런 정승이네 그런 높은 사람들의 집은 다 보초군이 있단 말이. 그 보초군이가,

"너, 어째 이리 쪼꼬만 아이가 여기로 왔는가?" 그러니까,

"아이, 내 저기 저 이정승을 만나러 왔다"

고 하이까. 아니 요런 쪼꼬마한 코흘리개 여섯 살짜리 아가 와서 만나겠다고 하니까 아이 들여놓는단 말이.

---

2 놀려대기 : 놀려대다. 여기서는 '놀림당하기'의 뜻임.
3 방구를 께가지고 : 방귀를 꿰어서.

그래 그다음에는 그냥 만나게 해 달라고 그래 사정하니까, 그다음에 이 사람이 이정승한테 들어가서 말했지. 그래 그다음에는 이정승이가 저기 나와서 그 아를 만났지.

"그래, 어째서 무슨 영문으로 왔는가?" 하이까

"예, 내 저기 이거 이런 씨앗을 가져왔는데 말입니다. 이 씨앗은 저기 방구를 아니 끼는 사람 딱 심어야 됩니다. 그러이까나 이걸 방귀를 안 끼는 사람을 심구게 하시오" 그런단 말이.

그러니까 이정승이가 그 씨앗을 받아가지구서 아무리 생각해도 세상에 방구를 안 끼는 사람이 어디에 있소. 그래가지구서리 그 아 아버지가 아직 다른 여자를 아니 얻었단 말이요. 그러구 자기 그 노친[4]이 방귀 끼는 거 생전 못 들어봤지. 그래가지구서리 노친을 보고,

"여보 당신, 이 씨를 심소."

그러니까 방귀를 안 끼는 사람이 심어야 된다는데 심어라고 하니까

"아이구 세상에 방귀를 아니 끼는 사람이 어디 있는가? 나라고 왜 방귀를 안 끼겠는가구 나도 방귀를 낀다"

고 그러니까. 그다음엔 아들을 심으라고 하니까.

"아버지도 참! 방귀를 안 끼는 사람이 어디 있습니까? 나도 방귀를 끼는데 세상 사람이 방귀를 안 끼는 사람이 어디에 있습니까?"

다 방귀를 낀다구 받지 않는단 말이. 그다음에는 이 아이가 이정승한테 사실 이야기를 했단 말이.

"내가 바로 이 집 손자라고. 그래 우리 어머니가 이 집에 시집을 왔다가서리는 그 밥상을 들다가 방귀를 꼈다고 쫓겨와가지구서리, 후에 나를 낳았는데 내가 바로 이 집 손자라"고 그러이까나,

---

4 노친 :늙은 부모. 나이가 지긋한 아내(노친네). 여기서는 후자임.

"아, 그런 영문인가? 내가 정말 잘못했구나."

그러면서 그 아들을 시켜서 당장 각시를 데려오라고, 그래 손자하고 며느리하고 다 데려다가 잘 살았다꾸마.

9) 며느리가 가져온 복

　3대 집인데 말이, 할아바이 있구 시아바이 있구. 또 4대 집이 있는데, 그 4대를 내려오며 이 집은 화롯불을 한 번도 아이 끄고 그냥 화롯불을 계속 살구는[1] 집인데. 손주 며느리를 얻어 왔는데, 며느리 들어오자마자 밤 자구 나가고, 그 옛날에는 다 마루 뺀 집이란 말이. 조선에는 다 마루를 뺀 집[2]이지. 마루에다 화롯불을 담아놓으면 화롯불이 꺼지구 화롯불이 꺼지구 그래.

　'아이! 우리 대대로 내려오면서 화롯불을 아이 끄고 살았는데. 이거 이런 손부 며느리를 데려와서부터 화롯불이 이렇게 꺼지이까나 우리 집안이 이제 곧 망하겠다.'고서리 아이! 며느리를 내쫓겠다느니 어찌겠다느니 하면서 야단이란 말이.

　그래가지구서는 이 여자가 영 답답하단 말이 각시, 새 각시 들어온 게. 그래서 새 각시가 말이, 밤에 가만히 나가가지구서 지켰단 말이. 그 마루의 집 밖에 나가서, 나가서 지켰단 말이. 아 그 마루 밑에서 요런 쪼꼬만 아아들이 셋이 나오던게(나오더니) 그 화롯불을 요리 헤치고, 뚜작질을[3] 해놓구는 그 마루 밑에 또 들어가 버린단 말이.

　그래가지구서는 그다음에 시부모한테 그 이야기를 했단 말이. 그러니까 거짓말이라 하지 거짓말. 무슨 우리 집안에 여태까지 대대로 내려오면서 그런 일이 없었는데 거짓말이라고 하지. 그러니까 오늘 저녁에 그러면 꼭 부모님들이 그러면 지켜보라는 게야. 그래 그다음에는 시아바이가 정말 그 며느리 말대로 그래 밤에 나가 지키이까 그 마루 밑에서 쪼꼬마한 아아들이 셋이 나오던 것이 화롯불을 막 헤쳐서 죽이구서

---

1 화롯불을 살구는 : 화롯불을 꺼뜨리지 않고 계속해서 피우는.
2 마루를 뺀 집 : 방과 처마 사이에 마루를 놓은 집을 말함인 듯.
3 뚜작질 : 불을 이리저리 뒤적여 놓는 일. 뚜지다 : 쑤시다. 뚜지 : 두더지(함경도 방언).

는 또 마루 밑으로 들어간단 말이오.

그래 이상한 일이라구 그래 이튿날에 마루 밑을 팠지. 파이까나 아까 며느리 말한 것처럼 정말 금독이 세 개 있었단 말이오, 마루 밑에. 그 금이 아이로 변해서 나와 가지구 화롯불을 죽였지. 그런데 그 금독이 있는 거 몰랐단 말이오. 대대로 내려오면서 몰랐는데, 이 며느리 들어오면서 며느리 재산이란 말이 며느리 복이지 뭐. 며느리 들어오자 그걸 발견했으니까 그래 며느리 복이라고. 그다음부터는 며느리를 뭐 잘못 됐다고 난리치던 게 그 금을 파구서는 부자가 되고 잘 살더라오.

10) 원귀를 장사 지내다

두 늙은이 있었는데 말이, 두 늙은이 사는데 아들이 하나, 외아들을 하나 두고 살았는데, 그 외아들이 이제 약혼을 해서 서방을, 서방을 보내야¹ 되겠는데 말이. 그 아바이가 아들의 잔치를 하자구서 이불을 사러 상점에 갔지 뭐. 상점에 갔는데 한곳에 가이까나 영 이불을, 곱게 해논 이불이 있단 말이오. 그래 고 이불이 딱 마음에 들어서 그 이불을 사가지구 와서 아들 잔치를 했지.

잔치르 했는데 아, 잔칫날 저녁에 저기 저, 아이 저, 신랑 각시 자는 방에 꿈에 말이, 꿈도 아니고 생시도 아닌, 이런 정말 한 처녀가 머리를 이렇게 풀어 헤치구 그저 온몸에 피투성인 처녀가 막 어간문을² 까무러쳐서 열며 '사람 살려달'라고 소리를 치며 들어온단 말이오. 그래 신랑재가³ 까무러쳤어. 그 처녀가 그러는 바람에 잔칫날에 신랑재가 까무러쳐 죽었단 말이오 죽었지. 그 다음에 외아들을 잃어버려 이 집에서는 난리지 뭐.

그런데 며느리 사실 이야기를 했지. 시아바이보구⁴ 이런 일이 있었다 하이까나, 그 다음에 그럼 내 내일 저녁에 자 보겠다구. 그 다음에는 그 이불을 덮고 아바이가 쉬었단 말이. 아바이 쉬이까나 아이 정말 그런 여자 처녀가 머리를 그저 발밑까지 드리운 처녀가 피못이⁵ 돼가지구서리,

---

1 서방을 보내야 : 장가를 보내야. 서방보내다 : 시집이나 장가를 보내다.
2 어간문 : 사잇문.
3 신랑재가 : 신랑이. 신랑+자(접미사)+이+가. 주격조사 중첩.
4 시아바이보구 : 시아바이에게.
5 피못이 : 피투성이가.

"사람 살려 달라. 내 원수를 갚아 달라."

고 하면서 어간문을 쭉 열구서 나타난단 말이. 그래 그다음에는 아바이 정신차리구서,

"응 그래, 내 네 원수를 갚아 줄게. 그런데 너는 무슨 사람인가? 무슨 여자인가?"

하니까 이 여자가 '탁' 무릎을 꿇고 아바이 앞에 무르팍 꿇고 앉으면서리,

"인제 진짜 나를, 정말 내 원수를 갚아줄 사람을 내가 만났다"구 그러면서,

"나는 저기 저 아무 빈 집터 있는데, 그 집이 우리 집인데 말이. 우리가 옛날에 영 잘 살았는데, 강도놈들한테 우리 식구들 몽땅 다 죽고 나 혼자 마지막에 남았댔는데, 그것들이 재산 다 털어가면서리 나를 죽여가지구 구새목6 우에다 내 신체를 파묻어 놨는데. 아바이 그저 나를(나를) 내 신체를 어디에다가 잘 파묻어 놓으면 그 집의 재산이 아무 곳에 있구, 아무데 있구, 재산이 있는 거 그 재산을 몽땅 가져다가 아바이를 주고 내 다시는 아이 비치겠다"

구 그런단 말이. 그러이까나 아바이가

"응, 그런 영문인가, 그러면 내 니 원대로 해주겠다" 그러이까

"아바이! 감사하다구 내 원수를 갚아줄 사람을 인제야 만났다구 감사하다"

구 하면서 이 귀신이 없어졌지. 그러면서 이 여자가 말하는 게 말이오.

"아바이 그 사온 이 이불이 내 이불입니다. 내 시집가자고 해놓은 이불인데, 요 이불에 나의 손가락 한 매디(마디) 하구 피 한 방울이 있다구, 그러이까 내가 여기에 나타난다."고 그러더라오.

그래 정말 이튿날 아침에 이불 귀때기7 어디를 뜯어보이까 정말 그 여자의 손가락 한나와 피 한 방울이 있더라. 그래서 그 여자가 말한 대로 아바이가 그 집에 가서 파라고 하던 데를 파이까나 정말 그 꿈에 봤던 그 여자의 시체지 뭐. 딱 그 시체가 구새목에 있더라오. 그래 그 시체를 파가지구 다른 곳에 모시고서는 그 여자가 아주

---

6 구새목 : 속이 썩어 구멍이 뚫린 나무. 방구들과 굴뚝이 연결되는 부근. 여기서는 후자.
7 귀때기 : 귀퉁이.

잘 사는 집인데, 그 여자네 '보물을 아바이 다 가져다가 살아도 내 시체만 이래 해주면 나는 다시는 아니 비치겠다'고. 그래 그 재산을, 아들은 잃어버리고 재산은 가져다가 살았단 말이오.

11) 함경도 지방 이야기

함경북도 사실인데, 이씨하구 김씨, 남과 남이지 뭐. 남과 남인데 아주 친형제처럼 다정하게 지내는데 말이야. 이씨라는 사람은 서른다섯 살이구 김씨는 서른두 살이구, 그래 둘이 남과 남인데 아주 형제간처럼 다정하게 형제를 맺고 살았단 말이오. 그런데 이씨 형님은 말이오, 어디로 가서 한 일주일씩 있다가 오면 그저 돈을 잔뜩 가지고 벼락부자가 된단 말이.

그래 이 동생 김씨가,

"형님, 형님은 어떻게 돼서 어디에 가서 며칠을 아이 있다가 오면 돈을 그렇게 많이 벌어오는가? 그러이까느 나를 좀 데리고 가서 그 돈벌이를 나도 좀 하자구서" 이런단 말이오. 그러이까

"자네는 아이 된다. 못 간다."구 그러더라오.

그래도 또 이 형이 돈을 벌어다 쓰는 것이 부러워서 그냥 사정했어.

"너 정 그러면 그저 나를 따라가도 말이야, 내 시키는 대로 뭐든지 해야 되지 그러지 않으면 안 된다."

그래 그다음에는

"그럼 시키는 대로 하겠다구"서리는,[1]

"그럼 일주일 먹을 양식을 싸가지고 나를 따라오라" 그러더라오.

그래 일주일을 먹을 거 가지구서 따라 가이까 어디로 가는가 하면 함경북도 거기 저, 중국하구 쏘련하구 조선하구 세 개 변경 거기에서 강도질을 한단 말이. 세 개

---

1 하겠다구서리는 : 하겠다 하고서는. 하겠다고 하니까.

변경에서 돈 벌어 가지고 오는 사람을 죽이고 **빼앗아** 오는 강도질을 한단 말이. 그런 걸 모르고 이 사람이 따라 갔는데, 세 변경 거기에 집을 하나 지어 놓구서리는 거기에 가서 있으면서 그래.

"그래 어전(이제는) 여기에 와 있으면서 우리 일주일 있다가 간다. 그래 네 여기에 있어라."

그래 그다음에는 하루는 이씨가 나간단 말이. 나가던게[2] 그 세 개의 곳에 가서 돈 벌어 오는 거 죽이고 돈을 **빼앗아**가지고 들어 왔지 뭐. 그래 그담에,

"내 이런 일을 하는데 너도 나를 따라가서 이런 일을 할 만한가?"

하더라는 게야. 그래,

"나는 못 하겠다."

"그런데 너 어째 오겠다 했는가? 네가 나와 같이 이 노릇을 아니하면 너는 내 손에 죽을 줄을 알라구서리."

아이하면 가서 다 폭로한단 말이오.

"그래 너를 내 죽이겠다구. 나와 같이 이런 일을 아이하면 죽이겠다"구.

그러이까 이 사람이 말이야 이래도 죽고 저래도 죽고 겁이 나서 할 수 없이 그래 따라갔단 말이야. 따라갔는데 말이, 아이 정말 사람들이 둘이 오더라요. 청년이 둘이 오는 거 그거, 그저 뭐 도끼로 대가리를 찍어 넘겨가지구서리는 죽여가지구 돈을 **빼앗아** 가지고 가는데, 이 동생은 무서워서 나오지도 못했지 뭐. 그러이까

"저기 저, 너 이렇게 할 거면 뭐 하러 따라왔는가? 내가 데리고 올 때 말을 아이 했는가? 너를 그러면 죽이겠다구서리."

그래 며칠을 그랬더이 아, 돈을 마이 벌었단 말이. 숱한 사람 죽여가지고. 그러이 동생을 살가(살려) 놓으면 자기가 마을에 와서 폭로되겠지. 그러이까 죽이고 와야 된단 말이오. 돈은 동생이 아무것도 아이 한게,[3] 나누어 가지지는 않구, 주기는

---

2 나가던게 : 나가더니.
3 아이 한게 : 아니 하니까.

싫지. 그러이까 '너를 죽이겠다구서리' 형이라는 게.

"야, 니 내 칼에 죽겠니? 그렇지 않으면 이 몇십 리 되는 이 바위에 떨어져 죽겠니?"

그런단 말이오. 그러이까나 그 칼에 죽기보다는 나 절로 바위에 떨어져 죽는 게 낫겠다 싶어가지구

"나는 그러면 저기 저 바위에 떨어져 죽겠다."

"그럼 떨어져 죽어라."

그러더라는 게야.

그래 가지구서는 정말 눈을 꼭 감구, 바윗돌에서 아래를 내려다보니 아찔한 게 뭐 형편없이 높은 바위인데 말이, 눈을 꼭 감구 그 바윗돌에서 뚝 떨어졌단 말이오. 그래 뚝 떨어졌는데, 형이 이래 내려다보이까나 죽었는지 인적이 없지 뭐. 그러이까 그냥 보다가 인제는 죽었다 하구 그 돈을 가지구 집으로 왔단 말이오. 집으로 와가지구서는 이짝 김씨네 부인을 보구서,

"아무게 동생은 말이야 나와 같이 돈을 벌었는데, 나와 같이 집으로 오자고 하이까나 자기는 며칠을 돈 더 벌어가지고 오겠다 하면서 아이 왔다. 그래서 자기는 혼자 왔다"

고, 와서는 그렇게 말했지. 그러이까나 김씨네 각시는 정말 그런가 하구 시장[4] 곧이 듣지 뭐.

그런데 글쎄 동생이가 말이, 뚝 떨어져서 보이까나 그 숱한 사람이 죽은 무덤 위에 떨어졌단 말이오. 그래 뚝 떨어진 게 그래, 자기 죽지는 않았지 뭐. 죽지 않구 뚝 떨어졌다가 정신을 차려보이까 맨 시체에, 시체 위에 떨어졌는데 말이. 아 그다음에는 정신을 차려보이 추워서 못 견디겠단 말이오. 그래가지구 이리 저리 살펴보이까 숱한 사람이 죽었는데, 어떤 사람이 하나 그저 헌 소캐 우티가[5] 와느르[6] 새털이

---

4 시장 : 시방, 금방 등의 뜻으로 쓰이는 북한말.
5 소캐 우티 : 솜으로 된 웃옷. 소캐 : 솜(방언). 우치 : 웃옷(방언).

같은 거 입었더랍니다. 그래 이 사람이,

"당신은 죽었지만 나는 목숨이 살았으이까나 내가 추워서 못 견디겠는데, 당신 옷을 내가 벗겨 입어야 되겠다."

이렇게 말을 하면서리 그 옷을 벗겨 입구서리, 그다음에는 정신을 차려가지구, 곧추 집으로 가게 되면 그 형한테 발견되겠으니까, 먼 데로 돌아 돌아 해가지구서리 한 달 만에 집으로 왔단 말이오. 한 달 만에 밤에 집에 가마이 들어와 가지구서리 각시 보구서리,

"내가 이렇게 살아 왔다."

그래 그 사실 이야기를 하면서리 '나를 그래 죽이겠다' 해서 나 절로 그 바윗돌에 떨어졌는데, 이렇게 죽지 않고 살았는데, 절대 내가 돌아왔다는 말을 입 밖에 내지 말라구. 그러구서리 자기를 이제 방안에다가 감추어 놔라구.

그래 그다음에는 그 나그네[7]를 정말 방에다 감추어 놓구서리 그다음에 그 각시 정말 그 형제간을 맺은 거 그 일을, 그 이가(이씨)를 생각할수록 참 괘씸하단 말이오, 친형제처럼 지내다가 떡 그렇게 돼서. 괘씸하지마느 말 못하구서리는 그래 나그네를 아이 온 것처럼[8] 하고 감추어 놓구서리 그 옷을 말이오, 새털 같은 옷을, 어유! 옛날에는 가난하이까나 그 옷을 벗겨가지구서 소캐(솜)라도 빼서 쓰겠다구 실밥을 이래 뜯으면서리 소캐를 뽑으이까 다 돈을 솜에다 놓구서 누볐더라오.

그래 뜯으면서 보이까나 글쎄 전체를 돈을 놓고, 그 사람도 거기에 가서 돈을 벌어가지구서리, 그냥 돈을 가져오며는 강도한테 빼앗기겠으이까나 소캐 밑에다가 돈을 넣어가지구 오다가 그렇게 죽었더라오. 그래 그다음에 그 실밥을 한나씩 한나씩 뜯으면서 돈을 그래 다 뜯어서 모두어 놓구, 그다음에는 이제 한 다섯 달 지난 다음에, 그담에 이씨네 집에 가서 그래 저기 저 말을 했지. 가이까나 점심을 먹더라

---

6 와느르 : 完으르. 완전히. 아주.

7 나그네 : 남편. 남정네. 여기서는 전자임.

8 아이 온 것처럼 : 오지 않은 것처럼. 아니 온 것처럼.

오. 점심을 먹는데,

　"우리 아무개 아버지 왔다"

고 하이까나, '응!' 하면서는,

　아이, 정말 죽었거이 했는데, 한 다섯 너덧 달 지나도 소식이 없으니까 정말 죽었거니 했는데, 왔다이까나 아이 깜짝 놀라 밥이 모가지에 막혀 썩어지더라 하재이요,[9] 죄를 만나서.

---

9 썩어지더라 하재이요 : 죽었더라 하였지요. 죽었더라 하지 않겠어요?

구연자 3 : 김경준 (남, 69세, 노인협회 회장 역임)
고 향 : 함경남도
출생지 : 함경남도 풍산
채록 장소 : 안도현 장흥향 장흥촌
채록 시기 : 2000.7.26.～2000.7.28.
소재원 : 아버지

1) 박문수 대감의 제주도방문

제목은 책에도 났지마는 옛말 책의 것이 아니구 내 아버지, 내 어려서 그 소학교 다니기 전의 여덟 아홉 그적에 우리 아버지가 옛말을 해준 걸 몇 가지를 잊어 아이 버리구[1] 있었는데, 후에 알아보니까 그 내 아버지한테 들은 옛말이 책에도 많이 나왔다 합디다. 그러나 책에 나온 거는 근근이 한 제목이구 다수의 이게 나온 것 같지 않는데. 그래 제목은 무엔가 하니까 조선에 연대가 그때 시기의 연대의 조선왕조가 어느 왕조인지는 몰라도 대략 알기는 이조 때라고 생각됩니다.

조선에 정치가 혼란하고 나라에 이런 공로 없는 사람들, 다시 말해서 백성들의 기름을 짜고 탐오를 하고 이런 거 하니까. 나라의 왕이 지금 말해서 공작대처럼 나라에 뭔가믄 벼슬을, 급제를 한 사람을 암행어사라는 어사를, 어사라는 벼슬을 줘 가지구. 이 어사는 다시 말해서 어사또라는 이 사람은 임금이 그 명령을, 그 왕패를 어사또라는 그 패를 직접 가지고 거지 옷을 입고 거지 차림을 하고 숱한

---

1 잊어 아이 버리구 : 아니 잊어버리고. 부정조동사 도치.

군대를 암암리에 파해서[2] 이래 조선의 어느 지방의 군수라든가 이런 지방의 그런 그 관들의 뭔가믄 정치를 하는 거 정탐하지. 그런데 그때 박문수라는 이 어사또가 있습니다. 박문수 대감이라고 박문수 대감이 제주도 방문갔었는데, 이 두 가지 방문한 걸 이야기하겠습니다.

에, 박문수 대감이가 나라의 어명을 받들구 그 마패를 속에 품구, 거지 옷차림을 해가지구, 에 조선나라를 건너서 바다를 건너서 제주도라는 섬에 도착 갔지. 게, 이 제주도라는 섬에 갈 적에 이 박문수 대감의 그 머리에는 무엇이 있는가 하이까. 이거는 우리 조선 나라의 큰 이런 땅덩어리가 아이고 자그마한 섬이니까 섬 안에는 여기에는 아주 그 보지 못하고 듣지 못한 일들이 많겠다. 이러니까 억울한 일두 많구. 아주 이게 뭔가믄, 저 제대로 뭔가믄, 다시 말해서 정치가 제대로 되지 않구 그러니까 여기서 재료를 찾겠다. 이래 에 그 제주도에서 방문하는데, 그래 가보니까 제주도 사람들을 보니까니 다수는 다 그 뭐인가믄 해역에서, 바다에서 고기를 잡아먹고, 농사를 짓는 거는 소수 사람들이 농사를 짓는다.

박문수 대감이 갈 때와는 다르지. 가을을 해서 나락[3]을 실어들이고 나락 가지를 지금 가릴 땐데,[4] 한 군데[5] 떡 가니까. 아 한 집에 무엔가믄 기와집이 정말 네 집이 출렁 이렇게 아주 기와집을 잘 진(잘 지은) 이런 집 앞에, 그 낟가리를 가리는데, 벼 낟가리를 가리는데. 그런데 꼭대기에 낟가리를 가리는[6] 사람은 아주 백발노인이, 새하얀 노인이 우에서 그 나락을 받아서는 가리는데 밑에서, 아 내 말을 까꾸로 했습니다. 우에서 그 뭔가믄 낟가리를 가리는 사람은 젊은 총각이, 젊은 총각 녀석이 뭔가믄 말이야 가리구. 밑에서는 뭔가믄 그 낟알 단을 올리 뿌리는[7] 백발노인이

---

2 파해서 : 파견해서. 어떤 용무로 사람을 보내서.
3 나락 : 벼의 이삭. 탈곡하기에 알맞은 벼.
4 나락 가지를 가릴 땐데 : 익은 벼를 묶어서 낟가리 할 땐데.
5 한 군데 : 한 곳에.
6 낟가리를 가리는 : 볏단을 차곡차곡 쌓아올리는.
7 올리 뿌리는 : 올려 던지는.

올리 뿌린단 말이. 그래 올리 뿌리는데 이놈 뭔가믄 말이야, 이놈이 힘이 모자라니까 절반쯤 올라가다가는 그 나락단이 떨어지구 그러니 우에서는 뭔가믄 젊은 녀석이 그거 받다가 받지 못 하믄 내리바다가[8] 늙은 영감을 들이다 욕을 들이다 한단 말이. 욕을 하는 게,

"이 망할 놈 새끼, 흑 볏단 한 단을 바로 올리 뜨리지[9] 못한다"

구 들이따[10] 욕한단 말이. 이 밑에 백발노인은 그 욕을 얻어먹으면서 찍소리 한마디도 없이, 그다음에 또다시 줴서는(쥐어서) 올리뜨리믄 또 맥이 모자라서는 그런 사람이, 그 젊은 총각이 낟가리를 가리는 그 손 밑에 가서는 떨어지구 또 떨어지구 이러거든. 그래 너무도 하도 안타까워서 박문수 대감이 같이 거기서 그거 올리 챙겼지.

챙기이까 이 뭐 그 젊은 녀석이 뭔가믄 찍소리 한마디 없이 그냥 그거 낯선 사람이 올리뜨리는 거 받아가지구서는 그다음 그 하얀 영감하구 같이 그 낟가리를 다 가리구서 그다음에 떡 내려와가지구서는 그다음에 내려오거든. 그래 박문수 대감이가 물어봤지 뭐 그 영감하구.

"이제(방금) 낟가리 가리던 총각이 할아버지한테 어떻게 됩니까?"

그 할아버지 있다가서,

"그 우에서 낟가리 가리던 저분이 나의 할아버지입니다."

이러거든. 그런단 말이.

그다음에 또 이 젊은 사람하고서 물어 보니까 저 하얀 영감이 저 아바이가 총각한테 어떻게 되는가 하이까,

"그 내 손자입니다." 이러거든.

그런데 어떻게 돼서 아이 젊은이는 아이 그 옛날에는 장가를 가믄 그 뭔가믄

---

8 내리바다가 : 내리받아서, 내려다 보고 등에 가까운 뜻인 듯.
9 올리 뜨리지 : 던져 올리지
10 들이따 : 들입다.

상투를 찌는데, 장가를 아이 간 머리태[11]가 있단 말이. 머리태를 보니까 총각이란 말이, 그래 총각머리를.

"야, 그런 원인이 있다"는 게지.

"게 무슨 원인인가?" 하니까,

"아, 손님은 어디에서 오시는가?" 그러지.

"나는 조선 땅에서 오는 사람이라" 하니까

"그럼, 하룻밤 그럼 우리 집에서 류하구[12] 가시라. 그래 내 세를[13] 알려주겠다."

그래 박문수 대감이 무엇인가면 말이야, 이놈 곳이 법이 거꾸로 된 곳이라 어쨌든. 이게 새파란 젊은 녀석이 시허연 할아버지를 가져다 손자라고, 할아버지는 새파란 녀석을 갯다가[14] 할아버지라 하니까 이상하다.

그래 저녁은 뭔가믄 그 집에서 먹구, 그 집에서 자게 됐지. 그다음에 그 젊은 총각이가 나와서 한담을 한단 말이 박문수 대감하구.

"야는 금년에 나이 몇 살인가?" 하니까

"금년에 나이 팔십 살, 팔십 살인데 내 손자라는 게지"

"그래 젊은이 금년에 연세가 어떻게 되는가?" 하니까

"하! 내 금년에 나이 일백 오십이라"는 게지.

"일백 오십이라는 게 어떻게 돼서 그렇게 아이, 머리도 하나도 쉬지 않고 말이야 새파란 총각인가?" 하니까

"하, 아직 모른다."는 게지.

"조선국에서 왔으이까 모른다."는 게지.

"이곳에 참 이상하다."는 게지.

"백 살까지는 저렇게 늙는다."는 게지.

---

11 머리태가 : 머리채가.
12 류하구 : 머무르고.
13 내 세를 : 내 형세를(사실을).
14 녀석을 갯다가 : 녀석을 두고서. 녀석에게다.

"백 살까지는 새하얗게 늙어가지구, 마지막 백 살까지는 새하얗게 늙고 그다음에 기력을 못쓰다가, 그다음 백 살 지난 다음에는 허연 머리는 다 빠지구 그다음 꺼면 머리 나기 시작하구, 그다음에 이 주름살 다 없어지고서 이렇게 다시 소년으로 된다."는 게지.

"그래 그래서 이렇게 되게 되며는, 에 우리 뭔가믄 에, 우리 할아버지, 증조할아버지, 고조할아버지 생전[15]이라"는 게지.

"그래 아, 계시는가?" 하니까

"아, 생전 계신다.[16]"는 게지.

"그래 우리 벌써 여기 양백살[17]만 먹게 되면 그다음에는 어찌는가 말을 그다음에는 못하구. 말을 못하구 그다음에는 뭔가믄 말이야 이런 의식이 없어지구. 그저 뭔가믄 먹는 것밖에 모른다"는 게지.

"그저 막 줴서(쥐어서, 집어서) 먹구 말이야, 이러구 그래. 부부간이라는 것도 모르구 뭐 내 니 새끼구. 내가 네 뭐 할아버지구 이것두 모르구. 죽지 않으니까 저거 쌍쌍이[18] 갯다다[19] 모셨다"는 게지.

"그래 몇 대 아야구, 한 십여 대, 내 이상 십여 대 된 우리 노 할아버지들 할머니들 다 있다"는 거야.

"하! 그런가. 그럼 우리 아침에 나가서 방문을 해 보자."

그다음에 정말 아침에 떡 일어나니까 그 할아버지 할머니들 식사를 말이야, 돼지 물을 뭔가믄 죽을 끓인 것처럼 죽을 끓여서는 뭔가믄 말이야, 그냥 이래가지구선 나가서는 국자로 떠서는 뭔가믄 말이야 주거든. 이런 함지에다 떡 주게 다믄,[20]

---

15 생전 : 살아있는 동안.
16 생전 계신다 : 살아 계신다. 살아생전.
17 양백 살 : 이백 살.
18 쌍쌍이 : 짝을 지워.
19 갯다다 : 가져다.
20 주게 다믄 : 주게 되면.

아 떡 들여다 보니까 사람이 생긴 거는 사람의 모양인데 딱 원숭이처럼 생겼는데, 아 서로 뭔가믄 제 먼저 먹겠다고 귀띠(귀)를 쥐고 서로 막 생 막 빼앗아 먹고, 막 서로 이러면서 부부간에 말이야 옷도 없이, 아 그리구 찍찍 소리치고 막 이러더란 게야.

하! 이상하다. 그다음에는 다 그다음에는 이래 구경한 다음에, 그다음에 이 박문수 대감이 그다음에 가만 있어. 박문수 이 어사가 정치에만 이래 잘하는 게 아니라 이 양반이 진리도 잘 아는 모양이라. 이 어사가 박문수 어사가 이게 아무래도 이게 문제 있는, 물에 관계있겠다. 그래 어떤 물을 먹는가 하이까 그 자기네 그 몇 대부터 내려오는 그런 먹는 물이 있는데, 삼치물[21]이 있는데 거기서 우리 벌써 몇백 년을 여기서 이 터에서 살구, 무너지면 다시 짓구 다시 짓구, 그저 여기서 이래 산다, 그 물을 먹구. 그래 떡 가서 보니까 물이가 천명수[22]라는 게, 예 이런 물이 천명수라. 이 제주도에 이 물이가 천명수가 있다. 그다음에 이거 발명했지.[23] 그래 이 어사가 하는 말이,

"그래, 이거 이렇게 사는 게 에 원인가? 그렇지 않으면 일반 사람처럼 백 년, 저기 목숨으로서 백년 한수로서[24] 이렇게 사는 게 원인가?"

"아, 이거 보통사람처럼 이렇게 살았으면 좋겠다. 그저 백 년을 기한으로 하구서 그 어간에[25] 그저 살구 죽구 이랬으믄 좋겠다. 이거 몇백 년을 죽지 않구 그냥 살았는데, 저거 죽이지도 못하지. 저거 못 쓰자이까 큰일이라"는 게야.

"아! 그러믄 여기를 파라."

그래 박문수 대감이 그 보통 물을 그거 우물 자리를 파 주구서, 파는데 거기서 물이 나오지. 물이 나오는데 이 물로 밥을 지어서 윈 우에[26] 어른부터 차츰차츰

---

21 삼치물 : 샘물. 샘을 삼취 또는 샘취로 일컬음.
22 천명수 : 천년의 수명을 내리는 물.
23 발명했지 : 새로이 알게 됨.
24 백년 한수로서 : 백년을 한계 수명으로 해서.
25 그 어간에 : 그 으름에. 그 사이에.

내려와서 대접하게 되든 마지막에 자네까지 먹게 되든, 이거 이왕의 사람들은 다 이제 저승에 가버리고 그다음에 이 물로써 먹게 되든 그저 백 년, 아 그 뭐인가믄 말이야, 거저 산다. 이래서 그다음에 박문수 대감이 하는 대로 하니까 결국은 저 차차 내리 이렇게 뭐인가믄 대접하니까 그분들은 다 돌아가고 이 사람도 일백오십 살 먹은 그 할아버지도 마지막에 거 먹고 죽더랍니다.

그래 지금도 에 이 명이 제일 길고 그 하게 되는 제주도, 우리 저기 북조선도 좋고 한국도 좋고 제일 명이 긴 데는 아직도 제주도랍니다. 제주도에는 그게 뭐인가 믄 물이 그 약수로서 참 생명수가 이렇게 지금도 그거 보장돼. 그렇게 옛날처럼 몇백 살은 못 살아도 그저 백 살 밑까지는 어렵잖게 산답니다. 보통 이게 제주도에 이런 물이 있구.

그다음에 박문수 대감이 또 제주도에서 이제 밤에 이제 한번 시찰을 나갔지 뭐. 밤에 백성들의 집들을 돌아보는데, 그래 한군데 떡 가이까 어떤 집에 불을 딱 켜났는데 이런 호랑불[27]이라는 게 등잔불이지. 등잔불을 켜났는데, 그 안에 이 장구 치는 소리가 물장구 치는 소리가 '뚱땅뚱땅' 나고, 그다음에 어떤 할아버지가 웃는데 정말 대소하게[28] 말이야 웃는데, 막 숨이 넘어가게 웃거든. 하! 저기 저 집에 무슨 일이 생겼다. 이게 어떻게 돼서 저 집에 장구소리 나면서 딱 한사람이 웃는 소린데, 영감이 그것두 여자가 아이구 영감이 웃는단 말이야 대단히 웃거든. 그래 그다음에 박문수 대감이 그 집을 찾아가서 이제 마당에 떡 들어가 보니까 그 집안에 불을, 석유 불을 딱 켜났는데 '뚱땅뚱땅' 이렇게 장구소리 나구 영감이 웃는단 말이야.

그래 가까이 가서 문에 가서 문 창지를[29] 춤(침)을 받아가지구서는 째구 들여다 보니까 어떤 백발, 한 팔십 먹은 이런 노인이 상을 떡 받았는데, 이팝[30] 한 사발

---

26 원 우에 : 제일 위에. 맨 위에.

27 호랑불 : 호롱불.

28 대소하게 : 큰 웃음으로.

29 문 창지를 : 문 창호지를.

30 이팝 : 쌀밥.

놓고, 그다음에 국을 한 사발 놓구, 그다음에 이런 해어[31]를 몇 개 지진 거 올려 놓구, 그리구 술을 한 대들이, 옛날에는 그 조선에 그 25도짜리 그 소주 한대들이 그 술을 놓구서는 그리구서는 앉아 웃구. 그다음에 그 짝에 장구치는 사람은 젊은 사람이 한 사십 먹은 사람인데, 이런 저 뭐인가믄 물함박[32]에다서는 바가지를 엎어놓 구서는 그늠을 갯다[33] 두드린단 말이야. 그래 "뚱땅뚱땅"하구.

그다음에 이쪽에 떡 보니까 춤추는 사람은 몽당치마를 떡 입었는데, 머리 까까중 처럼 **빤빤히** 새파랗게 깎은 여자가, 여잔데 몽당치마를 입고서 허리띠를 질러 매고 서는 춤을 추는데, 아이 한 사십 먹은 남자는 그놈은 물장구를[34] '뚱땅' 치지. 영감은 앉아서 그걸 보고 말이야, 계속 허리 불러지게[35] 웃는다 말이야.

게 이게 무슨 영문이 있다. 그래 다음에 한참 그렇게 신이 나게 춤추고 아, 이렇게 영감이 웃은 다음에 주인을 찾았지.

"주인 계십니까?"

하니까 깜짝 놀라서 그다음에 춤추던 까까중이 여자는 아래 칸으로 후출뜨리고[36] 내려가고. 그다음에 그 장구 치던 그 사람은 그거 물 함박을 쥐구서 아래 칸에 나가고 그래.

"주인 계십니까?"

하니까 그다음 젊은 사람이 떡,

"누구신가?" 그래.

"내 지나가던 이런 저기 과객인데, 지나가던 손님인데 하룻밤 류하고[37] 가는 게

---

31 해어 : 바닷물고기.
32 물 함박 : 물을 담는 납작한 그릇.
33 그늠을 갯다 : 그놈을 가지고. 그 물건에다가.
34 물장구를 : 물독에 바가지를 엎어놓고 두드리는 소리.
35 불러지게 : 부러지게.
36 후출뜨리고 : 후닥닥 거둬들이고.
37 하룻밤 류하고 : 하룻밤을 자고. 하룻밤 머무르고.

어떤가?"

그래 그다음에 할아버지가 있다가,

"아, 들어오라구."

그래서 들어갔지. 그래 떠억 들어가서 이제 그 집에서 뭐인가믄 에 하룻밤 류하게 되구. 그다음에 그 집에서 뭐인가믄

"저녁을 어떻게 자셨는가?"

"아직 먹지 못했다."

하니까 저녁 식사를 그럼 같이 하자구 하면서 할아버지하구 그다음 그 한 사십 먹은 사람하구 같이 한 칸에서 밥 먹었지. 그래 대감이 물어봤지.

"어떻게 돼서 이 집에서 이런 아주 밤이 깊은데, 이런 상을 소박하게 이렇게 상을 채리구서 할아버지 앞에서 웃구, 아까 춤추던 거는 누구이구 장구 치던 거는 누군가?"

그러이까 할아버지 하는 말이, 그런 게 아니라 아까 춤추던 거는 내 며느리구, 야는 내 아들이라는 게지.

그래 에, 이런 사연이 있다고 하니까 아들이 '아버지 말하지 말라'하구서 아들이 말한단 말이. 아들이 아버지 말을 받아 하는 말이, 아버지가 원래는, 에, 저 아버지가 저기 뭐인가 하니깐, 노친[38]을 잃어버리고 그러니까 자기 어머이 세상을 뜬 후에 아버지가 3년이 되두 웃지 않는단 말이야 응, 시아바이가. 시아바이가 늘상 수심을 끼구, 아주 늘상 수심이 끼구 웃지 않구 계속 이러구 3년을 지나니까 생활은 곤란하지 어떻게 하면 저 시아버지를 말이야 저기, 웃길 수 있겠는가 이걸 궁리하다 못해 이 집 며느리가 자기 그 머리를 깎아서 달비[39]를 매서, 달비라고 옛날에 그 머리를 깎아서 달비를 맺어. 시장에 가서 팔아 가지구 그 뭐인가믄 에 입쌀[40]을 한 되 사구,

---

38 노친 : 늙은 부모. 나이 많은 늙은 부인. 여기서는 후자.
39 달비 : '다리'의 방언.
40 입쌀 : 멥쌀.

그다음에 해어[41]를 몇 마리를 사구 그다음에 술을 한 병사리[42]를 사가지구 그래 와서 아버지를 갯다 떡 대접해도 그래도 웃지 않는단 말이야.

그래 이 며느리가 자기 그 남편하구 이랬거든.

"당신이 뭐인가 에, 물 함박에[43] 물을 담아 놓구 바가지를 거기에 띄워 놓구, 그래 두드리구, 내가 춤을 추구, 이렇게 한번 아버지를 웃겨 보자"

그래 이래서 아들이 뭐인가믄 말이야 장구를 치구 아, 까까중이 된 그 며느리가 춤추니까 그 바람에 그 시아바이가 웃음보 터져서 웃었다는 거지.

그래 이거 무엇을 설명하는가? 그러니까 효도, 웅! 그 나무(남의) 자식이래도 시아버지 홀로 나서 고독하게 이런 짝을 잃어버린 노인들은 늘그막에 늙어 죽을 뿐이고 그거는 고독하고 슬퍼하고 아주 섧어 하고 이게 있지. 그런데 이렇게 되니까 웃지 않고 기색이 아주 영 초라하게 구게졌지. 그러니까 이거 웃겨보느라고 그 며느리 자기 머리를 깎아 팔아서 그 다음에 그 음식을 차리고, 자기 춤까지 췄으니까 이게 우리 조선의 그 아주 그 민족의 미담이지. 정말 그 자식이가 부모에 대해서 그 효성, 공대하구 이렇다는 거. 그 뭐인가믄 박문수 대감이가 아, 이거 참 이거 복을 받을 만한 일이다. 그래 박문수 대감이 그러구서 갔다는 이야기거든. 그래 이 두 마디밖에 이거는 저 우리 아버지한테서 들은 건데 어저는 오래니까 더러 빠진 것두 있구 이상입니다.

---

41 해어 : 바닷물고기.
42 병사리 : 병.
43 물 함박에 : 물 항아리에.

2) 이와 인삼

옛날에 조선의 어느 곳에 뭐인가, 거지가 있었단 말입다 거지. 하두 이눔 거지가 못 살구 누덕누덕 기워 입은 옷이가 뭐인가 말이야, 영 빌어먹은 헌 집에 가서는 이가 너무, 옷에 이가 너무 괘니까[1] 와느르[2] 옷을 벗어서 이를 잡는 게 아니라 모드락 빗자루[3] 가지구 이를 막 쓸어버린다 말이야. 너무 이가 많아서, 게 이가 너무 많아서 잡지는 못하구 모드락 빗자루 가지고 이를 쓸어버리는 형편인데.

그런데 이눔 아이 한 때[4] 가서 빌어먹구는 와서 또 이를 쓸어 던지구 하는데, 그 며칠은 어째 이 물지 않는단 말이야 옷의 이가, 헌 누덕옷의 이가. 그래 며칠은 이를 쓸지 않는데, 아 그다음에 다음 날도, 아 이눔이가[5] 사람 막 뜯어 먹는 판에, 막 그 앉아 있지 못할 이런 정도로 막 이랬는데, 까딱없단 말이. 그래 하도 이상하다고 그다음에 웃도리를[6] 쭉 벗었지. 벗어가지구 이를 찾으니까, 아 이를 막 빗자루로 쓸어버리던 이가 하나도 없단 말이야 옷의 이가.

아! 이게 이상하다. 아! 괴상하다구. 그다음에 이눔 헌옷을 혼 솔마다[7] 여기 저기 뚜지며[8] 자꾸 본단 말이, 이를 찾느라구. 아 찾다 찾다 보다나이까 마지막에 이는

---

1 괘니까 : 이 기생충 따위가 많이 번식하니까.
2 와느르 : 완完으르. 아주. 완전히.
3 모드락 빗자루 : 쓸어 모으는 빗자루. 몽당 빗자루.
4 한 때 : 한 끼.
5 이눔이가 : 이놈의 이가. 이놈이(주격조사 겹침).
6 웃도리를 : 윗도리를.
7 혼 솔마다 : 바늘로 꿰맨 솔기마다. 솔기 : 바느질로 꿰맨 두 헝겊이 합쳐지는 부분.
8 뚜지며 : 뒤지며. 쑤시며.

이인데 하야! 보리쌀마이[9] 크단 말이야. 즉 말하면 쌀알마이 큰놈이 한 놈이 딱 있단 말이. 아야! 이게야 하나 땍땍이[10] 보이까 이는 이란 말이야. 발이 생겨 이인데, 이 새끼 잡아먹구서 이 새끼 돌아다니면서 쪼꼬만 이를 다 잡아먹어서 내 옷에 이 없는가? 그래 하여간 이늠 실험한다구 옷에, 옷에 혼 솔기를[11] 이리 들추구, 저리 들추구 하다나니까 서캐[12] 한 마리 붙들었단 말이. 붙들어서 그늠 큰 이 앞에다 갖다 놓으니까 이놈이 제꺼덕 잡아먹는단 말이. 아! 잡아 먹구, 맛있다구 말이야, 셋데이를 홀락거리며[13] 더 얻어 본단[14] 말이야. 아야! 이게 이제까지 잡아먹었구나. 그다음에 그래 이를 혼 솔에다 이래 제구[15] 찾아서 갖다가 한 두어 마리 실험하니까 제꺽 제꺽 먹는단 말이야. 아! 이놈이 이는 이인데 이를 잡아먹는단 말이야.

그런데 이놈이 내 몸의 이를 다 잡아먹었으니깐 이놈이 굶어 죽지. 인젠 이가 그렇게 생기지 않으니까 그다음에 딴 거(다른 것) 이놈이 먹지 않는가 싶어가지구서, 밥 빌어먹던 그릇에 밥알이 하나 붙은 거, 그놈을 이 앞에 딱 놓으니까 그것도 제꺽 먹는단 말이야. '하! 이거야 동미[16] 하나 생겼다구. 식구하나 붙었다구. 이 너도 밥 먹으이까 내 식구다. 나도 밥 먹구, 너는 나보다 재간이 더 있으니 이까지 잡아먹으니까 너는 하여간 나하구 아주 동미라구.' 그다음에 이놈을 비시깨[17] 통에 다시 딱 넣구서는 그 어디가서 밥 빌어먹구서는, 그다음에 잊어버리지 않구 밥알을 하나 입에 넣구서는 제꺼덕 다 먹거든.

아 이놈이 잠시 잠시 큰단 말이야 이가. 아야! 비시깨 통에 넣던 게 이젠 비시깨

9 보리쌀마이 : 보리쌀만큼.
10 땍땍이 : 똑똑히.
11 혼 솔기를 : 바늘로 꿰맨 솔기를.
12 서캐 : 이의 알.
13 셋대이를 홀락거리며 : 혓바닥을 날름거리며.
14 얻어 본단 : 찾아본단.
15 제구 : 겨우.
16 동미 : 동무. 친구.
17 비시깨 : 비지깨. 성냥(함경도 방언).

통에 못 넣겠네. 그다음엔 주먼지[18]속에 넣구 다니지. 그다음에 흘러질까봐 꽁 매놓구. 그다음엔 빌어먹구는 밥을 넣으면 아 마지막에는 주먼지도 꼴똑[19] 찼지 뭐. 아! 이거 이제는 어떻게 집에다가, 그러니까 집이라는 거는 거지라도 헌 빈집에 가서 자는데, 그 빈집 구석에 가서 이만한 밥통 하나 말이야 큰 밥통, 그 안에다 저레 그 이를 붙들어 옇구선 밥을 먹다가는 한 숟가락 집어 옇구선, 하하! 며칠이 안돼서 그 밥통이 꼴똑 차네, 이눔 커지. 아 이리저리 하다나니까 아 이눔이가 크는데 대단히 빨리 크지. 아야! 그다음에 제 혼자 빌어먹던 곱으로 먹는단 말이야. 아이, 저는 밥을 한 사발 빌어먹으면 되는데, 저눔은 한 끼에 두 사발씩 먹으니. 아, 어저는 이눔이 큰 중개만큼[20] 컸단 말이야, 이인데.

그런데 딴 사람이 보면 무슨 동물인지 모른단 말이. 그런데 저는 제 몸에 붙던 이란 말이, 이 사람은 알지. 그러이까 이눔을 이제는 어떻게 하는가? 저눔을 데리고 댕겨야 되겠는데, 제 집에다 두고 다니면 어떤 눔이 와서 저거 무슨 짐승이라고 저거 잡아먹거나, 무스게 무엇인가믄[21] 풀어 갈까 봐 굴레를 짰지. 송아지처럼 굴레를 딱 짜가지구서는 끄스구 댕기면서[22] 말이야 비럭질[23]을 댕긴단[24] 말이야.

아! 그다음에는 숱한 사람들이 모여서 '야, 이게 무슨 짐승인가'구? '이게 보지 않던 짐승이라'구, '야 이게 별났다'구 말이. 이걸 구경하면서 그다음에는 그거 덕분에 무언가믄 밥을 한 사발이라도 뜨끈한 밥이라도 한 사발 더 빌지. 이래 댕기며 빌어서는 그다음에 저도 먹고 이도 주고 말이야. 이제는 이눔이 자꾸 큰단 말이. 송아지처럼 크니까 이제는 이눔을 멕여낼 재간이 없단 말이.

이거 이제는 이눔을 팔아먹어야 되겠는데, 팔아먹어야 되겠는데 이눔을. 누가

---

18 주먼지 : 주머니.
19 꼴똑 : 가득.
20 중개만큼 : 중간 정도 자란 크기의 개만큼.
21 무엇인가믄 : 무엇인가 하면서.
22 끄스구 댕기면서 : 끌고 다니면서.
23 비럭질 : 구걸하거나 빌어먹는 일.
24 댕긴단 : 다닌단.

사자는 놈도 없구 하니까 에씨! 아무날 서울 장안에 장날인데, 그날에 이놈을 굴레를 짜가지구서는 짐승 파는, 그 소 파는데 떡 가지구 가서는 말뚝에다 떡 매 놓았어. 숱한 장안의 사람들이 와 보구서는, '야 이거 별난 짐승이 오늘 장안에 들었다'구. 숱한 사람이 와서 보구 구경하는데, "얼매요? 나 사겠소." 하는 놈은 하나도 없단 말이야. 그래 구경만 하구는,

"야! 별난 짐승이 왔다구. 이 짐승이 이름이 뭐야? 이 짐승 임자가 누구냐?"

그래, 대답하기 싫어서 아예 저도 모르는 척 손님인 척 하구 저쪽에 가서 가만히 앉았지. 어떤 놈이 와서 배때기를 탁 차서 저거 죽이지 않으면 다행이지. 그냥 가만히 있어. 하 숱한 게 와서 모두 구경하구 별난 짐승이라구 말이, 그렇지마는 그놈을 사자는 놈은 없단 말이. 그러다나니까 그 시간 수가 떡, 시간 수라는 게 그때 이저기 뭔가믄 말이야 지금은 이런 시간을 그전엔 옛날의 그런 시간으로서 3시쯤 하면 해가 기울어졌지. 시간 수가 떡 돼서 해가 기울이니까 장안에 장꾼들이 다 헤어질 판이지, 그래 파산[25]이지.

장꾼들이 다 집으로 가구 어저는 그럴 때 됐는데, 아 한 녀석이 오는데, 키가 **빼빼**마른 녀석이 뭔가믄 말이야 패령이,[26] 옛날에 그 패령이라는 모자가 있었는데 패령이 모자, 그게 뭔가면 영화에 나오는 거 있잖아, 그 이런 고깔모자 같은 거 그거 패랭이라. 조선 사람들은 그걸 패랭이라 하지. 패랭을 딱 쓴 녀석이 뭔가믄 두루마기를 입고선 지팽이를 짚고 떡 와서

"야! 오늘 장날에 이도 큰 게 들었구나." 한단 말이야.

그놈이사 안다지.[27] 그놈이야 이라는 걸 안단 말이. 그런데 이놈이가[28] 그 말이 뚝 떨어지자 이놈이가, 대가리를 쭉 돌리더니 그 말을 하던 패랭이를 쓴 자식을 떡 올려다 쳐다보더니

---

25 파산이지 : 파장이지. 장이 끝나고 흩어짐.
26 패령이 : 패랭이의 방언.
27 그놈이사 안다지 : 그놈이야 안다는 것이지.
28 이놈이가 : 이놈의 이가. 이놈이(주격조사 중첩)로 읽을 수도 있음.

"야! 오늘 장날에 인삼도 큰 기 와서 논다."

아! 이가 말을 한다 말이야.

"아! 그거 누가 들었는가?"

하이까 이놈이 그지(그제) 혼자 딱 들었다 말이. 그 옆에 사람 없단 말이. 시간 수이 되이까[29] 장꾼들이 다 헤어지이까니 제 혼자 들었던 말이.

아, 그러자 그 말이 뚝 떨어지자 이 패랭이를 쓴 놈이 아이 눈을 크게 뜨구 두리번 두리번 살핀다. 옆에 사람이 들었는가 해가지구. 이래 살피다가 이눔이 꼿꼿이[30] 그다음에 장안을 헤치고 빠져나간단 말이. 그다음에 이눔, 이 거지도 맨 안에[31] 지내[32] 멀직한,[33] 정말 맹물[34]이 아이던 모애이라.[35] 그러니까 제 먹이던 이가 말한단 말이야.

"제 인삼이, 큰 놈이 인삼이 나와 논다구" 이러거든.

또 아! 그놈이 이러는 거 안단 말이야. 그러이까 이게 보통내기가 아이니까 이게 확실히 인삼이겠다. 옛날에 인삼이 천년을 묵게 되면 이래 사람으로, 아이로 변신하나, 그다음에 사람으로 변신하나, 이래 변신해가서[36] 나서(나와서) 활동한다오. 그러이 까 인삼이 저게 몇천 년을 묵게 되면 사람으로 변신해 나오는데, 그러이까 그 소리 저 명심해서 이제 기억이 나면서 그눔을 지구[37] 쫓았지. 쫓으니까 이눔 여석이 뭔가믄 말이야 부지런히 간단 말이야. 가더니 그다음에 썩 지나더니 그다음에 산골 로 들어간단 말이. 산골로 들어가더니 험한 야산으로부터 심산으로 들어가는데,

---

29 시간 수이 되이까 : 정해진 시간의 숫자가 되니까. 정해진 시간이 되니까.

30 꼿꼿이 : 곧바로.

31 맨 안에 : 마음속 전체가. 온 마음이. 마음이 모두.

32 지내 : 너무. 아주. 지나치게.

33 멀직한 : 멀쩡한.

34 맹물 : 하는 짓이 야무지지 못한 사람.

35 모애이라 : 모양이라.

36 변신해가서 :변신해가지고서.

37 지구 : 계속해서. 대고.

그 뒤를 바짝 따라갔지.

따라가니까 큰 진단나무[38]가 있는데 진단나무 밑에 가서 없어졌단 말이. 그다음에 이 거지가, 이 임자가 따라갔지. 따라가 보니까 그 진단나무 밑에 이 뭐인가믄 말이야 큰 세투리 가매이 드리만큼[39] 이렇게 뭐인가믄 말이, 궁글었단[40] 말이야. 궁근 데 거기 보이까 달이 환하이 인삼이라. 삼꽃이 피는데 이눔은 이 몇 천 년 묵은 삼인데, 이눔이 몇 해 동안 사다가는(살다가는) 또 이제 대가[41] 살아 올라와서는 꽃이 피군 또 몇 해는 또 잠을 자구 이런 삼이란 말이.

그다음에 이런 인가에 가가지구서는 꽃이, 이런 삽 도구를 빌어가져다가 그다음에 반초[42]를 부르지. 인삼 캐는 사람을 반초야! 하구선 반초를 부른단 말이. 그리구선 기도를 드리지. 기도 드리구서 그다음엔 그눔을 인삼을 떡 캐니까 이 갓난아이 갓난아이만큼 크더라오. 그런데 뭐 에 자재[43]도 다 달려있구, 사람처럼 와느르[44] 사람처럼 그렇게 생겼는데. 그런데 이눔 인삼이 몇천 년 묵게 되믄 에 그눔이 사람처럼 요렇게 변신해서 활동한다는 게지. 그래 옛날의 말인데, 이래 그다음에 인삼을 파가지구서 그다음에 그 이가 너무 고마워서 야 이인데[45] 어떤 놈이 배때를 툭 찼어. 마 푹 터져서 말이야, 배때 툭 터져서 말이야 맨 껍떼기만 찌불띠리구[46] 까라앉았더라오. 그래 이제 이 거지가 그 이 때문에, 이를 먹여 가지구선 인삼을 하나 그렇게 캐서 잘 살더라오.

---

38 진단나무 : 단향목. 심산에 서식하는 향나무의 일종.
39 세 투리 가매이 드리만큼 : 세 틀 가마솥이 들어갈 만큼, 서 말들이 가마솥만큼 등에 가까운 뜻?
40 궁글었단 : 둥그렇게 속이 빈 모양. 속이 빈 모양이 둥그스럼 함.
41 대가 : 인삼의 줄기가.
42 반초 : '심봤다'와 같은 의미인 듯.
43 자재 : 자지. 남자아이의 생식기.
44 와느르 : 완宂으르. 완전히.
45 이인데 : 이에게. 이를.
46 찌불띠리구 : 기울어져서. 찌불어져서.

3) 사명당의 일본 사행

그러니까 이 옛말을 아버지한테서 들었는데, 이게 조선 왕조 어느 때라구는 기억되지 않습니다. 듣는 양반들이 내 이 옛말을 듣구서 대략 조선왕조 어느 때라는 걸 찾으면 될 것 같습니다.

그래 일본이라는 나라가 개명하구, 또 일본에 뭐인가믄 아주 발달해서, 개명해서 그 야심이 많은 나란데. 그래 일본의 사신들이 수차 조선에 건너와서 조선의 금수강산을 시찰하구 살피구 이래 댕기다 보니까, 조선이라는 나라가 쪼꼬만 나라지만 아주 수려하구 아름답구 이러이까 자기네 욕심이 확 들었는데. 그래서 이 나라를 정복해서 자기네 수중에 걷어 옇으며는, 자기네 그 뭐인가믄 앞으로 조선을 발판으로 삼아 가지구 대국을, 중국을 중국이지 뭐 지금은 그거. 이제 침략도 할 겸 이런 야심으로써 수차에 일본 황제가 비밀리에 조선에 시탐[1]들을 많이 보냈어. 그래 그 시탐에 의해서 일본 황제가 조선에, 조선 왕조에다가서는 에 제시[2]를 쓰기를. 조선이가 아주 개명하구 응 발달됐다 하니까는 일본에 사대[3]를 파견해서 일본을 방문할 것을 요청했지.

그래 조선 왕조가 그 이제 일본에서 보낸 그 편지를 받구서, 에 국내에서 뭐인가믄 충신들을 모다 놓구 회의를 했거든.

"일본의 황제가 조선에 이제 사신을 요구를 하이까, 이 우리 조선을 대표해서 일본에 들어가서 조하를 받을 만한[4] 충신이가 있는가?"

---

1 시탐 : 정탐꾼.
2 제사 : 제사題辭. 어떤 취지를 적은 글.
3 사대 : 사대使隊. 사신단.

하니까 충신들이 하는 말이,

"에, 우리 조선나라에 있기는 있는데, 그런 사람이 있기는 있는데, 이거 어 어느 벼슬을 한 사람도 아니고 보통사람도 아닌, 에 서산대사 강원도 금강산에 이 절에 에 대사가 있는데, 그 서산이 이제 그 절에 있기 때문에 그 서산대사라고 하는데. 서산대사만이 조선을 대표해서 일본에 들어가서 그 일본 황제의 그 조한[5]을 접수할 수 있는 인재 그밖에 없다."

이렇게 되이까, 그러니까 이제 조선의 황제가 그러면 그 서산대사를 대면시켜라 했거든. 그래 충신들이 가서 이제 서산대사를 모시구서 조선 황제 조정에 와서 이제 그 조선 황제의 앞에 뭐인가믄 서산대사를 소개하니까 서산대사 하는 말이

"가이 조선을 대표해서 능히 그 일본이라는 나라에 가서 조한을 받을 수 있는 능력은 있되, 내보다 에, 재간이 아주 비상하구, 내보다 나이 어린 내 제자가 있으니까 내 제자를 보내겠다."고 했거든.

그래 조선 황제가 그러면 경이가[6] 그렇게 말하면 그 제자를 그럼 대면시켜라. 그러이까 서산대사가 절에 돌아와서 자기 그 제자 새명단[7]에게 말을 했다 말이. 절을 대표해서, 조선을 대표해서 일본이라는 나라에 들어가서 그 조한을 받을 그걸 이제 그 제자에게 요구르 했지.

그래 이제 그 제자가 조선 황제가 부르니까, 조선의 그 왕궁에, 이제 뭐인가믄 대면했어. 왕이가

"그럼 조선을 대표해서 가이 일본에 들어가서, 그 조한을 받을 수 있는 능력을 가지고 있다니까 그게 좌우간 조선을 위해서 한 번 공을 좀 세워 달라. 우리 조선이라는 나라를 위해서 일체를 좀 아낌없이 바쳐 달라."

하니까 개(그래서), 새명단이 그걸 허락했거든. 허락하구서 이제 일본나라를 출발하려

---

4 조하를 받을 만한 : 조정에 올리는 하례를 받아올 만한.
5 조한 : 조하를 올리는 서한. 여기서는 일본 조정의 서한.
6 경이가 : 경이. 그대가. 주격조사 겹침.
7 새명단 : 사명당의 와전.

고 하는 즉각에 조선 왕조 그 내부에, 그러이까 궁전에 내부에 그런 간신들이, 간신들이 있다가 하는 말이,

"이거 뭐 조선에 아무리 그래도, 사람이 없어서 머리 **빡빡** 깎은 까까중놈을 조선을 대표해서 일본나라에 보내니까, 이게 조선이 정말 망신이라."는 걸.

이걸 뭐인가믄 그 자기네 그 충신들의 좌중에 그 어느 충신이 그렇게 말했거든. 그래 말했는데, 이 새명단이라는 사람은, 이 서산대사의 제자 새명단하구 서산대사는 천기를 보는 사람인데. 천기라는 것은 뭘 보는가 하이까 주로 이제 밤에 이제 북두칠성, 하늘에 북두칠성 별이 돌아가는걸 보구 그다음에 이제 여러 가지 하늘의 기상을 보구서 나라의 그 동태, 앞으로의 동태를 이거 대략 예측하지.

그런데 서산대사의 제자 새명단이 이제 일본을 들어가게끔 조선 황제가 승인했는데, 그 밑에 그 충신들이 반대하는 의견이 있다. 뭐인가믄 '아무리 그래도 조선에 사람이 없어서 중놈을 어떻게 머리 깎은 중놈을 조선나라를 대표해서 일본에 보내겠는가?' 이런 말들이 돈다 말이. 그러니까 이게 복잡하다는 걸 알구서 그다음에 조선 황제한테다가 말하기를,

"내가 조선을 위해서 일본에 들어가니깐 조한을 받으러 가겠는데 먼저 수선할[8] 일이 있다."는 게지.

그래 무슨 일인가 하니까 궁전 내에 그 아무아무 충신을 그 사람부터 내가 키를 낮추어 버리구서는 내가 일본에 들어가겠다구. 그래 키를 낮추어 버린다는 게 모가지를 처버린다는 게지. 그래 조선 황제가 물어 봤지.

"어째서 그 사람을 이렇게 자기가 키를 낮추라 하는가?"

"그런게 아니라 이눔이 아무리 조선에 사람이 없어서 어찌 중놈을 뭐인가믄 말이, 일본에 보내겠는가?"

이렇게 비난했다는 게지. 그래 이눔부터 우선 키를 낮추어 버리구선 들어가겠다는 게지.

---

8 수선할 : 고침. 수선하다.

그러니까 조선 황제가 '그건 네 마음대로 하라.' 그래 그날로 일본에 들어가는 날로 그 간신을 데려다 목을 치구 그리구 일본으로 들어가는데, 이제 배 타구 바다 건너 배 타구서 일본이라는 나라에 도착했는데. 그래 일본 궁전에서 조선의 아주 유명한 사절이 일본에 지금 온다구 하니까, 일본 그 황궁에서부터 좌우간 그 배에서 내려서 그 사람이 들어오는 어간에다[9] 일본 황제가 병풍을, 백 칸에 병풍을 쭉 펴서 그 병풍 한 칸마다 그 글을 썼는데, 한문 글자를 꼭 박아서 쓴 이런 병풍을 백 칸을 쭉 늘여 놓구서, 그리구 천리마를 말이, 발걸음이 빠른 말을 가지구 나가서 배에서 내리자 새명단을 거기에 앉으라 하구서, 채찍을 치구서 왕궁으로 쏜살같이 달려왔지.

온 다음에 왕궁에 와서 일본 황제가 조선 사절 새명단을 만나 가지구서 그다음에 이야기하면서 하는 이야기.

"그래, 조선 사절이 일본에 이렇게 뱃길에서 내려서 일본 황궁까지 들어오는 어간에 조선 사절이 본 것이 있는가?"

물어보니까. 새명단이

"있습니다." 하니까

"무시겐가?" 그러니까

"병풍을 봤습니다."

"그래 병풍을 봤으며는 그 매개 병풍 한 칸에 그 글을 다 봤는가?"

"봤다."

"그럼 그걸 외우라"

그러이 그다음에 새명단이 첫 칸에서부터 쭉 내리 뭔가믄 말이야 매개 칸마다 그 그림의 뜻을 몽땅 다 내리읽고 해석하고 그리한 다음에 마지막에 아흔아홉 칸까지 외우구선 말 없단 말이야. 그래 황제가

"그대가 본 것이 몇 칸을 보았는가?"

---

9 어간에다 : 사이에다. 중간에다.

하니까

　"아흔아홉 칸을 봤습니다."

　"게, 분명히 이건 백 칸인데 어떻게 돼 아흔아홉 칸인가?"

　"제가 본 것은 아흔아홉 칸입니다."

그래 일본 황제가 자기네 일꾼을 시켜가지구서,

　"가서 암암리에 가서 그 보라! 병풍이 어떻게 됐는가?"

그래 가보니까 이눔, 첫 칸에서부터 쭉 이렇게 펴는 병풍이 윈 마지막 칸에 와서 바람에 그만 툭 접쳐버렸다. 툭 접쳐버리니까 그 칸은 못 봤지. 그래 새명단이 그거 그거 아이! 접쳐도¹⁰ 그 안에 그 내용은 알지마는, 그걸 가이 우리 조선의 그 뭔가믄 말이야 그 분명히 아주 총명하다는 뜻을 나타내기 위해서는 못 봤다 했지.

　그래, 그다음에 일본 황제가 조선의 이제 이런 해 돋는 나라 아주 아름답고 이런 수려한 나라에서 사신들이 왔으니까, 아주 귀인이 왔으니까 무쇠, 이런 저기 집에다가 지금 말하면 내빈 호텔 이런 국가 호텔인데, 이 사람들을 모시는데 무쇠로 맹근¹¹ 집에다 떡 모시게 됐지. 벌써 이눔들의 동기가 아예 그저 이눔의 무쇠를 녹여서 홀 그저 뭐야 죽여 버릴 예산을 하는 거 같다. 그래 새명단이 그 무쇠 집에 들어가면서 부적에 글을 써서, 서리상 자를¹² 써 가지구 천장에 붙이구, 이슬로 자를¹³ 쓰서는 방바닥에 붙이구.

　그래 떠억 붙이구 앉아 있다나니까 이눔들 문을 바깥에서 단구선 그다음에 숱한 그 풍구¹⁴를, 그러이깐 야장간¹⁵에서 옛날에 쓰던 대장 풍구를,¹⁶ 그 풍구를 사방에

---

10 접쳐도 : 접혀져도.

11 맹근 : 만든.　맹글다 : 만들다.

12 서리 상자를 : 서리 상霜이라는 글자를.

13 이슬 로자를 : 이슬 로露라는

14 풍구 : 바람을 일으키는 기구. 풀무의 방언.

15 야장간 : 대장간.

16 대장 풍구 : 대장간 용 풀무.

걸구선 숱한 그 목탄, 그 석탄을 갖다가 불 놓구선 굴리지[17] 뭐. 굴리니까 불을, 그 뭔가믄 풍구질을 하지 뭐. 그래 불을 달구어서 이글이글 하이까 이렇게 풍구질해 불을 피워 놓으니까 그 무쇠가 녹아서 막 이글이글 타거든. 그러니까 일본 황제가 하는 말이,

"조선의 새명단이 아니라 조선의 아주 유명한 귀신이라도 다 녹았을 거라"

그러구서 이제 이튿날 아침에 그 숱한 성실쟁이,[18] 성실쟁이라는 게 뭔가믄 돌이 랑 쇳대[19]랑, 이런 걸 망치로 두드려 깎는 사람들, 그거 동원해가지구 그 무쇠 문을 뜯어봐라 했는데. 그래 무쇠 문을 정으로 쳐서 무쇠 문을 턱 여니까, 아 문이 턱 열리자 새하얀 서리가 찬바람이 쏵 나오거든. 그런데 그 안에 떡 보이까니 아이 바깥에서는 다 녹아서 이글이글해서 막 찌그러드는데 그 안에는 집 형태가 고양(그냥) 있구, 아 앉아 있는 게 귀신두 아니구 사람두 아닌 새명단이가 수염이 고드름이 새하얗게 눈썹 위에까지 수염이, 고드름이 새하얗게 됐지.

"이게, 일본이라는 나라가 조선보다도 덥구, 아주 더운 나라라구 하더니, 아! 이렇게도 추운가? 이거 뭐인가므 말이야 하룻밤에 동태[20] 될 뻔했다." 하거든.

그러이까 그담에 일본 황제가

"아이 참! 안됐다. 어떻게 돼서 이런 무쇠 집에 모셨는가?"

사죄를 하면서 일본 황제가 하는 말이,

"조선 사절이 아주 참, 그 총명하다니까 한 번 오늘 저 뱃놀이를 가자."

그담에 일본 바다에 떡 나가서 뱃놀이를 하는데, 여느 밴기[21] 아니라 무쇠로 맹근 방석을 맨들어 가지구 가서는 이눔들이 그 방석을 배에서 훌 던지면서,

"조선 사절이 아주 그 지력이 총명하고 재능이, 아주 재간이 있다니까 한번 저

---

17 굴리지 : 돌리지. 풍구질을 하지.
18 성실쟁이 : 대장간의 망치질하는 사람.
19 쇳대 : 쇳덩이.
20 동태 : 명태 얼린 것.
21 밴기 : 배인 것.

무쇠 방석이 까라앉기(가라앉기) 전에 저 배를 한번 타봐라." 하거든.

그러이까 아, 그다음에 이거 새명단이 그 무쇠방석을, 이놈들이 턱 던지자 그 위에 제꺽 올라앉아. 가랑잎에 올라앉은 것처럼 서서 유유히 바다에 왔다 갔다 하면서 말이야. 그래 일본 황제가 이상하단 말이야. 좌우간 저 무쇠가 까라앉겠는데 까라앉지 않고 뭐 해깝기로[22] 가랑잎처럼 물 우에서 동동 떠돌아 다니구, 그 위에 조선 사절이 아니 중놈이 뭐인가믄 까까 중놈이 타구서리 왔다 갔다 하구 말이. '하여간 조선이 개명하긴 개명하구 똑똑한 놈이 있다.' 이러거든. 그러이까 어쨌든지 언매나(얼마나) 똑똑한가 일본놈들이 이걸 알아보자는 게지. 네가 언매나 똑똑하구 언매나 지혜가 있는가? 이걸 시탐하기[23] 위해서 이놈들이 새명단을 지금 굴려먹는 판이지. 그래 이 새명단이 거기서 가만이 무쇠가 얼마나 무겁겠소. 하지만 가랑잎 탄 것처럼 물위로 왔다 갔다 하지.

그래 일본 황제가,

"해는 이제 지는데 아 조선 그 사절이, 새명단이 지금 그만 뱃놀이 하구선 지금 내려오라구. 그래 오늘은 그만 그치구 내일 또 이제 딴 거[24] 하라."

"그럼 그렇게 하라."

그다음에 그날은 끝나구. 또 그다음에는, 에 그 이튿날에 이제 준비를 하는데, 그 이튿날에는 이놈들이 뭐인가믄 말이야 무슨 준비를 떡 하는가 하니까.

"새명단이가 조선 그 사절의 새명단이가 그 일본에 와서 말을 타구서, 말을 타고 한번 꽃구경을 좀 해보자." 그러니,

"그렇게 하라"

그런데 이놈 말이가 무슨 말인가 하니까 참말이 아니고, 이놈들이 뭐인가믄 말이야 구리, 구리로 맹근 말인데 구리. 이런 철로 맹근 말을 아주 이글이글 뭐인가믄

---

22 해깝기로 : 가볍기로.

23 시탐하기 : 정탐하기.

24 딴 거 : 다른 것.

달구어 가지구선, 막 달구어 가지구선 그 위에 올라타라는 게지. 이 말을 타구서 한번 유람을 해보라는 게지. 그래 네가 재간이 있으면 한번 해보라는 게지. 재간이 없으면 네가 진다는 게지. 그래 그 새명단이 그다음에 뭔인가믄 말이야 새명단이 떠날 적에 자기 스승이가, 서산대사가 한 말이 있단 말이 제자보고.

"네 가서 어떤 조한에, 그놈들의 꾀에 맥히게 되면 인차[25] 내 쪽으로 조선에 있는 내 쪽으로 돌아서서 손을 맞잡고 합수하구 딱 나를 생각하라".

그런데 곧 이놈을 풍구를 달구어 가지구서 말이 벌겋게 말이야 이글이글 한 게 그 말을 타구서 한번 달아보라니까[26] 아 거기에 딱 맥혔단 말이. 그래 새명단이 서산에 대구 말이야, 저 대사한테 손을 떡 지구,

"대사님 도와주십시오." 하니까.

아주 억수로 하늘에 뭔인가믄 말이야. 비가 한 꼬치 두 꼬치[27] 오는 게 아니라 비 통수가[28] 막 막히게 쏟아지는데, 얼음 통수가[29] 얼음물이 쏟아지는데, 그다음에 새명단이 그 말에 제꺽 올라타지. 올라 타구 자기 숨을 쉬우니까 구리 말이지만 산 말처럼 요동을 치구 말이야 소리치면서, 뭔인가믄 말이야 일본 궁정을 몇 바퀴 돈단 말이야.

그래 일본 왕이 떡 보니까 이거 함부로 이놈의 나라 업수이 보구 달려들었다간 이건 혼빵을 먹겠단[30] 말이. 그러이까 일본 황제가 선뜩했지.[31] 이놈이 좌우간 예사로 대할 일이 아니구나. 이렇게 생각했는데, 그 길로 새명단이가 그 길로서 무쇠말을 타구서 그 길로 일본이라는 나라를 한 바퀴 돌았지. 돌면서 비를 계속 줬지. 그래

---

25 인차 : 즉시. 곧바로.
26 달아보라니까 : 달려보라니까.
27 한 꼬치 두 꼬치 : 한 방울 두 방울.
28 비 통수가 : 세차게 흐르는 빗물.
29 얼음 통수가 : 세차게 흐르는 얼음물.
30 혼빵을 먹겠단 : 혼이 나겠단.
31 선뜩했지 : 섬뜩했지.

계속 비를 주니까 비가 계속 내리 더 붓구 그다음에 뭐 이거 논밭이 절단나구 집이 떠내려 가구, 숱한 사람이 죽구, 소 말 다 죽지. 그다음에 이눔 물이 불어 가지구 큰 홍수가 졌지. 그런데 백성은 막 죽어가구 강산이 다 물에 파묻히구 하는데 일본 황제 황궁에 가보니까 그냥 그 비는 거기에는 아이 온단 말이야. 비는 오지 않구 거기는 그냥 드문드문 뭐이야면 말이야 보슬비가 오지.

그래 이제 새명단이가 보니까 하늘에 보니까 용이 몇 마리 날개를 턱, 뭔가믄 말이야 갱길용이가32 날개를 이렇게 싸가지구서는 황궁을 떡 덮고 있단 말이야. 그래 그다음에 새명단이 턱 보니까 이것도 보통 나라 아니구 이제 용이 도와주는, 용의 뜻을 받구 이런 나라이겠구나. 그래 이걸 멸종을 시키지는 못하겠다. 그담에 그래서 마지막에 계속 비는 억수로 쏟아지니까 일본 나라가 혼란에 빠지구 하니까. 그다음에 일본 황제가 나와서 손들었지.33 이거 조한을 새명단한테 조한을 올리겠다는34 게지. 그러니까 항복을 하겠다구.

그래 조한을 하는데 그다음에 새명단이 그러지. 그다음에 새명단이 필(筆)을 쥐구 그러지. 에, 조한으로는 딴 게 없다. 일본 나라에 그 인피 3백 장에, 불알 서 말만 달라. 그러니까 이걸 조한으로 걸었지. 그러니까 일본 황제가 자기 졌단 말이. 그러니까 조한으로서 조한이라는 게 조약이라구. 그 사람의 뜻을 해줘야 되겠는데, 그래 그러면 그렇게 해라. 그래서 일본 나라에서 지금 인종을 그러니까 조선 그 새명단이 일본 그 인종을 지내35 없애버리려구 했던 게지. 불알 서말, 인피 삼백 장이면 가이 그 인종을 지내 멸종을 아이하더라도 그 뭐인가믄 가능성이 있다, 그래서 주로 인피 삼백 장 하구 불알 서 말 받았다 하는데, 그런데 인피는 손톱이 하나 떨어져도 아이 되고, 인피는 다시 말해서 여자의 가죽이고 불알은 남자들의 그 생식기인데, 조금 틀려도 돌리구 '아이 된다.' 어쨌든 합격품을 받아들이다나니까 숱한 인종을

---

32 갱길용이 : 용의 일종인 듯. 서로 엉킨 몸으로 사물을 감싸는 용. 갱기다 : 감기다. 감싸다.
33 손들었지 : 항복했지.
34 조한을 올리겠다는 : 조정에 하례하는 글과 물건을 올리겠다는.
35 지내 : 너무. 아주.

잡았다는 게지.

　그래서 한번 조선 황제가 일본 나라에 그 조한을, 서산대사의 제자 새명단이를 보내 가지구서 한번 조선 그 약소국가로 일본 놈들한테 없이 보이구 이러던 게 한번 일본 놈을 데비[36] 까꾸로 내리누르고 일본에 그런 승리를 했다. 이런 말을 노인들이 하는데, 게 농촌 마을이라 문화가 없고, 인차 배운 게 그게 다 전설인데, 이런 걸 가지고 하다나니까 그게 무슨 완전한 뭐이도 아이고 그저.

---

36 데비(되비) : 도로. 도리어.

4) 우둔둥이와 미련둥이 형제

우둔둥이는 형이가[1] 우둔하다구, 우둔하다구 해서 이름을 우둔둥이라 짓고, 너무 우둔하지 그라구 욕심 많고. 미련둥이는 저 우둔둥이보다 조금 욕심도 적구 덜 우둔 하이까 미련하다 그래서 미련둥이라 했거든. 우둔둥이와 미련둥이 두 형제가 사는 데, 부모를 조실하구 일찍이 부모를 다 조실하구 두 형제가 의지할 곳이 없어서 지금 어려서부터 두 형제가 서로 의지하면서 문전걸식을, 다시 말해 빌어먹지.

그래 문전걸식을 하는데, 게 꼭 두 형제 제마끔[2] 이제 바가지를 가지고 밥 빌러 가거든. 가게 되믄 이눔 우둔둥이는 아주 기와집이구 잘사는 집에 가서도 밥을 빌어 오면 계초석,[3] 계초석이라는 게 계로써 밥을 한 거. 계초석이 아니면 이런 험한 이런 감제[4] 보리밥을 빌어 오구. 이 미련둥이는, 그 동생은 아무리 못사는 초가집에 가서 빌어도, 아 이눔 뭐인가믄 그 산해진미, 아주 그 쌀밥을 말아야 맛있는 쌀밥을, 이밥[5]이라든가 혹은 떡이라든가 아주 이런 맛이 있는 음식만 빌어오지. 그래 빌어와 서는 두 형제가 헌 빈집에서 둘이 같이 빌어온 거 노나[6] 먹지.

노나(나누어)는 먹지만 이 형이라는 눔은 언제나 야심[7]이 있지. 아무리 구차한 집에 가서 빌어도 저눔은 늘상 떡이 아니면 이밥을 빌어 오는데. 나는 아무리 잘사는

---

1 형이가 : 형이. 주격조사 중첩.
2 제마끔 : 제가끔. 제각기.
3 계초석 : 계초식의 와전인 듯. 겨(곡식의 껍질)로써 밥을 지은 것.
4 감제 : 감자.
5 이밥 : 쌀밥. 잡곡을 넣지 않고 쌀로만 지은 밥.
6 노나 : 나누어.
7 야심 : 야비한 마음. 남을 해치려는 마음.

집에 가 빌어도 이눔 계초석이 아니면 뭔가믄 말이야, 이런 저기 죽을 말이야, 이런 보리죽이나 이런 죽을 빌어 오군 하는데. 그래 하루는 이눔 우둔둥이가 제 동생을 보구 그랬거든.

"야, 미련둥이야."

"어쩨 그러니?"

"오늘은 네가 빌러가는 집에 내 가구, 내 빌려고 가는 집에 네 가라."

"어쩨 그러니?"

"하여간 이상하다. 어떻게 돼서 너는 못사는 집에 빌어 와두 음식은 맛이 있구 좋은 음식을 빌어 오구. 나는 잘사는 집에 가서 빌어두 어쩨 맛이 없구, 이게 뭔가믄 말이야 맛이 없는 이런 음식을 비냐? 그러니까 우리 바꿔서 가쟈"

"그러면 그렇게 합시다."

그래 가서 빌어 왔는데 여전히 또 이눔 우둔둥이 빌어온 거는 험한 음식을 말이야, 이런 강낭이 죽이 아니면 보리죽을 뭐 계초석을 빌어오구. 아, 그다음에 또 이눔 우둔둥이 형이 빌자던 집에 동생이 빌어 왔는데, 아 그 집에 가서는 이눔이 가서 빌어오면 또 떡이 아니면 아, 지장밥[8]이구 맛있는 밥을 빌어 오구. 그래 가져다가선 기실 같이 나누어 먹지.

그래 이눔 우둔둥이 야심을 딱 품었거든. 이래 빌어다가는 같이 먹으면서두 동생 빌어온 게 더 좋구 저는 빌어오는 게 나쁘니까, 이눔 동생이란 놈이 이눔의 새끼가 이게 뭔가믄 말이야 잘되는 게 제 못되는 것보다 배 아프거든. 그래 하루는 이눔 우둔둥이가 이런 강가에서, 강가에 떡 앉었어. 두 형제가 이제 봄날인데 화창한 봄날에 지금 빌어먹구선 떡 앉아 있다나이까 이가, 무더우니까 거지니까 이가 많지 뭐. 그래 이잽이를 하다가 이눔 형이 미련둥이를 보구 이러지.

"야, 미련둥이야 네 머리에 이가 많겠으니 내 네 머리에 이를 좀 잡아줄게" 그래.

8 지장밥 : 기장으로 지은 밥.

"그럼 형님이 어떻게 머리에 이를 좀 잡아 주시오."

그러이까 이 우둔둥이란 놈이 동생 미련둥이를 제 무릎에 눕으라고 하구선 이를, 머리의 이를 잡는 것처럼 하면서 지갑에서 돗바늘[9]을 꺼내 가지구선 제 동생의 눈을, 눈알을 두 개 콱 찔렀단 말이. 눈알을 찌르니까 눈알이 터져가지구는 그다음에 "아이고!" 하고서는 그다음에 동생이 눈을 부둥켜 안구는 디굴디굴 구불며 막, "사람 살리라."고 막 발광치구서는 그다음에는 운단 말이야. 그 어간에 이눔 우둔둥이란 놈이 뭔가믄 제 빌어먹던 주머니를 말이, 둘러메구서는 그래

"이제야 네 좋은 거 못 빌어먹구, 인젠 니가 눈깔이 멀었으니까 너는 좋은 거 빌어 못 먹구[10] 죽든지, 좌우간 네가 인젠 좋은 거 못 빌어먹으리라."
하구선 줴뿌리구선[11] 이눔이 제 갈 길을 가버렸단 말이.

이 우둔둥이란 놈이 가버렸는데, 이 동생은 갑자기 이거 형이 자기 머리의 이를 잡아준다고 무릎에다가 골[12]을 올려 놓구서 이를 잡아주는 것처럼 하다가 돗바늘을 꺼내 가지고 제 눈을 멀궈 놓고[13] 달아났는데. 형은 어디 달아났는지 몰라도 좌우간 어떤 영문인지를 몰라서 지금 이거 눈을 부둥켜 싸구선 디굴디굴 구불면서, 그래 이제 뭐인가믄 말이야 발광치구 울면서 구불며 가다가나니까 쯘쯘한[14] 데 그만 제 몸이 잠겼는데. 게 이게 생각해 보니까 이 강가에 버들나무 밑에 이런 저 잎사귀 가득 떨어진 그 물이 즐벅한(질퍽한) 그런 데, 자기가 굴러가서 굴러떨어져 있거든.

그다음에 미련둥이 너무 눈이 쏘구[15] 아프구 말이, 아이 그렇겠소? 생눈[16]을 글쎄 돗바늘로 찍어났으이까 피도 나구 막 이렇게 되니까. 그다음에 그 손 닿치는[17] 대로

---

9 돗바늘 : 돗자리 만들 때 쓰는 크고 굵은 바늘.

10 빌어 못 먹구 : 못 빌어먹고. 부정조동사 도치.

11 줴뿌리고선 : 집어 던지고선. 뿌리쳐버리고선.

12 골 : 머리.

13 멀궈 놓고 : 멀구어 놓고. 멀게 해놓고.

14 쯘쯘한 : 축축한. 끈끈한. 질척질척한. 질펀한.

15 쏘구 : 쑤시고.

16 생눈 : 멀쩡한 눈.

이래 쥐니까니 쯘쯘한 그 버들 잎사귀 물이 이래 개핀,[18] 버들 잎사귀 물을 그냥 버들 잎사귀를 이래 쥐고서는 그냥 눈을 뭔가믄 이렇게 쑷(씻)지. 이래 번지구[19] 쑷구 이렇게 눈을 그냥 쑷구(씻고) 하니까 어째 시원하단 말이야.

그다음에 이래 닿치는 대로 그저 손에 쥐우는 대로 그 떨어진 썩은 버들 잎사귀 물에 잠긴 거 이래 한 줌씩 줴서는 눈을 비비구 비비구. 이래 제 눈을 쑷으니까 눈이 시원하면서 그 다음에 쏘던 게, 쏘는 증세가 멈추더니, 아 그다음에는 뭐인가면 말이야 이게 갑작스레 뭐인가면 이렇게 통세나구[20] 눈이 아프던 게 하나도, 씨릿드레[21] 아픈 기색이 다 없어지구. 그다음에 눈을 뜨니까 앞이 좀 뿌옇게 뵈오지.[22] 뵈오는데 하도 이상하게 뭐인가면[23] 말이야 아 그 버들 잎사귀 그 물이 뭐인가면 그게 약이 돼가지구 그래 보니까니 제가 그 아침에 그 눈이, 형한테 돗바늘로 찔리울 적에는 아침때 같은데, 그때 떡 깨어나니까니 보리저녁때[24] 됐는데, 그러니까 지금 말해서 동삼[25] 해 그저 두 시 세 시 고쯤 떡 됐지.

그래 되니까 이제는 아 형은 자기 눈을 이렇게 찔러 놓구서는 어디로 달아났는지 걱정이 된단 말이야. 형님이 무슨 연고로 나르(나를) 눈을 이렇게 돗바늘로 찔렀는지는 모르지마느도 이래 찔러놓고 형은 어디 가 자는지? 어디로 달아났는지? 이러니까 형은 우리 같이 자는 이 빈집에는 오지 않겠는데, 하여간 어쨌든 형을 생각하면서 이놈 그 자기들이 자는 그 빈집을 찾아갔지. 이런 언더막[26]이 있는데, 이런 올리막[27]

---

17 닿치는 : 닿이는
18 개핀 : 고인.
19 번지구 : 문지르고.
20 통세나구 : 통증이 나고.
21 씨릿드레 : 씻은 듯이.
22 뵈오지 : 보이지.
23 뭐인가면 : 뭔가 하면. 무엇인가 하면. 구연 도중에 설명이나 호흡을 가다듬기 위한 상투어.
24 보리저녁때 : 해가 지기 전의 이른 저녁때. 보리밥은 해지기 전에 일찍 안쳐야 하므로.
25 동삼 해 : 겨울 낮. 겨울철의 낮 시간.
26 언더막 : 언덕. 경사가 있는 언덕.
27 올리막 : 오르막.

이 재[28]가 있구 재마루[29]가 있는데, 이런 언더막으로 올라가는데, 그 가파른 산에서 깨금알이,[30] 깨금알이 하나 두르르 굴러 내려오거든. 그래 굴러 내려오는 거 미련둥이 그늠은 제깍 주워가지고

"이거는 우리 아버지를 드리구." 이래.

또 하나 두르르 굴러 내려오는 거,

"이거는 우리 어마이를 드리구." 그래.

우리 어마이 우리 아버지 벌써 어느 옛날에 다 세상을 뜨시구 자기네가 조실부모 했는데, 자기 핏덩어리였을 적에 다 죽어버린 그거. 이늠 뭔가면 말이, 깨금알을 하나 떡 쥐니까 '아버지를 주구,' 두 번째 굴러 내려오는 거 '우리 어마이를 주구,' 또 하나 구불어 내려오니 '우리 형님이를.' 금방 제 형님이가 제 형이가 제 눈을 뭔가면 돗바늘로 멀궈 놓구[31] 달아났는데, 그 잘난 것두 형이라고 말이 생각해, 우리 형님 주고. 또 하나 굴러 내려오는 거 '이거는 내 먹고.' 그다음 보니까 그다음 굴러 아이 내려온단 말이.[32] 딱 그저 자기 식구 늘 네 사람치[33] 그저 굴러 내려오구는 깨금알이 더 굴러 아이 내려온단 말이.

그래 깨금알이, 그다음에 가지구서는 그 옆짝에[34] 옇어 가지구서는 지금 그 산마루에 떡 올라갔어. 그다음에 떡 그 빈집에 가보니까 빈집에 뭐인가면 말이야 자기 형이 거기에 아이 와 있거든. 그래 아이 와 있으니까 그래, 이 사람 야가 에 제 거기에서 누워 자면 또 제 형이 와서 제 있으이까니 아이 올까봐, 이 미련둥이 천반에, 천장에 이렇게 천장 굴으기[35]가 있는데, 지금 이런 천장을 내게 되면. 이거

---

28 재 : 고개.

29 재마루 : 고갯마루.

30 깨금 : 개암나무의 열매. 도토리 비슷하며 단맛이 남.

31 멀궈 놓구 : 멀게 해놓고.

32 굴러 아이 내려온단 말이 : 굴러 내려오지 않는단 말이야. 부정조동사 도치.

33 네 사람치 ; 네 사람 몫.

34 옆짝에 : 옆쪽에. 옆구리에.

35 천장 굴으기 : 천장을 지탱하기 위해 가로로 걸쳐놓은 목재인 듯.

중 천장 위에 동생이 거기에 올라갔지. 올라가서 떡 앉아서 그다음 밤을 새우는 판이지. 그래 떡 올라가 앉아 있는데, 에 좀 이슥하더니 날이 어둡고 그다음에 있다 나니까 초저녁이 조금 지나 밤중이 되기 전인데, 아 무스게[36] 문이 메지게[37] 들어온단 말이. 그래 들어오면서 뭐 들어오는 소리가 대단하거든.

이게 무스게 들어오는가? 이 산중에 사람도 없겠는데 말소리 들어보니까 말을 하는데 아, 보니까 옛날에 청도깨비라는 게 있었답니다, 청도깨비.[38] 그런데 보니까 키가 구 척씩이나 되는 놈들이 들어오는 거 보니까 사람은 아니고. 전체루[39] 도깨비들이 들어오는 판인데, 이놈 도깨비들이 들어오더니 그다음에는 떡 앉더니 구들에 앉더니. 그다음에는 뭐인가믄 좌상, 뭐인가믄 말이 좌상 도깨비 거기에 앉아 있구. 그래 한 놈 도깨비 있다가서,

"모두 조용하라구. 오늘 저녁에는 우리 좌상님을 모시구 오늘 저녁에 옛말[40]을 하는 게 어떤가?"

그러니까 숱한 도깨비들이 '아 동의한다'는 게지. 그래 거기 제일 좌상이 되는 도깨비가, 늙은 도깨비 그놈 떡 복판에 나앉아서 하는 말이,

"그럼 내 옛말을 하겠다. 너네 똑똑히 들어라. 전에 옛날에 우둔둥이하구 미련둥이 형제가 있었는데, 에 우둔둥이란 놈은 성질이 아주 그 뭐인가믄 말이야 그 욕심이 많고 고약한 놈이구, 미련둥이는 아주 그 성질이 안온하고 그다음에 뭐야 그런 저 아주 그 마음이 상냥하구 말이, 마음이 곱구. 이렇게 이런 두 사람이 빌어먹는데, 그래 뭐인가믄 말이야 아, 형이란 놈이 빌어먹는 음식을 같이 어불어[41] 먹으면서두 동생이 비는 게 더 좋은 걸 빈다 해서 눈을 찍구."

---

36 무스게 : 무엇이.
37 메지게 : 미어지게.
38 청도깨비 : 낮도깨비(북부 지역 방언). 도깨비를 도깝, 도까비로 쓰기도 함.
39 전체루 : 모두. 깡그리.
40 옛말 : 설화, 민담 등의 옛날이야기. 옛이야기.
41 어불어 : 어울리어. 함께.

그래 자기 옛말을 한단 말이. 옛말도 아닌데 자기네 사실을, 도깝들이[42] 말을 하거든. 그래 이게 너무도 이상해서 그다음에 그 옛말을 들으면서 이러다나이까, 그러이까 그 다음에는 옛말을 하던 놈이 '형은 어디에 가고 어찌고, 그다음에 그 동생은 지금 뭐인가믄 말이야, 그 잘난 형도 형이라고 형을 찾고' 이런단 말이. 그 옛말 다 하잖아. 이러이까 그래 옛말을, 그런데 한 도까비 있다가서,

"아! 그럼 그러니까 저 뭐인가믄 좌상님, 그 옛말을 말구 오늘 저녁에 우리 무슨 놀음 노는 게 어떻습니까?" 하거든.

"아, 무슨 놀음이냐?"

하니까. 그 도까비 뭐인가믄 보물바가지가 있는데, 보물바가지를 가지고 놉시다. 그러거든. 그래 그쪽 도까비들이,

"하, 그럼 그게 좋겠다구."

그러더니 한 놈이 뭐인가믄 말이야, 보물바가지를 가져오라구 하니까. 한 놈이 어디에 나가더니 뭐인가믄 말이야, 뭐 이런 바가지 같은 거 가져왔거든. 그래 가져온 걸 떡 보니까 쪽지[43] 기다란 거, 이런 바가지인데. 그런데 이놈 좌상 도까비 그놈 바가지 쪽지를 떡 쥐구서, 이런 젓가락 같은 나무를 쥐구선, 그놈 바가지를 턱 치구선,

"세상에서 사람이 제일 그리워하는 것이 무엇인가?"

하니까 그 도까비들이

"아! 그 먹는 음식이라"구 그래.

"떡이 나오시오"

하구 두드리니까 그다음에 떡이 막 나오구.

"쌀이 나오시오"

하면 쌀이 나오지.

---

42 도깝들이 : 도까비들이. 화자는 도깨비와 도까비(도깝이)를 두루 쓰고 있음.
43 쪽지 : 손잡이. 꼭지.

"돈이 나오시오"

하면 돈이.

아, 그놈 부르는 대로 말이야 거기서, 바가지에서 쏟아지거든. 그래 이거 이 미련둥이가 그거 내려다보니까 그거 참 욕심이 난단 말이. 그래 호기심이 나서 이래 보면서 깨금 알을 그 줏어온 깨금 알을 그거 입에 여서 딱 깨니까 '딱' 소리 난단 말이. 그래 도까비들이 떡 듣더니,

"아! 좌상님, 이제 소리를 못 들었습니까?"

"무슨 소리냐?"

"아! 이 집이 용아리[44] 부서지는 소리난다. 용아리 어디 튀는 소리 난다."

이놈이 또 꺼내서 또 하나 딱 깼다.

"아! 들었다. 용아리 어디 튄다. 이게 어디 나그네 집인데 이 재료가 어저는 뭔가 믄 다 낡아서 싹아서 어저는[45] 꺼져서 내려앉는다."

그다음에 또 하나, 그다음에는 딱, 딱 두 개를 깨니까

"아! 집이 무너진다."

하면서 도까비들이 그놈 바가지를 거기에다 놓구선 다 냅다 뛴단 말이야.

그다음에, 뛴 다음에 이놈 미련둥이 거기에서 내려와서 그놈 바가지를 가지구서, 그다음에 그 천장에 올라갔지. 올라가 있다나니 다시는 그다음에 도까비들이 돌아오지 않구. 날이 밝은 다음에 그늠 바가지를 가지구 내려와서 그 도까비가 하던 식으로,

"돈이 나오시오"

하고 두드리니까 아 정말 돈이 철렁철렁 떨어지지. 아 그다음에는 뭐,

"옷이 나오시오"

하니까 아, 옷이 막 떨어지지.

---

44 용아리 : 용마루를 이름인 듯. 지붕의 마루. 여기에서 아래로 서까래를 걸침.
45 어저는 : 이제는. 이제. 인제. 때로는 별다른 뜻이 없는 발어사로도 쓰임.

하! 이거 정말 보물단지를 얻었구나. 그다음에 이 사람이 그것을 가지고 가서 그 뭐인가면 한 곳에 가서, 그 이런 길이, 이런 십자 길이 이렇게 난 고장에 나가서, 그 집을 말이야 그런 보물 바가지를 가져다가 보물을 찾게 해가지구서는 거기다 이런 십자 거리에다 집을 큰 집을 졌지. 짓구서는 그다음에 거기에다서는 큰 집을 짓구, 그다음에 이짝에다가는 뭐인가면 여관처럼 말이야 거지들의 여관을 턱 차렸지. 그래 '조선에 어떤 거지구 한 번씩 지나갈 적엔 여기서 류숙하고 사흘씩 논다, 대접시킨다.' 이래 거기에다 글을 써 붙이구. 그다음에 떡 그래 제 형을 찾는 판이지.

그러이까 조선에 지금 그 뭐인가면 말이야, 아무 곳에 거지를 이래, 오고 가는 거지들을 류숙(留宿)시키는 집이 생겼다 하니, 사방에서 조선 팔도강산의 그 거지들이 다 거기에 와 찾아서 한 번씩 하룻밤씩 자고 가군 하는데. 가면서 하룻밤 자고 가면서 다 옛말을 하게끔 했단 말이. 하룻밤씩 와서 자면서 옛말을 한마디씩 시키구 가군 하는데, 몇 삼 년이 돼도 제 형님은 거기에 그림자도 나타나지 않지. 그래 어저는 삼 년이 다 돼서 이제는 삼 년도 다 되구 말이. 이제는 자기 형은 어디 가서 어저는 죽었겠다 했는데.

한번은 뭐인가믄 말이야 한 거지가 떡 왔는데 암만 봐두 외모가 제 형이 비슷한데 그래 옛말을 시켰지. 게 옛말을 시켰는데 이놈이 그다음에 옛말을 하는 게 마지막에 뭘 옛말하는가 하이까. '제 동생이 좋은 음식을 빌어서 가져오기 때문에 그게 내키지 않아서 동생 눈을 멀궈놨다'는[46] 그 옛말을 하거든. 아 그다음에 이 미련둥이가 자기 형을 찾았지.

"형님, 나를 쳐다보라구."

그러이까 동생이 뭐 그전에는 뭐인가믄 말이야 그렇게 헌옷을 입구 이랬는데 어저는 큰 부자가 됐으니까 옷도 잘 입었지, 음식도 잘 먹고 보약도 쓰고 하니까 얼굴 모습이 변했지. 그래 우둔둥이 형이 그전의 사실을 쭉 말하니까 맞단 말이.

그다음에 형을 찾았지. 찾아가지구는 제집 못지않게 집을 큰 거, 큰 대궐을 짓고,

---

46 멀궈놨다는 : 멀게 해놓았다는.

그다음에 이제 숱한 일꾼을 형한테 주고, 이래 부자처럼 모시구 했는데. 이눔 형이란 놈은 뭔인가믄 생각해 보니까 동생이 얻어온 것을 제가 이렇게 먹구 산다는 게 좋긴 하지만 해도, 이게 자존심이 뭔가 내키지 않거든. 미련둥이 보구,

"야, 그 아무 때 입구 오던 옷들을 어쨌냐? 아 그 옷을, 옷하구 신발이 어디에 있는가?"

"그 옷을 다 없애버렸다구."

기어코 달라고 그래.

"그래 어째서 그러는가?" 하니까,

"아 그거 달라. 이거 나는 쓸데없다. 네 뭔인가믄 현재에 내가 이거 호의호식하는 게 뭔인가믄, 어쨌든 나는 내 멋대로 다니는 게 이게 자유스럽다 이거 다 쓸데없다. 나는 이렇게 어저는 이렇게 뼈가 굳어서 어저는 거지로 살았기에 그 거지가 좋다."

아, 그다음에 뭔인가믄, 동생이 "아, 그 다 형님의 그 뭔인가믄, 낡은 거지 옷을 다 없애버리구 다 그랬다." 아, 뭔인가믄 '기어코 내놓으란다.' 그다음에 할 수 없이 동생이 제 옛말을 하려고 제 입던 그 거지 옷하구 형이 입던 거지 옷을 다 이래 보관해 뒀지. 앞으로 가서 자기의 자식들한테다가 후대들한테 교육을 주자고 했는데. 그래 그 바가지, 빌어먹던 바가질루, 빌어먹던 그 옷들, 그거 다 이래 쌓였던 걸 그 곳간에서 꺼내서 형님을 줘버렸단 말이.

그래 형이란 놈이 그날부터 동생이 그 뭔인가믄, 사준 옷이구 뭐이구 다 줴버리구, 그 집을 다 뛰쳐나와가지구 제 입던 옷에 제 바가지를 가지구서, 이런 그 제가 그 몇 해 전에 제 동생을 눈을 멀구던[47] 곳에 떡 가가지구서는,[48] 거기에 떡 앉아서는 지금 뭔인가믄 말이야 돗바늘을 꺼내가지구서는 제 절로 제 눈깔을 드립다가 콱콱 두 개를 찔렀지. 찌르구서는

"아이구, 눈이야!"

---

47 눈을 멀구던 : 눈을 멀게 하던.
48 가가지구서는 : 가서는.

하고서는 말이야 그 눈을 싸지구서는[49] 뭐인가믄, 디굴디굴 구불구서는[50] 지금 그 방향으로 동생이 말하던 그 방향으로, 굴러 데비[51] 가다나니까 정말 찐찐한[52] 버들 방천에 그 버들 잎사귀 거기에 가득 구불어 떨어져 있는데, 그다음에 손으로 어루만져 보니까 그거 뭐 보구서 딱 측량해 가지고 그 언방에[53] 갔지. 그다음에 버들 잎사귀에 물이 묻은 거 자꾸 이래 눈을 어루만지고 쓰다듬어 그거 가지구 세수를 하니까 정말 시원하단 말이야. 정말 시원하다. 뭐 그저 감쪽같이 뭐 막 저기 통세나구[54] 아프던 감이 하나도 없거든. 하나도 아니 아프고 그다음에 이제 눈을 거불거불해서[55] 눈을 떠 보니까 앞이 눈이 뿌열 따름이지 뭐 물체는 다 보인단 말이.

그래 동생이 말하던 그 산을 그다음에 천천히 올라가지. 올라가는데 동생이 말하던 봐와 같이 깨금[56] 알이 하나가 두르르 굴러 내려오거든. 이눔 굴러 내려오는 바람에 얼마나 기쁜지 제꺼덕[57] 줴서는,[58]

"이거는 내 먹구"

또 하나 굴러 내려 오니까,

"이거는 동생을 주구"

이눔은 까꾸로 말이야. 동생은 뭐인가면 한 알이 굴러 내려오는 것부터 아버지를 드리구, 두 번째는 어머니를 드리구. 순서는 이랬는데, 이 새끼는 욕심이 과하다보니까 처음에 굴러 내려오는 거 제가 먹구 두 번째는 동생을 주구. 그 다음에 에미를

---

49 싸지구서는 : 싸매고서는.

50 구불구서는 : 구불어서. 뒹굴어.

51 데비(뒈비) ; 도로. 다시.

52 찐찐한 : '쯘쯘한'으로 발음하기도 함. 축축한.

53 언방에 : 어름에. 근방에.

54 통세 나구 : 통증이 생기고.

55 눈을 거불거불 해서 : 눈을 '껌뻑껌뻑 해서'에 가까운 뜻인 듯.

56 깨금 : 개암. 개암나무에 열리는 작은 열매로서 맛은 밤과 유사함.

57 세꺼덕 : 제꺽. 재빨리.

58 줴서는 : 쥐어서는.

주구 아버지를 주구 이래다나니까 이제는 네 알이 다 굴러 내려와 더 굴러 내려오지 않구 이래. 그래 그걸 주머니에 옇어가지구 정말 동생이 말하던 빈집에 올라갔어. 그래 올라가서 그 동생이 그 앉았던 그 천장 그 이중천장 위에 말이야. 그 천장 굴대에[59] 거기에 올라가 떡 앉아 있다나니까 정말 이제 썩 있다나니까 아! 뭐이 '쿵쿵 쿵쿵' 거기에 발걸음 소리 나더니 숱한 게 뭐이 들어온단 말이야.

그다음에 천장에서 살그머니 내려다보니까 키가 구 척씩 되는 놈들이 이늠 들어오는데 뭐 와느르[60] 사람은 아니구 뭐, 사람 새오리[61] 가죽처럼 생긴 게 정말 도까비 들어오거든. 들어오더니 아, 그다음에 뭐인가믄 말이 숱한 게 들어오더니 그 집이 뭐 터질 지경으로 꽉 차서. 그래 그러더니 그다음에 거기서 도까비 한내[62] 오더니,

"좌상님" 하거든.

"그래, 왜 그러는가?"

"우리 오늘 저녁에 그 옛말[63]을 합시다."

"아, 그래. 옛말을 하자."

그다음에 옆에 놈들이,

"하, 그 옛말을 하는 게 좋겠다."

그런데 한 놈이 있다가,

"옛말을 제목은 에, 그전에 하던 그 우둔둥이하구 미련둥이 옛말을 그저 좌상님이 다시 하는 게 어떻습니까?"

하니까 옆에서도 다 그 좋다는 게지.

그래 좌상이가 그다음에 그 옛말을 하거든. 하는 게,

"에, 옛날에 미련둥이하고 우둔둥이 형제가 있었는데, 우둔둥이는 욕심이 과한

---

59 천장 굴대에 : '천장 굴으기'와 같은 것인 듯. 천장을 지탱하기 위해 가로로 걸쳐놓은 목재.
60 와느르 : 완전히. 완全으로.
61 새오리 : 미상. 사람 모양의 허수하비?
62 한내 : 한나(하나)+이. 주격조사 겹침.
63 옛말 : 설화 민담 등. 옛이야기.

형이구. 그다음에 아주 우둔하구. 동생은 좀 미련하지만두 마음이 상냥하구 좀 착하구 말이야…….”

그 자기네 역사를 그래 말하면서 옛말을 한단 말이야. 하는데 이놈 뭐인가믄 말이야. “우둔둥이란 놈이 미련둥이 그 마음이 고와서 어디에 가서 음식을 빌어오면 좋은 거 빌어오니까니 그늠 뭐인가믄 못 되라구 눈을 찔러서 그래 에 저 뭐인가믄 말이야 병신을 만들어서 죽으라고 했는데. 결국은 그 사람이 마음이 고운 덕으로 우리 집에 와서 그 아무 때 아무 연근에[64] 와서. 우리 천장에 와서 앉았다가 그래 이제 우리 그 뭐인가믄 말이야. 보물을 우리 제연이[65] 그 미련둥이를 주자고 그날 저녁에 우리 가짜로 거짓말을 하고 그 보물 그 돈바가지를 가지구서 우리 놀다가 그 미련둥이 깨금 알 때문에 우리 거짓말로 이 용말기[66] 부서진다구서 가버리구 그 미련둥이한테다가 그 뭐인가믄 돈바가지를 줬는데. 오늘 저녁에는 그 우둔둥이란 놈이 미련둥이가 몇 삼년을 뭐인가믄 여관을 잡구서 형을 찾어서 형을 절반 그 재산을 주고 이렇게 하자고 해도 이늠 싫다구 응, 제 혼자 뭐인가믄 잘 살자구해서 또 그런 돈바가지를 바라구 오늘 저녁에 여기에 와서 지금, 이 위에 지금 앉아 있는데 이놈 자식을 내려다서는 한번 뭐인가믄 말이야 볼기를 쳐야 된다.”

아! 뭐인가믄 말이야 바가지를 가지고 노는 게 아니라 저를 갯다가서[67] 볼기를 친다거든. 그다음에 이놈 뭐인가믄 바빴단[68] 말이야 우둔둥이. 그 다음 그럼 깨금 알을 거르망[69]에 네 알이 있는 거 다 입안에 넣구 ‘꽈당꽈당’ 씹었지. 씹으니까 ‘꽈당꽈당’ 소리나니까 보니까, ‘이놈 망할 놈 새끼 뭐 우리 다시 뭐인가믄 네 동생이 그 깨금 알을 깨는 소리에 뭐인가믄 우리 집이 무너진다구 나갈 줄을 아는가?’ 그래

---

64 아무 연근에 : 아무 해 무렵에.
65 제연이 : 자연스레. 일부러.
66 용말기 : 용마루가.
67 갯다가서 : 가져다가. 데려다가.
68 바빴단 : 급했단. 힘들었단.
69 거르망 : 거르마니. 호주머니의 방언

당장에서 그놈을 붙들어 내려서 도깨비 뭐인가믄 말이야 모다들어(모여들어). 도깨비 그 볼기에 맞아서 그놈 죽었습니다. 그래 죽어서 그래서 이제 서울 장안에다가 그놈 도깨비들이 밤에 그놈 우둔둥이를 가져다가서 서울 장안에 그 십자거리에다서 이놈을 갯다가서 네 사각을 벌리구서 그 다음에 말뚝을 쳐서 죽여 버렸지.

그래 이런 옛말인데, 게 다시 말해서 이게 그 내용은 좌우간 그 욕심이 많고 우둔하고, 정말 그게 같이 빌어서는 같이 노나 먹으면서도 동생이 그 빈 거이 자기보다 좋다고, 그래서 동생이 밉어서 같이 못살겠다고 돗바늘로[70] 찌른 게 결국은 제가 그거 그렇게 하구 죽었지. 그럼 이상입니다.

---

70 돗바늘로 : 돗자리 용 바늘로.

5) 중원 천자가 조선국에 명의를 청함

〈중원 천자 주대민[1]이 조선국에 명의를 청하다〉는 그런 옛말인데. 중원 천자, 이제 주대민이라는 이 중원 나라, 그전에는 중국에 나라가 여러 나라가 많았는데, 게 중원의 주대민이가 본국에 병이 났는데, 병이 나가지구서 앓다나니까 자기 본국의 의사들을 용하다는 의사들을 다 청해 보이구 병을 보이구 해도 완전한 진단이 나오지 못하구. 병은 치료되지 못하구 계속 병은 심해가지구 그래 주대민이가 나라의 이제 충신들한테 요구를, 뭐 요구했는가 하니까 에, 뭐인가믄 '남쪽에 동남에 이제 작은 나라가, 조선국이라는 그런 나라가 있으니까. 그 조선나라의 황제께 이제 그 편지를 보내서 의사를, 조선의 그 용한 의사를 모셔다가 자기의 병을 좀 봐달라'는 거, 자기네 그 신하들한테다가[2] 요구를 했습니다.

게, 신하들이 중원 천자의 그 명을 받구서 이제 서함[3]을, 편지를 써 가지구 조선황제를 찾아 왔지 뭐. 와서 조선 황제한테다가 그 서함을 드리니까, 편지를 드리니 그래 조선 황제가 편지를 보고서 자기, 우리 조선 나라의 그 명의를 그 다음에 불렀지. 부르이 조선이라는 나라 그 팔도, 이전에는 팔도로 나뉘었는데, 그 쪼꼬마한 나라인데 명의라고는커녕 아무런 의사, 좀 그 배앓이병도 온전히 떼는[4] 의사 없단 말이야.

그래 에, 충신들이 각 곳에 소문하고 하다나니까, 강원도에 성이 뭐인가믄 백씨라

---

1 주대민 : 주원장을 말함인 듯. '주대민'은 '대명천자 주씨'의 오용인 듯.
2 신하들한테다가 : 신하들에게.
3 서함 : 서류 상자. 서한(편지)의 오용인 듯.
4 떼는 : 고치는.

는 의사 한 분이 있는데, 이 사람이 기중[5] 낫다고 하거든. 그래 낫는 게가 주로 이 사람이 이제 배앓이, 속 배앓이 병을 잘 치료하는 의사인데, 의사 이런 백 의사 하나밖이 없는데. 그래 충신들이 이거 나라 황제한테 보고하니까 나라 황제가

"그럼 배앓이 병을 치료하는 의사라도 그럼 불러올려라."

그다음에 충신들이 가서 그 백 의사를,

"나라 임금이, 상감마마가 너를 불러올리라니까 나라 조정에 올라가야 된다." 그래,

"무슨 일로 오라고 하는가?"하니까,

"그건 가서 볼 바이니까 어쨌든 행장을 꾸려가지구 에, 서울로 올라가야 한다."

그래 데리구 와서 이제 황제한테, 조선 황제한테다가 대면시키니까 조선 황제가 하는 말이,

"중원 천자 그 주대민이가 병이, 중한 병에 걸려가지구 본국에 의사를, 그 치료를 받다 못해 이제는 외국에, 우리 조선국에 각신[6]을 보내가지구서 명의를 찾는데, 네가 가히 조선이라는 나라를 대표해서 외국에 가서 우리 조선의 명예를 좀 떨치고 좌우간 네 재간대로 외국에 그 황제의 병을 치료하고 돌아오라." 이래.

게, 그 뭐 어느 명령이라고 거역하겠소. 그래 이늠, 똥배앓이 병이나 고칠 줄 아는 이런 의사지마는 할 수 없이 임금의 명령이니까, 그게야 뭐 그 천명보다도 그 하늘의 명인데, 하늘의 명이나 같은데, 할 수 없이 굴복하구 그다음에 중원 나라에 그다음에 가게 됐지.

게, 중원 나라에서 조선의 명인이 온다 하니까니 이늠 숱한 그 뭐인가믄 말이야. 그 금교[7]라는 게 이런 저 금으로 만든 이런 저 그런 가마이지. 이런 가마에 앉혀서 이래 지금 중원 천자가 있는 데까지 지금 조선 명의가 지금 불리워 가는 판이지.

---

5 기중 : 가장. 그 가운데.
6 각신 : 서신 혹은 신하를 지칭하는 듯.
7 금교 : 금빛으로 장식한 가마.

게, 가면서 생각하니까 이 백 의사가 가면서 생각을, 낙제없이[8] 자기는 죽었다 말이. 자기는 뭐 재간이라고는 없지. 실지 이건 뭐인가믄 이전에 자기를 선조들의 그 뭐인가믄 덕분에 그저 이 배앓이 침이나 놓을 줄을 알구, 뜸이나 뜰 줄을 알구. 이런 재간밖에 없는데, 아 이거 뭐 한 개 나라의 왕의 병을 보러 이래 떡 간다니까 이건 갈데없이[9] 자기는 죽었다 말이. 그렇지만 어떻게, 이미 붙들려가는 몸이라 그냥 갔지.

떡 가니까 중원 천자, 떡 중원에 들어가니까 그래도 조선의 이런 타국의 명인이 온다 하니까 중원에 있던 수백 명 수천 명 되는 그 중원 본국의 의사들이 아, 저기 뭐인가믄 말이야 접대를 나왔지. 환대를 나왔어 그다음에 접대를. 그래 그 앞으로 이제 그 금교를 타구서 그다음에 떡 들어가서 지금 거기에 가서 대우를 받는 판이지. 대우라는 게 사실 말해서 지금 접대실이지. 지금 말하면 예, 이런 저 호텔이나 이런 저기 여관 같은 데 하여튼 이런 거 같은 데 예, 이런 방에다 떡 모셨단 말임. 그래 떡 모시구 사방에 뭐인가믄 군대가 뭐인가믄 말이 꽉 차. 에 잡사람이 들어오지 못하게 뭐인가믄, 군대가 보초를 탁 지키구 그리구 안에 뭐인가믄 말이, 토성을 쌓구서 그 안에 이제 그 궁궐같이 집을 진 그 안에 접대소에 들어가서 접대를 받는데, 게 이제 사흘을 쉬우는데 예, 그러니까 조선이라는 나라에서 왔다구 길 공기 난다고[10] 말이야. 사흘 동안 그 여관에서 지금 뭐인가믄 말이야, 아이 저 여관에서 쉬는데 그러니까 쉬니까니 중원에 있는 의사들이 이 조선의 의사가 왔으이까 그 의사들이, 의사들끼리 그 뭐인가믄 말이야 그 문답을 그거 하지.

어떤 병인가? 어떤 병에 어떤 약이? 어떤 걸, 뭐인가믄 이래서 이제 뭐 그걸 이제 서로 글로 쓰서 이래 하는데. 아, 이게 무식하다나니까 그걸 뭐인가믄 말이야 무식하지. 또 이거 뭐인가믄 말이야 배운 거는 없지. 글을 모르이까 이래 중원에서는

---

8 낙제 없이 : 빠지는 일 없이. 틀림없이.

9 갈데없이 : 틀림없이.

10 길 공기 난다고 : 미상. 여독이 생긴다고, 먼 길을 와서 피곤할 것이라고 등의 의미인 듯.

전체로 한자로 글을 써서[11] 뭐인가믄 넘겨준다는 말이. 이제 보구서 그런데 문답을 하는데 볼 수가 있어야지. 이거 뭐 원래 이건 농촌의 농민 출신인데, 게 모르이까 대답을 안 하지. 대답을 아이 하니 중원의 의사들이 아 저게 아주 그 꼬쟈즈,[12] 다시 말해서 아주 그 틀을 내 가지구서는 자기 틀을 뽐내기 위해서 제 접수를 아니 한다는 걸로써 이래 생각을. 그러니까 그늠들이 뭐인가믄 말이야, 에 자꾸 이렇게 뭐인가므 말이, 병에 이런 의학에 대한 문답을 자꾸 들이대구 하니까 그거 응대도 아니 했지. 응대를 아이 하니까 이거 보잘 것 없는 걸 가지구서 너네 나한테 질문을 하는구나 그렇게 생각한다는 게지.

그래 중국, 그 중원의 그 의사들이 이러면서 점점 이거 더 받들어 모시지. 그런데 이거 뭐 이틀이 지나 사흘 지나던게[13] 뭐인가믄 말이 아무런 답변도 못하거든. 그러니까 그다음에 차츰 이거 사흘 후부터는 이놈들도 뭐인가믄 말이야 저게 실제 모르는 걸로 알았지. 처음에는 저게 뽐내가지구서는 뭔가믄 저네를 쵸뿌치[14]해. 업신보구선[15] 말이야 대답 안 한 줄로 알았는데, 결국에 보니까 아무것도 모른단 말이야. 모르니까 제 대답을 못하니까 그다음에 제일 상좌에 앉혔던 거 중 가운데로부터[16] 제일 말석에다 앉혀버리고 대우도 의사들끼리 대우도 없구, 그다음 저네끼리 의사 협진을 하지. 이래 하는데, 아 이제는 죽었단 말이야.

이거 뭐 어느 날에 이제 불리우게 되면 왕을 갖다가서는 진맥을 하는데, 열두 대문 밖에서 그 왕의 그 팔목에다가 명주실을 한 오리[17] 매가지구서는 대문 밖에 열두 대문 밖에 나가도 그 실을 딱 만져 보구서 그 왕이 맥이 실에서 뛰여서 오는

---

11 한자로 글을 써서 : 필답을 의미하는 듯.
12 꼬쟈즈高架子 : 자기를 높이며 뽐내다(중국어).
13 지나던게 : 지나니까. 지났는데도.
14 쵸뿌치 : 쵸부치瞧不起. 업신여기다(중국어).
15 업신보구선 : 업신여기고서는.
16 중 가운데 : 중中 가운데. 한자말을 우리말로 나타내면서 중복시킴.
17 한 오리 : 한 올. 한 오라기.

거 그걸 딱 진맥하구서 그 병을 치료하는 판인데. 그거는커녕 하구[18] 왕의 손목을 직접 쥐구도 그 병을 알아내지 못하는 형편인데. 이제는 죽었구나 하구선 지금 뭐인가믄 말이, 밤낮 어느 날에 죽겠는가 그것만 기다리구 있다보니까. 하룻밤 이제 밤에 이제 뭐인가믄 밤중에 잠이 오지 않구 이러다나니까 오줌 마려워서 이래 밖에 나가서 지금 오줌 눈다고 오줌 누는데, 아 어디서 '쿵' 하더니 뭐인가믄 말이야 큰 물건이 자기 뒤에 떨어진단 말이야.

그래 떨어지니 탁 뒤를 돌아다보니까 아이구 불이, 뭐인가믄 불이 어찌나 그 옛날에 말이야 아 사발 만한 불이 두 개 시퍼런 불이, 이런 큰 강산대호,[19] 이런 범이 턱 뒤에 와 떨어졌는데. 이놈 범이 뭐인가믄 이런 담을 쌓았는데, 담을 넘어서 말이 그래서 제꺼덕 뭐인가믄 말이, 다짜고짜로 그 백 의사 말이야 조선 의사 멱살을 턱 메고서는 물구서는, 턱 둘러메구 냅따 뛴단 말이. 그러이까 범한테 어저는 잡혀가는 판이라. 에다 이제는 잘됐다. 자기 속으로는 잘됐다는 게지. 이제는 뭐인가믄 범한테 죽으니까 이젠 차라리 저 중원 천자한테 칼에 모가지 달아나기보다 범한테 죽는 게 어쨌든 이리저리 죽는 판에 범이 잡아먹으니까 조용한 데 가서 죽는 것도 괜찮다. 이놈 범이 옷자락을 물구서는 둘러메고 뛰는데 쏜살같이 뛴단 말이야. 그래 뭐인가믄 말이야 눈 깜짝할 사이에 산을 넘고 령을 넘고 고개를 넘고 골자기에 턱 들어가더니 이런 굴로 쏙 들어가더라오. 굴로 턱 들어가더니 그다음엔 굴에 턱 들어가더니 턱 내려놓는단 말이. 그다음에 눈을 턱 떠보니까, 굴에 떠억 드가보이까 큰 놈의 범이 뭐인가믄 하나 누워 있는데, 바짝 말라서 맨 뼈만 남아 있는 이런 범이 떡 누워 앓거든. 그런데 저를 물어온 범은 그보다 좀 작구 아주 젊은 범이라. 아주 젊은 범인데 아주 날파람[20]이 있는 이런 젊은 범이 딱 저를 물어다가 그 늙은 범의 앞에 갯다 턱 놓구서는 앉아서 보오. 그다음에 가만히 이 사람이 그 의사

---

18 그거는커녕 하구 : 그거는커녕 이거니와.

19 강산대호 : 매우 큰 범. 상산대호商山大虎를 이름인 듯.

20 날파람 : 빠른 동작에 따라 일어나는 바람. 날쌘 움직임이나 등등한 기세.

공부는 하지 않았지만 사람이 역지.[21] 가만히 동정을 보니까 확실히 이놈 누워있는 범이 앓는 범이란 말이야.

그러니까 나를 의사라고 하니까 조선의 명인이라고 이거 뭐인가믄 중국에서 불려 왔으니 이놈 범도 어떻게 알았던지 이거 알구서는, 이거 뭐인가믄 말이야, 제 이거 나를 물어 왔구나. 그다음에 턱 보니까 암펌이란 말이. 그래 보니까 아 이 범이 새끼란 말이. 그런데 그다음에 어루만지니까 범이 가만히 일어난단 말이야. 그 늙은 범이 일어나 떡 앉거든. 입을 떡 벌리구 할딱거리구 이래 앓구서 이런데, 그다음에 입을 떡 벌리는데, 그담에 뭐인가믄 말이. 손을, 이 사람이 의사니까 범아가리에 손을 썩 넣으니까 이 하느바지[22]에 무스게(무엇이) 쥐운단(잡힌단) 말이.

그다음에 줴서(쥐어서) 턱 꺼내니까 침통, 의사들이 침을 넣는 그런 침통이, 이만한 침통이 모가지에 걸렸단 말이. 그래 꺼내니까 고름이 터져 나오고, 그담에 이놈이 캑캑 거리더니 피고름이 터져 나오고 하더니, 그담에 뭐인가믄 말이야 아, 이 범이 눈물을 뚝뚝 떨구며 이런 제 골을[23] 가지구서는 자꾸 이 백의사를 이래 쓰다듬어 주구 이러더니, 아 그 젊은 범이 그 범의 새끼란 말이. 오더니 그것두 와서 이 백의사 의 옷자락을 핥구 이런단 말이. 고내가[24] 뭔가믄 말이야 대가리를 이래 사람한테 다 가 이래 비비는 것처럼 씩씩 비비구 이런단 말이. 감사하단 뜻인 모양이라.

그러더니 그다음에는 침통을, 침을 뭐인가믄 떡 닦아서 떡 보니까 거기다 쓴 게 뭐라고 썼는가 하니까 '금자호동침'이라고 떡 썼는데, 이 침이가 보통 침이 아니거 든. 그러니까 이놈 범이 이 침을 가진 의사를 잡아먹다가 그 침통을 그냥 씹어 먹다나니까 그놈 침통이 아가리에 걸려서 모가지에 떡 걸렸단 말이. 그런데 그 의사 이름이 금자호동침이라고 거기다 턱 썼는데, 게 옛날에 중국에 아주 유명한 의사가 있었는데 이 의사를 이놈이 잡아먹었단 말이야. 잡아먹구 침통이 모가지에 걸렸단

---

21 역지 : 약지. 영리하지.
22 하느바지 : 입천장이란 의미의 방언인 듯.
23 골 : 머리.
24 고내가 : 고양이가.

말이. 그다음에 그걸 이제 닦아서 그 침통을 뭔가믄 말이야 거기다 이래 놓으니까 범이가 그 큰 범이 그거 물어서 침통을 물어서 그 백 의사의 옷섭에[25] 턱 떨궈놓구 가지구 가라는 게지.

그다음에 그 백 의사가 그 침통 여파래를 턱 여으니까[26] 그다음에 물구 왔던 그 범이 물구 오던 식으로 자기를 턱 메더니 냅다 뛴단 말이. 게 뛰더니 여전히 그 집에 그 마당에게다 떡 떨궈 놓구 그다음에 가버렸지. 가버린 다음에 그다음에 그 침을 얻었지. 그래 얻어선 이래 걷어 영구선 오줌 누러 갔다 오는 것처럼 하면서 밖에 나가서 그다음 다시 들어와 제 누웠던 자리에 누웠지.

그 이튿날 아침에 이제 부른단 말이야. 조선국에서 온 그 의사가 와서 황제의 그 병을 진단하라고 하니까 그래 나갔지. 나가이까 정말 명주실에다가 명주실꼬리[27]를 가지구서 열두 문밖에 나가서 그 실을 진맥해서 병을 치료하는 진맥을, 그래 아무것도 모르지. 또 거기 통하기는 아 그거 뭐 전기라고 거까지[28] 통하겠소. 그러니까 그거 떡 쥐구 아 이런가 그러구 그저 고개만 끄덕끄덕 하구서 그다음에 말했지.

"그래 환자를 보자."

그다음에 환자를, 왕궁에 떡 들어가서, 왕실에 들어가서 직접 진맥을 보면서 그 금자호동침을 가지구서 이래 사광[29]부터 먼저 풀어줬지. 사광을 툭 풀어 주니까 그다음에는 침을 넣구서는 자기 일이 있다구 나갔지. 아 그 이튿날 급보[30]가 떡 와. 게이까 저녁에 그래 침을 놨는데 온밤 효과를 보구 이튿날에 많이 나샀다는[31] 말이야. 그 황제가 그래 그다음에 다시 불렀단 말이. 불러서 들어가 이래 침을 놓으

---

25 옷섭에 : 옷섶에.
26 침통 여파래를 턱 여으니까 : 그 침통을 옆구리에 턱 넣으니까.
27 명주실꼬리 : 명주실꾸리.
28 거까지 : 거기까지.
29 사광 : 불순물이 엉겨서 딱딱하게 된 부분. 막힌 혈의 일종인 듯.
30 급보 : 급한 통보.
31 나샀다는 : 나았다는.

니까 그 병이 많이 돌렸지.[32] 그다음에 다시 들어가서 사흘을 범이 주던 침을 가지구서 그 주대민이 그 사광을 풀구 그다음에 이 배앓이 이걸 풀구 아 그다음에 병이 나샀지.

중원 천자가 조선 나라의 그 의사의 치료를 받구 병이 나스니까(나으니까) 그다음에 이놈 중원의 의사들이 그 학대를 하구 말이, 제일 말석에 쫓아 내리때리구[33] 하던 것들이 그다음에는 와서 무릎을 꿇구 잘못했다고 사죄를 하지 뭐. 그다음에 그 중국의 중원에 몇천 명 이상 되는 그 의사들이 다 고개를 숙이구 엎드려서 제발 잘못했다구 빌더란 말이. 게 그다음에 뭐인가믄 말이야, 에 거 사면[34]을 하지. '그런 거 아니라구, 그럴 수 있다구.' 이건 뭐인가믄 말이야, 이 사회에 뭐인가믄 그럴수 있으니까 이게 재간이 다 제마끔이니까.[35]

그래서 이제 거기서 중원 천자의 그 병을 봐 주구 병을, 침을 놔 주구서는 중원 천자의 병이 호전되구 중원에서 그 나라에서 뭐인가믄 조선에다 예물을, 조선 나라의 그 왕한테다 예물을 갯다가[36] 그 금과 은으로. 그다음에 천을 숱한 거 말이, 필[37]을 마필에다서[38] 이렇게 실어서 이래 조선 나라에 뭐인가믄 보냈어. 이 사람이 배로, 지금 후에 배를 타고 오는데, 이래 오는데 이 사람이 그 접경지대에 와가지구 조선하구 중국 접경지대에 와서 아무리 생각해 봐도 이 금자호동침은 중국의 보물이란 말이. 중국 보물인데 이걸 내 가지구 조선에 가면 내 중국 선배들, 중국 선조들한테 벌을 받는다. 이게 중국의 보물인데 내 못 가지고 간다.

그래 이 사람이 그걸 그 침을 그 국경 연선에 가 가지구서는 그 다음에 말했지.

---

32 돌렸지 : 호전되었지. 회복되었지.
33 내리때리구 : 내려뜨리고. 끌어내리고.
34 사면 : 죄를 면해줌.
35 제마끔이니까 : 제가끔이니까.
36 갯다가 : 가져다가.
37 필 : 피륙을 헤아리는 단위. 광목의 경우에는 통이라고도 함. 여기서는 피륙을 의미함.
38 마필에다서 : 말 몇 마리에다.

"이거는 실지 내가 명인인 게 아니라 이거는 너 나라의 보물인데, 이거는 내가 범한테 잡혀가서 이 보물을 범한테서 선사를 받아 가지구 이걸 가지구 너의 황제를, 너네 왕을 치료를 했는데. 결국은 이게 내 의술인 게 아니라 너네 그 보물의 덕택으로 너네 왕이 뭐인가면 병이 나았는데, 이걸 가지고 가면 너네 중원나라에 내 죄를 진다. 역사의 죄를 지니까 이걸 너께 돌려준다."

그래 그 침을 돌렸단 말이. 돌리니까 '아 그러면 그렇겠지. 조선나라에 그 쪼끄만 손바닥만한 나라에 무슨 놈의 의사가 그리 잘해서 중원의 그 황제의 병을 봤겠는가.' 그다음에 그 침을 이놈들이 자기네 나라의 침이라고 그래, 그다음에는 옇었지. 옇구 하는데 그다음에 떠나려고 금방 움직이는데 벼락같이 뭐인가면 말이야 오더니 범이 왔단 말이. 이게 따라왔지. 범이 그다음에 오더니 그 침을 옇은 그 중국 의사를 물어서 들어 메치더니 말이, 다시 그 침을 아사뺐어[39] 뭐야, 조선 그 백 의사한테 대비[40] 주더라는 게지. 물어다서 백 의사 앞에다서 그러니까 백 의사가 이게 중국의 보물을 가지구 가는 거 이걸 돌렸는데,[41] 중국의 범이가, 중국 범이 뭐인가믄 이걸 허용하지 않으니까 대비 그다음에 가지고 간다.

그다음에 그 침을 가지고 왔는데 금자호동침이라고 썼는데 그래 조선국에 와서 그걸 다시 그다음에 감정해 보니까 그 침 임자는 화타, 화타의 침인데 어떻게 그 화타의 침이가, 화타가 이 침을 가지구서 중국 소상강이라는 강에서 뱃놀이를 했단 말이. 뱃놀이를 하다가서 그만 그 술에 취해 가지구 뱃놀이를 하다가서 그 옷이 그 떨어졌는데 그 옷 그런 짜막[42]에 그늠 저기 뭐인가믄 말이야, 저기 침을 넣었지. 그런데 그 소상강에서 그늠 그 옷이 그냥 물에서 흘러 내려가구 흘러 내려가구 하다가 그 소상강 강역에서 빨래질하는 노파 그 빨래질 하다나니까 그런 헝거치[43]

---

39 아사뺐어 : 빼앗아서.

40 대비(되비) : 도로, 다시.

41 돌렸는데 : 돌려줬는데.

42 짜막 : 짬의 함경도 방언. 주머니나 그 비슷한 역할을 할 수 있는 옷의 특정 부분.

43 헝거치 : 헝겊.

떨어지는, 그다음에 주우니까 거기 그런 옷인데, 옷에서 침이 나왔단 말이. 그래 침을 그 여자가 그 침을 허리춤에다가 걷어 옇구서 이래 빨래질하다가 그 노파가 범한테 잡혔단 말이. 그래 그 범이 그 노파를 물어가지구서는 제 에미를 줬는데 에미 그다음에는 침까지 삼켰지. 그래서 그 침이 그렇게 내려온 침이다.

그래서 결국은 그 침을 조선왕이가 왕국에 대비 돌렸답니다. 중국에다가 돌려서 중국에 그 화타의 침을 대비 돌려줘서 중국의 상을 받았다는 그런 옛말입니다.

6) 단발령에 깃든 이야기

조선에 단발령이라는 그 고개가 있는데, 그래 왜 이 고개의 이름을 단발령이라고 했는가?

옛날에 조선 왕조 어느 때 왕인지는 분명히 모르지마는 그 왕이 문둥병을 했단 말입니다. 왕의 몸에 문둥병이 나가지구, 헌디가[1] 나서 조선의 그 의사들이, 명의들이 그 치료를 하다못해. 끝내 치료를 못 했는데, 그래 치료하다가 저 효력을 못 보고 계속 앓는데 한 충신이 하는 말이,

"상감마마 병을 치료할라면 소인이 아는 바에 강원도 금강산에 오타수, 오타수라는 늪이 있는데, 오타수에 가서 몸을 씻으면 이 문둥이 병이 낫을(나을) 수 있다." 그 어느 충신이가[2] 그리 말하니까 그러니까 조선 그 왕이가,[3]

"그럼 나를 담방[4] 그 오타수 물에 가서 목욕을 하도록이 나를 거기로 보내 달라."

그래, 왕이 엄명하니까 조선국 나라에서 여러 신하들이 그다음에 토론해 가지구 서는 연등을(연등에) 태워가지구서리 연등이라는게 뭐인가. 그게 지금 가마, 사람을 메는 그 연등에다가서 왕을 태와 가지구 강원도 금강산 그 오타수 물에 가서 이제 몸 씻으러 이래 메고서 산을 넘어서 가다나니까, 높은 산을 넘어 가다나니까 그다음엔 그 가마를 멘 사람들이 지치구 행인들도 다 지치구 하니까 산에 올라가서 그 고개에 올라가서 쉬게 됐다 말이.

---

1 헌디가 : 헌데가. 헌데 : 피부가 헐어서 상한 자리.
2 충신이가 : 충신이. 주격조사 겹침.
3 왕이가 : 왕이. 주격조사 겹침.
4 담방 : 단박. 금방. 즉시.

게, 가마를 내려 놓구 왕도 앉아 쉬구 그 수원[5]들도 거기 앉아 쉬는데, 그런데 오타수 그 늪이(늪에) 거의 와 가지구서 그런 고개가 있는데 거기에 와서 쉬는데, 그 오타수 늪이 있는 그 산 쪽으로 보니까니, 하늘을 보니까니 웬 사람이 뭐인가믄 말이야, 그 왕이 타고 온 가마 같은, 가마를 그저 사람도 메지 애인(않은) 이런 가마를 타고서 허공에서 날아서 왔다 갔다 하거든. 그래 왕이 보니까 분명히 그런 사람인데 그런 가마를 타구서 하늘을 왔다 갔다 하거든. 그다음에 이 왕이가 신하들한테 물어.

"저게 무엇인고?"

하니까 신하가 있다가 하는 말이,

"저분이 뭐인가 하니까 강원도 금강산 오타수 물을 오타수 늪을 만든 그 뭐인가믄 말이야, 그 중원의 그 생불이라."는 게지.

그 중원 나라의 생불이, 생불이라는 게지. 게 생불이라는 거는 뭔가 하니까 옛날에 중이 도를 지극히 도를 믿게 되면 이 중이 뭐인가믄 자기 그 몸, 술을[6] 피워가지고 하늘을 날아댕길 수도 있고, 자기 술을 피워서 자기가 정신[7]이 될 수도 있고, 술을 피워서 이렇게 도술로써 자기 몸을 변신하구서 이렇게 재간을 부리는, 그 불교의 도를 일정하게 지극히 믿게 되면 자기가 생불이 된다는 게지.

"그래 그 도사가, 도사인데 생불이 돼서 오고 가고 합니다."

그러니까,

"도사가 될려면 어떻게 하면 되는고?"

그래 왕이가 물으니까 그다음에 신하들이 답변하는 게

"도사가 될려면 머리를 깎고 절에 가서, 절당에 가서 도를 닦아야 됩니다. 그러면 마지막에 저렇게 생불이 됩니다." 그래.

왕이 거기서 하는 말이 뭔가 하니까,

---

5 수원 : 수행원.
6 술을 : 술수를. 신통술을
7 정신 : 망념과 망상에서 벗어난 고요하고 청정한 경지.

"야, 저 가위 가지고 와서 내 머리를 당장 깎아 달라."

그러니 신하가 그럼 상감마마 어떻게 머리를 깎으시려고 그러는가 하니까.

"나는 왕이고 뭐고 다 싫다. 난 저 사람처럼 중질을 하고 싶다. 그러이까 나를 머리를 깎아 달라."

그래서 그 고개이름을 단발령, 단발령이라고 지었지. 그때로부터 그 고개 이름을 단발령이라고 지었는데, 그래 왕이 자기가 거기서 머리를 깎겠다고 해서 그 고개 이름을 단발령이라고 한 거지.

그다음에 왕이 거기서 신하들에게 공보했지.[8] 그래 (신하들이) 상감마마께서 단발 하는 게 늦지 아니하니까, 우선 병부터 떼구[9] 치료부터 하구서, 후에 단발[10]을 하든 지, 그런 절에 가서 도를 닦든지 하라고 권고했지. 그러이까 왕이,

"그렇게 하자. 이 길은 꼭 목적한 대로 오타수에 가서 그런 목욕을 하구 온 다음에 결정하자. 그래 좌우간 저 오타수물이 좋다구 하니까 거기 가서 목간을 하구 내 문둥이 병이 나으며는 뭐인가믄 보자."

그래, 다시 연등을 타구서 오타수 물로 갔지. 가니까 강원도 금강산에 그런 절인 데, 절 아래에 절당을 짓고 그 아래에 내려와서 물이 나오는데 한짝에[11] 뭐인가믄 더운물이 나오고 다른 한짝엔 찬물이 나와 가지구 그 물이 합해서 이렇게 늪이, 소가 됐는데, 그래 거기서 이제 왕, 그 황제를 목간[12] 하라고 하구서 수원들은[13] 싹 피했지.

피하구 왕이 혼자서 몸을 뭐인가믄 말이야 옷을 벗고 들어갔지. 그 황제 씻지. 그래 뜨끈뜨끈한 물인데 그러니까 온천이겠지. 한짝으로는 더운 물이 나오고 한짝으

---

8 공보했지 : 공표했지.

9 떼구 : 고치고.

10 단발 : 머리를 짧게 깎음. 삭발과 동의어.

11 한짝에 : 한쪽에.

12 목간 : 목욕. 나무 욕조. 혹은 거기서 하는 목욕.

13 수원들은 : 수행원들은.

로는 찬물이 나오는 시원한 물이. 그래 그놈 문둥병을 헌데를 씻구 이래 하니까 아 씻는 족족 더대[14]가 뚝뚝 떨어지구 말이야 시원하구 말이야. 살이 뭐인가믄 벌겋게 나오구 아물구 말이야. 아주 시원한 게 좋단 말이야. 그래 이리 씻구 저리 씻구 하는데, 아 어떻게 등대기[15]의 한곳에 손이 이렇게 올라가도 이놈 헌[16] 더데를 떼지 못하겠지. 이렇게 해도 손이 미치지 못하는 요런 한 곳이 딱 있는데, 요건 불과 한 사람이 딴 사람의 도움을 받아가지구 그 사람이 물을 끼얹구 그 사람이 닦으면 그놈이 시원하게 더대가 떨어지고 나슴(나음) 즉한데 아 사람 새끼라고는 없단 말이야 싹 다 달아나 버리고 말이야.

왕이 혼자서 거기서 옥체를, 몸을 씻느라고……. 그래 안타까워서 지금 어데서 사람이 오겠나 해서 우를 올려다보고 아래를 내려다보고, 그런데 지팽이[17] 돌에 딱 마치는 소리, '딸까닥 딸까닥' 소리 나거든. 이게 웬 놈이 지팽이를 짚고 오는 놈이 있는가? 그다음에 우를 탁 쳐다보니까 바랑을 척 멘, 머리를 깎은 이런 중이 한 사람이 바랑을 메고서는 지팽이를 짚고 내려오거든. 그래 왕이 보니까 중이 내려오니까,

"여봐라, 중놈아" 했거든. 그러니까

"예이!"

"네 이놈 빨리 그 바랑을 벗구 옷을 벗구 들어와서 몸을 씻어 달라."

그저 이놈은 그저,

"예이"

하구선 군소리 없이 자기 바랑을 벗구 옷을 벗구선 그다음에 들어가서 그 왕을... 그러이 왕이 시원하단 말이.

그다음에 쑥쑥 어루만지니까 와느르[18] 헌 더데가 뚝뚝 떨어지구 말이야. 얼마나

---

14 더대 : 더뎅이의 준말. 부스럼 딱지.
15 등대기 : '등'의 방언
16 헌 : 부스럼이나 상처로 살이 짓무른.
17 지팽이 : 지팡이.

시원한지 모르겠단 말이야. 마, 훅 날 것같이 시원하단 말이. 그래 그다음에 왕이 있다가,

"네 이놈 중놈아!"

"예"

"네 어디 가서 나라의 임금을, 뭐인가믄 목욕시켰다는 말을 입 밖에 내지 마라" 이랬거든. 그러니까 이놈이 예이 하면서 이놈이 하는 말이,

"상감마마께서 강원도 금강산의 생불이 와서, 생불이 내려와서 상감마마의 몸을 씻었다는 말을 궁중에 가서 절대 하지 마십쇼."

이놈도 한 마디 알리고선 그 말 한마디 하고선 훅 공기처럼 없어졌단 말이. 그다음에 왕이 떡 보니까 이게 귀신인가? 조화는 조화다. 나는 저놈이 천한 중놈이 돼서 이놈이 '인간의 왕을 몸을 씻어줬다는 말을 인간에 하지 말라'는 당부를 했는데, 저놈이 도로여 '생불이 와서, 뭐인가믄 말이야 임금의 몸을 씻어줬다는 말을 하지 말라'고 도로여 당부르 한단 말이야.

그러니까 이 왕이 불교를 딱 믿게 됐단 말이야. 불교를 아주 존경하게 됐지. 그다음에 몸을 다 씻은 다음에 행장을 꾸려가지고 옷을 입구서 나왔지. 나와서 그다음에, 에, 귀가를 했단 말이. 그담에 몸이 뭐인가믄 말이야, 몸이 헌데는 다 나았구. 그다음에 뭔가믄 말이야, 이렇게 되니까 그담에 이 임금이 조선의 그 어느 때 임금인지는 몰라도, 그 임금이 그담에는 조선의 불교를, 남북조선에 그 뭐인가믄 말이야 절당을 수건하고 그다음에 이 불교를 갯다가 아주 그 신앙을 갯다가 그 잘하게끔 하고 헌 거는[19] 다시 짓게 하고 해서 중시를 받았다는 옛말인데. 그래 이 오타수물이 생긴 건 그 근거, 이기 어디서부턴지 그 오타수물이, 왕이 목욕하는 오타수물이 지금도 있답니다.

지금도 강원도 그 금강산 그 아무 절에 가게 되면 그 오타수물이, 뭐인가믄 말이

---

18 와느르 : 완完으르. 완전히, 아주.

19 헌 거는 : 낡은 것은.

야 그 온천인데 온천물이 이렇게 흘러나오는 겐데 온천물을 들여다보게 되면 저기 구들 고래[20]처럼 돌을 세왔지. 돌을 세우고 웃돌을 덮구 이렇게 구들 고래처럼 돌을 세우고서 우에다 뚜껑을 덮고 이렇게 해서, 상밑처럼 있어가지고, 그 속으로 그 물이 나오거든. 이게 분명이 이게 옛말이지만 그런 데가 지금 있지. 그런데 전설로 내려오면서 이게 어떻게 된 전설인가 하니까, 옛날에 중국에 생불이 원래 그 불교는 중국에서 인도에 가서 가져다 중국에서 불교를 제일 발전시켜가지구 마지막에 조선까지 나갔다 하는데, 근데 이 중국의 어느 절의 그 대사가 생불이 돼 가지구 조선이 아주 명 나라구[21] 조선이가 아주 해 돋는 정말 동해를 낀 이런 나라구 아주 아름답구 하니까 조선에 와서 절당을 짓구서, 절을 짓구 도를 닦으려구 조선에 와서 돌아댕기다나이까 강원도 금강산에 거기 조선의 명산이란 말이.

그래 강원도 금강산에다 절당을 지으면 앞으로 중외[22] 조선이 발전하고 불교 발전에도 유리하고 경치 좋구 이러이까, 그래 오타수 거기에 오이까 늪이 있는데 그 늪이 절당 자리가 아주 딱 지당[23]하지. 지당하구 절당 자리가 딱 좋은, 그러이까 요기에다 절을 지으면 아주 그 불교가 흥성 발전하겠는데 터가 좋지. 그런데 늪인데, 늪 안에 용이 아홉 마리 있는데, 이놈 아홉 마리가 용이가 있는데 이게 무슨 용인가? 이건 조선의 용인데, 이놈의 견질용이가[24] 천년을 거기서 물속에서 뭐인가믄 말이야, 구레이기[25] 천년을 묵어가지구서 마지막에 환신해서 용이 됐어. 그다음에 천 년을 묵어서 용이 된 다음에 이놈 용이가 견질용이가 돼서 마지막에 큰비가 오고, 이게 뭐 우리 올 적에는 이놈 용이가 하늘로 올라 승천하는데, 이 아홉 마리의 용이가 이게 지금 뭐인가믄 말이야 물구렝이가, 물 위에 있는 구렝이가 이게 변신해서 지금

---

20 구들 고래 : 온돌방 구들의 불길이나 연기가 통하는 길.
21 명 나라구 : 이름 있는 나라이고.
22 중외 : 안팎으로.
23 지당하지 : 지극히 당연하지. 적당하지.
24 견질용이가 : 용의 한 종류인 듯. 구렁이가 천년을 묵어서(견디어서) 환신한 용을 지칭하는 듯. '잘 견디내고 승천한 용'의 의미인 듯. 견지다 : 견디다. 지키다.
25 구레이가 : 구렁이가.

용이가 되는 판인데 이게 뭐인가믄 말이야. 그 벌거지,[26] 그 뭐인가믄 말이야, 그 번데기 되는 것처럼 물속에 구레이가 천년을 묵어가지구 용이 돼서 하늘로 승천하는 것처럼 그런 용소龍沼라.

그런데 이놈 생불이 와서 뭐인가믄 말이야. 생불이 그다음에 그게 가로송나무[27]가, 큰 가래나무가 그 용소 옆에 섰는데, 거기에 이 생불이가 새가 돼 가지구, 두 마리의 새가 돼 가지구, 두 사람이 그 낭기에[28] 올라앉아서 지금 예산하지.[29] 그래 이 물을 찌워버리고[30] 여기에다 절당을 짓자. 중국의 절당을 여기에다가 가져다 조선에다 옮겨서 여기 조선에다 발전시키자. 지금 둘이 앉아서 그 짓을 하는데, 이 용소에 용이 아홉 마리 이놈 들다나이까 이 두 놈의 중놈들이 와서 자기네 용소를 말려버리고 여기에다 터를 잡고서 뭐 절당을 짓자고 한단 말이. 그다음에 용소의 제일 좌상용이가[31] 고개를 빼들구서 올리다 욕질을 했지.

"야, 이 중놈 새끼들아 중놈아! 중국의 중놈들이 왜 너희 나라에 가서, 해필 너희 나라를 두고 남의 나라에 와서 이게 뭐인가믄 여기다 집을 짓고 뭐인가 절을 꾸리고, 절대 이거는 어림도 없는 일이구. 이 용소는 뭐인가믄 우리 조선왕국에 우리 조상으로부터 내려오면서 몇 천 년을 내려오면서 용이 환신해서 하늘로 승천하는 용소다. 이거는 말리지 못한다. 당장 돌아가라."

그러이까 이놈 생불이가 뭐라고 하는가 하면,

"우리는 돌아가지 못하구, 우린 돌아가지 않겠다. 기어코 너네 용소를 내달라. 너네 딴 데 옮기고 용소를 우리한테 달라."

그러이까 이놈 달라거니 아이 주자거니 이놈 싸움이 났단 말이야 용하구 생불이가,

---

26 벌거지 : 벌레.

27 가로송 나무 : 해당 문맥으로 보아 가래나무를 지칭하고 있음.

28 낭기에 : 나무에. 남+ㄱ+이+에.

29 예산하지 : 계획을 세우지.

30 찌워버리고 : 괸 물을 없애거나 좋아들게 하고. 찌우다 : 들어온 밀물이 나가게 하다.

31 좌상용이가 : 그중에서 가장 윗자리를 차지하는 용이.

새가. 그래 싸움이 났는데 그다음에 용이가 그러거든.

"너, 당장 우리 조화를 피워서 너를 콩가루로 만들기 전에 너네 당장 날아가라 너 나라로 날아가라."

"아, 너네 재간이 있으면 우리를 그렇게 해라."

"그럼 거기에 가만히 앉아 있거라."

용이가 그렇게 말하구는 물속으로 쑥 들어갔거든. 그다음에 이놈 용이란 놈은 딴 게 아니란 말이야, 뇌성[32]하고 벼락하구 말이, 물로써 다스리는 게란 말이 용이란 놈은. 그래 물속으로 들어가더니 조화를 부리는데, 하늘에 뭐인가믄 뇌성을 한데 몰아서 강원도 금강산 오타수 우에 조화를 피워서 '뚱땅'하구 말이야 막 이러더이, 하늘에서 벼락이 막 치구 그다음에 그 가래송나무를 벼락을 내렸다 치는데 비가 쏟아지구 그 근방에 나무고 뭐고 벼락 전기로 싹 다 콩가루를 내버렸지. 그다음에 하늘에 해를 띄우고서 용이 아홉 마리 고개를 쳐들구서 이거 뭐 중원의 생불이 아니라 천안[33]의 귀신이라도 다 죽었겠거니 하구서 턱 해를 비치구 보니까 이놈의 새 두 마리 뭐인가믄 다 죽어 없어진 게 아니라 그 근방에 나무는 막 콩가루 돼서 싹 다 늪에다 떨어지구, 다 먼데 뿌리워[34] 가구 했는데, 요놈 새 두 마리는 무언가믄 나무가 자빠졌는 그 위에 딱 앉아 있거든. 살아있단 말이야. 아 생불이가,

"너 재간을 다 피웠는가?"

고 용한테 물어보니까 용이 그다음에는 할 말이 없거든. 답변이 없단 말이. 저놈들이 죽었는 줄 알았는데 그냥 살아있으니까 그다음에 있다나니까 생불이 하는 말이,

"이제는 너네 술을 다 피웠는데, 이제는 우리가 술을 피울 테니까 너네 견데봐라."

그러니까 용이 아홉 마리 늪 속에 대가리를 떡 들이박았지. 박은 담에, 그다음에 중원에서 나온 이놈 생불이가 그 해를 비친, 그 해를 바짝 더 내리쪼였단 말이.

---

32 뇌성 : 우레 소리.

33 천안의 귀신 : 천개의 눈을 가진 귀신이란 뜻인 듯.

34 뿌리워 가구 : 부러져 없어지고?

그 늪에다 내리쪼이니까 아 용소가 막 부글부글 막 끓는 판이라. 해가 바짝 그 열을 댑다 거기다 내리쪼이니까 용소가 부글부글 끓으니까 그 용이 제 따위 그 고기 덩어리 그 안에 살아있을 수가 있는가? 아 그다음에 막 벼력같이 소리치구, '살려 달라'구 말이야 막 끓는 물에서 빠져나가며 막 고깃덩이가 익어서 히뜩 번져지면서[35] 빠져 달아난단 말이야. 그래 아홉 마리를 다 쫓아내버리구 그 해를 내리비쳐가지구서 그 용소를 찌웠다는[36] 게지. 용소를 찌우구서 그다음에는 뭐 거기다 용이 벼락을 친 그 돌이 내려와서, 생불이 그 돌로 메꾸다나니까 그 돌을 세우구 그다음에 우에다는 덮개돌을 덮구 그다음에 돌을 덮구 이래서 그 밑으로 물이 내려가서 그 우에다 절을 졌지(지었지).

그래 그러이까 그 물이, 지금 이런 베갯모처럼 세운 돌이 있는데 그게 그때 중원에 있는 생불하구 조선의 용이 싸움을 하면서 터를 잡을 때 세워놓은 그 귀틀돌[37]이라는 게지. 그래 그 밑으로 지금 뭐인가믄 말이야. 그냥 더운 물이 온수가 나오고, 기실은 그게 땅속에서 나오는 온천이겠지 뭐. 그런데 중국 중원에 그 뭐인가믄 말이야 그 생불이 해를 내리쪼여서 끓여 놓은 물이. 그 물이 지금도 뭐인가믄 더워서 흘러 내려온다는 그런 거짓말이지.[38] 그래 기실 이래서 오타수물이 형성됐다는 이런 말을 옛날에 우리 아버지가 이런 옛말을 어느 책에서 본 것도 아니고 들은 것도 아니고 그저 옛말로 내려온 것입니다.

---

35 번져지면서 : 뒤집어지면서.
36 찌웠다는 게지 : 괸 물을 없애거나 좋아들게 했다는 것이지.   찌우다 : 밀물을 나가게 하다.
37 귀틀돌 : 주춧돌.
38 거짓말이지 : 구전되는 설화를 지어낸 이야기 또는 근거 없는 이야기로 인식함. 구연자의 설화관.

7) 의형제

옛날에 조선에, 자그만한 나라지만 곡절이 많고 사람들이 생활에서 닥치는 게 정말 생활상에서나 이제 그 모든 면에서 곡절적인 게 많았던 것 같애. 그래 옛날에 한 곳에 의형제패가 있는데, 의형제라는 게 서로 결의동생을 하고 이러는 거. 그런데 결의 동생을 삼형제를 무었는데,[1] 그 가운데 셋째 동생인 제일 막내이가 그놈이 대가, 담이 아주 대단하단 말이 무서운 게 없지. 세상에 무서운 게 없고 그래 어지간 한 일은 놀라지 애이쿠[2] 아주 좌우간 담이 크니까 무서운 게 없단 말이.

그래 형들이 둘이 정말 저 자식이 마음속으로 저렇게 담이 큰가? 그렇지 않으면 실제로 이놈이 도정신 해가지구,[3] 이거 뭐인가믄 제 담을 키우는 것인지 알지 못하겠 단 말이. 그래 형제가 생각하기를, 이게 실합니다. 육담이라 할까 그런, 미심쩍은 그런 옛말인데, 아무런 가치도 있는 것 같잖은 그런 긴데...

에, 그 고장에 큰 빈집이 있는데, 옛날에 큰 장자가, 부자가 살다가 망해가지고 마지막에 가정이 다 사라지고 집만 남았지. 그 집이가[4] 팔간 집인데, 그 집이가 몇 해를 묵다나니깐 팔간 집인 기와집인데, 몇십 년 묵어도 허물어지지 애이코(아니 하고) 기양[5] 그다음에 몇십 년 묵으이까 거기서, 아이 그늠의 집에서 조화가 나지. 조화라는 게 뭔가면 귀신의 오화잡란이[6] 그 안에서 귀신이 막 들구 일어나 판을

---

1 무었는데 : 만들었는데. 뭇다 : 잇거나 붙여서 만들다.
2 놀라지 애이쿠 : 놀라지 아니하고.
3 도정신 해가지구 : 도정신到精神 해서. 정신을 한곳에 모아서.
4 집이가 : 집이. 주격조사 중첩.
5 기양 : 그냥.
6 오화잡란이 : 오화잡란誤化雜亂. 뜻은 본문을 참조.

치는 게지. 그래 그 근방에서는 아아들이 울어도 '야, 아무 그 부잣집의 그 귀신이 온다'하게 되면 아아들도 울음을 그치구. 좌우간 그 고장에서는 그놈 부잣집이가 우환거리지. 그러니까 그놈 부자 살다가서 다 죽어버리구 집만 남았는데, 이젠 몇십 년이 됐는데 조화를 피워가지구서는 좌우간 귀신이 범람 피워가지구서는[7] 보통 사람들과 여성들은 그 근방에 원래 가지도 못한단 말이.

그런데 이 두 형제가 하는 말이, 그 셋째 동생을 불러놓고

"야, 네가 형님 말을 잘 듣는데 에 오늘 저녁에 네 한마디 듣겠나?" 그러니까,

"무슨 얘기인가 말하라."는 게지.

"오늘 저녁에 그 아무 부잣집 그 빈집이 있지 않나? 네 거기에 가서 하룻밤을 자구 오라. 초를 뭐인가믄 말이야, 사가지구 가서 네가 촛불을 켜고 하룻밤만 지내고 오라."는 게지.

"그까짓 거 그럼 자구 오지요. 그래 어째 그러는가?"

"네 실제로 담이가, 담이가 그렇게 큰데 정말 네 담이 그렇게 큰가 아닌가 해서"

"아이구! 그게 무슨 크고 아이 큰 게 있는가? 아 그럼 자구 오지요. 아 무슨 귀신이 다 뭐 뉘 아들인가"

이러면서 이놈이 거들먹거리면서 갔지. 그래 가서 정말 가보니까 옛날에 큰 부자가 살던 그런 집인데 정말 네 귀 틀던[8] 팔간 집인데, 아주 뭐 대단하게 지은 집인데, 그리 험난하진 않단 말이. 그래 주요하게[9] 험난하다게 되면 문짝이 두루 떨어진 게 있구는 그담에 집안이 깨끗한 게 그냥 그냥, 그저 보장되어 있지. 그래 이 사람이 들어가서 제일 한판[10] 방에 떡 들어가서 그 문짝을 하나 방에다 펴구 거기에 앉아가 지구서 촛불을 떡 켜서 거기에 떡 꽂아놓구서 지금 기다린다. 이 집 귀신이 조화를 부린다구 하니까 오늘 저녁에 이놈의 귀신 도까비들이 어떻게 제한테 조화를 부리는

---

7 귀신이가 범람 피워가지구서는 : 귀신이 넘쳐흐르도록 조화를 부려서.

8 네 귀 틀던 : 네 귀퉁이에 용마루를 틀어 올렸던.

9 주요하게 : 별다르게. 특별히.

10 제일 한판 방 : 제일 큰방, 또는 한쪽 구석방인 듯.

가 그저 기다리는 판이지. 그래 기다리고 기다려봐야 아무런 동정이 없지 뭐. 이러다가 새벽이 떡 돼서 닭이 저 동네에서 첫닭이 우는 소리 '꼬끼오' 난단 말이. 그래, 있는데 초는 벌써 몇 대 갈아서 지금 뭐인가믄 기다리는데, 첫닭이 우니까 이제는 새날이 밝아오는데 아무런 동정이 없단 말이.

한참 있다나니까 첫닭이 울어서 좀 이슥히 있다나니까 담배 한 모금, 한 대 피울 만큼 있다나니까 뭐이 널마루로 올라온단 말이야. 조선에 그 널마루가 있는데, 널마루가 '쿵쿵쿵' 완전히 사람이 걷는 발자국 소리라. 차츰 가까이 오오, 가까이. '오 귀신이 인제야 오는갑다.'[11] 그래 가만히 천천히 오더니 아, 그담에 떡 오더니 아, 자기 든 그 문으로 말이야 웬 놈이 들어온단 말이야, 불을 떡 켜놨는데. 갑자기 바깥에 월계달[12]이 있는데. 월계달의 달빛이 뭐인가믄 말이야 희미하게서 시커멓게 어두워지더니 무엇이 들어오는데. 아이구! 웬걸 한 놈이 들어오는데, 이놈이 몸뎅어리는 참새 몸떼이만[13] 하구 대가리는 물동이 만한 대가리란 말이. 이놈 대가리가 이놈의 그 문으로 들어오지 못해서 이놈이 이리 비비고 저리 비비고 자꾸 비빈단 말이야. 이놈이 다리개는[14] 벌써 들어와서 헐렁거리는데 이놈 골[15]이 크지 말이야. 그래 그 문에 걸려서 들어 못 온단[16] 말이. 그래 어쨌든 니가 재간이 있으면 들어오라, 하이간(여하간) 보자. 마지막까지 이놈이 애를 쓴단 말이야. 골을 이리 굴려도 안 되고, 이짝으로 굴려도 안 되고 암만 뒤굴려도 문설[17]이 뭔가면 말이야 하도 대가리 크니깐 문설에 뚝 걸려가지구서는 이놈이 암만 역세[18]를 해도 아이 되겠던 모양이라 데비[19] 가더라오.

---

11 오는갑다 : 오는가 보다.
12 월계달 : 그믐 무렵의 작고 희미한 달月季을 말함인 듯.
13 몸떼이만 : 몸뚱이만.
14 다리개는 : 다리는(다리개이, 다리가지, 달가지).
15 골 : 머리.
16 들어 못 온단 : 못 들어온단. 부정조동사 도치.
17 문설 : 문설주의 잘못. 문을 달기 위해 양쪽에 세운 기둥.
18 역세 : 역사役事의 잘못인 듯. 힘써 하는 일.

쿵쿵거리고 올라갔지. 그래 올라갔는데, 인제는 소리가 없단 말이. 그다음에 또 계속 있자하니 닭이 한둬 홰[20] 우는데, 아! 별안간에 뭔가 '탁' 소리 난단 말이야. 별안간에 벽을 치는 소리 나는데, 아 그바람에 놀랬단 말이. 이 사람이 원래 놀라는 성질이 아닌데 그 담이 큰데, 아이 잴큼[21] 소리 나는데 뭐 소리 나는 거 들어보니까 가까이서, 요 뒤에서 소리 나는데 자기 앉은 머리 위에서 소리 나는데, 이 벽에다가 무슨 널을 갯다가서[22] 탁 치는 소리 나지. 잴큼 소리가 나지. 그 바람에 뭐인가믄 말이야 깜짝 놀랬지.

아야! 이놈 조화는 조화다. 이러다 나니까 그 소리에 바람이 선들선들 하더니 귀가 선들선들 시리단 말이. 이게 어떻게 돼서 그다음에 척 앉아서 올려다보니까 자기 그 뒤에 천반(천장)이 말이야 천반이, 거기에 문이 턱 열린단 말이. 천반에 문이 열렸는데 거기로 바람이 내려온단 말이. 천반에서 내려오는 바람이 이놈 머리를, 옛날에는 머리 있을[23] 때인데. 오 이놈이 천장 안에서 이놈 새끼 내려오느라고 이러는 건가? 아 조금 있다나니까 좀 잠이 오려구 눈이, 눈썹이 검슥이[24] 내려오는데 무스게 '탁' 소리나던 게 때린단 말이야.

옛날에는 상투가 있지. 상투를 꽂았는데, 아 상투를 탁 치더니 무스게 땅바닥에 탁 하고 떨어진단 말이야. 그다음에 탁 치고 떨어지는데, 떨어지는 거 떡 보니까 하얀 다리개이가 사람의 다리개이[25] 깡깡 마른 뼈따구가 말이야. 다리개이가 요 무릎 마구리뼈가 여기 발 있는 요 마구리에 딱 붙은 게, 이런 게 깡깡 마른 게 떨어졌단 말이야. 그래 어쩌는가 보자구 지금 무슨 조화를 하는가? 한참 있다나니까

---

19 데비(되비) : 도로. 다시.
20 한둬 홰 : 닭이 한두 번 홰를 치며 우는 소리.
21 잴큼 : 절거럭거리는 소리인 듯.
22 널을 갯다가서 : 널빤지를 가져다가.
23 머리 있을 : 긴 머리카락이 있을.
24 검슥이 : 검실검실. 눈이 스르르 감기는 모양.
25 다리개이 : 다리의 방언. 달가지, 다리가지라고도 함.

이늠 다리개이가 턱 눕혔던 게 제꺼덕 선다. 떡 서더니 뭐인가믄 말이야, 이늠 대가리 없는 무르팍이 딱 서 있지. 그런데 무슨 게 또 하나가 탁 때리구 또 떨어진단 말이 땅에. 떨어지는 거 보니까 해골바가지가 뚝 떨어졌지 머. 그놈 골 안에 뭔가가 있기는 있다. 이놈이 뚝 떨어지더니 고놈이 뭔가면 제꺼덕 하더니 고놈 외다리 위에 무르팍 위에 제꺼덕 올라와 딱 붙는단 말이야 떨어진 다리 위에. 발 하나에 다리, 고게(거기에) 대가리까지 요래. 이렇게 하고 그 사람 말이야. 희쭉이 올려다 보구 말이야 웃구서는 그리고는 통통통통 걸어서 아랫방으로 해서 내려가 정지칸으로 해서 내려가가지고 그 끝에 가서는 나간단 말이야, 밖으로.

나가던게[26] 저쪽에 나가서 아! 울음소리 나는데, 곡소리 나는데, 게 뭐인가믄 젊은 여자의 목소리라 우는 소리가. 대성통곡을 하고 울더라는 게야. 그래 울더니 그다음에 뭐인가믄 말이야 거기에서 울구불구 하던 게 그치더니 또, 그다음에는 또 북을 치고 장단을 치고 춤추고 노래부르는 소리가 거기에서 들린다. 그래 좌우간 이러다 나니까 닭이 두 홰 세 홰를 다 치고 날이 휘 밝았지. 그래 날이 다 밝은 다음에 이 사람이 촛불을 죽이고 하여간 이상한데? 이놈 도까비 귀신이 어쨌든 좌우간 이놈이 처음에 대가리부터 여기에서 마루로 내려왔는데, 이늠을 찾아가 본다는 게지. 찾아가 봐야 실지 이놈들이 낮에는 어떻게 하고 있는가 그래 떡 지금 마루로 나가지. 뎅뎅거리고 오던 그 마루로 착 올라가며 싹 살펴봐야 아무런 흔적이 없지. 그런데 마루를 착 깔았는데 마루 밑에 아무리 보아도 그게 없지. 그다음에는 이런 저기 기둥을 세웠는데, 큰 아름드리 나무를 가져다가 세운 기둥을 세운 그 기둥 밑, 기추돌[27]에 이거 다 관찰해 보아도 없는데, 기둥에 뭐인가믄 말이야 한군데 요롷게 에 네모 반듯하게 금이 딱 있단 말이.

확실히 요거는 널을,[28] 뭐인가믄 말이야 고런데다가 딱 말가서[29] 옇은 게란 말이

---

26 나가던게 : 나가더니.
27 기추돌 : 주춧돌.
28 널 : 널빤지. 시체를 넣는 나무 곽.
29 말가서 : 잘라서. 마름질해서.

야. 그다음에 이 사람이 들어가서 저기 쇠꼬재이[30] 같은 거 얻어 와가지구[31] 그놈을 뚜졌지.[32] 뚜지이까 그놈이 정말 문을 고기에다 딱 해 달았단 말이. 그래 문이 떡 열리면서 안이 환히, 그다음에 그 안에다가 손을 떡 걷어 넣으니까 뭐이 쥐인단 말이야. 아 쥐우는 걸 꺼내니까 아야 뭔가면 금이 말이야 금하구 돈, 그게 그 안에 가득하단 말이. 그담에 이놈이, 아 이놈 부자가 돈, 금을 어디에다 저축할 데 없으니까 이 안에다가 걷어 넣었지. 그놈의 기둥 하나 그 밑에는 다 그거 통으로 하고 그 안에다 그거 넣었지. 그다음에 그걸 다 끄집어냈다. 끄집어내구 끄집어내서 어디에 싸자니 그 옛날에 바지, 바당취[33]라는 게, 예 북조선 사람들은 바당취라 했지. 그런 위에 입는 바지 있지. 일할 때 입는 바지 있지. 일할 때 입는 바지. 이놈 바지를 벗어가지고서 두 다리개이[34] 여기를 갈라 매구서 바지 안에다 걷어옇으니깐 아 한 바지 된단 말이야.

그다음에 두 번째는 천반(천장)에 말이야 그 문이 떡 열려가지구서 거기서 뭔가믄 그 발하구 대가리 내려오던 거기로 올라가 본다구. 그놈 또 천장에 사닥다리를 놓구서는 올라갔지. 올라가서 그담에 부쇠를 켜서 그 관솔[35]에다 부쳐가지구서는 그 천장을 쳐다보니까 쭉 가매 보 있는데[36] 거기에 뭐인가믄 말이, 시커먼 게 이런 게 떡 달려있단 말이야. 그다음에 거기에 가보니까 몇십 년을 묵었는데, 좌우간 거기에 먼지하구 거미줄이 앉을 대로 앉은 거기에 무슨게(무스게, 무슨) 묵직한 게 달려있단 말이. 그걸 끄집어내서 구들에 내리뜨리워 내려와서 떡 헤쳐 보니까 베, 옛날에 그 베 있잖아 삼으로 한 거, 그래 석세 베를[37] 가지구서 저기 주머니를

---

30 쇠꼬재이 : 쇠꼬챙이.

31 얻어 와가지구 : 구해 와서.

32 뚜졌지 : 후벼 팠지.

33 바당취 : 일할 때 입는 바지.

34 다리개이 : 다리의 방언(다리가지, 딸가지).

35 관솔 : 소나무의 송진이 많은 부분. 햇불의 도구로 많이 쓰임.

36 쭉 가매 보 있는데 : 쭉 가면서 보가 있는데.

37 석세 베 : 석세 삼배. 세 날로 짠 삼베.

마대처럼 주머니를 짓구서는 주머니 안에다가 백지에다 뭘 싸 넣었단 말이. 그걸 다 헤치고 그다음에 보니까 아이구 거기에도 뭔가면 말이야 금하구 돈이 거기에 들어있단 말이. 아! 이게 이놈 부자집에 이놈 재산이가 이거 조화를 썼구나!

그다음에 그 세 번째 그 뭐인가믄 말이야, 저 퉁퉁거리며 내려가서 울구불구 하던데 거기에 내려갔지. 방을 몇 개 지나서 나가서 보니까 그게 뭐인가믄 연쇄 낙숫물이 떨어지는 거기에 떡 가보니까 이렇게 땅이 구불었단[38] 말이. 그래 엊저녁 에 귀신이 거기에서 조화를 부렸던 모양이야. 그래 그놈을 팠지. 파니까 소드병이 가[39] 떡 닫겄다. 그래 소드병을 떡 드니까 그 안에 독이 있단 말이. 독을 파묻었는데 독안도 그 뭔가면 돈하고 금이 가득하더라오. 그래 이걸 다 꺼내서 이 사람이 꺼내가 지구서 그담에 그 마대를 주어 넣어가지구[40] 와가지구서는 자기 형님들 둘을 청해다 가,

"형님들 둘 덕분에 부자가 됐으니까, 이것은 다 우리 형님들 덕분에 얻은 재산이 니까 똑같이 나눕시다."

그래 와서 똑같이 나누어서 잘 살더라.

---

38 땅이 구불었단 : 땅이 비스듬히 구부러진 모양.
39 소드병이가 : 솥뚜껑이. 주격조사 중첩.
40 주어 넣어가지구 : 집어넣어서.

8) 청도깨비[1]와 개장국

전에 옛날에 한 집에서 부부간이 그때도 저 시장 시장경제, 좌우간 농사보다도 장사르 하자. 그래 무슨 장사를 어떻게 하면 되는가 하니까, 하! 세거리[2] 바닥에, 그러니까 세 금이 있는 거리[3] 바닥에 거기에다 집을 사구서 음식 장사를 하지. 그래 음식장사르 하는데, 이 사람들 무슨 음식 장사를 하는가 하니까 저 개장국을 말이야, 개장국집이라 하구 떡 써 붙이구서는 개를 사다가서는 개장국을 해서 팔지. 그런데 하루 저녁에 개장국을 떡 해 파는데, 이 잡화 짐 장사가 그 옛날에는 여러 가지 물건을 상자에다 지구 댕기는데. 장사꾼이 이렇게 "주인 계십니까?" 하구선 들어오거든. 그래 들어오면서 하는 말이

"개장을 하는가?"하는 게지.

"한다구."

"그 개장국을 한 그릇 청한다"는 게지.

그래 한 그릇을 떡 올렸는데, 이놈이 이걸 턱 쥐더니 그저 숟가락을 입에 대구 주룩 하더니 한 사발이 그저 훌떡 배로 쏙 내려가구, 헛배지. 그다음에 또 한 사발을 달라 하지. 이놈이 먹으면 또 달라, 먹으면 또 달라. 이래 한 사발 한 사발 먹은 게 일곱 사발을 먹는단 말이야. 맨 개장국만 일곱 사발을 먹구 뭐라 말하는가면,

"형님, 내일 저녁에도 이렇게 하는가?"

"아, 내일 저녁에도 한다."

---

1 청도깨비 : 낮에 나타나는 도깨비. 낮도깨비. 구연자는 도깨비를 도까비로 발음하기도 함.
2 세거리 : 삼거리.
3 세 금이 있는 거리: 세 갈래로 나눠지는 거리.

"한 그릇에 얼마인가?"

그래 얼마라고 하니까 값을 치구서는 두말없이 나가더니 잡화 짐을 지고 가버린단 말이. 아이! 그게야 배도 크다. 아! 한 놈이 와서 일곱 사발을 들입다 먹어재끼니까 아! 사람 배보다 더 큰 놈이 아니구 뭐요.

그 이튿날에는 이놈이 딱 고때쯤⁴ 돼 온단 말이. 한나(하나) 더 데리고 왔지. 둘을 데리고 왔어.

"아, 개장국 하십니까?

"아, 한다구."

"했습니까?

"아, 했다구."

"이거 내 썰썰이를 뗀다구."⁵

이놈 둘이 떡 앉어서 그다음에는 청하는데, 그래 한내⁶ 열 사발씩 청한단 말이야. 아, 둘이서 스무 사발을 청하거든. 그래 또 제꺼덕 하더니 그저 한 가마 제꺽 팔렸지. 아, 그러더니 그저 다 먹구는 돈을 치루고 가면서 이놈은 밥은 아이 먹고 그저 개장만 끌어 먹는 판이지. 그다음에,

"주인님, 내일 또 합니까?"

"예, 또 합니다."

그다음에,

"내일 우리 또 몇이 더 오겠는데, 개를 뒤 마리⁷ 잡으시오."

그리구는 지금 말마따나 자기네 다 맡는다는 게지. 그래 이 주인이 살구났다구.⁸ 뭔가 그 이튿날에 사람을 샀을 내가지구 개를 한 다섯 마리 잡고 큰 세트리 가매⁹에

---

4 고때쯤 : 그때쯤.
5 썰썰이를 뗀다구 : 허기를 없앤다고. 시장기를 없앤다고.
6 한내 : 하나에. 한 사람에.
7 뒤 마리 : 두어 마리.
8 살구났다구 : 살려났다고. 살판났다고.   살구다 : 살리다.

다 두 가매를 삶구. 아 그때쯤 되니까 어제저녁보다 더 왔단 말이. 한 댓 명 왔지. 아, 이늠들이 오더니 다른말 없이 그 패랭이[10]라는 그 모자, 기다란 그 모자, 기름종 이로 한 긴데 참대를 넣구 한 긴데, 그거 패랭이라구. 그 패랭이를 쓴 놈들이 와가지 구서는 그저 뭐 여러 말 없이 그거 다 제껴버리구서는[11] 가면서 뭉칫돈을 내놓고 가버렸지. '하! 이거 부자됐다. 저 사람들이, 저기 무슨 사람들인데 개장을 저리 좋아하는가?' 이놈들이 가면서 또 그러지.

"내일 저녁엔 주인님, 좀 더 잡으시오."

그담에 그 이튿날에 가서 사람을 샀을 내서 그, 우에 고을 아래 고을 다니면서 숱한 개를 사다가서는 그다음에 바깥에도 가매(가마솥)를 걸고, 집안에도 가매를 걸고 개장사를 크게 했거든. 그래 해놓으니까 이놈들이 오는데 아 여러 명 온단 말이. 그다음에는 아 그 개장을 다 먹구서는 뭐이라고 말하는가 하니까. 그 처음에 왔던 녀석이, 그 녀석이 가만히 보니까 거기에서는 제일 오야가다,[12] 대장이란 말이 야. 그 놈이 설료산[13]이란 말이. 이놈이 그다음에는 저네끼리 뭐라고 쑥덕거리고 뭐라고 하더니 그다음에 그 주인한테,

"주인님, 우리 오늘 저녁에 개장도 잘 먹고 이래 앞으로 자주 오겠고 하니까 주인하고 우리 통성명하구 저레 우리 의형제를 맺는 게 어떻습니까?" 이러거든.

그래 이 주인이 생각하기를 돈만 벌면 된단 말이야 그래,

"아 손님들의 요구가 그렇다면 뭐 의형제가 아니라 아무것도 좋습니다. 그래 합시다."

그래가지구 지금 통성명하는데, 아, 이놈이 성이 뭔가면 성이 청가라거든. 그다 음에 주인이 성이 강가라고. 그래 그 사람들이 뵈니까 주인의 나이 제일 많구, 이짝

---

9 세트리 가매에다 : 큰 가마솥에다. 서 말들이 가마솥?
10 패랭이 : 댓살로 엮어 만든 모자.
11 제껴버리구서는 : (먹어) 없애버리고서는.
12 오야가다 : 우두머리, 대장을 뜻하는 일본어.
13 설료산 : 말한 대로 하다說了算.

것들이 나이가 주인보다 어리지. 그다음에 성이 청가라던 사람이 떡 와서,

"우리 성이 청가인데 여기에 앉은 사람들이 다 청가입니다. 그런데 에 우리 말하자게 되면 실제로 우리 사람이 아닙니다. 우리 사람이 아니구 우리 말 그대로 청도까비[14]입니다. 그래 우리 성이 청가인데, 청도까빈데 헤헤, 우리 인간하구서 가까브려면 가깝고 멀다면 멉니다. 세상에 우리가 좋아하는 것은 이 개장국인데, 이래 개장을 십 리 밖에서도 개고기 냄새만 맡으면 우린 썰썰이 나서[15] 죽습니다. 그러니까 우리 내일은 더 오겠으니까 형님이 아예 그저 개를 여러 마리를 더 잡아서 우리를 기다리시오. 그러면 그저 형님의 그 수입은 우리 그저 형님이 요구하는 대로 다 드리겠습니다." 아! 이러거든.

아! 그래 그담에 아이 도까비를 만났단 말이야. 그래 어쨌든 이런 도까비한테서 번 돈은 이거 뭐 재물을 사놓아도[16] 가져간다 하지, 잘못하면. 그래 이놈 주인이 그 돈을 가지구 밭을 샀지. 밭이랑 이런 걸 사놓으면 못 가져간단 말이야. 땅을 샀지. 그다음에는 이 도까비들이 그냥 계속 오지. 이러다나니까 뭐 눈 깜짝할 사이에 부자가 되는 판이지. 그래 이 양반이 그 고을의 모든 개들을 멸종하다시피 다 사온단 말이야. 그래 도까비는 자꾸 불어가구 아 인제는 지원까지 나거든.[17] 이제는 그 도까비들이 그 돈을 그냥 쥐여다 준다고 해도 싫단 말이야. 돈은 진짜 돈인데, 그래 도까비의 돈을 가지구서는 이놈은 땅을 자꾸 사지. 다른 것은 사면은 도루 가져가거든. 아 그래 부동산을 움직이지 못하는 부동산을 자꾸 사지. 인제는 도까비를 떼버려야 되겠는데는 어떻게 떼버리겠는가? 그다음에 하루는 주인이 생각했지. 한 번은 도까비 동생을 청했지.

"저기, 자네들은 세상에서 제일 무서운 게 뭔가?"

---

14 청도까비 : 청씨 성의 도깨비. 낮도깨비를 뜻함.
15 썰썰이 나서 : 시장기가 돌아서. 허기가 져서. 썰썰하다 : 시장기가 돌다.
16 사놓아도 : 쌓아놓아도.
17 지원까지 나거든 : 지겹고 원망스러운 느낌마저 나거든.

"세상에서 제일 무서운 게 하나도 없습니다."

"그래도 무서운 게 있겠는데" 하니까

"예, 있기는 하나 딱 있습니다."

"무스게[18] 무서운가?"

"그저 우리 형님과만 하는 말이지. 이 비밀을 꼭 지켜달라"는 게야.

"우린 어지간한 사람한테는 말을 아니 한다. 그래 우리 제일 무서버(무서워) 하는 게 말 새끼 지나가는 거, 망아지가 지나가는 거 그것만 보게 되면 우리 도까비 다 녹아버린다. 그거 세상에, 그거 우리는 제일 무서운 건데 그것만 무섭지 그다음 거는 세상 물건 다 무서운 게 없다."는 게지.

그래 그다음에는 청도까비 그러지.

"그래 형님은 세상에서 제일 무서운 게 뭡니까? 사람이 세상에서 제일 무서운 게 뭡니까?"

그래 이 주인이 가만히 생각하다가

"우리 사람이 세상에서 제일 무서운 게 뭔가믄, 조금만 그저 눈에 얼씬하면 우리는 다 녹아 빠진다."는 게지.

"그래 그게 뭔가?"

"찰떡에 꿀 찍은 거 하구, 그다음에 금덩어리하구 은덩어리 이거하구. 그담에 찰떡에 꿀 찍은 거만 보게 되면 와느르[19] 다 우리는 녹아 빠져 물이 돼버린다."

"아! 그렇소."

"아! 그래그래 자네들이 그걸 꼭 지켜주게. 나는 자네들이 무서버하는 망아지를 꼭 지켜줄 테니까 그래 우리 잘 지내기오."

"아! 그렇게 합시다."

그다음에 '내일 저녁에 개를 또 몇 마리를 잡아라' 해서 '그럼 잡겠다 했지.' 아!

---

18 무스게 : 무엇이. 어떤 것이.

19 와느르 : 완完으로. 완전히. 아주.

그놈 개를 사서 잡자면 개종자를 어디 가서 구해도 못 오지.[20] 한번 또 잡는다 하게 되면 몇십 마리씩, 그래 그 이튿날에 개를 사는 게 아니라, 시내를 밖으로 돌아댕기면서 이런 망아지를, 어떤 놈이 말의 새끼를, 지난 거 줴버리는가.[21] 그걸 지금 다니면서 얻어보느라고.[22] 마츰(마침) 어느 촌에 떡 가보니까 무엇을 가마스[23]에 줴버린 게[24] 있는 거 보니까, 아 정말 말 새끼를 어느 집에서 말 새끼를 지내[25] 죽은 거 거기다, 가마스에 싸서 줴버린 거라.

그놈을 딱 가져다가 그놈 도까비들이, 청도까비들이 들어오는 길목에, 거 뭐인가 른 이놈들이 들어오는 동구 밖에 거기에다 달아매 놓았지. 달아매구선 그다음에 주인이 집의 식구들과 토론했지. 이놈들이 꼭 보복할 테니까 이제 찰떡이 막 날아들어 오구, 금덩이 은덩이 막 날아들어 올 테니까 그걸 피신하기 위해서는 다 엎드려라. 이불을 쓰구서는 다 엎드려라. 땅바닥에 딱 엎드려야지 그렇지 않게 되면 찰떡에 얻어맞으면 다 맞아 죽는다. 그래 아들이 무섭다구 소리도 내지 말고 엎드려 있더란 말이.

그런데 있다나니까 정말 도깨비들이 올 때쯤 되더니 한 놈이 동구 밖에서 들어오더니, '에이' 이렇게 소리를 지르더니,

"형님" 하거든.

"왜 그러니?"

"에이구! 저 망아지 있지 않는가?"

"아이구! 어디에 있냐?"

"아, 저기 대문에 들어가는데 달아 매여 있다구" 이놈들이 그래.

---

20 구해도 못 오지 : 못 구해 오지. 구해 오지도 못하지. 부정조동사 도치.

21 지난 거 줴버리는가 : 죽은 것을 던져버리는가.

22 얻어보느라고 : 찾아보느라고.

23 가마스 : 가말때기. 가마니.

24 줴버린 게 : 던져버린 것이.

25 지내 : 이미.

"아이구! 아이구!"

하더니 뭐인가믄 이놈들이 뿔뿔이 다 달아난단 말이, 조용하거든. 다 그걸 보구, 다 달아났거든.

그다음에 이러다나니까 아 무스게[26] 문에서 "땅땅" 구멍이 나며 탕탕 들어오는데 아이구! 찰떡이 주먹떼[27] 같은 게 날아 들어와서 여기에 와서 떡 들어붙지 저기와 들어붙지. 아 막 씽씽 날아들어 오더니 그다음에는 그 어간으로[28] 누런 금덩어리 막 들어오는데,

"죽어라, 죽어라"한단 말이, 바깥에서는.

아! 그러더니 이놈이 뭐인가믄 말이야 초저녁부터 치는 게 밤중까지 치다나니까 그다음에 이튿날에 이 주인이 아이들을 데리고 나와서 보니까 찰떡에 꿀을 찍은 걸루, 이놈의 금덩어리 은덩어리 막 섞여서 가득 들어왔는데, 이거 뭐 한일[29]을 다 쓰고 죽을 것 같지 않단 말이.

그래 이 사람이 동네에 없는 사람들을[30] 불렀지. 동네에 없는 사람들을 다 노나 주고[31] 그다음에 자기 밭을 산 거. 또 없는 사람들을 밭을 다 농가 주구. 아 이놈 도깨비들이 그다음에는 알았지 속았단 말이. 이제는 우리 밭을 메구 가자. 이놈들이 밭에 가서 뭐인가믄 구덩이를 파구 거기다가 이런 저기 나무를 원목을 거기에다 꽂아 넣지. 그걸 메구서 이놈들이 역세를[32] 하는 게 아 밭에 여기저기 구덩이를 파놓구 나무꼬챙이를 꽂아놓구 말이야, 애를 쓰다가 이놈들이 맥이 진해[33] 다 가버리

---

26 무스게 : 무언가. 무엇이.

27 주먹떼 : 주먹덩이.

28 어간으로 : 사이로.

29 한일 : 한가한 날. 조용한 날. 여기서는 일생, 평생 등의 뜻으로 쓰임.

30 없는 사람들 : 재산이 없는 사람들. 가난한 사람들.

31 노나 주고 : 나누어 주고. '농가주고'도 같은 의미임.

32 역세를 : 역사를. 공사를.

33 맥이 진해 : 맥이 다해서. 기운이 다해서.

구 없단 말이. 그래 이 사람이 도까비를 친해가지구서는, 청도까비를 친해서 개고기 장사를 해가지구선 제만 잘 산 게 아니라 그 고을에 없는 사람들을 다 잘 살게 맹글었다는 옛말[34]입니다.

---

34 옛말 : 설화. 옛이야기.

9) 산삼 이야기

옛날에 강원도에 산도 유명하구, 강원도 금강산도 있구. 산도 유명한데 거기에 이런 약재가 강원도에, 우리 조선에서는 약재가 주로 강원도 산에 약재가 많거든. 그래 약재 캐러 가는데, 그 고장에서는 일 년에 한 번 약재 캐러 산에 가지. 그런데 한 사람이 이제 동무 없이 자기 혼자 이제 그 금강산 골짜기에 삼 뿌리 캐러 갔지.

그래, 가서 삼을 캘 적에는 그 안에 들어가서, 막이 있답니다 삼 캐러 다니는 사람들의 막이. 그런데 그 막에 가서 먼저 사람이 가면서 성냥을 한 통을 거기에 놔두고 그래 가지. 그다음에 뒤에 사람이 가서 그 성냥으로 불을 켜가지구서는 그 집에 있으면서 밥을 해 먹고 지성을 드리고, 그다음에 삼 뿌리를 캐러 다니다가 마지막에 캐든 못 캐든 올 적에는 또 제 성냥을 거기에다 놓구서 오지. 그러면 그다음에 또 산삼 뿌리를 얻으러[1] 다니지.

그래, 잘만 캐게 되면 정말 한해에, 그렇게 봄에 들어가서 가을에 이제 나올 적에 삼을 몇 뿌리씩 캐 나오게 되면 정말 소도 여러 마리 살 수도 있고, 지내[2] 못 캐게 되면 빈털터리[3]로, 빈손을 툭툭 털고 나오는 사람도 있구 이러는데. 그런데 그 고장에 한 사람이 삼 뿌리를 캐러 들어갔어. 이제 기도를 드리구 그다음에 다니다 나니까 세 잎짜리 삼이라는 게 그러니까 햇내기 삼[4]이지. 세 잎짜리 그걸 몇 뿌리 그저 캐가지구 그리구 날짜를 보니까 이미 들어온 날짜도 오라구(오래이고), 이제는

---

1 얻으러 : 찾으러. 구하러.
2 지내 : 아주. 너무. 전혀.
3 빈털터리 : 있던 재산을 다 없애고 가난뱅이가 된 사람.
4 햇내기 삼 : 싹튼 지 얼마 안 되는 어린 삼.

곧 집에 나가서 또 농사를 짓는 사람이니까 농사일도 해야 되구 이러니까 이제는 집으로 나오는 판이지.

그래 세 잎짜리 삼을 딱 세 뿌리를 캐서 옆 짝(쪽)에 주머니에 넣구선 지금 집으로 오지. 그래 오다나니까 한곳에 턱 오이까니 벼랑이가[5] 있는데, 이래 있는데 길이가,[6] 이놈 길이가 오솔길이 이렇게 나오는데 오솔길을 따르는데, 강원도니까 금강산이가 유명하니까 그런 산이 많겠지 뭐. 그래 이래 오솔길을 떡 따라서 나오다나니까 이 벼랑의 낭떠러지에 그다음에 척 내려다보니까. 아이구! 그 아래가 뭔인가믄 말이야 몇백 키 되는 벼랑인데, 벼랑 밑에는 무스게[7] 있는가 하이까 큰 소, 늪이 시퍼런 늪이 거기에 턱 있는데 이런 벼랑에. 그런데 자기 오기 전에 그 벼랑 끝에 오솔길 옆에 한 사람이 딱 거기에 앉았어. 짐 보따리를 보니까 여전히 산에서 나오는 사람이라는 말이. 산에서 삼 뿌리 캐러 산에 갔다 오는 사람의 행장이란 말이, 행장 꼴이.

이래 앉아서 담배를 떡 앉아서 피우면서 바람을 씌우면서 그 아래 낭떠러지의 경치를 내려다보고 있어. 그 본단 말이, 자기 오기 전에. 그래 이 사람도 마침 산중에 들어가서 몇 달을 있다나니까 사람이 무척 그리웠지. 이러니까 담배 동무도 할 겸 먼 데서 보니까, 행장을 보니까 자기처럼 삼 뿌리 캐러 갔다 온 사람이니까 보니까 의성[8]이 된단 말이. 그래 기침을 옆에 와서 하니까 이 사람이 척 올려다보면서, "그래 어디에서 오시는가?" 하니까, 아 자기는 "조선 어디에서 삼 뿌리 캐러 갔다 오는 길이라"고 그래. 이 사람도 서로 통성명 하다나니까, 서로 똑같은 그런 사람들 이란 말이야. "그래 언매[9] 캤는가?" 서로 묻다나니까 먼저 와 앉은 사람의 삼이 십 년생인 큰 걸 캐구, 그다음에 후에 온 사람은 세 잎짜리 말이야, 그 삼 년생 고거 뭔인가믄 그 세 개를 딱 캤지. 그러면서 그다음에 서로 한담하면서 담배를

---

5 벼랑이가 : 벼랑이. 주격조사 중첩.
6 길이가 : 길이. 주격조사 중첩.
7 무스게 : 무엇이.
8 의성 : 문맥으로 보아 '서로 의지가 되는' 정도의 의미인 듯.
9 언매 : 얼마나.

피우면서 한담을 하는데, 먼저 온 녀석이가 그담에 담배를 피우면서 좀 살피 보겠다고 이러면서 일어난단 말이.

그래 이 사람은 무심히 앉아서 담배를 피우는데, 이놈이 일어나더니 뭐인가믄 탁 찬단 말이. 먼저 왔던 놈이 후에 온 사람을 탁 차니까 그만 낭떠러지 밑에 벼랑에 떨어져. 그래 떨어지면서 이 사람이 생각한게[10] 야, 저놈의 고약한 놈 새끼 세상에 아! 삼을 세 잎짜리 그 삼 년생을 세 뿌리를 그걸 보구서는 이거 목숨을 낭떠러지에다 떨구어 버리면 내 시체는 영원히, 뭐인가믄 쥐도 새도 모르고 여기서 없어지고, 집에 사람들은 정말 눈이 빠지게 기다리겠거든. 이 고약한 놈의 새끼라는 거 생각하면서 떨어지지. 이제 떨어지다 죽겠거든. 그냥 눈을 떡 감고 죽을 때까지 기다리는데 아니 '털썩' 소리 난단 말이야. 소리가 나자 어디에 떨어졌단 말이.

떨어지자 정신을 다 잃어버렸지. 어떻게 돼서 신선한 바람이 느껴지고 이러다나니 자기가 정신을 깼단 말이야. 떡 깨여보니까 벼랑에서 중턱에 와서 걸렸는데, 벼랑 중턱에 바위가 이렇게 쭉 나와서 제비등지처럼 이렇게 쭉 나와서 이렇게 됐는데. 여기에 우에서 내려오는 가랑잎이 몇 해를 굴러 내려온 가랑잎이 거기에 내려와서 제비등지처럼 이렇게 생긴 바위 벼랑이 여기 중턱에 쌓이고 쌓인 거기에 자기가 떨어졌단 말이. 떨어지니 와느르[11] 그놈 솜이불에 뚝 떨어지는 식으로 이렇게 풀썩 하고 떨어지니까 아 일어나서 암만 이래 운신해봐야 아픈 데라곤 없단 말이. 켜운[12] 데도 없고, 아픈 데도 없고, 살기는 살았단 말이야.

그런데 어저 아래를 내려다보니까 아직도 내려온 만큼 그 밑에 소이가,[13] 시퍼런 물이 있지. 올라가자니까 벼랑이지. 아! 살기는 살았는데 이놈 어떻게 앞으로 올라가야 살겠는데, 올려다보니까 마 벼랑 벽 같은데, 이런 벼랑에서 떨어졌는데 그거 뭐 날새도[14] 거기는 올라 못 간단 말이.[15] 내려가자니 또 벼랑이지, 내려가도 마지막

---

10 생각한게 : 생각하니까.
11 와느르 : 완完으로. 완전히. 아주.
12 켜운 : 긁히거나 찢어진.
13 소이가 : 소沼가. 주격조사 중첩.

끝에는 늪이 빙빙 도는 소용돌이가 있단 말이. 그래 자기의 삼 세 뿌리 때문에 자기를 홀 차서[16] 내리띠린[17] 새끼를 올려다보니까 없단 말이. 오! 저 새끼는 내 삼을, 삼 년생 세 뿌리를 캔 거 고거 욕심나서 저놈 새끼 나를 차서 여기에다 내리 떨구구.[18] 네 이놈 새끼, 네 잘 되지는 못할 거다. 이렇게 생각하면서 좌우간 뭐 떨어졌으니 죽을 때까지 임시는, 그 산에서 마지막 마을에서 밥을 먹고 떠났으니까 아직까지는 초기[19] 아이 들었는데, 어쨌든 굶어는 죽을 판인데 하여간 보자.

그날 밤 뭐인가믄 그 푹신푹신한 가랑잎이 뭐인가믄 소캐[20] 이불 같은 데 뚝 떨어졌으니 푹신한 게 영 좋지. 임시는 그래 거기에서 지금 한탄하면서 월계달[21]이 떴는데 달빛을 보면서, 지금 고향에서는 처자식이 저를 기다릴 거 생각하고 이거 뭐 앞이 캄캄하니 눈물 밖에 나오는 게 없단 말이야. 그래, 실컷 울었지. 그래, 실컷 울다가 그만 잠들었어. 그다음 아침이 되니까 해가 동녘에서 솟더니 해가 쑥 올라오고 이러거든. 아! 그런데 뭘 먹어야 되겠는데 어제 저녁도 굶었지. 오늘 아침 도 무슨게 밥을 갯다(가져다) 주는 놈이 없지. 아, 굶어죽자니까 이거 아득하지.

한데(그런데), 아! 무스게 아래에서 '쏴' 소리 난단 말이. 벼랑 밑에서 소리가 '쏴' 나지. 그다음에 턱 내려다보니까 아 그 늪이, 그 큰 바다 같은 늪인데 거기의 물이 갈라진단 말이야. 물이 갈라지면서 물이 갈라지는 소리가 '쏴' 나는데 그 밑을 보니까 그 무슨 괴물이 시커먼 게, 개 같은 게 물을 꿰뚫고 올라온단 말이야 자기 있는 데로. 아! 저게 뭔가? 찬찬히 내려다보니까 아야! 큰 구렝이가 물구렝이가 솟아올라 온단 말이야. 제 있는 데로 올라오지. 아! 저놈이 저게 어제저녁에 내 떨어지는

---

14 날새도 : 나는 새도.
15 올라 못 간단 말이 : 못 올라간단 말이야. 부정조동사 도치.
16 홀 차서 : 확 차서, 휘두르며 차서
17 내리 띠린 : 아래로 떨어뜨린.
18 내리 떨구구 : 아래로 떨어뜨려 버리고. 확 좇아 버리고.
19 초기 : 미상. 문맥으로 보아 허기, 또는 배고픈 느낌인 듯.
20 소캐 : 솜.
21 월계달 : 그믐月季 무렵의 조각달을 지칭하는 듯.

거 저놈이 물속에서 봤구나. 어제저녁에는 제 배 불렀으니까 나를 잡아 안 먹구[22] 오늘 아침에 인제는 하룻밤을 잤으니까 배가 홀쭉하니까 나를 잡아먹자고 올라오는구나 인제는 죽었구나. 그래 올라오는 걸 올라오지 못하게 할 수도 없는 게구. 그런데 그놈은 벼랑에 쏜살같이 올라온단 말이.

그래 척 올라오더니 이렇게 제비 둥지처럼 생겼는데 이놈이 거기에 척 올라오더니 대가리를 척 이러구서는 내려다본단 말이야. 아 내려다보는 걸 보니 이놈이 눈깔이 통사발 같은 게 이런 게. 아! 두 눈을 뚝 부릅뜨고 내려다 보구서, 입에서 가래이[23] 같은 셋댕이[24]가 이렇게 두 가닥을 쭉쭉 시커면 게 나왔다 들어갔다 하는 게, 좌우간 내가 어쨌든, 내가 인제는 이래도 죽고 저래도 죽는 바엔 뭐 구레 밥이[25] 되든지 뭐 인젠 여기에서 이래 죽는 판이다. 실컷 잡아 먹어라고 눈을 딱 감고서 떡 들이대고 있으니까. 이놈이 스르르 소리 나더니 그다음에 눈을 뜨고 보니. 이 자식이 척 대가리를 한참 뒤에서 이리 보구 저리 보구 하던 놈이 아 그다음에는 눈을 떡 감구서 쓱 데비[26] 내려가더니 옆으로 간단 말이.

여기 벼랑이 요렇게 딱 생겼는데, 옆으로 척 가더니 옆에 가서 뭐 먹는단 말이 이놈이. 거기에 가서 뭘 썩썩 먹는데 아 저놈이 저게 무스거 먹는가 참 이상하다. 그런데 그놈은 와느르[27] 굴뚝만큼 실한[28] 놈인데 뭐 먹는 게 모가지로 넘어가는 게 꿀꺽 소리 나거든. 아 저게 무스걸무엇을 먹는가? 그다음에 무서운 대로 찬찬히 보니까 아 그 벼랑, 그 자기 떨어진 바위 옆에 아, 그 뭐인가믄 절구꿍,[29] 절구꿍이만한 시허연 이런 바우바위가 생긴 게 있는데, 이놈 바우가 사탕가루를 발라놓은

---

22 잡아 안 먹구 : 안 잡아먹고. 부정조동사 도치.

23 가래이 : 가랑이. 사물의 끝이 갈라져 벌어진 부분(혀 가랑이. 바짓가랑이 등).

24 셋댕이가 : 혓바닥이. 혀가.

25 구레 밥이 : 구렁이 밥이.

26 데비(되비) : 도로. 도리어.

27 와느르 : 완完으르. 완전히. 아주.

28 실한 : 건장한. 튼튼한.

29 절구꿍 : 절굿공이.

것처럼 터실터실한 게 뭐인가믄 말이야, 아 이런 게 있는데 차돌 같은 게. 이놈이 거기에 혀를 대구 썩 핥아서는 먹구, 쭉 핥아서는 먹구 이런단 말이. 한참 핥아먹더니 그다음에는 다 먹구서는 대가리를 돌리더니 오던 길로 쭉 내려가거든. 물속으로 호수 밑으로 쑥 들어가.

아! 저놈이 저걸 먹나? 저게, 저 구렁이가 이걸 먹구 사는가? 좌우간 나도 배고픈데 저걸 나도…. 그래 어째 저 대바위[30] 있는데 가서, 아 억지로 가서 그놈 정말 절통같이[31] 생긴 바위 돌을 떡 끌어안았지. 그리구서 입을 떡 거기에 대구 혀를 떡 대니까 아이구 사탕가루보다 더 다네. 아 그다음에 혀를 떡 대니까 무스게[32] 척척 묻어난단 말이. 묻어나는 걸 먹어보니까 완전히 한 입씩 들어온단 말이 입안으로. 오! 저놈의 구렁이가 이걸 먹구 살았구나. 저놈이 아침 먹으러 와서 이걸 먹구 가면서 나도 이걸 먹으라고 그런 것 같구나.

그래 이 사람도 구렁이 하던 식으로 자기도 짧은 혀로 이리 핥쿠 저리 핥쿠, 그래 먹으니까 배가 부른단 말이. 배가 부르니 인제는 살았단 말이. 아, 그다음엔 숨이 훌 나오지. 배는 부르지. 아! 인제는 살았다. 그래 살았는데 어떻게 이걸 혼자서 이것만 먹구 여기에 있겠느냐? 목숨은 살았는데 그런데 어떻게 하면 가겠는가? 집으로 가지는 못하구 늙어 죽을 때까지 저 구렁이하구 이걸 같이 어불어[33] 먹다가 저 구렁이 마지막에 제거 자꾸 먹어 축을 낸다구 해서 나를 또 잡아먹을 수도 있는 게고. 그러니까 이게 이래도 죽고 저래도 죽는데, 당분간은 죽을 것 같지 않다.

그러니까 어디 보자. 그래서 그날도 그래그렇게 지나. 그 이튿날에 아침이 되니까 또 그때쯤 되니까 쏴아 소리 나거든. 아 내려다보니까 또 물이 갈라지더니 어제 보던 놈이 또 올라온단 말이야. 턱 올라오는데 올라와서는 또 그래 먹구서는 또 한참 이 사람의 동정을 내려다보거든. 동정을 보다가 그다음엔 눈을 깜구선 한참

---

30 대바위 : 큰 바위.
31 절통같이 : 절구통같이.
32 무스게 : (무스그+ㅣ). 무엇이. 어떤 것이.
33 어불어 : 함께. 같이. 어울리어. 합작해서.

또 이래 제 볼일을 가서 실컷 보구선 내려가구, 사흘을 딱 그러지.

나흘 만에 이놈이 턱 올라온단 말이. 올라오더니 사흘 지나 나흘 만에는 저게 아마 저놈이 밸이[34] 나서 나를 잡아먹지 않겠는가? 하여간 그놈이 올라올 때마다 머리끼[35] 으쓱으쓱 하지. 그래 그다음에 가만히 눈을 감고 있으니까 한참 있다나니까 아야! 말을 한단 말이야 말소리 있거든.

"그대 가히 그 내 먹는 음식을 먹구 초기를 떼울[36] 수 있는가?" 이러거든. 어디에서 그런 소리 난단 말이. 그다음에 눈을 떡 뜨고 보니까 아 이놈이 내려다보며 말한단 말이. 아 그래,

"정말 그 음식을 먹구서 배가 고프지 않구 좋다."

그러니까 이놈이 허허 하더니 뭐인가믄 씽 올라오더니 올라와서 거기에 와서 이놈이 구불더니[37] 떡 거기에 있다가 보니 자기를 차 내리뜨리던 그 사람이란 말이. 먼저 와 앉았던 사람이라는 게지. 그 십 년짜리 삼을 캔 사람이란 말이.

"아! 어떻게 돼서 아이 당신이 이렇게 뭐인가믄……."

"내 진짜 사람이 아니라구 내 사람이 아니구 당신이 삼을 캐가지구 올 때까지 내 여기서 기다렸다"는 게지.

"당신을 내 심부름 시키자구 여기 내 모셔온 게라구. 그래 내 실지 사람인 게 아이라 보다시피 괴물인데. 내 물뿌리기[38] 천년을 묵어가지구 어저는 하늘로 승천해서 갱길 용이가[39] 돼서 하늘로 올라가야 되겠는데, 우리 용들이 마지막에 올라갈 적에 여의주라는 게 있는데, 여의주라는 게 용이 먹는 그 뭐인가믄 그 음식이란 말이. 그 둥그랗고 뿔 같은 게 있지요. 용춤을 출 적에 앞에서 흔들잖아요? 그게

---

34 밸이 : 배알이. 심술이.

35 머리끼 : 머리기운. 머리카락.

36 초기를 떼울 수 : 허기를 달랠 수. 허기를 없앨 수.

37 구불더니 : 뒹굴더니.

38 물뿌리가 : 미상. 괴물의 부리 또는 물에 사는 영물(구렁이, 잉어 등)을 지칭하는 듯.

39 갱길 용이가 : 미상. 갱길 용이. 용의 한 종류? 서로 엉킨 몸으로 승천하는 용? (갱기다 : 감기다. 감싸다).

여의주라. 그걸 먹어야 완전히 용으로 환신해서 창공으로 날아올라가야 되겠는데, '그런데 이 여의주를 누가 가지구 있는가 하니까, 당신 사는 아무 곳에 아무 마을에 가게 되면 한 팔십 먹은 노파가 그걸 가지고 있다'는 게지. '그 노파 있는데 가서 내가 여기에서 편지르 줄 게이까 그 편지르 가지고 가서 그 여의주를 달라게 되면 그 노파가 두말없이 당신 줄 게라'는 게지. '그래 주게 되면 그 여의주를 가지구 여기를 오라'는 게지. '그 당신이 쉬던 그 자리에 오라'는 게지. 그러게 되면 내 그 여의주를 당신한테서 가지고 당신을 일생을 잘 살게 맹글어 줄 테니까 가이 무서워하지 말라."

그러면서 이놈이 제꺼덕 번져 눕더니[40] 아까 올라오던 구렁이란 말이. 이놈이 뭐인가믄 까꾸로 올라가지. 꽁대기로[41] 올라가서는 그 벼랑 위에 그 길 위에 낭게다가[42] 척 까꾸로 이놈이 드리워 누웠단 말이. 눕더이 그 비늘을, 비늘을 홀 세우니까 아이 가래이[43] 같은, 삼층 꼭대기로 올라갈 적의 층층계처럼 말이야. 이놈 저 비늘이 말이야, 언매나 그늠 구렁이가 컸던지 비늘이 큰 비늘이지. 이걸 척척 밟으면서 올라가라는 게지. 하! 뒤를 돌아다 보더니만 이거 디디면서 올라가라 하지.

그래 그다음에 이 사람이 구렁이의 비늘을 타구서 꼭대기로 올라갔지 뭐. 올라가서 거기에 앉아 있으이까 이놈 구렁이가 그 낭게다가 꼬랭이[44]를 감았던 거 쭉 풀어 가지구 다시 내려가더니 또 아까 그 사람으로 됐지. 그래 가서 오늘 떠나게 되면 내일 어느 때 몇 시쯤 되게 되면 당신이 여기에 온다는 게지. 그러이까 그 노파가 그 아무 곳에 사는데, 내일 가게 되면 그 노파 집에 없구, 강에 나가서 빨래를 하니까 빨래하는데 가서 '아무 산에 그 뭐인가믄 그 용이가 이런 편지를 주더라구 그래.' 주는 거 떡 보이까 부적을, 옛날에 부적이라는 게, 그 부적을 가지구 갔지.

---

40 번져 눕더니 : 뒤집어 눕더니. 뒤로 벌렁 드러눕더니.
41 꽁대기로 : 꼬리로.
42 낭게다가 : 나무에다. 낭+ㄱ+에다(가).
43 가래이 : 가랑이.
44 꼬랭이 : 꼬리.

그래 가니까 구렁이 시키는 대로 거기에 가니까 정말 그런 강이 있는데 강역에 가니까 그런 노파가 앉아서 빨래질을 한단 말이야, 그래 거기에 가서 에헴, 에헴 하니까 이 노파가 뒤돌아보면서,

"어디서 오는가?"

"내, 아무 산 아무 곳에서 오는데, 그런 물구렁이 심부름을 왔다, 그런데 편지를 가지구 왔다."

구 그러니까 그 노친[45]이 편지를 턱 이래 보더니, 그저 두말없이 편지를 주머니에 넣더니 이짝 주머니에서 그런 꾸러미를 이만한 거 내놔주면서, "이걸 가면서 풀어보지 말구 그냥 그대로 그 사람한테 주라. 이제는 나는 어저는[46] 내 갈 길도 어전 가야 되겠다."

아! 그러구서는 그담에 노친이 빨래를 이구선 가버리더라는 게지. 그래 이 사람 그 노친이 가겠으면 가구, 말겠으면 말구. 그저 그 노친이 주던 그 여의주만 그걸 가지구 부지런히 그저 돌아섰지. 돌아서서 구렁이 시키던 대로 그대로 거기 오니까 정말 구렁이 말하던 그 시간이 됐단 말이. 그래 들어와서 그걸 꺼내서 턱 주니까 구렁이가 그걸 보더니 '옳다'는 게지. 그게 사실 그 노친이 그게 사람이 아니라는 게야.

"그 노친도 하늘로 승천하려고 하는데, 그게 천년 묵은 여우가, 천년 묵어가지구 저도 환신하자고 환신해서 용이 되든지, 무슨 선녀가 되든, 무스게 된다구 말이야 이 여의주를 가져갔다."는 게지.

"그러니까 이 여의주는 반드시 구렁이가 먹어가지구 마지막에 용이가 돼서 하늘로 승천하는 건데 제가 가지구서는 안 된다. 용이 먹는 여의주는 그거는 여우가 먹어서는 아니 된다."는 게지.

'그러니까 두말없이 줬다는 게야. '그 노친이 기실 사람이 아니라 그거는 하늘도

---

45 노친 : 늙은 부모. 나이 많은 부인. 여기서는 후자.
46 어저는 : 이제, 인제. 아무런 뜻이 없는 발어사로 쓰이기도 함.

올라 못 가고[47] 그저 산중으로 찾아갈 거라고.' '아! 그런갸'구 그러면서 이 사람이 말하는 게,

"내 이제는 당신의 은공을 갚아주겠는데 당신한테 돈을 주게 되면 돈이라는 물건은 있었다가도 없을 수도 있구, 없었다가도 있을 수도 있는 이런 물건인데. 내 돈을 주게 되면 당신이 뭐인가믄 세세대대로 그 재산이 내려가지 못하니까, 내 아예 당신을 뭐인가믄 말이야, 한 마지기 당신의 밭을 맹글아줄[48] 테이까..."는 게지.

"당신이 사는 그 고을에서 아무 데로 가게 되면 그 큰 사치판[49]이 있는데 아무도 관리를 아이 하는 사치판이지. 그래 고을에 가서 원님이 있는데 가서 원님하구 단 몇 푼이라도 돈을 걸구 사라."는 게지.

그러면 그 원님이 그걸 팔라고 하게 되면 '정신 나간 놈'이라고 말이야. '그걸 누가 돈을 받는가구 그저 가지라'고 할 거라. '그래도 돈을 주고 글을 쓰라'는 게지. 글을 써서 계약을 하라는 게지. 돈 언매얼마 주고 그 고을에 원님한테서 그 계약서를 받으라는 게지. 그러게 되면 그 벌이가[50] 아주 큰 벌인데, 이거 내명년 칠 월달에 내 오토모[51]를 만들어 줄 테니까 그대는 여기서 대대손손 밭을 일구어 잘 살아라. 이렇게 하구서 그다음에는 감사하다구선 홀 없어져 가버렸지.

그다음에 이 사람이 말이야, 그 구렁이가 캔 십 년짜리 삼까지 주더라는 게야. 그래 그걸 주구 그다음에는 거기에서 닷새 만에 다시 길을 떠나 제집에 왔지. 제집에 와서 집에 식구들이 반가이 맞이하구선 그담에 '이 사실을 절대 말하지 말라'하면서 그래 말을 아이 했지. 그다음에 인차[52] 그 원을 찾아. 고을에 그 원님이라는 게 그 제일 큰 지금 말하면 행장[53]이겠지. 그런 대궁[54]을 찾아가이까 원님이 있단 말이.

---

47 올라 못 가고 : 못 올라가고. 부정조동사 도치.

48 맹글아 줄 : 만들어 줄

49 사치판 : 사취판砂嘴坂. 바다 가운데로 길게 뻗어 나간 둑 모양의 모래톱.

50 벌이가 : 벌판이. 들판이. 주격조사 겹침.

51 오토모 : 최상의 소유물. 좋은 부호. 좋은 친구.

52 인차 : 이내. 즉시.

그래 원님한테 가서 말하니까 정말 구렁이 말마따나 하 비웃거든. '하! 이 당신이 정신이 있는가'구.

"그게 아이 몇 해를 무용지물인데, 그걸 사구 팔구 하는 거는 그저 정신없는 정신병자나 그러는 게지. 당신이 똑똑한 정신을 가지고 그래 그거 누가 파는 놈이 있고 사는 놈이 있는가?", "아 그래도 원님이 이 고을을 다 관할하고, 다 원님의 손아귀에 있는 거니까 원님의 땅덩거리니까 원님이 해달라"는 게지.
그래 정 그러니까,

"아 그렇게 하라구."
그래 이 사람이 뭐인가믄 말이야, 돈을 뭐인가믄 이리 주니까.

"아, 뭐 돈을 이렇게 많이 줄 게 있는가?"

"아, 그럼 좋다구 그럼 글을 써 달라구."

그래 그다음엔 글을 썼지. 쓰구서 그다음엔 그 문서를 원님한테서 도장을 받아가지구서 왔지. 그래 지나서 그다음 해에 칠 월달에, 그때 되니까 별안간 쟁쟁하던[55] 날씨가 잠깐 흐리더니 동서남북 쪽에 까만 구름 덩어리 달바가지만한 구름 덩어리 네 개 동동 동동 떠온단 말이야. 떠오더니 고 스케 구뎅이[56] 그 뭐인가믄 사치판이 뭐야 스케 구뎅이 있는 그 위에 올라가 조그마한 산이 있는데, 그 산꼭대기에 그놈 구름 덩어리 한데 몰리더니 하 거기에서 벼락이 터지는데, 뚱땅하더니 와느르[57] 그담에는 번개 전깃불이 막 그저 이리 가구 저리 가구 막 들이 답쓰우는데,[58] 산에 바위구 나무구 할 것 없이 콩가루르 다 맹글어 부렸어. 막 용이가 조화를 부렸지. 이놈이 그 은공을 갚아주겠다고, 그러니까 산을 완전히 뿌리를 뽑아서 그 벌을 쭉

---

53 행장 : 행성(행정구역 단위)의 우두머리.

54 대궁 : 큰 집.

55 쟁쟁하던 : 창창하던. 화창하던.

56 스케 구뎅이 : 지저분한 물이 고여 있는 웅덩이. 수채 구덩이의 방언.

57 와느르 : 완전히.

58 답쓰우는데 : 덮어쓰우는데.

훌떡 뒤집어 놨단 말이. 그 산을 뽑아서 구뎅이를 메꿔버렸지. 아 메꿔버리고 그 다음에는 그러다나니까 거기 사람은 다 죽었다고, 어저는 다 죽었다고 한참 그러는데, 하 그 산이가 뿌리가 훌 빠져가지구서는 그 벌을 쭉 깔아서 옥토전[59]을 턱 맹글었다.

그래 그다음에는 이 사람들이 아, 이게 땅이 생겼다구 막 접어들지.[60] 하 그다음에 이 사람이 다니면서 원님의 계약서와 도장 찍은 거 내보이면서 그러니까 원님이 어쩌겠소? 원님도 제가 도장을 찍고 제가 그걸 돈 받고 문서를 맹글었으이까(만들었으니까) 원님도 방법이 없단 말이. 그래 아무리 옛날의 그런 원님이라도 제 도장은 승인하는 모양이지. 그래 그 사람이 그걸 가지구 정말 대대손손이 정말 잘 살았답니다. 없는 사람들한테도 토지를 주고 자기도 붙이고(경작하고) 잘 살았다는 게지.

59 옥토전 : 기름진 논밭. 옥토.
60 접어들지 : 모여들지. 달려들지.

10) 노부부

옛날에 부부간이 살다나니까(살다 보니) 슬하에[1] 일점혈육도 없이 이렇게 지내. 늙고 마지막에 오십이 나이 지나니까 어떻게 지성의 도를 드리다나니까 절에 가서. 어떻게 잉태를 봤는데 오십 할머이가 잉태를 했단 말입다. 이래 참 이게 별일이다. 그래 열 달을 설어서[2] 낳았는데, 딸을 낳은 게 아니라 아들을 낳았지 아들을 낳았어. 정말 오십에 자식을 보니까 정말 아이의 이름을 쉰둥이[3]라 지었지. 그래 이놈이 잘 자라고 공부도 잘하구. 외동아들이 잘 크는 게 나이 딱 열여덟 살 먹구서 갑자기 뭐인가믄 갑자기 앓아서 덜렁 죽어버렸지.

죽어버리니까 이 두 양주는[4] 인제는 칠십이 됐단 말이. 칠십이 되니까 이거 열여덟 살 먹구 죽은 이 시체를 내다가 파묻지 않구 그냥 집에다가, 구들에다가 놓구서는 계속 영감 노친이 그 시체를 붙들구, 영감 노친이[5] 운단 말이. 까마귀 날아가도 "내 아들을 살려주오." 뭐 개가 지나가도 "내 아들을 살려주오."

뭐 사람이고 짐승이고 집 앞으로 지나가면 붙잡고 제 아들을 살려달라는 게지. 그래 인제는 죽은 지도 인제는 열흘, 아이 달포가[6] 거의 돼서 인제는 송장이 다 썩은 냄새가 나서 그러는데도 모르고 그냥 붙잡고 운단 말이요. 그래 동네에서 와서 그러지 못하게 해도 아니 된단 말이 자꾸만 그래. 아, 그것도 동네가 아마 인간이

---

1 슬하에 : 슬하膝下. 어버이의 보살핌 아래.
2 열 달을 설어서 : 열 달 동안 임신하여서. 설다 : 아기가 서다.
3 쉰둥이 : 오십 동이. 오십 세에 낳은 아이.
4 양주는 : 내외는. 부부는.
5 영감 노친이 : 영감과 노파가.
6 달포가 : 한 달이 조금 넘는 기간이.

드문 이런 무인지경인 모양입다. 자꾸 그저 뭐인가믄 까마귀도 많고, 그래 까마귀가 날아가도 아들을 살려달라고 애걸하지.

이러다나니까[7] 하루는 바깥에 중이, 큰 절의 대사가 바랑을 들고 뭐인가므 그 중이 념불을 드리구서 동냥을 하지. 그러는 거 이 영감 노친네가 달려나가서 중을 끌어 안구 들어와서 내 아들을 살려달라구 애걸복걸하는데, 중이 하는 말이

"이미 죽은 사람은 다시 돌아오지 못한다. 이미 죽었지만 대는 이을 수 있다." 죽은 사람한테 대를 이을 수 있다는 게지.

"그래 내가 시키는 대로 하면 자식은 죽어도 손군[8]은 얻어 볼 수 있다." 그러거든.

그래 영감 노친이 생각해 보니까 확실히 그렇단 말이. 죽은 게 인제는 다 썩어서 인제는 송장이 됐는데 다시 살 수는 없는 게고, 저 몸에서 어떻게 씨라도 받을 수 있다고 하니까, 그거는 뭐인가믄 말이야 욕심이 나거든. 그럼 대사가 하라는 대로 하겠다는 게지. 손자를 볼 수 있다고 하는데 어떻게 하면 되는가. 그러니까 대사가 하는 말이,

"여기에서 아무 곳에 가게 되면 십자 거리가 있는데, 그 십자 거리에다가서리[9] '집을 아주 그, 잘 지어라'는 게지. '기와집을 아담하게 산뜻하게 집을 잘 지어라. 그래 짓구서 그다음에 쥐도 새도 모르게 밤중에 집의 아들이 죽은 시체를 업어서 그 정지칸[10] 바닥에 파서 묻어라'는 게지. 그리구서 이 집에 이사를 나가라. 그다음 이 집을 버리고 그 집에 가서 아들을 두고 온, 바닥 밑에다가 파묻어두고, 영감 노친은 그 집에 나가서 살라구. 그러게 되면 알 도리가 있다."

중이 이렇게 말을 하고서는 가버렸지. 꼭 그대로 하면 손자를 얻어 온다는 게지. 그래 이게 신기한 일이다. 그래 중이 시키는 대로 해 본다고, 그래 영감 노친네

---

7 이러다나이까 : 이러다 보니.
8 손군 : 손자.
9 십자 거리에다가서리 : 십자 거리에다.
10 정지칸 : 부엌간.

조금 재산이랑 있었던 모양이라. 더러 이래 팔구, 두루 돈을 모아가지구 그래 기와돌을[11] 사가지고 그 십자 거리 있는 데다가[12] 중이 말하던 대로 아주 깜찍하게 집을 짓구, 그렇게 하구서 밤중에 아들의 시체를 바닥에 파묻어 놓구 거기에서 기다리는 판이지.

그래 집을 지어서 여름에 칠 월 달쯤 됐는데 장마가 졌단 말이. 장마가 져서 막 지금처럼 비도 오구 막 날씨가 이렇게 흐리고 이렇는데, 바로 그때 저 뭐인가믄 말이야 전라감사가 평안감사로 올라온단 말이야. 이래 전라도는 남성[13]이고 평안도는 북성인데 올라왔지. 전라감사가 평안감사를 움직여서 지금의 말대로 해서 조동해서[14] 올라오지. 그래 올라 오다가서 길로, 그전에는 차가 없으니까 전체로[15] 말을 타거나 가마를 타고 이렇게 하고 도보로 걸어오지. 그래 걸어 오다가서 비를 만났단 말이. 비를 만났는데, 억수로 쏟아지고 하는데 그러니까 전라감사의 딸이가 열여덟 살 먹은 딸이 아직 시집을 아니 간 이런 딸이 있구. 전라감사의 그담에 가족이 자기 그 처과(처와) 자식이 다 있지. 그런데 이놈이 올라가는데 비를 맞았단 말이. 비를 맞았는데 불과 그 집에 십자 거리 집에서 일리−里를 내놓지 못하구. 그저 요게서(여기에서) 비가 억수로 쏟아졌지. 그러니까 그저 빨리 그 수원들이[16] 뭐인가믄 말을 재촉하구 그다음에 빨리 재촉을 해서 그 집으로 들어갔단 말이.

그래 들어갔어. 집이 아담한 집인데, 그래 비를 끊느라고[17] 다 그 집에 들어왔는데 그래 영감 노친은 그 감사가 아이, 그 전라감사가 그런 벼슬아치들이 막 들이 들어오니 막 질겁해서 한짝(한쪽) 구석으로 이러지. 그다음에 이 전라감사의 딸 그리고 그

---

11 기와돌을 : 기왓장을.
12 있는 데다가 : 있는 곳에다.
13 남성 : 남성(南省−남쪽 지방의 성).
14 조동해서 : 파견돼서. 전근해서.
15 전체로 : 전부. 모두.
16 수원들이 : 수행원들이.
17 비를 끊느라고 : 비를 피하느라고.

에미가 다 들어와서 정지 칸에[18] 그래 다 있는데 비는 계속 오지. 계속 오는데 전라감사의 딸이가[19] 소피가 마렵단 말이야. 그런데 밖에는 비가 억수로 쏟아져 밖에는 나가지 못하지. 아! 여자가 오줌은 마렵지 그래 이거 어떻게 해야 되는가? 그래 어머니한테 가서 가만히 말했지.

"밖에 비가 오는데……."

그래 어머니가 하는 말이

"그 수원들을 이쪽으로 데려오구, 그러구서 저 바닥에 나가서 오줌을 눠라."

그래 그다음에 그 데리고 온 수원들 가운데 그 가족을 거느리는 그 일군이 있었던 모양이야. 그러니까 거기에 있는 사람들을 피하게 하구서 그 감사의 딸이 그 영감의 아들을 파묻은 그 위에 앉아서 오줌을 눴지. 아! 오줌을 누는데 아이, 그 생몽간에[20] 그 꿈도 아이고 생시도 아이고 생몽간에, 그 바닥에서 웬 젊은 총각이 떡 나타나서 이 여자를 덜미를 쥐고,

"네 이년! 네 어떻게 돼서 남의 몸에다가 오줌을 누냐?"

그러면서 덜미를 쥐면서 탁 그러니까 말도 못하고 그다음에는 뭐 까딱 움직이지도 못하고 지내[21] 그저 뭐인가믄 말이야 말도 아이 나가지. 그놈 덜먹총각[22] 그놈한테 겁탈을 당한단 말이야. 그 자리에서 겁탈을 당했어. 그래 제 에미도 올려다보니까 저도 내려다보면서 제 에미도 가만히 앉아 있구, 다른 사람들도 자기를 겁탈하는 걸 보면서도 가만히 있거든. 그런데 확실히 자기는 그런 총각 놈한테 강간을 당하고 있지. 그런데 옆에 사람들이 보고도 가만히 있지. 그다음에 겁탈을 당하구서, 그다음에는 이놈이 뒷문을 홀 열구 빠져나갔지.

그래 일어나 보니까 자기가 정말 그 바닥에 앉았더라는 게야. 그다음에 이상하다

---

18 정지 칸에 : 부엌간에.
19 딸이가 : 딸이. 주격조사 중첩.
20 생몽간에 : 생시냐 꿈이냐의 사이에. 비몽사몽간에
21 지내 : 너무. 지나치게.
22 덜먹총각 : 떠꺼머리총각.

구, 어머니는 나를 보고도 가만히 있지. 딴 사람이 자기를 보아도 가만히 있지. 모르는 척하고 가만히 있어. 자기도 말을 아니 했지. 말을 안 하구 그다음 날이 개여[23] 가지구 전라감사가 그다음에 평양감사로 올라와가지구서는 집을 안착하구서는 살지. 딸이 열 달이 되니까 감사 딸이 몸이 달라진단 말이. 그래,

"이상하다. 저게 어떻게 돼서 쟈기[24] 몸이?"

그다음에 감사가 제 노친하구[25] 물어보지.

"쟈가 어째 몸이 달라진다."

하니까. 노친이

"나도 그렇게 봤다"는 게야.

"그래 어느 때부터 그렇는가?"

"그 저기 평양감사로 와서부터 몸이 저렇다."

"그러면 똑똑히 물어봐라. 무슨 일이야. 저게 그저 일이[26] 아니다. 그저 일이 아니니까 꼭 잉태를 한 몸이니까 물어보라."

그래 하루는 자기 딸을 청해 놓구서는,

"똑똑히 말해라. 너는 일반 사람의 집도 아니고 감사의 집인데, 대감의 집인데, 전라도에서 평양으로 금방 오자 이 가문에서 이런 일이 나게 되면 이 가문을 망쳐놓구, 이 애비를 망쳐놓구 우리 다 쫓겨난다. 너 똑똑히 말해라"

그러니까 딸이 말을 하거든.

"그 아무 때 전라도에서 평양으로 오는데, 길목에 십자 거리 집에서 비를 피하던 그날에 오줌 내 마려워서 내 바당에서[27] 오줌을 보는데, 뉘 덜먹총각한테서 제 몸에 오줌을 눈다면서 자기를 가로타구[28] 겁탈을 당했다는 게지. 그런 일이라구."

---

23 개여 : 날이 맑아. 비가 그쳐.

24 쟈가 : 저 아이가.

25 노친하구 : 노친(아내)에게. 노친 : 늙은이. 아내. 여기서는 전자.

26 그저 일이 : 예삿일이.

27 바당에서 : 바닥에서(방언).

그다음에 이 에미가 감사한테다가 말했지, 이런 일이라고. 그다음에 이 감사가 대뜸 호출을 내렸단 말이. 그놈을 잡아 올리라구. 그런게[29] 뭐 이늠이 평양감사로 왔으니까 거기가 평안도에 속한단 말이. 그 영감이 그 다음에 그 감사의 명령이 떨어지지. 그래 어느 명령이라고 거역하겠소. 그래 영감 노친이 가게 됐지 갔어.

"너 그 집을 지을 적에 그 집의 구조가 말이야 그 집이 어떻게 돼서……."

그러니까 영감 노친네 뭐 할 말이 있는가. 고도시[30] 다 말했지. 중이 시키던 대로. 일점혈육이 없이 늘그막에 오십이 되어 정말 지성 기도를 드려서 아들을 하나 얻어 봤는데, 열여덟 살 먹어가지구서는 갑자기 뭐인가믄 급살해서 죽었다. 죽은 다음에 이 아들을 살려달라고 석 달 열흘을 넘기까지[31] 무릎을 꿇고 이러구. 까마귀 보고도 살려달라, 개가 지나가도 살려달라, 사람이 지나가도 살려달라. 이렇게 하다가 강원도 금강산의 이런 중이 내려와서 이렇게 말해줘서 내가 그 집을 짓고 거기에다가 우리 아이를 파묻어 놓았다. 그러니까 '후에 거기에서 손군을[32] 얻는다.' 그러구서는 그 중이 홀 없어졌다는 게지. 그러니까 그다음에 그 감사가,

"그런 일이였는가? 그래 천신天神으로서 이게 이렇게 맺어진 혼인이니까 방법이 없다. 내가 암만 이승에서 감사요 대감이요 하지만, 이거는 신으로써 만들어 놓은 거니까 그 중도 그게 일반 중이 아니고 대사이고 도사인데, 그게 금강산의 그 산, 지신이가 와서 시킨 것인데, 내가 어찌 그거 이승에서 저승의 그 인연을 거역하겠는가. 당장 내일에 가마를 가지고 당장 이거 쥐도 새도 모르게 내 딸을 며느리로 모셔라 데려가라."구 그래 명을 내려.

그래 정말 이 영감 노친네가 자기 아들이 뭐인가믄 말이야 죽어서 거기에 갯다가[33] 그 중이 시킨 대로 해 가지구 결국은 자기 며느리를, 아들은 죽었지만 며느리를

---

28 가로 타구 : 위에서 가로질러 타고 앉아서.
29 그런게 : 그러니까.
30 고도시 : 곱다시. 있는 그대로 모두. 그대로. 고스란히.
31 넘기까지 : 넘기도록. 넘도록.
32 손군을 : 손자를. 후손을.

얻었단 말이. 그래 그저 또 이 감사도 그렇지. 빨리 그 자기 딸을 치워버려야 자기한 테도 누명이, 다른 사람한테도 이목이 들지 않지. 그러니까 갑자기 없어지니까예. 그래 그저 감사가 시키는 대로 갑자기 이쪽에서 말을 준비해서 가마에 앉혀서 감사의 딸을 제꺼덕 데려왔지. 게, 아들이 없는 혼사를, 아들이 없는 며느리를 집에 와서 예를 올리고 그다음에 뭐야 그 지방紙榜을 놓구서 이래. 옛날에는 신위, '향고[34] 학생 무슨 부군 신위'라는 그런 신위를 놓구서 잔치를 했지. 이러구서 열 달 만에 해산한게[35] 아들을 낳았지. 그래 아들을 낳았는데 그래 진짜 그게 그 영감의 손자인 지는 몰라도 어쨌든 중이 그렇게 시켜서 한 것이니까 그 영감의 손자야 맞지. 그래 대를 이어서 잘 살더랍니다.

---

33 갯다가 : 가져다가. 그랬다가.

34 향고 : 현고顯考의 오용.

35 해산한게 : 해산하니까.

11) 어부

옛날에 고기 잡는 어부가 있었는데, 이놈이 뭐인가믄 말이야 집이 구차하다나이 까니 정말 장가를 못 들었어. 나이 사십 되도록 장가를 들지 못하고 일단 바다에 나가서 배를 타고 물고기나 잡아 팔아서 생활을 겨우 유지하지. 그런데 한번은 떡 나가서 고기를 잡자고 하는데, 한 어부가 고기 한 마리를 잡았는데, 별나게 생긴 고기인데 이놈 고기가 뭐인가믄 말이야 팔려 가는데 사람처럼 운단 말이야. 고기 눈깔에서 눈물이 뚝뚝 떨어지지. 그래 이 사십 먹은 덜먹총각[1]이, 어부가 그걸 보니 까 참 가슴이 아프단 말이야. 저것도 저게 고기는 고기래도 저것도 슬프다고 운단 말이, 팔려 가니까. 그러니까 이 사람이 가서, 그 이짝 어부 있는데 가서,

"그 고기를 언매에(얼마에) 팔았소?" 하니까,

"아, 얼마 받고 팔았다"

"내가 그보다 돈을 더 줄 테니까 나한테 팔라구."

그래 또 이 어부가 보니까 같은 고기잡이꾼이니까, 어부니까 같은 값에 딴 사람한 테 파는 것보다 자기들이 잘 아는 어부한테 팔자.

"그래 자네 이 고기 사서 뭘 하겠는가?"

"아, 내가 꼭 쓸 일이 있다구."

"그럼 자네 사라구."

그래, 이 사람이 딴 사람한테 팔기로 한 걸 파하고서, 그담에 이 마흔 살 먹은 총각한테다가 그 고기를 팔았지. 파니까 그담에 이 고기를 받아 쥐고 떡 보니까

---

1 덜먹총각 : 떠꺼머리총각.

눈물을 뚝뚝 떨구고 운단 말이. 그래 그담에 정말 불쌍하단 말이. 물에 갖다가[2] 턱 놓으니까 이놈이 꼬리를 흔들며 물속으로 쑥 들어간단 말이. 그담엔 일어서자고 하는데 그 고기가 물에서 다시 나오면서 '서라'는 게지. '아무개 서라'는 게지. 그래 어떻게 돼서 자기 성씨까지도 안다. 그래 그 어느 위에서 사람이 그러는가 해서 사람을 찾아보니까 아까 그 고기 그기[3] 떡 나오면서 '서라'는 게지. 그담엔 떡 서니까, 그 고기가 말하는 게,

"이자 형님 덕분에 내가 살아서 다시 내 용궁으로 들어가는데, 내 수궁 용안에[4] 맏아들인데 용안에서[5] 내가 죄를 져서 아버지께 그 죄를 받아서 육지에 나가서 죽으라고 내보냈는데. 그래 어부의 그물에 걸려서 팔려가는 걸 형님이 나를 사서 데비[6] 이렇게 살려 줬으니까 내 이거 아버지의 죄는 다시 씻도록 하고 형님의 덕분에 내가 살았으니까 은공을 내가 갚아줘야 되겠는데. 형님이 무엇이 수요됩니까? 요구되는 게 있으면 이야기 하시오",

"나는 아무 것도 수요되는[7] 게 없다. 나는 그저 고기를 잡고 팔아서 그저 일해 먹고 사는 사람인데 아무것도 요구가 없다."

그러니까 고기가 하는 말이,

"그러면 형님이 생계는 근심이 없다고 하니까 형님 춘추가 사십이 넘어서 아직 여자라는 거 모르고 사는데, 어떻게 여자가 있으면 장가를 갈 수 있는가?"

"아! 그 있으면야 갈 수 있다."는 게지.

"그런데 돈이 없어서 나는 여자를 얻지 못한다구."

"아니, 방법이 있다구. 형님이네 사는 데, 거기에 가게 되면 그 아무아무 정승이네

---

2 갖다가 : 가져다가.

3 그기 : 그것이.

4 수궁 용안에 : 수궁 임금의. 또는 '수궁 용왕'의 오용일 수도.

5 용안에서 : '용궁에서' 또는 '용왕에게'의 오용인 듯.

6 데비(되비) : 도로. 다시.

7 수요되는 : 필요한. 소용되는.

아주 잘 사는 집이 있지 않는가?"

"있다구."

"그 정승이네 집에 딸이 있는데, 아직까지도 그 대상을 자꾸만 고르다나니까 나이 스무 살까지 먹고 안방 고방[8]에서 고방살이를 하고 있는데, 그래 그 딸한테 형님이 장가를 들면 어떻겠는가?"

"아이 내 같은 사람이야 하늘에 접시 놀음인데,[9] 내 같은 이런 비천한 어부 자식이 어떻게 그런 부잣집 양반의 딸과, 어림도 없다."

"아니, 될 수 있습니다. 그런 마음만 있다면 될 수 있다."는 게야.

"마음은 있다. 마음은 있어도 내가 어떻게 그렇게 할 수가 있나? 내가 뭐 정말 두꺼비가 기러기 고기 생각하는 격이지. 아이 된다."

"아니, 된다구! 형님이 뭔인가믄 내 이 머리의 요 위에 털이 세 개 있는데, 이 세 개를 뽑아가지구 가서, 그 집에 그 정승의 집에 뭔인가믄 토담을 쌓구 있는데. 그 정승의 딸이 안방에서 아침이면 나오는데, 아침에 그 자고난 그 요강에 오줌을 내다가 그 꽃밭에다가 비료를 준다구. 비료를 주고 그 꽃밭에 물을 주고 들어가는데 아침에만 딱 나오는데, 그 아침에 나와서 그 작업을 하고서는 반드시 거기에 앉아서 소피를 하고 들어간다. 들어간 다음에 내 이 머리의 털 세 개를 그 오줌을 눈 자리에 거기에다가 세 개를 꼽아 놓으라구. 꼽아 놓구 그러게 되면 그 집 딸이 병이 생기지. 병이 생기게 되면 그 정승이 명예가 있지, 돈이 있지 하기 때문에 조선 팔도강산의 의사를 다 청해서 뵈운다구. 뵈어도 그 병을 뗄 사람은 형님밖에 없다. 못 뗀다.[10] 암만 용한 의사라도 화타 편작이, 에 중국의 화타 편작이 와도 그 병은 떼지 못하니까. 그래 마지막에 형님이 의사인 것처럼 하고 가서는 진맥을 하구서 나올 적에 누구도 모르게 그 털을 세 개 꼽아놓은 걸 하나 뽑아놓아라. 그렇게 사흘을 가서

---

8 고방 : 창고 용도로 쓰는 방.
9 하늘에 접시 놀음인데 : 의지가지없이 외로운 신세라는 뜻인 듯.
10 뗀다 : 병, 버릇 등을 고친다.

뽑아놓게 되면 병이 다 떨어진다. 그러게 되면 그 정승이 계약을 쓴 게 있을게라. 그 계약대로 그다음 정승이 집행한다."는 게지. 그래,

"아, 그래요?"

그다음엔 정말 그 고기가 준 털 세 개를 아주 잘 싸서 옆차개에[11] 넣구서 왔지 뭐. 와서 제 에미하고 사는데, 에미한테도 말을 아니 하고. 그다음엔 정말 고기가 시킨 대로 그 이튿날 아침에 일찍 일어나서 그 정승의 집을 한 바퀴 빙 돌아보니까 북쪽 칸, 거기에 나무가, 다래나무가 하나 있는데, 그 나무를 타고 토성[12]을 뛰어넘어 내려갔지. 내려가서 그 나무 밑에 가만히 들여다보니까. 아닌 게 아니라 그 안방 문이 쑥 열리더니 아! 그 얼굴이 뭔인가믄 말이야 곱기로 정말 달인가 해인가 그저 말이야 이런 여자가, 아이 그 하늘의 선녀보다도 더 고운 여자가 하룻밤 자고 난 오줌 요강을 말이야 놋요강을 가지고 나와서 그 꽃밭에다가 자기 오줌으로 비료를 해서 주고, 그다음엔 물을 떠가지고서는 거기에 물을 주고. 요강을 씻고서는 그 고기가 이야기한대로 거기에서 딱 오줌을 누는 데 있단 말이. 오줌을 누구서는 집으로 들어가지.

아! 이때라 하구선 담을 뛰여 넘어 제꺼덕 나와서 그 고기가 주던 털 세 개를 오줌 눈 자리에 꼽아(꽃아) 놓았는데, 꼽아 놓은 고 시간으로부터 아 이 부잣집 정승의 딸이 밥도 안 먹고 누워 앓는단 말이. 그래 앓는 판인데 그 집 몸종들이 이 아가씨가 병이 들었다구 에미하고(에미에게) 말했지. 이 아가씨가 병이 들었는데 지금 절식하고 물도 안 마시고 지금 누워 앓는다는 게지. 그 말을 듣고 자기 딸이 있는 방에 갔지.

"웬일인가?" 하니까.

"아! 그런 게 아니라 이거 큰 병이 났다."는 게지.

"그래 무슨 병인가" 하니까.

"이상한 병인데, 아래 하신[13]에서 말을 한다."는 게지.

---

11 옆차개에 : 옆구리에 차는 주머니.
12 토성 : 흙 담장.

그래 왼쪽 다리를 들면 이상하게 "찌꿍찌꿍"하고. 오른쪽 다리를 들게 되면 "찌꿍"하구 그래.

이런 소리가 자꾸 나니까 아, 이거 망칙하기로 부잣집 딸이 이젠 막 양쟁물을 먹구 죽겠다고 그런다고. 그래서 정승이있는데[14] 가서,

"아! 딸이 이런 병에 걸렸다."

고 하니까. 정승이도[15] 눈을 크게 뜨며 그다음엔 광고를 내다가 붙인다.

"우리 딸의 병을 떼는 의사게 되면[16] 돈 얼마를 준다."

그래, 숱한 의사들이 와서 그 뭐인가믄 말이야 아이, 그저 사람의 손맥을 쥐고 보아도 모르는 게 여기에다가 명지 실을[17] 떡 매가지구서는 맥을 본다고 실을 떡 매구 그러지. 그러고는 약 처방을 지어서는 약을 들여 보내구. 아 그래도 다 아이 된단 말이. 그다음에는 또 이골 저골의 의사들이 다 모다들지.[18] 그래 또 요금[19]을 높인다.

"우리 딸의 병을 떼게 되면 집을 얼마에 소, 양식, 돈 언매(얼마) 이래 준다."

이렇게 턱 붙였지. 그러니까 또 시커멓게 들어붙는데 좋다는 의사는 다 접어들어서[20] 그놈 병을 떼겠다고 그러지. 안된단 말이. 누가 떼겠소? 하 그다음에는 이 정승이,

"절반을 준다. 내 재산을 절반이다. 그다음에는 벼슬도 주고, 그리고 나이가 한애비 뻘이[21] 되든 애비 뻘이 되든 상관 안 한다. 사위 될 사람의 나이를 제한하지

---

13 하신 : 음부. 생식기.
14 정승이있는데 가서 : 정승한테 가서. 정승에게 가서.
15 정승이도 : 정승도. 주격조사 중첩.
16 의사게 되면 : 의사에게는. 의사가 (있게) 되면.
17 명지 실: 명주실.
18 모다들지 : 모여들지.
19 요금 : 상금을 말함.
20 접어들어서 : 달려들어서. 찾아와서.
21 한애비 뻘이 : 할아버지 나이 정도가. -뻘 : 촌수나 나이를 비교한 관계.

않는다. 이렇게 하고 어쨌든지 내 딸의 병만 떼면 내 딸을 준다."

이렇게 내다 붙이니까 숱한 게 매달려서 뭐 병을 떼겠다고 그러는데, 아이 되지.

그때 이 어부가, 그 고기가 시킨 대로 허술하게 옷을 입고서는,

"나도 의사는 의사인데 나도 한번 진맥을 해 보겠는데 되겠는가?"고 하니까.

"아, 그러라구."

좌우간 의사라고 와서 병을 보겠다는 거는 다 환영을 하지 머. 그래 그다음엔 실고리를 떡 쥐고 아는 것처럼 하면서 고개를 이리 찌불 저리 찌불²² 하더니,

"병이 삼상치 않은 병입니다. 그러나 이 병은 치료하면 되지요."

"아! 된다구?"

"암, 물론 되지요."

"그럼 어떻게 치료하는가?"

"아! 그런 게 아니라 이 병은 이런 실고리를 만져가지고는 아이 된다. 내가 직접 봐야 됩니다. 이 병을 보는 데는 하룻밤 이 환자하고 내가 이렇게 앓는 동태를 관상을 보고 그 맥을 보면서 하룻밤을 같이 지내면서 봐야 이거 압니다."

"아! 그거 된다구."

아, 어쨌든 제 딸을 살린다고 하니까.

"그 환자가 앓는 안방에다가 누구도 출입을 하지 못하게 하고 나 의사하고 환자만 이렇게 맥을 보고 검사를 해야 된다. 그러면 병이 떨어진다."

"아 그렇게 하라구. 의사의 요구대로 하라구."

그다음엔 그 안방에 꽃 같은 처녀가 앓는 방안에 이놈 사십 먹은 덜먹총각²³이 그날 밤에 그 안으로 들어가더니 이리 만지구 저리 만지구 이러다나니까 이놈 정기가 다 통했지. 그래 하룻밤을 잤단 말이. 자고 그다음에 이튿날 아침에는 집으로 나오던 게 꼽아놓은 털을 하나, 하나 뽑아 버렸다. 뽑아버리니까 그 이튿날 아침에

---

22 이리 찌불 저리 찌불 하더니 : 이리 기울이고 저리 기울이고 하더니. 망설이는 모습.

23 덜먹총각 : 떠꺼머리총각. 머리를 길게 땋은 총각.

이 딸이가 또 걸어보지 뭐. 하룻밤을 치료했다구 하니까. 그래 걸어 보니까 "찌꿍찌꿍" 하던 소리가 뚝 떨어졌다. 그다음에 또 그 이튿날에 그 의사가 왔다. 그래 그다음엔 새애기가 제 엄마하구 말했지.

"어제저녁에 그 의사가 와서 별나게 치료를 하더라는 게지. 치료를 했는데 오늘 이런 소리가 끊어졌는데 정말 의사는 의사다. 진짜로 여지껏 치료한 중에 제일이다."

"아! 그래? 그럼 네 병만 떨어진다면……."

그래 영감 노친이 좋아서 야단이거든.

"그럼 오늘 저녁에도 어제저녁처럼 그렇게 치료를 해라."

"예."

그래 이늠이 또 와서. 또 그 처녀하고 하룻밤을 같이 잤다. 자고 이튿날에 또 털 하나를 없애고 그다음에는 이늠 또 그 소리가 없거든.

'이꿈 찌꿈' 하던 게 '이꿈'만 하고. 마지막엔 그렇게 해 사흘을 해서 그 병을 다 떼니까니[24] 그늠 게[25] 아무 소리도 없단 말이.

그다음엔 어쩌겠는가. 정승이 제가 써서 붙인 그 계약서를 쓴 게 있단 말이. 그러니까 턱 이 정승이 보니까 좋거든. 나이도 딱 맞춤하단 말이. 제 딸이 뭐 그때 옛날에야 무슨 남자와 여자의 나이라는 게 상차기[26] 이십에 십여 살 차이가 보통인데, 이늠과는 이십 세 차이인데, 제 요구 같아서는 제보다 나이가 더 있는 사람이 와서 병을 고쳐도 자기 사위로 삼겠다고 그랬는데 그저 대뜸 동의를 했지. 그래 그저 텃밭을 절반을 떼서 주고 집도 주고, 이래서 세간나서[27] 잘 살더랍니다.

---

24 떼니까니 : 고치니까.

25 그늠 게 : 그놈의 것이.

26 상차가 : 서로의 차이가.

27 세간나서 : 살림나서. 딴살림을 차려서.

1) 금강산 주절의 불종에 깃든 이야기

강원도 금강산 그 주절이가[1] 생긴 이후에 그 이제 종을 만들어야 하겠는데, 거기 도사가 새끼 중[2]들을 데리구서 이야기한 게 어떻게 이야기를 했는가 하면, "조선팔도를 돌아다니면서 동냥을 해서 이제 모은 쌀과 돈으로 이제 그, 종을 만든다." 이렇게 명령을 내리지. 그래서 그다음에 이제 이 중이가 모은 데서는 어떻게 됐는가므….

옛날에 부부간이 돼 가지구 이, 여자가 죽으면 평생을 이제 보토리[3]로 혼자 있어야 하구, 그다음에 남자가 죽게 되면 이제 또 그 집에서 평생 자기가 죽을 때까지, 젊었든 늙었든 간에 그 집에서 머슴살이 살아야 되지 뭐. 이러니까 여자를 잃은 남자가 살 수 없어서 그다음에는 도망질해서 가서 절당에 가 있거나, 어머니 아버지가 없는 아이를 데려다가 이렇게 길러서 만든 이런 중이지.

이런데 이제 그 동냥을 하러 조선 팔도강산을 댕기면서 이래 동냥을 하는데, 한 시골에 깊은 산골에 이래 턱 가니까. 이제 거기 가서 목탁 뚝뚝 두드리면서

---

1 주절이가 : 주절이. 본사本寺가. 주격조사 중첩.

2 새끼 중 : 어린 중. 상좌승. 이 설화에서의 의미는 본문의 둘째 단락에 명시됨.

3 보토리 : 홀아비(함경도 방언).

동냥을 이래 쌀 좀 비나, 돈을 비니까 이래 아주마이가, 여자가 턱 젊은 여자가 아이를 안고 턱 나와서 하는 말이,

"야, 중이가 우리 집에 왔는데 뭐 줄까? 요 아이나 줄까?"

이렇게 말했답니다. 그래서 그다음에 이 나 어린 중이지 말이야, 너무 억이 맥혀서 그 집에서 동냥을 아이 하구 집으로 돌아갔지. 돌아가서 그 모든 재물을 가지구 팔아서 종을 만들게 하는데, 무쇠를 옇어서(넣어서) 종을 만드는데, 크게 만들어도 소리 아이 나고, 작게 만들어도 소리가 아이 나구, 두껍게 만들어도 종소리가 아이 나구, 얇게 만들어도 종소리가 아이 나지 뭐.

이래서 그담에는 이 도사가 가마이 이래 생각하이까 꼭 여기에는 무슨 문장이가[4] 있다 이러지. 우리 종을 만드는데 큰 방해자가 있으니까 그 새끼 중들하구 늙은 중들을 모다놓구서 지금 말하면 회의를 하는 것처럼 이래 물었지.

"너네, 이번에 이제 떠나서 좋은 일이든 나쁜 일이든 네가 당한 이런 일을 너네 몽땅 이야기하라."는 게지.

그래 이야기하라 하니까 제일 마지막에 나이 어린 새끼 중이가 하는 말이,

"예, 도사님 내 하나 여쭈겠습니다. 어떤 산골에 가니까 이런 아주마이가 어린애를 안구 나와서 '도사가 왔는데 뭘 줄까? 줄 거 없는데 이 아이나 줄까?' 이러다가 말 못하구 아아르 안고 들어갔으니까 아무것도 그 집에서 빈 적이 없습니다. 이런 일이 있사옵니다." 이렇게 떡 말했단 말이. 그러니까 이 도사가 깜짝 놀라면서,

"아, 물으는(물은) 땅에 쏟으면 땅에 잦아들고, 말으는(말은) 한번 하면 다시 줏지 못하니라. 당장 나가서 그 아이를 붙들어 오라."는 게지.

그래서 그다음에 그 중들이 한 몇이 거기에 내려가서 정말 새끼 중들을 데리고 가니까, 정말 부부간이 사는데 그 남자는 낭그[5]하러 가고 없고, 그 벌벌 게 다니는[6]

---

4 문장이가 : 문장이. 주격조사 중첩. 여기서의 문장은 곡절이나 연고 등에 가까운 뜻인 듯.
5 낭그 : 나무(남+ㄱ)
6 게 다니는 : 기어 다니는.

아이가 있단 말이. 그래, 그저 다짜고짜로 그 아이를 빼앗았지. 빼앗으니까 그 여자가 하는 말이,

"나는 시집와서 이십 년 넘도록이 어린애를 못 낳다가 북두칠성인데다 기도를 드려서 겨우 난 아아인데(낳은 아이인데) 못 주겠다." 그러니까 "아이 된다."는 게지.

"우리 큰 대사르 흐렸기[7] 때문에, 네가 세(혀)를 한번 잘못 놀렸길래 우리 큰 대사를 홀렸기[8] 때문에 무조건 애를 빼앗아 간다."는 게지.

그래 그다음에는 갸를(그 아이를) 빼앗아다가는 쇠물을 녹이는 데다가 아를 푹 집어 옇어 버렸지 뭐. 옇으니까 간데 온데 없이 녹아버렸단 말이. 그래서 종을 만들었는데 이 종이가 이렇게 탁 치게 되면 사방 오십 리르, 적게 오십 리, 사방 양백(이백) 리를 이 종소리가 들린다는 게지. 그다음에는 이 종소리가 말이 나는 게 "땅"하고는 마지막에는 "으르르륵…"이렇게 끊는다는 게지.

이래서 그담에 우리 시오마이가[9] 황해도에 있는데, 에 우리 시오마이가 그 주절을 갔답니다. 그래 주절에 가이까, 그 주절에 가서 자기 꿈을 끼구서 주절에 갔지. 주절에 갔는데 그 종치는 소리가 "으르르륵…"이렇게 마지막에 소리 나니까 그다음에 거기 중보구 물어봤지.

"어째 저 종소리가 '땡'하고 마지막에는 '으르르륵'하는가?"

그러니까 그 도사가 하는 말이

"옛날에 이 절당을 지은 다음에 종을 만들다가 이러저러한 사실이 있어서 이 종소리가 에미 혀래서[10] 자기가 죽었다는 것으로 '에밀랠래'[11]이렇게 한다."

는 거지 뭐. 그래 이런 사유를 자기가 목격했다구 우리에게 이야기합디다.

---

7 큰 대사르 흐렸기 때문에 : 큰일을 흐리게 하였기 때문에.

8 홀렸기 : 기만하였기.

9 시오마이가 : 시어머니가.

10 혀래서 : 혀 때문에.

11 에밀랠래 : 보통 사람에게는 '으르르륵'으로 들리는데, 도사만은 이를 '에밀랠래'로 듣고 해석한 듯.

2) 애기 바우

우리 어머니는 조선 함경남도 단천군, 맨 감자하구 에, 보리하구 이런 거 십거(심어)
먹는 이런 산골에서 살았답니다. 그래 살았는데 우리 어머니가 이래 한번 나를 데리
고 얘기하는데, 우리 어머니가 삼 년을 앓았습니다. 그래 앓으면서 그때는 어째
이도 그리 많던지. 게 우리 어머니 머리에 이로 잡아주면서 이래 옛말 하는데...

그래, 하루는 조선에 함경남도 거기에 애기 바우(바위)라는 이런 바우가 생겼는데,
이 바우가 어떻게 생겼는가? 그래, 그때만 해도 중이가[1] 그렇게 많았는지 빌어먹는
사람이 많았단 말입니다. 그래 중이가 하루는 그 집으로 왔는데, 한참 보릿고개를
넘을 때지 뭐. 양식이 떨어져서 말랑말랑 그 보리 강태[2]랑 해먹는 이런 때인데,
정말 이 집에서 그 어린아이 한나(하나) 하구 부부간이 살았는데 근근득식[3]으로 보릿
고개를 기다리고 있는데, 마침 그때 때마침 중이가 거기로 동냥하러 왔지. 그러이까
이 사람이 자기가 아껴 먹고, 아끼던 양식을 사발에 골치 않게[4] 푹 떠서 그 중을
줬단 말입니다.

그러니까 중이가 턱 받아 옇구(넣고). 다른 데 가게 되면 다 손가락으로 옇어서[5]
주는 걸루, 반 개 주는 걸루, 없다 하는 걸루 하는데, 이 집에 오니까 그닥지 않은[6]
살림살이에도 아주 마음씨 착하단 말이. 그래서 이 중이 몇 발짝 가다가 다시 돌아서

---

1 중이가 : 중이. 주격조사 중첩.
2 보리 강태 : 보리를 껍질째로 빻거나 갈아서 만든 가루. 이것으로 떡이나 죽을 만들어 먹음.
3 근근득식 : 겨우 밥을 먹고 艱僅得食.
4 사발에 골치 않게 : 사발에 모자라지 않게. 사발에 꽉 차게.
5 손가락으로 옇어서 : 손가락으로 집어서.
6 그닥지 않은 : 넉넉지 않은.

면서 하는 말이, "금년 이제 칠 월달에 가서 큰 대홍수가 진다."는 게지. 대홍수가 지는데, 이 마을이 이렇게 생겼다는 게지. "산 이런 허리에다가 이렇게 밭을 만들었는데, 거기루 골짜기를 넘어가게 이제 물이 진다."는 게지. 그러믄 그럴 때 이제 자기가 온다는 게지. 이 여자를 살굴라(살리려). "그래 이제 살굴라 올 터이니까 그때를 기다려라." 이랬단 말입니다.

이럴 때 이제 그 홍수가 저서 물이 한참 내려서 집이 떠내려가고 사람이 떠내려갈 요 무렵에 자기가 이제 바깥에 와서 기달릴 터이니까 '그저 나와서 내 손만 턱 줴라' 이렇게 됐지. '그래 손을 쥐고 뒤돌아다보지 말아라.' 이렇게 됐단 말입니다. 이랬는데 정말 그날따라 기다리니까 칠월 달이가 큰 장마가 졌는데 아닌 게 아니라 그 고레7 물이가 막 터져 내려오면서 산이가(산이) 뒷산이가 막 허물어져 내려온단 말입니다. 그러니까 그 산이 허물어지는 소리가 그저 하늘에 벼락 치는 소리 나지 뭐. 그래서 그 중이가 문앞에 와서 기다리는데 턱 나가 보니 막 물소리는 나지. 벼락 치는 소리가 나는데, 그저 손가락을 쥘뚱말뚱 요렇게 마츰마츰 하는데, 그저 벼락 치는 소리에, 벼락 치는 소리에 바위가 턱 끊어졌단 말입니다. 그러니까 이 여자가 급한 김에 뒤를 돌아다봤지. 턱 돌아봤는데 에 정말 이제 그 중은 중대로, 여자는 여자대로 이렇게 애기를 업구, 광주리에다가 자기 먹을 양식, 옷에 이래 담은 그런게, 게 정말 그대로 생겼다지 뭐. 그래 그저 중이하구,8 먼데서 보게 되면 중하구 여자 손가락이 요렇게 주먹 하나 나들게 딱 있구. 그렇게 바위돌이가 생겼다지 뭐. 그래 이것을 애기 바우라 한다지 뭐.

---

7 그 고레 : 그 골에. 그 골짜기에.
8 중이하구 : 중과. 주격조사 중첩.

3) 근본을 잊지 않는다.

옛날에 한 나라에 왕이 삼대를 내려오면서 외아들을 한나(하나) 길렀지. 그래 외아들을 길렀는데, 이 외아들이 별난 인물인지 여자들을 다 데려와도 "다 싫다" 한단 말입니다. 장가들기가, 자기 마음에 아이 든다고. 이래서 그담에는 이제는 "이럴 바 하구는[1] 내가 이제는 내 길로 떠나서는 내 눈으로 직접 보구서 장가를 가겠다"는 게지. 이래서 그담에는 이젠 천천히 정말 조선 팔도를 돌아다니다가 한 시골에 가이까내[2] 여자가 보통 킨데, 얼굴은 어떻게 생겼는지는 모르지만 이래 옷도 수수하게 이렇게 입었는데, 외태머리가[3] 뒤에서 찰랑찰랑 흔드는데, 물동이를 이고 물 길러 온단 말입니다. 뒷모습을 보니까 아주 예쁘지.

이래서 그담에 그 여자가 가는 쪽으로 계속 따라갔지. 따라가니까 수양버들이 척 늘어진 그 밑에 바가지로 푸는 물이 있다 말입니다. 그래 그 물을 푸구서 여자가 이구서 들어가는 거 보이까 그래 또 그 여자. 그래서 말이로(말을) 그냥 매놓구서 말을 매구서 그냥 계속 그 여자를 따라가니까 요런 오막살이집으로 들어간단 말입니다. 그래 오막살이집으로 턱 가는데, 정말 가니까 형편없지 뭐. 사람이 정말 허리도 펴지 못하구 이렇게 들어갈 집이지 뭐. 그래서 그다음에 이 여자가 들어간 다음에 이 남자가, 정말 그 왕의 아들이 이젠 물을 다 쏟았겠다 생각하구서 가서 문을 툭툭 두드리니까 아 그다음에 주인이 턱 나온단 말이. 나오는 거 보이까[4] 아주 정말 잘 사는 집의 정말 번뜩번뜩하는 이런 사람이 거기에 턱, 서 있지.

---

1 이럴 바 하구는 : 이럴 바에는.
2 가이까내 : 가니까.
3 외태머리가 : 외가닥으로 땋은 머리가.
4 나오는 거 보이까 : (주인이) 나와서 그를(나그네) 보니까.

정말 문앞에 턱 서 있으니까,

"아! 우리는 죄진 일이 없는데 어떻게 오셨는가?"

하면서 막 엎드려 코가 땅에 대일(닿을) 지경으로 엎드려서 사과한단 말입니다. 그 집 식솔들이 다 그래 사과하니까.

"아! 모두 일어서시라구. 나는 붙들라 온 사람이 아니라구 일어서시라구. 그저 이 시골에 와서 바가지 물을 한번 빌어먹자구서리,[5] 한번 마셔보자구 이런 시냇물하구 시골 물하구 맛이 어떻게 다른지 기래서 들어오는 길이라구. 땅에서 솟는 물을 한번 맛을 보자구 그래 왔다."는 걸 이야기하니까,

"아, 그런가!"

"그래 모두 다 일어나라구."

그러니까 가문이[6] 정말 요런 토막이, 옷도 형편없는 거 그저 정말 그저 살이 아이 나올 정도로 헐망한[7] 걸 입었는데, 여자만은 아주 잘 생겼단 말이. 그래서 그담에는 이제 그 사람이 제대로 말했지 뭐. '내가 아무아무 도에 아무 사람의 아들인데, 내가 3대 독자 외아들'이라는 게지. '이런데 수많은 처녀들을, 예쁜 처녀들을 다 봐두 내 마음에 들지 않았길래서[8] 나는 이렇게 사람이 신체는 수수하게 생기구 생활은 어느 정도 하더라도 사람은 정말 마음씨 곱구, 착하구, 정말 알뜰하구 이런 사람을 자기는 요굴해서,[9] 이제 자기는 말을 하구 떠났다'는 게지. '그래 오다가 보니까 이 집에 딸님이가 아주 정말 자기 마음에 든다'는 게지 뭐. '이래서 내가 왔다'하니까 아, 거기다 뭐라 말하겠소. 그 사람들이 놀랄 지경이지.

이런 가난한 집에, 옛날에는 쌍놈과 양반을 가릴 때인데, 아! 이런 못 사는 집에 와서 딸을 정말 혼사를 들겠다니까 기쁘기도 하구, 정말 놀랍기도 하구 겁두 나구

---

5 빌어먹자구서리 : 빌어먹자고. 얻어먹으려고.

6 가문이 : 집안사람들 모두가.

7 헐망한 : 허름한.

8 않았길래서 : 않았기에. 않았으므로.

9 요굴해서 : 요구를 해서. 구하려고.

이렇답니다. 이래서 그 담에는 거기서 이제 갈 적에 옷을 잘 입혀 가지구 여자가 천하일색이라 여자가 잘생겼지 뭐. 가난하다 해서 못 생기는 게 없단 말입니다. 그래서 이제 정말 말에다 안장을 잘 준비해 놓구 말을 턱 타구서 가지. 가면서 말하는 게,

"이 집에서 어떻게 생활하는가?"

"이런 골안에서[10] 살다나니까 양식이라는 거는 없구 버들을 베서 키짝을[11] 만들 구, 쥐리를[12] 만들구 이래 만들어서 살지 뭐. 이래서 시내에 가서 팔아서 이거 가지구 이래 근근득식[13] 해서 살아가지."

그래서 이 사람이 말하는 게,

"우리 집으로 가는 그 길목에 버들이 쭉쭉 빠진 버들이 그저 꽉 들어찼다."는 게지 뭐.

"후유! 버들이 좋다는 이런 말은 제발 하지 말라."는 게지.

"이러면 자기 위신이 깎인다"는 게지.

"어디서 무식재이를 얻었다구."

그래서 그다음에는 여자가 정말 내가 아이 그러겠다구 이래서 눈을 딱 감구 말 뒤에 앉아 가다가 어쩌다 눈을 번쩍 떴단 말이야. 눈을 펄떡 떠보니까 정말 버들이 쭉쭉 빠진 게 키를 넘는 버들이 양쪽에 쭉 늘어져 있단 말이.

"어우! 저 버들을 베다가 우리 아버지를 갖다 줬으면 얼마나 키짝을 잘 짓겠는가?" 이랬다지 뭐. 그래 우리 지금 근본을 보면 농민은 턱 가다가도 농사가 잘 되면, "야, 그 나락이 잘 됐다." 그러니까 근본을 아이 잊는단 말이. 공장에도 쿵당쿵당 하믄 공인들이 "야! 그 공장이 잘 돈다. 야!"

이렇게 근본을 아이 잊는단 게지 뭐.

---

10 골안에서 : 골짜기에서.

11 키 짝을 : 키 등속을. 키 나부랭이를.

12 쥐리를 : 조리를.

13 근근득식 : 겨우 밥이나 먹을 수 있게 됨(僅僅得食).

4) 남북은 왜 갈라졌는가

조선에 이제 그 김정승, 이정승, 박정승이란 세 성을 가진[1] 이런 사람들이 살았는데...

김정승이 이제 그 아들 삼형제를 두고 같이 살게 됐지. 그래서 이제 그 정말 아이들을(아이들을) 근근득식으로[2] 길러서 제일 큰 아가 열여섯 살이구, 그담에 열네 살이구, 막내가 열두 살이구 이래. 아들을 에미 없이 길르다보니까 생활은 넉넉치 못하구 정말 그 자기 근본이 정승이라는 그거느 잘 사나 못 사나 잊을 수 없지.

잊을 수 없어서 이러는데, 하루는 이제 그 정말 먹지도 못하구 입지도 못하구 아아들만 돌보다 보니 정말 병에 걸리게 됐지. 나이도 많지 않은데 병에 걸렸는데 숨이 이제 넘어갈 그 무렵에 그 맏아들부터 둘째 아들, 셋째 아들을 청해 놓구 하는 말이,

"내가 인제는 죽게 됐으니까 내 원을 하나 너희들에게 남기겠다."

그러니까 맏아들이

"예, 아버지 원을 남기시오. 자식들이 꼭 들어드리겠습니다."

"그러니까 북쪽으로 이래 가게 되면 시골에서 북쪽으로 가게 되믄, 한 오십 리가량 가게 되면 오른짝에 큰 못이 하나 있다."는 게지. 못이라는 게, 늪이.

"늪이 있는데, 그 못 속에 수양버드 낭기가[3] 하나 턱 있으니까 그 수양버드 낭기 밑이 내 묘자리다."

---

1 ── 정승이란 세 성을 가진 : 문맥으로 보아 현직 정승이 아니고, 정승의 후예를 말함.

2 근근득식으로 : 겨우 밥이나 먹고 살 정도로. 근근득식僅僅得食

3 낭기가 : 나무가. 주격조사 중첩(남+ㄱ+ㅣ+가).

이렇게 말도 끝나기 전에 이제 아버지는 세상을 떠나버렸지 뭐.

그래 이제 그 맏아들이하고 둘째아들이가 생각한게[4] 아버지가 어머니 없이 우리 세 형제를 키우느라고 고생을 많이 했는데, 어쩌면 아버지 누원[5]이라 한들 아버지를 물속에 집어 옇을(넣을) 수는 없다. 이래서 그다음에 토론한 게, '우리 이제 조선 팔도 강산을 다니면서 제일 일등 풍수를 하나 데려다가, 풍수르 데려다가 아버지 묘자리를 이제 마련해 놓구 아버지를 거기다 모신다면 아버지가 마 평생을 잘 지낼 거라'는 거. 이렇게 토론하고서 지금 맏아들, 둘째 아들, 정말 그 아들들을 기르면서 먹을 걱정, 입을 걱정, 아껴 먹고 아껴 쓴 돈을 궤짝에서 꺼내가지구 차비해서[6] 떠났지 뭐. 그러며 떠날 때 하는 말이,

"너는 이제 나이 어리구 못 떠나니까 아버지 신체(시신)를 우리 올 때까지 잘 모셔라." 이렇게 하면서 갔지.

그다음에 떠난 뒤에 이 아들이가, 셋째가 가만히 생각하니까 세상에 부모의 자식으로 생겨서 정말 자식이가 부모가 사망될 때, 숨 떨어질 때 이, 원하는 이거를 반대한다는 거 이거느 불효자식이란 말이야. 그래 진정한 자식이라게 되므 죽든지 사든지 해봐야 되지, 되든지 아이 되든지 간에. 그래 이렇게 턱 생각하구 그담에는 정말 조그마한 조막 도끼를 하나 들구서르 뒷산에 가서 낭그를[7] 끊어다가 이리 빈지구 저리 빈지구[8] 해가지고 쪽발기[9]를 하나 만들었지. 그래 쪽발기를 하나 만들어가지구 그 다음에 그 쪽발기를 가지구가서 자그마한 돌을, 자기 힘에 알맞는 돌을 두 개 실구서 오이까, 끌만 하거든.

"아! 됐다."는 게지.

---

4 생각한게 : 생각하니까.

5 누원 : 오랜 소원累願.

6 차비해서 : 준비를 해서.

7 낭그를 ; 나무를. 남+ㄱ(종성체언)+를.

8 빈지구 : 비지고. 깎고.

9 쪽발기 : 쪽발이. 발통이 두 조각으로 된 수레. 쪽발구라고도 함.

"이젠 우리 아버지 시체를 끌고 갈 만하다."는 게지.

그래서 그다음에 아버지 시체를 땅에다 꺼내 놓구, 그 관 덮개를 열구서르 거기다 돌으(돌을) 대갈(머리) 쪽에다 하나 옇구, 그다음에 발쪽에다 하나 옇구, 이렇게 앞뒤에다 이렇게 두 개를 걸어 옇어 놓구 그 쪽발기에다 아버지 시체를 담아 싣구서 뛰지. 지금 다리야 내 살려라 하면서 정말 그 북쪽으로 뛰지. 뛰니까 정말 아인 게 아이라 한 오십 리를 단숨에 그저 콩죽처럼 가득 땀 흘리면서 뛰어서 가보니까, 정말 아인 게 아이라 늪이가(늪이) 시원히 이렇게 버들 싸고도는데, 수양버드 낭기가(나무가) 수림을 척 끼고 있는데 아주 멋들어지게 정말 생긴 게.

"아! 이제 내가 이 늪으로 들어가서 죽으면 아버지와 내가 한세[10] 죽는다." 는 게지. 살게 되면 우리 한세 이렇게...

이 자식이니까 막내가 결심하구서 그다음에는 아버지를 등에 업었지. 업으니까 제꺼덕 업히운단 말이. 아버지 시체를 그래 제까닥 업구서 그다음에는 어떻게 업었는가 하니까, 골을[11] 업으면 목을 쥐 잡아당길 것 같구, 다리를 업으면 아버지 골이 땅에 끄실 것 같구,[12] 물속에서. 이러니까 이럴 바하구는[13] 내가 중간을 쥐서 멘다는 게지. 어깨에다 턱 멨는데, 아버지 시체가 주르륵 내려와서 어깨 뒤에 와서 턱 업혔단 말이. 그다음에 그 못가에 턱 발을 옮겨 놓으니까 벽이가 쪽 요렇게 갈라진단 말이. 그러니까 사박사박한 이런 모새땅이[14] 착 흩어지더니, 그래 들어가니까 그다음에 문이 딱 갈라졌단 말이.

갈라진 다음에 아버지 신체를 거기다 놓구 그다음에는 어떻게 하면 이 낭기를[15] 분지겠는가[16] 해서 뒤에다 업구서 나무를 턱 미니까 나무가 분져진단 말이. 그래

---

10 한세 : 한시에. 함께. 한데.

11 골을 : 머리를.

12 끄실 것 같구 : 땅에 닿아서 질질 끌릴 것 같고.

13 이럴 바하구는 : 이럴 바에는.

14 모새땅이 : 모래땅이. 모새 : 보드랍고 고운 모래.

15 낭기를 : 나무를. 연못 속에 있는 수양버드나무를 말함인 듯.

분져지는데, 옆뿌리 없구 가제(가지) 잔뿌리만 그저 이렇게 엉켜져서 이 나무가 살았단 말이야. 그래서 그다음에 보니까 그 밑에 또 모새가 이렇게 모록하게[17] 있단 말이, 낭그뿌리 밑에. 그래서 모새를 이래 치우느라고 여기다 텅, 저기다 텅 하고 모새를 치우니까 새하얀 벽돌이가[18] 야 눈에 턱 보인단 말이. 야가 깜짝 놀랐지. 진짜 우리 아부지 이제 저 안, 뫼실 자리라는 거야. 그담에 이렇게 여기를 턱 치구, 뒤에 가서 턱 치구, 지내[19] 기뻐서 쳤지. 치느라고 친 게 아니라 턱 턱 이래 쳤단 말이야, 너무 좋아서야. 하! 그러니까 이 관 덮개가 턱 열려진단 말이. 열려진게[20] 정말 사람 하나 딱 누워 잘만한 요렇게 생긴 새하얀 벽돌이란 말이. 그래서 거기다 아버지 신체를 모셔 놓구 그다음에는 또 이렇게 턱턱 두드리면서,

"아버지, 아버지 잘 있으세요."

하며 턱턱 두드리니까 턱 열쇠가 덜러덩 하더니 잠겨 버린단 말이.

그담에는 낭그초리[21] 끝에 가서 낭그초리를 슬쩍 이래 드이까 나무가 제 손으로 스르륵 일어난단 말이.

"야! 인제는 됐다."

이러구선 그다음에 야가 돌아서서 나오지. 그래 돌아서서 나오니까 그 모새땅을 (모래땅을) 그냥 걸어서 나왔는데 픽 돌아서면서,

"아버지, 아버지, 이 못난 자식이 아버지의 원을 껐으니까[22] 이 불효자는 이제 떠나야 합니다."

하구선 픽 돌아서서 보니까 역시 이전처럼 물이 버드낭기를 싸구서 빙빙 이래 돌아

---

16 분지겠는가 : 부르뜨리겠는가. 분지르다.

17 모록하게 : 도톰하게.

18 벽돌이가 : 벽돌이. 여기서는 말하는 벽돌은 담이나 건축물을 쌓는 작은 돌이 아니고, 큰 돌로 만든 관 모양의 구조물인 듯.

19 지내 : 너무.

20 열려진게 : 열려지니까.

21 낭그초리 : 나뭇가지의 가느다란 부분.

22 원을 껐으이까 : 원을 해결했으니까.

치는 게, 이 버드나무 이파리가 나불나불하는 게, 자기하구 '잘 있어라' '잘가라' 하는 것처럼 이렇게 인사하는 것처럼 자기 눈에 보인단 말이.

그다음에 야가 가마이 앉아 생각하니까 집으로 가면 형님한테 맞아 죽겠지. 에이! 이럴 바하구는[23] 내가 떠난다. 그때 때마침 저녁때란 말이. 해가 한 발 있을깡 말깡 하는 이런 때이지 뭐. 이제는 유람을 떠나겠다. 이래서 그다음에 이짝에는 늪이구 이짝에는 사람 사는 이런 마을이다나니까[24] 이제는 산길을 택해야 한단 말이. 그래 산길을 택해서 턱 걸어올라가다나니 그때 봄이였는지 무순둘레[25]가 이렇게 뾰족뾰족 올라온단 말이. 그래 앉아서 무순둘레를 뜯어먹으니까 아주 꿀맛이지. 배가 고프니까 에 그래 무순둘레를 뜯어먹구, 이것두 뜯어 먹구, 여기서 뜯어 먹구 하면서 산으로 자꾸 올라가지. 올라가서 그다음에 산꼭대기에 거의 당도했다 하는데 해가 떡 넘어갔단 말이.

그다음에 야가 턱 생각한게,[26] '야, 내가 어디다 몸을 의지하고 살까? 이 쥐도 새도 없는 곳에 어떻게 내가 오늘 밤을 샐까? 이래 생각하구 올라가는데 왼짝 컨에서 정말 날새가 휙 날아가는 소리 야 귀에 피뜩 들렸단 말이. '아! 또 무슨 일이 있겠다.' 이러면서 야가 그다음에 새가 나는 쪽으로 갔지. 가니까 모(묘)가 쌍둥이 모가 탁 있단 말이, 모가 요렇게 모가. 그래 그다음에는 그 모 여파래 고기다가서리[27] 벽돌을 복판에 요래 갖다 놓구서 고기서 누버서[28] 자지 야가.

야가 누버서 자는데 한 밤중이 됐는데 어떤 아무개,[29]

"동갭이,[30] 동갭이!" 이렇게 부른단 말이. 그래 부르니까,

---

23 이럴 바하구는 : 이럴 바에는.
24 마을이다나니까 : 마을이다 보니. 마을이니까.
25 무순둘레 : 민들레(함경도 방언).
26 생각한게 : 생각하니까.
27 고기다가서리 : 거기에다.
28 누버서 : 누워서.
29 어떤 아무개 : 어떤 아무개가. 어떤 사람이.
30 동갭이 : 사자들끼리의 동년배를 지칭하는 듯.

"왜 그러는가?" 하니까,

"내 오늘 저녁에 제산데, 우리 며느리 자식들이 잘 챙겨 놓구 이제 나를 기다릴 테니까 우리 저리로 갑시다." 그래.

"아! 동갭이 나는 못 가겠소. 우리 집에 귀한 손님이 왔소. 나는 못가겠소." 이렇게 떡 됐단 말이. 그러니까 그다음에는,

"아! 그러면 내가 가지."

이러면서 그다음엔 이래 갔지. 그래 갔는데 한참 있다가 이제 또,

"동갭이"하구 또 부른단 말이. 그래,

"어째 그러는가" 하니까.

"에이! 내가, 아들놈들이 내 제삿날이라 해서 음식을 채려놨는데, 만장같이 채리기는 잘 채려놨는데, 구레가³¹ 있어서 먹지 못해. 내 네 살짜리 손자를 가마에다 집어옇어 놓구³² 왔다"는 게지. 그러니까 이 뭐야 주인이 하는 말이,

"자네 이 사람아 손자게 무슨 죄가 있는가 그래. 책망하면 자식들 책망하지. 손자 아이를 그래 끓는 가마에 집어넣게 되면 가는(그 아이는) 어떻게 되는가? 그러니까 당장 가서 감자, 에 감자를 갈아서 빨리 갈아서 큰 함지에다가 옇고 물을 많이 부어 놓구 아를 거기다 담구라."는 게지.

"담구게 되면 안에서 김이 난다."는 게지.

"그러믄 또 그 감자를 퍼 던지고, 또 갈아서 거기에다 이렇게 하면 아 속이 화독이 빠진다."는 게지.

"이러니까 이렇게 빨리 가서 해주라구." 하라는 게지. '자기는 못 가겠다'고 하는데 닭이 "꼬끼오"하고 우는 소리 들린단 말이. 이러니까 귀신은 간데 온데 없단 말이. 그다음에 이 사람이 펄떡 깨여나 보니까 먼동이 휭 떴는데, 아차! 몽상, 꿈이란 말이. "내가³³ 인젠 살았다!" 이러구서 산꼭대기에 올라가서 내리막길로 내려갔단

---

31 구레가 : 구렁이가.
32 집어 옇어 놓구 : 집어넣어 놓고.

말이.

내려가니까 아인 게 아이라 아! 마을이 하나 있단 말이. 그래 그 마을에 턱 들어가. 턱 들어서자마자 뭐 아침인데, 새벽(새벽)인데 사람들이 왔다리 갔다리 하면서 난리 친단 말이. 그래 하도 이상스러워서 그다음엔 그냥 그길로 들어가지. 들어가는데 한 반쯤 가니까 사람들이 집으로 들랑날랑 이래(이렇게) 한단 말이. 그래,

"아, 지나가는 손님인데 물 한 사발 좀 마실 수 없겠는가?" 하니까,

"아이, 아아가 지금 간밤에 할아버지 제사 지내다가 지금 아가 장물 가마에 빠져서 지금 바빠34 죽겠는데 물은 언제 떠줄 새 있겠는가?"

"아, 그래도 좀 지나가는 손님이 목말라서 물 한 사발 먹을 수 없는가?"
그러니까 그 여파래 구경하던 아주머니가 그 물 한 사발이사 못 주겠는가, 하구선 획 달아35 들어가서 물 한 바가지 떠다주니까 이 사람이 물을 먹었지. 그래 먹구서 떠억 들어가서,

"어째서 이집에서 오늘 이러는가?" 하니까,

"아! 우리 아버지 제사를 지내다나니까 어떻게 돼서 애가 한참 술을 붓구 제사를 지내는데 아가 장물 가마에36 빠졌다."는 게지.

"이래서 우리 이랜다."니까.

"아! 그렇겠다."면서,

실지는 이 사람이 가자 뒷다리도 모르지 뭐. 아무것도 모르구 지금 푸거리지37 뭐. 열두 살짜리 알면 뭐 알겠소?

"내 지나가는 손님이지마는, 내 한번 이 어린애를 좀 관찰하는 게 어떻겠는가? 살펴보는 게 어떻겠는가?" 하니까.

---

33 내가 : 여기서는 김정승의 셋째 아들을 말함.
34 바빠 : 힘들어. 어려워.
35 달아 : 달려.
36 장물 가마 : 간장을 달이는 가마솥.
37 푸거리지 : 지껄이지. 읊어대지.

"아이구! 뭐 좋다."지 뭐. 그 나쁘다 하겠소?

"그래, 아! 그러믄 있는 힘껏 선생님이 우리 아들을 살려준다면 우리는 정말 있는 거 없는 거 다 이래 접대해 드리겠으니까 정말 야만 살가 달라"는 게지.

그래서 이제 그 방법대로 턱 알카주니까 아! 정말 감자가 막 익어서 김이 물물 난단 말이. 그러니까 아가 덴 게가[38] 이렇게 홀 집어옇다나이까 요마이 뎄지. 복우는 아이 뎄단 말이. 게 골만 내놓구서 몽땅 감자에다 아를 파묻어 놓으니까 감자에 김이 물물 난단 말이. 그래 보니까 감자가 익어서 척척 번져지지.[39] 고담에 고걸 되쥐고[40] 한짝으로 갈며 이렇게 세 번 갈아대니까 아가 쌕쌕 하구, 잔단 말이.

"이제는 됐습니다. 야이 아이 이제 살았습니다. 야 속에 화독이가 다 나왔기 때문에 야가 살았으니까 안심하시오."

근데, 고토리[41]는 아이 뎄단 말입니다. 요렇게 앉았던 게 폭 걷어 옇으니까 요기는 아이 뎄지. 어린애가 보니까 이래 쟁기(장기)도 아이 데이고 요렇게 됐는데,

"하나도, 염려할 거 하나도 없구마. 울지 말라"는 게지.

"이젠 야가 살았다."는 게지.

이래서 그담에는 제사 차렸던 음석(음식)을 먹는데, 음석을 먹으며 보니까 음석에 머리까리가(머리카락이) 들어갔단 말이 머리까리가. 채소하는[42] 데. 그래서 그담에는 아! 이래서 이것을 구레라[43] 했겠구나. 이 사람이 말은 안 하구 그 집에서 음식을 잘 먹구 대접을 잘 받구 사흘 동안 잘 쉈지[44]. 이제는 가야겠다고 하니까,

"아! 정말 박사 선생님이 이래 왔는데 아! 이렇게 가면 되겠는가?" 하니까.

---

38 덴 게가 : 데인 것이.
39 번져지지 : 벌어지지. 뒤집어지지.
40 되쥐고 : 도로 쥐고. 뒤집어 잡고.
41 고토리 : 꼬투리. 남자의 생식기.
42 채소하는 데 : 요리할 때에. 요리를 중국어로 채(菜)라고 함.
43 구레라 : 구렁이라.
44 쉈지 : 쉬었지. 보냈지.

"아, 내가 갈 길이 바쁘니까 가야 되겠다."는 게지.

그래 내가 지금 목적지를 떠나야 하겠는데, 앞으로라도 아이들이 데게 되면 이게 제일 좋은 방법이니까 그때는 야도 없으니까 이게가(이것이) 제일 좋은 방법이니까 이러면 크게 허물[45]도 아이 생긴다는 게지. 그다음에 그 집에서 주는 걸 가지구 길을 떠났지.

떠나서 가다나니 어데로 갔는가 하니까, 그 김정승이 사는 마을로[46] 갔단 말이. 그래 가서 이 사람이 그 김정승이 사는 그 고장을 턱 지나가는데 이렇게 보초군이가[47] 있지 뭐. 그래,

"내 여기 좀 들어갈 수 없는가?" 하니까

"못 들어간다."는 게지.

"어째 그런가? 내 지나가는 손님인데 목이 말라서 물 좀 한 모금 먹을 수 없는가?"

"아! 여기는 대단히 잘 사는 부잣집이기 때문에 못 들어간다."는 게지.

"게, 이 숱한 사람들이 다 뭘하는 사람들인가?" 하니,

"이 집의 농군들이다."는 게지 뭐. 농사를 짓는 농군이라는 게지.

"그러면 나는 일할 수 없는가?" 하니까

"아! 당신이 어떻게 일하겠는가? 못한다."

"아! 내 어째 일을 못 하겠는가? 내 이만하면 키도 다 컸는데 당신하구 키를 재여보자구."

그러니까 정말 비슷비슷하단 말이. 그러니까 산골에서 사다보니 키는 대다이 크단 말이, 웅장하지 뭐.

"할 수 있는가?" 하니까,

"할 수 있다구"

---

45 허물 : 피부에 일어나는 꺼풀. 여기서는 상처의 자국을 의미함.
46 김정승이 사는 마을 : 김정승의 후예가 아닌 실제 현실의 김정승을 지칭하는 듯.
47 보초군이가 : 보초를 서는 군인이. 주격조사 중첩.

"물 한 메(말)를 들 만한가?" 하니까,

"아! 들 만하다구"

"멜 만한가?

"아! 멜 만하다구"

그래, 쪽지게에다 지니까 정말 후둘거리면서도 물을 든단 말이. 그다음에 그 문지기가,

"아이가 하나 왔는데, 지금 와서 우리와 같이 일하겠다 하는데 어떻게 동의하는가?" 하니까,

"아! 동의한다."는 게지.

"들어가 하라"는 게지.

그다음에 턱 보니까 아가 보통 아 아니거든. 하! 잘 생겼단 말이. 그래서 그다음에 목깐통⁴⁸에 가서 목깐 다 시키구 옷을 척 갈아입히니까 정말 천하일색이지. 천하일색 미인이란 말이. 그래서 이 사람이 말하는 게, 자기 재산은 많고, 땅도 많구, 양식두 많고, 금은보화도 많지만 물려줄 후대가 없단 말이 이 집에. 그래 물려줄 후대가 없으이까 야를 아들로 삼았지.

그래 아들로 삼아 거기서 하루 지나 이틀 지나, 날이 가구 해가 가구 달이 가다나니까 그래 좀 있었겠지, 거기에. 이젠 열여섯 살 먹었단 말입니다. 그래 열여섯 살 됐는데 하루 저녁에 턱 정말 자기 독방에서 자는데, 아주 고븐(고운) 예쁜 처녀가 와서 말하는 게,

"내가 이제 사흘 있게 되면 내가 글쎄 죽었던 게 살아난다."는 게지.

"내가 환생한다."는 게지.

"그래 누기(누구)도 오지 말라."는 게지.

"그 누기도 오지 말고 내가 모(묘)가 턱 갈라지면서 '야, 내가 간밤을 잘 잤구나!' 이렇게 하므 당신이 와서 나를 턱 끌어안으라."는 게지.

48 목깐통 : 목욕통.

그러면 내 밑에, 이게 옛날에는 지금도 장수들이 모를 파게 되면 도깨비 같은 그 무슨 뭐, 말새끼구 사람새끼구 무슨거[49] 잔뜩 만들어 넣는다지 뭐. 그런데 아인 게 아이라 정말 이제 그런 게 많다는 게지 뭐. 그런데 이 사람들이 나와서 사람 구실을 못한다는 게지. 그러니까 큰 가마에다 지름을 한 가마 끓여가지구서는 이제 내가 나오면 뒤따라 나온다는 게지. 나올 때 거기다 퍼열으라는 게지 그 기름을. 그래 그다음에 아침부터 지금 정말, "이제 아무 김정승의 딸이 삼 년 석 달이 됐는데 아무 날에 환등인생[50] 하니까 구경 오라." 이렇게 공포했단 말이.

그래 그 공포하기 전에 무슨 일이 있었는가 하니까, 이 남자가 꿈을 턱 꾸구서 어머니 있는 데로 갔지. 그래 어머니 방을 문을 뚝뚝 두드리니까 영감이 와서 두드리는가 해서, 옛날에는 날짜를 정해서 이렇게 한 자리에서 자구, 따로따로 이렇게 자지. 자기 신체를 보장하느라고 그러이까. 아! 그런게 아이라,

"어머니, 어머니 제가 왔습니다. 문을 열어주시오."
그래 아들이가 와서 문 열어달라고 하니까 문을 제꺼덕 열어줬지.

"그래 어째 그러는가?" 하이까

"내가 꿈을 이렇게 꾸었다"는 게지.

그래 내일 밤, 그러니까나 열두 시 새로 한 시 어간에 자시 우예,[51] 자시라는 게 시간이 없다 그말이지 머. 그담에 밤에 열두 시 새로 한 시 고 어간에, 자시지 뭐. 그러이까 요 자시만 넘으므 고 귀신들이 활동을 못하고 이렇단 말이. 그래서 고담에 요 자시 넘기 전에 귀신들이 활동한단 말이.

"그래 내일 오후[52] 새로 한시 열두시 고 어간에 내가[53] 이제 태어날 테이까 거기에 오라."는 게지.

---

49 무슨거 : 어떠한 것. 어떤 것. 무슨. '무스거'로도 쓰임.
50 환등인생 : 인간으로 되살아난다는 뜻인 듯.
51 자시 우예 : 자시 위에. 자시 전에.
52 오후 : 오후가 아니라 오전일 듯. 구술자의 착각?
53 내가 : 문맥으로 보아 김정승의 딸을 말함인 듯.

그래서 그다음에는 그 김정승이가 온 시골에다가 막 공포를 했지 뭐. 그러이까 아! 이게 별일이라구. 정말 뭐 바가지 밥을 아버지를 줘라, 바리밥을 개를 줘라[54]하며 바빴어예. 지금 구경가느라구 앞에 가야 잘 보인단 말이. 그래 아를 업구 간다는 게 베개를 업구가구, 뭐 별난 게 다 있단 말이. 그래서 줄을 이렇게 쭉 섰지 뭐. 줄을 떠억 서가지구 시간을 기다리지.

그런데 정말 김정승하구 노친네가 아 이렇게 정말 거기로 찾아갔지. 그래 찾아가서 모(墓) 앞에 턱 가서 그러는데 와느르[55] 화원에 맨 꽃 천지지 뭐. 그 죽은 모 우에는 정말 아름다운 꽃들이 벼라 별난 꽃들이 다 많지 뭐. 그래 많은데, 그 꽃이 있는데, 거기에 가서 턱 기다리니까 정말 열두 시 지나 새로 한시 그 어간에 안개가 뽀얗게 끼더라지 뭐. 안개 뽀얗게 끼니까 여파래[56] 사람도 안 보일 지경이지 뭐. 그렇게 안개 뽀얗게 꼈는데, 꽃도 아이 보이고 아름다운 꽃들이 다 간 곳이 없구, 그저 뽀얀 안개 속에 서 있는데, 정말 천지개벽하는 소리가 난단 말이, 모(墓)가 갈라지는 소리가. 그래 그다음에 턱 갈라지는데, 정말 진분홍 치마에 노랑 저고리를 입구 자지색 갑사댕기[57]를 드린 처녀가 '야 잘 잤다.' 하면서 일어난단 말이. 일어나 자 안개가 간 곳이 없지 뭐.

그다음에 이 남자가 탁 가서 여자를 탁 끌어안았지 뭐. 끌어안구 돌아다도 아이 보구[58] 오면서 와서, '다른 데로 가지 말구 내 방으로 들어와서 내 자던 방에 거기다가 눕혀달라'는 게지. 그래 그다음에는 그 여자가 정말 고, 시키던 대로 그대로 했지 뭐. 그래 했는데 아인 게 아이라 손가락만큼 큰 흙으로 만든 쪼개비[59]들이가,

"아씨님이 나가면 우리들은 어떻게 살아가는가?"구. 바글바글 와느르 개미 둥어

---

54 바리밥을 개를 줘라 : 바리때에 담은 밥을 개를 줘라. 매우 분주한 모습을 말함인 듯.
55 와느르 : 완완完으로. 아주.
56 여파래 : 옆.
57 자지색 갑사 댕기 : 자주 색깔의 비단으로 만든 댕기.
58 돌아다도 아이 보구 : 돌아다 보지도 아니 하고. 부정조동사 도치.
59 쪼개비 : 조가비를 말함인 듯. 어패류의 일종. 조개비, 조갑지라고도 함.

리[60] 같지 뭐. 그러면서,

"아씨가 나가면 우리들은 어떻게 살겠는가?" 하면서,

"우리도 같이 나가서 아씨와 같이 살겠다."는 게지.

그러니까 그다음에 기름을 한 가매 끓인 거를 거기다 막 갖다 부었지 뭐. 바깥에 나온 놈도 죽이구 안에 있는 놈도 죽이구 다 죽이구 나이까 종이두 있구, 돈은 종이고 예, 고담에 고 흙으로 만든 요런 조개비들이 가득하단 말이.

그다음에 이래 헤어졌지. 이래 헤어져가지고(헤어져서), 그담에 그 여자가 이제 고기서 그담엔 이 왕이가[61] 말하는 게,

"아! 이제는 내 이제 아들을 삼았는데, 내 딸이 3년 석 달 만에 환등인생[62] 해가지구 죽어서 살아왔는데, 이제는 이 우리 아들 덕으로써 이제 자기 딸을 찾았으이까 이제는 배필을 무어줘야[63] 되지, 배필을 이제."

그래 배필을 무어가지고서리[64] 이제 잘 잔치를 잘했다는 이 소문이가 왕의 귀에 갔단 말이.

그러니까 이 왕의 생각에 '세상에 우리 조선팔도에 이렇게 영민한 사람이 있는가? 영민한 사람이 없다'는 게지. 근데 이래 있다니께 '그래 한번 실험해 보겠다'는 게지. 그래 그다음에는 하인을 시켜서 띄웠지 뭐. 그래 띄워서 붙들어가다시피 붙들어갔단 말이. 그래 붙들어가이끼[65] 말하는 게,

"왕이가 세 가지 문제를 내는데, 이 세 가지 문제를 대답 못 하게 되면 그 자리에서 목을 자른다." 이렇게 됐단 말이.

그러니까 이 사람이 와서 그렇게 밥 잘 먹구 그렇게 멋있던 남자가 지내[66] 와느

---

60 개미 둥어리 : 개미 둥우리.
61 왕이가 : 왕이 아니고 김정승이라야 문맥에 맞음.
62 환등인생 : 사람으로 되살아남.
63 무어줘야 : 만들어 줘야.
64 배필을 무어가지고서리 : 배필을 삼아서. 배필이 되게 하여.
65 붙들어가이끼 : 여기서는 '붙들려가니까'라는 의미.

르[67] 반쪼개[68] 돼버렸단 말이, 지내 속이 타서. 그래 그다음에 이 여자가 있다가,

"어째서 서방님이 요새 식사도 잘 안 하고, 조석도 잘 안 드시고, 이렇게 지내 형편없이 됐는데 대체 무슨 원인인가? 다 이야기하라."는 게지.

"능히 해결할 수 있는 거는 해결해 주겠다."는 게지.

"아, 나를 보구 하늘에 가서 멍덕딸기[69]를 따오라는데 어떻게 하면 좋겠는가?" 그러이까, "그럼 가서 이렇게 '내가 멍덕딸기를 따왔으이까 잡수시오.' 하구, 요 덩거리를 비벼가지구 사라[70]에다 담아서 걸망[71]에 넣어가지구 가라는 게지. 넣어가 지구 갔다가 그담에 '내가 멍덕딸기를 따왔으니까 사라를 내놓으라' 하면 사라를 내놓을 게라는 게지."

그럴 때 왕이,

"야, 이 새끼야 세상에 어디에 멍덕딸기라는 게 있는가?" 하면,

"하늘에 사람이 어떻게 날아 올라가는가? 하늘은 끝이 없는데."

이렇게 하면 이긴다는 게지.

그래서 그담에는 정말 아인 게 아이라 이 사람이 눈을, 새파란 눈을 동글동글 비벼 가지구 양쪽 거르망[72]에 가득 넣어 가지구 갔지. 그래 턱 가가지구서 그다음에,

"왕님께 뵈옵나이다. 하늘에 올라가 멍덕딸기를 따왔나이다."

하이까, 사라를 가지구 옛날에는 쟁반이라 했지 이래.

"쟁반을 한 이십 개 가져오너라." 하니까, 하인이 쟁반을 가져다 앞에 놓았지. 거기에 이래 떡 가지구 놓은 게 눈송이란 말이. 그러이까,

---

66 지내 : 너무. 지나치게.

67 와느르 : 완전히. 아주. 매우.

68 반쪼개 : 반 쪼가리가. 반쪽이.

69 멍덕딸기 : 딸기의 한 종류. 산이나 들에 자생함. 복금자딸기라고도 함.

70 사라 : 쟁반, 접시 등의 뜻으로 쓰이는 일본어.

71 걸망 : 망태기 모양의 걸머지고 다니는 바랑. 걸낭.

72 거르망 : 걸망과 함께 쓰임. 여기서는 호주머니의 뜻으로 쓰임.

"그게 눈이지, 어디 멍덕딸기인가?" 이렇게 말한단 말이.

"날개 없는 인간으로서 하늘로 어떻게 끝도 없는 하늘로 날아오를 수 있겠나이까?"

이렇게 대답했지 뭐. 그러이까 졌단 말이. 그래 왔지.

그래 올 때 또 뭐라고 하는가 하게 되면 '재로 새끼를 꽈 오라'는 게지. '새끼를 꽈서 서발을 해서 가져오라'는 게지. 그다음에 와서 또 몸을 앓는단 말이. 먹지도 않고 또 이렇게 앓지. 그러이까 이 여자가 또 물어보지.

"어째서 이렇게 조식[73]도 들지 않고 이렇게 이러는가?" 그러이까,

"아! 나를 재로써 새끼를 꽈오라고 하는데 어떻게 재로써 새끼를 꼬겠는가, '꽈도 부스러진다.'는 게지. 꼬지도 못하겠다"는 게지. 그러이까

"아! 그러지 말고 내가 시키는 대로 해라"는 게지. '짚을 가지고 예, 볏짚을 가지구 왼새끼를 썩어지게[74] 비비라'는 게지, 있는 힘껏. '그래 이래 비버서 서 발을 꽈라는 게지. 꽈서 불에다 살구라'는[75] 게지. '살구게 되면 새끼가 나온다'는 게지.

그러이까 "알았다" 하구서 그담에 이 남자가 새끼를 썩어지게 꽈 가지구 정말 죽을 힘을 다해, 젖 먹던 힘을 다해 왼새끼를 꽜지. 그래 꽈서 불에다 살구니까 타래타래 해서[76] 불에 살구니까, 아 그대로 새끼가 됐단 말이. 그다음에는 그걸 잘 받들어가지구 가서 '재로써 새끼를 꽈가지구 왔다'구 왕을 보구,

"왕에게 뵈옵나이다. 재로 새끼를 꽈 왔습니다."

보니까 정말 진짜 새끼를 꽈 왔단 말이. 조놈을 딱 죽여야 되겠는데 방법이 없단 말이, 하도 대가리가 영민해서. 저 여자가 죽었다가 살아왔으이까 귀신이란 말이, 지금 이 여자가. 그래서 그다음에는 이 여자가 지금 여자 시체는 있구, 혼만 와서 이렇게 있는 판이지.

---

73 조식 : 조석의 오용. 식사. 끼니.
74 썩어지게 : 지독히. 열심히.
75 살구라는 : 사르라는. 살구다 : 사르다.
76 타래타래 해서 : 새끼 모양으로 동글동글하게 뱅뱅 틀어진 모습

그다음에 이 왕이가 있다가 또 말했지. 거기에서 또 '수탉의 알을 이제 또 가져오라.'고 이렇게 말했단 말이. 또 와서 또 그렇게 골을 앓지.[77] 그래 또 골을 앓으이까 그 각시가 하는 말이,

"가서 이렇게 말하라. 내가 간밤에 내가 아를 낳았다. 아를 받을 포대기[78]를 갖춰 놔라"고 이렇게 가서 말하라.

이렇게 됐단 말이. 그러이까 그다음에는 정말 가가지구서리 세 가지 문답에서 이렇게,

"왕님께 뵈옵니다." 하이까,

"알을, 수탉의 알을 가져왔노?" 하이까,

"예, 가져왔나이다. 내가 간밤에 아를 낳았소이다. 받으시오." 하이까,

"응? 여자들이 아를 낳지, 어디 수탉이 알을 낳는 법이 있는가?"

이렇게 떡 됐단 말이. 그러이까 이겼지. 이래 이겼는데 그담에 이기구서 이 사람이가 집으로 돌아왔지.

인젠 집으로 돌아와서 정말 행복하게 아들딸 낳구 사는데. 이 말이가[79] 정말 발 없는 말이 천리를 간다고. 또 한 나라의 정승이가 아가 금방 죽었는데 죽은 지 세 시간 됐단 말이. 이 사람을 또 청하지.

"너는 김정승의 딸이 죽은 지 삼 년 석 달 됐는 것도 살려서 지금 행복하게 사는데, 내 아들이 이제 죽은 지 세 시간밖에 안 되는데 야를 살리라"는 게지.

이것을 듣구 와서 이 남자가 또 앓는단 말이. 지내[80] 와느르[81] 죽게 됐지. 이제는 누워서 일어도 못 난단 말이.[82] 그다음에 (여자가) 말하는 게 '당신은 이제는 다 준비해

---

77 골을 앓지 : 머리를 썩이지. 머리가 아프지.

78 포대기 : 아기용 이불.

79 말이가 : 말이. 주격조사 중첩.

80 지내 : 아주. 너무.

81 와느르 : 완전히. 매우.

82 일어도 못 난단 말이 : 못 일어난단 말이. 부정조동사 도치.

가지구 내 시키는 대로 준비해 하라'는 게지. '준비해서 저승으로 가라'는 게지. 그래 그다음에는 이 사람이가 이제 정말 거기서 각반[83] 세 개, 사재밥[84] 세 개, 우리 사람 죽으면 사재밥 놓지 않구 뭐요. 그다음에 검은 천, 흰 천 이렇게 가지구서 그다음에 떠났지.

이래 떠나서 가는데 척척 가다나니까 한곳으로 갔는데 여자가 빨래를 하는 게 앉아서 계속 통곡을 친단 말이. 그래,

"우째서 이렇게 앉아서 부인께서 이렇게 앉아서 통곡 치는가?"

하니까

"나를 흰 천을 거멓게 만들구, 검은 천을 희게 만들라 하니까 내 어떻게 만든단 말입니까?" 그러이까 이 남자가,

"아! 그랬는가구, 그러믄 흰 천은 물을 들이면 거멓게 되구 검은 천은 씻으면 허옇게 되지 않는가" 하니까

"아! 맞다."는 게지.

그다음에 자기가 준비해간 흰 천과 검은 천을 줬단 말이.

그래 이래 주구서리 그담에 또 한 고개를 넘어가는데, 젊은 청년이가 셋이서 야, 머나먼 길을 떠나는데 각반이 없어서 길을 가기가 영 바쁘다[85]는 게지. 이거는 곧바로 뭐인가 사람잽이[86]를 댕기는 이런 사람들이란 말이, 저승에서 사람잽이를. 그래 그다음에 그 각반을 이제 세 켤레를 줬단 말이. 그래 턱 주니까,

"아! 감사하다."구.

"저승 가는 길이 어딘가?" 하니까,

"이리로 쭉 올라가라."는 게지.

그래 그다음에 또 길을 따라서 또 시키는 대로 또 올라갔지. 또 한 고개를 또

---

83 각반 : 걸을 때 다리를 보호하고 가뿐히 하기 위해 발목에서 무릎 아래까지 동여매는 도구.
84 사재밥 : 사자밥. 저승사자에게 주는 밥.
85 바쁘다 : 힘들다.
86 사람잽이 : 저승사자를 지칭하는 듯.

넘었지. 그다음엔 제일 높은 고개란 말이. 넘는데 백발노인이 세 분이 턱 앉아서 길이 아직 갈 날은 천리만리인데 아, 이거 배가 고파서 다리를 못 옮겨놓겠다는 게지. "아! 그러는가?"

그다음에는 밥을, 사재밥 세 그릇에 접시에다 담아놓으니 제꺼덕 다 먹구,

"아! 감사하다."는 게지.

"저승 가는 길이 어디인가?" 하니까.

"아! 이산을 넘어서 저 아츨하게[87] 보이는, 저 안개 뽀얗게 낀 저 산에 가게 되면 널따란 산 굴이 있다."는 게지.

"그 굴을 들여다 보게 되면 까맣다."는 게지 뭐.

"그 굴에 가서 툭 떨어지라."는 게지.

"그러면 환한 인간마을이 생긴다."는 게지.

그래 '감사하다'구. 그래가지구 정말 산을 톺아서[88] 바웃돌을 지나서 손톱이 다 다슬게[89] 올라가다가도 미끌어 떨어지구, 올라가다가 미끌어 떨어지구 이렇게 죽기 힘들단 말이. 겨우 올라갔지.

올라가서 정말 턱 들여다보이까 그저 깜깜한 게, 아이 보이는데, 한나는 자기가 살아야 할 일이 한내가 있고, 그다음에 한나는 여자가 분부내린 게 있으이까 여자의 말을 들어야 된다는 말이. 그다음에 정말 눈을 감구서 탁 떨어졌지. 턱 떨어져서 눈을 펄떡 뜨고 보이까 정말 와느르[90] 자기 살던 고향처럼 환히 밝아진단 말이. "아, 이렇구나! 저승길이 이렇구나!"

그래 이 사람이 생각한게[91] 그담에는 거기서 지나서 이제 좀 가니까 예쁜 여자가 쪼끄만 쪽배기[92]를 가져와서 게, 이래 그 마중 온단 말이. 이게 곧 바른가?[93] 이

---

87 아츨하게 : 아스라히. 까마득히 멀리.
88 톺아서 : 하나하나 더듬어 찾으면서.
89 다슬게 : 닳게. 닳아 없어지게. 다슬다. 다스러지다.
90 와느르 : 완完으르. 완전히. 아주.
91 생각한게 : 생각하니까.

여자가 말이. 오이까 벌써 갔지. 그래 그다음에는

"아, 빨리 오라."는 게지.

"그래 아, 내 저승길을, 지금 저승의 왕님 만나러 간다."

" 아, 내 안다"는 게지.

"빨리 쪽배기를   타라. 시간이 바쁘다"는 게지 뭐.

그래 그 쪽배기를 타구 강을 턱 건너가이까 옛날에 형님이랑, 아버지랑 알겠는데. 그 아이들이 죽게 되면 우리 베 짜는 바디[94] 있잖우. 옛날에는 이런 바디를 안겨 보냈답니다 바디를. 그랬는데 턱 가이까 이런 쪼꼬만 도랑물이 졸졸 흐르는데, 바디를 죽은 아이들이 가지고 가게 되면 물을 막기가 헐하단[95] 말이. 바디를 아이 껴 보낸[96] 아이들은 막으면 터지고 막으면 터지고 아이들이 영 고생을 한단 말이. 야! 이렇구나. 그다음에는 이래 그 강을 턱 건너서 정말 저승 가이까 대문이 열두 개란 말이.

열두 대문인데, 한 대문을 열구 '저승의 왕님을 만나러 왔다' 하이까. '길이 바쁘다'는 게지. '빨리빨리 가라'는 게지. '시간을 다툰다'는 게지. '기래이까 빨리 가라구' 그래서 그다음에는 정말 열두 대문만에 턱 가이까, 가서 이제,

"인간 세상 인간으로서, 세상의 인간으로서 이제 왕님 만나러 왔나이다." 이렇게 하이까. 왕이가 하는 말이,

"나는 사실 다 알고 있다. 니가 어째서 온 원인을 아니까 니 한번 나의 얼굴을 쳐다봐라."

이렇게 명령을 내렸단 말이. 이도령이가 춘향이를, 이렇게 암행어사 됐을 때

---

92 쪽배기 : 쪽발이. 발통이 두 조각으로 된 탈것. 방언으로는 쪽배기, 쪽발구라고도 일컬음.

93 이게 곧 바른가? : 이것이 옳고 바른 일인가? 또는 이렇게 곧바로인가(곧바로 실현되는가)라는 뜻.

94 바디 : 배를 짤 때 쓰는 도구의 하나. 바디의 실과 세로줄의 실을 얽어 천을 짬.

95 헐하단 : 쉽다는. 수월하다는.

96 아이 껴 보낸 : 아니 안겨서 보낸.

보라는 것처럼. 그래서 턱 쳐다보이까 자기 아버지란 말이.

그래 이 묘자리가 어떤 묘자린가? 인간 세상에서 왕이 하나 생기구, 장수가 하나 생기구, 그다음에 죽어서 장수 하나가 생기는 이런 묘자리란 말이 이 자리가. 그래 그 담에는

"진짜 삼형제 중에서 진짜 내 아들으느 아버지를 위하는 진짜 아들은 니밖에 없다"는 게지.

"니가 아버지 원대로 효성했길래, 니가 살아생전에 저승으로 왔다."는 게지. 그러면서

"너의 형님들은 부모의 명령을 어겼기 때문에 한나는 코를 껴서 이렇게 달아매구, 한나는 셋대기[97]를 이렇게 가시철망에다 껴가지고, 가시철망에다 껴서 달아맸다"는 게지.

"한번 구경하겠는가?" 하니까.

"구경하겠다."는 게지.

정말 가보니까 이렇게 형이 둘이 구레르[98] 만들었는데, 구레 됐지 뭐. 동생이 "형님!"하구 부르니까 그다음에 형님이가, 그 구레 눈에서 눈물이 뚝뚝 떨어진단 말이. 그담에 이 셋째가 막 와가지구 아버지에게 무릎을 꿇고서,

"아버님! 아버님! 부모의 자식으로서, 자식의 부모로서 저렇게 할 수가 있는가? 구레는 만들더라도 이렇게 댕기게 활동하게 해주십시오." 그담에는

"사람 만들라"니까

"아이 된다"는 게지.

이래서 그담에는 말하는 게 원인은 너네는 어째 기공원[99]이 있구, 그담에 또 이제 그 저기 뭐야, 이렇게 대장이 있구. 그담에 기공원이든가? 우리두 제통사[100]라

---

97 셋대기 : 혓바닥.
98 구레르 : 구렁이를.
99 기공원 : 미상. 저승 세계의 특정 업무를 담당하는 관리인 듯.
100 제통사 : 미상. 저승사자, 또는 저승사자가 잡아온 사람의 명단을 관리하는 직책.

는 사람이가 사람을 잡아오게 되면 이제 명단을 적는다는 게지 뭐. 그래서 못 잡아올 사람을, 한 마을에 같은 성, 같은 이름, 같은 나이를 가진 사람이 있으면 잘못 찾아올 수 있다는 게지. 그러면 데비[101] 돌가(돌려) 보낸다는 게지. 그러면 그 사람은 산다는 게지 뭐. 그래 사는데,

"너의 형님들은 부모의 명령을 어겼기 때문에 지금 이제 제통사가 벌써 다 기장했다.[102]"는 게지.

"기장했기 때문에 이건 에누리 없이 못 옮긴다."는 게지.

"그러니까 이제는 니가 갈 길이 바쁘니까 빨리 이제 가라"는 게지.

그래 그다음에는,

"이제 너네 둘이서 그러니까 부부간이지. 여자하구 둘이서 손목 쥐라"는 게지.

"그래 손목을 쥐고 눈을 감으라"는 게지. 감으니까 또,

"눈을 떠라" 한단 말이.

뜨이까 벌써 자기 고향에 왔단 말이. 고향에 턱 왔지. 그러니까 아까 그 말하는 게, 그 이 정승이가 아들이 죽은 지 세 시간 됐는데 이제 그 생존시간이 몇 분 아이 다툰단 말이. 그러믄 이 사람을 이제 목을 자르게 되지. 이러이까 그다음에느 말하는 게,

"니 아들으는, 니는 백성들게 너무 악하게 하구, 너무 못된 양을 했기 때문에 니 아들은 죄는 죄대로 갚아야 하구, 공은 공으로 갚아야 하기 때문에. 니 아들은 뭐야, 놀가지[103] 돼가지구서는 지금 막 돌아댕긴다."는 게지.

"그러니까 못 살군다."는 게지.

"아! 그럴 수 없다."는 게지.

"내 아들이가 그럴 수 없다"는 게지. 그러니까

---

101 데비(뒈비) : 도로. 다시.
102 기장했다 : 장부에 적었다.
103 놀가지 : 노루.

그다음에 하늘에서 막 내리 뭐야.

"니 아들은 옳다"[104]는 게지.

"니 아들 한 번 보겠는가?"

그래 그다음에 아이의 이름을 턱 부르니까 정말 놀가지가 와가지구 올리뛰고 내리뛰고,

"이게 곧바로 네 아들이다."

이렇게 됐단 말이. 이러니까 이 사람이 정말 까무러칠 지경이 됐지 뭐. 그래서 그다음에 말하는 게,

"김정승은 왜서[105] 죽었던 딸이 환등인생을 해 왔는가? 자기 그 머슴을 뒀지만, 하도 마음이 착하구 이러길래 머슴들도 여자머슴 남자머슴을 둬 가지구 쌍쌍이 모다가지구 집을 이렇게 만들어서 다 이렇게 집을 주고 잔치꺼지 다 해주고, 그다음에 의지가지없는 아이들(아이들)은 이렇게 자기네 정말 내치지 않구 보살펴 가지구 자기 아들을 만들구, 그다음에 정말 머슴을 만들었다가 아들이 하도 남자가 잘나니까 자기 아들 만들었다가, 이렇게 의지가지없는 거러지[106]도 이렇게 정말 행복한 길을 만들어 주었기 때문에 이렇게 죽어서 삼 년 석 달 되는 딸도 환등인생 했지만 너는 죄를 입어야 된다."는 게지.

"니도 앞으로 죽으면 이렇다."는 게지.

이러니까 막 펄펄 뛰면서 와느르[107] 까물어칠 지경이지 뭐. 그러니까 하늘에서 장군이가 그담에 막 명령을 내렸지 뭐.

"너도 앞으로 내가 잡아가면 저렇다."는 게지.

그다음에는 이제 이 아이가, 그담에 이래 그래 그 장면은 그래 끝나고, 그러니까 아버지, 엄마 다 늙어서 상새[108] 나서 없지 뭐. 그래 없는데, 그담에 김정승 하구

---

104 니 아들은 옳다 : (다른 사람이 아니라) 네 아들이 틀림없다.

105 왜서 : 왜. 어째서.

106 거러지 : 거지.

107 와느르 : 완전히.

이정승 하구 거기서 이제 정말 모다가지구 토론했지. 이바굴 했는데, 우리가 이 땅을 가지구 한 도에서 우리 서로 이렇게 하지 말고 우리 절반 가르자. 그래 절반을 가르자 하니까 그다음에 이 사람이 왕이가 된단 말이, 그 사위가. 그러니까 이 사위가 명령한 게, 우리가 한 도에서 이렇게 고생하지 말고 서로 이렇게 정말 찡내 지[109] 말고 도르 나누자. 그래서 그다음에 조선팔도를 남북을 턱 끊어서 나누었지 뭐. 그래 나누었는데, 거기에서 그때는 조선이 팔도, 그러니까 여덟 개 도지. 남북이 가르다나니까 여덟 개 도인데, 그 어간에 중도라는 게 생겨났는데, 그래 중도는 이제 강원도, 경기도, 그다음에 황해도, 이렇게 세 개 도구. 자강도는 지금 남도구 예. 이래서 이거는 그래도 이제 한 개 전술이니까, 아무리 마음씨는 고약하구 이렇다 하지마는 그래서, "니는 값도 없다. 그러니까 그저 이 세 개 도만 너는 운영해라."

이래서 여기서 김정승 하구 이정승이가 형제를 맺었지 뭐, 형제르 예. 그래 형제 르 맺어서 이래 정말 형제르 맺어가지구 김해 김가 하구 예. 그다음에 이씨가 아! 전주 이가 하구, 전주 김가가 생겼지 뭐. 그래 그담에는 도는 어째서 이렇게 생기는 가? 자기 살던 고향으로 이 장이라게 되므, 이 장가가 이 마을에 살았다므 이게 장이라 말이지. 이래서 그담에는 전주 이가 하구, 전주 김가가 도르 나누면서 이제 거기서 성은 다르지만 본이가 한 본이가 됐다는 게지.

---

108 상새 나서 : 상사가 나서. 초상이 나서.
109 찡내지 : 다투지.

5) 한 번 배필은 영원한 배필

이전에 조선의 단천에 이런 사실이 있다는 거, 우리 엄마도 들은 소리겠지 뭐 이래. 저기 소금장사, 소금장사가 소금을 이렇게, 이전에는 마대도 없구 이러이까 이런 저기 가마에다가서리[1] 소금을 옇어가지구 메구 다니며 팔았답니다. 이래 팔라 댕기다가서리[2] 해가 저물게 되구, 이러니까 한 고장에 가서, 한 집에 들어가서 자게 됐지 뭐 그래.

"소금장산데 이렇게 날이 저물어서 이 집에 자게 됐다."구서 이러니까 그 사람도,

"아! 그럼 자라. 이래 우리 집은 구차하게 지내서 식사도 마깟지[3] 않지마는 지나 가는 손님인데 어떻게 박대할 수는 없으니까 들어와서 자라구."

그래서 그다음에는 이 사람이 그저 정말 너무 잘 하니까,[4] 정말 너무 고마워서 가마시[5] 안에서 소금을 푹 떠내서 한 바가지를 줬단 말입니다. 그래 주구서리 그담에 다시 그날 밤에 길을 떠나서 또 갔지. 그래, 척척 가다가 어떻게 몇 년 돼서 돌아오다 보이까 그 마을로 또 오게 됐단 말입니다, 그 조선에. 그래 그 마을로 또 왔는데 어찌 들다나니까 또 그 집에 떠억 들었단 말입니다. 그래 그 집에 들어 보니까 이전에 살던 집이구 아주 이제 정말 좋단 말입니다. 잘 산단 말입니다. 그래 그담에 는 개가 한 마리가 바깥에 있는데, 아주 개가 복스럽게 생겼단 말입니다. 그 개가 정말 와느르[6] 막 그저 복이가 막 질질 끓게 생긴 개지 뭐. 그래서 이 소금장사가

1 가마에다가서리 : 가마니에다.
2 팔라 댕기다가서리 : 팔러 다니다가. 팔러 다니는 도중에.
3 마깟지 : 맛깔나지. 맞갖다 : 입맛에 꼭 맞다.
4 너무 잘 하니까 : 너무 잘 대접해주니까.
5 가마시 : 가마니의 방언.

하는 말이,

"아주머니 저 개를 내게다 아이 팔겠는가? 나는 다른 것은 다 싫습니다. 내장만 나를 주시오. 그리구 돈은 이 집에서 달라는 대로 주겠다."는 게지.

이래서 그다음에 '아! 그러면 우리 이래 주인이 일하구 돌아오면 토론해서 이렇게 하자.' 이렇게 됐단 말이. 그래 그 마을에 이 사람이 정말 그, 이 소금장사의 이야기를 듣구서 그담에는 그 노친[7]이 안깐하구[8] 이야기해서, 안깐이 나그네[9]하구 이야기해 가지구 정말 이제 그 개를 잡게 됐지 뭐.

그런데 그때 당시 임신이 됐단 말이다 이 여자가 예. 그래 임신이 돼 놓으니까 허패(허파)가 먼저 이렇게 가마에서 뜨지 않습니까? 아무 짐승이나 허패가 해깝단[10] 말입니다. 아, 그래서 그다음에는 임신해서 아, 고기를 너무 먹구 싶던 적에, 게 불을 때서 고기 가마가 부글부글 끓으이까 허패가 둥둥 뜬단 말이. 날랑 줏어 먹었단 말입니다. 그다음에 또 고거 줏어 먹구 나니까 아, 또 밸[11]이 뜬단 말입니다. 또 밸을 날랑 줏어 먹어 버렸단 말이. 그래 줏어 먹구 또 조금 있다나니까 아! 간이 뜨지. 그다음에 또 콩팥이 뜨지 하니까 아! 내장을 다 먹었단 말이, 이 여자가.

그다음에 이 소금장사가 소금 팔구서리 저녁에 와가지구 내장을 달라하니까 다 먹어버린걸 뭐 주겠습니까? 아! 내가 이래 임신이 됐는데 정말 너무도 가난하구 이래서 고기 먹구 싶어서 정말 물에 둥둥 뜨니까 그저 뜨는 족족 먹다나니까 아 내장을 다 먹어버렸다는 게지 뭐. 아이구 낭패했다는 게지 뭐. 이래서 그다음에는 그러나 자기가 잡으라 했으이까 어쨌든지 줘야 된단 말이, 돈을.

그래 소금 절반을 턱 갈라서 그 집에다 주구 또 길을 떠났지 뭐. 떠나서 가서

6 와느르 : 완宛으르. 완전히.

7 노친 : 나이든 부모. 나이든 아낙. 여기서는 전자로서 남편을 말함.

8 안깐하구 : 아내와 더불어. 아내에게. 여기서는 전자임.

9 나그네 : 남편. 남정네. 여기서는 전자.

10 해깝단 : 가볍단.

11 밸 : 배알. 창자.

이렇게 조선팔도를 소금장수가 댕기다나니까 한 몇 년은 잘 걸렸겠지 뭐. 오다나니까 또 그 마을로 오게 됐단 말입니다. 아! 그 마을에 오니까 대단히 잘 산단 말이. 그 집이 와느르[12] 정말 뭐 네 귀 벌쩍 기와집에다가[13] 아, 네 귀에다 풍경 달구, 그래 아주 잘 산단 말이. 그러니까 자연적으로 막 집에 복이 막 들어오게 됐지. 개 내장 다 먹어 버리노이가나니[14] 그래서 이 사람이 아주 잘 살기 됐지 뭐. 그런데 이 사람이 말하는 게, 자기가 말한단 말이야.

"내 아무 때 아무 때 소금장사로 와서 보니까 아, 이 집이 아주 가난하게 살던 집이 어떻게 돼서 이렇게 부자가 됐는가?"

이 소금장수가 턱 말하니까

"아! 그런 게 아이라 소금장사가 가마에다 소금 옇어(넣어) 가지구 왔는데, 아주 마음씨 고운 이런 사람이 우리에게 소금을 이래 푹 떠 주더라."는 게지.

그래서 그 사실을 쭉 이야기했지. '아! 이래 다 먹구 보니까 아! 자기가 정말 그 사람의 복을 가졌든지, 개가 정말 복 타고 왔든지, 우리가 팔자를 타구 났든지, 자연적으로 스스로 그저 무스게든지 한 가지를 하면 두 가지 일이 막 생겨서 복이 막 들어와서 우리가 이렇게 잘살게 됐다.'고 이렇게 떡 됐단 말이.

"아! 그런가구. 그래 그때 그 임신됐던 어린애는 지금 몇 살인가?" 하니까

"다섯 살"이라는 게지.

그래 이 소금장사가 그때 몇 살인가믄 스물여섯 살이라는가 이렇게 되니까 이십 일 년 차란 말입니다. 그래서 아! 우리가 이렇게 복을 정말 소금장사가 갖다 줬는데 우리 아(아이)를 주겠다는 게지. 아! 이거 아이 가지겠다고도 못하구, 그 여자와 약혼 아이 하겠다고도 못하구, 하겠다고도 못하구, 또 두 방법을 차지할 수도 없지. 그 밸(창자)을 빼앗긴 것만 해도, 개 내장을 빼앗긴 것만 해도 분해 죽겠는데. 아 또

---

12 와느르 : 완完으르. 완전히. 아주.
13 네 귀 벌쩍 기와집 : 네 귀 번듯한 기와집. '팔자八字 기와집'으로 볼 수도 있을 듯.
14 먹어 버리노이가나 : 먹어 버렸으니까.

이 여자꺼정 싫다게 되면 자기는 정말 다 잃어버린단 말입니다.

아! 이럴 바하구는[15] '한다' 하구서는 그다음에는 이제 떡 정말 그날 밤에 동품하게 됐단 말입니다. 이래 고 방에서 자게 됐는데, 가만히 스물여섯 살 먹은 게 다섯 살짜리를 옆에다 놓구 각시를 삼고 그 집에서 살 일을 생각하니 천지가 아득하단 말이. 아이 그렇겠소? 다섯 살짜리 그거 어떻게 하겠소? 에라 모르겠다, 옛날에는 서방 안간[16] 사람들이 이렇게 칼집을 곱게 만들어서 빼또칼이르[17] 차고 다녔답니다. 그런 소리 들어봤습니까? 그래 그다음에는 빼또칼을 가지구 배뿍이를[18] 쑥 베버렸단 말이 배를. 에이 썩어져라 나는 간다. 이러구서는 뒤띠부옇게[19] 빠져 달아났지 뭐.

그래 달아나서 그다음에는 또 소금장사 하다가 몇 년, 한 십 년 거의 됐단 말입니다. 십 년 됐겠지. 그래 한 십 년을 소금장사르 댕기다가서 어찌다가 또 그 마을에 또 왔단 말입니다. 또 오이까 그담에는 그 마을에서 정말 이제 여자를 이제 약혼시켜 줬단 말이. 마을 사람들이 그러이까 낯은 익었단 말이. 그래 이제 약혼시켜줬지. 그래 약혼시켜줬는데, 약혼시켜 가지고 아이! 첫날밤에 정말 떡 한 이불 밑에서 자자고 보니까 배로 이래 쓸쓸 이래 만져보이까 배뿍 아래가 뭐 털벅털벅[20] 한 게 이렇게 있단 말입니다 이렇게.

"아이! 어째서 이래?

이전에는 뭐 맹장이란 게 있습니까? "아구야!" 하므 죽는 판인데. 그래 그다음에는 이렇게 저기 물어봤지.

"어째 이 배에 무슨 자욱이가 이렇게 무슨 칼 자리[21] 같은 게 난 게 있는가?"

---

15 이럴 바하구는 : 이럴 바에는.

16 서방 안간 : 시집이나 장가들지 않은. 결혼하지 않은.

17 빼또칼이르 : 빼또칼을. 패도佩刀를. 차고 다니는 작은 칼을. 장도粧刀를.

18 배뿍이를 : 배를. 배꼽을.

19 뒤띠부옇게 : 뒷등이 부옇도록. 부리나케.

20 털벅 털벅 : 울퉁불퉁.

21 칼 자리 : 칼자국.

그러니까,

"아이구! 우리 어머니 우리 아버지가 얼매나 모색한[22] 분인지 나를 다섯 살 적에 스물여섯 살 먹은 남자한테 나를 약혼시켜 줬다구. 그러이까 그 남자가 나를 정말 어떻게 같이 데리구 살겠는가? 이십일 년이나 차이 있는, 딸이라도 세 번째 네 번째 딸이 되겠는데. 어떻게 나를 그래서 에라 니가 죽으라구 배를 칼로 빼또칼로 쑥 배놓구 달아났는데 지금 어데 가 죽었는지, 살았는지 없다."는 거지 뭐. "그래 종무소식이라구" 이렇게 말했단 말이. 그러이까,

"그래! 영원히 니하구 나하구는 배필이구나."

이렇게 하구 그다음 이튿날 아침에 이 사람이 턱 나와서 이제 밥상을 턱 차려 놓구 앉아서 옛말을 한다는 게지 뭐. 그래 그 옛말을 턱 했지 뭐. 자기 소금장사를 할 때부터 그때부터 그다음에는 자기가 이제 그 정말 몇 년 만에 오니까 그 열다섯 먹은 그 여자가 있는데 약혼했는데 자기는 삼십 살이 좀 넘었단 말이. 이래 약혼해가 지구서리 그다음에는 그랬던 이야기를 쭉 했지. 그러니까 스물여섯 살에 그 다섯 살짜리한테 약혼해서 썩어지라고 배를 짜겠는데, 그 여자가 살았는지 죽었는지 자기도 몰랐다는 거지 뭐.

근데 아 정말 이제 사실이지. 어제저녁에 이렇게 한자리에서 보이까, 보구 나이까 아! 이야기하는 거 보이까 자기라는 게지 뭐. 그러면서 무릎을 꿇고 앉아서 죄를 자기 사과해야지 뭐. 기러이까 이 아버지가 하는 말이 '한 번 배필은 영원한 배필이라는 게지. 천생비필이라는 게지. 하하! 그래서 그 부인 집에서 부모를 모시구 정말 그 각시를 데리구 재미있게 잘 살았답니다.

_____

22 모색한 : 마음이 물욕에 가리워 생각이 어두움.

6) 꼬불탕 조가(趙哥)

조씨가 여럿인데 꼬불탕 조가라는 이 제목이지 뭐.

옛날에 부부간이 살다가서리(살다가) 이제 영감이 죽구서 그 아주머이가 혼자서 살지 뭐. 그래 아주머이 혼자 사는데, 그 가정을 유지하자니까 후대[1]도 하나도 없지, 이래서 머슴꾼을 하나 두었지. 그래 머슴꾼을 하나 둬서 그 가정을 총 책임지게 하구. 그다음에 이제 머슴들은 일을 시키구 그 가정을 이제 책임지게 했는데. 그러니까 총각도, 이 집의 머슴꾼도 잘생기고 나이가 있구, 이 여자도 그러니까 좀 나이 있구, 혼자 보토리로[2] 살게 됐지.

이랬는데, 보통 옛날에는 소꼬시라는[3] 게 있었습니다. 그래 이제 그 부잣집 여자가 이런 소꼬시를 탁 입구 다리를 턱 이렇게 하구서리 낭그[4] 밑에서, 그러이까 아무래도 잘 살다나니까 그 집 울안이 크지 뭐. 담도 있구 이런데 그 누른 소꼬시를 탁 입구서 턱 이래 잔단 말이 지금. 이래 자는데, 머슴꾼이 일을 다 시키구 이래 들어왔어. 이 머슴꾼도 그날에 조금 굼굼하지[5] 뭐. 일을 다 시키고 나니 할 일이 없단 말이. 그래서 그 울안을 이래 턱 돌아다니나이까 아! 주인집 아주머니가 자는 게 참 호감지게[6] 하구 잔단 말이. 그래서 그담에는 옛날에는 종이도 없구 그러이까 대통[7]으로, 한족들의 대통은 이렇게 꼬불탕한 게 있지 않구 뭡니까? 그래서 그담에

---

1 후대 : 후손.
2 보토리로 : 홀아비로. 보토리 : 홀아비의 함경도 방언. 여기서는 머슴 총각을 지칭함.
3 소꼬시라는 : 속곳이라는. 고쟁이라는.
4 낭그 : 나무(남+ㄱ+으)
5 굼굼하지 : 무료하지. 심심하지.
6 호감지게 : 자극적인 모습으로.

그걸 가지구, 대통을 가지구 자기 그거를 이렇게 뽑았지 뭐, 자기 손으로써 이렇게 예. 그래 뽑아서 그 누른 소꼬시를 입은 아주머니, 그전에는 사리마다[8]라는 게 없단 말입니다. 거기에 갖다가 살라이[9] 부어놨지. 부어놓구서 그다음에는 그저 씁쓸하구[10] 있지.

그런게 한 달이 가구 두 달이 가구 열 달이 되니까 그담에는 이제 배가 점점 불어난단 말이. 이 여자가 가만히, 주인집 아주머니가 생각하니까 어느 남자하구 뭐 생활한 적도 없단 말이. 잔 적도 없지, 신랑재[11]도 없지. 자기는 평생 청춘 열녀가 되겠다구 시집도 아이 가구 아이도 없이. 나그네[12]가 죽고 나니까 지금 그 집을 독차지 하구서 자기가 지금 시집도 아이 가구 열녀가 되겠다구 이렇게 하는데... 아! 이런 임신이 탁 되니까 참 이게 괴상한 일이란 말이. 꿈에도 자기 남편을 본 적이 없고 생활한 적도 없지.

이래서 그담에는 이 사람이가, 이 여자가 있다가서 그 정말 시골 사람들을 몽땅 모다 놓구서, 이제 그 아이가 그러다나니까 이젠 아가 나서 발발 게(기어) 다니게 됐단 말이. 그래 이제 무슨걸로[13] 음식을 잔뜩 챙겨서 그 사람들을 남자들을 먹이고, 보토리[14]라는 보톨은 다 끌어 모았단 말이. 그 시골에 서방 못 간, 가난해서 못 간 걸루, 정말 여자 죽구 서방 못 간 저 이런 사람들이랑 몽땅 모다 놓구서 한 상 잘 멕여 놓구. 이제 그 넓다란 울안에다 빽빽이 돌려서 정말 방석 깔아 앉혀 놓구서, 이 아를 복판에다 떡 낳지. 놓으니까 이 애가 이 사람 저 사람 지나서 자기 집에 있는 머슴꾼 있는 데로 벌벌 이래 기어간단 말입니다. 그러니까 옆에서 사람들

---

7 대통 : 담뱃대.

8 사리마다 : 여성의 아래 속옷. 일본어임.

9 살라이 : 살짝. 조심스레. 가벼이.

10 씁쓸하구 : 쓴 것을 먹은 듯 입맛을 다시며.

11 신랑재 : 신랑+자(접미사)+이. 신랑이. 신랑 되는 사람이.

12 나그네 : 남정네. 남편. 여기서는 후자.

13 무슨걸로 : 무스거로. 무엇으로.

14 보토리 : 홀아비.

이 놀랐지 뭐. 아, 이게 웬일일까 하는 게야. 그러니까 이 머슴꾼이 있다가 하는 말이,

"아! 나 있는데 오지 말라"는 게지.

"나는 너하구 아무런 관계도 없다."는 게지 뭐.

그래 아무런 관계도 없다니까 그담에는 어쨌든 이 아는 임신해서 설어서[15] 낳았으니까 아는 성하구 아이 저기 뭐야 본은 지어줘야 된단 말이. 그리구 이제 혈육을 찾아줘야 하지 뭐.

이래서 그담에는 이것을 상급에다[16] 청취했지[17] 뭐. 지금 말하면 상급인데, 그래 상급에다 청취하니까 연구를 잘하는 이런 의사가 있는데 턱 내려왔지 뭐. 그래 내려와가지구서는 그담에 말하는 게 그 수많은 사람들 피를 화험하면[18] 다 갈라진다는 게지 뭐. 약통기[19]에다가 물을 떠 놓구, 이전에는 약통기가 많았는데, 그 약통기에다 물을 떠놓구 이 피를 이래 떨구어 놓구 떨구어 놓으면 다 갈라지지. 아 수백 명의 보토리[20] 다 갈라진단 말이오. 그런데 그 집의 머슴꾼이 마지막으로 피를 툭 떨구어 넣구 아 피를 뜨니까 턱 하나 된단 말이. 하하 그래 진짜 애비를 혈육을 찾아줬지 뭐. 그래 아이의 성을 뭐이라 했는가 하면 그 머슴군의 성이 조가이지 뭐. 조씨인데 그 사람의 성에 따라서 본이 만들어진 게 그 담배꼭지기[21] 이렇게 꼬부라진 게 그래서 꼬불탕 조가라 했다.

---

15 설어서 : 임신해서. 임신하는 것을 '아이가 서다'라고 함.

16 상급에다 : 상급기관에.

17 청취했지 : 청을 취했지. 청을 넣었지.

18 화험하면 : 혼합시켜 증험해보면.

19 약통기에다 : 약통에다. 약탕기에다.

20 보토리 : 보토리의 피가.

21 담배꼭지가 : 담뱃대의 꼭다리가.

7) 총명한 머슴

옛날에 이게 조선에 한 시골에서 서울로 과거하러 가는데, 시험 치러 서울로
가는데, 그 집에 이제 부모 형제 없는 이런 아아가(아이가) 하나 머슴질 하지. 소나
먹이구, 이제 가서 또 소를 들여다 놓구, 이튿날에는 또 소를 내다 매구 이래 하는데.
야¹ 앞에다 지금 딸려 보낼 사람을 하나 마련해야 되겠는데 사람이 없단 말입니다.
그래 이 사람이 생각하다 생각하다 야가 참 마음씨 곱구, 아 착하구 정말 진심이지
뭐. 그래서 야를² 떡 딸려서 이제 보내지. 이전에는 정말 천리든 만리든 간에 걸어서
가는데, 그래 가다가서 이 과거하러 갈 부잣집 아들이 말하는 게,

"야, 내 너를 서울 구경을 시키려는데, 니 저기 저 여자, 지금 목화 따는 여자를
가서 니 데리구 자구 오라. 그러면 내 너를 데리고 가겠다."구서리 이랬지 뭐.
그래 그다음에는

"아, 그러겠다."구서는,

그다음에 이 여자가 들썽들썽 하구 오다가서, 그 저기 개미르 낭그, 이렇게 진대
낭그³ 게 썩어서 번져진⁴ 게 있는데 백개미, 백개미가 거기에 많단 말이. 우굴우굴
하지. 그래 그거를 손에다 쥐구서 가지 뭐. 그래 가가지구서는 그 여자 있는데 가가
지구서는,

"아 저기 아씨님! 뒤에 벌거지⁵가 올라간다."는 게지 뭐.

---

1 야 : 이 아이. 여기서는 주인집 아들.
2 야를 : 이 아이를. 여기서는 머슴.
3 진대낭그 : 진대나무. 산속에 죽어 넘어져 있는 나무. 선채로 말라죽은 나무는 강대나무.
4 번져진 : 넘어진. 뒤집혀진.
5 벌거지 : 벌레.

"돌아서라."는 게지.

"그래 그러겠다."구서,

"아! 어떻게 아는가구? 그러니까

"아! 지금 당장 올라간다"는 게지.

"지금 올라가던 게 또 데비[6] 내려온다"는 게지.

"벌거지가 예, 벌거지가 옷 속으로 들어간다"는 게야.

그 바지 넓은 가비[7] 속으로 들어가는데 어떻게 하겠는가?

"빨리 그러라구서리." 그러니까 그담에는

"아! 그러면 그 벌거지를 잡아달라구서리"

야가 돌아섰지 뭐. 이래 잡으라구. 그래 잡으라구 떡 돌아서니까 야가 백개미를
거기에다 턱 쥐 넣었단 말이. 쥐 넣구 조금 있다가 돌아서 가만히 있는데,

"그래 벌거지를 잡았는가?"

"아! 잡았다구."

그래 백개미를 하나 보였지. 이랬는데 아! 이 여자가 그 백개미가 들어가가지구
물어 제끼는데 죽을 지경이지 뭐 지금. 원래 불개미가 옛말에 무스거[8](무엇)하구는
상극이라구 막 들어가서 지내[9] 막 여자를 죽여낸단 말이. 그러니까 이 여자는 바지를
막 벗어서 툭툭 털었지 뭐 지금. 그담에 이 남자가 슬슬 걸어가지.

"잡는가?" 하니까

"아! 잡았다구 보라구"

지금 바지를 입는 거 보라는 게지. 바지를 털어가지구 백개미를 털어가지구 이래
그다음엔 입었지.

그다음에 또 이제 한곳으로 척척 가다가서,

---

6 데비(되비) : 도로. 다시.

7 가비 : 속곳. 아래가 트인 여자의 아래 속옷. 가비또래.

8 무스거 : 무엇. 여기서는 여자의 속살이나 음부를 의미함.

9 지내 : 너무. 아주.

"니 저기 저 여자하구 키스하구 오라."는 게지.

"몇 번째 몇 번째 여자하구 가서 키스를 하구 오면 내 너를 또 데리구 가겠다."는 게지. "너를 서울 구경시키겠다"는 게지.

"아! 그렇게 하겠다구"

그다음에는 이 머슴이 또 이래 척척 걸어가지. 걸어서 가다가서리 눈에다 흙을 집어넣었단 말이, 자기 눈에다가. 그래 눈에 흙이랑 모새[10]랑 들어갔지. 아 그다음에는 그 늙은 노친이 있는데 가서,

"아! 내 눈에 흙을 좀 **빼** 달라"구 하니까.

"아이구! 나는 안보여, 안보여" 이런단 말이.

"야, 아무개야 니 좀 봐달라."

그래 또 거기에 가서 눈에 걸 보아달라 하니까 아 나도 안 보인다는 게지. 우리 아씨가 혀로 잘 후벼낸다는 게지. 그래 그다음에는 정말 이렇게 목을 탁 쥐구 눈에 든 흙을 후벼낸다는 게 딱 입맞추는 게 같단 말입니다, 먼 데서 보니까. 그래서 그다음에 눈을 이래 홀 감구 흙을 옇었으이까나 눈에 실지로 (흙이) 아니 들어갔지 뭐. 그래 아 눈을 뜨고 끄벅끄벅 하면서 '아! 이제는 내 이제 뭐야 흙이 나왔다'는 게지. 감사하다고 인사하구서는 쟁쟁 왔지. 그래

"입 맞추는 걸 봤는가?" 하니까 "봤다"는 게지.

그래 가서 입맞췄다는 게지 뭐.

그담에 또 이래 척척 데리구 가지. 데리구 가다가 이제 마지막으로 인제는 서울로 거의 가게 되는데, 이래 가는 도중에서 여자가 한내이[11] 앉아서 이렇게 바느질을 하는데, 이렇게 방석을 펴놓구 바지에다가 무슨거[12] 펴놓구 바느질을 하는데. 그 여자가 이렇게 실을 껴서는[13] 바늘을 껴서는 놓구, 가위는 요런 데다 놓구 이렇게

---

10 모새 : 보드랍고 고운 모래.

11 한내이 : 하나가. 한 사람이.

12 무슨거 : 무스거. 무엇을. 무엇인가를.

13 껴서는 : 꿰어서는.

앉아서 바느질을 한단 말이. 그래 그 여자가 아주 참하게 보이지. 그러이까

"니! 저 여자를 가가지구 귀쌈[14]을 하나 후려치구 오라. 그러면 내 또 서울까지 데리구 가겠다." 이렇게 됐지.

그러니까 그담에는,

"아! 내 할만하다"는 게지.

가가지구(가서는) 바느질을 하는데 무릎에다 놓은 가위를 옆 아래다가 가만히 치워버렸단 말이. 그래 치워버리니까 이 남자가 그담에는 거기에 이래 서 있는데 그걸 치워버리니까 이 여자가 그 가위를 찾느라고 고개를 픽 돌리는데 이 남자 손이 벌써 턱 왔단 말이야.

"가위가 이게 아닌가구?"

이래 주면서리 그래 그담에는 이 사람이 정말 가가지구서리 멀리에서 보니까 정말 그 여자가 가위를 찾느라고 몸을 비트는 게 정말 이 남자가 가위를 주는 게 딱 귀쌈을 때리는 것 같단 말이. 그래서 또 그다음에는 귀쌈을 정말 때렸지. 그래 때리니까 말하는 게,

"야 진짜로 머슴이라는 게 따로 없다."는 게지.

'사람이 곤란하고 부모형제 없으면 영웅이 없다'는 게지. 그렇지마는 정말이지, 그 '쌍놈의 집안에도 골이 좋고[15] 이런 사람이 있다'는 게지. 그래서 이제 서울로 가서 자기가 과거하구 와서 그 남자가 하도 골이 좋고 애가 총명하구 이러니까 거기에서 결의형제라는 거 맺었지 뭐.

그러니까 이 집에 아들이 딱 하나지. 하나인데 결의형제를 맺으면 옛날에 결의형 제가 되면 어떻게 맺는가 하게 되면 그저 우리처럼 이렇게 맺는 게 아니라 부모를 이런 넓은 치마를 입히구 소꼬시를 입히구 그 다음에 이렇게 떡 벌리구 서지 뭐. 선 다음에 그 애가 거기로 벌벌 기여 나가지. 낳았다는 표현이지 뭐. 이래서 결의형

---

14 귀쌈 : 귀싸대기.
15 골이 좋고 : 머리가 좋고.

제를 맺은 건 친형제하구 한가지지 뭐. 그 부모가 세상을 뜨면 같이 그런 몽사[16] 입어야 되지 뭐. 그래서 지금 우리 옛날에 이제 우리 아버지가 우리 할아버지 결의형제라 하면 정말 친형제처럼 이렇게 가깝게 지냈다는 거, 여기에서 나온 사실처럼.

---

16 몽사 입어야 : 몽상蒙喪. 부모상을 당하여 상복을 입음.

8) 계모 이야기

옛날에 이제 그 어머니 아버지가 정말 근근득식[1]으로 불공을 들여 이래 낳은 게, 아들 하나 낳지. 그래 아들을 하나 낳았는데, 연세가 많다나니까 농사도 못하고 그래서 이제 거기에서 살길이 없었지. 그래 이 아이가 열두 살 먹은 아이가 이제 열세 살 잽히는[2] 해에 이제 큰 대부자집에 머슴으로 들어갔지, 그래 머슴으로. 이제 머슴으로 들어가가지구서리[3] 그담에 이제 거기에서 일을 하는데, 일을 하다보니까 어떻게 돼서, 그 뭐야 그러이까 머슴으로 일을 하면서 이제 그 집에서 먹구 자구, 그담에 돈 좀 받아서 아버지를 대접시키고 이렇게 됐지.

그래 이렇게 됐는데, 할날은[4] 노친이가[5] 이제 죽었단 말이, 노친이가 죽었지. 그래 죽으니까 그담에는 이 남자가 아주 잘 생겼던 모양이야, 중아바이[6]가 됐는데. 이 아바이가 대부자집에 이제 그 과부 노친네를 얻었단 말이. 그런데 그 집에도 아들이 하나 있었지. 그래서 그담에 이 아버지가 하는 말이,

"이제는 우리 생활이 괜찮아졌는데, 니는 인젠 머슴질 하지 말고 오라"는 게지. 그래서 이제 그 아들이 집으로 와서 같이 사는데 이 아들을 보니까, 나그네[7]는 정말 욕심이 딱 나구 정말 사이가 좋구 남자 잘 생기구 하니까나 영 좋은데 그러니까

---

1 근근득식으로 : 겨우겨우 자식을 얻음. 僅僅得食 또는 僅僅得息. 여기서는 후자.

2 열세 살 잽히는 : 열세 살 시작되는.

3 들어가가지구서리 : 들어가서는.

4 할날은 : 하루+날은. 하루는. 어느 날.

5 노친이가 : 노친이(주격조사 중첩). 나이 지긋한 부모나 부부. 여기서는 부인.

6 중아바이 : 중늙은이.

7 나그네 : 남편. 남정네.

지내[8] 늙지는 않았겠지 뭐. 장가간 것 보니까.

그런데 요 아 새끼가 없다던 게 턱 오니까 얼마나 미분지(미운지) 죽겠지 뭐 지내. 그래서 야를 어떻게 죽여야 되겠는데 어떻게 죽일 방법이 없단 말이. 그래서 그다음에는 이제 그 엄마가 이제 수작을 한 게, 무스거[9] 수작했는가 하면 이 애를 가마치[10]만 자꾸 먹이지 뭐, 그래 가마치를 그래 이제 자꾸. 서당을 댕기는데 가마치만 먹이고, 저네 하인들은 이팝(쌀밥)만 먹이지. 그래 이제 서당 갔다 와서 한해 두해 공부하게 됐는데, 얘가 하루는 말하는 게,

"에이 우리 계모가 가마치르 지내 줘서 고토라지[11]가 지내 커가지구 이제 조금만 더 크면 메구 댕기야 되겠다구."

이렇게 떡 말한단 말이예. 얘가 지금 혼자서 중얼중얼거리지 뭐. 그러니까 이 엄마 가만히 생각하니까 아이! 아들이 고토리 크게 되면 이제 각시를 얻게 되면 엄마가 대우를 받는단 말이. 이래 이 각시가 이래 좋아한다는 뜻이겠지. 그래서 그다음에는 아! 소리를 듣구서는 아, 그날 저녁부터는 자기 아들을 자꾸 가마치만 자꾸 멕이지. 가마치를 멕이구, 그 본처의 아는[12] 또 그냥 이팝만 먹이지. 아 이러니까 가마치 멕이는 아는 점점 여빈단[13] 말이. 아 본처의 아는 살이 쪄서 희들희들 하지 말이. 이러이까 그담에 또 야를 죽여야 되겠는데는 또 방법이 없지.

이래서 막걸리를, 막걸리에다가 마른 명태를 야를 자꾸 멕이지. 하루 세 때를 막걸리에다 마른 명태르 자꾸 멕이니까 그러이까 아는 점점 여벼진단 말이. 피를 말린단 말이. 그래서 그담에 야가 아무래도 그 시골에 아마 고모가 있었겠지, 아버지 누이가. 이상 고모가 있는데 가서 사실을 이야기했지. 아 나는 처음에 어떻게 어떻게

---

8 지내 : 너무.
9 무스거 : 무슨. 어떤 것.
10 가마치 : 누룽지.
11 고토라지 : 고토리. 남자의 생식기.
12 본처의 아는 : 남편의 본처 아이. 남편이 부자 과부와 혼인하면서 데리고 간 아이.
13 여빈단 : 여윈단.

돼서 어떻게 됐는데 사유를 쭉 이야기했지.

"그래서 지금 명태에다가 막걸리를 멕이는데 아, 내가 이렇게 점점 여빈다구. 어찌된 판인가구?" 하니까,

"아! 알만하다"는 게지.

"니 막걸리 한 사발에다가 마른 명태를 하나 먹을 적에 참콩을 그 메지(메주)콩을 한입씩 먹으라"는 게지. 아 그래 그다음에는 애가 정말 이제 그 막걸리에다가 명태를 먹은 다음에는 콩을 한 움큼 줴서 입에다 턱 넣었지 뭐.

아 그러이까 아가 그다음에는 살이 찌구 신체가 좋아지구 얼굴이 부헝게(부열게) 이렇게 되지 뭐. 그다음에는 이 계모가 하는 말이. 그러니까 계모가 마음이 좀 괜찮았던 모양이야. '야! 내가 잘못이로구나. 아를 죽이자구 갖은 방법을 다해도 이렇게 정말, 이런 죽이지 못하겠으니까 어떻게 됐든, 니(네가) 난 아이나 내 난 아이나 동등하게 같이 이제 이렇게 정말 길러야 하겠다.' 이래서 그다음에는 그 계모도 자기가 좀 생각하구 그다음에는 아버지가 본처의 아를 잘 거둬 주구. 정말 데리고 온 아를 잘 거둬 주구. 그리구 어머니가 또 이제 본신의 아를 잘 거둬 주구 이러다나니까 가정이 영 화목하게 잘 지냈지 뭐. 이래서 계모도 다 같지 않다는 게지 뭐. 마음씨 착한 계모도 있구 악독한 계모도 있구.

9) 여덟 살짜리 서방과 열여덟 살짜리 신부

옛날에 이제 한 가정에 한 부부가 살구. 정말 이제 장가들어서 근근 삼십 년만에 아들을 척 낳았지 뭐. 아들을 낳았는데, 아들을 낳아서 야듧(여듧) 살을 떡 먹이구 나니까 아주 서방을 보낼[1] 생각이 불뚝 난단 말이. 그런데 조선에는 어떤가 하며는 그 망할 나라에서 자기 자식은 열 살 전에 장가 보내구, 데려오는 며느리는 스무 살 가까이 먹어야 데려온단 말이. 어째서 이러는가? 데려와서 머슴을 시키자는 이런 뜻이 하나 있었지.

그래서 그담에는 야듧 살 먹은 거를 장가를 떡 보내니까 그래도 와느르[2] 옛날에 정말 장가를 보낼 때 남조선에서 지금 뭐 와느르 희한하게 옷차림을 해서 보냈어. 이래서 말을 태와서 장가를 보내는데, 그때 신랑재는[3] 야듧 살이구 각시는 열야듧 살 먹었단 말입니다, 십 년 차이지 뭐.

이래서 장가를 떡, 법이 중하이까 떡 이래 정말 장가를 들어서 이제 그 각시집에 이래 왔는데, 이때는 얼매나 시어마이(시어머니)들이 덕이 악독하고, 이제 여자들이 정말 내돌리면 이제 그, 집 그릇과 여자는 내돌리면 말썽거리 생긴다구 얼매나 구속이 심했는가 하면 바닥 문뚝[4]을 못 나가게 했어. 그저 보리 방아 찧어서 밥해 먹구 나면 그다음에는 삼을 삼아서[5] 세마, 세마[6] 삼을 삼아서 베를 짜야 하지. 아!

---

1 서방을 보낼 : 혼인시킬. 장가를 보낼. 서방가다 : 장가가다. 시집가다.
2 와느르 : 완完으르. 완전히. 아주.
3 신랑재는 : 신랑은, 신랑이라는 사람은. 신랑+자+이+는. 주격조사 중첩.
4 바닥 문뚝을 : 바닥 문턱을. 문턱 바깥을.
5 삼을 삼아서 : 삼 껍질을 가늘고 길게 꼬아서 실을 만듦. 세마 : 올이 가는 삼이나 삼베.
6 세마 : 삼 껍질로 만든 올이 가느다란 실. 여기서는 삼을 말하는 듯.

이러는데 이놈의 야듧 살짜리가, 밥해서 가마치[7]를 긁으면 와서 가마치를 내라고서리 손을 내밀구. 그래 가마치를 주면 가마치를 먹구, 그다음에는 또 저녁에 이제 자게 되면 엄마 곁에서 자지. 엄마 곁에서 엄마 젖을 떡 쥐고 자는데, 그래도 그 잘난 것도 신랑재라고 예, 각시라는 게 잘 보관해 달라고 옆에다 떡 눕혀 놓구 에미 젖을 쥐던 식으로 돌아 누워서 각시 젖을 쥔 다음에는 잔단 말이.

세상에 그거 믿구 살자니까 하늘, 땅이 막 붙을 지경이지. 아 그담에는 이래서 근근득식[8]으로 살다나니까 아마 일 년이 지나 이듬해 가을이가 떡 됐는데, 이 영감 노친네가 나이 그저 한 사십이 조금 넘었겠지. 이래서 친정에 나들이를 떡 가게 되면서, 또 그러기 전에 이제 그 친정을 가겠는데 떡보거리[9]를 해서 가져가겠다고서리 떡방아를 찧으려고 이제 말 함지에다가 쌀을 한 함지를 떡 주면서 그저 더두 말구 적게도 말구 쌀만치 떡가루를 해오라는 게지.

떡가루를 가마에 쪄서, 그래서 그담에는 이 여자가, 이 며느리가 정말 그 떡 함지르 말 함지르[10] 이구서리 가가지구 떡방아를 지금 찧지. 그래 절반도 못 찧으니까 떡함지에 가루가 꼴똑[11] 찼단 말이. 그담에는 점심도 못 먹고 가서 방아를 찧던 게, 그담에 그 집 식구들과 같이 시루떡도 해먹구 지짐도 지져먹구 아, 이래도 또 남는단 말이오. 방아를 찧은 쌀이 가루를 낸 게가 채로 치까. 그담에는 이것을 또 많이 가지고 가면 도둑질을 했다 할 거고, 작게 되면 또 남을 줬다 하겠지, 도둑 맞혔다 하겠지. 하니까 방법이 없다. 시어머니 하라는 대로 한다고. 그래 그 나머지르 그 주인집에 방아세라고 하구서는 가루를 두구서리 턱 집으로 왔어. 그래 시루떡을 해가지구.

그담에 나들이를 떡 시어머니 시아바이 떡 갔는데, 가이까나 그저 이 정말 베를

---

7 가마치 : 누룽지.
8 근근득식 : 겨우 겨우 밥이나 먹게 됨.
9 떡보거리를 : 떡의 한 종류.
10 말 함지르 : 말들이나 되는 함지를.
11 꼴똑 : 가득.

짜는데 와서 이래 실을 이렇게 하면 베를 짠다구 하더구만 예. (신랑이) 와서 신짝을 턱 빼앗아서는 또 먼데 집어던지고, 그거 또 베 짜는 실을 또 탁 끊어가지구. 딱 죽이구 싶은데 때리지도 못하구 죽이지도 못하고. 에이! 내 요럴 적에 봉창12을 한다구서 그다음에는, 그 야덟 살짜리를 허덕간13에다가 허덕간 지붕 위에다가 탁 뿌렸지 뭐. 아 그렇게 됐는데, 그다음에 아이는 못 내려오지. 그래 못 내려오니까 이제는 어쨌든 그 베를 사흘 동안에 한 필을 다 짜야 한단 말이, 그래야 임무를 완성하지. 아이 그러잖으면 또 시어머니한테 또 괄시를 받을 대로 받지 뭐. 그래 그다음에는 이제 정말 마지막 날에 이렇게 올려다 주고 나니까, 아 멀리에서 보니까 시어머니 시아바이가 오는 게 알린단 말이. 하 이거 정말 이 아이를 내리자니 내리지도 못하겠지, 저걸 이제 어떻게 하는가? 정말 가슴이 부질부질 끓어 번지지 뭐.

그래 끓어 번지는데, 그다음에는 턱 이래 문에 턱 들어서니까,

"너는 왜서14 산악한15 집안 꼭대기에 올라가 뭐하노?" 하니까.

"아! 오늘 채를 하겠는데 큰 호박을 따라는가? 작은 호박을 따라는가?"

요 야덟 살짜리가 '호박 따러 올라왔는데, 어떤 걸 땄으면 좋겠는지 몰라서 거기에서 지금 헤맨다.'는 게지 뭐.

그다음에 이 각시가 야! 쪼꼬만하다고 업신여겼더니만 그래도 제 생각은 다 하는구나. 그다음에는 감촉했지.16 기래 그담에는 이 각시가 있다가

"작은 호박을 따야 채를 하지 어떻게 하겠는가?" 하는 게지.

"큰 호박을 따면 여물어서 여물겨17 먹어야 된다"는 게지. 아 그래 큰 호박을 턱 따가지구 내려올 때 각시가 턱 받으니까 그다음에 턱 안겨서 내려왔다. 그날

---

12 봉창 : 벌충.
13 허덕간 : 헛간.
14 왜서 : 왜. 어찌해서.
15 산악한 : 가파른. 가파르고 높아서 사나운.
16 감촉했지 : 감동했지.
17 여물겨 : 익도록 해서.

저녁부터 여자 생각한게 야! 이거 쪼꼬마하다고 업신여기지 말자. 그래도 신체는 쪼꼬마하구 나이는 어리지마는 그래도 자기 각시를 사랑할 줄을 안단 말입니다 예. 이러니까 그때부터 자기 신랑재를 잘 받들었지 뭐. 정말 밥 먹여달라면 밥을 먹여 주고, 업어달라면 업어도 주구 예. 이렇게 신랑재를 잘 받들었답니다. 그래 받들어 가지구 살다나니 아마 나이 먹으니까 각시가 먼저 죽었겠지.

10) 문둥이 신랑

조선의 경상도에 문둥이병이 많지예. 그래 문둥이병이 많은데, 그래 이제 가까운 사람을 만나게 되면, "아이 이 문둥아! 너 아직 죽지 않고 살았노?" 이렇게 인사를 하는 게 제일 가까운 사이의 인사이지. 이런데 이 여자가 이제 그 집에 이제 아들을 하나 낳았는데, 아들을 장가를 보내야 되겠는데, 이제 시형을[1] 이제 대리 장가를 보내게 되지. 그래 이전에는 조선에서는 한짝나들이[2]라는 걸 했답니다. 신랑재가 말을 타고 가서 상 받고, 일 년 있다가 각시가 이제 신랑재 집으로 시집을 오지. 그래 와서 이제 신랑재가 먼저 죽든 각시가 먼저 죽든지 간에 평생 이제 정절을 해야 되지.

이게가 이제 열녀라 하는데, 이래서 그담에느 정말 이제 시집을 오던 첫날에 신랑재를 한번 피뜩 봤는데. 그 왜 시집을 그 이듬해에 와서 삼 년 동안이라 해도 신랑재 구경을 못했단 말이오, 어떻게 생겼는지. 그날에 그저 피뜩 보구서 어떻게 옛날 여자가 신랑재를 똑똑히 보겠소. 어떻게 생긴 모양도 잘 모르지. 이랬는데 삼 년 되던 해에 하도 이 여자가 너무도 안타까바서 한 번 시어머니께 물어봤답니다.

"우리 서방님은 어느 해 전에 한 번 우리 집으로 장가들 때 한 번 보구는 다시 못 봤는데. 어디에 가셨는지 아니면 어떻게 된 사연인지, 좀 알려 달라구서리" 이래 청을 들었답니다.

그러니까 아 그렇겠다구. 저 사랑방에, 그러니까 사랑방이라는 게 이거는 큰

---

1 시형 : 시가의 형.
2 한짝나들이 : 한쪽 나들이. 신부 집에 장가들어 3년 후에 신부를 데리고 본가로 오는 혼인의례. 그 대강의 뜻은 본문에 있으나 내용상 약간의 차이를 보임.

집이구, 그 앞에다 자그마한 집을 짓구 조이도 말리우고, 그다음에 여름에 고깐살이 (곳간살이)도 하구 하는데, 이 사랑방에 가게 되면 서방님이 있을 거니까 가서 찾아보라, 이렇게 됐지.

그래 떡 가니까 세상에 없는 문둥이란 말이 문둥이. 그저 온몸에 정말 눈깔만 판들판들하구 지내[3] 형편없는 문둥이지. 그담에는 이 여자가, 우리는 이전에 앞치마를 동그랗게 해가지고 입었지만 옛날에는 앞치마를 넓게 해가지구 띠를 꼭 쫄가서(졸라서) 이래 맸는데. 이래 앞치마를 이래 감아줘구선 이래 친정으로 뛰였답니다. 그래 친정으로 떠억 뛰여서 달아나가니까나 친정의 부모인데 가서 사실 정황을 쭉 이야기하니까.

"너는 이제 부모의 혈육을 타고나서 이제 부모가 맺어준 그런 서방님을 죽어도 그 사람을 믿어야 하구, 살아도 믿어 영원히 그 사람의 귀신이 돼야지. 너는 우리 양반의 집안 안에는 꺼먼실[4] 까꾸로 타고 돌아오는 법이 없다"는 게지.

이러면서리 그때는 내가 아까도 이야기했지만, 이제 젊은 사람들이 요만한 빼또칼[5]을 쥐고, 그 집에 이제 그 제 동생이 그 칼을 이제 주면서,

"사람의 고기를 이래 떼어가지고 막걸리에다 타서 그것을 먹고 바르면 문둥이병이 떨어진다." 이렇게 떡 됐단 말이.

그러니까 이 새각시가 글쎄 어디메 가서 사람고기를 얻겠소. 이래서 그다음에는 와서 생각하다가 자기 살을 칼로 쓱 벴단 말이야. 쓱 베여가지구 그다음에는 이제 태왔지. 귀신도 모르게 태왔지. 그래서 태운 거 놓구 시어머니하구 하는 말이,

"서방님의 속이 컬컬해서 막걸리를 좀 요구하는데, 우리 청주를 주는 게 어떻는가?" 하니까.

"아! 그러든가" 하면서리 아, 이게 별일이라는 게지.

---

3 지내 : 너무. 아주. 지나치게.
4 꺼먼실 : 미상. 가마 등의 탈것을 이름인 듯.
5 빼또칼 : 패도 佩刀, 장도 粧刀. 차고 다니는 작은 칼.

맨 물도 잘 안 먹던 애가 막걸리를 달라하니까 이게 웬일인가? 그래 그다음에는 이제 막걸리를 청주를 고았지.[6] 엿을 달여가지구 그다음에는 기장쌀하구 누룩을 넣어서 이제 거기에다가 이렇게 둥둥 띄워서 보름 동안 넣게 되면 그게 이제 먹을 때는 달지만 후에 대단히 취하지 청주라는 게. 이거는 우리 조선 사람들이 잘 압니다. 그래서 그다음에는 이제 청주를 고아가지구서리 자기의 엉치의 살을 떼서 태와가지구 거기에다 탔지. 그래 타서 그다음에는 한 번에 한 공기씩 환자가 잡수이까, 그 막걸리는 쌀로 만들었으니까 먹어도 신체도 좋아지고 배도 아이 아프고 그다음에 사람고기를 그렇게 태웠는데 태워서 그렇게 멕이니까 그다음에는 이 살이가 이렇게 더대[7]가 앉으면서 부옇게 이렇게 된단 말이. 그래 그담에 이 여자가 이것을 어떻게 아물겠는가? 이 세마[8]를 태워서, 이전에 조선에는 이런 깨기름이 많지. 중국에는 콩기름을 많이 먹지만. 그 깨기름에다가 그걸 그냥 엉치(엉덩이)에다 붙이구 그래 그다음에는 이제 그러다나니까 이기 반년이나 일 년이 거의 가게 되니까 이 문둥이 병이 낫아졌단 말이.

낫아지니까 정말 첫날이자 마지막 날이자 처음으로 부부간이 만났지예. 사랑방에 가서 이제는 이 사람이 정신차리게 되니까 여자라는 것도 알고 생활상도 알게 됐지. 그래서 그담에는 이 여자를 이래 슬슬 귀엽다고 만져보니까 이 엉치살이 한 짝이 없단 말이. 그래 '이거 어쩨 엉치살이 없는가?' 하이까 자기의 그 경과를 쭉 이야기했단 말이. 이래서 병을 뗐다[10] 하니까 '아, 그랬는가.' 하면서 이렇게 말하면서 그담에는 정말 이제 병이 떨어지니까 이제 가정에서 재미있게 아들 딸 낳구 잘 살더라는 게지. 그래 조선의 열녀라는 거는 남편 공대를 잘 해서 병을 떼서 잘 살게 되므 열녀문이 났답니다, 열녀문이.

---

6 고으다 : 술을 담가 발효시키다.
7 더대 : 부스럼의 딱지.
8 세마 : 올이 가는 삼실이나 삼베. 여기서는 삼을 말하는 듯.
9 엉치 살 : 엉덩이 살.
10 병을 뗐다 : 병을 고쳤다.

11) 장재비 터

우리 아버지 이야기하는 게 〈장재비터〉라 합디다. 그런데 그 장재비 터, 옛날에 조선 어디 되는지 그곳은 내 똑똑히 모르겠는데, 조선에 있는 사실이라고 아버지가 그 장재비터를 가보기까지 했다고 합니다.

장재비라는 게 아주 잘 사는 부자지 뭐. 부잔데, 이런 무슨 고기장사 오면, 해우[1] 고기장사 오면 고기두 아이(아니) 사먹는답니다 그렇게 잘 살면서도. 송어 장사가 말이야 그저 둬도 안 먹는가 보자구서는 울타리 너머로 그 송어를 훌떠덕[2] 드리뜨렸지[3] 뭐. 드리뜨리니까나 그 장재비라는 그 영감쟁이가 나와서 울안 돌아보던게,[4] 고기 울타리 안에 있으니까. '밥도둑이 들어왔구나'하면서 고기를 훌 췌뿌리더랍다.[5]

그렇게 잘 살면서도 이런 욕심쟁이 영감인데 말이요. 그런데 그 며느리 말이요, 저기 저, 중이 쌀 빌러 왔더랍다. 그래 그 며느리가 쌀을 물동이에다 가만이 감치워[6] 가지구서 샘물터에 가서 중에게 쌀을 줬단 말입니다. 그래 주니까 중이 쌀을 받아가지구 가면서

"내일 아침에 일어나면 집의 부쓰깨에[7] 불을 때게 되면 부쓰깨 앞에 샘치[8] 졸졸 날게라"면서,

---

1 해우 : 바닷가.

2 훌떠덕 : 훌쩍.

3 드리뜨렸지 : 안으로 던져 넣었지.

4 돌아보던게 : 돌아보더니.

5 췌뿌리더랍다 : 쥐어 뿌리더랍니다. 집어 던지더랍니다.

6 감치워 : 감춰.

7 부쓰깨에 : 부엌에.

8 샘치 : 샘. 샘물. '삼취' 혹은 '샘취'라고도 발음함.

"샘치 나오는데 말이야, 빨리빨리 아침을 해먹구서 채비를 해서 나오너라, 나와가지구서리는(나와서는) 나하구 같이 마주쳐서 손을 탁 쥔 다음에 뒤에 아무리 벼락 치는 소리 나도 뒤를 돌아보지 말구, 내 손을 쥔 다음에 뒤를 봐도 일없지마는[9] 내 손을 쥐기 전에 뒤돌이다 보며는 아이 되니까, 뒤돌이다 보지 말고 나를 마중하러 나오라." 그러더랍니다.

그래 그다음에는 '그러겠다'구. 이 여자가 아침에 일어나가지구서리(일어나서) 밥하는데, 샘취 졸졸졸 나오더랍니다. 그래가지구 시아버지보구,[10]

"아버지, 이 부쓰깨 앞에서 샘치 나옵니다." 하이까

"오, 그거 이제 네 물 긷기 힘들어 한다구 그 샘치 나온다."

그래가지구 그다음에 아침을 부지런히 해가지구 먹구서리는[11] 그다음에 준비해가지구 애기를 업구, 광주리에 담아 이구 그래가지구서는[12] 집 떠나 나오니까. 개한 마리 있는 게, 강아지 또 따라 나왔단 말입니다, 그래 따라 나와. 그다음에는 이래 나가는데, 얼마 아이 나가니까 집에 벼락 치는 소리 나더랍니다. 그래 집에 벼락 치는 소리 나이까 어찌 아이 돌아보겠는가? 그래 중하구 거의 마주칠 때 뒤를 돌아본게,[13] 손을 못 쥐고 돌아다 본게 여자가 바위 되구, 집은 벼락쳐가주구서리는, 집터가 벼락 쳐서 온데 간데 집이 없어지구 늪이 됐단 말이오.

그래 아주 잘 사는 집이니까 구리로 지붕을 했더랍니다. 우리 아버지 옛날에 가봤다는데 고요하구 날씨 쨍쨍한 날에는 그 늪에 구리지붕이 다 들여다 뵈운답니다.[14] 우리 아버지 그래 가봤는데, 그 애기바우하구 중이도 바우 되고, 여자도 바우 되고, 강아지도 따라 나오다가 바우 되구. 그래서 애기바우, 애기바우 한답니다.

---

9 일없지마는 : 괜찮지만.
10 시아버지보구 : 시아버지에게.
11 먹구서리는 : 먹고 나서는.
12 그래가지구서는 : 그리 하고서는.
13 돌아본게 : 돌아보니까.
14 뵈운답니다 : 보인답니다.

12) 부부 사이란

여자와 남자가 부부간으로 맺으면, 마주 누우면 부부요, 돌아누우면 남이라. 이런 제목으로 이야기를 하겠습니다. 한 남자와 한 여자가 이제 정말 약혼을 했지 뭐. 약혼해서 한 사십이 넘도록이 잉태를 못했지 뭐. 그래 잉태를 못하다가서리 그다음에 사십이 넘어서 정말 갓 마흔이 넘으니까 그다음에 어떻게 돼서 임신이 돼서 아이를 낳았는데 남자아이를 낳았지 뭐.

그래 남자아이를 낳았는데 이 남자아이가 하룻밤을 자면 이만큼 크고, 하룻밤만 자면 또 이만큼 크고, 하룻밤만 자면 이만큼씩 큰단 말이예. 아! 그다음에 아홉 밤 자니까 아이가 막 걸어 다니지. 그다음에 한 달이 되니까나 아침에 나가며는 점심에 들어오구, 점심에 나가며는 또 저녁에 들어오구, 밤에 나가면 이튿날 새벽에 들어오구, 이런단 말이. 아 그 참 이상한단 말이. 그다음엔 젖을 먹을 시간도 없지.

지금 그렇게 다니다나니까 장수가 됐지. 그러니까 조선에서 장수가 이제 나타나는데, 그래 그다음에 하루는 이렇게 살다나니까 한 열한두 살 먹었겠지. 그런데 하루는 아버지하구 청을 드는 게,

"아버지. 내가 요구가 하나 있는데 들어 주겠는가?"

"오! 그래"

"나를 콩 세 말이를,[1] 깨 세 말이, 이렇게 준비하되 콩을 닦아[2] 달라는 게지. 이래서 닦아 주게 되면 내가 이제 갔다가 오겠으니까 아버지 나를 그때까지 기다려 달라." 이렇게 말하지.

---

1 세 말이를 : 서 말을.
2 콩을 닦아 : 콩을 볶아.

요렇게 말을 하는데 엄마가 문을 척 열었단 말이야. 그러니까 말을 중지했지. 말을 중지하니까 이 엄마가 뒤로 물러난단 말이 이러니까,

"어째서 너 말을 하다가 엄마 오니까 말을 안 하니?" 그러니까.

"어머니는 남이라"는 게지.

"너를 열 달 설어서,³ 아! 젖을 먹여 너를 기른 어머니인데 너 어째 어머니를 남이라고 하니?"

"아버지와 내가 혈육이 한가지이고 우리가 같은 성이지, 어머니는 다른 성씨이기에 남이라는 게지."

그래 그다음에는 집에서 정말 아버지와 이래, 아버지와 이래 이야기하는 걸 어머니는 정지칸(부엌)에서 가만히 듣는단 말이. 부자가 쑥덕쑥덕거리는 거예. 그래 살랑살랑 말을 하는데도 어떻게 들었겠지. 그래 그다음에는 정말 콩 세 말에 깨 세 말을 해가지고 콩을 닦아 가지고 야가 지금 간단 말이. 물이 말라 드니까 아 그 우리 장함들에⁴ 물이 없어 사람이 인젠 말라 죽을 지경이 됐단 말이. 물이 없어서. 물을 그저 정말 그저 용드레로⁵ 이렇게 푸던 물인데 바가지로 퍼도 물이 안 올라올 지경이지 뭐. 이래서 동네 사람이가 지금 와끈자끈하며 지금 이러다나니까 인젠 한 백날이 됐단 말이. 이래 백날이 거의 닥치는데 그다음에는 정말 사람들 물이 없으니까 한쪽으로 막 쓰러지는 사람도 있단 말이. 요 때에 어떻게 돼서 부부간이 말다툼이 일어났단 말이. 그래 말다툼이 떡 일어나니까 아버지는 자식의 비밀을 지켜 주는데 그러니까 말다툼이 일어나서 이 마 여자들이라는 거는 언제나 말을 이렇게 정말 아구리 덕에⁶ 맞아댄다구서리. 지내 짹짹거리니까 매를 하나 쳐 놨겠지. 아마 때려놨겠지. 아! 때려놓으니까 문을 쫙 열구 나가더니만,

"우리가 어째 말썽을 내는지 아는가?"

---

3 설어서 : 임신해서.
4 장함들에 : 고유명사. 들의 이름.
5 용드레로 : 두레박으로.
6 아구리 덕에 : 입 때문에.

하는 게지. 물이 자꾸 마른다는 게지.

동네에서 그다음에는 이거 큰일이 났다는 게지. 그런데 이렇게 조선에서 예, 장수가 이렇게 생기게 되며는 그 마을의 사람들이 몽땅 멸종한대. 그래서 그다음에는 아, 이거 인제는 우리 이 시골에서 다 죽게 됐다구, 큰일났다구서리 이러면서 막 그 물을 이제 푸게 되지. 막 흙으로 푸구. 사람들이 들어가서 막 푸는데 한 몇 길이 푸니까 장수가 돼 가지구 말 만들구. 그다음에 병사를 만들구 이래 만들어서 그다음에는 어떤 사람은 말 잔등에 발을 올려놓구 어떤 사람은 발을 올려 못 놨지. 이렇게 하구서리 망해 버렸지. 이래서 여자들 말이 오육 월[7]에 서리 낀다는 게 이때에 났지 뭐. 이 여자들 입이라는 게 이래서 그다음에는 지금 우리 내려오는 전설을 보게 되면 부부간은 만나면 부부간이고 돌아누우면 남이라는 게지.

---

7 오륙월 : 오뉴월.

1) 중국 사신을 혼내준 이야기

옛날에 중국 사신이가[1] 조선 형세가 어떻는가 이래서 한번 시찰을 나갔단 말이. 그래서 압록강 부두에 턱 나가서 손가락을 서이르[2] 척 내 흔들었단 말이예. 손가락 서이가, 이건 무슨 의미인가 하니까네 '천황, 인황, 지황 세 개 왕을 알 수 있느냐?' 이놈이 물어봤는데 조선 뱃사공은 떡, 잘 모르는 떡보란 말이.

그래 손가락 다섯 개를 척 내보이며, 나는 삼황을 물어 봤는데 이 양반은 삼황을 알 뿐만 아니라 염제 실록씨[3]를 알구, 태희 복기씨[4]까지 오지까지[5] 아는구나. 이렇게 떡 중국 사신이 떡 판단하구 돌아왔습니다. 아! 조선이 인재가 많으니 안 되겠다구.

그래 몇 해 후에 또 중국 사신이 한번 턱 압록강 부두에 나가서 배를 불러, 세우니까 타구 나가는데, 조선 뱃사공이가 안질이가 한 짝이 멀었단 말임다. 그래

---

1 사신이가 : 사신이. 주격조사 중첩.

2 서이르 : 셋을.

3 실록씨 : 신농씨.

4 복기씨 : 복희씨.

5 오지까지 : 오제五帝까지.

중국 사신이가 찬찬히 보다가서 뭐라고 했는가 하니까 담배 종이를 꺼내서 거기에다가 뭐라고 썼는가 하니까 '쫓다 사공목'[6] 했단 말이. 네 눈을 새가 쪼어 먹었구나. 그래 이 양반이 그 쪽지를 턱 보니까 고놈이 나쁜 놈이란 말이. 그래서 그다음에 찬찬히 보니까 코이 한쪽으로 삐뚤어 나왔거든. 그래 그다음에 화답한 게 '풍치사신비.'[7] 바람이 불어 네 코가 삐뚤어졌다, 이래서 그 뭔가 하니까 중국 사신이가 "야, 조선에 인재가 있으니까 안 되겠다."그래 쓱 돌아오더랍니다.

---

6 쫓다사공목 : 조타사공목 鳥打沙工目 -새가 사공의 눈을 쪼아 먹었구나.
7 풍치사신비 : 풍측사신비 風仄使臣鼻 -바람이 사신의 코를 비뚤어지게 했구나.

2) 돌이와 두꺼비

돌이와 두꺼비는 옛날부터 그, 돌이는 잘 사는 부잣집 자식이고 두꺼비는 구차한 집 자식이지. 그래 핵교 일학년 시절부터 돌이라는 아이는 계속 야를(이 아이를) 도와준단 말입니다. 그래 이래 공부하는데 나이가 어찌 됐는가 하니까,[1] 공부를 하면서 자기네 반에 무슨 저 칼이랑 잃어지면 야가[2] 찾는단 말입니다. 그래 찾기는 찾는데 어떻게 돌이가 요술을 부린 게 어떻게 부렸는가 하니까, 야가 쇳내[3]를 맡는단 말이, 쇳대[4] 냄새. 이래서 야가 잘 살게 하자구, 자기는 부자이니까. 돌이가 하는 말이가 뭐이가 하믄, "아부지 우리 저 두꺼비 같이 사입시더." 했어.

그라구서는 그 옛날부터 조선시대부터 내려오는 그 장검이, 돌이 아버지가 어디를 장사하러 떠날 때믄 거기 들어가서 빌구 간단 말입니다. 그 옛날부터 내려오는 그 장검이란 긴 칼이란 말이. 그래 "어디에 갔다 오겠습니다." 그런데 요 칼을 돌이하고 두꺼비가, 요놈들 수작을 피워서 훔쳐 가지구서는 큰 다리 밑에다 숨겨 놓았단 말이다. 그래 하루는 돌이 아버지가 턱 장사를 갔다 와서 그다음에, "장사 갔다 왔습니다."하고 턱 들어가 보니까 칼이가 잃어졌단 말이.

그래서 돌이 아버지는 지금 그 식을[5] 전폐를 하고 지금 누워 앓는 판이지. 그래 돌이가 하는 말이가

---

1 나이가 어찌 됐는가 하니까 : 이들의 나이에 대한 언급이 없음. 바로 앞에 '학교 일학년'이란 언급으로 미루어보건대 어린 시절의 일인 듯.
2 야가 : 이 아이가. 여기서는 두꺼비를 지칭함.
3 쇳내 : 쇠에서 나는 냄새
4 쇳대 : 쇳덩어리. 쇠막대기.
5 식을 : 먹는 것을. 식음의 오용인 듯.

"아버지! 어째 식을 전폐하고 이렇게 누워 계십니까?"

"너 알 일이 아니다."

그다음에는 이 돌이는 자꾸 아버지를 간청하는 판이란 말이.

"아버지! 이야기를 하세요. 우리 반의 그 동창이가, 두꺼비가 쇳내를 잘 맡습니다. 우리 반에서 칼을 잃어버리면 야가 싹 찾습니다. 그러니까 두꺼비를 불러 옵시다."

"그래! 그럼 두꺼비를 데리고 오너라."

그래 두꺼비가 왔단 말임다. 둘이서 한 수작이니까. 그래 그다음에는 그 돌이 아버지가,

"두껍아, 니가 쇳내를 잘 맡는다는 말이가 정말이냐?"

"네, 대수간[6] 맡습니다."

"아! 그럼야 이거 내가 지금 장검을 잃어버렸는데 니 찾을 수 있느냐?"

"그 잃어버린 장소만 내 알기만 하면 찾겠습니다."

"응, 그러면 나하구 같이 가자."

그래 거기에 장검을 잃어버린 곳에 턱 가서 그다음엔,

"여기에서 내가 장검을 잃어버렸는데 네가 쇳내를 맡아보아라."

그래 거기에서 그 무식한 말로 개처럼 엎드려서 지금 코로 씩씩 맡습니다. 그래 가면서 그래 가서 그 뒷동산에 말이, 그 큰 바윗돌 밑에다가 그 자기네 옇은 게이니까 거기에 가서,

"아, 쇠는 여 안에서 쇳내가 납니다."

"그라냐? 그럼 어떻게 하겠는가? 그럼 예(애야), 어떻게 하나? 백성들을 동원시켜가 지구서 이거 땅 파야 되겠는데. 그 장검이 이 속에 파묻혔으니까."

"쇳대는 어쨌든지 이 바윗돌 밑에 있습니다."

그래서 그다음엔 인부르 동원해서 그 쇳대르 꺼냈단 말이.

그래 소문이 나다나니까 고을부터 시골로 두루두루 하다나니까 아! 서울까지

---

6 대수간 : '대강'의 방언. 대충. 어느 정도.

이 소식이 올라갔단 말이. 그래서 몇 해 후에 조선 서울에 뭔가 하니까 중국 천황 전하가 패쪽[7]을 떡 잃어버렸단 말이. 하도 조선 나라가 쪼꼬마한 나라이지만 인재가 많고 유명하니까 거기다 소식을 들여보냈지.

"너네 조선에 유명한 사람도 많고 이러니까 너네 쇳내를 잘 맡는 사람이 있으며는 들여보내라."

이런 정보를 받았단 말이.

그래 조선 왕이가[8] 찾다 못해 정말 고을마다 지금 훑어 댕긴다. 어느 고을에 쇳내 맡는 사람이 있겠는가? 그래 마침 이 고을에 턱 내려와서 소식 들으니까 그 돌이네 그 장검을 잃어버렸던 이 사실이가 온 고을에 그 말이 떠돌았단 말이. 아 그래서 그다음엔,

"아! 두꺼비라는 사람이 그 쇳내를 잘 맡는데..."

"아! 그럼 아무 날에 두꺼비를 올려보내라."

이렇게 되이까 돌이하고 두꺼비 둘이 한 작간[9]인데, 그다음엔 두꺼비가 하는 말이,

"야! 돌이야, 우리 너와 내가 기실은 같이 한 작간인데 내가 혼자 가면 어떻게 하겠는가. 인제는 이거 목이 달아나게 됐는데 그래 조선 조정에 다시 물어보아라. 우리 둘이 가면 아이 되겠는가." 그래가(그래서) 그담 물어보니까

"둘이 아이라 열이 와도 좋다." 조정에서 말하는 게.

그래서 돌이하고 두꺼비가 정말 조선왕이 있는 데로 올라갔단 말이. 올라가니까 왕이 지금 말대로 하면 칭커[10]하지. 그래 조선왕이 하는 말씀이

"너네 여기에서 며칠을 쉬거라. 아무때나 이제 부를 때 너네 가거라."

그래서 그 왕이 있는데 올라가서 정말 호의호식하고 잘 쉬고, 그다음 그 가매 같은 거 턱 가지구 왔단 말임다.

---

7 패쪽 : 지시나 명령 등을 적어 새긴 물건. 이 물건을 증표로 사용하는 경우가 많음.

8 왕이가 : 왕이. 주격조사 중첩.

9 작간인데 : 지어낸 농간인데. 장난인데.

10 칭커 : 손님을 청함(請客-중국어).

그래 그날은 턱 떠나가는데, 돌이하고 두꺼비가 둘이 앉아서 그 밀림 속으로 가는데, 그 밀림 속으로 가는데, 그 나무가 말다 아, 이게 서로 이래 부딪치며 이래 삐쭉빼쭉 하는 이런 소리가 난단 말이. 그래서 돌이하구 두꺼비가 하는 말이,

"야, 그 나무가 무스게라고[11] 소리하는가? 실쭉빼쭉 한다야."

"야, 어디 실쭉빼쭉이냐, 밀쭉빨쭉하지."

이래 둘이서 다투면서 떡 가다나니까 중국 천황이 있는 데로 떡 갔단 말임다 예. 가니까 한 달 동안을 그저 고히 먹여주더란 말임다. 그래서 먹고는 할 일이 없구 하니까 둘이서 그다음에는 먹구 하는 말이,

"야, 우리 조선에서 올 때 그 밀림 속에서 올 적에 그 나무 소리가 무슨 소리가 나더냐?" 하니까.

"실쭉 밀쭉하더라."

"실쭉 빨쭉하지."

그래 그다음엔 둘이 그러다나니 '실쭉밀쭉'하게 돼. 그다음엔 '실쭉밀쭉'으로 결론을 냈단 말이야. 그래 그다음엔 한 달 떡 있으니까 그 중국 천자가 부른단 말임다.

"너들 오너라."

아! 내 또 말 빼먹었다. 고 전에 실쭉이하고 밀쭉이라는 여자가 이 천자의 그 패쪽을 도둑질해서는 늪에다가 처옇었단 말이, 그거. 그래서 조선에 하도 유명하다 하이까, 얼매나 유명한 사람들이 왔는가 요래서 뒤밖에서 듣는데, 자기네 말을 한다 말임다.

"실쭉이다 밀쭉이다" 그래.

그래서 '일찍이 들어가서 고백을 하자.' 그래 척 들어서니까 무릎을 꿇으면서,

"아! 제발 죽을죄를 졌으이까 선생님네 좀 구해주시오." 하지.

"음, 너들이 언녕[12] 오기를 기달겠는데[13] 이제야 왔느냐."

---

11 무스게라고 : 무엇이라고.

12 언녕 : 얼른.

13 기달겠는데 : 기다렸는데. 기달기다 : 기다리다.

하고 큰 소리를 딱 쳤단 말이. 그래 알기는 다 안단 말이.

"너네 그 패쪽을 어디에다 던졌느냐?"

하고 물어보니,

"예, 저 앞에 늪에다가 던졌습니다."

"응, 됐다. 목숨만은 살가 주겠으니 오늘은 돌아가거라."

기실 말하면 어저는[14] 먹은 속이란 말임다. 든든하구 인젠 다 알아냈으니까. 그래 그다음엔 한 열흘 지나이까 천자가 부른단 말임다.

"사실은 이렇게 됐는데 그래 천자님은 어떻게 하다가 이것을 잃어버리게 됐는가?"

고 하니까,

"그런게 아니라 간밤에 내 베개밑에다서 그걸 놓구서 잤는데 일어나 보니까 이거 없더라."

"네. 그럼 좋습니다."

그래서 그다음에 그 두꺼비가 거기서부터 정말 냄새를 맡는 척 하면서르

"저 늪에 들어갔습니다."

그래 숱한 민부[15]를 불러서 그 물을 다 퍼냈단 말임다. 그저 퍼내면, 그저 무스게 있으면 무스거 보내는 판이지 머예. 거기 늪이니까 뭐 별별게 다 있겠으니까. 그래 한참 있으니까 천자가 하는 말이,

"인제는 얻어[16] 봤다."

그래 그다음에는 또 한 달 동안을 고이 먹는 어간에 조선에다 말바리에다 돈을 지금 내 싣는데 조선왕이가 보니까 하여간 이게 참 유명한 아이들이란 말이. 숱한 돈을 벌었단 말임다. 그래 아무 날 간다고 하니까 지금 또 중국 천자가 뭔가 하니까 또 그 가매에다가 앉혀 가지고 지금 돌아오지.

---

14 어저는 : 이제. 이제는. 때로는 무의미한 발어사로도 쓰임.

15 민부 : 인부. 일꾼.

16 얻어 : 찾아.

요때 뭔가면 조선 왕이가 야, 요놈들이 너네 알며는 얼마나 아는가? 쪼꼬마한 요런 함에다서[17] 두꺼비를 잡아 넣구 돌을 위에다가 떡 놓구서는 온 다음에 물어본단 말이.

"너희들이 야! 정말 대단하구나 도대체. 너네들이 참 명인이다. 요 함에 뭐뭐이 들어 있느냐?"

하! 이거 알 택이 있습니까? 이거 답답하지 머. 그담에느 두꺼비가 한탄을 했지.

"야! 돌이래서 두꺼비가 죽는구나!."

돌 밑에 두꺼비가 있으니까예. 왕이가 무릎을 탁 치면서,

"잘 알기는 안다. 너 명인이구나!"

툭 더깨[18]를 열어보이까 고 함 밑에다 돌 밑에다 두꺼비를 떡 옇어났다 말이. 그다음에 집에 내려왔지 머예.

"집으로 너네 내려가거라."

그래 인제는 돈도 많이 벌었어. 돈을 많이 또 줬겠지 머. 게, 하루는 정말 두꺼비가 지금 코를 드릉드릉 구르구(콜고) 자는데 그 다음에 돌이가 턱 생각한게 이게 아무 때나 목이 떨어지겠거든. 그래 자는 거, 가서 코를 떡 틀어쥐고 뻬또칼로[19] 코를 썩 벴다, "에익." 하고 이러는거

"야 이놈아! 어저는 코로 냄새를 못 맡는다고 해라."

그렇지 않으면 죽는 판이니까. 그러구서는 어저는 잘 살더랍니다. 그래 그다음에는 돌이 아버지가 두꺼비를 양아들로 삼고 잘 살더랍니다.

---

17 함에다서 : 함에다(가).
18 더깨 : 덮개. 뚜껑.
19 뻬또칼로 : 패도佩刀로. 장도로. 차고 다니는 작은 칼로.

3) 고학생

옛날에 한 고학 댕기는 학생이 말이야. 즉 예를 들어서 고등학생이가 고봉학교[1]에 댕긴단 말입니다. 그래 이 심퉁[2] 여자가 그 남자를 지금 보고 그랬어, 그 서당 학생을. 그래 하루는 아침에 물을, 길을 건너서 도랑물을 길어서 먹는데, 글 쪽지를 거기에다 뚝 떨구었단 말입니다. 그래 이 학생이 그 쪽지를 들고 보니까 자기로서는 그 글을 해석 못 하겠단 말이야. 글자는 무슨 글자인가? 호적 적(籍)자야. 고 글자를 하나 떡 썼는데 고 글을 해석 못 했어. 고학반[3]에 가서 지금 그 고학 선생과 지금 암만 강의를 해도 그저 골속에는[4] 그 글을 해석 못 해서 궁리를 하는데 그래. 그다음엔 고학 선생이 턱 오던게,[5]

"야, 이놈! 너 뭘 하느라고 선생이 지금 강의를 하는데 듣지 않고 골을 수그리고 무슨 잡궁리를[6] 하노?"

그래 야를 보고 그 글 쪽지를 챘단 말입니다. 선생은 뭐 그걸 인차[7] 다 아니까 그래서 선생이 해가 넘어가게 되니까 학생들과 말하는데, 그 수접장, 그전에는 그 반장을 수접장이라 했어. 그 수접장과 하는 말이,

"동학들을 데리고 니가 배와 줘라. 나는 좀 볼일이 있어서 갔다 오겠다."

---

1 고봉학교 : 미상. 여기서는 고유명사를 지칭하는 듯.
2 심퉁 : 심통. 심술쟁이.
3 고학반 : 상급반.
4 골속에는 : 머릿속에는. 머리로서는.
5 오던게 : 오니까. 오더니.
6 잡궁리를 : 잡생각을.
7 인차 : 이미.

그담에 이 선생이 거기를 턱 가니까, 기래 그담에 선생이 없어진 연에[8] 물어봤단 말입니다. 그 동학들이가,

"야! 니 오늘 뭐래서[9] 선생에게 꾸지람을 듣고 이랬는가?"

"아! 내 그 얘기한다. 그 쪽지에 글자 하나 있는데 그 글자를 잘 모르겠다."

"야! 그 글자가 뭐야, 참대 죽자竹밑에 이십일일卄十一日, 올래來인게 오늘이다. 오늘 참대밭으로 오라고 했는데 하! 선생은 먼저 가버렸는데……."

그래 그담에는 그 수접장이 턱 보더니 해석했단 말이. 그래 선생은 돌아왔다. 그래 선생이 먼저 가니까 아 그 처녀애가 말을 듣습니까? 그래서 비수로 새아가를 찍어 죽였다. 그래 야는 모르구서 컴컴한데 늦어서 가다나니까 참대밭을 들어가이까 피비린내가 확 난단 말입니다. 사람이 죽었단 말입니다. 그래 신 신구서 그담에 간게[10] 자기 신이가 한 짝 떨어진 줄도 모르고서 제정신이 없이 집으로 떡 갔단 말입니다.

그담에 이 여자 집에서는 여자가 지금 없어졌으니까 며칠을 찾다나니까 한 대엿 새 만에 여자 시체를 찾았는데, 어느 놈이 비수로 떡 찔러 죽이고 신이 한나 있단 말입니다. 그래 그 신을 가지구서는 고학반으로 갔지 뭐. 그 선생이 하는 말이가 단판에[11] "이거는 아무개 신이다." 그래서 야는 그저 억압으로 지금 턱 갇기워서[12] 그 심문을 하는 판인데, 야는 그저 하는 말이,

"나는 그저 가니까 이래 여자가 죽구하니까 겁이 나서 신이 벗어지는 줄도 모르고 나는 왔는데, 신은 내 신이 옳다(맞다)."

그래서 그다음에 신문에 턱 난 게 '아무 날에 야를 죽인다.' 그래 야가 붙들려 올라갔지. 암만 심사를 해도 '나는 죽이지 않았다'는 거지. '나는 죽인 일이 없다.' 그래

---

8 없어진 연에 : 없어지자마자.
9 뭐래서 : 무엇 때문에. 왜.
10 간게 : 가니까.
11 단판에 : 단번에. 첫마디에.
12 갇기워서 : 갇혀서.

그담에는 아무 날에 죽인다 하는 날에, 그날에 숱한 백성들이 지금 모닸지[13] 뭐.

그 맑은 하늘이가 말이야, 해가 안 보인단 말이. 까만 까치가 쫙 떠 있단 말이야.

그래서 그 심판장 위에다서 버들잎이 하나 뚝 떨어졌지요. 버들잎이 구멍이 난 기가.

그래 이걸 해석해야 되지. 그래서 그다음에 학자들이 모든게[14]

"그게 버들이니까 버들 류柳자이다, 잎이니까 잎 엽葉이니까 잎이다."

어떤 거는

"이게 공이다, 벌거지(벌레) 먹었으이까 충虫이다. 충엽이야, 공엽이야."

그다음엔 따지다 따지다가 못해서

"벌거지가 먹어서 구멍이 났든지 어쨌든 공이이까 공엽이다. 공엽을 붙들어라."

이 선생이 바로 유공엽이란 말이. 그다음엔 붙들어가지구 타로[15] 치이까 제가 말을 안 하고 됩니까? 그래서 이거 하늘이라는 거는 천상 아무 때나 이거는 죄 돌아간다는 거. 이거는 벌써들 알고 벌써 버들잎을 딱 떨구어 버려 놓구, 심판장 위에다가서. 그래서 유공엽이가 붙들려서 잡아 치니까 그다음에는, "내가 죽었다."는 거지. 그래 잡았다오.

---

13 모닸지 : 모았지. 여기서는 모여 들었지.

14 모든게 : 모이니까.

15 타로 : 몽둥이로.

4) 과거길

옛날에 구차한 자식이 정말 공부를 잘해. 부모들 신세에 땅 팔아서 이래 공부를 잘했는데, 그래 과거길에 턱 올라갔는데, 이 사람이 하도 심심하니까 시골부터 올라가다가서 그 소경 점쟁이한테 떡 뵈았단 말입니다. "내 과거를 하겠는가? 급제를 하겠는가?" 이래서 그 맹인 점쟁이가 턱 보던게,[1]

"야! 당신이 과거 급제를 하자면 열녀를 강간해야 되겠소."

아! 이게 얼마나 기가 찬 일인가? 열녀라는 게, 아이구! 기 딱 막히지예. 열녀라는 거는 다시 말해 모두 알겠지만, 한 낭군이 상새나면[2] 묘 앞에 가서 삼 년을 가서 묘를 지킨다. 그러구 하루 삼시를 밥 떠놓구 이게 열녀라는 겝니다. 열녀를 강간해야 당신이 급제를 할 수 있다. 점괘가 나온 게 이렇단 말입니다.

그다음에 이 사람이 시골부터 올라가며 들춥니다.[3] 서울까지 올라가면서, 그래 열녀가 어디에 있는가? 그래 지나다가 보니까 한 백호 되는 동네인데, 중간 길로 골목이 났단 말입니다. 그래서 그다음에,

"여기에 열녀가 있습니까?"하구 물어 보니까, 한 노인이

"열녀가 있습니다."

"그래 어디에 있습니까?" 하니까

"저기 저 앞산 저 공동묘지에 가면 있다."는 게지.

그래 해가 으슬으슬 저물었는데 그 공동묘지로 올라갔지. 올라가는데 범이 '따웅'

---

1 보던게 : 보더니. 보던 것이. 여기서는 전자.
2 상새 나면 : 상사가 나면. 초상이 나면.
3 들춥니다 : 찾습니다.

하구 울지. 그 열녀를 지키는 게란 말이 호랭이가. 그나저나 가본다구. 그래 턱
가이까 요런 오이막처럼 단막집인데 불이, 석유불이가 빼대대하구.4

"주인 계십니까?"

그 세수도 아이 합니다 삼년동안을 열녀는. 그저 머리를 풀어헤치구서 귀신같은
게 문을 열구서 나오는 게,

"무슨 손님이 이렇게 오셨습니까?"

"예, 내가 좀 볼일이 있어서…"

"들어오시오."

그래 턱 들어가 보이까 범이 곁에서 "따웅" 하던 겐데, 그다음에는 소리가 없단
말입니다.

"그래 무슨 일로 왔습니까?"

하고 물어본단 말입니다.

그래 그다음에 이 사람이 사실 이야기를 다 했지요.

"내가 서울로 과거보러 가는데 오다가 점을 치니까, 한 점쟁이가 나오는 게 뭐라
고 하는가 하이까 열녀를 강간해야 암행어사 급제를 한다고 해서 찾아 왔습니다."

"아! 좋습니다." 인차5 승인한단 말이.

"좋습니다, 그러면 내가 물어보는 걸 대답하시오."

열녀가 하는 말이 뭐라고 하는가 하면,

"금일금야 신정인연"6

이런단 말입니다. 그래서 그담에 책을 아무리 들춰보아도, 아 공부르 많이 했는데
이거는 모르겠단 말이야.

"금일금야 신정인연"

---

4 빼대대하구 : 가늘고 연약한 모습. 겨우 명맥을 유지하는 모습.

5 인차 : 즉시. 곧바로.

6 금일금야 신정인연 : 今日今夜 新情因緣. 뜻은 본문에 있음. '신정이면'도 가능함.

그러니까 오늘 저녁에 당신과 내가 정이 들면 이런 말이란 말입니다 예.

"모르겠습니다."

하니까 이 열녀가 하는 말이,

"금일금야 신정이면 고부곡고 황천곡[7]이라. 당신과 내가 오늘 저녁에 정이가 든다면 황천에 간 내 나그네[8]는 울고 댕기지 않겠는가?'

아! 그 말이 뚝 떨어지니까 그저 뭐 어쩌겠소? 그래서 그담에 바빠서[9] 나갔던 말입니다. 이 사람이 그래 나가는데 범도 "따웅"소리를 아이 하더랍니다. 그래 그 마을에 나가서는 그저 외우는 게,

"금일금야 신정이요, 고부곡고 황천곡이라"

속으로 외우며 다녔던 말입니다.

이래서 어디로 갔는가 하이까 서울 장안까지 김대감이네 집으로 척 갔는데, 김대 감네 그 객사랑에 턱 들었는데, 때는 어느 땐가 하이까 음력 8월 뭔가 하이까 추석 때쯤 됐겠지요. 달이 척 떠오르는데 기래 그 김대감네 객석 방에 턱 모셨는데, 게서 저녁을 턱 먹구 이래. 김대감 며느리가 청춘과부로 떡 나서 시골서 과거보러 왔다하 이까 궁금해서 좀 보자구 그래서 지금 객사랑 문을 떡 쥐구 열자고 하는 까리에[10] 김대감이 소피보러 떡 나왔다가 이걸 목격했던 말이.

"에익! 이놈들 내가 다 죽이겠다."

그러면서 뻬또칼[11]을 주머니에 떡 차구서 나왔습니다. 그래 지금 그 며느리 행실을 보는 판이지. 그 까리에 김대감은 지금 마루 밑에, 옛날 집은 마루 밑이 비었던 말이. 그래 자기 며느리가 그 집으로 쑥 들어갔던 말입니다. 그러이까 그거 엿듣는다고, 그 객사랑 마루 밑에 개처럼 쪼그리고 누워 듣지. 듣는데 이 사람이 과거 보러온

---

7 고부곡고 황천곡 : 故夫哭告 黃泉曲. 뜻은 본문에 있음.

8 나그네 : 남편. 남정네. 여기서는 전자.

9 바빠서 : 힘들어서.

10 까리에 : 때에(북한말). 여기서는 순간에.

11 뻬또칼 : 패도. 장도. 옷고름 등에 차고 다니는 작은 칼.

사람이 물어본단 말이.

"어째서 자기 방으로 들어왔는가?"

고 물어보게 되니까 이 여자가 하는 말이,

"그래 모르겠는가? 그러면 거기에 앉으라구 내가 지금 물어보는 말을 대답하면 그대가 요구하는 걸 내가 만족시켜 주겠다."

김대감의 자부이니까 다 글공부를 했단 말이. 그러니 그냥 대답할 수 있단 말이. 과부이까 청춘과부란 말이, 김대감의 며느리. 그래 하도 궁금하니까 시골에서 지금 과거길에 왔다고 하니까 좀 한번 보자구. 그다음에 그걸 내놓았단 말이. 자기가 열녀에게서 배운 거.

"내가 문장을 한번 내놓으면 그 글을 어떻게 해석하시오."

그러이까 "예" 그래. 이 남자가 무릎을 탁 토시고 앉아서

"금일금야 신정이면…"

이 문장을 내놨단 말입니다. 이것을 해석하라는 게지 뭐.

아, 이 여자도 공부를 많이 했는데 아무리 생각해도 모르겠단 말이.

"아! 모르겠습니다."

이렇게 떡 되니까 말하는 게,

"금일금야 신정이면 고부곡고 황천곡이라."

당신과 내가 오늘 저녁에 정이 든다면 황천에 간 남편이 울고 다니지 않겠는가? 하! 이 말이 뚝 떨어지자, 그 김대감이 그걸 떡 들었단 말이. 아 그다음에 무릎을 탁 치며,

"야! 통남자구나. 그저 요것만 그저 시험에 나게 되면 그저 니꺼다."

시험관이니까.

"나가시오."

그 뭐 대답도 없이 그 여자가 쓱 그저 나가지. 그다음에 그 여자가 자기 방에 들어간 연에[12] 김대감이 감탄하지.

"야! 이 사람이 통남자구나. 내가 너에게 벼슬을 줘야 되겠다."

그래 며칠을 김대감네 집에서 정말 지내다가 하루는 시험관에 나가서 보이 그 뻘건 종이에다가서 턱 붓으로 쓴 건데,

"금일금야 신정이면…"

턱 썼단 말입니다. 아 이걸 떡 보니까 자기 그 열녀에게서 그 혼 떨어진[13] 그 글자란 말이. 그래 암행어사 급제를 해서 잘 살더랍니다.

12 연에 : 연이어. 즉시.
13 혼 떨어진 : 혼이 난.

5) 글자풀이

아주 옛날에 정말 둘도 없이 요런 짝바지[1] 친구인데, 하루는 다 커서 정말 청년 시절이 떡 됐는데, 장난을 하다가서 툭툭 이래 치다나니까 홀[2] 맞아죽었다. 친구가 이렇게 떡 되이까 이 애가 살인죄를 떡 범하게 됐단 말이. 아 그담엔 안됐단 말이. 그다음에 또 자기 한 다정한 친구 집에 가서 친구와 말했어.

"야, 내가 놀다가 장난질하면서 툭툭 쳤는데 애가 죽었으니 이 일을 어떻게 하면 좋겠는가? 너 좀 어떻게 가서 해명을 해 달라구."

그래 떡 올라가서 뭐라고 했는가 하이까,

"추시단풍은 무풍낙엽이요."[3]

가을 단풍은 바람이 불지 않아도 절로 떨어진다. 그러이까 이 사람은 죽을 사람이니까 절로 죽었다, 이렇게 된단 말이. 그렇게 떡 되이까 아 이놈이 돈을 준다던 게 아 요리조리 하면서 자기 목숨을 구했는데 돈은 아이 준다, 괘씸하단 말이. 아무리 동무라고 하지만 자기를 속인 일이지. 이래서 그 죽은 집에 가서 이 사람이 그쪽도 친구니까 다 친구인데 가서 말했거든.

"다시 가서 참석하라. 내가 가서 좀 이야기 해주겠으니까 다시 해라."

그래 그다음에 재차 거기에 가서 참석하니까 그래 이 사람이 또 올라갔지. 계속했는데 이 사람이 뭐라고 했는가 하이까

---

1 짝바지 : 짜개바지. 사타구니 쪽이 트인 아이들의 바지.
2 홀 : 갑자기.
3 추시단풍은 무풍낙엽이요 : 秋時丹楓 無風落葉.: 뜻은 본문에 있음.

"십년 부승이라도 불만 부절이다."[4]

십년 묵은 새끼도 그걸 잡아당기지 않으면 안 끊어진다. 그래서 그다음에 이 사람이 꼼짝 못하고 그저 잡혀 올라가더라오.

---

4 십년부승이라도 불만부절이다 : 十年腐繩 不挽不絕.: 뜻은 본문에 나옴.

6) 효자 이야기

그래 노년에 자식을 봤는데 그러이까 이 아이가 그때 본게[1] 자기 아버지가 엄마를 매일 한 번씩은 친단 말이야 그래. "여수[2] 같은 년" 그러니까 여우같다는 게지. 그러면서 하루 한 번씩 매질하지. 그래 야는 자라면서 자기가 목격해 왔단 말이, 자기 어머니를 치는 걸.

그래 몇 개월[3] 후에 야가 철이 좀 들만 하니까, 한 열 대여섯을 먹으니까 아버지가 세상을 떠버렸지. 그래 자기가 인제는 아버지가 상새났으이까[4] 그 어머니가 인제는 한 분밖에 없는데, 어머니까지 상새나면 자기는 어디에 의지할 곳도 없고 안 된단 말이. 그래서 자기도 그 아버지가 하던 대로 하루 한 번씩 일어나면 어머니를 팬단 말이.[5] 그래 길을 가던 노인이 그 집에서 하룻밤을 턱 쉬는데, 참 그 어머니에 대한 효성이 참하단 말이. 아! 그런데 그 집에서 하룻밤을 자는데 이튿날 아침이 턱 되이까 아 어머니를 드리 패는[6] 건데 대단히 패거든.

아! 그거 이상하다. 그래 어머니를 패구서는 후에 어머니에게 또 절을 하면서 싹싹한 게 뭐. 그래 그담에 그 사람이 물어봤거든.

"어떻게 돼서 어머니를 이렇게 패는가?"

하이까 이 아이가 하는 말이,

---

1 본게 : 보니까.
2 여수 : '여우'의 방언. 고어이기도 함.
3 몇 개월 : 몇 개월이 아니고 몇 년이라야 이치에 맞음.
4 상새났으이까 : 상사가 났으니까. 초상이 났으니까.
5 팬단 말이 : 때린단 말이야.
6 드리 패는 : 들입다 때리는.

"우리 어머니가 그러지 않으면 여우로 변하면 내가 어머니가 없어서 어쩌겠습니까? 그래서 하루에 한 번씩 어머니를 칩니다 여우로 변할까 봐서."

그래 그다음에 이 노인이,

"인제는 어머니를 다시는 패지 말라구, 천상[7] 여우로 안 변하니까"

그래 그담에 야가 어머니가 어디에 나가게 되면 그저 좋은 음식 다 어머니에게 대접시키고 대단하단 말이. 그래 그담에는 어머니를 패지 말라고 하고는 이 양반이 쓱 올라가서 이야기를 했단 말이. 저 아무 곳에 대단한 효자가 있다구. 어디에 나갔다가도 그저 좋은 음식이 있으면 그저 어머니를 대접시키고 매일 어머니에 대해 참 효성한다구. 그래 나라에서 척 불러올렸단 말이.

"사실이 이런 사실이 맞는가? 그래 어머니는 왜서 하루 한 번씩 니가 팼는가?" 하니까.

"그런게 아니라 우리 어머니가 여우로 변할까봐 내가 하루에 한 번씩 꼭꼭 그저 어머니를 팼다. 어머니가 여우로 변하면 내가 어떻게 살겠는가?"

"그런 사실이냐? 그럼 니가 효자니까" 그래 나라에서 효자라는 칭호(稱號)를 수여했다.

---

7 천상 : 절대로.

7) 한강 철교 이야기

어린 시절에 앞뒷집에서 살았는데 그래 뒷집에는 처녀애가 살구, 앞집에는 남자애가 살았는데. 둘이 소학교 1학년부터 계속 이래 소학교 6학년까지 같이 졸업했는데 남자아이는 모자간이 살구, 그다음에 여자아이는 좀 생활이 좋지. 지금 말하믄 부유한 집이지. 이래서 애는 그저 그 책을 사나 연필을 사나 모두 여자아이가 갖다 줬지.

그래서 소학교를 졸업하게 됐는데, 여자애는 부모네 다 참가하구 남자애는 뭐 간단히 어머니 혼자 참가했고, 학교 졸업할 때 최우등생으로 남자애가 일등을 하구 여자애는 이등을 했는데, 그래 학교를 졸업할 때 여자애는 잘 살다나이까 선생네랑 잘 인사를 내구 뭐. 그런데 남자애는 하나도 없지. 살림이 구차하다나이 그래 떡 돌아와서는 이 여자 집은 또 딸이 학교에서 2등을 했으이까 집에서 음식을 쓰면서 지금 이래 온 동네 사람들을 청해 놓구 이러는데, 야는 뭐 구차하다나이 뭐 없지.

1등은 했지만 살림이 구차하고 어머니와 모자간이 그저 사는 게 그래. 야가 한참 놀다가 여자애가 생각이 퍼뜩 나는 게, 아야! 앞집 아무개를 데려와야 되겠다. 그래 앞집 아이를 데리러 나가이까 야가 천상¹ 안 오지 뭐. 그래 이 여자애가 참 안됐지. 아무리 가자고 해도 안가겠다고 하지. 그래 이 여자애가 그다음에는 남자애한테 애교를 쓰면서,

"우리 장래에 우리 둘이 부부간이 되면 안 되겠어?"

"야, 부부간이 어떻게 되니? 하늘과 땅 차이인데, 너희는 잘 살구 나는 구차한데,

---

1 천상 : 절대로.

너는 부잣집이고 나는 쌍놈의 집인데."

그래 그때는 양반 쌍놈의 시절이니까. 그래 그 여자가 그담에는 뭐, 여자는 이미 그 반에서 하도 공부를 잘하니까 남자는 그런 궁리가 안 도는데, 이 여자는 이런 궁리를 뒀단 말이. 요 남자를 앞으로 내 나그네[2]를 하겠다는 거. 그래 그날 저녁에 가자고 하이까, 아이 가니까 할 수 없이 얘가 놀다가서 채 안 놀구 야가 잘못 될까봐 달아나왔어.[3] 달아나오니까 어디에 나왔는가 하이까 그때 마침 여름철인데 그 앞에 수양버들 나무 밑에 떡 앉아서 야 지금 자기 신세타령을 하지. 요때 마침 이 여자아이 가 와서, "야! 우리 오늘 밤으로 우리 둘이 도주를 해서 가자."

여자애가 자기 돈을 다 가져왔는데 가자는 게지. 우리 어디에 가서 이제 공부를 더 하든지 같이 가자. 그래 남자애는 믿어 안 지지.[4]

그러니까 남자를 진심으로 잘 설득해서 그래 둘이 같이 가다나이 어디로 갔는가 하니까, 뭐 한 이런 골짜기에 갔는데 그래 돈을 많이 가지고 갔지 머. 이래 그 골짜기 에 가서 땅을 뚜지며[5] 살지. 그래 여자가 그담에 밥을 안쳐 놓구서 나그네 나무하러 간 어간에[6] 그러니까 인젠 부부간이 돼서 사는 판이지에. 그래 부엌에 앉아 답답해서 지금 나무 꼬쟁이를 가지고 이래 땅을 뚝뚝 두드리며 이 여자가 신세타령을 하지 뭐. "야, 내가 이렇게 이젠 공부도 채 안 끝내고 이렇게……." 이래 부엌에서 자꾸 이러니까 무슨게[7] 자꾸 자꾸 '쿵쿵' 소리가 난단 말이야. 그래 그다음에 파서 헤쳐보 니까 아! 금 단지 이런 게 나오지. 오지[8] 단지인데 턱 열어보니까 금이 거기에 쪽 들어있단 말이. 그래 나그네가 산에 갔다오이까,

---

2 나그네 : 남편. 남정네. 여기서는 전자임.
3 달아나왔어 : 달려 나왔어.
4 믿어 안 지지 : 안 믿어지지. 부정조동사 도치.
5 뚜지며 : 파며, 일구며.
6 어간에 : 사이에.
7 무슨게 : 무엇이. '무스게'도 함께 쓰임.
8 오지 : 질그릇.

"야, 인제는 우리 이 금이면 어디에 가서 마음대로 살 수 있는데, 어떻게 더 좋은 곳에 가서 삽시다."

"아, 그러면 그러자구."

그래 고걸 가지고 지금 서울 시내를 턱 들어오는데, 그러이까 그 금을 팔아가지고 옷도 잘해 입고 가는데 한 차가 '붕'하고 지나갔는데 아! 여자를 턱 납치해 갔단 말이. 여자를 홀 **빼앗겼다**. 하! 이런 답답한 일이 있소? 그담에 이 남자가 뭐 안됐단 말이. 그래 지내[9] 지금 여자를 잃어버렸지. 답답하니까 한강 철교 옆에 지금 지써[10] 가서, 한강에 지금 **빠져** 죽자고 지금 남자가 생각해.

기차소리가 '옹' 나는데 다섯 살 먹은 아이가 지금, 그때 마침 서울의 일등부자가 부부간이 거기로 들놀이를 나왔다가 부부간이 앉아 이야기하는 어간에 요 다섯 살짜리 애가 철길에 나갔다. 차는 지금 들어오는데, 그래 야가 턱 보이까 담방[11] 야는 철길에 들어가 죽을 아이란 말이. 그래 달아들어 가서 아이를 허망[12] 안구서르 그 강에 뚝 떨어졌지. 그래서는 아이를 옆에 내다가 놓구서는 쓰러졌단 말이.

그래 차 소리가 나이까 이 부부간도 떡 보이까 웬 남자가 자기 아이를 구했단 말이. 그래서 자기 아이는 구해지고 그 남자는 지금 기혼해서[13] 넘어져 있는데 보이까 옷도 남루하구. 그래 집에 가서 옷이랑 좋은 걸 갖다가서 그 보따리에 떡 싸서 그 옆에다 놓구 지금 멀리서 지켜본단 말이. 그래 한참 있으이까 야가 턱 깨어나 보이까 난데없는 보따리 짐이 떡 있거든. 그래 그걸 턱 헤쳐 보이까 옷 한 벌이 턱 있단 말이, 좋은 게. 에익 모르겠다 입어보자. 그걸 턱 입는데 부부가 나오더이 그담에 턱 나와서,

"야! 당신이 우리 아이를 오늘 살렸으이까, 대 은인인데 우리 집으로 갑시다."

---

9 지내 : 이미. 벌써.

10 지써 : 줄곧. 되는대로.

11 담방 : 당장. 단번에.

12 허망 : 허방의 방언. 허공에. 허망다리, 허방다리 등은 함정이나 구덩이를 의미함.

13 기혼해서 : 기절해서.

그래 가자고 하니까 고도시[14] 갔지.

"내가 이 서울 시내에서, 나는 일등부자인데 내 양아들을 하는 게 어떻겠는가? 나의 이 아들이 다섯 살인데. 내 양아들 해 달라."

"아! 그렇게 할 수 있다구 근심 말라구."

"그래 자네 소원이 뭔가?"

"공부를 좀 많이 했으믄 좋겠다."

그래 그 공부를 마음대로 시켜주고, 그다음에 이 아이가 그 자기의 역사를 영화로 찍겠는데. 그래 이 양아버지가 이야기해라 해서 아버지보구 이야기를 하는데,

"여기에 배우들을 어떻게 좀 한 몇십 명을 요구하구. 구락부를 좀 이 서울 시민이 다 들어갈 만한 이런 큰 구락부를 하나 좀 지어줄 수 없는가?"

"아, 그건 마음대로 하라."

그래 그담에는 그 집을, 서울 시민들이 다 들어갈 만한 큰 구락부를 짓구서 이 아이가 그담에 지금 말하면 그 예술가들이 영화를 하겠는데, 배우를 지금 몇십 명을 모집했지. 그래서 그 자기가 자랄 때부터 소학교 1학년부터 6학년까지 다니던 그 시절을 지금 몽땅 그 배우들한테 배와주는[15] 판이지. 그러구서는 그 여자가 서울까지 와서 차에 납치되어 잃어버린 그 장면까지 다 했단 말이.

그래 그다음에 한 두어 달을 하이까 참, 뭐 제대로 됐단 말이. 그래 야가 아버지하구 이야기하지.

"아버지, '어떻게 하나?' 걸음을 못 걷는 사람은 이런 차에 모셔서라도 서울 시민들을 몽땅 다 데려오구. 그러구서는 들어는 오되 마음대로 나가게 하지 마시오."

그래야 목적이 뭔가면 '어떻게 하나?' 서울 시내 사람이 자기 처를 빼앗아 갔단 말이. 그러이까 이걸 지금 파안[16]하는 판이지.

---

14 고도시 : 어쩔 수 없이. 곧바로.
15 배와주는 : 보여주는. 가르쳐주는.
16 파안 : 현안 사건(미제 사건)을 파악함.

그래 그다음에 서울 시민들 몇만 명을 다 모다서 지금 영화 관람을 시키는데, 야 지금 거기에 서서 눈여겨보지. 보이까 한 절반쯤 보이까 그 구석에 있는데, 여자가 머리를 숙이고 그담에는 남자가 '나가쟈'구. 그래 인제는 자기의 사실이 드러났으이까 그래 '못 나간다'구. 그담에는 다 끝이 난 다음에는 '이게 몽땅 나의 사실이라'구. 그래 그 납짝 붙들었지 머. 그래 그다음에, 야, 자기 처하고[17] 물어봤지.

"아! 나는 기실 말해, 정말 이게 억압으로 갔으이까 기실 당신이 죽었는지 살았는지 몰랐는데, 당신이 이렇게 살아서 대단한 분이 돼서 살았는데, 당신이 싫어만 안 한다면 자기를 안해로 그냥 삼아 달라"는 게지.

그래 야가 생각해 보다가, "그래 좋다구. 너에게 착오가 없다." 그다음 저쪽 놈을 붙들어가지구,

"이 사람을 어떻게 하는 게 좋은가?"

하니까 모두 다 죽이라는 게지.

"이런 나쁜 놈은 죽여버리라구. 그래 여자만은 정말 강박으로 붙들려 갔으이까 이럴 수가 있다. 나쁜 놈은 저레 죽이라."는 게지.

그래 거기에서 그 나쁜 놈을 총으로 빵 쏴서 죽였지. 그래 그거 뭐 대 자본가인데 뭐 서울시내에서 일등 자본가이기에 가능했다. 그래, 야는 공부를 많이 하구 그다음에 벼슬하고 그 처를 데리고 잘 살더랍다.

---

17 처하고 : 처에게.

8) 용한 점쟁이

옛날에 점쟁이가 참 용하단 말이. 그저 아침에 턱 일어나면 어디서, 동서남북에서 올 거 다 알구, 점을 턱 쳐놓고 이래구서는 앉아서 기다리지. "아, 오늘은 동쪽 방향에서 어떠한 손님이 오는구나." 동서남북에서 누가 올 거 다 안단 말이.

하루는 점깨(점괘)가, 아침에 점을 치니까 점깨를 못 풀겠단 말이, 이 양반이가. 점깨가 나오는 게 어떻게 나오는가? '흑천장골에 자장필사라'[1] 아! 이거, 자기가 해석을 못하겠단 말이. 그래서 이 양반이가 '흑천장골 자장필사라' 이래서 도망질을 했지요. 점치러 온 거 까래[2] 밑에다가 옇어 놓구서는 이 양반이가 하인을 불러서 말을 타고 정말 몇백 리 길을 떠났단 말이.

그래 척척 가다나이까 해는 저물고, 정말 서산에 해는 기울어지고, 정말 '일락서산'이란 말이. 한 부락에 가이까 한 백호 되는 동네인데 해 저물어 가니까 자자고,

"주인님, 계십니까?"

"예."

그래 객사랑에 척 모셨는데, 객사랑에 턱 들어앉으니 아주 기색이 없단 말임다. 그저 청년들도 수군수군 하구. 그래 이 양반이 턱 저녁을 먹구서 생각해 보니까 하여간 이 집에 무슨 연고가 있으니까 이상하구나. 그러구서 그, 자기 그 하인에게

"밥을 말한테 먹이고 있거라. 내일 아침에 동정을 좀 살펴보아라. 이 집 동정을 좀 살펴야 되겠다."

그래 그 꺽대[3] 같은 청년들이

---

1 흑천장골에 자장필사 : 뜻은 이야기 말미와 각주를 참조.
2 까래 : 깔개. 깔고 앉는 자리. 방석, 돗자리 등.

"야, 어제저녁에 이 생죽음을 우리 어떻게 처리하느냐?"

그다음에 이 양반이 턱 생각한게[4] '아! 어떻게 하나 이거 꼭……'

그래서 그다음에는 저녁을 먹은 후에 그 주인 양반을 턱 불러서,

"주인댁에서 무슨 일이? 내가 저녁을 먹고 생각해 보이까 누가 와 있는 것 같은데 내가 좀 알 수 없겠습니까?"

"아! 그거 뭐 손님께서 그것을 알아서 무슨 필요가 있겠습니까?" 이렇단 말이다.

"아! 그래도 혹시나 도움이 되겠는지 이야기를 해줄 수 없겠습니까?" 하니까

"아! 정 그렇다게되믄[5] 내 이야기를 해 드리겠습니다. 우리 막내 딸애가 후원 절당[6]에서 인제는 한 십여 년을 공부했는데 임신을 했습니다."

아버지가 하는 말이예.

"그래서 이 양반집 가정이, 이게 지금 남을 웃기고 그렇게 되이까 우리 그저 감쪽같이 우리, 밤에 딸애를 지금 없앨 예산입니다." 이렇단 말이.

들어보이까 기 딱 막힌단 말이. 후원 절당에다가 십년공부를 시켰는데 임신됐으니까. 이거 새도 쥐도 못 나드는 데에, 후원 절당이란 그렇지 않습니까?

"그럼 오늘 저녁, 내가 볼 수 없겠는가?"

"아! 손님이 정 그러자고 하게 되면 그럼 봐 주시오."

그래서 저녁 식사를 마친 후에 터억 새애기 방으로 들어갔단 말이다. 턱 가이까 새애기 정말 임신이 돼서 막달이 됐단 말이. 이렇게 됐는데 기 딱 막히지 머.

그거 머 쥐도 새도 못 나드는데 그래 후원 절당에서 그저 그 과일나무를 많이 심었단 말입다예. 그 앵두나무요, 살구나무요, 무슨 이런 나무들을 많이 심었는데, 이 아이가 거기에서 그저 공부를 하면서 그저 오줌도 거기에서 누고 그랬는데, 이게 그때가 돼서 그랬는지 화분이가 그 화분작용으로 인해서 임신이 됐단 말이예.

---

3 꺽대 : 꺽다리. 키꺽다리 : 키가 매우 큰 청년.
4 생각한게 : 생각하니까.
5 그렇다게되믄 : 그렇다면.
6 후원 절당 : 집의 본채 뒤에 별도로 떨어지게 지은 집. 후원 별당을 지칭하는 듯.

"그래 봅시다."

하니까 만삭이 떡 되구. 그다음에 이 양반이 그 사지를 남자들을 메라고 하구. 그래서 이래 엎드려서는 그저 이늠이 하나 각을7 이렇게 멨단 말임다 네 사람이 예. 그러구서는 배가 이렇게 큰 걸 올려다가 배침을 놓았지요. 놓으니까 아이를 낳았지 머. 그 다음에 그 이 양반이가 자기 그 마부를 시켜서,

"야, 그 말 오줌을 가서 받아오라."

숫말이란 말임다. 그래 말을 그다음에 뒷굽을 툭 치이까 말이 오줌을 쭉 싸서, 마부가 그 오줌을 받아 왔단 말이. 그걸 한 백도 되게 끓였단 말임다. 말 오줌을 한 백도가 되게 끓이니까. 그저 펄펄 끓는 데다가 아이를 낳은 거, 뒷 종아리를 턱 줴서는 대가리부터 넣은게8 과일 씨가 나왔단 말이. 그 과일나무 그 씨 같은 그런 게.

그러니까 이 여자들이라는 게 때가 되고 이러니까 그 화분작용으로 인해서 임신했단 말임다. 그래 그게 그 씨가 하나 떡 나왔더람다. 야, 그러니까 그다음에 뭐기 딱 막히지. 자기 딸을 아 생매장해서 죽이자던 게 명의가 와서 살과9 났으니까 기 딱 막히지 않겠소. 그러이까 뭐 기 딱 막히지 머. 그 온 집안들이 뭐 정말 몇십 명이 모았는데, 그 어떻게 하나 그 딸을 조치를 취하자고. 양반가정이니까 그 소문이 난다구예. 딸이 임신했으니까 안 그렇겠소? 지금도 그게 아 그거 정말 시집 장가를 가지 않고 임신하게 되면 망신이 아니고 뭔가? 그 옛날에는 양반가정이니까 더하지. 그래 떡 살구어 놓으니까,

"이보시오! 당신이 이거, 오늘 아까운 딸을 죽이자고 했는데……."

아! 그게 사실이 증명됐으니까, 그 아이를 드니까 씨가 나와서 일이 이렇게 됐으이까 아! 그러니까 명의 왔다구서 그다음에는 일이 이렇게 됐는데...

---

7 각을 : 다리를.

8 넣은게 : 넣으니까.

9 살과 : 살리어. 살구다(=살리다).

이 이야기는 이만하고, 그담에 저쪽에 점깨[10]를 턱 처놓은 게 해석을 못 해서 하, 그다음 그 영감이 떠나간 다음에 그저 땀을 빨빨 흘리면서 찾아 왔단 말이.

"대감님, 계십니까? 선생님이 계십니까?"

하고서는 무릎을 탁 꿇으면서 하는데

"아! 우리 부친은 외출하고 없습니다."

"아이구! 인제 내 딸이 죽었구나."

"그래 어째서 그럽니까? 우리 부친이 점깨를, 점을 쳐 놓구 갔는데 여기에다가 넣어놓구 갔는데 어디 봅시다."

그래 턱 보니까 아버지는 그걸 해석을 못 했는데 아들이 턱 보니까 해석을 했단 말임다예. '흑천'이라는 게가 벌써 검을 흑자가 아닙니까? 하늘 천자에. 장골은 긴 고을[11]이란 말임다. 그러니까 '흑천장골에 자장필(사)'이라.[12] 그러니까. 이 구들(온돌) 고래에 이게 예 들어서 보이까 고양이가 이게 죽었단 말임다. 저기 나가다가 그래 고양이 독티[13]가 나서 지금 이런 판이니까 그 다음에 이 아들이가 하는 말이.

"아! 이거 우리 아버지가 지우깨소리[14]인데 틀림없이 그 저 구새목[15]에 그 개자리[16]를 뜯어보시오. 고양이 장수가 죽었다 했으니까 고양이 독티로 이랬는데 그러면 일없겠습니다."

그래 떡 들어가서 그다음에 그 구들 개자리를 뜯어보니까 고양이가 나가다가 죽었단 말임다. 미처 빠져나가지 못해서 굴 내를[17] 맞구서. 그래 그 다음에 살구지[18]

---

10 점깨 : 점괘.

11 고을 : 고래(방고래)를 지칭하는 듯. 온돌 밑바닥에 불길이 지나가는 통로.

12 흑천장골에 자장필사라 : 검고 긴 방고래에 들어가면 반드시 죽는다에 가까운 뜻인 듯.

13 독티 : 동티의 오용인 듯.

14 지우깨 소리 : 미상. 점깨를 풀이하는 말에 가까운 뜻인 듯.

15 구새목 : 방바닥의 굴뚝 가까운 곳. 윗목. 구새(구새통)는 나무로 만든 굴뚝을 말함.

16 개자리 : 방구들 윗목에 깊숙이 파놓은 고랑.

17 굴 내를 : 구들의 연기를.

18 살구지 : 살리지. 살구다 : 살리다.

뭐. 그래 다른 곳에 나가서 죽은 사람도 살리고. 그러이까 이게 이 양반도 그 점괘를 풀지 못해서 그 죽는 사람을 살리고, 이쪽에서는 또 그 아드님이가 그 글 풀이를 잘해서 또 살렸답니다.

9) 김씨 가문의 세 딸 이야기

옛날에 김씨 가문에 아들을 못 낳구 딸 셋을 낳았단 말임다. 맨[1] 딸이 삼형제인데, 그래서 아버지 엄마, 그저 길일이게 되면 딸이 셋에 사위 셋에 모두 여섯이 안 모입니까 턱 모우면. 그런데 막내 사위는 무식재이를[2] 삼았단 말임다. 지식이 없단 말임다. 그래서 그저 모으기만 하면 큰사위, 둘째사위, 가시아바이[3] 이래 모아서는 그저 글이나 짓구. 그 셋째 사위는 뭐 글이 없다나니 그저 동네에 나가서는 떡 구시를[4] 빌려다는 마당에서 떡이나 꿍꿍 치구.

그래 몇 해가 된게[5] 그래 이 셋째 사위는 그 축에 못 든다는 말임다 자기네 동서끼리. 그저 둘째 사위, 큰사위, 가시아바이는 그저 한방에 모아서 저네끼리 그저 글이나 짓구, 그저 흥얼흥얼하는데 이 막내 사위만은 그 축에 못 들고 그저 떡이나 치고 여자들과 같이 그저 이래 떡이나 먹구 이래 사람 구시에[6] 못 가지. 그다음에 그 셋째 딸이 턱 생각해 보이까, 부모들이 생각한 게,[7] 이 자식은 다 한가지인데 어째서 이렇게 구별이 있는가? 큰사위, 둘째 사위만 사위이고 셋째 사위는 어째 사람으로 안 치는가?[8]

---

1 맨 : 모두. 오직. 다른 것이 섞이지 않고 모두 그것이라는 뜻.
2 무식재이를 : 무식한 사람을.
3 가시아바이 : 장인. 각시의 아버지.
4 떡 구시를 : 떡 찧는 절구통을.
5 된게 : 되니까. 되어도.
6 사람 구시에 : 사람 구실에.
7 생각한 게 : 생각하는 것이.
8 사람으로 안 치는가? : 사람 취급을 않는가?

이 셋째 딸이가 마음속으로 좋지 않단 말이. 이래서 아버지 생일이 지나고 집으로 돌아가는데 하는 말이,

"여보시오 낭군님! 공부를 하시오."

아, 들어보니까 공부를 하라고 하니까

"야, 여보시오! 내가 인제는 스무 살이 넘은 놈이 공부를 하라니?"

일을 하라면 무슨 막히는 일이 없는데, 무슨 목재를 하라면 목재를 하구 그렇는데, 공부를 하라고 하니 이놈이,

"내가 스무 살 넘었는데 어째서 공부를 하라고 하는가?"

그러니까 그 안해가 하는 말이,

"야! 그러면예 나는 죽겠습니다. 그저 나는 죽겠습니다."

아! 그 꽃 같은 안해[9]가 죽겠다고 하니까 이것도 골이 아프단 말이. 아! 그 꽃 같은 안해가 죽으면 다시 그런 안해를 얻기도 바쁘지[10] 않습니까? 이래서

"여보! 그러면 내가 한 십 년 작정을 하고, 내가 부락에서는 공부를 못하겠소. 코빨개[11] 아이들과 같이 하늘천 따지를 배우자면 안 될 일이니까 내가 십 년 작정을 하고 외지로 가겠으니까 당신이 허락되오?"

"허락됩니다."

그래서 그날 저녁에 부부간이 토론을 하고 이래 약속을 해서 십 년을 기약을 해서 그 시집올 때의 그 달비[12]며 무슨 은가락지며를 다 팔아서 그 나그네[13] 소비 돈을[14] 다 댔단 말임다. 그래서 몇백 리 길을 떠나보냈지.

그래서 이티,[15] 삼 년, 사 년 돼도 이 셋째 사위가 안 옴다. 그래서 그 장모가

---

9 안해 : 아내.

10 바쁘지 : 어렵지. 힘들지.

11 코빨개 : 코흘리개. 코를 질질 빠는 아이들.

12 달비 : 다리의 방언. 여자의 머리숱을 장식하기 위해 덧얹은 딴 머리. 월자(月子).

13 나그네 : 남편. 남정네. 과객. 여기서는 남편을 말함.

14 소비 돈 : 비용.

내려왔지 머.

"어째서 너희네는 한 번도 찾아 안 오느냐?"

"에구! 어머니, 우리 낭군님이 장사를 떠났는데 모르겠습니다."

"야 이년아! 네 그런 머저리를 믿구 어떻게 살겠느냐 복이 없으니 줴버려라.[16]"

그래, 그다음에는 그 셋째 딸이 하는 말이,

"어머니, 이런 말을 하겠으면 우리 집으로 오지를 마시오."

하고는 쫓아 보냈단 말이. 그래서 세월은 흐르고 흘러서 한해, 두 해, 십 년 세월이 지나니까 십년공부를 하구서 턱 돌아왔다.

그러니까 온 게 책을 한 마대를 턱 지고 왔단 말이. 그러니까 이 안해는 반가워서 정말 나가서 "야, 낭군님 성공했습니다." 그다음에 이 소문이 턱 올라갔다. 셋째 사위가 장사하러 갔다가 십 년 만에 왔으이까 장모가 또 내려왔단 말이. 야, 돈을 많이 벌어 왔겠으이까 내 옷감도 많이 사 왔겠구나. 그래 떡 내려와 보이까 아, 사위가 빈털터리 거러지[17]가 돼 왔단 말이. 뭐 옷이라는 게 거러지 옷을 입고 왔으이까.

"아, 사위 이사람아! 그래 돈을 많이 벌었나?"

"아이구 장모님! 말도 마시오. 그저 장사가 될라 하면 비틀어지구 그저 요리 저리하면서. 그저 빈털터리 거지가 되어 왔습니다. 장모님!"

"아이고! 이 머저라(머저리야)."

하고는 쭉 나갔다.

그래서 그다음에 그 이듬해에 그 빈장님의[18] 집에를, 그전에는 한국에 빈장님 빈장님이 아닙니까예? 빈장님의 집에를 특수하게 그 맏언니 둘째 언니네보다도 제일 잘 챙겨가지고 보라는 듯이 올라갔단 말이. 올라가니까 역시 큰사위, 둘째 사위,

---

15 이티 : '이태'의 방언. 두 해. 2년.
16 줴버려라 : 내버려라. 던져버려라.
17 거러지 : 거지.
18 빈장님 : 빙장님. 장인어른

빈장님 셋이서 앉아서 돗자리에 턱 펴고 앉아서 그저 글귀나 짓는데, 그다음에 글을 짓는 게 뭐라고 짓는가 하이까, 그 가시애비가 말하기를,

"하! 오늘은 꽃자를 놓구서[19] 글귀를 짓구서 우리 놀아보자."

그 빈장님이 말하는 게 그다음에 어쩌는가 하니까,

"송지불사는 중견고라"[20]

그다음 둘째 사위가 하는 말이 "… …"[21]

그래 그다음에 셋째 사위는 지식이 없고 그렇다나이까 십년공부를 해서 갔단 말입니다. 그러니까 인제는 속이 딴딴히 여물어서 정말 십년공부를 했으이까 어느 놈도 못 당하지. 십 년이면 강산도 변한다고 옛날 속담에 그래도 내색을 안 내구서 턱 옛날의 그전 모양으로 또 동네에 나가서 떡 구시[22]를 빌려다가서 떡을 툭툭 친단 말입니다.

그다음에 방에서는 계속 글을 짓지요. 글을 턱 짓는데 맏사위가 하는 말이

"송지불사는 중견고라"

이러니까 그 셋째 사위가 뚝뚝 떡을 치다가서 대답하는 게,

"죽지 불사도 중견고인가?"[23]

그래 소나무는 속이 단단해서 오래 산다고 하는데 그래 참대도 속이 단단해서 오래 사는가? 하고 질문을 했단 말입니다. 그다음에는 이 양반이,

"아 저놈이 무슨 장사를 십 년 떠났다 하더니 서당 개도 십 년이면 풍월 질을 한다구 그래 두루두루 얻어들은 소리겠지."

이쯤 했단 말입니다, 등한시했지.

그다음에 그 둘째가 턱 하는 게가 뭐라고 글을 짓는가 하이까,

19 꽃자를 놓구서 : 시 짓기 놀이를 할 때 운(韻)이나 대(對)를 '꽃'자로 설정함.
20 송지불사는 중견고라 : 松之不死 中堅固. 뜻은 본문에 나옴.
21 둘째 사위의 시 내용은 여기서 보이지 않고 뒤에 나옴.
22 떡 구시 : 떡 찧는 절구통.
23 죽지불사도 중견고인가 : 竹之不死 中堅固. 뜻은 본문에 나옴.

"로초불행은 예인고라"[24]

길가에 풀이 자라지 못하면 사람이 볼 것이 없다[25] 한다. 그 다음에 이놈이 떡 들어보니까 장모가 키가 작단 말입니다. 그 다음에 또 답복[26]을 한 게,

"장모 불행도 예인고인가?"

장모도 밟아서 못 자라났는가? 하 그다음에 그 셋째 사위를 이 셋째 딸이 그전에는 그렇게 축이 들었던 게.[27] 아이구 가마목[28]을 뱅뱅 돌며 제 나그네가 일등을 했으이까, "아이구! 어머님……."

그다음에는 이래 집으로 가는데, 떡 셋째 딸이 이래 턱 가다가서 이 언니, 둘째 언니가 턱 더움무지에서[29] 바래다가[30] "야, 너는 어쩌면 그런 좋은 나그네를 했느냐[31]"

그래 그 죽은 영혼이, 그 비오면 더움무지에서 버섯 나지 않습니까? 그래 그 버섯이 났다고 합니다.

---

24 로초불행은 예인고라 : 路草不行 曳人故. 길가 풀이 못 자라는 것은 사람 발자국 때문.

25 길가에 풀이 자라지 못하면 사람이 볼 것이 없다 : 화자가 위 시의 내용을 잘못 이해한 듯.

26 답복 : 응수. 대꾸. 대답.

27 축이 들었던 게 : 주눅이 들었던 것이.

28 가마목 : 부뚜막. 아랫목.

29 더움무지 : 두엄무지. 두엄더미.

30 바래다가 : 기다리다가.

31 좋은 나그네를 했느냐 : 좋은 남편을 두었느냐.

10) 경주 이씨 선조의 이야기

우리 선조 이홍군 씨 양반이 장가를 올라가는데, 그러니까 때는 어느 때인가 하니까 그저 5월 말쯤 된단 말이, 양력으로 말하면. 그래 이 논물 보는 양반이 턱 이래 논물 밭을 가로타고 올라가 보니까, 키는 자그마한 양반인데 참 크게 될 사람이 란 말이, 관상을 본게. 그래 아느새[1] 있으니까 말을 되돌아 타고 내려온다. 그래서 불러 세웠지.

"거기에 서시오."

그러니까 우리 선조 이홍군이 떡 섰어.

"어째 그러십니까?"

"기쁜 날에, 장가가는 날인데 어째서 되돌아오는가?"

"아! 내가 가니까 머리가 낮습디다.[2] 내가 키가 작고 인물 없어, 그래서 내가 두말없이 되돌아 왔습니다."

"아! 그래요?"

그래서 이 양반이 지금 자기 집으로 모셔 들이는 판이지. 점심 한때[3]나 잡숫고 가라고. 그때 이 노인의 딸이 지금 인제는 출가갈 만한 열대여섯 살 먹었는데, 어떻게 하나 사위를 삼아야 되겠단 말이. 그래서 지금 아내와 토론을 합니다.

"이 양반이 훌륭한 사람인데 아무래도 우리가 사위로 삼는 게 어떻겠는가?"

그러니까 그때는 그저 남자의 말이면 무조건 복종이지.

---

1 아느새 : 한참. 한동안.
2 머리가 낮습디다 : '키가 작습디다'에 가까운 뜻인 듯.
3 한 때 : 한 끼.

"그렇게 합시다."

그래서 이 양반이 자청하지.

"내 사위로 해 달라"는 게지.

"아! 그렇게 될 수 없다."

"아! 우리 딸이 출가 보낼 때 됐는데 그렇게 하자구. 날을 받을 것도 없구, 오늘이 좋은 날이니 오늘로 결정하자구."

그래서 상에다가 냉수를 떠놓구서 맞절을 시키구서는 그날 저녁에 이래 재운단 말이. 옛날에는 그 여자 집에 가서 하룻밤을 자구서 데려가는데 이렇게 됐지 뭐. 그래 지금 밤을 턱 자는데 불세로[4] 하다나니 뭐 햄 거리[5]도 없구 하다나니까 그 어부 가 온 걸[6] 사다나니까 자라를 샀단 말이. 생선을 사다가 물둥기[7]에다가 떡 넣었거든.

그래 이 양반 신랑재가[8] 턱 밤에 자는데, 그 꿈도 아니고 그저 한 노인이 와서

"홍군이 나오라."

그래 밖으로 턱 나가니까 그저 꿈이겠지,

"내 자식이 지금 여덟이고 돈이 곱드렇게[9] 다짐하고 오래라구"

그래 홀 깨나니까 꿈 같기도 하구. 이래서 그다음에 자기 안해를 툭툭 치며 물어보지,

"꿈이 참……."

이 여자가 생각하다가

"아! 어머니가 햄 거리가 없으니까 그래 무슨거 사다가 운 뜸을 뜨라[10]"

---

4 불세로 : 불시에. 갑자기.

5 햄 거리: 반찬거리. 해먹을 거리.

6 가 온 길 : 가지고 온 것을.

7 물둥기 : 물두멍. 물을 길어다 저장하는 큰 독.

8 신랑재가 : 신랑+자+이+가. 신랑이. 신랑되는 사람. 주격조사 중첩.

9 곱드렇게 : 미상. '고귀하게'나 '곱디 고운'등에 가까운 뜻인 듯.

10 무슨 거 사다가 운뜸을 뜨라 : 미상. 무엇을 사와서 잘 익혀 요리하는 것을 이름인 듯.

는 게지. 그래 그다음엔 그럼,

"어디 나가보자구."

그래 둘이 나와서 이 여자는 치마를 턱 이러구 그 신랑은 그 물둥기에서 이래 자라 여덟 개를 샀는데 건지다 나니까 하나는 눈이 약간 걸리구, 그다음에 하나는 건지다 나니까 다리가 하나 상했지. 그러구 이 경주진에 우리 팔별집[11] 자손인데 몇 대를 가다가 하나는 눈이 약간 안 보이고 그리구 다리를 잘룩거리구. 우리 경주 이씨가 그래서 한국에서 팔별집이라구 하면 와느르[12] 대단하게 보오. 그러니까 경주 이씨 팔별집, 그래서 한국 사람이 오게 되면 한번 좀 문의를 해 보자고 생각했었소.

---

11 팔별집 : 八鼈(여덟 자라의 집).
12 와느르 : 완전히, 아주.

구연자 6 : 김영덕(남, 67세)
채록 장소 : 연길시 공원
채록 시기 : 1999.1.25./1999.8.26.
소재원 : 할머니(이월순)

1) 어머니와 효자 아들

　아주 먼 옛날에 어느 두메산골에 젊은 부부들이 살고 있었습니다. 남편은 산에 가서 나무를 하고, 아내는 시냇물에 가서 빨래도 하고 쌀도 일고[1] 남새[2]도 씻고, 이렇게 낮이면은 서로 갈라져서 일을 하고, 저녁이 되게 되면 남편은 산에서 돌아오고 아내는 집에서 저녁을 짓고, 남편이 돌아오면 반갑게 맞이해서 저녁상을 치른 다음에는 서로 아기자기한 이야기들을 주고받고 하면서 잘 살아갔습니다.

　그러나 그들에게는 아이가 없었습니다. 그래서 아내는 남편 모르게 아이를 얻을 생각으로 이런 궁리 저런 궁리 해보았지만은 좋은 생각이 나지 않았습니다. 거기서 산 부처님께 불공을 드리자고 해도 아주 먼 곳으로 가야 했고, 또 그렇다고 해서 무슨 다른 방법은 없었으므로 아내는 그냥 밤이 되면은 남편이 잠든 다음 가만히 일어나 앉아 바깥으로 나가서 하나님께 '아들 하나 점지해 주십사' 하고 빌었습니다.

　이렇게 날이 가고 달이 가고 해서 그만 얼마나 지난 지는 모르지마는 어쨌든 아내는 자기가 몸이 무거워지면서 있다는 것을 짐작하게 되었습니다. 남편에게 알리

---

1 쌀도 일고 : 밥을 안치기 위해 쌀을 깨끗이 씻으면서 돌이나 까끄라기 등의 불순물을 제거하고.
2 남새 : 심어서 가꾸는 나물.

지도 못하고 그냥 혼자 궁리만 하고 있었습니다. 과연 열 달이 지나갔습니다. 열 달 만에 젊은 아내는 몸을 풀게 되었습니다. 몸을 풀고 보니 아주 귀한 옥동자였습니다. 아이의 어머니는 물론이거니와 아이의 아버지도 매우 기뻐서 어쩔 줄을 몰라 했습니다. 둘이는 저 이전보다 더 신이 나게 일을 하였고 더 자미(재미)나게 살아갔습니다. 저녁이면은 이 일거리가 없을 때는 그냥 까막품[3]에 앉아서 어린애 젖을 먹이는데, 옆에 앉은 남편은 오늘 산에 가서 본 이야기들을 하는 걸 이렇게 늘어놓고 아내는 집에서 생각했던 이야기, 집에서 본 이야기들을 서로 주고받으면서 하룻저녁을 지내곤 했습니다. 어린애는 어른들이 뭐라고 하든지간에 잠이 오면 자고 묵고 싶으면 어머니 품을 파고들었습니다.

이윽해서[4] 어린애가 발을 띠게 되었고, 기어다니던 애가 기어다니다가 서게 되었고, 서게 되었다가 또 걷게 되었습니다. 이 젊은 부부는 아이가 자랄 때부터 에, 기어다닐 때부터 서로 애르 가지고 자미나게 지냈습니다. 어머니는 아래 끝에 앉아 있고 아버지는 웃목에 앉아 있었습니다. 어머니가 아이 젖을 다 먹이고 내려놓으면은 아버지가 아이를 손뼉치며 오라고 하면 아이는 볼볼 기어갑니다. 덥석 아이를 안은 아버지는 아이의 뺨에다 이리저리 마구 비비곤 했습니다. 때로는 애의 입도 맞추기도 하고 엉치를 찰싹찰싹 때려 주기도 하고 에, 만져 주기도 하고 이렇게 에, 아이를 재롱을 피우다가도 곤두세우기도 하고, 그러다가 하루는 아버지가 애를 재롱을 피우게 하다가는 내려놓고는,

"야! 너 저 아랫목에 있는 어머니 뺨을 하나 때, 때리고 오라"

고 했습니다.

그러니까 아이는 그 말을 알아듣고서 볼볼 기가서(기어가서) 엄마의 뺨을 한 대나 찰싹 붙이고는 부리나케 기어서 또 아버지한테 달려오는 것입니다. 기어오는 아이에게 한 대 맞았지마는 어머니는 그것이 밉지 않았습니다. 남편이 아이를 시키는 것도

---

3 까막품 : 부뚜막이나 아랫목을 뜻하는 듯.
4 이윽해서 : 얼마쯤 시간이 흐른 뒤에.

밉지 않았거니와 아이가 자기의 **뺨**을 갈기는 것도 싫지 않았습니다. 그 이튿날 어머니는 아이를 내리놓자마자 아이에게 말했습니다.

"야! 웃목에 있는 아버지의 **뺨**을 하나 때려 주어라."

라고 했습니다. 아이는 엄마의 말을 듣고 그냥 볼볼 기어가서 아버지의 **뺨**을 하나 철썩 닦고[5] 또 부리나케 엄마한테로 기어왔습니다. 아버지는 한 대 얻어맞았지만도 그것이 몹시 귀여웠습니다. 그래서 한 대 더 때려주었으면 하는 양으로 또 **뺨**을 드리대곤 하곤 했습니다.

이렇게 그들은 한 해 두 해 지내갔습니다. 어린애가 이제는 제법 컸지만은 그래도 두 부부는 저녁에 아이를 데리고 논다는 것이, 아빠 엄마를 에, 번갈아 가면서 **뺨**을 때리게 하고 그것을 보고, 하하 웃는 것으로써 재미를 느꼈던 것입니다. 그러던 어느날 아이는 여남은 살이 넘었습니다. 그런데 산에 갔다 온 애 아버지는 저녁상도 받지 않고 그냥 뭄져누웠습니다. 애 어머니는 몹시 안달이 나 했습니다. 그렇지만은 약을 사서 수발댈[6] 그럴 겨를, 경황이 되지 못했습니다. 이래서 애 아버지를 어떻게 하든지 집에서 잘 조리하게끔 했지만은 정성은 정성이고 병은 병이었습니다. 어느 날 저녁에 남편은 그만 아무 말도 못하고 이 세상을 영영 떠나고 말았습니다.

어린애는 그때까지도 자기 아버지가, 제 아버지가 죽은 것도 모르고 그냥 어머니와 함께 살아갔습니다. 어머니는 애를 키우느라고 무던 애를 썼습니다. 남편이 있을 때는 고락을 서로 나누면서 남편이 산에 갔다가 나무를 해오면 그 나무로써 불을 뜨뜻하게 때고, 또 산에 밭을 일군 데서 나는 에, 서곡[7]들을 가지고 에, 먹어가느라고 그리 힘들지 않게 지내왔습니다. 그렇지만은 남편이 없는 그에게는 모든 바깥일도 자기가 맡아 해야 했습니다. 그래서 남편이 두지던[8] 밭도 가서 두지야 했고, 종자도 넣어야 했고, 기염[9]도 매야 했고, 가을걷이도 해야 했고, 마당에 져여다가[10] 그것을

---

5 철썩 닦고 : 손으로 철썩 때리고.
6 수발댈 : 수발을 들.
7 서곡 : 서곡(黍穀). 조, 옥수수 따위의 잡곡
8 두지던 : 일구던, 파헤치던.

두드리기도 했습니다. 그러나 아들은 그냥 놀고만 먹었습니다. 어머니의 이런 고통을 그는 아랑곳하지 않았던 것입니다. 그는 원래 어머니의 고생을 생각지도 않았습니다. 그렇지만 다른 한 가지는 잊지 않았습니다. 아버지가 살아있을 때 하는 말이, "너 엄마를 매일 한 번씩 때려주지 않으면은 여우가 되어서 하늘에 올라갈 것이니 매일 한 번씩은 때리라"고 했던 그 말만은 꼭 그대로 집행했습니다.

이러기 때문에 아이가 점점 커 가자 그 손때는 매웠고 매질은 무거웠던 것입니다. 그리하여 어머니는 아이에게 제발 이제부터는 손찌검을 하지 말라고 타일렀지마는 아들은 어머니가 여우가 되어 하늘에 올라가면 내가 어떻게 살겠느냐는 생각으로, 그는 좀체로[11] 손질을 뗄려고 생각하지 않았습니다. 그런데 애는 벌써 열야듧(열여덟) 살이 되었고 어머니는 중년이 되었습니다. 이랬지만은 그냥 아들은 그날 그 이전 그 버릇 그대로 어머니를 하루에 한 번씩 꼭꼭 치곤 했습니다. 어느 날 아침에 아들은 어머니에게 말했습니다.

"엄마 내 오늘 밭에 가서 밭을 갈 터인데 저 마을에 가서 소나 빌부림소[12]를 좀 빌려다 주기 되면 내가 밭을 갈겠다."
라고 했습니다.

그래서 어머니는 이것이 웬일이냐고 생각하면서 그는 가서 소를 삯을 내서 빌려왔습니다. 아들은 소를 몰고 바지게에다 장기를 짊어지어가지고서[13] 산비탈에 밭뙈기[14]를 나가면서, 어머니에게 또 말했습니다.

"엄마! 점심하고 소죽을 끓여가지고 어서 오라."
라고 하는 것이었습니다. 어느 영이라 거역할 수 없는 것입니다. 그런가 하게 되면

---

9 기염 : 기음. 논밭의 잡초.
10 저여다가 : 져다가. 지고 이고 해서.
11 좀체로 : 좀처럼. 여간해서는.
12 빌부림소 : 삯을 주고 빌려오는 소. 빌려서 부리는 소.
13 짊어지어가지고서 : 짊어지고서. 짊어져서.
14 밭뙈기 : 조그만 밭.

너무나도 의외의 일이어서 기특하기도 해서 어머니는 '그렇게 하마' 하고 대답을 하고서 부리나케 소죽을 끼워[15] 끓인다 점심을 짓는다 혼자서 바삐 돌아쳤습니다.[16]

점심때가 거의 되자, 어머니는 소 죽통을 이고 점심 그릇을 들고 집을 나서 아들이 밭갈이를 하는 곳으로 향해 줄달음쳤습니다. 아들이 갈고 있는 밭이 먼발치로 보였습니다. 이윽해서 밭 언저리에 이르렀을 때 보니까 아들은 에, 밭가에서, 밭 끝에서 쉬고 있었고 소는 풀을 뜯고 있었습니다. 그런데 그만 볼라니까 아들이 별안간 그 우에서 달음질쳐 내려오는 것이었습니다. 어머니는 간이 콩알, 콩알만 해졌습니다. 아차! 점심이 늦은 모양이로구나! 또 오늘은 어떻게 그 매를 당해내겠는가 걱정하면서 그는 더 빨리 걸음을 다그쳤습니다.

이 아들이 앞에 다가섰습니다. 두말없이 어머니가 이고 있는 소죽통을 덥석 끄어내려 가지고 옆에 끼고서는 먼저 올라가는 것이었습니다. 뒤따르는 어머니는 걱정이 태산 같았습니다. '옳다! 소죽은 소를 멕여야 하니까 가져가야 하는 기고, 소 죽통을 내라놓고 나를 매질할 모양이다.' 생각하고 뒤에 따라가면서도 한심하기 그지없었습니다. 그는 아들이 쉬는 데 이르렀습니다. 점심 그릇을 내려놓자 아들은 어머니께 말했습니다.

"엄마! 배고픈데 밥을 그, 빨리 먹자."라고 했습니다. 어머니는 '아이고 그 밥을 먹은 다음에사[17] 대질[18] 모양이로구나. 배가 불러야 힘이 나겠지.'라고 생각했습니다. 아들은 아무 말도 없이 밥그릇을 내려놓고, 내어 지펼쳐[19] 놓고 점심을 들기 전에 엄마에게 말했습니다.

"엄마도 같이 먹어."

어머니는 좀체로[20] 술을[21] 들 수가 없었습니다. 야가(이 아이가) 점심을 먹은 다음에

---

15 끼워 : 함께.
16 바삐 돌아쳤습니다 : 바빠서 정신없이 서둘렀습니다.
17 다음에사 : 다음에야.
18 대질 : 달려들. 대지르다: 찌를 듯이 달려들다.
19 지펼쳐 : 어지러이 펼쳐놓고.

나를 칠 모양인데, 점심을 먹어서는 무엇하랴 생각하고서 그는 그냥 안 먹을려고 했던 것입니다. 그렇지만 아들은 그냥 '엄마가 안 먹으면 나도 안 먹을란다.'라고 하니까 하는 수 없이 술을 드는 척 마는 척하면서 그는 아들이 술을 놓기를 기다렸습니다. 밥을 묵고 난 아들은 그냥 그 자리에 묵묵히 앉아서 어머니를 쳐다보기만 했습니다. 어머니는 무슨 일이 생기겠는지 더듬어 보면서 혹 자기한테 무엇이 잘못된 것이 있는가 하고 아래 우로 살펴보았지만도 무슨 일은 없었습니다.

이윽해서[22] 아들이 입을 열었습니다.

"엄마, 내 참 불효자식이야. 내 참 잘못됐어. 잘못된, 이전에 것 다 잘못됐다. 엄마 용사(용서)해라."라고 했습니다. 이것이 무슨 영문인가고 생각하며 어머니는 제 귀를 의심했습니다. 그러자 아들은 또 입을 열었습니다.

"엄마! 내가 밭을 갈다가 소를 풀어 놓구, 풀을 뜯겼더니 아이, 소가 풀을 뜯지도 않고 그냥 움메 움메 하고 울지 않겠나? 한참만에시[23] 저 나무 밑에서 자고 있던 송아지가 팔딱팔딱 뛰어오니, 와서 암소 젖꼭지에 매달려 젖을 실컨(실컷) 빨아묵고 나서 또 그늘 밑으로 가는 걸 본 다음에사 큰 소가 풀을 뜯기 시작하더구나. 그래 그때 그만 내가 무슨 생각이 들었는데, 엄마도 나를 키울 때는 저렇게 키왔겠다. 엄마 먹을 것도 먹지 못하고 뭐이든지 다 나를 줄라하고 나를 믹이서(먹여서) 키와 왔는데 나는 어떻게 엄마에게 그냥 손찌검을 하고 이렇게 못되게 살아왔나 하는 생각이 들었어. 나는 저 송아지보다도 못하구나. 송아지는 실컨 젖을 빨아묵은 다음에는 엄마 곁에 떠나서 엄마도 편안히 풀을 뜯게 놔두고 있는데, 나는 그냥 엄마를 괴롭혔어요. 내가 참 불효야 불효."라고 하는 것이었습니다.

그리고는 엄마에게 무릎을 꿇고 말했습니다. "내 다시는 엄마한테 손찟(손찌검) 안 하께. 무슨 일이든지 내가 하꾸마. 엄마는 그저 쉬고 밥이나 해 다오."라고 하는

---

20 좀체로 : 좀처럼. 여간해서는.
21 술을 : 숟가락을.
22 이윽해서 : 이윽하여, 한참 있다가.
23 한참만에사 : 한참만에야.

것이었습니다.

그날로부터 이 아들은 어머니에게 모든 효성을 다했습니다. 어머니가 일어나기 전에 일어나서 마당을 다 치워놓고, 물도 길어다 놓고, 밥을 지을 때는 제 나가서 일할 준비를 하고, 밥을 다 지으면 그 밥을 먹고 또 제 일하러 가면서,

"엄마! 집에서 편, 편안히 쉬요."라고 하면서 떠나곤 했던 것입니다.

이렇게 그는 어머니를 잘 모셨다가 나이 들어 장가를 가고, 장가를 가서 아이를 낳고 그 아이를 엄마한테 봐 달라하고, 아내에게 모든 가사 일을 맡기고 두 내외가 힘을 합쳐 어머니에게 모든 공경을 다해서. 그 마, 산 아래 마을에 이, 이 소문이 퍼져가지고 효자라는 이름을 받게 되었다 하는 이야기입니다.

2) 호랑이는 신령이다

우리 조선 사람들은 이 범을, 호랑이를 옛날부터 신령으로 이렇게 여겨 왔고, 신령으로 모셨으며, 신령으로 제사를 지냈던 것입니다. 범을 신령으로 모셨다고 하는 이야기는 중국 사서에도 조선 사람들은 그러한 풍속이 있다고 전한다고 합니다. 이 이야기는 '과연 호랑이는 신령이다'하는 이야기를 엮어 놓은 것입니다.

어느 산간에 한 길손이 길을 가고 있었습니다. 그는 봇짐을 짊어지고 갓을 쓰고 가는 품이 서울로 과거를 보러 가는 상 싶었습니다. 이 길손은 영남에서 서울로 가는 길인 것 같습니다. 아주 먼 길을 걸어온 양으로, 이런 말도 없이 터벅터벅 걷는데 그렇지만 그래도 아주 지친 것은 아니었던 것 같습니다. 근데 한 산모롱이를 도니까 웬 늙은이가 맞이는[1] 것이었습니다. 길가는 노인이니까 혹 동행이라도 할 수 있겠는가 생각해서 그는 바싹 걸음을 다그쳤습니다. 다가가서 그 늙은이께 말을 건넸습니다.

"노인장께서는 어디로 이렇게 가십니까?"

하고 물었습니다. 그 늙은이는 젊은이에게 대답했습니다.

"나는 저 역마루까지 가는 길일세. 보아하니 그 행차가 과거르 보러 가는 것은 아닌지?"

하고 물었습니다.

"예! 불민한 저는 혹 어떨까 해서 서당 공부를 좀 했는지라 서울을 구경도 할

---

1 맞이는 : 마주치는.

겸 과거가 있다니까 요행 바래서 가는 길이옵니다."

"과거를 해서는 뭐하겠노? 세상 사람이 다 기괴망칙한 것들인데, 사람이라는 거는 기괴망칙한 것이야."

하고 혼잣말로 뇌까리는 것이었습니다.

이 길손은 뜻밖이었습니다. 과거를 보러 가는 일을 아주 시답지 않게[2] 여길 뿐만 아니라 인간들을 기괴망칙한 것들이라고 하는 것이 더 이상스러웠습니다. 그렇지마는 그는 내색도 내지 않고 그냥 따라가면서 이 이야기 저 이야기 묻는데, 그 늙은이는 팔도강산을 다 다닌 양으로 어느 산골에는 무엇이 있고, 어느 읍내에는 무엇이 어떻다는 이런 이야기 저런 이야기를 다 들래(들려) 주었습니다. 그런데 이윽해서[3] 역마루를 오르기 시작했습니다. 아마 그것이 새재[4]였던 모양입니다. 새재를 투벅투벅 올라가노라니 매우 힘이 들었습니다. 그러나 늙은이는 조금도 힘드는 내색이 없었습니다. 그는 그냥 앞에 서서 때로는 뒤를 돌아보기도 하고 빨리 와라는 듯이 눈짓을 하기두 했던 것입니다.

얼마만한 시간이 지난 지는 모르지마는 고갯마루가 보였습니다. 길손은 어쨌든 저 마루에 빨리 올라서 실컷 쉬어가지고는 가야 되겠다고 생각했습니다. 물론 뒤를 돌아보면 길손들이 하나 둘 멀리 가까이 보이는 것입니다. 앞에 가는 사람들도 있었습니다. 고갯마루에 당도했습니다. 그러자 늙은이는 먼저 자리를 막 고갯마루 위에 떡 주저앉았습니다. 그리고는 아래로부터 아래에서 올라오는 사람들을 하나하나 훑어보고 있었습니다. 이 길손이 옆에 앉자 그는 말하기를,

"이 사람, 저 보게나. 저 올라오는 것들이 다 기괴망칙 하지 않느냐? 겉으로 보기에는 많은 단장들을 하고, 옷도 입고 삿갓도 쓰고, 저기 저거는 저놈은 또 갓도 쓰고, 말두 타고 나귀도 타고, 아 저 가마 안에 있는 놈은 비단옷을 입고 여봐라

---

2 시답지 않게 : 마음에 차지 않게, 만족스럽지 않게.

3 이윽해서 : 이윽하여. 한참 있다가.

4 새재 : 조령. 경상도와 충청도 사이의 높은 고개.

하는 듯이 올라오고 있지 않는가? 그런데도 다 저것들은 기괴망칙한 것들이야."
길손은 물었습니다.

"어째서 기괴망칙하다고 하는 것입니까?"

"저것들은 다 돼지, 개, 거위 이러러한⁵ 짐승들인데 모두 사람 행색을 하고, 사람의 옷을, 사람의 갓을 쓰구, 사람이 타구 다니는 가마를 타구, 나귀를 타구 저 어디 될 말이냐?"

라고 하는 것입니다. 길손은 너무나도 어처구니가 없다는 듯이 다시 물었습니다.

"노인장께서는 어떻게 그렇게 말씀하십니까? 저 사람들을 두구 어떻게 개니 돼지니 닭이니 개사니⁶니 하면서리 이야기를 하십니까?"

"그렇다면 자네 이것으로 보게."

하고서는 긴 눈썹을 한 대 뽑아서 주는 것이었습니다.

이 과객은, 이 길손은 그 눈썹을 눈에다 대고 내려다보았습니다. 그랬더니 아니나 다를까 아! 정말 기어오는 것이 개사니요, 닭이요, 돼지요, 개요 하는 것들이었습니다. 나귀에 올라앉은 것은 돼지고, 가마 안에 있는 것은 개가 분명했습니다. 그 눈썹을 떼고 보면 또 앞에 본 것과 마찬가지로 다 사람이 되어 버렸습니다. 다시 그 눈썹을 눈에 갖다 대고 보니 또, 다 짐승들로 돼보였습니다.

이렇게 어리둥절하고 있는 순간 광풍이 불더니 늙은이는, 옆에 있던 늙은이는 온데 간데 없어졌습니다. 근데 별안간 저 아래에서 가마를, 가마가 올라오고 있었는데, 그 가마 옆에서 큰 대호가 나타나더니 그만 가마를 턱 제끼고서는 안에 있는, 개가 되어 보이는 그 사람을 물고서 어디론지 가버렸습니다. 그제사 이 길손은 정신이 들었습니다. 아까 옆에 있던 늙은이가 하는 말이 '호랑이는 사람을 잡아먹지 않는다. 사람은 잡아먹지 않고 다만 개를 잡아먹는다'고 했습니다. 개가 아니면은 호랑이는 먹지 않는다고 하는 것이었습니다.

---

5 이러러한 : 이러이러한.
6 개사니 : 거위.

"과연 내 옆에 앉아 있던 그 늙은이가 호랑이가 변신한 것이었겠구나." 하고,

"대 영물이로다! 대 영물이로다! 신령은 신령이구나!"

하면서 그는 고개를 끄덕이고 또 끄덕였습니다.

3) 효도하는 아이

전에 어떤 아이가 아주 공부를 잘하는 이런 것으로 해서 소문이 났댔습니다. 그 아이는 언제나 다른 일은 제쳐놓고 글읽기에 열중했습니다. 하루는 한 과객이 그 마을을 지나게 되었습니다. 과객이 한, 그 마을을 지나는데, 어떤 아이가 나무 그늘은 옆에 있는데도 제쳐놓고 오뉴월 뙤약볕이 내려쪼이는 마당 한복판에 앉아서 무릎을 꿇고 책을 읽고 있었습니다. 지나가던 과객이 사립문 너머로 물어봤습니다.

"애야! 너는 어찌하여 저 그늘 밑에 가서 글을 읽는 것이 아니라 뙤약볕 아래에 무릎을 꿇고 앉아서 글을 읽고 있느냐?"

라고 물었습니다.

"예! 어르신께서는 모르십니다. 저의 아버지 어머니는 이 뙤약볕에 밭에 나가서 김을 매고 계십니다. 날씨도 더운데 기음까지 매시는 어머니, 아버지가 얼마나 힘드시겠습니까? 그래도 그늘 밑에서 일을 하시는 것이 아니라 뙤약볕에서 일을 하시는데, 제가 어떻게 그늘 밑에서 글을 읽겠사옵니까?"

라고 하면서 그는 그냥 뙤약볕에서 어머니와 아버지가 괴로움을 무릅쓰고 집안을 위해서, 아들인 자기를 위해서 일하신다는 것을 잊지 않고 공부해서 꼭 부모님을 잘 모시겠다고 하는 일념으로, 나라에 충신이 되겠다는 일념으로 공부를 했다고 합니다.

아마도 옛날부터 조선에 선비들은 효도로써 자기를 단속했고, 충신으로써 자기를 훈계했던 모양입니다.

4) 어느 장사꾼의 죽음

음, 어느 곳에 한, 그 마바리에[1] 비단을 실고 장에 갖다 파는, 이런 마바리 장사꾼이 있었습니다. 그 마바리 장사꾼은 비단을 가득 싣고 어느 산골길을, 산길을 걷고 있었습니다. 해는 뉘엿뉘엿 지고 있었습니다. 떠나온 마을은 벌써 멀어졌고 앞에 마을은 보이지도 않았습니다. 날씨는 점차 어두워 갔습니다. 그렇지만 마을은 좀체 나서지 않고 근데, 어느 산모롱이를 돌자 저 멀리 불빛이 반짝이었습니다. 그래서 그는 너무나도 기뻐서 말에 채찍질을 하면서 다그쳤습니다.

한참 걷고 나니 길옆 집에 그 불빛이 새어 나오는 그 집에 이르게 된 것입니다. 대문을 두드리자 안에서 사람의 곡소리가 터졌습니다. 곡소리도 여러 사람의 곡소린 것이 아니라 가냘픈 여인의 곡소리였습니다. 젊은 여자가 혼자서 곡을 하고 있는 것 같았습니다. 그렇지마는 그는 여기를 지나며는 또 얼마나 가야 할지 몰라서 그냥 문을 두드렸더니 이윽해서[2] 한 여인이 산발을 하고 나왔습니다. 그 여인은 지나가는 마바리 길손을 보고 물었습니다.

"어디로 가시는 양반인데 이렇게 늦은 길을 가십니까?"

라고 했습니까?

"예, 저는 마바리 장사꾼인데 비단을 실었습니다. 그런데 그만 길을 이렇게 늦게 떠나다 보니 앞에 마을이 어디인지도 모르겠고, 암만해도 하룻밤 묵어가야 하겠습니다."

그랬더니 그 여인은 참 딱하다는 듯이 말했습니다.

---

1 마바리 : 말의 등에 짐을 싣기 위해 얹은 장치.
2 이윽해서 : 이윽하여, 한참 있다가.

"오늘 저녁 우리 바깥 분이 그만 갑자기 세상을 떴습니다. 그러다 보니 제 혼자밖에 남지 않았습니다. 참 딱한 사정입니다."

도대체 누가 딱하다는 것도 이야기를 하지 않았지만, 딱하다고 하는 분이 아마도 자기 쪽으로 생각해서 딱하다고 한 것 같기도 하고, 또 손님한테도 딱하다는 이야기 같기도 합니다. 마바리 장사꾼은 그래도 하는 수가 없다는 듯이,

"어쨌든 하룻밤 묵고 가게 해주십시오. 혹 내가 도와 드릴 일이라도 있을지 모르니까."

라고 덧붙여 말했습니다. 그제사[3] 여인은,

"그럼 들어오시지요."

하고 말하는 것이었습니다.

말을 매어 놓고 짐을 내리우고 집안에 들어가서 저녁상을 받았습니다. 밥을 먹고 난 다음에 여인은 시신 곁으로 갔습니다. 이 마바리꾼도 따라갔습니다. 그 집주인은 누워 있었습니다. 여인은 포목을 꺼내 가지고 염[4]을 해달라고 하는 것이었습니다. 그러면서 하는 말이 '갑작스레 돌아가신 양반이어서 염을 너무 꽁꽁 동이지 마십시오.'라고 부탁하는 것이었습니다. 이 마바리 장사꾼은 주인이 저녁 대접을 하고 묵고 가게 하니까 너무나도 고마워서 주인 마누라의 뜻대로 그렇게 슬금슬금 대수(대충) 염을 하는 체하고 말았습니다. 그런 다음에 여인은 인차[5] 장사를 치르자고 재촉하는 것이었습니다. 그러면서 바깥에 지게를 받쳐 놓았습니다. 둘이서 송장을 지게에다 지우고 여인은 곽지[6]를 들고 앞에서 걷고 사나이는 뒤에서 송장을 지고 따랐습니다.

얼마 가지 않아서 여인은 멈추어 섰습니다. "여기가 전에 이야기하고 있는 명당이 올시다. 여기에 묻을까 하오니 내려 주시옵소서." 하여 마바리 장사꾼은 지게를 내리웠습니다. 지게를 받쳐 놓고 곽지로 광[7]을 팠습니다. 광을 판 다음 둘이서 송장

---

3 그제사 : 그제야. 그제서야.
4 염 : 염습의 준말. 죽은 사람의 시신을 씻긴 후에 삼베 등의 포목으로 묶는 일.
5 인차 : 즉시. 곧바로.
6 곽지 : 괭이의 방언.

을 내려 광에다 놓자고 한 그 순간이었습니다. 죽은 송장이 벌떡 일어나면서 그만 힘껏 이 마바리꾼을 차버렸습니다. 마바리꾼은 그만 떨어졌습니다. 그곳이 바로 벼랑이었습니다. 그는 굴러 떨어지면서 생각했습니다. '아차! 내가 올가미에 들었구나.' 그 짧은 순간에 생각한 그는 굴러떨어지면서 엉겁결에 손에 닿는 것을 붙잡았습니다. 정신을 채려 보니 그것은 멀구[8] 넝쿨이었습니다. 멀구 넝쿨을 휘어잡은 그는 간신히 봄을 가누어 가지고 조심조심 다 내려갔습니다.

그리고 난 다음 몇 해가 지났는지 몇 달이 지났는지는 몰라도, 또 한 봇짐 장사꾼이 그 산길을 걷고 있었습니다. 그 봇짐 장사꾼도 공교롭게 그만 해가 져서 떠나온 마을로 돌아가자 해도 돌아갈 수 없고 앞에 마을이 어딘지 모르니 허둥지둥 걷기만 했습니다. 걷고 걷고 해서 어느 산모롱이를 돌아서니까 저 멀리 등잔불이 빛이 빤히 보이는 것 같았습니다. 그래서 그는 그 불빛이 비친 곳으로 걸음을 재촉했습니다. 불빛이 있는 곳으로 다가가면서 보니 그 옆에 대문이 있었습니다. 그는 대문을 두드렸습니다.

안에서 별안간 울음소리가 들려왔습니다. 아마도 누가 세상을 떠서 곡을 하는 것 같았습니다. 한 여인의 가냘픈 통곡소리가 들려왔습니다. 그래도 그 사나이는 그냥 문을 두드렸더니 한참 만에 산발을 한 여인이 나타났습니다. 그는 다짜고짜로 여인에게 말했습니다.

"나를 하룻밤만 묵게 해주십시오. 앞에 마을이 어딘지도 모르겠사오니 제발 하룻밤만 묵어가게 해주십시오." 하고 애원하는 듯했습니다. 그러자 그 여인은,

"오늘 밤 바깥양반이 세상을 떠서 내 혼자뿐이올시다. 참 딱한 사정입니다. 안으로 드시지오."라고 한 것이었습니다.

그래서 이 봇짐 장사꾼은 안으로 들어갔습니다. 따라 들어가서 저녁상을 받고 밥을 먹은 다음에 여인은 말했습니다.

7 광 : 시신을 묻을 구덩이.
8 멀구 : 머루.

"우리 집은 단둘이 살다가 혼자 가고 나니 다른 사람이 없습니다. 손님께서 어쨌든 장사를 같이 치러줘야겠습니다."라고 하는 것이었습니다.

"예, 두말 이를 데 있겠습니까? 그렇게 하지요." 하고서 이 손님은 선뜻 대답했습니다. 여인은 포목을 꺼내면서 부탁하는 것이었습니다.

"남편이 갑자기 세상을 떴습니다. 염을 단단히 하지 마시기 바랍니다." 라고 하는 것이었습니다. 그래서 이 봇짐 장사꾼은,

"예, 그렇게 하지요." 하고 대답을 하였습니다.

칠성판[9] 위에 놓인 시신을 이 봇짐 장사꾼은 염을 하는데 손, 발, 손발을 딱 붙이 놓고 다섯 토막을 묶었습니다. 묶을 때 있는 힘을 다해서 꽁꽁 묶어 놓았습니다. 그리고 입과 귀에는 모두 솜으로 틀어막았습니다. 그런 다음 여인은 바깥에서 지게를 받쳐 놓았다고 말합니다. 둘이서 송장을 지게 위에 올렸습니다. 여인은 앞에서 곽지를 들고 난 뒤에 손님은 뒤에서 지게를 지고 따랐습니다. 한참 만에야, 한참 가자 여인은 말했습니다.

"여기가 명당이라고 합디다. 내려 놓으시지오." 하는 것이었습니다. 시신을 내리다 놓구 그 사나이는 광을 파기 시작했습니다. 광을 얼마 파지 않았을 때 여인은 말했습니다.

"이만하면 됐습니다."라고 하기에 그는 아 너무 얕다고 하면서 조금 더 파면서 시신을 같이 모시자고 했습니다.

둘이서 같이 맞들고 내려놓았습니다. 여인은 하는 말이,

"나는 머리를 들고 손님은 다리 쪽 아래쪽을 들어주십시오."

"예, 그렇게 하지오."라고 했습니다.

그래서 둘이서 맞들고 광에다가 내려놓으려고 하는 그 순간이었습니다. 여인은 그만 놀랐습니다. 놀란 느낌에 칠성판에서 손을 떼버렸습니다. 그렇지만은 그 칠성판에 놓인 송장은 끄떡도 않았습니다. 그제사 그 봇짐 장사꾼은 여유롭게

---

9 칠성판 : 관 속의 바닥에 까는 얇은 널조각. 북두칠성을 본떠 7개의 구멍을 뚫음.

말했습니다.

　"이 지독한 놈들, 연놈 같으니라고! 오가는 사람들을 얼마나 해쳤던고? 오늘 이 원수를 갚으러 왔노라. 내가 아무 때 아무 시에 너네 집에 들어왔던 그 마바리 장사꾼이니라."

하면서 곽지로 그 여인의 대가리를 내려쳤습니다. 그리고는 두 사람을 꽝꽝 묶어서 묻어 놓고 그는 자기 짐을 챙겨 지고 그만 그 길을 떠나고 말았습니다.

5) 신랑의 오해로 죽은 신부

　옛날 어느 산간 마을에 괜찮게 사는 한 집이 있었습니다. 그 집에는 글공부를 하는 서당꾼[1]이 있었는데 그도 나이가 차서 장가를 들게 되었나 봅니다. 비록 산간 마을이라고 하지만 이 집은 그 마을에서도 괜찮게 사는 집이었습니다. 신부 집은 거기에서 하룻길을 걸어야 하는 바닷가에 있는 집이었습니다. 장가드는 날 이 신랑은 말을 타고 사모관대를 한 차림으로 길을 떠났습니다.

　물론 짐꾼도 따르고 해서 저녁 무렵에사[2] 처갓집에 이르른 것입니다. 신부 집에서도 신랑이 들온다고 잔치가 한창이었습니다. 신랑이 들어서자 얼마 안 있어 곧 혼례식이 시작되었고 예식이 끝난 다음 신랑 신부는 안채로 모시게 되었습니다. 원래 이 신부 집도 그 마을에서는 괜찮게 사는 집이었습니다. 그러기 때문에 신부는 규수로서 그냥 수나 놓고 글이나 읽고 하는 이런 집 규수였던 것입니다. 그래서 따로 방을 차려 놓고 있었습니다.

　그 방이 바로 신방이 됐습니다. 동배주[3]도 끝이 나고 상을 미뤄놓고 곧 취침을 하게 되었습니다. 누구나 아는 바와 같이 첫날밤은 매우 의의가 깊은 이런 밤이었습니다. 둘은 서로 만나 보지는 못했지마는 아주 흥분된 상태에 있었습니다. 근데 별안간 바깥에서 무엇인가 부스럭부스럭 소리가 나더니 갓 바른 새하얀 창호지에 비친 것이 중대가리였습니다.[4] 신랑은 그만 깜짝 놀랐습니다. '아차! 이 여자가 아주

---

1 서당꾼 : 서당에 다니며 공부하는 사람.
2 무렵에사 : 무렵에야.
3 동배주 : 신랑 신부가 함께 마시는 술. 합환주와 비슷한 말인 듯.
4 중대가리였습니다 : 중처럼 빡빡 깎은 머리.

행실이 단정하지 못했구나. 중놈이 드나들었었구나.'하고 생각한 끝에 그는 더 참을 수가 없었고 머무를 수가 없었던 것입니다. 이래서 그는 그만 그길로[5] 옷을 주섬주섬 집어 입고 쥐도 새도 모르게 신을 신고 문을 나와 집으로 줄달음쳐 갔습니다.

새벽이 되었습니다. 한참을 아들을 장가보내느라고 곤했던 부모님들이 갑자기 아들이 들어서는 것을 보고 놀라지 않을 수 없었던 것입니다. 웬일이냐고 했더니 그만 아들은 그 자리에서 까무러치고 말았습니다. 한 식경[6]이 지나서야 깨어난 아들은 말했습니다. '여차여차해서 저는 그만 돌아왔습니다.'라고 한 것이었습니다. 부모님들도 신부되는 사람이 그런 줄 모르고 있었는데 듣고 보니 참으로 다행한 일이었기도 합니다. 그래서 다시는 신부를 데려올 생각도 하지 않고 사돈집에 이렇다 할 말 한마디 없이 그냥 지나고 말았습니다.

달이 가고 해가 바뀌고 해도 이 신랑은 다시 신부 집에 나타나지를 않았습니다. 그날 밤 신부는 어찐 영문인지 모르고 신랑이 나간 다음에 들어오지 않으니까 그 자리를 그냥 지키고 있었습니다. 부모님들이 물어도 그냥 아무 대답도 할 수 없었던 것입니다. 그는 곧 곡물을 입에 대지도 않고 그만 그 자리에서 앉은 채로 숨을 거두고 말았습니다. 아무가 그를 움직이자고 해도 움직일 수도 없게 됐습니다. 그는 그 자리에 그만 못 박아 놓은 듯이 있었습니다.

그런데 몇 해가 지났던지는 몰라도 신랑 됐던 그 사람이 하루는 읍내를 갔습니다. 읍내 한 모퉁이에 사람들이 모여서 왁자지껄 떠들고 있었습니다. 다가가 보니 거기에 한 늙은이가 앉아서 관상을 보고 있었습니다. 이 사람이 고개를 기웃이 내려다보니 그 관상쟁이 흗뜩 올려다보더니 그만 입을 짝 벌리면서 무릎을 치던 것이었습니다.

"여보게, 이 사람!"하는 것이었습니다.

그러고부터 말이 없었습니다. 이 사람은 아주 뜻밖이었습니다. 그는 무릎을 꿇었습

---

5 그길로 : 곧바로. 그 즉시.
6 한 식경 : 한 끼 밥을 먹을 정도의 시간.

니다.

"어르신, 어떻게 된 영문입니까?"라고 물었습니다.

옆에 섰던 사람들도 다 자리를 비켜 주었습니다. 그래서 그랬던지 그 늙은 관상쟁이가 말했습니다.

"자네는 호식에 갈 상[7]일세."

라고 하는 것이었습니다. 이것은 청천벽력이었습니다.

"아니 어떻게 아십니까? 관상을 보고 그것을 아실 텐데 꼭 그것을 방비할 방도도 있을 것이 아니겠습니까? 제발 살려주십시오."

라고 애걸했습니다. 그랬더니 그 관상쟁이는,

"다만 한 가지 수밖에 없네그려."

"그럼 그것이 무엇이오이까?"

"다른 것이 아니라 자네가 지금 인차[8] 가서 말가죽을 천 장 구해야겠네. 그리구 어느, 그 다음 달 보름날에 다락에 밑에, 다락 밑에다가 이, 천 장 가죽을 쌓아놓고 그 밑에 자네가 누워 있게. 그러면 호식을 면할 것일세."

라고 하는 것이었습니다.

그는 아찔한 정신을 간신히 가다듬어 가지고 집으로 돌아왔습니다. 돌아와서 부모님들에게 이 이야기를 여쭈었습니다. 괜찮게 사는 집이었던지 어머니 아버지가 아이를 어찌 사랑했던 것인지 어쨌든 아버지는 사람을 보내어 말가죽을 구하기 시작했습니다. 마침 한 달이 되어 말가죽은 구해졌습니다. 보름날이 되었습니다. 그 말가죽을 다락 밑에다가 쌓고 맨 밑에 이 사람이, 이 아들이 누웠습니다. 무슨 일이 생길지는 모르지마는 온 집안이 모두 긴장한 상태였습니다.

다른 쪽으로는 신부 집이었습니다. 신부 집에서는 매일과 같이 안채에 있는 딸 방으로 들어가 보았지만 딸은 그 자리에서 꼼짝도 하지 않고 그냥 고대로 소복단장

---

7 호식에 갈 상 : 범에게 물려가서 죽을 관상.

8 인차 : 곧바로. 이내. 즉시. 빨리.

하고서 앉아 있었습니다. 살아있는 것만 같았습니다. 그런데 바로 그날 밤, 저녁에 달이 또 둥실 떴습니다. 얼마 되었는지 모르지만은 그 한 신부 방에 문이 빼곡이[9] 열리더마는 신부는 일어나는 것이었습니다. 일어나더니 마당에 나가서 법사[10]를 세 번 넘었습니다. 그러자 난데없는 큰 대호(大虎)가 되어 담장을 뛰어넘고 어디론지 사라졌습니다. 그 대호는 그 길로 신랑 집을 찾아갔습니다. 그 집으로 가서 원래 책방으로 되어 있는 창문으로 다가가더니,

"아! 요놈이 여기 없구나. 어디루 갔을까?"

하고 이리저리 훑어보다가 마침내 말가죽이 쌓인 곳으로 다가갔습니다.

"아! 이놈이 이 밑에 숨었구나."

하구서는 말가죽을 한 장 들고 휴 한숨 쉬고, 또 한 장을 들고는 휴 하고 한숨을 쉬면서,

"한 장, 두 장, 열 장, 쉰 장, 백 장, 이백 장, 삼백 장, 오백 장, 육백 장, 칠백 장, 팔백 장, 구백 장, 구백오십 장, 구백육십 장, 구백칠십 장, 구백팔십 장, 구백구십 장, 구백구십 한 장, 휴 구백구십구 장, 휴!"

'휴' 소리가 나기 전에 그만 꼬끼오 하는 닭 울음소리가 들려왔습니다. 그러자 그 대호는 휴 하더니만 그만 멈추고 담장을 뛰어넘어 사라졌습니다. 이 대호는 그 길로 신부 집으로 달아가더니 마당에서 법사를 세 번 넘고 집안으로 들어갔습니다. 또 고 자리에 딱 앉았습니다.

그 다음에사 이 아들이 어떻게 되었는가 생각해서 부모들이 뒤로 나와 가지고 보았습니다. 말가죽이 이리저리 널려 있는데 마지막 한 장은 덮혀 있었습니다. 아들은 온전했습니다. 그러나 사색이 되었습니다. 아들은 까무러쳤습니다. 데리고 들어와서 녹두염[11]을 끓여서 멕이고 드리운[12] 다음에 아들은 깨어났습니다. 그제사 정신

---

9 빼곡히 : 빼꼼이의 오용인 듯.

10 법사 : 공중제비를 말함인 듯.

11 녹두염 : 녹두 미음.

12 드리운 : 땀이나 물기를 닦아서 말림.

이 든 아들은 자기가 잘못한 죄로서 호식에 갈 뻔했던 것을 생각하고 원래 처가 집으로 달려갔습니다. 달려가 보니 누구도 그를 맞아줄 리 없었습니다. 저녁이 되었습니다. 그는 원래 신부 방이었던 방으로 들어갔습니다. 여인은 그냥 고 자리에 앉아 있었습니다. 달이 솟았습니다. 휘영청 밝은 달빛에 바깥을 보니 창호지에 또 중대가리가 얼른거렸습니다. 자세히 보니 몸뚱아리는 없는 것이 그냥 왔다 갔다 하였습니다. 그는 그래도 여인에게 다가가 붙었습니다.

"내가 잘못했으니 용서해 주오."

라고 하면서 그의 손을 잡자고 했습니다. 그럴 때 중대가리는 어찌 솟구치는 것이었습니다. 보아하니 다리가 너덜너덜 하는 것이 문어가 분명했습니다. 그래서 여인에게,

"내 죽을죄를 지었으니 제발 용서하고 같이 백년해로하자"

고 손을 쥐었습니다.

쥐자마자 앉아 있던 여인은 재로 되어버렸습니다. 그는 통곡을 졌습니다.[13] 바닷가의 그 집은 물방앗간이 옆에 있다고 했습니다. 그 물방앗간에서 방아를 찧게 되면 게가 나옵니다. 문어는 그 게를 먹기 위해서 올라 왔다가 이 집 마당을 지나가게 된 것입니다. 이것을 신랑은 그만 의심을 했기 때문에 얼토당토 않는 누명을 신부에게 씌우고 이런 변을 저질렀다고 하는 것입니다.

이상 몇 가지 이야기를 드리면서 나는 내 어릴 때 이런 이야기를 들려주신 할머니를 기리게 됩니다. 우리 할머니는 월성 이씬데, 이월순이라고 하는 분인데 아주 이야기를 많이 하셨어요. 박문수의 어사이야기도 들려주었고, 또 삼국유사에서 나오는 이야기라든지 삼국지의 이야기라든지, 물론 편단[14]이긴 하지만. 알고 보니 그런 책에서 나온 이야기들도 무척 많았던 거로 기억되고 있습니다. 이만 그치겠습니다.

---

13 통곡을 졌습니다 : 통곡을 지었습니다.
14 편단 : 떨어져 나온 조각 이야기를 말함인 듯.

6) 범에 물려간 이야기

이야기는 많지만 어떤 이야기들은 아주 신기하기도 하고, 생각하면 할수록 그럴 수가 있겠느냐 하는 이런 이야기들도 많이 있는 것입니다. 예, 오늘은 범에게 물려간 이야기를 하나 할까 하는데.

영남 지방 어느 산골에 최 씨라는 영감이 살았어요. 이 영감은 마누라, 아들, 며느리, 손자, 손녀 이렇게 아주 식구들이 다 갖추어진 이런 집으로서 마을 어구[1]에 살고 있었어요. 그날도 하루 일을 마치고 온 집 식구들이 덕석[2]을 펴고 모닥불 모깃불을 피아(피워) 놓고 바람을 쏘이고 앉아 있는데, 앉아서 한담들을 하고 있고, 애들은 하늘의 별들을 헤고, 할멈은 무슨 이야기 옛이야기를 하고 있는데 밤은 초경이 좀 지나고 이경쯤 되었겠지. 이러할 때 난데없이 사립문 저쪽에서 큰 황둥개[3]가 한 마리 사립문을 뛰어넘어 들어오지. "저게 뭐냐?"하고 턱 보는데, 아이! 이 들어온 이, 그 황둥개가 실제는 황둥개가 아이라 호랑이였지.

대뜸 맨 가에 앉아 있는 최영감을 덥석 물고는 '식' 하고 달아나는 것이었지. 덕석에 앉아 있던 사람들은 아연실색했지. 할멈도 너무 돌발적인 일이어서 팍 뒤로 고저(그저) 자빠져 번듯이 눕게 됐고 아들, 며느리는 고함을 지르면서,

"아버지 남기 두고 가라. 거기 두지 못하겠는가?"

하고 따랐던 것입니다.

---

1 어구 : 어귀의 방언.
2 덕석 : 추울 때 소의 등을 덮어주기 위해 멍석처럼 만든 것. 여기서는 마당에 깔아놓고 앉는 멍석.
3 황둥 개 : 털빛이 누런색의 큰 개.

따랐지만 거기 나간 다음에는 어디로 갔는지 동으로 갔는지 서로 갔는지 알 수 없었습니다. 이래서 온 마을 사람들에게 알려가지고(알려서) 횃불을 들고 산으로 기어 올라갔습니다. 골골마다 사람들이 꽉 덮였지마는 행적이 없었습니다. 그래서 그 이튿날도 사람들이 이 골안 저 골안⁴할 것 없이 샅샅이 뒤졌지만 범이 물어간 최영감은 보이지 않았습니다. 사흘째 되는 날 그 이웃 마을에서도 산에 올라가 찾고, 나흘째 되는 날도 찾아보았지만 영감은 보이지 않았습니다.

그래서 하는 수 없이 할멈이 주창을 해서 호식에 간 영감을 시체도 찾지 못하고 초상을 치르자고 결정을 내렸습니다. 그래 결정을 내려가지고 그 이튿날 7일장까지는 할 것도 없고 5일장으로 결정해서 아들, 며느리는 상주가 되고 또 일가친척들에게 알려가지고 그 이튿날 닷새 되는 날에 초상을 치르게 되었습니다. 곧 초상을 치르고 상여를 메고 나갈려고 이제 할 때, 발인할려고 하는데 난데없이 최영감이 마루 위에 왔다는, 이런 애들이 부르짖는, 애들이 와서 알리는 것이었습니다.

아이 이것은 꿈도 아니고 생시도 아니고 참 별난 일이 생겼다고 생각했습니다. 아! 그런데 아니나 다를까 쪼꿈(조금) 있으니까, 아! 최영감이 싱글벙글 하면서 들어오는 것이었습니다. 척 사립문으로 들어서자마자 아, 발인하려는 이런 상여꾼들과 상복을 입은 아들, 며느리를 보고,

"아! 이게 어찌 된 일이냐?"

하고선 도로 영감이 야! 말을 하는 것이었습니다. 할멈도 그렇고 아들, 며느리도 그렇고, 이웃 사람들도 그렇고, 상여꾼도 다 이쪽에서는 이쪽대로 영감이 호식에 가서 살아온다는 건 무슨 말인가? 귀신인지 도깨빈지 알 수가 없었습니다.

그때 영감은 "허허" 웃고서는 그제사 내가 아무갠데 살아 돌아왔노라고 했습니다. 그러고는 이야기를 하는 것이었습니다. 내가 할멈이 하는 이야기를 듣고 있는데 갑자기 무엇이 턱 덮쳐드는데 그 황둥개 같았던 것이 어, 갑자기 나를 물고서 나가가지고 마을 어귀에 턱 가서 턱 내라놓고는 희뜩 등에다가 지고는, 그래서 나는 그,

---

4 이 골안 저 골안 : 이 골짝 저 골짝.

내릴 수도 없고 그냥 범 등에 앉아서 엎드려 가지고 그저 달아, 달리는 대로 갔어. 가고 가고 바람이 씽씽 일고 말이지. 이 나무 사이로 저 나무 사이로 이 벼랑 저 벼랑 넘으면서 가는데 얼마나 가는지도 모르겠는데 한 군데 가니까 깎아지른 듯한 벼랑 옆에 굴이 있는데 턱 범이 멈췄어.

이럴 때 범이 멈춰 서자마자 굴 안에서 새끼 범이 네 마리 나오거든. 또 큰 대호가 한 마리 뒤에 따라 나오거든. '아차 죽었다.'하면서도 어릴 때 어렴풋이 들은 이야기가 있어서 탁 내려놓을 때 그만 왼쪽으로 툭 떨어졌습니다. 나오던 새끼 범들은 차라리 아주 좋은 먹이가 생겼다고 제마다 혀를 날름날름하는데, 엎고 간 어미 범은 그냥 물끄러미 앉아서 볼 뿐이고, 나오던 대호는 도로 꽁지를 밖으로 내고 머리를 굴 안으로 해서 들어가는 것이었습니다. 이때까지도 이 최영감은 정신이 아주 말뚱했다고 하는 것입니다. 이렇게 최 영감의 말이,

"이래서 언제나 나를 말이야 언제나 잡아먹겠는가 하고 기다리고 있는데 아! 잡아갔던, 잡아가던 이 어미 범이 나를 도로 턱 등에다 업더니 쏜살같이 달려. 그런데 내가 언제 어떻게 됐는지 몰라도 며칠이 지난 지도 모르고 나는 그저 돌아왔다. 돌아왔는데 그 범의 등에 또 업혀 가지고 왔는데, 와서 동구 밖에 턱 내라 놓고 범은 어디론지 모르게 사라졌다."

이런 이야기를 듣고 사람들은 모두 아주 신기한 이야기라고 생각하고 누구도 그 말을 믿을 수가 없었지마는 믿지 않을 수도 없던 겁니다. 그래서 장사를 지내자고 하던 건 그만두고 모두 장사 음식, 초상 치른 음식을 다시, 한 번 더 나눠 먹고 그다음 이리저리 다 제집으로 돌아가고 식구들만 남았습니다. 이래서 또 이런 언제 일이 있었냐 하는 듯이 그날 밤을 지내고 이틀 밤, 사흘 밤, 또 얼매간 지내갔습니다.

이래서 1년이 되고 2년이 되고 했는데, 또 하루는 범이 사립문 저쪽에서 다가들어 와가지고 다름 아닌 또 영감을 물고 달아갔습니다.[5] 이럴 때 아들, 며느리는 어쩔 수가 없어서 "아버님, 정신 채리이소 정신 채리이소" 하고 외치기만 할 뿐이었습니

---

5 달아갔습니다 : 달려갔습니다.

다. 마을 사람들은 이번에사 어찌겠는가 하고 속절없이 범의 밥이 되고 말 것이다. 하고 생각하는 사람들도 있고 또 요행을 바래서 살아날 수 있을 거라는 사람도 있었습니다. 그러나 집안사람들은 모두 영감의 말을 믿고서 살아 돌아오기를 기대하고 있었습니다. 근데 아니나 다를까 한 나다흘[6] 후에 또 영감이 살아서 돌아 왔던 것입니다.

이래서 사람들은 이야기를 한입 두입 건너서 여러 사람들이 다 알게 됐습니다. 최영감은 참 신기하다고 하는 사람들이 있는가 하면, 최영감이 뭐 어떻게 했길래 범에 물려갔다가 되살아 돌아오는가 하고 의심을 가지는 사람들이 아주 많았던 것입니다. 그렇지마는 어쨌든 그때부터 이런 말이 남은 것만은 사실이라고 합니다. 다른 것이 아니라 '범에 물려가도 정신만 차리면 살아난다.'하는 말인 것입니다.

---

6 나다흘 : 나흘이나 닷새. '사나흘'에 이끌린 오용.

7) 시어머니께 효도한 며느리

옛날에 우리 조선 사람들은 아버지는 자식들을 사랑하고 자식들은 또 부모님께 효도하는 이러한 미덕이 전해져 내려왔습니다. 물론 이것이 어떤 사람들이 인정하는 것과 같이 유학의 가르침이라고, 유학이 보급되어 사람들이 자식을 사랑하고 부모에게 효도한다고 이렇게 이제 말하고 있지만, 기실 부모가 자식을 사랑하는 것, 또 자식이 부모에 효도하는 것, 그 인륜이 그렇게 된 것입니다. 혈육 관계로서 그것을 저도 모르게, 또 아주 그것이 전통적으로 이어져 내려온 것입니다. 물론 이런 이야기는 다 사실이 있었는가 하는 것은 모르겠지만 그런 생각을 좋은 생각, 그런 일을 좋은 일이라고 선양한 것만은 사실입니다.

이제 이야기하자고 하는 것은 시어머니께 효도를 다한 며느리의 갸륵한 이야기를 하나 하고자 합니다. 옛날 어느 두메산골에 홀어머니가 아들을 키아(키워) 가지고 그 아들이 장가를 들었습니다. 장가를 들었는데 그 아들은 자기 어머니가 혼자서 자기를 낳아 기른 그 은혜를 언제나 잊지 못하고 어머니에게 모든 정력을 몰부었던[1] 것입니다. 가난한 집이어서 고량진미를 대접할 수도 없고, 비단옷을 어머니에게 입혀드릴 수도 없었던 것이지마는, 그러나 구들[2]만은 뜨뜻하게 겨울이라도 뜨뜻하게 하였습니다. 어머니를 편안히 주무시도록 해드렸던 것입니다.

며느리가 들어온 다음에 며느리도 역시 남편의 그 갸륵한 심정을 받아들이고 남편과 함께 어머니에게 모든 심혈을 몰부었습니다. 어머니가 편찮으면 미음을 끓여 대접하고, 육붙이[3]가 생기면은 어머니에게만 드렸습니다. 남편이 나무를 해오면 그

---

1 몰부었던 : 몰아 부었던.
2 구들 : 방구들. 온돌.

나무로(나무를) 아궁이에 많이 지펴 가지고 어머니만 뜨뜻한 아랫목에서 쉬게 하고, 또 사냥을 해오게 되면은 사냥해온 고기를 달아매 놓고, 겨울이면은 달아매 놓고 매월에 대접했고, 여름이면 그것을 땅 움에다가 넣어 놓고 어머님께 오래오래 대접하곤 했습니다. 칠팔월이 되어 산에 머루, 다래가 생겨 주렁주렁 열리는 것을 따오고 그것을 어머님께 대접하고 했습니다.

어머니는 아들, 며느리의 지극한 효성으로 해서 점차 몸은 더 나아졌습니다. 잔병도 없게 되었고 얼굴은 불그레한 것이 연세에 비해서 젊어 보이는 편이었습니다. 그러다가 하루는 언젠진 몰라도 며느리에게 태기가 있게 되었고 열 달이 지나서 열 달이 차서 손주를 보게 되었습니다. 온 집안에 대 희사였습니다. 그중에서도 할머니는 더없이 손자 애를 보았기 때문에 우리 집안에도 대를 이을 손자 아이가 태어났기 때문에 시어머니는 며느리를 너무나도 고맙게 생각했습니다.

첫아이를 낳아 아들이었기 때문에, 대를 이어줄 수 있는 아들을 낳았기 때문에 어머니는 마음속으로 더없이 며느리를 사랑했던 것입니다. 며느리도 전과 조금도 다름없이 어머니에게 효성을 다했습니다. 그런데 젖을 먹을 때는 몰랐지마는 젖을 띠게(떼게) 되자 밥을 먹게 되었습니다. 밥을 먹게 되자 요놈은 그냥 할머니 상에만 달아(달려) 올라갔던 것입니다. 할머니는 처음 어린애가 너무나도 귀여워서 밥을 먹을 때면 꼭 껴안고서 밥을 떠 멕이고 반찬 맛있는 것을 골라 가지고 손자 입에 옇어주고[4] 했습니다. 그 손자 애는 그것이 좋아서 할머니 상에는 좋은 반찬이 있고 아버지, 엄마 상에는 아무것도 없는, 그저 맛이 없는 거밖에 없기 때문에 그냥 할머니 밥상에 매달렸습니다.

이렇게 되자 며느리는 매우 불안해졌습니다. 어머니 보기가 매우 민망했던 것입니다. 그래서 속으로는 요놈 아이를 어떻게 질(길)을 들이냐 생각하고 또는 아이를 붙잡고 할머니 밥을 자실 때는 업고 나가거나 아니게 되면 다른 방에 앉아서 저

---

3 육붙이 : 육류.
4 옇어주고 : 넣어주고.

바깥에 앉아가지고 일을 하면서 아이를 옆에 두고 들어가지 못하게 하고. 이렇게 했지만 아이는 그때마다 울면서 밥을 먹겠노라고 야단도 치고 했습니다. 들어와 보면 시어머니는 밥을 자시지 않고 그냥 손자가 들어오기를 기다리고 있군 했습니다. 그래서 이 며느리는 이 일을 어떻게 해야 할까 생각했지마는 아무런 생각이 나지 않았습니다. 근데 하루는 큰 결심을 했습니다. 남편에게 여차여차하고 이야기를 드리니까 남편도 어머니를 위해서는 모든 것을 해야겠다는 결의로써 아내의 이야기를 들어주었습니다.

그날도 집에서 엿을 달이기로 했습니다. 큰 벌떡 가마[5]에다가 엿을 부어가지고 안쳐놓고 지금 불을 때고 이제 엿이 부글부글 끓고 있었습니다. 근데 어린애를 허술하게 업고 있었던지, 그만 어린애의 그 가마에 엎드려 가지고 가마 밑에 주개[6]로써 젓고 있는 그 순간 아들은 그만 가마에 빠져 들어갔습니다. 불을 때던 남편도 가마를 젓던 아내도 그 아이를 꺼낼 생각을 하지 않고 그냥 가마뚜껑을 닫아 버렸습니다. 그리고는 그냥 불을 땠습니다. 그래서 엿을 다 달였는데 눈물을 머금고 엿을 달였습니다. 눈물을 흘리며 엿을 달였습니다.

엿을 다 달인 다음 가마뚜껑을 열어 놓고 엿을 이제 달이는데 엿이 거의 엉겨졌을 때 그는 거기에서 뼈다구들을 춰내서[7] 남편이 집 뒤에다 묻게 하고 나머지는 그냥 엿을 퍼 담았습니다. 이러고는 어머니께 여쭸습니다.

"방금 엿을 달이다가 그만 아이를 떨어뜨리고 말았습니다."

어머니는 너무나 기가 막혀서 손자 아이를 잃은 그 비통으로 인해서 죽고 말겠다고 야단을 쳤습니다. 그러면서 엿을 들여왔는데도 조금도 입에 대려고 하지 않았습니다. 어디에다가 묻었느냐고 물었습니다.

"예, 저 뒤에다가 뒷산에 갖다가 묻었습니다."

---

5 벌떡 가마 : 매우 큰 가마솥. 부엌 바깥 뜰에 걸어놓고 쓰는 커다란 가마솥.
6 주개 : 주걱의 방언.
7 춰내서 : 추려내어서

근데 어머니는 거기로 찾아갈 수도 없었고 손자를 잃어버린 슬픔으로 해서 그만 자리에 누웠습니다. 아들과 며느리는 어머니를 위해서 자식을 없애버리려고 마음먹었는데 어머니가 눕고 보니 후회가 막심했습니다. 그렇지만은 두 사람은 어쨌든 어머니를 구해야 되겠다고 생각하고 미음을 끓여가지고 대접했습니다. 그러나 어머니는 입을 딱 다물고서 미음을 받아들이려고 하지 않았습니다.

하루, 이틀 지내 사흘 만에 어머니도 겨우 미음을 받아 잡수시는 것이었습니다. 이래서 얼마간 지나가며 어머니는 또 기력이 회복되었습니다. 달인 엿을 어머니께 조금씩 대접했습니다. 그랬더니 어머니는 언제 내가 늙었더냐는 듯이 점차 젊어가는 것이었습니다. 마치 갓 시집온 새각시처럼 얼굴색이 아주 발그레해지면서 살결도 야들야들해지고 이렇게 젊어지는 것이었습니다. 이 어머니의 모습이 변하는 것을 보고 아들과 며느리는 무척 기뻐했습니다. 비록 아들이지마는, 아들을 달여서 어머니에게 대접하고 한 그 생각은 그냥 슬픈 일로 마음속에 남아 있지만 어머니가 확실히 젊어진 듯해서 아들, 며느리는 매우 기뻐했습니다.

그런데 하루 저녁이었습니다. 집 뒤에서 무슨 소리가 들리는 것이었습니다.

"나는 이제 갑니다."

하는 목소리가 들리는데 아주 어린애 목소리였습니다. 귀담아 들으니,

"나는 저 금강산에 구백구십구 년이 된 일 년 남은, 일 년 못 채운 천년 동삼인데, 산삼, 천 년 묵은 동삼인데 하느님의 영을 받아 이 집에 태어났다가 이제 다시 하느님의 명을 받고 다시 돌아갑니다."

하는 것이었습니다.

이상하다고 생각한 아들, 며느리는 뒤뜰로 갔는데 난데없이 그 집에서 하늘 쪽으로 무엇인가 별지[8]가 떨어지는 것이 아니라 별지가 날아올라 가는 것이 바로 아들의 뼈를 묻은 그 자리였습니다. 그래서 두 부부는 그 자리를 파보아, 그 자리를 눈여겨 보았더니 삼이 돋아났습니다. 그래서 그는 '아! 삼이 우리에게 태어났다가 이제는

---

8 별지 : 미상. 여기서는 축문이나 제문을 태운 종이 또는 유성 따위를 말하는 듯.

하늘로 올라가는가 보다.' 이렇게 생각했습니다. 집에 돌아와도 이야기를 서로 주고받으면서 밤을, 밤에 잠을 이루지 못하고 그 이튿날 또 하던 일을 하고 어머니를 공경했던 것입니다.

이럭저럭 1년, 2년이 지나자 뒤에서, 집 뒤에 그 삼이 컸습니다. 이래서 그 삼을 또 어머니에게 대접했습니다. 이렇게 살다가 어머니는 백수를 하고 돌아가셨고 이 아들, 며느리에게는 그 후에 또 아들, 딸들이 태어나서 온 가정이 행복하게 잘 지냈고, 나라에서는 이 아들, 며느리가 어머니에게 지극한 효성을 다했다는 것을 표창했다고 하는 말이 전해지고 있습니다.

8) 효부 종 이야기

방금 이야기했던 그 효자 효부와 비슷한 이야긴데 이런 이야기도 있어요. 옛날 어느 곳에 아주 효성이 지극한 부부가 살았습니다. 그들은 어머니에게 매우 효성을 다하고, 또 방금 이야기했던 그 이야기처럼 아들을 낳아서 어머니를 기쁘게 해드렸습니다. 그러나 그 애도, 애들이란 다 그러한 것입니다. 어머니 밥상에 자꾸 매달리는 것이었습니다. 그래 할 수 없이 아내는 남편에게 말했습니다.

"여보, 우리가 저 아이를 놔두게 되면 어머니는 제대로 잡숫지 못하고, 제대로 잡숫지 못하기 되면, 오래 계실 수가 없으니까 저 애를 없애 치우는 것이 어떠합니까?"

라고 스스로 말씀 올렸습니다. 남편은 그 말을 듣자 언제 이 말이 나올까 기다리고 있은 것처럼,

"인차[1] 나도 그런 생각이었네."

하고 대답하는 것이었습니다.

이래서 둘은 이 약조를 하고 아이를 업고 쇠스랑과 꽉지[2]를 들고 산으로 갔습니다. 여기저기 가서 이산 저산 구비를 돌아 돌아 아이를 파묻자고 생각했습니다. 여기가 좋지 않겠느냐고 할 때 아내는 고개를 흔들었습니다.

"좀 더 갑시다."

또 한 구비 돌아도 역시 좀 더 가자고 가면서 이야기가 '기왕지사 죽을 놈이 자리나 하나 좋은 자리를 찾아 주어야지.' 하는 생각이었습니다. 애는 등에 업혀

---

1 인차 : 이내. 곧. 즉시. 곧바로.
2 꽉지 : 괭이의 방언.

와보지 못하던 산골길을 지나가면서 많은 수풀, 나무들 그리고 나는 새들 모두 신기했습니다. 이것도 물어보고 저것도 물어 보았지만 어머니는 대답은 하면서도 아이에 대한 사랑으로 해서 목이 메여 대답을 좋게 해줄 수가 없었습니다.

그런데 한 군데 이르르니 앞은 강이요 뒤는 산인데, 다시 말하면 산과 산 사이에 골물이 졸졸 흐르고 소나무가 여기저기 우거진 이러한 좋은 곳이었습니다. 그래서 거기에다가 묻기로 했습니다. 근데 둘은 그곳에다 아이를 내려놓고 번갈아 가며 아이의 광을 파는 것입니다. 아이는 제가 묻힐 광인 줄도 모르고 왜 여기서 구덩이를 파는가 하고 묻는 것이었습니다. 그렇지만은 누구도 대답을 하지 못했습니다. 파고 파고 또 파고, 또 파고 어쨌든지 깊숙이 묻어주자는 것이었습니다.

그런데 얼마간 파다보니 그만 더 팔 수가 없었습니다. 안에 돌이 탁 막히는가? 그래서 그 돌을 억지로 두 힘을 내서 고랑을 크게 해가지고 걷어 파냈습니다. 파내고 보니 아니 무슨 쇠붙이 소리가 나는 것이었습니다. 틀림없는 쇠붙이였습니다. 부부 간에 의논했습니다. '이것이 무엇일까?' 보니까 아주 싯누런 것이 혹 금이나 아닐까 하는 생각이 들었습니다. 이래서 남편이 마을로 뛰어들어 돌아갔습니다. 가서 그 마을에 제일 연세가 많은 늙은이를 찾아가지고 이야기를 했습니다. '한번 가봐 달라'고. 그 어르신은 두말할 것도 없이 따라나섰습니다. 늙은이가 굽어보자 그것은 다름 아닌 금으로 만든 종인 것 같았습니다. 이래서 마을 장사들을 불러 올려 가지고 그 종을 파서 메고서는 마을로 돌아왔습니다.

그리고 이야기를 다 들은 늙은이는 이 젊은 부부에게 말했습니다.

"자네들이 아주 효성이 지극하니까 아마 하느님이 자네들에게 이 금종을 내려주신 모양이다. 이 금종을 팔면은 어머니 대접을 잘 할 뿐만 아니라 자네들 부부가 한평생 먹고도 남음이 있을 것이니 애를 잘 키워서 어머니를 기쁘게 하라."
고 했습니다.

이래서 이 부부는 아이를 없애 치울 생각을 그만 거둬버리고 그 종을 가지게 됐습니다. 이 소문이 이 마을 저 마을 해서 나라 임금에게까지 들렸습니다. 임금은

이 효자 효부를 아주 크게 표창하시고, 그 종은 나라에 바쳐 온 누리 온 백성들이 다 그 종소리를 듣고 마음이 기쁘고, 온 나라가 평화롭고, 온 나라의 백성들이 부모에게 효성하는 이런 기풍을 더 넓혀야겠다고 했습니다.

과연 이 종을 나라에 새로운 종각을 만들어 매달아 놓고 한번 울리게 되면 늙은이, 젊은이, 남자, 여자 심지어 갓난 애기까지 모두다 그 종소리를 듣고서는 희열을 느끼고 마음 편안히 지내게 되었다고 합니다. 그래서 그 종을 효자 효부가 났다는, 캐낸 이런 종이라고 해서 효부종이라고 했다 합니다.

9) 꾀 있는 동생

옛날 어느 곳에 한 정승이 낙향해서 살고 있었습니다. 그 아랫마을에는 시골선비가 아들 둘을 데리고 아주 가난하게 살았습니다. 그 시골선비는 양반 출신이었기 때문에 찌그러진 갓을 쓰고 다녔습니다. 낙향한 정승은 그 고을 지방에 상대할 사람이 별로 없었지마는 이 양반 가난뱅이가 그래도 양반의 출신이라고 그 정승을 찾아가곤 했습니다. 찾아가서 바둑을 두고 동무를 해주었습니다.

그러던 이 시골 선비는 그만 세상을 뜨고 말았습니다. 의지가지없는 그 시골 선비의 아들 둘은 초상을 치를 엄두를 내지 못했습니다. 우선 풍수를 알아야 묘자리[1]를 잡을 것인데 풍수를 알지 못하는 것입니다. 너무나도 가난했기 때문에 설사 풍수를 안다고 해도 묘자리를 잡아줄 리 없었습니다. 큰아들은 그냥 묵묵히 앉아 있을 뿐 어떤 방도도 내지 못하고 있었습니다.

이 동생이 형에게 말했습니다.

"형은 아버지를 잘 지키쇼. 내가 가서 풍수를 얻어 올 테니까."[2]

기다리라고 해놓고는 그는 정승을 찾아갔습니다. 낙향한 정승은 이 시골 선비의 작은 아들이 찾아온 것을 마주해서 물었습니다.

"무슨 일로 왔는가?"

고 하니까 이 동생은 하는 말이,

"아버지가 돌아가셨습니다. 그렇지만 저희들은 묘자리를 정할 수가 없어 정승께 옵서 풍수를 하나 얻어 주시오. 묘자리를 잡아 주시면 그 은혜 잊지 않겠사옵니다."

---

1 묘자리 : 묏자리.
2 얻어 올 테니까 : 구해 올 테니까.

라고 했습니다. 정승은,

"그렇게 돌아가셨구나. 참 가긍한[3] 일이구나."

라고 하시면서 그에게 편지 한 통을 써주었습니다. 그리고 또 장사에 보태 쓰라고
하면서 약간의 부의도 주었습니다.

이 동생은 그 길로 아무데 있는 그 풍수를 찾아가라고 하는 정승의 말을 듣고
그 길로 달려갔습니다. 과연 풍수는 정승이 보낸 편지를 받고서 두말없이 따라나섰
습니다. 그때 이 동생은 정승한테 이야기를 해서 나귀를 한 마리 타고 갔던 것입니
다. 그래 나귀에다가 풍수를 앉혔습니다. 앉힌 다음에 동생은 풍수에게 말했습니다.

"이 나귀는 아주 성깔이 못돼 가지고 괴상하게도 물만 건널 때면은 발질을 한다고
하면서 잘못하면은 풍수님이 떨어져 상할 수가 있으니까 내가 풍수님을 나귀에다가
비끌어 매야겠다."

고 했습니다.

풍수는 그 말도 그렇겠다고 하고 비끌어 매게 놔두었습니다. 이래서 그들은 시골
선비네 집으로 길을 다그쳤습니다. 이렇게 해서 집에 당도한 동생은 당나귀를 나무
에다가 비끌어 매놓고 나무를, 몽둥이를 가지고 이 풍수를 치는 것이었습니다.

"돈만 아는 못된 놈, 이놈 새끼 한번 맞아봐라."

하고 치고서는 또 치고. 이런 한번 칠 때마다 이 풍수는,

"사람 살려, 사람 살려주오."

하고 비명을 질렀습니다.

그렇지만은 동생은 좀체로 매를 놓지 않았던 것입니다. 몇 번이고 몇 번이고
되풀이하면서 욕을 퍼부으며 매질을 했습니다. 방안에서 아버지의 유체를 지키고
있던 형이 들을라니까 바깥에서 "사람 살리오!"하는 비명을 지르는 소리가 들려왔습
니다. 그는 나갈까 하다가도 아버지 유체를 그냥 두고 나간다는 것이 매우 죄송스러
워서 그냥 물러앉았습니다. 그래도 하도 갈수록 비명이 더 심해지기에 형은 바깥으

---

3 가긍한 : 가엾고 불쌍한.

로 나와 봤습니다. 근데 아니나 다를까 풍수를 나귀에다 비끌어 매놓고 동생이 매질을 하는 것이었습니다.

너무나 화가 난 형은 그 자리에서 욕을 퍼부었습니다.

"요놈! 어디 그렇게 무례한 행동을 하느냐? 빨리 풍수님을 풀어놓지 못하고."

하고 일면 욕을 하고 일면 달려나갔는데, 동생은 풀 생각도 하진 않고 달아나 버리는 것이었습니다. 그래서 이 형이 당나귀에 비끌어 맨 풍수를 풀어주고 집에 모셔드려 이야기를 나눠 둘이 마주 앉았습니다. 풍수가 하는 말이,

"이제 나를 살려준 그 은혜를 갚기 위하여 내가 꼭 명당을 하나 마련해 드리리다."

하고서는 둘이 같이 가자고 한 것입니다.

이래서 둘은 이산 저산 해서 마침내 명당을 하나 골라잡았습니다. 이래서 그 명당을 정해놓고, 풍수는 어떻게 어떻게 자리를 잡아서 어떻게 어떻게 묘를 쓰라고 하고는 돌아갔습니다. 풍수를 돌려보낸 형이 집에 돌아와 보니 동생은 싱글벙글 웃고 있었습니다. 너무나도 화가 난 형은 동생을 꾸짖었습니다. 그때 동생은 말했습니다.

"형님! 내가 그때 그렇게 하지 않았더라면 어떻게 우리 가난한 우리들이 아버지의 묘를 명당으로 골라잡을 수가 있었겠습니까? 돈밖에 모르는 그 풍수가."

이렇게 이야기를 했습니다. 듣고 보니 동생의 말이 확실히 도리가 있었습니다. 이래서 그 일은 그만두고 아버지의 제사를 마친 두 형제는 그냥 의좋게 살았습니다.

근데 하루는 동생이 지게를 지고 산에 나무하러 떠났습니다. 그는 어느 곳에 이르렀을 때 정자 우에 어느 선비들이 좋은 음식들을 차려놓고 아무도 수저를 들지 않고 무엇인가를 골똘히 생각한다고 여념이 없는 듯했습니다. 그는 그 선비들이 앉아 있는 정자로 다가갔습니다. 한 사람은 섰고, 한 사람은 앉았고, 무엇을 생각하는데 그가 가서 인사를 드렸습니다. 어데서 나타났는지 지게를 진 사람, 총각이 하나 나타났는데 자기들의 생각을 방해하는 것 같애서,

"실없이 굴지 말고 빨리 제 갈 길이나 가게."

하는 사람이 있는가 하게 되면, 눈을 흘기는 자도 있었습니다.

그래 그렇지만은 좀체로 그곳을 떠나려고 하지 않고 그는 물었습니다.

"양반님들, 어찌하여 그렇게 생각에 골똘하고 있습니까?"

하고 물었습니다. 그러자 그들이 하는 말이,

"지금 당나라에서 무슨 가루를 보내왔는데 참 맛이 좋지마는 그놈 이름을 알아야 어쩌지. 먹기는 먹었지마는 맛은 좋은데 이름을 몰라서 지금 그런다."

고 했습니다.

그러자 이 촌 동생은 웃었습니다. 웃자 그들의 한 양반이 '무엇이 그렇게 우습냐' 고 했습니다. 그러자 대답이, '갓을 쓴 선비들이 그것도 모르니까 우습지 않느냐?'고 했습니다.

"그렇다면 네가 그 가루 이름을 아느냐?"

하고 물었습니다. 그는 안다고 했습니다. 그러면 대어 달라고 말하자 이 동생은 "암만 그래도 그렇게 쉽사리 대줄 수는 없소. 저 음식들을 저렇게 해놓고 먹지도 않고 놔두느니 요기나 해야 이야기를 하지 않겠소."

라고 대답했습니다.

그러자 선비들은 그러면은 마음대로 먹으라고 했습니다. 마음대로 먹으라고 하니까 그 동생은 실컷 주워 먹었습니다. 다 먹고 난 동생은 일어서려고 하는데 그들이 물었습니다.

"그러면 도대체 이것은 무슨 이름을 가지고 있는 음식이냐?"

고 했습니다. 그러자 그는 지게 작대기로 가로 긋고 내려 긋고 열십자를 써놓고 갈려고 하는 것이었습니다.

"아 도대체 이것이 무엇이길래 열십자를 쓴 것이냐? 이것이 열십자란 말이냐?"

고 했습니다. 그러자 이 동생은 웃으면서 말했습니다.

"그것이 어찌 열십자라고만 볼 수 있겠습니까? 글을 한다는 선비들이 어째 그것을 모르는가?"

하면서 형용을 했습니다. 지게작대기로 하나 내리 긋고⁴ '고추' 하나, 가루 끊어서⁵ '가루' 하고는 가버렸습니다. 그래서 '고춧가루' 이래서 내달려 있는 이 가루를 내지 않는 것이 고추이고, 가루로 만든 것은 고춧가루 이렇게 이름을 달았다는 얘깁니다.

이렇게 그 꾀 있는 동생의 이야기를 마치겠습니다.

---

4 하나 내리 긋고 : '곧추'를 의미하는 듯.
5 가루 끊어서 : '가로'를 의미하는 듯.

10) 못된 중의 버릇을 고친 과부

옛날 한곳에 두 모자가 살았는데, 그 부인의 그 남편은 몸에 병이 있어서 시달리다가 세상을 뜨고 아들 하나밖에 남게 놓지 않았습니다. 그래 이 부인은 아주 절색이었던 모양입니다. 그래 아이를 하나 데리고 몹시 적적하게 살아갔습니다. 생활은 더 말할 것 없이 고생이 많았지마는 그러나 남편이 남게 놓은 약간의 재산으로 해서 그럭저럭 살아가고 있었는데, 과부가 잘났기 때문에 물론 얼마간 지난 다음에는 여기저기에서 청혼이 들어오곤 했습니다. 특히 이 애 엄마는 앞에도 말했지만도 정말 세상에서 보기 드문 선녀와 같이 곱게 생겼기 때문에 여기저기에서 청혼이 들왔던 겁니다.

그런데 아들이 일곱 살 되던 해에 어느 날 문밖에서 목탁소리가 나더니 동냥하러 오는 중이 마당에 들어섰습니다. 그 아들이 나갔다 들어오더니 웬 그 스님이 동냥하러 왔다고 하기에 젊은 과부는 외동아들의 장래를 염려해가지고(염려해서) 없는 살림이지마는 쌀 한 바가지를 푹 푸어가지고(퍼서) 아들에게 주어서 대사한테 드리라고 했습니다. 중은 아들이 내다 주는 쌀을 받아 전대에 쏟아놓고 바가지를 돌리면서 그, 이 집 아들과 말을 건넸습니다.

"올해 몇 살이냐?"고 물었습니다.

"일곱 살이에요."하고 대답하자,

"아버지, 어머니가 다 계시냐?"고 묻는 것이었습니다.

물론 이 중은 과붓집이라는 것을 본연히(번연히) 알면서도 그 어여쁜 과부를 보고 싶어서 말을 넌지시 건넸던 것입니다. 그랬더니 아이는,

"아버지는 몇 년 전에 세상을 뜨고 어머니 혼자 계세요."

하고 그랬습니다.

"음! 그래."

하고 중놈이 들여다보니 과연 듣던 말과 같은 아주 그, 이 집 형편이 모자간에 살고 있었다는 것이었습니다.

그런데 아들이 돌아서 들어가려고 하자 돌아서 말을 건네, "너 생김새를 보니 남자들 가운데 호걸이구나. 닭 무리 가운데 학이니라. 생김새는 좋지만 참 아깝다."고 말하는 것이었습니다.

"그것이 무슨 말씀이신가요?"

하고 일곱 살 난 아들이 물어보았습니다. 그랬더니,

"애가 생기긴 잘 생겼지마는 열다섯 살을 넘기지 못하겠다."

고 말했습니다. 중은 이 말을 남기고 뜨락을 나섰습니다.

이때 집안에서 중이 하는 소리를 듣고 있던 과부가 신도 신지 못한 채 울며불며 달려 나왔습니다.

"대사님, 대사님 거 좀 서 주시오!"

하고 말을 건넸습니다. 중은 모든 것이 제 생각대로 되는가 보다 속으로 생각하면서, 속으로는 웃으면서 겉으로는 점잔을 빼었습니다.

"존귀하신 보살님께서 무슨 일로 소승을 부르나이까?"

하고 물었습니다.

"대사님께서 방금 우리 집 애, 하나밖에 없는 애를 보고 뭐라고 했소이까? 그래 그게 정말이냐?"고 물었습니다.

"부처님 모시고 사는 소승이 어찌 거짓말을 하오리까? 집에 아들은 장차 귀인이 되겠으나 운만 있고 명이 없으니 열다섯 살을 넘기지 못할 것입니다."

라고 대답했습니다.

이것은 청천벽력이어서 과부는 어쩔 줄을 몰라 했습니다. 공든 탑이 무너지듯이 과부는 모든 것이 다 끝장이 나는가 생각했습니다. 중놈은 과부를 자세히 살펴보았

습니다. 젊은 과부는 정말이지 꽃같이 고왔습니다. 그는 속으로,

"천벌을 받는 한이 있더라도 저 여자와 같이 살았으면"

이런 생각을 가지고 속으로 뭐라고 중얼거리며 염불을 외우게 했습니다. 그러고 난 다음에,

"진정하시오. 죽을 경우에도 살 방도가 있다고 너무 상심 마소서."

했습니다. 이 말을 들은 과부는,

"대사님 저의 슬하에는 저나 나나 저 자식 하나뿐이오니 남편 없는 저에게 의지할 것이 저 애뿐이옵니다. 내 저 아들에게 일정 정을 주고 살아가고 있습니다. 현명하신 대사께서 불쌍한 우리 모자를 생각해 방도를 대어 주시옵소서."

하고 간청했습니다.

그랬더니 중은 한참 또 무엇인가 생각하는 체하다가 입을 열었습니다.

"방도가 있기는 있습니다. 저 애는 꼭 재화¹가 떨어지는 때만 넘기면 살아날 수 있소이다. 헌데 그 재화를 면하자고 한다 할 것 같으면은 저 애를 우리 절에 데리고 가서 내 신변에 놓고 내가 직접 글을 배아(배워)줘야 합니다. 그 외 다른 방도는 없으니 부인께서 잘 생각해 보시오."

하고 대답했습니다.

오직 외아들을 생각하고 있던 어머니는 열다섯 살을 넘기지 못하고 죽는, 죽을까 봐 겁이 나서 꿇어앉아서 빌었습니다.

"대사님께서 저 애를 데리고 가 주소서. 내 대사님 공은 잊지 않고 꼭 갚아 드리겠나이다."

하고 빌었습니다. 가지 않겠다고 떼를 쓰는 애를 과부는 중과 함께 절에 보냈습니다. 그 중은 아이를 데리고 절로 돌아갔습니다.

다른 중들은 애들에게 글을 가르치고 천문, 지리, 육도삼략을 가르쳐 도를 트게 했지만은 이 중은 자기 생각을 하고 남의 집 외동아들을 데리고 왔기 때문에 낮에는

---

1 재화 : 재앙과 화난災禍

대충 배아주는 새(硬) 하다가 저녁만 되면 그 집 아들을 보고,

"애야, 내가 너의 아버지로 되면 어떠냐?"

하며 실없는 소리를 했습니다.

과부의 아들은 처음에는 무슨 소린지 몰랐으나 저녁마다 이런 말을 해대니까 차차 중의 내심을 알게 되었습니다. 생각하면 괘씸했지마는 그러나 액이 떨어질 것 같고 해서 선생 앞이라 성내기도 어려워 참아왔습니다. 이럭저럭 날이 가고 달이 가고 설 명절이 눈앞에 다가왔습니다. 과부의 아들은 어머니가 그리워 집에 가서 설을 쇠게 해달라고 청을 했습니다. 중은 마침 잘 되었다 생각하고 과붓집 아들의 청을 들어주었습니다.

"애야 이번에 집에 가면 너의 어머니보고 내가 너의 아버지가 되는 게 어떠냐고 꼭 물어 가지고 오너라."

하고 일러 보냈습니다.

중은 과부의 아들을 따라 나오면서 같은 말을 열 번, 스무 번 곱씹어 했습니다. 아들이 집에 돌아오자 과부는 반가와 눈물을 흘리면서 절에서 어떻게 지냈느냐고 물었습니다. 아들은 어머니가 묻는 대로 이말 저말 하다가 중이 하던 말을 그대로 어머님께 일러바쳤습니다. 과부는 깜짝 놀랐습니다. 그놈은 중이 아니라 천하 망종이라고 생각됐던 것이었습니다. 이제사 중놈의 잔꾀가 들여다보였습니다. 과부는 혹시나 잘못 듣지 않았나 해서,

"혹시 니가 잘못 듣지나 않았느냐? 대사님께서 설마 그런 말을 할 수 있겠냐?"

하고 캐물었습니다.

"어머니 이거는 한두 번도 아니고 매일 저녁마다 귀에 못이 박히도록 들었사옵니다."

과부는 이 못된 중의 고약한 버릇을 고치리라 마음먹었습니다. 밤새도록 중놈의 버릇을 뗄² 궁리를 하고는, 과부는 아들이 설을 쇠고 절간으로 갈 때,

---

2 뗄 : 고칠.

"이번에 절에 가면 중더러 우리 어머니가 한번 왔다 가라 하더라."

라고 시켰습니다. 과부의 아들은 절에 들어가서 중을 보고 어머니가 하던 말을 전했습니다. 중은 그 말을 듣자 어찌나 기쁘든지 밤잠도 제대로 자지 못하였습니다.

이튿날 중은 새 장삼을 떨쳐입고 목에다 염주를 걸고 목탁을 치며 과부네 집으로 찾아왔습니다. 목탁 소리가 나자 집 안에 있던 과부가 웃으며 마중 나왔습니다.

"대사님 오셨어요? 그새 저의 아들 때문에 많은 고생하셨겠네요? 누추한 방이지만 허물치 말고 들어오세요."

하고 중을 방으로 안내했습니다. 중은 점잔을 피우면서 방안에 들어앉아 골방자를[3] 틀고 앉았습니다. 과부는 주안상을 들여왔습니다. 아주 상다리가 부러지도록 잘 차렸던 것입니다. 과부는 머리를 숙이고 곱게 술을 부어 중에게 권했습니다. 꿈에도 생각하고 있던 여인이 자기 앞에 앉아 있을 뿐만 아니라 술까지 부어 주니까 중은 마치 선인이나 만난 듯이 속으로 매우 기뻐했습니다. 이래서 술을 얼마나 마셨는지 저도 알 수 없을 정도로 마셨습니다. 밤은 깊어갔습니다.

과부는 아들더러 '서당에 나가 자라' 하고는 몸치장까지 다시 하고 중과 마주 앉았습니다. 꽃 같은 그 모양을 보니 당장 불같은 생각이 나지마는 과부가 고운 말씨로써 자기와 이야기하므로 그는 그래도 점잔을 피웠습니다. 근데 과부가 말을 건너는 것이었습니다.

"대사님 아들놈한테서 들었어요. 기왕지사 오셨으니 하룻밤 쉬고 가세요. 저도 오늘 밤 대사님과 함께 즐길까 합니다."

하면서 과부는 이부자리를 펴고 원앙금까지 맞춰 놓았습니다.

모든 것이 제 뜻대로 된다고 생각한 중은 염주를 팽개치고 이불 펴놓기 바쁘게 장삼을 벗어 던지고 속옷까지 벗고 알몸뚱이로 이불속에 들어갔습니다. 과부가 등잔 불을 끄자마자 밖에서 누군가 찾아왔습니다.

"아니 어쩌다 놀라왔더니 불은 왜 벌써 끄나?"

---

3 골방자 : 골 풀로 만든 방석. 여기서는 가부좌를 지칭하는 듯.

깜짝 놀란 중은 무서워 어쩔 바를 모르며 와들와들 떨었습니다. 과부도 일부러 놀라는 체 하면서 중놈의 귀에 소근거렸습니다.

"아이구 대사님 이를 어찌나요? 저 늙은 노파는 동네에서 이름난 말새꾼[4]이요, 저 늙은 할멈의 눈에 들키는 날이면 밤도 새기 전에 온 동네 소문이 퍼져요. 옷은 제가 감춰놓을 터이니 어서 나가세요. 제가 방도를 대서 인차[5] 보낼 테니 어서 뒷문으로 나가 있다가 저 늙은이가 가면 인차 들어오세요. 자 빨리 나가세요."

이래서 중은 바깥으로 나갔습니다. 발가벗은 알몸으로 뒷문으로 열고 나간 다음, 과부는

"예, 불 켜고 나가요."

하면서 문을 열어 주었습니다.

"아니, 초저녁부터 문까지 턱 걸고 뭐해? 군서방[6]이라도 하나 있나?"

"아주머니도 별말씀을 다 하시죠."

아주, 때는 추운 겨울 날씨였습니다. 봄이라고 하지마는 날씨는 매우 매짜게[7] 찼습니다. 중놈은 발가벗은 몸으로 의지가 된다고 생각하고 굴뚝 옆에 가 붙어 있었지만 쌀쌀한 바람 때문에 엉덩짝이 얼어들고 냉기가 뱃속까지 꿰고 들어오는 것 같애서, 배까지 아파 참고 견딜 수가 없었던 것이었습니다. 그래서 사위[8]를 살펴보니 마침 널판자를 깐 마루가 있었습니다. 중은 덜덜 떨며 마루 밑으로 기어들어갔습니다. 그런데 '왕하고 마루 밑에 누워있던 개가 짖어대는 바람에 중은 그만 혼비백산해서 또 굴뚝 옆으로 몰려갔습니다.

그래 동정을 살펴보니 집안에선 늙은 여인의 목소리가 들려왔습니다.

"나는 영감이 죽은 후로 인차 개가하지 않은 것이 지금도 막 후회만 생긴다네.

4 말새꾼 : 말썽꾼.
5 인차 : 이내, 곧, 즉시.
6 군서방 : 간부. 정부.
7 매짜게 : 맵고 짜게, 매몰차게.
8 사위 : 사방, 주위.

긴긴밤에 독수공방하고 혼자 누워있으면 잠이 와야지. 난 말동무라도 있으면 그저 그 긴긴밤을 앉아서 이야기만 하고 싶네."

"나도 그래요."

하고 여인이 대답했다.

"우리는 전생에 무슨 죄를 져서 이 모양 이 꼴로 지내야 한단 말이냐?"

하고 늙은이가 말했습니다.

"글쎄올시다, 전생이 어떠하고 후생이 어떠한지는 누가 봤으니 알겠어요?"

"그래 사람들은 정말 이상도 하지. 제가 본 것을 믿어도 모르겠는데 보지 못한 것까지 믿으니 그게 얼마나 허황하오?"

"그러게 말이지요. 나는 전생이고 후생이고 지금 사는 세상에서 잘 살았으면 좋겠어요."

"그게 옳은 말이야. 지금 사는 세상에서 우리 같은 사람들이 잘 살자면 어째야 좋겠느냐 나도 생각해 봤지."

"그걸 한번 말해보세요."

"말하자면, 이 밤이 새도록 해야 하네. 아무튼 가면 한 사람이지만 우리 둘이 마주 앉으니 두 사람이 한 사람보단 낫지. 내 말할 테니 들어보게."

중이 들어보니 주고받는 말이 끝이 없는데 밤은 깊어만 가고 말은 할수록 길어지고 소리는 갈수록 챙챙 들렸습니다.

그새(그 사이에) 중은 얼대로 얼어서 전신이 지각을 다 잃을 정도였습니다. 이제 조금만 지나면 죽을 것 같은데, 늙은 노친네는 갈 것 같지 않고 의지할 곳을 찾아 헤매보니까 마구간 옆에 둔무지[9]가 있었습니다. 막바지에 들어선 이 중은 아무것도 가릴 것이 없습니다. 한참 썩는 보릿짚 무지(무더기) 속으로 들어가 냄새는 고약하지마는 전신이 따뜻해 가면서 살 것 같았습니다. 중은 뜨끈뜨끈한 기운이 미치자 얼었던 몸이 녹으면서 저도 모르게 잠이 들었습니다. 어느 때나 되었는지 중얼거리는

---

9 둔무지 : 두엄무지, 두엄더미.

소리에 잠을 깬 중이 얼굴을 내밀고 보니, 날이 푸름푸름 밝아 왔는데 머슴꾼들이 거름을 옮기러 쇠스랑을 들고 내려왔습니다. 중이 달아나자고 보니 아니 알몸뚱인지라 다시 더미 속으로 들어갔습니다.

"여보게, 젊은 과부한테서 막걸리 잔이라도 얻어먹겠으면 푹 썩은 속의 거름을 파다 내야지."

"그러세."

머슴들이 잘 썩은 속의 거름을 파내려고 거름 무지를 쇠스랑으로 푹푹 파헤쳤습니다. 쇠스랑이 중놈의 이마 앞을 펄썩 지나갔습니다.

간이 콩알만 해져서 떨기만 하던 중은 눈 깜작하는 새에 쇠스랑에 정수리를 찔려 죽을 것만 같아서 발가벗은 알몸이라는 것도 잊어버리고 거름 무지 속에서 펄떡 일어나 '내꼴 봐라.'하고 죽기 내기로 뛰었습니다. 머슴들은 그것이 까까머리 중인 줄 번연히 알면서도,

"저놈의 놀가지[10] 잡아라."

하고 소리치니 중놈은 포수한테 쫓기는 노루처럼 정신없이 뛰어서 절에 이르렀습니다.

이른 새벽이어서 절 문이 닫겨(닫혀) 있었습니다. 중은 담장 주위를 빙빙 돌아치다가 구정물을 버리는 수채 구멍을 발견하고서 그리로 들어가려고 대가리를 들이미는데 안에서 동자 중[11]이 쌀 씻은 구정물을 던지는 바람에 중은 구정물을 뒤집어쓰고 말았습니다. 죽을 판 살 판 달려와 중은 그만 넋이 나가서 석 달 열흘이나 자리에서 일나지도(일어나지도) 못하고 앓다가 겨우 일어났다고 합니다. 그 후부터 그놈의 중은 못된 생각을 하지 않고 무서워서 산문 밖에도 나가지를 못하고 지냈다고 합니다. 시골 그 과부는 이렇게 못된 중의 버릇을 고쳐 놓았다고 합니다.

---

10 놀가지 : 노루의 방언.

11 동자 중 : 상좌승. 주지나 원로 스님들의 심부름을 하며 수련을 쌓는 중.

구연자 7 : 문필윤(남. 68세)
고향 : 황해도 곡산
출생지 : 안도현 명월진 신안가
채록 시기 : 2000.8.10.
소재원 : 동네 노인

1) 제북떠기[1]

이전에 에, 노인들한테서 들은 건데, 이전에 에, 조선 산골에 이제 그 두 늙은이가
살았는데, 이 두 늙은이는 자식을 못 봤어. 거기다가 어쩌다가 아들 하나를 저 생남
했어. 얘가 컸는데, 얘가 한 그저 열 살 됐는가 이랬는데. 그때 조선에서 이제 덥다보
니까 다 이런 문도 열어놓고 이래 자고, 밤에 잘 적에 이렇게 잤는데, 어떻게 돼
갑자기 범이 와서 이 아를 물어 갔단 말이야. 그래 범이 와서 이 아를 물어간 후에
이 집에서 아를 찾지 못했어. 그러다나이까[2] 뭐 종적을 어전 지내[3] 모르지.

그래 이 아는 범에게 물려가서 어디를 같이 갔는가 하니께 범굴에, 이제 떡 데리
고 갔는데. 굴 안에 들어가 보니께 굴 안에 이 늙은 범이 이전에, 옛날에 무슨 사람을
잡아먹었는지 입을 이래 벌리고 침만 질질 흘리고 무스거 먹지 못해서 이 늙은
범이 여볐단[4] 말이. 그래 입을 쪽 벌린 거 보니까 안에, 이 사람 이런 노친들 이런

---

1 제북떠기 : 제복덕이, 제복데기(자기 복으로 사는 사람). 제목은 구연자의 발음대로 적음.
2 그러다나이까 : 그러다보니.
3 지내 : 아주. 전혀.
4 여볐단 : 여위었단.

비네(비녀)가 목안에 이렇게 걸려 있었지. 그래 그 범이 이런 입을 벌린 데 대구서는 그 아마 그 우리, 사람 말하는 것처럼 형용하는 게 그거 빼 달라는 식이지, 어쨌든지 예. 그래 야가 팔을 거두고 그다음에 그 비네를 빼내끼 이 범이 그다음부터는 무슨거[5] 먹게 됐다 말이. 이래서 이 범이 무슨 보따리두 뭐 옷보따리랑 이런 거 갖다 놔두 야는 아니께(아이니까)

"이런 것두 싫다. 저런 것두 싫다."

이제 이래서 야 가지는 거 하나도 없이 자기를 어쨌든지,

"사람 사는 데까지 좀 나를 태와서 갖다 달라."는 게지.

그러니께 야를 제 그 살던 집, 거기 데려다 달라고 했으믄 이 범이 거기 데려다 줬겠는지 모르겠는데. 그저 인간 촌이 있는데 데려다 달라구 했은께 아 야, 거리가 멀지 않는 이 거기에 야를 실구가서 그다음에 거기다 부려났던[6] 말이. 부리워 놓을 쩍에 이 범이 무스거 하나 줬는가 하니께 통쇠,[7] 요런 쪼꼬마한 요런 통쇠를 하나 주면서리

"니 이거 가지고서 계속 불라"는 게지.

그래 이 통쇠 하나 주는 거 가지구 그다음에 거기서 아느새[8] 아 걸어 내려오니께 이 자그마한 마을이 있는데 마을에서, 지금 말하는 여거 학교 한가지지.[9] 서당 공부 하는데. 야는 공부하는 것도 못 보구 여지껏 산골에서 크다나니께,[10] 뭘 중얼중얼 소리가 나고 뭐 책도 펼쳐 놓구, 그러구 글도 쓰고 있는데 그거 아느새 드려다보니께 아 그 자기도 이래 공부하고 싶단 말이. 그러나 짤린 몸,[11] 부모도 없지. 그래 공부도

---

5 무슨거 : 무스거(어떤, 무엇). 또는 무슨 것.
6 부려났단 : 내려놓았단.
7 통쇠 : 퉁소.
8 아느새 : 한참. 일정 기간동안.
9 한가지지 : 마찬가지지. 같은 것이지.
10 크다나니께 : 크다보니.
11 짤린 몸 : 부모와 강제로 떨어져 있는 몸.

못하고 지금, 그래 선생이 집안에서 나와가지구,

"니, 도대체 어디에서 오는 안가(아이인가)?" 물었지.

"나는 부모도 없이 저 먼 길을 떠나서 여기까지 왔다구" 하니까

"니 그러믄 우리집에 가 있자."

이렇게 됐단 말이.

그 선생 말하는 말이, 그럼 네 같이 우리 집에 가서 그저 불이나 때구, 재나 끌어내구 이런 거나 하라는 게지. 나이 어리니께 낭그는[12] 못 시킨단 말이. "예, 야 좋다구"서는, 야 그 집에 떡 갔단 말이. 그래 가서 재를 끌어 내구 뭐 불도 때 주고 이러다 그 뭐 낮은[13] 또 선생님 집에서 공부르 한단 말이야. 선생네 집에서 공부하는데, 야는 바당(바닥)에서 앉아서 이 아이들이 이런 웃간에서 이래 공부를 하게 되믄, '하늘천'하게 되믄 갸는 바당에 앉아서 속으로 '하늘천' 한단 말이야. 그다음에 '따지' 하믄, 또 '따지' 속으로 이렇게 하구. 글은 어디에다 쓰는가 하믄 그 재 끌어내 놓은 거 있단 말이. 재를 이렇게, 거기다 하늘 천자 이렇게 쓰구 선 툭 또 털게 되믄 또 메꿔지구 이래. 야 책도 없이 공부르 하는 게 그저 속으로 공부르 하고 그저 제 형용해서 이래 글도 써 보구 이러는데, 야가 이젠 한해 두해 있다나니께 어전 열 몇 살 먹었단 말이.

그래 그 선생이 하는 말이

"니 인젠 이만하게 되믄 한 열세 살이나 열네 살 먹었으니께 니 산에 가서 낭그[14] 조금씩 해서 지구오라"

그래 야[15] 산에 낭그 하러 이제 가가지구서는 등짐으로 낭그 조금씩 해서 지구 그 피리를 그냥 뭐 어디가나 피리[16]를 불구 이러는데, 산에 가서도 불구 뭐 집에 와서는

---

12 낭그는 : 나무는(남+ㄱ+는). 나무하는 것(땔나무 해오는 일).

13 낮은 : 낮에는.

14 낭그 : 나무(남+ㄱ)를.

15 야 : 이 아이.

16 피리 : 문맥상으로 보아 퉁소를 말함.

아니 불지. 산에 가믄 불지. 그래 또 아침에 또 재 퍼내구 이러구다믄[17] 또 학생들이 와서 공부를 하는데 또 그 시간엔 바당에 앉아서 또 올려다 보구서는 그러구 선생이 배와주는 겻대로 계속 그저 매일 그거 배운단 말이.

이래서 야가 어저는 글을 배우리만큼 다 배왔단 말이. 나이가 몇 살 먹었는가이께 어저는 한 열야듧(열여듧) 살, 열아홉 살 이렇게 먹두룩 그 집에서 자랐는데 글을 한 글자 배와주지 않았단 말이 선생이. 선생이 아이 배워줬지. 그런데 그해 무슨 일이 있는가 하니께 이제 그 학생들 가운데서 지금 말하는 시험을 쳐 가지구 제일 그 안에서 공부 잘하는 아르[18] 지금 말하면, 에 서울로 과거시험 치러 이제 가는데 이, 가는데, 이 재북떠기[19]라는 아는 그 선생이 말하기를,

"이 과거시험 보러 갈 적에는 말에다가 이렇게 태워 가지고 가는데, 어떻게 니 같이 따라가면서, 이 야르 어떻게든지 같이 가면서, 어디 가서 자게 되면 거기 가 같이 자구, 같이 먹구 또 길 떠나구, 이렇게 해서 니 시골에서부터 서울까지 에, 몇백 리 되는데 가라." 이렇게 하이께,

"예, 내 가겠습니다" 하구서는 대답했단 말이.

그래 그 과거시험 보러가는 이 아는 그 가정에서 돈을 많이 구해줘서 그다음에 그 말잔등에다 줘 싫구, 먹을 것도 싫구 이래가지구서는 야는 그저 그 말 경매르[20] 들구서, 말곱찌[21]를 쥐구선 같이 가는 판이오.

그래 어떻게 뭐 가다나니께[22] 한 여관에 떡 들었는데. 한짝 여가레칸[23]에 쭉 들어서 자다나이께 아! 그날 떡 도착하자마자, 이 재북떠기라는 아는 피리를 꺼내서,

---

17 이러구다믄 : 이러다 보면.
18 아르 : 아이를.
19 재북떠기 : 제복데기. 제 복으로 사는 사람을 뜻하는 지칭어인 듯.
20 경매르 : 견마를. 말을 끄는 고삐. 남이 타고 있는 말의 고삐를 잡고 말을 모는 일.
21 말곱찌 : 말을 끄는 줄. 말고삐.
22 가다나니께 : 가다보니.
23 여가레칸 : 옆 구석에 있는 칸을 지칭함인 듯.

피리르 냅다 부는데, 얼마나 피리를 잘 부는지 그 여관집 주인집 그 딸이 그 피리 소리를 듣고 떠억 그 방에 찾아오니께. 이 재붐떠기하고 과거시험 보러 가는 사람하고 한방에 못 잔단 말이. 따로 자야 되지. 야는 이짝 칸에 들었다믄, 그 시험치러 가는 사람은 저짝 칸에 들었단 말이. 그러니께 이짝 칸에 제 혼자니께 마음 놓고 통쇠(통소)도 불고, 통쇠르 얼마나 잘 불었던지 이 주인집 딸이 가서 요청해.

"선생님, 그 미안하지만 통쇠르 한 번 더 불어줄 수 없는가?" 이렇게 말하니께,

"아, 그거 소원대로 해 주지요."

하구서는 한 번 더 불었단 말이야. 한 번 더 불구나니께

"어디로 가는가?"구 물어 보니께,

"서울꺼정 간다."고 이렇게까지 말했단 말이.

아, 그러니께 그 이튿날 아침에 행차에 또 말을 끌구 떠나가야 되는데, 이 주인집 딸이 나와서 돈도 이래 많이 주고, 그담에 이런 뭐 먹을 것두, 이런 보따리에 싸서는 그 아르 이래 주면서리, 이게 적은 음식과 돈을 주는데, '서울에 가게 되믄 돈이 없이 곤란하다'는 게지.

"가서 무슨 거라도 사서 잡숫고 이렇게 하라구. 이다음에 서울에 갔다 올 적에 꼭 여기 들려야 한다."구선, 이 말 한마디 하구서는 여자 줘버리구는.

그다음에 남자는 또 그 사람을 앉히워 가지구서는 또 말을 끌구서 서울로 향해서 또 가는데, 가다나니께 어저는 뭐 며칠 걸려서 서울꺼정 도착했지. 서울꺼정 도착했는데, 아 과거시험 본다구서는 그 통지서가 나붙었는데, 그 통지서 다 나붙고 이랬는데, 학생들이 그 과거시험 보러 재간 있는 사람들은 다 들어가는 판인데, 야는 지금 말하믄 명액[24]은 없지 뭐. 명액은 없는데 아 시험 치는 거야 뭐 들어가 못 보겠는가? 그 사람도 공부르 하고 나도 속으로 공부르 했으니까 말이. 에, 내 그 사람 먼저 들어간 다음에 맨 마지막에 들어가겠다구. 그래 그 사람이 먼저 들어가 떡 앉아서 있구, 그 뒤에 들어가. 뒤에 앉다나니까 그 사람 못 봤단 말이.

---

24 명액 : 이름표. 명단.

그래 시험을 쳤는데 시험에 난 게 이 재북떠기는 그 뭐 자기 다 배운 데서 나나나니 뭐 골에[25] 다 기억했지 뭐, 다 암송했지. 그래놓이께[26] 뭐 그저 제꺼덕 써서는 그 시험받는 이 늙은 선생이 이전에 합격 짜리는 이 오른짝 무르팍 밑에다 깔구 시험지르, 그 다음 불합격 짜리는 왼짝 여기다 깔구 하는데. 야 시험지르 턱 가져가 이께 벌써 글씨 잘 쓰구 시험 백분의 백[27]이란 말이야. 이 오른짝에 떡 깔구, 야는 그런 것도 모르고서는 그다음 그저 시험지만 바치고 나와 버렸지.

이 과거시험 보러 간 사람이 지금 말하게 되믄, 아 자기 뭐 글을 써옇다나니께 그 재북떠기가 시험치고 나오는 거 못 봤단 말이. 보지도 못했지 뭐. 언제 그거 볼 새도 없지. 그리구 나와서는 어디로 갔는가 하니께 배때기(배) 고프니까 팥죽 장사네 집에 떡 찾아갔단 말이야. 그래 팥죽 가서 한 그릇 사먹으러 떡 가니께, 아 팥죽 장사네 집에 가니께, 뭐 지금 말하면 아주 그 가정이 형편없지. 그런데 까래[28]도 지금 말하면 뭐 다 떨어진 까래를 많이 펴 놓구 이런데, 그래 그 들어가자마자 배는 고프니께 밥 한 그릇 이래 달라고 하이께. 그래 팥죽을 한 사발 먹구. 거기 눕은 여자 보니께 이게 앓는 게 세게[29] 앓는단 말이.

"이 앓는 여자는 누긴가?" 하니께,

"우리 딸이라구"

"그래 어떻게 앓는가?"구 하니께,

"뭐 어떻게 어떻게 앓는다"구.

"그 약을 써야지 약을 안 쓰구선 집에 딸님이 그거 병이 낫겠는가?"

이 재북떠기는 마음이 언매나(얼매나) 좋은지 가서, 자기 그 여관에서 그 새애기가[30]

---

25 골에 : 머리에.
26 그래놓이께 : 그래놓으니까. 그러니까.
27 백분의 백 : 만점.
28 까래 : 깔개. 마루나 방바닥에 까는 자리, 방석 등.
29 세게 : 심하게. 몹시.
30 새애기가 : 젊은 처녀가.

주던 그 돈을 가지구 가서 약을 사다가 그 팥죽 장사네 딸을 이래 약을 사다가 달여서 멕이라구 그래 주고, 야는 그 길로 돌아서서 자기네 든 여관에 떡 왔지. 오니께 그 사람 시험 다 치구서 그 여관에 왔단 말이. 그래 와서는 '잘 쳤는가 못 쳤는가' 물어두 아이 보구[31] 그저 야는 그저 가만이 있는 판이지. 이제 사흘이 있으믄 이제 그 누가 시험에 합격됐다는 거 나붙는다는 게지.

그래 이제 재북떠기도 거 같이 가구 이랬는데, 그 시험광고란에다가 났는데 제일 먼저 이름이 붙은 게 재북떠기 이름이 턱 나붙구, 이 사람 과거시험 보러 간 사람은 이름이 없지. 아이 나붙었단 말이! 그래 참 이게 정말 별났다구. 이 재북떠기는 공부도 아이 했는데 합격되구, 자기는 공부를 그렇게 마이 했어도 불합격 됐는데 이거 집에 돌아가서 뭐이라고 말하겠는가? 이제 집에 돌아가게 되므 이 사람은 어저느 과거시험에 합격 됐으이까 암행어사 출도가 내려지겠는데 이거 큰일 났다.

그래 그양 지금 말하면 그 관가에서 아무개 그다음에는 이 사람을 찾는데, 이 사람만 관가에 들어오라는 게지. 암행어사, 지금 말하므 칭호를 받았으이께,

"우리 군대 언매(얼마) 이래서 아무 날 줄 테니께 어디로 가겠는가?"

"내, 그 선생네 집에서 공부한, 그곳을 가겠다구." 그러니께,

"그렇게 하라구"

이래서 관가에서 이 사람 암행어사 호패를 달아 주구, 그다음 군대를 잔뜩 안배해 서는 자기 여기 오던 길로 해서 떠나가게 되는데, 근데 야 자기네 집주소를 모른단 말이. 아버지 있는 고향, 여기 장흥향이라믄 장흥향이라는 이런 거 모른단 말이. 그래, 그저 산골에서 사는 거는 알지만 어느 산골인지 모른단 말이. 그래 그다음에 암행어사 출도해서 지금 이래 가는 판인데, 이래이래 떠나서 가다나니께 이 과거시 험 보던 사람은 벌써 먼저 집으루 가버리구, 후에 이제 그 군대들 하구 이 사람은 가마에 앉아서 떠나가는 판인데, 오다가 그 여관에서 자기를 돈 주던 그 여자 신세 크지. 그래 거기도 들려야 하구. 그런데 팥죽 장사네 집에 가서 약을 사줬는데 이

31 물어두 아이 보구 : 물어보지도 아니 하고. 안 물어보고.

여자가 나샀는지[32] 아이 나샀는지 거기도 못 가봤단 말이.

그래 먼저 그 팥죽 장사네 집에 떡 들리게 됐지. 팥죽 장사네 집에 들리게 됐는데, 거기 가서 보이께 그새[33] 병이 다 나사(나아) 아무 일 없단 말이. 아, 그러이께 이 '암행어사르 내 따라 가겠다'구. '그럼 올라타라'구. 그다음에 가마에다 올려 앉히구 그러구 같이 지금 떠나구 오는 판이지. 오다가 또 이제 그 여관에 또 들려야지. 그래 여관에 이제 들리게 되는데, 여관에 와서 정말 그 여자 또 찾으니께 그 여자 또 있지. 아이 이래 암행어사 돼서 오이께 나와서 그저 그 숱한 사람들이 나와서 다 엎드려서 절하는데 보이께 정말 그 피리 불던 사람 형상이 옳단 말이야. 아! 이제 원래 그 여관에 도착해서 그거 숱한 군중들이 나와서 환영하구 이럴 적에 그 여자도 이제 보니께, 그 사람이 아 암행어사 돼서 나왔길래 그 여자를 찾는단 말이. 이 여관집 딸이 누구인가 하구서 찾으니께 그 여관집 딸이 나왔단 말이. 그래 그 여관집 딸을 그다음에 또 앉히워 가지구서는, 그래 그 부모네한테 다 인사를 하구 이러구서는 나는 갈 길이 바쁘니께 또 떠나가야 된다구서는, 부모네들도 영 환영하구.

이래서 이제 그곳을 떠나서 그다음엔 어디까지 왔는가 하니께 그 자기 글 배워주던 선생네 집으로 떡 찾아왔는데 친아버지처럼 이렇게 에 대하지. 그래 그 부락에서 그 과거시험 보러간 사람은 아 시험에도 불합격됐지마는 누가 제북떠기가 그렇게 암행어사 돼서 이렇게 올 줄은 자기도 생각 못했다는 게지. 야는 속으로 이렇게 공부를 해 가지구서는 이렇게 돼. 그런데 자기네 아버지를 찾아야 되겠는데, 어떻게 찾는가 그다음에 광고를 이렇게 냈단 말이.

"내 한 여나믄 살 때 이 아이 잊어먹은 이런 부모 있으믄 아무 데까지 찾아오라" 이래서 이 광고를 들은 이 아버지 어머니는 그 광고를 듣구 찾아오게 됐지 뭐. 그래 찾아와 보니께 쪼꼬마했을[34] 적에 범에게 물려갔는데, 아 어저는 어른이 돼서

---

32 나샀는지 : 나았는지.
33 그새 : 그 사이에.

암행어사가 됐는데 봐도 모르지 뭐, 허!

"내에, 범에게 아무 때 물려간……. 있을 때 이름은 뭐이구……."

이러이까 부모네 지내³⁵ 반가바서 딱 끌어 안구 울면서, '아니 그때 당시에 범에게 물려가 우리 암만 찾아도 찾지 못하구' 이렇게 됐는데, 이래서 야가 아버지를 다 찾구. 그다음에 에, 이 선생은 선생님을 같이 한집에다 모시구, 아버지두 그 산골에 사는 거 그다음에 데려다가 거기다가 다 모시구, 이래서 한집에서 잘 지냈다는 이런 옛말인데, 이상입니다.

---

34 쪼꼬말 : 조그마할.

35 지내 : 너무.

1) 바보 온달전

저, 소학교 댕길 때 6학년 때인데, 우리 담임 교원이 이야기를 잘하지. 선생이 역사 시간이믄 역사책을 강의하는 게 아니라 그 역사책에 무슨 과목에 나오는 거기에 대해선 책을 저쪽으로 하구, 옛날이야기를 한단 말이야. 쭉 이야기를 하지 뭐, 조선이야기를. 그런데 또 이 바보 온달전 이게 나오니까 그다음 바보 온달에 대한 이야기 이것두, 그 뭐 전몽지¹ 죽던 이야기, 이런 거 다 잘하데. 우리 요번에 생동하게² 생각나서 이야기를 이것두 더러 많이 났지. 바보 온달전 에, 그러니깐 그 양반이 얘기하던, 나도 그 양반처럼은 못하는데 그 양반은 원래 구술 재간이 있단 말이. 거 잘하지 응. 그래 우리, 들은 겐데.

옛날에 어느 고을에 정말 아주 못사는 집이 있었던 모양이야. 못사는 집인데 정말 이 홀 과부 노친이 아들 하나 이렇게 데리구 사는데 깊은 산골에서. 그러니까 뭐 밭도 없지, 논도 없지. 이 늙은 연로한 노친이 이런 그 아들 하나 데리고 있으니까

---

1 전몽지 : 문맥으로 보아 정몽주를 지칭하는 듯.

2 생동하게 : 생생하게.

공부도 못 시키구, 옷도 없구. 이러니까 그저 날마다 그저 산에 가서 등짐으로 낭그[3] 한 짐씩 해다가 아무래도 서울 어느 근방에서 살았던 모양이야. 힘이 장사란 말이, 이 바보온달이가. 그러니까 그저 한 짐씩 해다 져서는 서울 시내판에 가서는 팔아서는 저, 올 때 그저 쌀을 한 줌씩 사 가지구 와서는, 어머니하구 그래 그저 같이 거 어머니를 아주 공대를 지극하게 하지, 온달이.

근데 이 원래 못살아 놓으니까, 원래 머저리[4]는 아니지. 원래 못살아 놓으니까 말을 아이 한단 말이지. 그래 뭐 옷도 헐하게[5] 입었지 하니까 그러니까 이 서울 시내 사람들은 그 사람을 다 바보라 하지 바보, 바보. 그래 바보온달이가 별명이 됐단 말이. 그런데 그때 그 우리 역사책에 있는데 어느 왕이라구. 어느 왕이 그 딸이 서이(셋이) 있었는데 이 망낭딸[6]이 재개[7] 울었던 모애이.[8] 아! 무섭게 울었던 모애이. 그런데 뭐 별나게 달래도 말을 아이 듣지.

그런데 하도 우니까 마지막엔 그 아버지가,

"이거 바보온달한테 시집보내야 되겠다"구 이랬단 말이.

이러니깐 그 소리만 하면 그친단 말이. 그게 참 별일이거든. 그래 가지구선 그게 인젠 그렇게 돼먹었단 말이. 그래, 그저 울기만 하믄 달래도 아이 되믄 또 '바보온달한테 시집보내겠다'구 그리믄 그친단 말이야.

아 그래그래 나이 먹은게[9] 이젠 시집갈 나이가 됐단 말이. 그래 온달이 바보온달은 그저 여전히 그저 사는 게 그저 그렇게 살지. 낭그르(나무를) 해다가 팔아서는 그저 쌀을 몇 근 사다가서 어머니하구 이래 사는 게 형편없지. 장가갈 나이, 청년이

---

3 낭그 : 나무를. (남+ㄱ)
4 머저리 : 바보.
5 헐하게 : 허름하게. 볼품없이.
6 망낭딸 : 막내딸.
7 재게 : 심하게. 지나치게.
8 모애이 : 모양이야.
9 나이 먹은게 : 나이 먹으니까.

됐지만 이런 형편이야. 그런데 이 망내이(막내) 공주도 이젠 그렇게 세월이 가다나니깐 이젠 정말 이런 나이가 됐단 말이. 그러니까 이 왕이 그다음에 사윗감을 골라서 이제 그 어느 대신의 아들한테 이제 시집보내겠다 그랬는 모양이지. 그래 의향을 물었겠지. 아! 그러이까 뭐 이 셋째 공주는 펄쩍 뛴단 말이야.

"어디메(어째서) 한나라의 이런 큰 임금께서 일언이언[10] 하는가구? 에 한마디 그 어느 때부터 나를 공주한테다[11] 시집보내겠다구 이제 와서 무슨 이런 딴 말씀하는가?"구.

그런데 임금이 들으이까 참 그때는 글쎄 장난의 소리로 그랬는데 아, 이거 곧이듣구서 딱 왕자한테[12] 시집가겠다구, 암만 얼러도[13] 말을 아이 듣는단 말이. 그래 뭐 어지간한 어머니가 얼러도 아이 듣지. 뭐 별나게 해두 아이 듣는단 말이. 그래 괘씸해서, 이러니까 왕이

"작살받아라.[14] 가서 고생을 콱 하다가 응, 해보라구선 쫓아 보내라구."
그렇게 했는데, 그래두 이 자식이라는 건 그렇단 말이. 공주 어머니, 그러니까 왕비가 가만히 뭐 금, 은 뭐 별거 다 있겠지. 그러니까 값나는 걸로 뭐 금반지랑 금덩이랑 좀 해서 이래 가방에 싸서 줘 보냈겠지.

그러니까 그다음엔 바보온달을 홀몸으로 찾아갔단 말이, 찾아갔어. 온달네 집을 찾으니까 정말 무슨 파파 늙은 파뿌리 된[15] 노친이 하나 있구, 온달은 나무하러 가구 없구. 이래서 그 노친을 보구 이런 말을 했겠지. 그러니깐 펄쩍 뛰지.

"이게 무슨 말인가구, 응 이게 무슨 이런 그 천한 이런 여자도 아니구, 나라의 공주가 어떻게 우리 천한 집에 찾아오는가?"구.

---

10 일언이언 : '일구이언'의 와전인 듯.
11 공주한테다 : 공주에게. 이는 구술자의 착오임. 공주가 아니라 바보온달임.
12 왕자한테 : 왕자에게. 문맥으로 보아 왕자가 아니라 바보온달임.
13 얼려도 : 위협하여도. 달래어도.
14 작살받아라 : 매를 사서 받아봐라. 고생 실컷 해봐라.
15 파뿌리 된 : 늙어서 머리카락이 새하얀.

그래 공주가 설복 설복해서[16] 이래서 여기 왔으니까 절대 다른 생각은 하시지 말라구. 그라구 있는데 정말 온달이 낭그(나무를) 해지고(해서 지고) 온단 말이. 오는 거 보니까 장군이지 뭐, 못살아 그렇지 장군이란 말이. 그래 이런 이야기하구,

"내가 부인으로 이렇게 살겠으니까 이젠 내가 시키는 대로 인젠 우리 같이 살자구."

그래서 가지고 간 금목걸이 두루두루 팔아서 뭐 천도 사고, 이 공주가 아주 재간이 뭐 그 말할 수 없지. 공부를 못했는가? 정말 공부도 뭐 모르는 게 없이 했지. 그다음에 무술도 뭐 대단하단 말이. 이 공주가 그래 처음에 무엇을 가르치는가? 아 하늘 천, 따 지부터 시작해서 아 공부를 시켰는데, 이 온달이 머리가 머저리 아니지. 공부를 시키니까 또 하나를 배워주면 하나를 알구, 둘 배워주면 둘을 알구, 그래 한 이삼년 가르쳐 주니까 정말 무슨 아주 문장을 알지.

그다음에는 무얼 해야 되겠는가? 그다음에는 무술을 가르쳐 줘야 되겠단 말이. 그래 가서 검을 하나 큰 거 갖다 빌려 왔지. 빌려다가 이래 쥐고 가르치는데, 그런데 요거 무스거[17] 했나하면 콩 하나를 딱 놓구서 단번에 절반을 찍으라는 게지. 아 그거 산에 가서 낭그만(나무만) 도끼로 해오던 게 그거 어떻게 찍겠는가? 그래 어쨌든 그 부인이 시키니까 원래 부인의 말이라면 뭐 어디가나 명령이지. 듣는 판인데, 아 그거 단번에 어떻게 요만한 거 잘 보이지도 않는 콩알을 단번에 절반을 내 치겠소? 그래 아마 정말 미칠 일이지만, 절반 찍겠다고 에 그래 며칠을 했는데, 마지막에는 이 온달이 눈에 이 산만해[18] 보였던 모양이지, 콩알하나가. 팍 내리치니까 절반 쪽 쪼개졌다 말이, 인젠 됐다구.

그다음에 공주가 나서서 무술 가리키는데, 정말 뭐 부쩍부쩍 난단 말이.[19] 와느르[20] 산골에서 자라서 뭐 힘이 좋겠다. 공기 좋은 곳에서 이 산에서 번쩍, 저 산에서

---

16 설복해서 : 설득해서.
17 무스거 : 무엇을.
18 산만해 : 산만큼 크게.
19 난단 말이 : 날아다닌단 말이야.

번쩍 뭐 날면서 무술을 배우는데, 그다음 '이만하면 됐다.' 그런데 그때 이 나라에서 큰 변이 일어났단 말이. 외란이[21] 들어와서 나가서 치구서 거의 며칠 째나 됐지. 그러이까 이 왕이 할 수 없이 그다음에 공문을 냈단 말이. "나라가 지금 이런 위험한 시기에 처했는데 외적을 물리칠 용사들이 있으면 나오라."

이 소식을 공주가 들었단 말이. 그다음에는 온달이 나가면 될 것 같단 말이. 이제는 정말 가보시라구. 어디 가서 싸움옷(갑옷)을 척 입혀서 아 원래 장군처럼 생긴데다가 그런 척 하다나이까 정말 무슨 장군으로 보였지 뭐. 그래 찾아가서 '내가 물리치겠다'구. 그래 내보냈지 뭐. 내보내이까 정말 원래 장군인데다가 무술을 잘 배운데다가 뭐 병사도 필요없구, 혼자 나가서 다 물리쳐 버렸단 말이.

그리구 척 돌아오이까 그다음에는 물었지,

"어떻게 돼서, 어디서 온 사람인데 이름이 무엇인가?" 하니까.

"제가 온달이올시다. 몇 년 전에 여기 장마당에서[22] 나무를 팔던 바보온달이라구요."

아, 그다음에 왕이 무릎을 탁 치면서,

"오! 그런가? 그래 정말 내 딸이 사람을 바로 봤구나."

그래서 정말 들어와서, 왕의 그러니까 가시애비[23]겠지, 그래 큰 절을 올리구. 그다음에는 아버지 그러니까 왕이니까 모셔다가 그다음에는 임금이라구 잘 모시구 살았단 말이.

---

20 와느르 : 아주. 완전히.

21 외란이 : '외적이'의 오용인 듯.

22 장마당에서 : 저자거리에서. 시장거리에서.

23 가시애비 : 각시의 아버지 즉 장인.

2) 거지의 굿놀이

　옛날에 아마 싱거운 놈이 하나 있었지, 건달 놈. 이게 뭐, 당시에 뭐 거지, 떠돌아 댕기며 거짓말이나 하구 그저 돌아 댕기메 얻어 먹구, 한 때씩[1] 얻어 먹구, 하루 밤씩 자구, 그저 이러는 놈인데. 정처 없이 가다나이까[2] 배는 출출한데 어느 자그마한 마을에 들어서이까 그래두 뭐 네모 번듯한 잘 사는 놈의 집이 하나 있단 말이. 그런데 보니까, 뭐하는가 보니까 뭐 사람이 들락날락 하거든.

　아! 저놈 집에 무슨 일이 있는 모양이다. 저놈 집에 들러 하룻밤 잘 얻어먹구 가겠다. 그래 천천히 찾아 들어가,

　"주인님 누가 계십니까?"하구 소리치이까,

노친네 하나 척 나오더니만,

　"어디루 가는 손님인가?" 하니,

　"그래, 이래 그저 댕길[3] 데 없이 댕기는 사람인데 가다가 날이 저물어서 어떻게 좀 집에서 하룻밤 신세를 지구 갈가구 들어 왔다."구 그러니까,

　"아! 그런가구 그러믄 참 안됐는데 우리 집에선 자구 갈 형편이 못된다."는 게지.

　"어째 그런가?" 하니까.

　"우리 지금 무남독녀 외딸이 어전 시집갈 나이가 다된 게, 앓아 드러눕은지(드러누운지) 몇 달간 잘 되는데, 그저 용한 의사는 다 청해 보이고 굿이라는 굿은 다 보여두 낫지를 않구. 이젠 뭐 오늘일까 내일일까 하는 이런 처지라구. 그래서 집안

---

1 한 때씩 : 한 끼씩.
2 가다나이까 : 가다보니.
3 댕길 : 다닐.　댕기다 : 다니다의 방언.

이 이런 형편이래서 쉬구 갈 것 같지 못하다."구 그런단 말이.

"아, 그런가!"

이거야 뭐 원래 건달 놈인데 거짓말도 잘하는 놈이지. 아무리 그래도 한 때라도 얻어먹구 하룻밤 자구 가야 되겠단 말이.

"아, 그런가? 그럼 내 좀 보자"

뭐 아는 것처럼 응, 그래 들어가서 뭐 좀, 그러니까 이 노친이 데리고 들어가지. 그래 들어가서 환자를 떡 봐. 제 뭐 아오, 건달 놈인데. 그래 뭐 아는 것처럼 한참 들여다보더니만,

"어! 큰 귀신이 매달렸다."는 게지.

굿을 해도 큰굿을 해야 되겠다는 게야. 그저 시시한 굿을 해서는 아이 안 된다는 게지, 그럼.

"그런가? 그래 굿을 어떻게 해야 하오?"

"내 시키는 대로 준비하라. 큰 돼지를 하나 잡아라."는 게지.

"잡아서 통째로 삶아서 그다음엔 큰상에다가 이래 올려놓으라."는 게지.

"올려놓구 그다음엔 이 마을에서 제일 큰 양푼⁴을 하나 얻어오라."⁵는 게지. 옛날에 그 놋양푼이 있재이오⁶ 그런 거.

"오! 그러겠다"구.

그래 정말 부잣집인데 돼지 없겠소? 그래 하나 잡아서 정말 삶아서 큰 상에다가, 네모난 상에다가 올려 놓구, 그다음엔 양푼을 하나 얻어 가지고, 얻어 오이까 이놈 그 건달놈이 굿 하는 거 더러 구경했단 말이, 돌아댕기다나이까. 그담엔 그 아대⁷를 가져다가 양푼을 엮어서는 달아맸단 말이. 달아매구선 짚을 가져와선 짚방망이를 큼직한 거 하나 만들어 가지구 이래구서 시작할 판이지.

---

4 양푼 : 양푼이. 양재기.

5 얻어 오라 : 구해 오라.

6 있재이오 : 있지요. 있지 아니하오.

7 아대 : 붕대. 여기서는 노끈이나 새끼 같은 것으로 동여매는 물건을 뜻하는 듯.

그런데 제 건달질 하구 돌아다니며 놀았어두 원창[8] 말재간은 없었습니다. 구술능력은 없지. 그런데 뭐 연구할 줄 알아야지. 뭐라고 그래도 구술할라믄 연구를 해야 되겠는데, 아이 큰일 났단 말이. 뭐 어 히히히 그래 또 굿한다 하니까 온 동네 모이지. 이러나 저러나 뭐 지금은 무슨 집집마다 땐쓰電視[9]가 있으니까 그런 거 보느라고 아이 오겠지만 옛날이야 구경할 게 있는가? 뭐 좋은 판이 나졌다고[10] 구경하러 또 온 마을이 그저 뭐 아이들, 어른, 새아가들 할 것 없이 다 모다 들었어. 와 차니까 뭐 그저 어깨너머로 넘겨다보는 걸루 별게 다 있단 말이. 아 그런데 이거 시작은 해야 되겠는데 뭐라고 지지벌거릴[11] 생각이 아이 난단 말이.

엣다 모르겠다 하구 쭉 보이까 참 대단하단 말이. 채랑 한 게,[12] 그다음에 양푼 달아맸지. 양푼 하나 탁 치니까 쿵 하구 이런단 말이. "아! 요란두 하구나!"

하하! 그다음에 상을 들여다보니까 아 정말 대단하단 말이. 돼지 한 마리 척 놓은 게 "아! 대단두 하구나!" 그다음엔 땅을 탁 치구, "요란두 하구나!" "그래 대단두 하구나!" 하면서 탁 치구. 그다음엔 그러면서두 이거 뭐 그 소리만 하다나이까 여기서 뭐 자기두 하기 아이 된단 말이. 늘 이 한마디 하구 또 한참 공간이[13] 있구 이러는데. 그나저나 여자들이 원래 떠들기 좋아하는데 아 저쪽에서 무슨 소리가 들리는가 하면,

"야! 그 목소리, 야! 용하다 야! 용하다."

그러는 소리 들린단 말이. 어 저기 무슨 문장이 있겠다. 저기 무슨 소리 하는가 들어보자.

"그런 일이 있재이야.[14] 이 집에 그전에 옛날에 그 종질하던 새아가들 그 '대단이'

---

8 원창 : 워낙. 원체. 도통.
9 땐쓰 : 電視(중국어). 텔레비전.
10 좋은 판이 나졌다고 : 좋은 구경꺼리가 생겼다고. 좋은 판놀음이 벌어졌다고.
11 지지벌거릴 : 지껄일. 지껄이고 떠벌릴.
12 채랑 한 게 : 요리랑 차린 것이.
13 공간이 : 공백이.
14 있재이야 : 있잖아. 있지.

라는 아하구, '요란이'라는 아 있지 않니? 그래 갸들이 어째 무슨 병해서 이 집에서 죽지 않았니? 그런데 갸들이 쓰던 요강, 이 집에 그 어느 굴뚝 기둥에 있재이야."

어! 이게 그런 판이로구나. 과연 신이 난단 말이야. 그래 탁 치면서 "요란두 하구나!" "대단두 하구나!" 하며 탁 치구, 탁 치구. 한참 요술을 하다가 이젠 귀신 잡아야 되겠다구. 그다음엔 뭐 제 따위 뭐 해 봤겠소? 그저 대수[15] 왼 새끼를 꽈 가지군 나비를 대수 오려가지구는 흔들다가 냅다 흔드니까 그 나오는 게 무스게 있는가? 그다음에는 귀신 잡으러 간다구 뭐. 그다음에는 그 소나무를 하나 베여다간 그 뭐 제 혼자 다 하는 판이지.

한 사람은 대 잡구 한사람은 그 나비 쥐고 '쿵, 땅' 두드리면서 말이야. 그다음에 그 나비를 흔들면서 그 고도세[16] 가이까 그 정말 쓰던 요강이 있단 말이야. 응! 그거 냅다 잡아 두드리구 이게 귀신이라는 게지. 그래 그전에 이 집에서 이 '대단이' 하구 '요란이'가 쓰던 겐데, 이 그렇게 하구선 야 이게 병이 났다는 게지. 거 그러면 그래 다 들은 소리란 말이야. 그래 그늡거[17] 주서다[18] 정말 어디 산속에 파묻구선 그다음에 다 됐다. 그다음에 돼지고기 이건 다 동네 사람들 이런 거 다 놓가 먹어야[19] 된다. 다 놓가서 조금씩 주구 그다음엔 뭐 그 집에서 정말 며칠을 아 큰 굿을 해줬으이까 잘 먹이겠지. 또 용하단 말이야.

정말 거 어디서 온 놈인데, 대단이 요란이랑 알겠소? 안단 말이. 정말 박사라, 용한 무당이라고, 정말 뭐 받들어서 그다음 며칠을 잘 먹여서 그다음에 또 여비 돈이랑 해서 줘 보냈지. 그런데 어떻게 될라는 판인지, 아 그다음부터는 어떻게 아마 나을 때가 돼서 나았겠지, 하 하 딸이 그 나샀단[20] 말이야. 나샀으이까 그다음에 뭐 잘 살더라오.

---

15 대수 : 대충.
16 고도세 : 미상. 그곳에 바로? 문맥으로 미루어보면 '굴뚝 기둥' 부근인 듯.
17 그늡거 : 그놈의 것.
18 주서다 : 주워다가. 주워 가지고서.
19 놓가 먹어야 : 나누어 먹어야.
20 나샀단 : 나았단.

구연자 9 : 방상일(남, 76세)
고향 : 평안남도(출생지)
채록 장소 : 안도현 장흥향 수동촌
채록 시기 : 2000.8.12.
소재원 : 동네노인

1) 거짓말쟁이가 장가가다

옛날에 한 노인이 있었는데, 딸을 시집보내야 되는데 이 사람이 광고 내기를,
"거짓말 잘 하는 사람이면 내 사위로 삼겠다."

기래이까 그런데, 에 거짓말하러 가게 되면 말이. 그저 가는 게 아니라 돈을
백 냥씩 내야 되지. 그런데 거짓소리를 못하게 되며는 그저 사위도 못되고 돈도
떼우고[1] 이렇거든. 그래 숱한 사람이 말입니다, 이 딸이 잘 났기 때문에 말입다,
매일과 같이 찾아와서는 백 냥을 떼우고[1] 가는 판이란 말이. 그래 한 사람이 가만히
생각해 보이까 저 백 냥을 내구서 거짓소리를 하는데 무슨거 하는가 하게 되면,
"에, 노인님이 내 돈을 만 냥을 꾼 일이 있지 않습니까?"
이랬단 말이. 그러이까 이 노인이 참 딱하단 말이. 거짓소리라게 되면 딸을 줘야
되고 거짓소리 아이라게 되면 만 냥을 내야 한단 말이. 그래서 이 사람이 사위가
되었다는 그런 이야기입니다.

---

1 떼우고 : 떼이고. 빼앗기고. 받지 못하고.

2) 이정승의 우스개

서울에 한 정승이 있었는데 그래 이정승이라고 합시다. 아들 형제를 낳았는데 말이, 그 큰아들이 머저리란 말이. 그래서 이제 나이가 차고 이렇게 되니까 참 부모님들 걱정되지. 근데 옛날에는 뭔가게 되면 말임다, 장가를 가기 전에는 출세를 못하지, 못하는 모양입니다. 그래서 이제 아버지가 생각을 해서 좀 똑똑한 여자아이를 하나 며느리로 불러가지고, 그 정승이라 하게 되면 말임다, 지금 말하게 되면 중앙에 그 요직을 가진 사람이지. 말 한마디면 그저 원이라는 게 지금 말하자게 되면 현장, 현의 서기나 현장을 말하는데 이런 거 하나 시기기는 문제도 아닙니다. 그래서 장가를 보냈지.

그래 장가를 보내서 어느 곳에 원으로 내려 보냈는데, 지금은 현 아래게 되며는 무슨 경찰도 있구 감찰도 있구 법원도 있구 이렇지마는, 옛날에는 일체 원이 다 결정을 하지. 그래 부임된 이튿날에 어떤 일이 있었는가게 되면, 한 농민이 와서

"이웃집에서 우리 소를 가져다 빌려갔는데, 너무 심히 부려서 그 소가 죽었다. 그래 이 일을 어떻게 하면 좋겠는가?"

그러니까 이 원이 가만히 생각해 보이까, 소가 없어서 빌려다가 쓰는 사람이 소를 사주라고 해도 못 사줄 것만은 사실이구. 또 받지 말라믄 그 송사하러 온 사람이 좋아 안할 거고. 그래 아무 말도 못 하고 그냥 있으이까, 또 옛날에는 이렇게 마주 앉아 이야기하는 게 아이라 원 앞에 무릎을 꿇고 아 이렇는데, 하루 종일 앉아 있을라이까 팔다리가 쏘구,[1] 에이 모르겠다구서리 그래 가 버렸단 말임다.

---

1 쏘구 : 쑤시고.

게, 이걸 지켜듣던 원의 안해가 생각해 보이까 참 기가 맥히단 말이. 아 저런 것도 판결 못 하구야 어떻게 원이라고 살겠는가? 기래서,

"이제부터는 내가 시키는 대로 하라."

그랬단 말임다. 그래

"이제 그럼 그렇게 하겠다. 시기는 거는 할 수 있다." 이렇게 돼.

그래 그 이튿날에는 어떻게 됐는가 하게 되든 말이. 한 사람이 와서 말하기를,

"자기 아버지가 가정이 가난해서 그 아무개네 집에 머슴으로 가 있었는데, 그 집에서 일을 너무 호되게 시켜서 우리 아버지가 세상을 떴다. 이 일을 어떻게 하면 좋겠는가?"

그러이까 아! 자신이 있단 말이요. 무릎을 탁 치며 아, 그전에 내가 빼놓았구나. 그 소 문제 때 어떻게 됐는가 하게 되면

"그 소를 잡아서 그 뒷다리를 하나 우리 집에 가져오고, 나머지를 팔아서 송아지를 사서 그 소만큼 키워달라고 해라."

이렇게 했다 말이.

그래 들어보이 정말 그럴듯하단 말이. 그래 그다음에는, 그 이튿날 아버지가 사망됐다 할 때는 자신 있게 무릎을 치면서,

"아 그거는……."

소와 같이 말이, 말하는 판이지.

"그럼 너의 아버지를 잡아서 뒷다리를 하나 우리 집에 가져오고, 그 나머지를 팔아서 그 어린애를 사서 너 아버지만큼 키워달라고 해라."

그러이까 그저 이 사람이 너무 기가 막혀서 그저 아무 말도 안하고 가버렸다. 그러이까 이 원의 부인이 어떻게 야단을 치는지,

"어떻게 소하고 사람하고 같은가? 이제부터는 내 시키는 대로 하라."

"아! 시키는 대로 할 수 있다."

그렇게 됐지.

그래 이제 야가 이제 그 재판을 열면 문틈으로 시키게 됐지. 그런데 그 이튿날은 도박꾼을 붙들어 왔단 말이. 도박꾼을 붙들어 왔는데, 그래 이거 도박을 노는 거 붙잡아 와서 그래 말은 못하고 문틈을 봤단 말이. 그러니까 '착' 이런단 말이. 때리라 는 게지. 그래 이늠은 자꾸 물어 보지도 않구 내려다 때리니까 말이, 이 사람은 죽겠다구 말이. 아 때리라 하니까 자꾸 때리라 하니까 아이 됐단 말이.

"사람 죽겠다."

그래 또 문틈을 보니까 아 이젠 그만 때리라는 뜻인데 아 또 그다음에는 원래 볼기를 칠 때 벗겨가지고 치는데 말임다. 그다음에는 아 엎어놓으니까 막 배때기를 내려다 치지. 배때기를 치이까 말임다, 아래 자지가 흔들흔들 하지.

그러이까 이 여자가 우습기도 하고 그래서 웃음을 참느라고 '새끼손가락을 입에 물었지.' 보니까 물었단 말이. 아 그다음에는 물어라고 또 그래는 가고 아 그거. 옛날에는 뭐 이런 법이 없지 머. 아 그 무슨 지금은 경찰, 옛날에는 폭행을 하겠다고 아 그거 더러워서 물어내는 무슨 재간이 있소. 그다음에는 이 여자가 너무 기가 막혀서

"됐다, 가라."

그랬단 말이오. 그런데 옛날에는 그렇게 잘하지 못하는 원인이 있게 되면 말임다, 군중이 일어나서 막 반란을 했지. 그러니까 큰일이 났단 말이. 그러기 때문에,

"안되겠다, 인젠 집으로 가자구, 도망해 가자구."

이래서 저녁을 일찍이 해먹구서 밤에 달아나서 서울로 본집으로 왔지.

본집으로 오니까 그 뭐 할 일도 없고 그래 늘 놀고 있는데 너무도 심심하구 하니까 그 소를 잡는 데, 거기에 놀러 갔지. 그런데 그 옛날에는 말임다, 그 쌍놈 중에도 그 무슨 짐승 잡는 거, 백장(백정)이라고 예. 쌍놈 중에도 하등 쌍놈이지. 그런데 그 달비 가죽이랑 벗길 적에 바이로² 다리를 붙들어 주는데, 그런데 이거는 뭐 에 쌍놈도 제대로 되지 못하고 쌍놈의 조수이지 뭐. 이게 차차 한두 입 건너서

---

2 바이로 : 밧줄로.

그 아우 집 귀에까지 들어갔단 말이. 이런 기가 막힌 일이 어디에 있소. 쌍놈도 되지 못하고 쌍놈의 조수가 돼서. 그래서 "거기로 못 간다." 했어.

그래 이 사람에게는 그게 제일 좋단 말임다. 소 다리를 좀 붙들어 주구 조금 있으면 소고기에다가 술을 주구 하니까예. 아 그런 좋은 직업인데 못 가게 하니까 그냥 집에서 있자고 하니까 참 심심하구 참 그러니까 안깐보구[3]

"이거 어떻게 하면 좋겠는가?" 하이까

"고기 장사 해 보겠는가?"

"응, 하겠다."

그래서 이 여자가 나가서 고기를, 지금 말하믄 도매가격으로 사서 소매로 하는 판인데, 그런데 옛날에는 죄이[4]라구 예, 우리 아래바지 같은 그런 거. 그거 이제 두 벌, 한 벌을 더 입고 가서, 혹은 쌀을 주겠다는 사람이 있게 되며는 그 아래 다리를 매구, 그러면 잘기[5]와 한가지이지. 그래 그다음에는……. 그리구 이제 또 그 아이들이랑 나오게 되는데, 귀엽다고 거짓으로 이렇게 친절하게 굴어야 내 매상고를 올릴수 있다. 그래 부탁을 받구서, "고기를 사시오, 고기를 사시오."
하며 돌아다니지.

그리구서는 시집가기 전의 처녀가 나왔거든. 고기 사겠다고 그. 아 코도 없는 거 자꾸 코신[6] 주겠다구. 자꾸 뒤로 가니까 목을 끌어안고 아 코신을 준단 말이, 아 꼼짝 못하게. 이 고기 얼마냐고 물으니까 말입니다예, 이 사람 하는 말이,

"흥정이 될 듯하오."
그런단 말이. 그러니까 그 고기를 살 사람이,

"아니, 그 고기값이 얼마인가 말이오?"

"아니 글쎄 흥정이 될 듯하오?"

---

3 안깐보구 : 아내에게.
4 죄이 : 중의. 바지.
5 잘기 : 자루.
6 코신 : 코가 뾰족 나온 고무신. 여기서는 키스 등의 성적 행위를 말하는 듯.

지금 바지를 벗은 여자이지므. 그래 그다음에는 또 물어 보니까 아 흥정 될 듯하오. 바지를 벗으라는가구, 벗으라는가구. 여기에다가 쌀을 넣겠다구. 아, 이거 뭐 아무리 물어 봐야 무슨 값을 내기는 아니 하구 줴 벗을 이야기만 하니까 말이. 아이, 그다음에는 아니 사구 갔단 말이.

그다음에는 또 다른데 가니까 그러던 처녀가 나왔단 말이. 아 코신을 주겠다고 하니까 막 아 자꾸 물러서니까 목을 끌어안구 주더라오. 목을 끌어 안으니까 아이, 동네 사람들이,

"저놈이 저게 고기 장사꾼인 게 아니라 나쁜 사람이라구 말임다 때려 죽이겠다고."

아, 숱하게 달려드니까 말이, 할 수 없이 맞은 거는 아프겠다고 하니까 냅다 뛰었단 말이. 그래 얼마나 뛨는지는 모르지. 하여튼 그 시교[7]까지 나가서 냅다 뛰다가서 인제는 더 뛸 맥도 없구 해서 말이 길옆에 가서 엎드렸지. 그런데 가만히 있으니까 말이. 그 개구리 예, 다니다가서리 논뚜락 위에 올라와서 그게 또 수시로 헐떡거립니다. 그래 이놈이 그 헐떡거리는 개구리를 보고 "너도 고기장사 갔었니?" 그랬음. 끝

---

7 시교 : 시의 외곽 지역(市郊).

3) 세 귀머거리

옛날에 한집에 귀머거리가 서이, 아버지도 귀머거리구, 어머니도 귀머거리고,
딸도 귀머거리구. 이 아버지가 밭을 가는데 어떤 사람이 와서 인사를 하면서,

"여기에서 ××편으로 가자면 어느 길로 어떻게 갑니까?"

그러니까 이 영감이 듣지 못하구,

"내 밭갈이 하는데 뭐 수고라 할 게 있습니까."

이랬단 말이. 그러니까 이 사람이,

"아 이거 귀머거리구나."

하구선 가버렸단 말이. 그래 밭갈이를 하구선 이제 들어와서 노친보구[1] 그 이야기를
하지,

"아 글쎄 별난 일이 다 있쩨이요, 내 밭을 가는데 어떤 사람이 찾아와서 수고한다
고 인사를 하재이요."

"이제 저녁을 하려고 준비를 하는데 벌써 저녁을 달라하면 어쩌우?"

그러니까 그저 그러구 말았지. 그다음에는 딸이 들어왔단 말이.

"야! 글쎄 너 아버지 글쎄 아, 때도 아이 됐는데 밥을 달라하니 이거 어쩌냐,
날래[2] 쌀 함박[3]을 가져오너라."

"아이구 어마이도 아 그 삼 년 전에 깬 물 함박 이야기를 또 함둥."

그러더라오.

---

1 노친보구 : 노친에게. 아내에게. 노친 : 늙은 부모. 나이가 지긋한 부인.

2 날래 : 빨리.

3 함박 : 바가지.

구연자 10 : 김병주(남, 54세)
고 향: 평안북도
출생지: 흑룡강성 상지현
채록 시기 : 2000.8.9.

1) 침몰된 여객선

　과거에 조선서 수천 명이 개인 서당을 마치면서 제일피[1]로 일본에 유학을 떡 가게 됐는데, 학생의 이름을 김철이라고 달았습니다. 이 김철이라는 학생이 유학을 가게 됐는데, 아주 부잣집의 외동자식인지라 고이고이 커서 공부를 잘 해가지구서리 일본으로 유학가게 됐는데, 부모들의 성의라는 거는 다른 게 없지. 돈이나 푼푼히 준비를 해서 귀한 자식이 외국에 나가서 많은 지식을 배워가지구 와서 훌륭한 인재 가 되기를 바라면서, 야가(이 아이가) 떠나는 날에 부둣가에 턱 나가서 맡겼는데, 뭘 맡겼는가 하니까 콩 한 말[2] 이걸 가지구 가서 너 몇 해 동안 훌륭한 성적을 따내서 돌아오기를 바란다는 게지.

　그래 야가 김철이가 떠나게 됐는데, 그날에 일본으로 가는 배가 없어서 하룻밤 묵게 됐지 여관에서. 이때 그 자기도 모르게 옆에서 이 광경을 본 여자아이가 있었는 데 이 처녀가, 아주 인물이 미인인 여자가 보고 있다가 여관에 들 때에 뒤를 살그머니 따라 들었단 말이. 그래 따라 들어와가지구 이제 이 김철이가 드는 그 옆에 칸에

따라 들게 됐지. 그래 저녁이 돼가[3] 이제 세수를 하구 저녁 식사를 마치자, 에 한담을 나누게 됐는데,

"그래, 어디로 가는가?"

낮에 들은 말이 있으니까 우정[4] 이렇게 말을 건너게 됐지.

"그래, 사실 어떻게 어떻게 돼서 지금 어디로 가게 된다." 이러니까,

"아, 나도 유학은 못 가지만 일본으로 친척 방문을 가게 되는데, 동행자이니까 우리 초행길에 같이 가는 것이 어떤가?"

"아, 그럼 좋다구."

그래 약속을 떡 마치고 저녁에 턱 누워 자게 됐는데. 이 김철이가 나서부터 고이 자라서 처음 부모 곁을 떠나다나니까 근심되는 것도 있고, 두려움도 있고, 또 외국으로 유학을 가게 되니까 기쁨도 있구. 이래서 잠을 이루지 못하구 뒤치락거리면서 망설이는 중에 누가 담장 뛰어넘는 소리가 '퉁'나더니 창문을 둥둥 두드린단 말이. 그래,

"누구십니까?"

하니까 문을 두드리면서

"빨리 문을 열어 달라."는 게지.

그래 창문을 약간 비스듬히 여니까 이런 한 사내가 말이, 아주 허술한 옷차림에 머리를 쑥 들이밀면서 하는 말이, 뭔가게 되면,

"손님께선 빨리 이 즉시로 이 장소를 피해야지 당신의 생명이 오락가락한다."

그래 영문도 모를 이런 말을 또 생면부지의 낯도 모르는 사람이 와서 이렇게 턱 말하게 되니까 참 믿자니 곤란하구 안 믿자니 또 두려움이 생기구 그랬어.

"나는 당신을 위해서 이렇게 와서 전해주는 만큼, 어쨌든 이 즉시로 피하라."

그래서 이 사람이 재삼 고려한 끝에 나는 어쨌든 오늘 저녁에 이곳을 피하는

---

3 돼가 : 되어가지고. 되어서.

4 우정 : 일부러. 짐짓.

것이 좋긴 좋겠다는 거지. 내가 어디로 가는지 누가 알겠는가?

그래서 이 사람이 그 장소를 턱 피하게 됐지. 짐을 지고 들고, 이래 나와 가자구서 그래 시내로 가다 가다나니까 자기도 밤중에 어느 방향으로 가는지를 모르겠지. 그다음에 앞을 내다보니 말이야 집도 점점 드물고, 불이 켜져 있는 집도 몇 집 안 되구. 그래 한끝에 불이 빤하니까 그 집에서 자구 가야 되겠다구 문을 두드리면서,

"주인님 계십니까?" 하니까

"누구신가?"

"길가는 행인인데 날이 저물어서 이렇게 하룻밤을 류할가 하는데 잘 수 있겠는가?"

하니까 한참 있던게[5] 한 노파가 나와서 문을 열어 준단 말이. 그래,

"미안하지만 하룻밤만 자고 갈 수 있는가?" 하니까,

"들어오시오." 하지.

그래 들어가니까 시내의 한 여가래[6] 땅에 자그마한 층집인데, 2층집인데 2층으로 턱 데리고 올라가서 빈방에다 안배르 하면서,[7]

"이 칸이 우리 아들이 들어있는 칸인데 어디 나가고 없으니까 이 칸에서 하룻밤을 쉬시오."

그래 거기에 턱 누워서 생각하는 게, 도대체 그 사람이 어떤 사람이며 어떤 일이 있기 때문에 나를 이렇게 구하려 하는가? 이런 생각을 하다나니까 잠을 못 이루고 있는데, 또 아래층에서 문을 "똑똑" 노크하는 소리 나는데, 그래 쪼끔 있으니까 주인집 노파가 또 끄스개신[8]을 딸딸 차며 내려가던게[9] 문을 턱 열어주니까 한 여자의 목소리가 난단 말이. 그래 탁 올라오는데 들어와서 하는 말이 뭔가게 되면 무릎을

---

5 있던게 : 있더니.
6 여가래 땅에 : 옆에 땅에. 변두리 땅에.
7 안배르 하면서 : 배정을 하면서. 주선을 하면서.
8 끄스개신 : 슬리퍼. 실내화.
9 내려가던게 : 내려가더니.

탁 치면서,

"야! 오늘 입에까지 들어왔던 고깃덩이를 놓쳤다."

"그게 무슨 소리냐?",

"어떠어떠한 사람이 말이 어디에 유학을 가는데 도랑크[10]에다 돈을, 뭉칫돈을 넘겨줬는데 그걸 내가 보구서 어떠어떠케 안배를[11] 했는데, 이 사람이 빠져 나갔다"는 게지.

"그래 그 호실에 가보니까 여관은 이미 비여있더라."는 게지. 그래,

"아! 결국은 이런 사실이였구나."

이 김철이가 생각을 했지. 그러니까 이 노파가 하는 말이 "쉿!" 입을 탁 막던게

"야! 떠들지 말라."

하고는 가만가만 속삭인단 말이.

"그 손님이 지금 우리 집에 찾아 왔는데 니 말한 것과 똑같다. 이런 사람이 지금 우리 집에 들었는데 너 오빠가 자는 칸에 들었는데 지금 너 오빠 자리의 어디에 누워 있다." 그러니까

"아, 그런가? 그럼 내가 잠깐 나갔다가 올 테니까 이 손님을 절대 내보내지 말라." 그리고 또 이 젊은 처녀가 또 나가거든.

그래 턱 나간지 이윽해서 이제 또 와서 문을 두드리는 소리가 나니까 노파가 문을 여는데 들어오는 발자국소리가 좀 요란스럽구 들으니까 남자의 걸음소리지. 이때 누가 돌아왔는가 하면 이 집 아들이 술이 아주 잘 돼서 취해서 돌아왔거든.

"너는 또 오늘도 또 취해서 돌아났냐?"

하니까 아무 말도 없이 제 자는 칸에 들어와서

"이게 누가 이렇게 누웠는가?" 하니까

---

10 도랑크 : 트렁크. 여행용 가방.
11 안배를 : 조치를.

"길 가던 손님이 와 들었는데 인젠 잠들었겠는데 너는 그냥 잠이나 자라."
그래 두말없이 옷을 훌훌 벗던게 제 자리에 가서 홀 누웠지.

그때 김철이가 생각한 게. 아! 나는 '도둑을 피하면 강도를 만난다'고 하더니 속담이 맞네. 나 절로 강도굴에 찾아 들어왔구나. 범에게 물려 갔어도 정신을 차리면 산다구. 내가 이때 똑똑히 놀아야 살지. 내 여태껏 공부했는데 이때 조금만 소홀히 하다가는 내 목숨이 귀신도 모르게 여기에서 없어지고 만다. 이걸 생각하게 되니까 잠을 이룬다는 거는 근본 불가능한 일이지. 그래 이 궁리 저 궁리하면서 아무 사회경험도 풍파도 겪지 못한 이 김철이가 이 곤경에 턱 처해 있을 때는 그저 그 속은 더 말할 것 없이 두근거리구 어떻게 해야 좋을지 대책을 댈 수 없어 하는데, 또 와서 문 두드리니까 노파가 문을 열어주는데, 그때는 한 사람이 온 것이 아니라 여러 사람이 들메[12]를 들구 올라온단 말이. '야! 인제는 나는 끝장이구나.' 그러니까 그다음에 저쪽 칸에서 소곤소곤 소리가 들리는데 들으니까 말이예.

"왼쪽에 누운 것은 우리 오빠이고 오른쪽에 누운 것은 그 손님이다. 재치있게 해치우라."
그런 소리가 나자 칼 가는 소리가 '쓱쓱' 난단 말이.

그래 그다음에 김철이가 피뜩 생각한 게 뭔가 하게 되면 자리를 바꾸는 수밖에. 뛸래야 뛸 데 없지. 그래 술에 취한 그 집 아들을 착 땡겨 놓구 자기가 누웠던누웠던 자리에, 이불 포대기를 걷어서 거기에다가 펴놓구 사람이 그 안에 들어있는 것처럼 해놓구 자기는 옷장 뒤에 가 숨었단 말이. 숨어 있는데 문이 살그머니 열리더니 캄캄한데 말이, 누가 더듬어 들어오거든. 들어오며 '탁' 치는 소리가 나자, '툭' 사람 머리 하나가 떨어지는 소리가 나거든. 그때 집안에 불이 확 켜지더니 이 사람들은 아주 흥분했지. 죽인다고 죽인 것이 자기네 오빠를 죽였단 말이. 그리구 노파가 들어와 보니까 자기 아들이 죽었거든. 단칼에 목이 떨어졌단 말이.

그다음에 그 죽인 인간 백정들도 보니까 사람을 잘못 죽였거든. 자기네 두목을

---

12 들메 ; 들것.

죽였단 말이, 술에 취한 두목을. 이때 그 사람도 놀라고 이 김철이도 놀라고 이래 가지구 김철이는 자기도 모르게 외마디 소리를 지르면서 기겁해가 자빠지는 이런 정도였지. 저네는 사람을 잘못 죽이니까 이제 혼비백산했고. 이때 김철은 '나는 소리 만 치고 있을 게 아니라 밖으로 뛰자.' 그래 뛰었지. 이래서 사람을 살리라고 소리를 치면서 뛰어 내려오니까 말이, 이놈들이 뒤따랐는데 못 잡았지. 그러자 이제 이웃에 서 다 뛰쳐나와서 갑자기,

"사람 살려요."

하는 소리가 나니까 뛰쳐나와. 그래 사태가 이렇게 됐는데 김철이 아주 도망간 것이 아니라 붙들리게 됐지요.

그렇지만 죽거나 상하거나 이렇지는 않고, 그래 지금으로 말하게 되면 공안국이 나 법원에 붙들려 들어가게 됐단 말이. 그래 떡 들어가 생각하니까 참 난처하거든요. 유학을 떠난다는 것이 첫걸음부터 이렇게 내가 풍파를 겪게 되는구나. 그래 그 옥에 턱 갇혀서 이 생각 저 생각 하던 끝에, 내가 이러고 있을 것이 아니라 이 시간을 놓칠 것이 아니라 내가 어쨌든 이 일을 원만히 처리해 놓구 내 빠져나가서 내 공부를 지장 없이 해야 되겠다.

이래 가지고 바로 사흘 만에, 아들이 착오를 지게 되면 아버지가 대신 가서 징역 살이를 하고, 빠져나올 수 있게 이렇게 되어 있습니다. 그래 자기 아버지한테 기별을 해서 아버지가 와서 대신해서 옥살이를 하게 하고 내가 나가서 이 일을 원만히 처리하겠다. 그래 이 김철의 아버지는 아들 민구 답복[13]을 했거든. 그래 이 사람 김철이가 나가서 돈을 먹여서 신문이랑 광고를 했단 말이. 그래 이 사람이 어떻게 어떻게 돼서 어느 날 석방돼 가지구 다시 어느 날 몇 월 며칠날에 신문에 가짜로 이렇게 턱 냈단 말이. 그래가지구 그 예정된 날짜에, 예정된 시간에 다시 제2차로 떠나게 됐지.

차에서 또 이런 사람을 만났단 말이. 아주 잘 생긴 미인이 아주 재미있게 이야기

---

13 답복하다 : 대리하다. 대신하다.

를 나누지. 그래 오늘 어디 가서 어떻게 자야 되구 우정[14] 예, 시간 안배를 쭉 이야기를 하니까 아, 나도 동행이라고 그러면서 나선단 말이. 그래 이때는 이놈이 돈을 가지고 온 것이 아니라 그 트렁크에다가 종이를 가뜩 옇어가지고 나왔거든. 그래 그날 예정대로 여관에 가서 떡 하룻밤을 묵게 됐는데, 밤중에 아닌 게 아니라 토비들이 들어왔단 말이, 강도들이.

그래 이때는 뭔가게 되면 다 안배가 돼 있다가[15] 이놈 강도들을 다 붙들었지. 그래 이 진실을 폭로되게 됐지. 처음 경우와 똑같은 이런 경과가 있다는 거, 그래 처음의 겪은 일과 오늘 저녁의 일이 완전히 같구 죄인은 이 사람들이라는 거, 그래 진실이 나타나게 되구 그다음에 김철이 아버지는 석방돼 나오구. 김철이는 그때 제3차로 완전히 유학을 가게 됐지.

일본에 척 도착해서, 조선에서 간 학생이 딱 둘이라. 제일피[16] 유학생 둘인데, 둘이서 아주 정말 한 민족 한 나라에서 왔다고 아주 친형제보다도 더 가깝게 지내면서 서로 돕고 서로 방조[17]하면서 이렇게 지내는데, 꿈밖에도 이 사람이 여자가 남자의 이런 복장을 차리고 가장해서 와서 학습하러 온 줄 몰랐지.

그래 3년이라는 유학 공부를 마치구 돌아올, 내일 같이 떠난다면 오늘 저녁에 그 숙사의 문을 턱 열구 들어가는데 난데없는 처녀가 턱, 서 있단 말이. 그래 눈이 휘둥그래서 척 보니까 그 사람이 자기의 진상을 나타내면서,

"삼 년 동안같이 한 교실에서 공부하고 그랬는데 나를 못 알아보겠는가?"

얼굴을 보면 알 수 있는데 자기 뜻밖이란 말이, 생각 밖이라. 그래 이 사람이 그때 여자 아이들도 유학을 나오게 됐다구 그 너무도 배우자는 이런 욕심, 그런 마음이 간절해서 남복을 하고 나갔지. 그래서 "아! 그런가?" 그래서 거기에서 그날 저녁에 날이 새도록 닭이 울 때까지 둘이 삼 년 동안을 어떻게 공부를 했고 너는 일등을

14 우정 : 일부러.
15 안배가 돼 있다가 : 배치되어 있다가.
16 제일피 : 선참. 선발대. 제일피(第一批. 중국어).
17 방조 : 幇助(중국어) : 돕다.

하고 나는 이등을 하고 말이. 그 지난 삼 년 기간의 학창시절을 다시 한번 회억하면서 또 앞으로의 희망과 포부를 다지면서 그래 거기에서 하룻밤을 아주 재미있게 나누면서 거기에서 둘이 서로 사랑을 나누게 됐지. 그래 그 이튿날은 그 정든 선생님들과 동학들을 작별하고 귀국하게 됐지.

그래서 일본에서부터 조선으로 오는 유람선을 타고 오게 됐단 말이. 그래 떠날 시간이 되자 기적소리와 함께 조선을 향해 오고 있지. 조선에 거의 도착해서 조선의 육지가 거의 보인다고 할 때 서로 나와서 조선을 쳐다보겠다고 그럴 때, 배가 불행히도 암초에 부딪쳐서 파괴되지. 그래서 이 배가 침몰되게 되자 "우리는 죽어도 같이 죽고 살아도 같이 살자."하고 서로 팔을 끼고 물에 뛰어들지 않으면 안 될 이런 정황에 봉착되었단 말이. 그래 처음에는 서로 말이, 물을 꿀꺽꿀꺽 먹으면서 막 그러던 것이 마지막에는 정신을 잃게 되니까 너는 너대로 나는 나대로 파도에 밀려가게 됐지. 이렇게 되자 이 배에서 나는 비명 소리, 고함 소리, 아우성 소리에 그 부근에서 고기잡이하던 어부들이 모여들게 돼서 사람을 구한 사람은 구하고 죽은 사람은 죽게 되고 이렇게 됐단 말이.

그래서 김철이는 어느 한 어부의 구함을 받아서 고깃배에 실려서 부두에 도착해 나오게 됐구, 또 병원에 호송되어서 구급치료를 받고 살아나게 됐지. 김철이가 척 정신을 차려 보니 자기 홀몸으로 낮도 모를 이런 낯선 집에 턱 와 누워 있는데, 그래 이 사람이 정말 이래 깜짝 놀라면서 그 주인을 보고,

"어떻게 돼서 내가 여기에 오게 됐는가? 어째서 내 혼자 왔는가? 어떠 어떻게 생긴 처녀를 하나 못 봤는가?" 하니까,

"못 봤다"는 게지.

"나는 고깃배를 몰고 어디 어디를 지나다가 이 배에서 나는 아우성 소리에 그쪽으로 가다나니까 배는 파선되어 침몰되게 됐고 유람객들은 자기 힘자라는 대로 힘껏 건져서 구하다나니까 그 중에 당신을 구하게 됐다."는 거.

그래 이때부터 김철이가 상사병에 걸리게 됐지. 집에도 못 오구 그저 배가 고픈

줄도 모르고 시간이 가는 줄도 모르고. 막 밤낮으로 고려하는 것은 삼 년 동안 공부를 해서 나는 일등을 하고 그녀는 이등을 했는데, 불행하게도 오는 날에 이렇게 돼서 불행히도 자기의 첫사랑이 간 곳 없이 이렇게 돼. 아무리 생각해도 이 상사병이니까 정신 고민을 하다가 다시는 정신이 돌아오지 않게 됐지. 그래 그 머저리처럼 말이야. 해가 가는지 시간이 가는지도 모르고 이렇게 하루하루 보내다나니까 그 주인집에서는 어디에 가보라구 계속 권고하고, 그래 한 3개월이 지났어.

하루 저녁에는 영화를 한다고 해서 주인의 권도에 못 이겨서 따라갔지. 따라가서 척 보니까 영화를 시작하기 전에 뉴스를 하는데 〈침몰된 유람선〉이란 제목으로, 일본에서 떠나서 조선으로 오던 유람선이 침몰되어서 바다에 까라 앉고 구원된 사람은 구원되고, 생명을 잃은 사람은 잃고, 이런 환경이 턱 나타나게 됐지. 여기까지 본 김철은 그저 눈물만 흘리면서……. 이런 상황이 됐단 말이. 그래 척 누웠는데 아 영화를 다 끝나고 집에 와서 말이야 골이 아프다, 어디가 아프다 하면서 막 올리 구불구 내리 구불구 하니까 이 어부가 말이, 밤중에 이 사람을 신구 의사를 찾아가게 됐지. 도착해서 의사가 치료를 한다고 맥을 보구 이런 검사를 하는데 김철이 하는 말이

"나를 죽게 가만히 내버려두시오. 나의 병은 죽어야 낫지, 살아서는 절대 치료할 수 없는 병이기 때문에 그럽니다."

이렇게 말을 턱 하는데 웃방에서 윈 낯선 처녀가 척 건너오던게[18] 이 김철이를 찾았는데, 아주 귀에 익은 목소리거든 그 처녀가 들을 때. 그래 이 건너온 것이 누군가? 바로 그 처녀지. 이 처녀가 역시 김철이와 같이 이렇게 어부들의 손을 거쳐서 생명을 구원하게 돼 가지구 병원에 호송됐지. 이 두 사람이 주인[19]이 없단 말입니다. 인제는 병을 다 치료해서 회복은 됐지만 이 사람도 정신이 잘못됐지. 그러니까 이 사람이 동정해서 자기네 집에 데려다가 의사도 보이고, 그래 여기서 뜻밖에 이렇

---

18 건너오던게 : 건너오더니.
19 주인 : 보호자.

게 만나게 됐지. 그래서 서로 어안이 벙벙해서 서로 쳐다보다가

"아, 너는 아무개 아닌가?"

"너는 아무개 아닌가?"

그리고 서로 끌어안고 울구 그랬단 말이. 이거 참 모를 일이거든. 그담에 잠시 후에 사연을 쭉 이야기해서야 의사도 알게 되었고 그 어부도 알게 되었단 말이.

그런데 이 의사가 누군가? 그날 밤에 김철이 여관에 들었을 때 와서 문을 두드리면서, "당신 빨리 이 즉시로 몸을 피하라."고 하던 그 사람이. 김철이가 떠날 때 어쨌든 나를 위해서 이렇게 위험을 무릅쓰고 나를 방조하니까[20] 감사하다고 돈을 한 뭉치 주구 갔는데, 그때 이 사람이 신분이 뭔가면 인력거장이지 뭐. 인력거를 끌었지 뭐. 인력거를 끌고 여관 근처를 돌아가다가 약속하는 소리를 듣구서, 계획을 짜는 이런 소리를 듣구서, 와서 기별을 해 줬단 말이. 그래 이 사람이 말이, 그 돈을 받아서 공부를 해 가지구 의사가 되었단 말이. 그래 결국은 이 의사의 손을 거쳐서 그 처녀도 치료를 받구 이 사람도 다 치료를 받았지. 그래 알고 보니까 바로 이 사람이 인력거장이가 이렇게 의사가 됐단 말이.

그래 내가 하도 심심해서.

---

20 방조하니까 : 도우니까. 幇助 : '돕다'는 뜻의 중국어.

구연자 11 : 이용득(남, 59세)
소재지: 길림성 안도현
고향: 함경북도
채록 시기 : 1999.1.28.
소재원 : 유가전 외 3인

1) 칠선녀와 마디풀

그 우리 민족의 성산 백두산에는 정말 수천수만 가지 우리 조선족의 아름다운 그 옛말과 전설들이 많은데, 이것은 그 칠선녀와 마디풀에 대한 얘깁니다. 그 백두산에 가게 되믄 마디풀이 있습니다. 그 일곱 마딘가 그래 거 속세풀 같이. 어째서 이게 마디가 됐는가? 근데 이거 이얘기한 양반은 지금 없는데, 유가전이라고 에, 천구백팔십 년도에 나를 보고 얘기한 겁니다 천구백팔십 년도. 이래서 이거 송강에서 이얘길 한 건데, 송강에서 이얘기 했는데, 이 양반이 구술해 준 것을 이거 내 정리했댔습니다.

지금 우리 백두산 산에는 해마다 움이 트고 악¹이 차구 꽃이 피구 열매 맺는 풀이 얼매나 되는가 하이까 일천양백 여종입니다 일천양백 여종. 풀만 해서 예. 이런데 여기에서 그 한초, 마관초, 갈풀이 줄기야 잎끝마다에는 그 꺾은 자리가 완연하게 알립니다. 겐데 어째서 이 풀들의 이렇게 유표하게² 꺾은 자리가 나 있는가

---

1 악 : 꽃받침(萼).
2 유표하게 : 표가 나게.

여기에는 그럴만한 이야기가 깃들어 있어.

　멀고 먼 옛날 어느 해 여름날, 하늘 천궁의 일곱 선녀들이 하루는 천궁의 동쪽 정문을 거닐다가 발아래 지상국을 내려다보니까, 이 나라 동북편 짝에[3] 폭포 소리가 우람차구 기암기봉이 둘러앉은 연못에는 그 무수한 은영 금영[4]이 이래가 해가 이리 쪼이니까 이 은영 금영이 그 휘황찬란한 광채를 눈부시게 내뿜고 있었습니다. 그래서 이 선녀들이 '아! 저기는 필시 인간의 지상낙원인 모냥이다.' 이렇게 생각한 일곱 선녀는 마침내 어느, 한 길일을 택해서 칠색 영롱한 무지개를 드리워 잡아타고 훨훨 백두산에 날아 내렸습니다.

　칠선녀가 천지 기슭에 내려보니 이곳은 과연 천상에서는 볼 수 없었던 명승지였습니다. 천왕봉 기슭을 타구 스윽 기어올랐다가 잠시 천지못에 뚝 떨어지구, 다시 산봉으로 치달아 올라 청송, 백송, 벗나무 창창한 임해에 그 우윳빛 솜이불을 펼치는 몽몽한 흰 구름의 그 장엄한 기상도 가관이려니와 그 천지 못을 억류해 이렇게 둘러앉은 조물주의 특이한 그 솜씨에 의해서 조각되구 빚어진 열여섯 번 봉우리는 더욱 장관이었습니다. 잘잘 끓는 삼복염천에도 그 빙설이 듬뿍 쌓인 백두봉, 허리 중등에 구름 띠를 필필로 드리우는 백운봉, 노루 사슴 정답게 모여 목청을 틔우는 녹명봉, 용이 노닐어 그 이름 지었다는 용문봉, 독수리가 목을 빼들고 망을 보는 형상의 응준봉, 구름 따라 요염하게 흔들리는 자하봉, 그담에 은옥 같은 폭포수를 쏟아내고 부셔 내는 천곡봉, 백포의를 떨쳐입은 백악봉, 파란 돌빛이 아름다운 청석봉, 천문봉은 나서 처음 보는 봉우리들이었습니다.

　홀린 듯 취한 듯 섰던 일곱 선녀는 칠보단장 비단옷을 홀홀 벗어 놓구 첨벙첨벙 앞다투어 천지 못에 뛰어들었습니다. 아! 백두산이여! 천지 못이여! 천하의 명승이여! 찰랑찰랑 자맥질을 치며 노니는 그들의 입에서는 저도 모르게 이런 소리가 연에 연방 터져 나왔습니다. 똑 마치도 시를 읊는 듯한 시인이 된 듯하게 이렇게 감탄하며

---

3 동북편 짝에 : 동북편 쪽에.
4 은영 금영 : 기암 괴봉이 연못에 비치어 은빛 금빛 광채를 띠고 되비치는 경치.

부르는 소리가 이름 그대로 시였습니다. 희희낙락 무궁한 한나절이 흘렀습니다. 그제야 몸이 피곤을 느낀 일곱 선녀는 백두산 천지 가에 나와서 쉬게 됐습니다. 참말이지 이런 천하 명승을 가진 이 나라 사람들은 얼마나 유복할 것이냐? 그러게 말이야. 백두의 산등에서만 볼 수 있는 생생한 두견화를 저만큼 꺾어 들고 이렇게 오손도손 속삭이며 한껏 즐기던 일곱 선녀는 끝없이 부풀어 오르는 흥분으로 하여 눈이 사르르 감기었습니다. 그들은 살며시 풀 우에 드러누웠습니다.

그런데 이때 기래이까 그들은 선녀 옷을 다 벗어 놓고 목욕하구 그댈(그대로) 나와서, 기래이까 홀딱 벗은 그 채로였단 말이. 그래 누우니까 그저 온몸을 이래 돌아 누우두 찌르구, 저래 돌아 누우두 찌르구, 그래서 그들은 일부러 재롱을 부리는 듯 또다시 옆구리를 콕콕 찔러 놓는 이 풀에 발딱 자릴 차구 일어났습니다. 그래서 큰 언니가 찬찬히 눈을 여겨 보니까 그것은 끝이 바늘 끝 같이 뾰족한 파란 풀이었습니다. 그래서 큰언니가 그 동생 선녀들 보구 말했습니다.

"애들아 듣거라. 우리 진진한 흥을 깨트리는 이놈의 풀끝을 모조리 꺾어 놓자구나."

그러니까 칠선녀 자매들은 저마다 일어나서 앞서거니 뒤서거니, 나가거니 들어오거니, 내리거니 오르거니 하면서리 섬섬옥수로 풀끝을 꺾어 놓기 시작했습니다. 이로부터 칠선녀는 여름 한 철이 다할 때까지 하루가 멀다 하게 백두산에 내려와 놀면서르 미역을 감으며 피서를 했구, 그때마다 한초, 마관초, 갈대의 줄기와 잎 끝을 꺾어놓군 했습니다.

백두산 갈피마다의 마디풀은 이렇게 하여 생기난 것인데, 이러하여 화창한 계절 연속 부단히 찾아드는 내외 손님들을 한층 더 유쾌하게 해주고 있다고 합니다. 이것이 그 이 백두산 마디풀의 전설 유랩니다.

2) 호미 이야기

이, 최금녀라는 우리 할머닌데, 우리 할머이가 내 어릴 때 나를 보고서 들려주던 이야깁니다.

옛날에 한 집에 외독자 아들이 있었는데, 그는 어떻게 뭐 선비가 되자고 그랬던지 일은 게을리 함에도, 그양[1] 그저 글공부만 열중하구. 이래서 어려운 살림에두 이 집에서는 이 외독자 아들만은 공부를 잘 시켜서 선비를 만들어 출세를 시겨야되겠다. 이래서 없는 살림에 그저 돈을 짜내가지고서리 서울로 글공부르 보냈답다. 그래 그저 옛날에 공부한다믄 돈이 많이 들구 이랬는데, 그저 아글타글이[2] 해서, 아글타글이 해서 해 올리 보냈는데 예 또 공부도 잘 했던 모냥입니다.

이런데 하루는 아버지가 야가 방학을 할 때가 되니까 그때 한창 기슴 철인데[3] 호미를 쓰다가 꺾어 먹었다 말이다. 기래 아들에게 편지를 했습니다.

"야! 니 오래지 않아 방학을 해서 니러오겠는데 서울에는 호미들두 좋은 게 많겠는데, 신식 호미두 있겠는데, 호미 한 자루 사오너라."

게 아들이 그 편지를 떡 받아 보니까 '호미라? 호미라? 호미라는 게 도대체 뭐인가?' 그래서 대소 옥편을 펼쳐 놓구서리 턱 보니까, 차근차근히 보니까 호는 범 호라 말이. 미라는 건 뭐인가 꼬리 미자다. 아, 그러고 보니까 아버지가 사오란 건 범 꼬리겠다. 그래서 즉시 편지를 했다 말이.

"예 서울에는 꼭 호미가 좋은 게 많은데 돈 좀 보내시오."

---

1 그양 : 그냥.
2 아글타글이 해서 : 이래저래 애쓰는 모양. 이래저래 긁어모아.
3 기슴 철인데 : 김매기 철인데.

"게 얼매나 보내야 하는가?"

"그럼 있는 대로 참 다 보내시오."

그래까 이 아들은 호미란 거 찾은 다음에 썩 가보니까 범 가죽을 파는 게 대단히 많다 말이오. 그래서 범 가죽 파는 사람들 가 물어보니까

"이 요 호미만 똑 떼어 파는가?" 하이까

"아! 그렇겐 못 판다 어째?"

그러면 지금 말로 말하면 이 옹근4 형상이 손상받기 때문에 그 이것만 못 파는데 살라믄 이게 범 가죽을 다 사야 된다. 값을 물어 보이까 대단히 약차단5 말이지.

그래서 아버지께 편지 쓴 게 그저 '돈이 있는 대로 올려 보내시오' 했단 말이지. 그래이까 아버지는 뭐 집에 있던 거 황소까지 팔아 가지고서리 돈 올려 보냈다 말이지. 이거 도대체 어떤 신식 호미길래 이리 비싼가? 그래 돈 받은 다음에 이 아들이 서울에 가서 그 장거리에 나가서 값을 흥정하이까 아이 이거 몇 백냥이란 말이. 그래서 몇 백냥 그 돈을 퍼주구 사가지고서리 집으로 와서, 고 꼬리만 살짝 베내 가지고서리 방학이 되이까 떡 내리 갔단 말이야. 그 내리가이까 그 아버지가,

"야, 기래 호미를 사 왔느냐?"

"예, 사왔습니다."

"무슨 호미길래 그리 비싸냐?"

"아! 말마시오. 대다이 좋은 호밉니다."

"그럼 어디 보자."

그리이까 책보따리에서 떡 꺼내는데 와느르6 이거 방망이 구슬 방망이 같은 게 턱하니 정말 이게 비싸고 좋은 호밉니다. 아버지가 떡 보니까 호미라고 사 왔는데 범 꼬랑댕이를 사 왔다 말이지.

---

4 옹근 : 완전한 모습.

5 약차단 : 비싸다. 약간이 아니다에 가까운 뜻인 듯.

6 와느르 : 완전히, 아주.

"야 이놈아! 호미를 사와라 했는데 어찌 범 꼬랑댕이를 사 왔느냐?"

"아! 아버지는 시골 한구석에서 모르이 이럽다. 그래 호미란 게 무어입니까?"

"야, 호미란 게 지슴[7] 매는 게 무신? 하하!"

"호미라는 거 대소 옥편을 보시오. 옥편 보시오. 아버지가 모르이 그렇지. 범 호자에 꼬리 미자 이게 진짜 이게 범 꼬랑댕이요."

아버지가 보니까 십 년 공부를 시깄더니만 아들이 이 모양이란 말이야. 귓뺨을 올리 붙이며

"옛기놈, 십년공부를 시깃디이만 네가 말이 범 꼬랑댕이를 사왔는데 내가 이제 니게다가 십 년 공부를 더 시키다간 정말 백년 대호를 끌어들여서 이 애비를 잡아먹게 할 게다. 아이 되겠다. 내일부터는 당장 학교고 뭐이고 내 같이 글공부를 하자."

그러더란 얘깁니다. 이상 끝입니다.

---

7 지슴 : 기음. 논밭의 잡초.

3) 나막신, 버선, 감투의 불평

천구백육십 년도에 신현구라는 노인이, 신현구 그때 이 양반이가 예순 야닯(여덟) 살 때 한 얘긴데 〈신, 버선, 감투의 불평〉이라는 얘깁니다.

신, 버선, 감투의 불평. 이것두 우스운 이야긴데 옛날에 어떤 양반집, 양반이가 점잖은 양반이 한 분 있었는데 저녁때가 되니까, 옛날에 노인네 양반은 뭘 신었는가 하이까 그 나무신 신었습니다. 쪽배 같은, 그것을 벗어 놓구 버선을 벗어 놓구, 감투[1]를 벗어 놓구서리 잠을 잤는데, 잠을 잘 적에 이 양반의 그 나막신 하구 버선하 구 감투가 서이가, 서이 모다서[2] 자기 신세 고달픈 얘길 하게 됐다 말임다.

앤 먼저[3] 이 나막신이 하는 말이

"야, 우리 이래 셋이 모닸지만은 이 가운데 제일 그저 신세가 불우하구 고달픈 건 낼 끼다.[4]"

그러니까 이 버선하구 감투가 있다가,

"아, 니 무슨 신세 고달플 게 있니?"

"야, 너네 모른다. 아이 우리 집 주인 양반 봐라. 얼매나 날마다 고저 고이 놀구 부채질하며 앉아서 응! 마을 사람들이 그저 가꿔주는 피땀 빨아먹으면서리 잘 먹구 호식하다나니까 얼매나 피둥피둥 살이 쪘니? 이런데 이거 날마다 나는 그 육중한 몸을 말이, 담아 신구서리 고저 진탕, 마른 데를 고저 왔다갔다 왔다갔다 하다 나니까

---

1 감투 : 복주감투의 준말. 중년 이상 노인들이 주로 쓰는 방한용 모자.
2 서이 모다서 : 셋이 모여서.
3 앤 먼저 : 맨 먼저.
4 낼 끼다 : 나일 것이다.

온 하루 동안 얼매나 곤한지 모르겠다. 아이! 이래 이거 밤잠도 바로 오지 않는다 너무 곤해서."

그래이까 버선이 있다 헤헤 웃으면서,

"야, 그건 아무 것도 아이다. 내마이⁵ 고달픈 게 없다."는 게지.

"아, 너는 무슨 고달플 게 있냐?"

"야, 생각해 봐라. 고이 노는 놈인 게 거저 왔다 갔다 하구 이러는데, 그 발이나 바루 씻냐? 며칠에 한 번도 씻으나 마나하고 이런데, 아이 이거야 당초에 그 고린내 나는 발에 발을 감싸가주구 날마다 댕기니 아이 숨이 맥히(막혀서) 딱, 이기(이게) 죽을 지경이다. 아이 이래서 그 냄새 지금 내 몸에 배기가지고⁶ 오늘 밤에두 이거 밤 잘 같지 않다. 이리이까 세상에 내마이 고달픈 사람 어딨겠느냐?"

그리이까 감투가 있다 하는 말이,

"야, 그거는 기실 아무 것도 아이다."

"게 너는 무슨 고달플 게 있느냐?"

"아이구! 네 생각해 봐라. 글쎄 너네는 진탕 질(길)이요, 무슨 개굴창이요, 댕긴다 하지마는 아니 이놈 영감 말이, 날마다 말이지. 본댁이 칸에 가 그래, 그 담에 첩의 칸에 가 그래. 아이 밤이나 낮이나 말이,⁷ 씩씩꺼리면서리 아이 무슨 숱한 여성들과 이란데⁸ 고 어전⁹ 늙어 노니까 그저 비지땀을 질질 흘리는데, 그 냄새가 고약한데 아이 이거는 꼼짝 못하고 그저 내가 다 받아 당해야 된다. 이래까 세상에 내처럼 고달픈 사람 어디 있냐?"

아이 들어 보이까 정말 옳다 말이야. '야, 우리 다 고달프구나.'

그래서 이거 이야기가 끝나는데, 원래 이야기는 어떤가 하니까 에 나막신하구

5 내마이 : 나만큼.
6 배기가지고 : 배어가지고. 배어서.
7 말이 : 말이야.
8 이란데 : 이러는데.
9 어전 : 이젠, 이제는. 때로는 발어사로도 쓰임.

버선하구 이 영감의 하신이가[10] 얘기한 게란 말임다. 얘기하는 겐데, 게 하신이 하는 이야기.

"그래 너네는 기실 아무 것도 아이다." 그리까,

"너는 고저 무슨 매달기[11] 댕기믄 되는데 그럴 수가 있냐?"

"아, 너네 모른다. 온 하루, 나는 말이 이 영감게 거꿀루 매달기 해서 말이[12] 댕기는데, 저녁때가 되면 잘까 하는데, 잘까 하는데, 아이 이거 말이, 숱한 첩을 두구, 아이 본댁인데[13] 가서 말이 어찌 나를 가지고 훌릭대는지 말이, 아이 이래다 나니까 아이, 제구[14] 얻어먹은 말이 신죽두[15] 다 토해 버린다. 아이 그래 아이 어전 좀 잘까 하니까 아니 이놈 영감이라는 게, 그에서 만족하는 게 아이라 또 작은댁인데 가서, 아이 또 그저 나를 못 살게 구이까 마지막에는 열물꺼지[16] 다 토했다."

그런 얘깁니다. 그래 그거는 우리 여기 사회주의 제도에서는 용인하지 않으니까 감툴루[17] 고치가 그랬는데 그 노인 이야기가 성솔에 우수작품까지 됐었다. 허 허 허.

---

10 하신이가 : 성기가. 하신+이+가(주격조사 겹침).

11 매달기 : 매달려.

12 거꿀루 매달기 해서 말이 : 거꾸로 매달려서 말이야.

13 본댁인데 : 본댁에게.

14 제구 : 겨우.

15 신죽두 : 흰죽도.

16 열물 : 미상. 사정시의 배설물인 듯.

17 감툴루 : 감투로.

4) 천 냥으로 늙은이를 산 이야기

천 냥으로 그 늙은이를 산 얘기라 해서 천 냥을 가지고 늙은이를 산 이야기.
이거 역시 천구백육십 년대 초 성문진 차덕산에 김병준이란 아바이가 하신 얘깁니
다. 김병준이 병준이 병준 이때 이 아바이가 칠십이었는데 칠십 세.

옛날에 부부간이가 살았는데 하루는 이 부인이가 밭에 가서 일하구 들어오는데,
촌 어구제[1] 사람들이 가뜩 모였단 말임다. 그래서 무슨 일에 저렇게 모았을까? 그래
다가가 떡 보니까 사람마다 그저 목을 빼들고 보매 하는 얘기가,

"야! 이게 참말 세상 천지개벽해서 처음 보는 일이다."

"그 무슨 일이요?" 하니까,

"이거 보라우. 어떤 마을에 도리끼[2] 아들 자식이가, 자기 아버지가 어저는 연년이
가[3] 하도 노곤해서 운신을 쓰지 못하게 되는데 이러니까 말이. 내다 버리기는 인정상
에서 아이 되고 이런데, 아이 이것두 말이 천 냥 돈에 애비를 팔자구서리, 살 사람으
는 나서라구서리 광고를 내붙였다."

아, 이 여자가 생각해 보니까 정말 기 딱 차거든. 부모가 있어서 자식이 있는
법인데 어떤 후레자식이가 말이, 어저는 부모가 운신하지 못하고 무용지물이 되구,
성 쌓구 남은 돌이 됐다구 해서 이렇게 버리려 하는가? 그저 버리믄 또 모르겠는데
마음이 고약하기를 그지없어서 이것두 말이 천 냥 돈에 팔려 하는가? 야 이 세상인심
이 너무두 야박하구나. 그래이까 모도 픽픽 웃으면서리, 당시 천 냥으로 말한다

---

1 촌어구제 : 촌 어구지에. 마을 어귀에. 마을 초입에.
2 도리끼 : 미상???
3 연년이가 : 해마다.

하게 되믄, 삼십 냥이 큰 황소 한 마리 살 때거든. 후레자식이 어느 미친 자식놈이 돈이 썩어난다고서리 도시서 이런 노인을 사겠는가?

그런데 이 부인만 다르게 생각했단 말이야. 어떻게 생각했는가? 자식은 나쁘다 할 적에, 이렇게 말이 자식들의 버림을 받구 지내는 이 노인의 처경은[4] 얼매나 각고[5] 르 하겠는가? 응 얼매나 각고르 하겠는가? 이 자식이 말이, 이렇게 마음이 고약해서 아이 이것도 애비를 팔아 호의호식하자 하는데. 이런 아들의 손에서 지금 잔명을 유지해 가는 이 노인의 처지가 얼마나 각고르 하겠는가? 야! 이거 돈만 있다면 이런 노인을 다만 며칠이라도 갖다 모시면 얼마나 좋겠는가? 이 여자는 이렇게 남달리 생각했다 말이야. 그래 생각을 구불리맨서리[6] 집에 떡 오니가 남편은 다른 데 일할라 갔던 게 돌아와 있다 말이야. 그래서 그 생각하니까 저녁 할 맥도 나지 않는다 말이지, 이 부인이.

"이보오 빨리 저녁을 짓소. 배고픈데 먹어야 되지."

이래미서리[7] 나무 한 아름 안아다가 부엌에 놓으면서 불을 지핀다 말이지. 그래두 이 부인은 그 노인 생각에 밥 지을 생각이 나지 않는다 말이지.

"아이, 여보 어째 밥 아이 짓소?"

"아, 그런 게 아이라 내 오늘 저 마을 어구지에 오다가 광고를 내 붙인 거 봤는데."

그래서 여차 여살[8] 자초지종을 얘길 했는데, 그래까 남편이,

"야! 정말 고약한 놈이구만. 야! 정말 불쌍한 늙은이구만. 야! 돈만 있으면 그 노인을 모세 왔으면 얼매 좋겠소?"

부인이 생각해 보이 자기 마음이자 남편의 마음이란 말이야.

"여보 그러면 우리 지금부터 당신이나 내나 사방 댕기며 돈을 꿔서 그 늙은이를

---

4 처경은 : 처지는.

5 각고 : 몹시 애씀. 몹시 고달픔.

6 구불리맨서리 : 굴리면서.

7 이래미서리 : 이러면서.

8 여차 여살(여사를) : 이와 같은 일을.

사오는 게 어떻소?" 그러이까,

"여보, 오르지 못할 나무는 쳐다도 보지 말라구. 우리 이렇게가 서발 장대를 휘둘러두 거칠 것 없이 이렇게 각골한⁹ 신센데, 우리 마음이 그렇다 한들 어느 누가 우리가 돈을 꾸자고 돈을 꿔줄 사람 있소?" 게까(그러니까) 부인이,

"그건 모릅니다. 우리 마음이 이렇게 진정 이러할 적에 다른 사람들이 동정할 수도 있는데 그럼 어떻습니까?"

"글쎄, 날래¹⁰ 밥이나 짓소? 밥이나 먹구 보기오."

그래서 부부가 일심해서 밥을 지어 먹은 다음에 이 부인은 애를 들쳐 업구, 남편 으느 이래서,

"우리 지금부터 시작해서 나가서 한 사람이 오백 냥씩 꿔올 때까지 집을 들어오지 말구 돌아댕기¹¹ 보기오."

"에! 그렇게 합시다."

그래 떠났다 말이요. 게 갈라서 떠났는데, 자기 마을에 제일 잘 사는 집부터 찾아갔다 말이요. 그러니까,

"허! 별 미친 것들 다 보겠다. 그래 마음이 그러면 뭐 하늘이 알아봐 줄 것 같애? 너네 어떻게 사는 신센데 돈을 꿔줘? 오백 냥이 아니라 한 푼도 못 꿔주겠다."

그저 다 쭉 말한다 말이. 그래서 참, 강을 건너고 고개를 넘어서 며칠을 그저 밥을 빌어먹으매 댕기는데 어디가나 다 아이 끼와¹² 준다 말이야. 다 끼와 주지 않지. 그래 남편은 며칠 댕기다가 집을 돌아오구. 부인이가 계속 그저 이악스럽게¹³ 댕기구 그랬는데, 부잣집은 다 댕겨봐야 뭐 끼와 주지 않지. 또 어떤 집에서는, "저거 미친년이 왔다"구 개를 추겨 보채지.

---

9 각골한 : 아무것도 없는. 가난한.
10 날래 : 어서, 빨리.
11 돌아댕기 : 돌아다녀.
12 아이 끼와 : 아니 꾸어.
13 이악스럽게 : 굳세고 끈덕지게 달라붙으며.

그래 성사하지 못하구 그 다음에는 그저 길에서 만나면 마음이 후덥게 후덥겠다 하는, 인품이 고였다한[14] 얼굴의 형상을 보고서리 그런 사람 따라서 이래 찾아 들어 간다 말이지. 게 혹은 모를 집에 그런 사람이면은 말하구 그러지 않은 사람이면 그저 아니 좀 물이나 잠깐, 밥 얻어먹자구 이래고 나오고 나오고. 그래서 하루는 조끄만에 시내를 갔는데 길루 한 후덕한 노인이 지나간다 말이오. 처음에는 그래서 그 노인이가 (?) -테잎 상태 불량! -청취 불가.

---

14 인품이 고였다한 : 인품이 높다싶은.

1)사또와 묘령녀

제가 이제부터 어렸을 때 할아버지한테 들은 옛말을 여러분께 이야기하겠습니다. 먼 옛날 경상도 사천군이란 곳이 있었는데 이 사천군에 살인 사건이 나타났습니다. 어떤 처녀가 목에 칼을 받고 죽었는데 일 년이 넘도록 살인범을 잡지 못했다 합니다. 그래서 옛날에 군수는 파직을 당하고 김현수라는 분이 사천군수로서 부임하게 됐다 합니다. 그래서 신임 군수가 서울에서 떠나서 사천읍을 향해서 가는데 그 어간에[1] 아마 큰 강이 하나 있었다고 하는데, 나룻배를 타고 신임 군수가 강 중심에꺼정[2] 이르렀는데 그때는 해가 서산에 기울어져 있을 때라고 합니다. 그래서 배를 재촉해 가지고 빨리 가자고 했는데, 언덕에서 어떤 여인이 나타나더니 손을 저으면서 자기도 같이 배를 타겠으니 뱃머리를 빨리 돌리라고 하면서 말했습니다.

그것을 보자 사공은 신임사또의 부임 행차인지라 안 된다고 손을 내저었습니다. 그런데 이번에는 이 여인이 뱃머리를 빨리 돌리라고 마치 명령하다시피 큰소리를 쳤습니다. 이렇게 되니 신임사또 김현수는 어, 참 이상하게 생각했다 말입니다.

---

1 어간에 : 사이에.
2 중심에꺼정 : 중심에까지.

아마 저 여인을 봐 가지구 자기가 가는 사천군에 있는 여성인 것 같은데, 아마 긴박한 일이 있길래 저러지, 어떻게 돼서 저렇게 큰소리를 대놓고 치는가? 이렇게 생각하면서 뱃사공을 보구 뱃머리를 돌리라고 했습니다. 이래서 배가 언덕에 도착하게 되니 그 여성은 아무런 서슴없이 배에 올라앉았습니다. 보통 사람 같으면 배에 올라앉자 인사를 해야겠는데, 아무 인사말도 없이 올라탔다는 것입니다.

신임사또가 얼른 보건대 이 여성은 스물 대여섯 살밖에 되지 않은 것 같은데, 시골에 살고 있는 여자치고는 그리 밉지 않게 생겼어. 오느라고 피곤도 풀 겸 농담, 농담이나 해볼려고 신임사또 김현수는 그 여성을 보고 자기 앞에 와 앉으라고 했습니다. 그랬더니 이 여성은 또 아무런 부끄러운 점도 없이 아는 것처럼 사또 앞에 와 앉았습니다. 이렇게 되니 신임사또는 여성을 보고 말하기를,

"그래 자네는 어떻게 돼서 여인의 염치가 없이 아무 예절도 없이 뱃머리를 돌리라고 큰소리를 쳤나"하고 물었습니다.

그러니 이 여성은 대답하기를,

"아니, 사람이 생사가 갔다 왔다 하는데 무슨 여인의 염치가 있겠습니까?"

하고 대답을 했답니다. 사또가 듣건대,

"사람의 생사가 갔다 왔다 한다니 도대체 거 무슨 일이 있길래 그리오?"

하고 물었다 합니다. 그러니 말하기를,

"저의 남편은 병이 위급해서 강 건너가서 약을 사가지고 오는데 뭐 이렇게 급한 김에 무슨 예의나 범절이 있을 수 있습니까?"

하고 대답했다 합니다.

신임사또는 그 말을 듣고 정말 남편을 위해서 저토록 애를 쓰고 댕기는(다니는) 여성이니 너도 참 착하구나. 하고 속으로 생각하면서 내가 다스릴 고을의 백성들이 모도 이처럼 어질구 착하구 이래서 효자, 효부를 대했으면 얼마나 좋겠는가? 그런데 어째 이 고을에 있는 살인사건은 지금도 해명을 하지 못하고 있을까? 하며 자기 속으로 생각하면서 그 여성을 보고 말하기를,

"그래 남편의 성은 무엇이라고 하오?"

하니 이 여성은 대답하기를,

"저의 남편은 천서방이라고 하옵니다."

그러니 사또는 그 말을 듣고 또 농담을 쓰기를,

"아니 그래 하룻밤에 천서방이나 어떻게 그렇게 모시오?"

하고 말했답니다. 그러니 이 소녀는 대답하기를,

"아니 저는 겨우 천서방밖에 치루지 않는데, 그래 사또[3]의 부인은 어떻게 하룻밤에 사천 사또나 모시는지 정말 걱정된다."

사천 사또라는 말은 사천 군수란 말이오. 사또는 생각하기를 '아니! 나이가 스물 대여섯밖에 되지 않는 이런 시골 여자가 이렇게 임기응변하는 데는 놀라지 않을 수 없었다' 합니다. 그래서 신임사또는 크게 웃음보를 터졌답니다.

이렇게 서로 말을 주고받고 하면서 오는 사이에 배는 이미 강을, 강 언덕에까지 도착했습니다. 강 언덕에 오게 되니 이 여인은 또 자기가 먼저 배에서 언덕으로 내리 떼내렸습니다.[4] 그러면서 말하기를,

"그래, 동생 잘 가시오. 난 바빠서 먼저 가네."

하고 인사를 하면서 내렸는데, 사또는 그 말을 듣고 얼굴까지 붉히면서 노여워하면서 말하기를,

"아무리 시골구석에서 묻혀 살고 있다 해서 이렇게 버릇없는 인사가 어디메 있나?" 하면서 나무랬습니다.

그랬더니 이 여성은 말하기를

"아니 한 뱃속에 들어 있다가 먼저 나왔으니 내가 누나가 아니고 무엇이오? 누나로서 한 말인데 왜 그렇게 노여워하시오?"하고 말하면서,

"내 집은 사천읍 향교 앞에 왼편 다섯 번째 집인데 무슨 일이 있어 오시면 우리

---

3 사또 : 백성이나 하급 벼슬아치들이 자기 고을의 수령을 높여 부르던 말 (使道)

4 떼내렸습니다 : 뛰어내렸습니다.

집에 들라"

고 하면서 뒤도 돌아보지 않고 갔다 말입니다. 이 말을 듣고 신임사또는 '하! 그 참! 대단한 여성이구나.' 하면서 뱃사공을 보고 물어 봤습니다.

"저 여인을 아는가?" 하고 물어 보니

뱃사공은 대답하기를

"이 촌구석에 묻혀 살기는 아주 아까운 여성입니다."

이렇게 대답했다고 합니다.

신임사또 김현수는 관사에 도착하는 즉시루서[5] 형리를 불러 가지고 살인 사건부터 먼저 해명하려고 보고를 들었답니다. 그런데 살인 사건 가운데 가장 유일한 증거물이란 것은 죽은 처녀의 목에 꽂혀 있었다는 작은 칼 하나밖에 없었습니다. 그래서 고저 이 칼 하나 가지고서는 살인 사건을 해명할 도리가 막막했다 합니다. 알아본즉 그 죽은 처녀는 사천군 곤양에 사는 미돌이라 하는 사람의 딸인데, 나이는 열여덟 살이라 합니다. 그래서 물 길러 가던 도중에 길가에서 많이 떨어져 있는 썩은 느티나무 구멍 속에 이 죽은 여자의 시체가 박혀 있었다고 합니다. 그리고 그 여자의 목에 칼이 꽂혀 있었다는 것입니다.

그래서 신임사또는 그 이튿날 그 칼을 자기 품에 갖구서 혼자서 행교(鄕校) 앞으로 가서 배에서 만났던 그 여성을 찾을려고 떠났습니다. 그래 거기루 가니 마루에서 길쌈을 삼던 그 여성은 맨버선바닥으루서[6] 사또를 맞이하면서 말하기를,

"아! 사또님께서 이렇게 누추한 민가에 어찌 왕림하셨는가?"

하면서 아주 기쁘게서 자기 집에 들어오라고 했습니다. 그러니 사또는 또 말하기를

"누나, 나는 이 살인 사건을 해명하려고 누나 집에 찾아 왔소."

하면서 말했답니다.

그래서 그 여성한테 살인 사건이 자기가 들은 모든 얘기를 다 한 다음 자기가

---

5 즉시루서 : 즉시로.
6 맨버선바닥으루서 : 맨 버선발로.

가지고 갔던 칼을 그 여성 앞에 내놓았습니다. 그 여성은 이 칼을 이리보고 저리보고 훑어보더니만은 말하기를 자기가 보건대, '이 칼은 절에서 스님들이 쓰는 칼'이라고 했습니다. 절에 있는 이런 중들이 이런 칼을 썼다고 합니다. 그러면서 '이만하면 수사 범위가 좁아지지 않는가' 하고, 그래서 '그 시체가 있는 것을 보니 아마 그 시체 있는 곳에서 얼마 멀지 않는 절당에 있는 중인 것 같다고, 중들일 것 같다'고 이렇게 말해 주었습니다. 그리구서 '어떻게 어떻게 하면 되지 않겠는가' 하고 신임사 또한테 말해 주었더랍니다.

그러니 신임사또는 너무나도 좋아서 '아! 그렇게 하면 꼭 될 것 같소이다.' 이렇게 말하면서 그 누구도 모르게 동헌[7]에 돌아온 사또는 리방[8]을 불렀다 합니다. 그래서 물어보기를,

"도대체 이 관내에 절이 몇 개나 있는가?"

이렇게 물어보니 리방은 대답하기를,

"크고 작은 절이 몇 개 있는데 그중에서도 곤양에 있는 내원사라 하는 이 절당이 제일 크고, 그런데 스님이 오십여 명이나 살고 있다"고 합니다.

그래서 사또는 거기로 가기루 작정하고 리방에게 말했습니다.

"삼 일 후에 내원사로 가겠는데 행차 준비를 다 빈틈없이 해놓으라."

고 했습니다. 그래서 삼 일이 지난 다음 사또 일행이 내원사르 찾아갔습니다.

절당에서는 신임사또가 절당에 오신다고 하니 크게 환영 인사를 나왔습니다. 그래서 절간에서는 소찬을 배풀었는데, 신임사또는 소찬을 맛나게 먹고 나서 주지를 보고 말했습니다.

"대사님 나는 절에 오면 언제나 스님들이 차고 있는 장도[9]를 구경하는 것을 큰 취미로 삼고 있는데, 오늘 이렇게 와서 대접도 많이 받았는데 자, 스님들이 가지고

---

7 동헌 : 지방 관아의 집무실.
8 리방 : 조선시대 지방 관아의 인사 관련 업무를 담당하던 사람.
9 장도 : 허리춤에 차고 다니는 작은 칼.

있는 장도를 빠짐없이 다 이 놋쟁반에 받쳐서 나에게 보여 주게 해 주시오."

라고 말했답니다. 이렇게 되니 주지 대사는 물론 칼을 가지고 있는 모든 스님들이 놋쟁반에다 자기가 가지고 있는 칼들을 다 내놓았습니다. 이렇게 되니 신임사또는 칼을 이리보고 저리보고 자세하게 살펴보다가 자기 품에 가지고 갔던 문제되는 이 칼을 가만히 꺼내서 이 쟁반 안에 걸어 넣었습니다. 그러면서,

"인제는 다 보았으니 자기 칼을 다 찾아가시오."

하고 말하니 주지를 선두로 해가지고 모든 스님들이 저마다 자기가 가지고 있던 칼을 가지고 갔다 말입니다. 그런데 이상하게두 사또가 내놓은 이 칼은 누구도 가져가는 사람이 없었습니다. 그러니 사또는 말하기를,

"이 칼은 도대체 누구 것인데 왜 가져가지 않습니까?"

하고 말했다 합니다. 그랬더니 다른 중들이 와 보고,

"아, 이것은 청산스님이 가지고 있는 칼인데, 청산스님이 저기에 앉고 있습니다."

이렇게 말했다 합니다. 중늙은이나 되는 이 스님의 칼이라고 한 것입니다. 그래서 이 신임사또는 아! 과연 저놈이로구나, 이렇게 생각해 가지구 벼락같이 소리를 치면서,

"형리야, 사람을 시켜서 저 중놈을 잡아내라."

하고 소리쳤다 합니다.

그랬더니 사령들은 번개같이 달려들어가지고 청산스님의 목덜미를 걸머쥐어 가지고 사또 앞에 꿇어 앉히게 했습니다. 이렇게 되니 추상같은 사또의 호령 소리에 서리 맞은 구렁처럼, 구렁이처럼 중놈은 머리를 턱 떨리고 거기에 꿇어앉아 있었습니다. 그래서 자기의 죄를 고백하라고 하니 말하기를 '금년 봄에 진주 감영에 갔다 오다가 그만 산기슭에 있는 우물에서 물을 긷고 있는 처녀를 봤는데, 그만 음욕이 생겨가지고 느티나무 아래로 끌고 갔댔는데, 말을 듣지 않고 고래고래 소리를 치는 바람에 동네 사람한테 발각될까봐 그만 겁이 나서 자기가 가지고 있는 칼을 내 가지고 죽였다'고 하는 것입니다. 이래서 중놈은 자기 죽음을 두려워서 그런지 눈물

을 흘리면서 나무아미타불 관세음보살이라 외우면서 그 자리에 앉아 있었다 합니다.

이래서 신임사또 김현수는 아주 우연하게 묘령에 살고 있는 여인[10]을 만나 가지구 일년 이상 해명하지 못한 이 살인 사건을 묘하게 해결했다고 합니다.

---

10 묘령에 살고 있는 여인 : '묘령'은 지명이라기보다는 '묘령妙齡 즉, 젊은 나이의 꽃다운 여인'을 이름인 듯.

2)어머니의 군서방 버릇을 뗀 아들

옛날에도 아무래[1] 군서방[2] 같은 일들이 있었나 봅니다. 지금은 개방돼서 이런 일이 많지만 하하. 그런데 옛날에 한 시골에서 앞뒷집에 아무래 이서방과 김서방네 살았겠지 머. 그런데 이서방 안해가 김서방을 봤다 말입니다예. 이래 보는데 어쨌든 남편이 집에 없기만 하면 이 이서방 안해는 계속 김서방과 좋아하면서 이렇게 없기만 하면 같이 놀기도 하고 자기도 하고 이랬지 머. 이 눈치를 그담에 아들이가[3] 알게 됐다 말입니다. 그러니까 이서방 아들이가 눈치를 알았지. 어머니가 김서방과 좋아한다는 눈치를 알게 됐다 말이. 아들이 턱 본게[4] 아부지만 없게 되면 계속 둘이 붙어있지 하니까, 요 어머니를, 요 버릇을 좀 떼놔야겠다고[5] 언녕부터[6] 생각했지 머.

그런데 봄철이 돼서, 밭 갈 철이 돼 오니까 그다음에는 이 둘 다 서방골이라는 데 밭갈이를 갔지예. 남편도 가고 이 김서방도 가고 했는데. 남편은 이짝 골 안에,[7] 김서방도 또 이짝 같은 골 안에 이렇게 갔는데, 그날 같이 가면서리 그러이까 김서방 하고 이서방 안해가 이거 약속했다 말입니다.

"예! 우리 산에 가서 밭갈이하면서 만나자. 만나는데 내 오늘 떡, 술, 밥이구

---

1 아무래 : 아마도. 아무래도.
2 군서방 : 간부. 정부.
3 아들이가 : 아들이. 주격조사 중첩.
4 본게 : 보니까.
5 떼놔야겠다고 : 고쳐 놓아야겠다고.
6 언녕부터 : 벌써부터. 일찍부터.
7 골 안에 ; 골짜기 안에.

채[8]랑 다 해가지구 가겠으니까"

이 가는 길에다 이렇게 풀을 매 놓았지. 어느 골 안에 아는 길에다 풀을 매 놓았단 말이. 그래이까 가는 길이 이리 쭉 나가다가 어느 골 안이 갈라져 가다나이까 고 가는 골 안 거기다 풀을 딱 매놓았지. 그래 내 풀을 보고선 따라가겠다 이랬다 말입다. 그래 이렇게 약속하구 그다음에 지금 집에서 밭갈이 다 간 다음에 집에 뭐 떡을 내다한다, 그 다음에 채를 뭐 좋은 거 한다 하면서 야단 해가지구서리 점심밥을 떡 싸서 이고 가는데. 그다음에 이 아들이 눈치채고서리[9] 그 원래 이, 그러니까 김서방이 풀을 매 놓은 거 요 아들이 가서, 가서 풀어 놓았단 말입다. 풀어 놓구 아버지 간 쪽에다 풀을 딱 매놓았지 머. 그러이까 그다음엔 이 엄마가 이거 매 놓은 쪽으로 지금 짐을 쥐고 갔다 말이.

그래 생전, 그담에 이 남편이 쳐다보이까 자기 안해(아내)는 이날까지 자기가 밭갈이하러 가도 한 번도 무슨 밥을 해 오거나 고치밥[10] 싸 들구 오거나 하는 일이 없었는데, 척 내려다보니까 자기 안해가 떡 이렇게 땀을 뚝뚝 흘리며 온단 말이. 그러니까 영 마음속으로 기쁘지 머. 오늘은 무슨 바람이 불어서 이렇게 밥을 해 쥐고 오는가. 보니까 정말 이렇게 이구 오는 게 소심해서[11] 오지 머.

그래 웃음주머니 흔들흔들해서 지금 내려보면서, 그다음 턱 당도하고 보니까 김서방인 게 아니라 자기 남편이란 말이. 그러니까 속으로 야 어떻게 돼서 갈 때는 약속을 딱 해서 정말 요기에 와서 만나려니 했는데 이렇게 됐는가고 마음이 정말 섭섭하지 머. 그러나 방법이 없지 머. 그거 어떻게 다 펴 놓구, 그다음에는 내놓으니까 흰 증편도 있지. 소갈비도 있지. 뭐 물고기도 있지. 그러니까 이 남편은 좋아하면서 그걸 막 먹는데, 그다음에 아들이 척 올라와서 아들이 그다음에 하는 말이,

"저쪽 김서방한테도, 저쪽에서 밭갈이하는데 송편이랑 채랑 가져다주자."

---

8 채 : 요리. 음식.
9 눈치채고서리 : 눈치채고서.
10 고치밥 : 미상. 주먹밥 등의 야외용 먹을거리인 듯.
11 소심해서 : 웃으면서. 즐거운 마음으로.

그다음에 엄마는 속으로 기쁘지 머. 아들이 그래도 내 심정을 알아주는구나. 이래면서 흰 송편이랑 채랑, 김서방을 주라고 그래. 아들이 가면서 송편을 길에다 지금 뿌리지 머. 골 안을 앞걸음 뒷걸음 하메. 그담에 갈비나 채소는 자기 다 먹구. 그담에 건너가서 말하는 게,

"우리 아버지가 어저는 가게 되면 도끼로 아저씨 대가리를 까겠다고 오겠다 한다" 는 게지 머.

그렇게 한마디 턱 내뱉고서는 아들이 데비[12] 돌아왔다 말이. 그러이까 이 김서방은 자기 턱 들어보니까 자기, 이전에 이 아들 엄마와 관계있으니까 자기 가슴속에 맺히는 게 있으니까나, 무슨 일인가 켕기는 게 있으니까 속이 지금 한 줌만 해서 있지 머. 그다음 아들애는 그 걸음으로 달려와 아버지한테 이랬지.

"야, 아버지 아버지, 저 건너편 아저씨가 지금 그 가대기[13]가 마사져서[14] 그래 점심 짬에 와서 수리해 달람다." 이랜다 말이.

그래 도끼를 가지고 와서 좀 수리를 해달란다더라는 게지. 그러이까 아버지는,

"사람두, 점심이나 다 먹고 수리해 달라고 할 것이지. 남이 점심을 먹는데 이러는가?"

하면서 송편 먹던 게 입에 넣고 도끼를 들구 건너갔지 머.

게 김서방이 턱 건너다 본게[15] 정말 이서방이 도끼를 메고 건너온단 말이. 그러이까 가마이 앉아 있다가는 공매나 언어맞을 것 같아 달아나는 게 상수겠다고. 그러구 가대기를 집어던지고 막 내 뛰지. 그다음에 이서방이 떡 가 보이까 김서방이 쓰던 가대기는 마사도 아이 지고[16] 있는데, 사람은 막 아래로 달아나고 이러고 있는 거 보니까 영 이상하게 생각하지. 그래 별났다면서리 그담에는 가대기는 수리할 게

---

12 데비(되비) : 도로. 다시.
13 가대기 : 두 마리 소를 이용해 땅을 갈기 위해 만든 농기구의 일종.
14 마사져서 : 부서져서.
15 본게 : 보니까.
16 마사도 아이 지고 : 부서지지도 아니하고. 부정조동사 도치.

없으니까 데비[17] 도끼를 메고서리 오면서 턱 본 게, 갈 때는 못 봤지. 오메 보이까 그 송편이 길에다 드믄드믄 이래 널어놓은 게 있지. 그러이까 이게 아깝다면서 송편을 옷에 주서 담지 막, 이서방이가. 그때 아들이 어머니를 보고,

"저 보세요, 아버지가 지금 우리를 때리겠다고 돌을 지금 옷섶에 주서 담구 온다." 그리구서는

"그러이까 오늘은 용서 없다"는 게지.

그러이까 엄마가 '그럼 옳겠다'구서리. 그담에 이 엄마도 또 그담에는 '이게 안 되겠다 나도 달아나야 되겠다'고 막 죽기내기로 막 달아나지(달려가지) 머.

그래 그담에 아버지가 턱 와보니까 엄마도 막 달아나지. 그래,

"야, 너 엄마는 왜 저렇게 죽을둥 살둥 모르고 달아나니?" 하니 아들이 하는 말이,

"저기 불이 났대요." 이런다 말이.

그러이까 그담에 아들이 '불이 났다' 말하는 소리를 듣고

"이거 어찌는가?"

하고는 막 빨리 달아나지 머. 그래이까 앞에는 김서방이 달아나고, 뒤에는 엄마가 달아나고, 그담에는 이 나그네가 달아나고. 서로 막 달아나다나니 이 김서방이가 앞의 두 사람을 능가했다 말이. 그러니까 이 둘이가(둘이) 그담에는 아버지 앞에 무릎을 꿇고 잘못했다고 막 빌지, 머. 비니까 아들이 가서 말하는 게

"엄마하고 김아저씨가 잘못한 거 알면 됐다."고 서리.

"다시는 안 그러면 된다."고 서리.

그래 더는 말하지 말라고. 그러나 아버지는 무슨 영문인지도 모르지 머. 그런데 그담에, 그 후부터는 '이래서는 아이 되겠다'고 버릇을 뗐답니다.

---

17 데비 : 도로, 다시.

제3부

부록

1. 논문

중국조선족 이주 · 정착담의 서사적 양상과 의미*

이 헌 홍

〈국문초록〉

중국 조선족의 이주 · 정착담이란 이주와 정착의 사연을 담은 구비적 서사를 말하는데, 이에는 실사와 설화가 있다. 이 논문에서는 이주와 정착에 얽힌 구술 경험담의 전반적 모습을 살피면서 그 중의 일부가 설화적으로 변용되는 양상을 소위 정리설화 자료들과의 비교를 통해 추론해 보았다. 이를 아래와 같이 요약한다.

---

* 이 논문은 「한국민족문화」 제46집(2013.2.), 73~102쪽에 실린 것이다. 여기에는 이 책의 제 2부에 수록된 구연설화와의 상관성을 유추할 수 있는 내용이 언급되고 있다. 배금순 구연의 〈함경도지방 이야기〉 김영덕 구연의 〈어느 장사꾼의 죽음〉 등이 바로 그런 사례이다. 이들을 통해 우리는 구연설화와 정리설화의 실상에 보다 가까이 다가가게 될 것이다.

1. 빼앗기고 쫓겨나는 사람들의 이주 과정을 담은 구술 경험담의 어법이 직설적임에 비해 정리설화들은 비유와 상징, 속담과 격언 등의 수사는 물론, 서두와 결말의 설화적 투식 등을 두루 활용함으로써 허구성을 확보하는 모습을 보인다.

2. 국경 지역의 강을 넘나들며 월경농사를 짓곤 하던 이 지역 주민들의 삶에 얽힌 비애를 그리고 있는 대표적 작품인 〈월강곡〉은 이야기 중간에 노래를 삽입하는 기법을 발휘함으로써 경험 현실이 설화로 변용되는 사정을 효과적으로 엿볼 수 있다

3. 만주 땅은 위도가 높은데다 기온마저 매우 낮은 지역이다. 이런 악조건에도 불구하고 이주민들은 논밭을 개간하고 벼농사에 성공하는 쾌거를 이룬다. 이런 경험들이 설화로 변용된 작품들에서 우리는 이주민들의 장애 극복을 위한 노력과 연대의식의 발현을 읽어낼 수 있다.

4. 이주민을 괴롭히는 수탈자 내지는 착취자와의 투쟁을 그리고 있는 구술 경험담은 그리 많지 못한데, 정리설화에서는 이것이 괴물퇴치모티프로 변용되면서 그 작품이 많고 다양한 모습을 보인다. 이들 설화에서 우리는 적극적 투쟁 정신을 엿볼 수 있다.

5. 낯설고 물선 땅에서 살아남는 이야기들 중에는 원조자의 도움과 동포애, 그리고 망향의식을 담고 있는 작품도 적지 않다. 전자에서는 경험 현실의 미담이 동포애 내지는 인간애로 확산되면서 설화로 전승되는 모습을 엿볼 수 있는가 하면, 후자에서는 이주민의 고향은 어디까지나 그리움으로만 남아 있는 즉, 상실의 아픔으로 존재하는 고향임을 떠올리고 있다.

6. 이상의 논의와 관련해서 남는 문제가 있다. 첫째는 기존의 중국 조선족 설화집 즉, 정리설화가 지닌 자료적 한계를 밝히는 일과 함께, 그런 가운데서도 이 설화집들이 지니는 그 나름의 독자성을 음미 · 정립할 필요가 있다. 둘째는

정리가 지나쳐서 정리설화가 창작 작품으로서의 성격을 지니게 된 경우에 대한 심화 연구의 필요성이다.

　주요어 : 중국 조선족, 이주·정착담, 구술 경험담, 정리설화, 이주·정착체험의 설화적 변용

1. 글머리

　중국 조선족은 19세기 중·후반부터 1945년 사이에 압록강과 두만강 너머의 동북東北 삼성三省 일대로 옮겨가 지금까지 그곳에 정주하게 된 우리 동포들을 일컫는 말이다. 이주는 새로운 생존 공간의 확보를 위한 탐색의 긴 여정이다. 이러한 탐색 활동에 따른 특정지역의 선택과 그곳에의 정착은 투쟁과 고난의 연속이면서도 한편으로는 새로운 문화 창출의 계기가 되기도 한다. 일제 강점기에 집중적으로 행해진 우리 민족의 대이동 역시 한반도에만 국한되었던 민족문화의 활동 영역을 세계로 확대하는 직접적 계기로 작용하기도 했는데, 그 대표적인 경우가 바로 중국 조선족이다.

　가난에서의 탈출, 국외에서의 독립운동, 국제적 상거래, 선교·교육활동 등 중국 조선족은 그 이주의 동기나 목적이 다양한 듯하지만, 사실 그 절대 다수는 생존을 위해 물설고 낯선 타향으로 무작정 건너간 사람들이다. 중국의 대다수 소수민족은 운명공동체로서의 역사를 상당 기간 동안 중국과 함께 해온 토착민임에 반해 중국 조선족은 이미 근대적 문화민족으로서의 모습을 갖춘 조선민족의 일부가 이주하여 집단적으로 거주함으로써 형성된 소수민족이다. 따라서 문화면에 있어서도 그 첫 시작이 원시문화가 아닌 근대 여명기의 조선문화였다는 자부심은¹ 우리 민족의 전통문화를 바탕으로 새로운 자연환경과 정치이념의 소용돌이에 그 나름으로 적응하면서 전통 지속과 변이의 양면성을 지닌 중국조

선족 문화를 이룩하는 원동력이 되었던 것이다.

이 글의 목적은 중국 조선족 이주·정착담의 서사적 양상과 의미를 추론함에 있다. 이주·정착 담이란 이주와 정착의 사연을 담은 구비적 서사를 말하는데, 이에는 실사와 설화가 있다. 여기서 실사를 포함하는 까닭은 해당 자료가 당사자의 구술을 수집 정리한 것이기 때문이다. 중국조선족 동포의 이주와 정착에 얽힌 경험담은 『중국조선족 이민실록』[2]이라는 책자로 묶어 간행된 바 있다. 60여 명 조선족 동포들의 구술 자료를 수집 정리한 이 생활사이야기는 한결같이 고향을 떠나기 이전의 수탈상과 그로 인한 굶주림, 가족 이산의 아픔, 갖은 학대와 굶주림에 떨면서 만주 땅을 헤매는 떠돌이 생활, 이방인으로서의 한계를 귀국으로 해결하려고 했으나 이미 타향이 되어버린 고향인지라 다시 떠날 수밖에 없는 조선의 현실 등에 관한 피맺힌 사연으로 점철되고 있다.

이러한 이주 정착의 경험담과 함께 각종 설화의 모습으로 전하는 이주 정착의 이야기도 상당 수 전해오고 있다. 지금까지 채록 보고된 조선족의 설화는 3,000편을 상회하는데,[3] 이들을 담고 있는 각종 설화집[4]을 대상으로 이주 정착의

---

1 이를 두고 중국조선족 문화를 '그 모태에서 완전히 벗어나지 못한 조선문화의 특성과 중국적인 특성이 결합된 이중적 성격의 문화'(정판룡, 「중국조선족 문화의 성격 문제」, 『중국조선족 문화연구』(연변대학출판사, 1993, 4쪽)라고 규정짓기도 하는데, 이는 우리 민족문화의 우월성을 입증하는 예가 된다.

2 중국조선족청년학회 수집 정리, 『중국조선족이민실록』(연변인민출판사, 1992)을 참조. 이 책에는 조선족 동포 60여 명의 구술을 정리 수록한 자료와 함께 정판룡 외 6명의 회고담 또는 조선족의 이주와 정착에 관련된 글도 함께 수록하고 있다.

3 이에 대해서는 이헌홍, 『중국 조선족 이야기꾼 김태락의 구연설화』, 박이정, 2012, 15쪽을 참조.

4 우리가 볼 수 있는 조선족의 설화는 절대 다수가 문자로 기록된 것이다. 이를 필자는 문헌정착설화라 명명한 바 있다. 이에 대해서는 이헌홍, 「중국 조선족 문헌정착설화의 변이 양상」(『한국문학논총』 제20집, 1997)을 참조. 그런데, 이 명칭은 야담 등의 문헌설화와 혼동의 여지가 있다. 이의 대안으로 '정리설화'라는 명칭이 어떨까 한다. 그 까닭은 조선족 출신의 설화 연구자들은 자신이 조사 채집한 설화를 기록하면서 '정리'라는 단계를 반드시 거치기 때문이다. 이 '정리'로 인하여 구비전승의 본래 모습과는 다른 어법 내지는 구조적 변이를 보인다. 그 결과 중국 조선족 설화집 중에는 본토의 설화와 다른 특이한 모습의 작품이 존재하고 있는 것 또한 엄연한 사실이다.

사연을 중심축으로 하고 있는 작품을 골라 실사와 함께 분석하고 그 의미를 추론하는 것이 이 논문의 목표이다. 이를 위해 본고는 이주 정착담의 주요 서사를 생존의 위기와 새 땅에의 기대, 이역만리 타국에서 겪는 떠돌이의 비애와 살아남기, 원조자의 만남과 동포애, 그리고 망향의 꿈 등으로5 나누어 살피기로 한다.6

그런데, 중국 조선족 이주·정착담의 자료적 형태는 여러 모습으로 존재한다. 우선 앞에서 보인 구술 경험담과 정리설화가 있고, 정리의 정도가 심하여 창작 작품으로 보이는 소위 정리창작설화가 있는가 하면, 필자가 채록한 구연설화도 있다.7 그런데 이들 자료는 그 역사가 그리 길지 않다. 중국 조선족의 연원이 19세기 중후반을 넘지 않기 때문이다. 사정이 이러하므로 그들의 이주 정착을 그린 설화에는 경험 사실의 설화적 변용 내지는 정리의 흔적이 곳곳에 남아 있다.8 그러므로 이 논문에서는 이주·정착담의 주요 서사가 이들 자료의

---

5 구술 경험담을 중심으로 보면 이들은 별개의 이야기가 아니라 하나다. 그런데 정리설화의 경우는 이들 셋을 두루 갖추고 있는 경우보다는 어느 한두 쪽에 비중을 두고 전개되는 경우가 대부분이다. 이를테면, 이주·정착설화는 이 세 요소가 한 작품에 두루 나타나기보다는 서로 엇물리면서 전개되는 양상을 보인다.

6 중국 조선족의 이주·정착설화에 대한 선행연구로는 하미경, 「중국 조선족 설화 연구 -자생적 설화를 중심으로-」(부산대학교 대학원 석사논문, 1998)를 들 수 있다. 이 논문의 3장 2절에 '이주·정착설화'라는 항목이 있는데, 여기서 그는 조선족의 이주·정착설화를 '생존공간의 탐색'과 '생존 기반의 확보 노력'이라는 두 축으로 나누어 분석한 바 있다. 본고는 구술경험담과 정리설화 내지는 창작설화의 상관성을 중심으로 그 양상과 의미를 살피는 것이므로 하미경의 연구와는 그 논지가 다르다. 이런 차이에도 불구하고 하미경의 논문은 조선족 설화 및 관련 자료를 두루 정리하고 있을 뿐만 아니라 조선족 자생설화 전반을 다루고 있다는 점에서 이 분야의 의미 있는 연구로 꼽을 만하다.

7 정리창작설화의 대표적인 예는 황구연의 〈황금은 흑사심〉이며, 필자가 채록한 자료는 배금순이 구연한 〈함경도 지방 이야기〉이다.

8 이런 사정을 잘 담고 있는 구술 경험담 자료는 바로 『중국조선족 이민실록』이며, 정리설화 자료는 박창묵이 엮은 『중국조선족구전설화』(도서출판 백송, 1996)이다. 조선족의 이주 정착에 관한 구술 경험담은 전자가 거의 유일하며, 정리설화 자료집은 이 책이 대표적이다. 이 외에도 이주 정착 관련 설화들이 몇몇 책에 산재되어 있는데, 그 구체적 작품의 목록은 하미경의 앞 논문을 참조.

특성에 따라 존재하는 양상과 의미를 분석하는 방식으로 논의를 펼치고자 한다.

2. 생존의 위기에서 기대와 희망의 낯선 땅으로

만주 땅으로 살길을 찾아 나선 사람들의 절대 다수는 생존의 막다른 골목에서 고향을 떠나지 않으면 안 되는 절박한 사람들이다. 그들의 생업은 물론 농업이었다. 그런데 그 농사라는 것도 자작이 아니라 지주의 땅을 빌려 농사를 짓고 적게는 소출의 절반 이상을 땅값이나 물세 등으로 바쳐야만 하는 열악한 조건이었다. 사정이 이렇게 된 이면에는 제국주의 일본이 조선의 경제침탈을 위해 설립한 동양척식회사의 전횡이 자리하고 있다. 토지 측량이라는 제도를 미끼로 지금까지 농민들이 경작해온 하천이나 산간에 딸린 논밭을 몰수하여 그들이 소유한 사실은 다 아는 일이다. 이와 함께 징용과 징병이 대대적으로 이루어지는 시기에는 그 마수를 피해 만주로 떠나가는 사람들도 적지 않았던 것으로 보인다.

이와 같은 실상을 우리는 생존을 위해 중국이나 일본으로 이주한 사람들의 빼앗기고 쫓겨난 사연들에서 찾을 수 있는데, 여기서는 물론 중국으로 떠나간 사람들을 대상으로 한다. 그들의 사연은 경험의 구술 또는 설화의 모습으로 전해지고 있으니, 이는 타향으로 내몰리는 사람들의 안타까운 사연임과 동시에 새로운 생존공간을 마련하기 위한 탐색활동의 서사적 진술인 셈이다. 이런 관점에서 여기서는 생존의 막다른 골목으로 내몰린 민중들이 빼앗기고 쫓겨나는 사연과 두만강을 넘나들며 월경농사(越境農事)를 일삼는 사람들의 애환 등을 구술 경험담과 정리설화를 통해 살피기로 한다.

2.1. 빼앗기고 쫓겨나는 사람들의 만주행

고향을 버리고 이역만리 남의 나라로 떠나가는 사람들의 1차적 이유는 헐벗고 굶주리는 일상 즉 가난 때문이다. 가난의 원인은 물론, 농사지을 땅이 없기 때문인데, 그 땅은 농촌에까지 파고든 일본인 침략자들에게 빼앗긴 경우가 대부분이다. 땅이 없는 농민은 소작농, 머슴살이 등으로 생계를 이어가거나, 그도 아니면 정든 고향을 떠날 수밖에 없다. 이에 더하여 일본의 군국주의 정책이 가속화되는 시기에 이르자 징용과 징병의 마수가 조선의 청년들에게 크나큰 재앙으로 다가오는데, 이를 피해 고향을 떠나는 경우도 적지 않다. 이주·정착담에 보이는 이향의 사연은 이러한 당대의 현실에 기인된 것이다.

(가) "나는 열네살에 부모를 따라 조선으로부터 중국으로 이주해왔는데 그제의 피눈물어린 수난의 력사를 지금도 똑똑히 기억하고 있다. (중략) 나의 아버지 리기일은 선조의 피땀이 슴배인 문전옥답을 왜놈들에게 빼앗긴후…… 만방을 떠돌아다니며 집에 있지를 않았다. 나는 여섯 살적부터 어머니따라 남의집 싯일도 하고 호구할수 없어 바가지를 들고 동냥을 다니기도 하였다.(중략) 1938년 정초에 우리 경상도에서 개척민을 뽑아 만주로 집단이주를 보내는 바람이 일어났다. 왜놈들은 만주에 가면 땅이 많고 집도 있어 잘살수 있다고 버쩍 선동하였다."(〈리교영 가족〉, 70쪽)[9]

(나) "마침 일본군대가 징병을 하는 때인지라 나는 부랴부랴 생면부지의 처녀와 결혼해버렸다.(중략) 허나 결혼해서 석달만에 징병을 알리는 빨간 통지서가 오고야말았다. 젊은 나이에 그저 그렇게 죽을수가 없다고 생각한 나는 다시 중국의 금주로 도망을 했다가 한시기 지난후 고향으로 돌아갔다. 그러나 헌병들 때문에 낮에는 숨어있고 밤에야 집에 들어가군 했다. 할수없이 다시 중국으로 건너온 나는 길림성 연길현의 오리하지라는 곳으로 갔다."(〈한응천 가족〉, 210쪽)

(다) "그리 멀지 않은 때의 이야기다. 조선 강원도 땅에 산수절경인 아름다운

---

9 중국조선족청년학회 수집 정리, 앞의 책, 이하 구술 경험담은 모두 이 책에 수록된 자료이며, 인용의 경우에는 작품명과 쪽수만 표시한다.

금강산을 끼고 살아가던 김내하라는 농부가 있었다. 김내하네는 이렇듯 아름다운 금강산을 끼고 살았지만 속담에 금강산도 식후경이라고 당장 산사람의 입에 거미줄을 치게 되니 더는 그 고장에서 살아갈 수 없어 슬하게 하나밖에 없는 외동아들을 데리고 살기 좋고 농사가 잘 된다는 중국 동북의 어느 한곳에 와서 농사를 지으며 살아가게 되었다."(〈김내하 이야기〉, 32쪽)[10]

(라) "이러던 차에 양자로 들어온 아들이 만주에 가면 돈벌이가 잘 되어 하루에 15원씩 벌 수 있다는 뜬소문을 들었다. 기른 정이 낳은 정보다 더 깊다고, 어려서 이 집에 와서 농부네 내외의 일천 정(온갖 정)을 다 받고 자라서 장가까지 든 양자는 귀밑머리에 흰서리가 내린 량친 부모가 구차한 살림에 늘 창자를 졸이고 사는 그 정상이 하도 보기가 안되여 뜬소문을 듣자 안해와 의논하고 만주로 돈벌이를 떠나게 되었다.(〈골회와 함께 산 사람〉, 41쪽)

(마) "해방전 강원도 치벽한 산골에 박서방내외가 외동아들을 데리고 농사를 지으며 살았다. 세식구가 일년 내내 손톱발톱이 다슬도록 일하고 허리가 굽도록 등짐나무를 해다가 팔았으나 이름도 모를 세금을 물고나면 입에 풀칠하기도 어려웠다.(중략) 북간도에는 땅이 넓고 기름져서 감자가 목침만 하고 호박이 물동이만 하답니다. 이곳에서 뼈빠지게 일해도 배만 곯고 빚만 늘어나니 차라리 그곳으로 이사나 갑시다."(〈황금은 흑사심〉, 538쪽)[11]

(바) 박호돌이는 일이 손에 익고 마음이 놓이자 집에다 편지를 띄웠는데 달포만에 답장을 받고는 깜짝 놀랐다. 경찰서에서 하루가 멀다하게 찾아와서는 아들을 내놓으라고 성화를 부리며 내놓지 않으면 아들 대신 아버지를 징역(징용, 필자)보내겠다는 것이었다. 징역이 나올줄 알고 아들을 빼돌렸다면서. 그러니 소식을 전할때까지 집에 돌아올 생각 말고 편지도 하지 말라는 것이었다. "(〈황금은 흑사심〉, 542쪽)

위에 보인 예들은 가난 때문에 조선을 버리고 이역만리로 살길을 찾아나서는 사람들의 애절한 모습들이다. 조선에서의 그들은 머슴살이, 품팔이, 소년 머슴,

---

10 박창묵 엮음, 『중국 조선족 구전설화』(백송, 1996). 이하 이 책의 인용은 작품명과 쪽수만 표시함.
11 김재권 수집 정리, 『황구연전집』 7권(연변인민출판사, 207-2008), 538-558쪽에 수록된 작품의 일부이다.

비럭질, 민며느리 등으로 가족 모두가 끼니를 해결하기 위해 동원되는 모습을 보인다. 이런 온 가족의 노력에도 불구하고 배불리 먹기는커녕 입에 풀칠도 하기 어려운 극단적 가난의 형편 등으로 그려지는 삶의 현실이다. 먹을 것조차 제대로 해결하지 못하는 형편이니 다른 것이야 더 이를 데가 있겠는가. 오두막 집에다 이불이나 의복조차 제대로 덮고 걸칠 만한 것이 없었음은 물론, 교육을 받을 수 있는 형편은 더더구나 아니었다.

위의 글 (가)에서는 구술 경험담이 지닌 궁핍 현실의 핍진성 부각을 위해 '피눈물', '피땀' 등 극단적 감정의 어휘들이 동원되고 있다. 이러한 진술을 통해 우리는 화자가 체험한 과거가 지난 시기 개인의 범상한 추억을 넘어 오늘의 우리 모두가 기억하지 않으면 안 되는 민족사적 아픔의 상흔으로 유전되고 있음을 느끼게 된다. 나아가 '그제의 피눈물 어린 수난의 력사를 지금도 똑똑히 기억하고 있다', '선조의 피땀이 습배인 문전옥답을 왜놈들에게 빼앗긴' 등의 대목에서는 그러한 구술자의 감정이 청자 내지는 독자인 우리에게 이입되어 당시의 참상을 떠올리게 하는 효과를 자아내고 있다. 말하자면, 실제의 경험이 서사화 되면서 지니게 되는 파급효과 내지는 감염력을 담고 있다는 의미이다. 이런 파급효과에도 불구하고 경험담의 어법은 직설적이다.

그런데, 이러한 직설적 표현은 (다), (라), (마)의 정리설화에 이르면 비유와 상징의 어법으로 그 스펙트럼을 달리하게 된다. '금강산도 식후경'이라는 속담을 통해 인간사에서 먹는 것이 가장 중요한 일임을 말하는가 하면, '산 사람의 입에 거미줄을 치게 되니'라는 대목에서는 가난의 정도가 지나쳐 굶어죽을 지경에 이르렀음을 나타내고 있다. 그리고 '기른 정이 낳은 정보다 더 깊다'는 속담으로 양자養子의 부모를 위한 효성이 지극할 것임을 암시하는가 하면, '귀밑머리에 흰 서리가 내린 부모' 즉, 늙은 부모가 창자를 졸이고 사는 형편을 보다 못해 끝내는 뜬소문만 믿고 이역만리 고난의 땅으로 돈벌이를 떠나는 효행 실천의 모습을 보이기도 한다. 뿐만 아니라 쫓겨나는 사람들의 귀를 솔깃하게 하는 뜬소문이 급기야는 '감자가 목침만 하고 호박이 물동이만 하다'는 표현으로 과장되는 모습을 보이기도 한다.[12] 여기에 "그리 멀지 않은 때의 이야기다"(〈김내하 이야기〉), "아주 먼먼 옛날에 있었던 이야기가 아니다"(〈고마운 사람들〉)와 같은 서두의 설화적 투식套式이 결합됨으로써 체험의 설화적 변용이 완성되는 것이다.

인용문 (나)에서는 징병을 피해 벼락치기로 결혼을 하는가 하면, 그래도 벗어나지 못하자 '젊은 나이에 그렇게 죽을 수는 없다'며 만주행을 택한다. 그로부터 몇 년을 지나 고향으로 돌아와 보니 징병의 마수는 여전한지라 부득불 다시 떠나지 않을 수 없게 된다. 이런 상황을 보다 구체적으로 보여주는 자료가 바로 (바)이다.[13] 즉, 당사자 대신 부모를 징용에 보내려는가 하면, 전쟁에 무차별적으로 동원되는 민중의 고난 현실과 그 사연이 인과관계로 진술되고 있음을 보게 된다.

이상과 같은 변용의 실상이 바로 조선족 정리설화의 한 특징이다. 이는 허구성의 획득과 함께 조선족의 자생설화를 만들어내는 원동력이기도 하다. 말하자면, 100년 남짓한 조선족 역사에서[14] 일상경험담이 설화로 전성 변이되는 모습을 읽어낼 수 있다는 뜻이다. 이런 관점에서 볼 때 조선족 이주 정착 체험의 설화적 형상은 매우 중요한 의미를 지닌다. 다만, 이주의 과정만으로 한 편의 설화가 되는 것이 아니라 정착의 사연과 결합됨으로써 온전한 설화로 전성될 수 있다. 그러므로 여기서는 이주의 과정이 담고 있는 구술 경험담과

---

12 이 논문의 말미에 이르면 우리는 이 작품이 '정리 설화에서 한걸음 더 나아가 정리창작설화임을 알게 될 것이다.

13 이 자료의 성격과 의미에 대한 논의는 이 논문 마무리의 남는 문제를 참조.

14 중국 조선족의 역사는 100년을 조금 넘지만, 설화가 채집 정리되기 시작한 시점은 1960년대부터라는 점을 생각하면 이들 설화는 더 짧은 기간에 생겨난 것이라 하겠다.

정리설화의 상관성을 살피는 작업으로 그 설화적 변용의 일단을 더듬어보기로 한 것이다.

이어서 정든 고향을 뒤로 하고 만주로 떠나가는 사람들의 초라한 행색에서 우리는 가진 것이라고는 몸뚱이밖에 없는 그들의 생존이 한계상황에 이르렀음을 다시 한 번 확인하게 된다. 생존을 위협받는 이런 절박한 상황에서 만주라는 미지의 세계는 막다른 골목에서 만난 최후의 실낱같은 탈출구가 아닐 수 없었다. 마침 '땅이 넓은 만주로 가면 배불리 먹을 수 있다'는 소문이 이리저리 나돌고 있던 시절이었다. 이런 차에 매개 내지는 안내자만 나타나면 곧바로 고향을 떠나는 경우가 대부분이다.

국경을 넘는 계기는 시점에 따라 차이가 있다. 한말의 변경 지역 주민들 중에는 양국 정부의 감시를 피해 압록강, 두만강 너머에서 농사를 지어 춘경추귀春耕秋歸 하는 경우가 있었는데, 이것이 이른 시기부터의 도강渡江이다. 다음, 동학농민전쟁 이후부터 일본의 만주 침략 이전에는 소개꾼이나 먼저 간 주변 사람의 말을 듣고 국경을 넘었으며, 그 뒤로는 일본의 정책에 의거 집단 이민 환위이민換位移民[15]의 일원으로 국경을 넘는 경우가 더 많았던 것으로 보인다. 이제 국경을 넘는 과정과 그 후의 경험들이 설화로 변용되는 모습을 살필 차례다.

2.2. 강 건너 월경농사(越境農事)의 애환과 생이별의 아픔

빼앗기고 쫓겨나는 사람들이 만주로 가는 시기와 그곳에서 머무르는 지역은 경우에 따라 달리 나타나고 있다. 이른 시기(1860년대 전후)의 도강渡江은 변경 즉 압록강, 두만강 상류에 사는 농민들에게서 볼 수 있다. 따뜻한 봄날이면 사람의 손길이 닿지 않은 채로 잠자는 강 건너의 기름진 땅으로 건너가서 곡식

---

15 이는 일본 사람을 조선에 이주시키고, 조선 사람을 만주로 이주시키는 정책을 말한다.

을 심고 가꾸다가 가을에 거두어 돌아오는 소위 춘경추귀春耕秋歸의 농민들이
바로 그러하다.

이 춘경추귀에 앞서는 형태의 월경농사는 조도석귀무渡夕歸 또는 일귀경작日歸
耕作이라는 방식인데, 그 통계 수치는 제대로 잡히지 않은 듯하다. 그런데 1870년
전후의 집안현에 이주한 조선기민朝鮮饑民이 천여 호에 이르렀다고[16] 하니 이
일대에서 국경을 넘나들며 경작하는 소위 '도적농사'[17]의 규모가 그리 만만치
않은 저간의 사정을 짐작할 수 있을 듯하다.

변경 지역 농민들의 도강에 관련된 애환을 그린 구술 경험담으로는 〈김정록
가족〉(10-13쪽), 〈최헌순 가족〉(20-22쪽), 〈허학선 가족〉(120-124쪽) 등을 들
수 있다. 그런데 이들의 구술 경험담에 보이는 도강의 시기는 모두 1900-1910년
사이에 벌어진 일이다. 그래서인지 그 월경의 모습이 문자 그대로 남부여대男負
女戴의 도보로 시종일관하는 고행길인가 하면, 그 중에 한두 경우는 중국 땅이
아닌 러시아 땅에서 10년 가까이 살다가 중국으로 옮겨가는 여정을 보이기도
한다. 이 모두가 헐벗고 굶주린 끝에 조국에서 쫓겨나는 사연이란 점에서는
크게 다르지 않다.

이들 구술 경험담과는 달리 정리설화에는 변경 지역 농민의 월경농사에 얽힌
사연이 잘 드러나고 있다. 이에 해당되는 작품으로는 〈월강곡〉(156-162쪽), 〈매
미〉(186-188쪽), 〈남평과 로덕〉(345-350쪽) 등을 들 수 있다. 구술 경험담에는
설화와 직접 관련되는 내용으로 채록 정리된 것은 보이지 않는 듯했다. 그런데,

---

16 1870년 전후 집안현에 이주한 조선 기민이 무려 천여 호에 달했으며, 1897년에 통화, 환인, 관전,
   흥경 등지의 조선인 이주민이 무려 8,700여 호, 37,000명에 달했으며, 1904년에 이르러 연변에는
   이미 조선인 개간민이 5만 여명에 달하였고, 1909년에는 3만 4천여 호에 18만 여명에 달했다는
   등의 기록이 있다(『중국조선족이민실록』, 앞의 책316-319쪽을 참조). 이를 통해 우리는 이른
   시기 월경 농사의 사정을 어느 정도 짐작할 수 있을 듯하다.
17 도적농사란 말은 위의 책에서 사용하고 있는 것이다. 이는 몰래농사, 비밀농사, 도강농사, 월경농
   사 등으로 불리도 무방할 듯하다. 필자는 월경농사라 부르고자 한다. 이는 아마도 조선족 이민사
   의 초기 모습이 아닐까 한다.

불행 중 다행이랄까 리광인이 「이민사와 관련된 이야기」18라는 제목 아래 이민사 전반을 정리하고 있는 부분에 이와 밀접한 관계를 지닌 구술이 보인다. 〈황천으로 통하는 길이웨다〉가 바로 그러하다. 이를 통해 우리는 구술 경험담과 설화와의 관련성을 추론할 수 있을 듯하다. 말하자면, 위의 정리설화가 실사를 바탕으로 이루어진 근거를 여기서 더듬어 볼 수 있다는 것이다.

(가) "허영일(1920년생) 로인은 자기의 조부가 1870년 회령에서 두만강을 건너와서 중마래(中馬來)에 정착했다고 했다.(중략) 그때 오지바위굽(지금의 삼합) 대안에 변방을 지키는 자그마한 관리가 있었다. 봉금시기 한번은 관청에서 관리가 시찰을 왔다가 중국으로 통하는 발구길(마소가 다니는 산길, 필자)을 발견하고 '이것이 무어냐'고 그 변방관리에게 물었다. 그땐 월경하는 사람은 물론 그것을 막지 못하는 변방관리도 목을 잘리우는 때라 변방관리는 '그것은 소인의 황천길이웨다'라고 대답했다. 그러니 관청관리는 하도 어이없어 '고놈 꽤 쓸만한데!'하고 씩 웃고는 그의 죄를 묵과했다 한다."(「이민사와 관련한 이야기」, 앞의 책, 316-317쪽)

위의 이민사 관련 이야기는 해당 문맥 전체로 미루어 볼 때 사실을 바탕으로 하고 있는 듯하다. 두만강 건너 봉금지의 기름진 땅에 몰래 들어가서 농사를 지어 그 수확물을 가만히 조선으로 옮겨와서 생계를 유지하는 소위 도적농사꾼들은 월경죄라는 중벌을 저지르고 있는 사람들이다. 그들이 어떤 처벌을 받는가는 굳이 법조문을 들지 않더라도 위의 인용문에 잘 나타나고 있다. 이런 상황에도 불구하고 국경을 넘나들지 않을 수 없는 농민들의 애환을 담은 사연이 〈월강곡〉, 〈남평과 로딕〉, 〈매미〉 등의 설화로 전승되고 있는데, 이들의 줄거리를 간단히 요약하면서 실사와의 상관성을 분석해 보기로 한다.

(나) "이때 두만강 북안에는 청나라 순방군들이 저들 선조들의 발상지를 지

---

18 『중국조선족이민실록』, 앞의 책, 274-279쪽.

켜보느라 눈에 쌍불을 켜고 있었다. 이런 때 두만강을 건너서다 순방군들한테 잡히기만 하면 월강죄에 걸려 가차없이 죽고만다는 것을 방씨 농부는 너무나도 잘 알고 있었다. 하지만 법은 멀고 목구멍은 속일 수 없는 것이라 방씨 농부는 위험을 헤아리지 않고 여러 모로 탐문한 뒤끝에 쥐도 새도 모르게 두만강을 건너섰다."(〈월강곡〉, 박창묵, 앞의 책, 156-157쪽)

위의 인용문 (나)는 〈월강곡〉 발단부의 한 대목이다. 여기서도 월강죄는 (가) 와 마찬가지로 사형에 해당되는 매우 무거운 범죄임을 알 수 있다. 이처럼 무서운 형벌이 가해짐에도 불구하고 설화 속 주인공은 '하지만 법은 멀고 목구멍은 속일 수 없는 것'이라며 위험을 헤아리지 않는다. 월경죄에 걸리는 일이 있을지라도 가만히 앉아서 굶어죽을 수는 없지 않느냐는 것이다. 이런 사정을 보다 구체적으로 살피기 위해 〈월강곡〉을 아래와 같은 서술 분절로 나타낸다.

(1)함경도 돌골이란 마을에 사는 가난뱅이 농부 방 씨 내외는 날품팔이로 연명하는 신세다.
(2)방 씨는 두만강 건너 만주에 임자 없는 땅이 많다는 소문을 듣고는 처형을 무릅쓰고 강을 건넌다.
(3)방 씨는 춘경추귀(春耕秋歸)의 도적농사를 지어 아이들도 모르게 은밀히 고향집으로 날라 온다.
(4)이웃의 이 씨 내외가 눈치 채고 함께 비밀농사를 지으니 서로 의지되는 바가 있다.
(5)어느 해 가을 잘 익은 농사를 거두어 귀향길에 오른다.
(6)도중에 희망봉이라 이름 지은 언덕에 올라 고향을 바라보며 '월강곡'이라는 노래를 부르니 그 가사와 곡조가 구슬프게 울린다.
(7)이렇게 쉬다가 바라보니 강 건너 고향마을 근방에 수상한 그림자가 어른거린다.
(8)뗏목을 타고 가만히 접근하여 살피니 관가의 수사를 피해 도망 나온 양가(兩家) 식구들이다.
(9)월강죄 때문에 더 이상 고향에서 살 수 없게 되었으니 부득불 양가 식구들은 두만강 너머 밀림 속 개간지에 들어가 초가삼간을 짓고 고향 땅을

바라보며 살아가게 된다.

앞의 인용문 가)와 각주 16)의 통계 수치 등으로 미루어 볼 때 〈월강곡〉은 당대 월경 농민의 실상을 상당 정도 담아내고 있는 것으로 보인다. 그럼에도 불구하고 이 작품은 구술 경험담이 아니라 설화에 속하는데, 설화 중에서도 중국 조선족 특유의 이른바 '정리설화'에 속한다. 그 까닭을 우리는 삽입가요, 속담과 격언 등의 활용에 의한 서정성의 확장 효과에서 찾을 수 있다.[19] 여기서는 우선 삽입가요의 작품내적 기능을 살피기로 한다.

삽입가요의 제목은 바로 이 설화의 제목과 같은 '월강곡'인데, 이는 분절 (6)에 삽입되어 있는 것이다. 두 월경농사꾼은 이른 봄에 집을 떠나 가을에 이르도록 부지런히 농사를 짓는다. 이에 풍년이 들자 추수한 곡식을 등에 가득 짊어지고 '희망봉'이라 명명한 언덕에서 고향마을을 바라보며 날이 어둡기를 기다린다. 국경수비대의 눈을 피해 어둠을 타고 마을에 들어가야 안전하기 때문이다. 그때 마침 창공에는 기러기떼가 남으로 날고 있다. "우리도 저 기러기처럼 날 수만 있다면 얼마나 좋겠나요"라는 이 씨 젊은이의 말에 방 씨는 "기러기 갈 때마다 일러야 보내며"라는 월강곡의 한 구절을 읊조리며 응수한다. 이에 이 씨가 월강곡 전절을 부른다.

> 월편에 나붓기는 갈잎대가지는 / 애타는 내가슴을 불러야 보건만 / 이몸이 건늬면 월강죄란다. /
> 기러기 갈 때마다 일러야 보내며 / 꿈길에 늘 그대와는 같이 다녀도 / 이몸이 건늬면 월강죄란다. //

---

19 이와 관련된 본문의 몇몇 특징은 필자가 규명한 바 있는 중국 조선족 '문헌정착설화' 일반의 특징과 겹치기도 한다. 여기서는 '문헌정착설화'란 말 대신에 '정리설화'라 일컫고자 하는데, 그 까닭에 대해서는 앞에서 언급한 바 있다.

이에 질세라 방 씨도 후절로써 화답한다.[20] 이처럼 두 사람은 〈월강곡〉 전후
절을 앞서거니 뒤서거니 주고받으면서 울적한 심회를 달랜다. 이렇게 월강곡이
라는 노래가 덧붙여지면서 이 설화는 경험담이 빠지기 쉬운 줄거리 중심의 단조
로움에서 벗어날 수 있게 된다. 이에 더하여 이 노래를 통해 우리는 월경농민의
슬픈 사연을 듣기만 하는 것이 아니라 그들의 감정에 동화되는 청자로서의 모습
도 아울러 만날 수 있게 되지 않을까 한다.

이 외에 〈남평과 로덕〉, 〈매미〉 등도[21] 월강에 얽힌 변경 농민들의 애환을
담고 있는 작품들이다. 〈남평과 로덕〉은 조선과 중국 양국 수비대의 검거를
피하기 위해 두만강을 사이에 두고 남편은 중국 땅 남평 마을에, 아내는 조선
땅 로덕 마을에서 각각 떨어져 살 수밖에 없는 비극적 사연이 지명전설에 얹혀
구전되는 작품이다.

〈매미〉는 지주의 착취를 피해 어린아이를 업고 두만강을 건너 도망하려던
젊은 부부가 물에 빠져 목숨을 잃는 비극적 사연을 지닌 이야기이다. 그들 부부
가 야반도주로 정든 고향집을 떠나 두만강 너머로 가려고 누더기 봇짐을 챙기는
데, 한없이 구슬프게 우는 매미가 있기에 조심스레 그 매미를 잡아 등짐 속
쪽박 안에 집어넣고 집을 나선다. 그런데 지주의 하수인들이 어느 사이에 눈치
를 채고 그들을 잡으려 뒤쫓아 오지 않는가. 부부는 잡히지 않으려고 강물에
뛰어들다 불귀의 객이 되고 마는데, 이런 슬픔을 알기나 하는지 쪽박 속의 매매
는 두만강 건너 숲속으로 날아가 지금도 처량하게 울어대고 있다는 사연의 전설
이다.

---

20 '월강곡' 후절은 다음과 같다. "새봄이 다 가도록 기별조차 없는 님을 / 가을밤 안신까지 또 어찌
 참으래요 / 두만강 눈얼음은 다 풀리었는데 // 새봄이 아니오라 열세봄이 넘어와도 / 못참을
 내랴만은 가신 님 낯 잊을까 / 강남의 연자들은 제 집 찾아 나왔는데" //
21 이들 작품은 모두 박창묵 엮음, 『중국 조선족 구전설화』(백송, 1996)에 실린 것이다.

위의 줄거리에서 알 수 있듯이 이들 두 작품 모두가 두만강을 넘나들며 월경농사를 짓곤 하던 변경지역 주민들의 삶에 얽힌 비애를 그리고 있는 설화라는 점에서 〈월강곡〉 및 허영일 노인의 구술 경험담과 그 유형구조가 일치되는 작품이다. 이를테면, 월경농사를 위해 두만강을 넘나들며 춘경추귀로 이주하는 체험의 설화적 변용을 보여주는 작품들이라 할 수 있는 것이다. 그 중에서 〈월강곡〉이 가장 대표적인 작품임을 설화 속에 녹아 있는 삽입가요의 모습과 작품내적 기능을 통해 확인할 수 있었다.

삽입가요 외에도 이들 작품에는 속담이나 격언 등이 두루 활용되기도 하는데, 이는 조선족 정리설화 일반의 공통되는 특징이라고도 이를 만한 것이다.[22] 여기서는 〈월강곡〉의 서사에 활용되고 있는 속담과 격언을 들어두기만 한다.[23]

3. 떠돌이의 고난과 살아남기

내몰리고 쫓겨나는 사람들에게 있어서 만주는 막다른 골목에서 선택할 수밖에 없는 최후의 땅으로 인식되었던 듯하다. 말하자면, 뜬소문만 믿고 별다른 준비도 없이 향하는 막연한 기대와 희망의 땅이 바로 만주였던 것이다. 변경지역에서 가는 사람들은 쪽배나 뗏목 등을 이용하여 국경을 넘었고, 여타 지역에서는 주로 기차를 이용하였는데, 어느 경우든 그 행색은 문자 그대로 남부여대男負女戴의 모습이었던 것으로 드러나고 있다.[24] 이렇게 하여 맨손으로 도착한 만주에서 그들은 어떻게 살아남았을까.

---

22 이에 대해서는 이헌홍, 앞의 논문(1997)에서 구체적으로 살핀 바 있다.

23 "법은 멀고 목구멍은 속일 수 없는 것 ; 쥐도 새도 모르게 ; 강냉이 이삭은 방치같았고 조 이삭은 개꼬리같았다." 등을 들 수 있다.

24 구술 경험담의 대부분에서 이런 모습을 찾을 수 있다.

부지런히 노력하여 황무지를 개간하고 농사를 지어 주린 배를 채울 수 있는 사람들이 있는가 하면, 이와는 달리 척박한 땅에다 물마저 부족하여 이리저리 떠돌아다니며 굶주리는 사람들이 더 많았던 듯하다.[25] 이런 악조건에도 불구하고 그들은 함께 뭉쳐서 논밭을 개간하고 관개용수를 끌어들여 고위도의 추운 지역에서 최초로 벼농사에 성공하는 쾌거를 이룩한다.[26]

그런데 물의 확보에는 발원지의 샘물이나 물줄기를 찾고 수로를 만들어서 그 물을 끌어오는 노력도 필요하지만, 이보다 더 중요한 것은 하늘에서 내리는 빗물 즉 강우량에 좌우되는 경우가 많다. 이는 인간의 힘만으로 해결할 수 있는 일이 아니다. 이의 해결을 위해 그들은 절대자의 직접적 도움 내지는 도움을 현실에서 실현할 수 있는 존재를 상정하고 그 활약을 중심으로 하는 이야기를 만들어내기도 하였다. 이처럼 벼농사의 필수요건인 농업용수의 확보 등에 얽힌 고난과 투쟁 및 천우신조의 사연을 그리고 있는 설화로는 〈해란강 이야기〉, 〈선녀샘〉, 〈구룡천〉, 〈용정의 전설〉 등을[27] 들 수 있다. 이런 설화들에서 우리는 그들이 물의 확보에 따르는 갖은 악조건과 방해를 극복하는 연대의식의 발현은 물론, 이를 통해 끝내는 소망을 이루어내고 마는 강한 집념과 함께 그 낙천적 세계관의 기저 또한 아울러 읽어낼 수 있다.

위에서와 같이 이주지의 자연환경으로 인한 여러 악조건을 극복하고 보다 나은 삶의 현장을 가꾸어내는 모습이 있는가 하면, 그 이면에는 지주의 횡포와 수탈이 여전히 생존을 위협하는 두려움으로 그려지고 있다.[28] 이보다 더한 고통

---

25 『중국조선족 이민실록』에 수록된 대부분의 구술 경험담이 이에 해당되는데, 대표적인 것으로는 〈한희운 가족〉, 〈황치일 가족〉, 〈리교영 가족〉, 〈김윤선 가족〉, 〈박월련 가족〉 등의 경우를 들 수 있다.

26 이런 사례는 앞에서 보인 『중국조선족 이민실록』에 많이 보인다. 특히 〈엄동성 가족〉(23-25쪽) 및 류병호의 「중국조선족 이주 개관」(302-323쪽)을 참조.

27 이들 작품은 모두 박창묵 엮음, 앞의 책(1996)에 수록되어 있다.

28 구술경험담과 설화에 등장하는 지주들은 그 대부분이 횡포와 수탈을 일삼는 사람들이다. 그들

은 마적이나 토비 혹은 토벌대의 출현으로 인한 공포와 수난의 사연들이다. 생존을 위협하는 이러한 고난 및 그 해소를 위한 처절한 몸부림과 함께 문득문득 엄습하는 고향에의 그리움 또한 그들의 구술경험담이나 설화에 두루 나타나고 있는 중요 사연이다. 황무지의 개간과 그에 얽힌 여러 사연들은 위에서 언급한 내용으로 마감하고, 여기서는 뒤의 두 문제 즉, 수탈자 내지는 약탈자와의 투쟁에 얽힌 사연과 망향의식을 그리고 있는 작품을 중심으로 논의를 전개하고자 한다.

3.1. 수탈자와의 투쟁과 괴물퇴치모티프의 수용

허허벌판에 맨손으로 건너와 만주 땅에서 생존을 이어가고자 하는 사람들에게는 근면 성실한 노동력밖에 달리 기댈만한 것이 없다. 만주로 건너온 사람들의 이주 시기와 규모 등에 따라 그들이 겪는 삶은 조금씩 다른 모습으로[29] 나타나고 있다.

먼저, 19세기 말 조선의 심한 가뭄에 허덕이다 국경을 넘은 사람들은 몇몇 가구가 밀림 속에 들어가 임자 없이 버려진 듯한 황무지를 무단으로 개간하였던 것으로 추정된다. 이보다 조금 뒤 근대계몽기를 전후하여 건너온 사람들은 한족 지주의 땅을 소작하고 수확의 절반을 바치는 조건 등의 형태로 농사를 시작하는 경우가 많았던 듯하다. 이 둘의 경우 모두 땅의 비옥도가 중요한 관건이 되지만 특히 후자의 경우에는 더욱 그러하다. 그런데 비옥한 땅이 쉽사리 이들에게 배정될 리가 없다.

중에는 소작인을 배려하는 사례가 경험담에 한두 건 보이기도 하지만 이는 극소수의 예에 지나지 않는다.

29 이는 어디까지나 초기의 3,40년 동안이 그러하다는 뜻이다. 세월이 흐르면서 즉 1930년대에 접어들면서부터는 만주 땅이 일본의 손아귀에 들어가게 되므로 그로 인한 고난은 정도의 차이는 있을지언정 다함께 겪는 소용돌이에 휩쓸리지 않을 수 없게 된다.

제국주의 일본의 만주 이민 정책에 따라 집단으로 건너온 사람들의 경우에는 그래도 뼈아프게 일하고 쥐꼬리만큼 받는 대가로 허기는 모면할 수 있었던 듯하다. 그러나 이 경우에도 감시의 눈초리가 곳곳에 깔려 있었으니 이들이야말로 최고의 상전이자 지주에 해당되는 무서운 존재였다. 이들의 횡포와 잔인성은 조선과 만주의 지주들에 못지않은 모습으로 비쳐지고 있음을 곳곳에서 찾을 수 있다.[30]

일본의 만주 진출 이전 시기에 조선 이주민을 괴롭히고 착취하는 존재는 지주와 토비, 그리고 마적들이며, 뒤이어는 제국주의 일본 정보원이나 관원 또는 그 하수인들이다. 이러한 수탈자 내지는 착취자에게 당하는 고통의 삶을 담고 있는 구술 경험담으로는 〈김진 가족〉(38-44쪽), 〈손호영 가족〉(117-119쪽), 〈허학선 가족〉(120-124쪽) 등을 들 수 있는데, 이들은 주로 수탈자의 횡포에 시달리는 아픔을 중과부적의 어쩔 수 없는 운명으로 그리고 있다. 이와는 달리 〈골회와 함께 산 사람〉, 〈마적소굴에서 뛰쳐나온 안해〉, ≪해란강 전설≫, 〈옹성 라자〉 등의 정리설화들은[31] 그 모습이 조금씩 다르다. 앞의 두 작품이 비교적 구술 경험담과 유사한 모습을 보이는데 반해 뒤의 경우는 이주민 지도자 내지는 그들이 받드는 영웅이 투쟁을 통해 괴물을 퇴치하는 이야기로 그려지고 있다. 말하자면, 괴물퇴치모티프의 상징성을 통해 수탈자를 징치하는 구조의 작품으로 변용되고 있다는 것이다.[32] 작품의 줄거리를 보면서 이를 살피기로 한다.

〈골회와 함께 산 사람〉은 '만주에 가면 돈벌이가 잘 된다'는 뜬소문에 의지하여 경상도 시골의 젊고 가난한 부부가 밤낮을 돋우어 걸어 두만강을 건너게 된다. 토문에 들어서자마자 어떤 사람이 다가와 '높은 일당을 주는 일자리가

---

30 〈한희운 가족〉(14-19쪽), 〈최현순 가족〉(20-22쪽, 〈박춘관〉(29쪽)등 대부분의 경우가 그러하다.
31 이들은 모두 박창묵 엮음, 앞의 책(1996)애 수록되어 있다.
32 하미경의 앞 논문에서도 괴물퇴치모티프가 지니는 투쟁극복의 의지를 분석하고 있다. 필자는 이를 참고하면서 구술 경험담과의 상관성을 중심으로 논지를 좁히고자 한다.

있다'며 감언이설로 그를 꾀어서 강제 노역장에 팔아넘겨 버린다. 이튿날에야 함정에 빠진 사실을 알게 된 부부는 갖은 학대에 시달리면서도 천신만고 끝에 노역장을 탈출한다. 탈출로 인하여 구속된 상태에서의 강제 노역은 면할 수 있었지만, 붙잡히는 날이면 맞아 죽기가 십상인지라 부부는 깊은 산속으로 끝없이 내달려 추적자의 손아귀를 벗어날 수 있었다. 도망 길에 탈진한 아내를 산속에 두고 먹을 것을 구해 돌아오니 아내는 호랑이의 공격에 목숨을 잃고 말았다. 배부른 삶은커녕 고생만 하다 아내까지 잃게 된 남편은 죽은 아내를 화장한 후에 유골을 간직한 채 떠돌이 생활로 한 많은 일생을 마치게 된다는 사연이 오늘날까지 전해오게 되었다는 이야기이다.

〈마적소굴에서 뛰쳐나온 안해〉 또한 소문만 듣고 무작정 만주로 건너간 사람이 마적들에게 당하는 희생과 뼈아픈 탈출의 고통을 그리고 있는 이야기이다. 낯선 만주에서 산간을 헤매다 마적들에게 붙잡히게 된 젊은 부부에게는 어린애도 있었다. 이런 위기상황에서 아내는 남편과 아이의 목숨을 건지는 대신 두령의 여자가 되어 산속에서 살지 않으면 안 되는 처절한 운명이다. 그리하여 깊은 산 마적의 소굴에서 두령의 신임을 얻은 여인은 두령이 수하들을 이끌고 도적질 하러 간 사이에 보초 감시자에게 술을 먹인 뒤에 산채를 불태우고 도망치는 기지를 발휘한다. 탈출에 성공한 여인은 수소문 끝에 남편과 아이를 찾아 서로를 위로하며 조금의 원망도 없이 주어진 운명을 달게 받아들이며 새로운 삶을 꾸려가게 된다는 이야기이다.

〈옹성라자〉는 지주의 횡포에 시달리는 이주민의 삶에 얽힌 이야기이다. 한 젊은 부부가 살기 좋은 곳을 찾아 헤매다가 물길 좋고 양지바른 골짜기를 찾아 논밭을 일구며 여러 자식을 두고 행복하게 살고 있었다. 어느 해 봄날 난데없는 지주란 자가 수하들을 잔뜩 이끌고 나타나 그 동안의 도조賭祖를 한꺼번에 내놓으라며 어른다. 갑자기 당하는 일인지라 내년 농사를 지어 바치겠다고 해도 막무가내로 종자항아리까지 빼앗아 간다. 부부와 아이들은 망연자실하며 쩔쩔매는데, 갑자기 항아리 속의 곡식이 자취를 감추고, 빈 항아리가 윙윙거리며 뱅글뱅글 돌다가 우레 같은 소리를 내는 것이 아닌가. 놀란 지주가 달아나려다가 뱅뱅 도는 항아리에 떠밀려 인근 바위에 부딪쳐 죽었다. 그런데 봄이 되자 논밭에는 저절로 곡식의 움이 돋아나서 큰 풍년을 이루었다. 이에 화자는 "씨앗 항아리가 불쌍한 부부를 도와 조화를 부린 결과"라는 언급으로 허구성을 더하는가 하면, 이어서 '마음 착한 부부는 바위 밑에 자그마한 절을 짓고 항아리를 모시니[33] 이곳에 많은 사람들이 몰려들어 살기 좋은 고장이 되었다고 한다'는 마무리를 보이는데, 여기서 우리는 고통으로 신음하는 약자의 숨통을 틔우는 설화적 상상력을 엿볼 수 있게 된다.

〈해란강 전설〉[34]은 괴물퇴치모티프와 이주민들의 경험담이 설화적으로 변용되는 사례를 보여주는 작품이다. 용정에서 그리 멀지 않은 지역에 있는 평화롭고 행복한 두 마을이 있었는데, 어느 날 갑자기 머리에 뿔이 둘 달린 괴물(악마)이 나타나 양식과 고기는 물론, 미녀까지 납치해서 바람처럼 사라지니 속수무책으로 당할 수밖에 없는 지경이었다. 이듬해 가을에 또다시 괴물이 나타나 횡포를 부리자 이번에는 '해'라는 총각과 '란'이라는 처녀가 힘을 합쳐 마을 주민을 이끌고 괴물을 물리친다. 이에 해와 란은 혼례식을 치르고 부부가 되었으며 마을을 흐르던 강에 그들의 이름을 붙여 해란강이라 부르게 되었다는 것이다.

이주민의 정착에 얽힌 이야기는 고난과 시련의 역사라 해도 과언이 아니다.

---

[33] 이 항아리는 아마도 우리 민속의 조상신 내지는 생산신 신앙으로 추앙되는 시준단지, 조상단지와 관련지을 수 있을 듯하다. 여기서 지주의 최후는 조상단지를 건드리다 동티를 입고 죽는 모습이라는 의미로 해석할 수 있다는 것이다.

[34] 박창묵 엮음, 앞의 책, 237-239쪽. 이 책에는 해란강의 유래에 얽힌 이야기가 둘 있다. 다른 하나는 그 제목을 〈해란강 이야기〉(123-124쪽)라 하였는데, 이 또한 해란강의 유래라는 점에서 같다. 다만, 해와 란은 오누이이고, 이들이 해란강의 발원지를 찾아 물길을 터놓은 사연을 담고 있다는 점에서 이야기의 내용은 전혀 다른 별개의 것이다.

물설고 낯선 곳에 와서 겪은 고초는 헐벗고 굶주리는 것으로만 끝나지 않는다. 얼마 안 되는 재물을 잃어버리거나, 사기를 당하기도 하고, 때로는 마적 등의 폭력집단에 빼앗기는가 하면, 심지어는 목숨마저 잃거나 가족이 흩어지는 변을 당하기도 한다. 이 항목에서 예로 든 작품에는 그 수탈자가 호랑이, 마적, 지주, 괴물 등으로 다양한 모습을 보이는데, 이들의 의미를 작품의 내용과 관련지어 음미해 보기로 한다.

〈골회와 함께 산 사람〉에서는 인신매매업자에 속아 강제노역의 소굴에 빠진 부부가 천신만고 끝에 그곳을 빠져 나오는가 했더니, 이번에는 호랑이에게 아내를 잃는 불행을 겪는다. 그는 불쌍한 아내를 잊지 못해 그 유골을 소지하고 남의 집을 떠돌며 쓸쓸한 인생을 살아가는 신세가 된다. 이는 허허벌판에 내던져진 의지가지 없는, 그러기에 강자의 횡포에 일방적으로 당하기만 하는 이주민의 가장 처절한 모습이다. 〈마적소굴에서 뛰쳐나온 안해〉는 이보다 조금 능동적인 모습을 보인다. 이는 이주민의 삶에서 수없이 부딪히는 좌절의 순간은 물론, 좌절을 극복하고 재기의 길을 모색하는 과정의 설화적 변용이라 이를 만한 것이다. 이에 비해 〈옹성라자〉는 앞의 두 경우와 달리 지나친 수탈자인 지주의 횡포를 징치하는 존재를 신기한 힘을 지닌 씨앗항아리로 설정하는가 하면, 〈해란강 전설〉은 평화로운 마을에 나타난 괴물 약탈자를 주민이 힘을 합쳐 물리치는 모습으로 그려낸다. 이주민들을 괴롭히거나 침탈하는 존재와 그에 대처하는 방식의 이런 다양한 모습을 통해 우리는 조선족의 이주 정착에 얽힌 구술 경험담이 허구적 모습의 설화로 변용되는 메커니즘의 일단을 엿볼 수 있지 않을까 한다.

3.2. 원조자의 만남과 동포애, 그리고 망향의 꿈

이주민들이 만주 땅에 발을 내딛는 순간 사방은 온통 낯선 것뿐이다. 강산이 그렇고, 얼굴과 소리들도 물론 그러하다. 이런 상황에서 먼저 와서 살고 있는 동포를 만나 도움을 구하는 것은 너무나도 당연한 일이다. 구술 경험담의 대부분이 이런 모습으로 그려지는데, 그 관계는 먼 친척, 지인의 소개, 고향 사람 등의 관계가 대부분이다.

도움을 구하는 사람과 도움을 주는 사람의 모습을 구술 경험담을 중심으로 살펴보면, 남을 돕는 일에는 항상 한계가 따른다. 그것은 두 당사자의 이주 시기에 따라 다르고, 상대의 형편에 따라서도 다르다. 그러므로 구술 경험담의 대부분에는 정착지를 쉽게 찾지 못하고 이리저리 옮겨 다니는 떠돌이의 행적이 많다. 그래도 어떤 형태로든 안내 내지는 약간의 도움이라도 받을 수 있으면 다행이다.

구술 경험담의 이러한 모습들이 설화에서는 어려운 상황에서 뜻밖의 원조자를 만나 고생 끝에 일이 순조롭게 풀리는 경우로 나타난다. 이에 해당되는 작품으로는 〈고마운 사람들〉(박창묵, 27-31쪽, 〈김내하 이야기〉(박창묵, 32-40쪽) 등을 들 수 있다.

먼저, 〈고마운 사람들〉이라는 제목이 특이하다. 남을 위해 좋은 일을 하니 그 혜택을 입는 사람의 입장에서는 고마울 수밖에 없다. 궁핍 현실을 벗어나기 위해 먼저 간도로 가서 어느 정도 기반을 잡은 후에 아버지와 아내를 불러들이겠다고 약속하고 떠난 사람이 오래도록 감감 무소식이다. 기다리다 못한 아버지와 며느리가 세간을 팔아 두만강을 건너려는데, 강을 건너기에는 기력이 부족한 노인과 젊은 며느리를 업거나 붙잡아서 건네주는 젊은이가 있었다. 이어서 노인과 며느리가 전 재산을 잃어버리고 망연자실하는데, 그 돈을 주웠다며 돌려주는 젊은이가 바로 그 사람이다. 그 젊은이가 익사의 위기에 빠지자 이번에는 노인이 전 재산을 상금으로 내놓으며 구원자를 찾아 은혜를 갚는 일, 목숨을 살려준 노인의 가족을 위해 가산을 넉넉히 채워주는 젊은이의 도움 등이 바로 고마운 사람들의 선행이다.

"이때로부터 두 집 사이는 혈육을 잇는 친형제보다 더 가깝게 지내서 간도에 와 사는 사람치고 그들을 모르는 사람이 없었고 그들의 아름다운 소행을 전하지 않는 사람이 없었다"는 결말과 함께 "아주 먼먼 옛날에 있었던 이야기가 아니다" 는 서두는 이 이야기의 설화성을 더해주고 있다. 즉, 가난하고 삭막한 이주민 사회가 지녀야 할 바람직한 인정세태의 한 단면을 부각시키고자 하는 의도의 발현이자 경험 현실의 미담이 여러 사람의 입에 오르내리면서 설화로 전성되는 모습을 읽을 수 있다는 뜻이다. 이와 더불어 그 이면에 흐르는 베풂과 고마움의 교감을 통한 동포애가 이를 더해주고 있음은 말할 필요도 없을 것이다.

〈김내하 이야기〉는 중국 동북지방에 와서 큰 부자가 된 김내하라는 사람이 그의 고향 친구를 불러들여 전답과 가재도구를 마련해 주는 등의 선행을 베풀 뿐만 아니라, 재산을 모두 풀어서 주변의 가난한 사람들에게 나눠주는 등의 선행도 마다 않는다. 뼈를 깎는 고통을 무릅쓰고 돈을 모아 큰 부자가 된 김내하 인데, 하나뿐인 자식의 망나니 행각을 보고 크게 깨달은 나머지에 이루어지는 그의 선행이다. "그 동네에 살던 그의 지팡살이군[35]들이 그때의 이야기를 두고 두고 내리전해서 김내하에 대한 이야기는 중국에서 살고 있는 우리 겨레들 속에 널리 알려져 오늘에까지 전해지고 있다."는 결말과 "그리 멀지 않은 때의 이야기 다"는 서두에서 우리는 〈고마운 사람들〉과 마찬가지로 경험 현실의 미담이 동포 애 내지는 인간애로 확산되면서 설화화 되는 모습을 거듭 엿볼 수 있다.

이주민의 한결같은 꿈은 이역만리에서의 고난을 극복하고 금의환향하는 일

---

[35] 가난한 농민이 지주에게서 살림집과 농기구까지 빌려 농사를 지은 후 계약에 따라 수확량의 일정량을 납부하며 사는 사람들이다. 본토의 소작농과 비슷하다.

이다. 말하자면, 돈을 많이 벌어 보란 듯이 고향에 돌아가서 여생을 안락하게 사는 일이다. 그래야만 과거의 고생이 아련한 추억의 이야깃거리로 회자될 될 수 있는 것이다. 그런데 이런 행운을 누릴 수 있는 사례는 앞의 구술 경험담에서는 거의 볼 수가 없다. 조사 보고서에 수록되지 않은 사람 중에 없는 설혹 그런 경우가 있을 수도 있겠지만, 아마도 이는 극소수에 지나지 않을 것이다. 그러므로 타향에서 사는 사람의 마음 한 구석에는 항상 고향에 대한 그리움이 자리하고 있는 것이다.

중국 조선족의 구술 경험담 중에 고향을 말하지 않은 경우는 없다고 해도 과언이 아니다. 심지어는 고향을 못 잊어서 귀국했으나 이미 고향은 예전의 모습이 아닐 뿐만 아니라 내가 발붙일 곳은 더더구나 없는 상실의 현실로 그려지고 있다. 그래서 다시 만주로 되돌아가는 경우도 제법 많이 보인다. 그러므로 고향은 어디까지나 마음의 고향, 그리움의 고향으로 마음속에 남아 설화로 전성되기도 한다. 어떻든 간에 고향에 대한 그리움을 중심축으로 이야기가 전개되고 있는 정리설화로는 〈망향의 전설〉, 〈아버지의 평생소원〉 등을 들 수 있다. 망향의식을 보여주는 설화에 대한 언급은 필자의 논문(1995) 및 하미경의 논문(1998)에서 이미 살핀 바 있으므로 그쪽으로 미루고, 여기서는 〈월강곡〉, 〈금강봉〉 등의 작품도 그 밑바탕에 망향의식이 깔려있다는 사실만을 추가로 언급해 두고자 한다.

4. 마무리 및 남는 문제

이 논문의 목적은 중국 조선족 이주·정착담의 서사적 양상과 의미를 추론함에 있다. 이주·정착담이란 이주와 정착의 사연을 담은 구비적 서사를 말하는데, 이에는 실사와 설화가 있다. 여기서 실사를 포함하는 까닭은 해당 자료가 당사자의 구술을 수집 정리한 것인데다, 이 구술 경험담과 유사한 내용의 소위 정리설화36가 군데군데 보이기 때문이다. 그러므로 이 논문에서 이주 정착에 얽힌 구술 경험담의 전반적 모습을 살피면서 그 중의 특정 사실이 설화적으로 변용되는 양상을 정리설화 자료들과의 비교를 통해 추론하는 작업은 그 나름의 의미를 지닌다 할 것이다. 지금까지의 논의를 요약하면서 마무리에 임하고자 한다.

1. 19세기 중·후반기부터 광복 이전 시기 조선 농민들은 한마디로 헐벗고 굶주리는 삶 즉, 생존의 위기에 처해 있었다. 이런 상황에서 빼앗기고 쫓겨나는 사람들의 이주 과정을 담은 구술 경험담과 그 설화적 변용의 일단을 〈김내하 이야기〉, 〈골회와 함께 산 사람〉, 〈황금은 흑사심〉 등의 소위 정리설화들을 통해 추론할 수 있었다. 구술 경험담의 어법이 직설적임에 반해 정리설화들은 비유와 상징, 속담과 격언 등의 수사는 물론, 서두와 결말의 설화적 투식을 두루 활용함으로써 허구성을 확보하는 모습을 보인다.

2. 압록강과 두만강 상류의 변경 지역 농민들의 소위 월경농사(越境農事)에 관한 구술 경험담과 관련되는 정리설화로는 〈월강곡〉, 〈매미〉, 〈남평과 로덕〉 등을 들 수 있다. 이들은 국경지역의 강을 넘나들며 월경농사를 짓곤 하던 이 지역 주민들의 삶에 얽힌 비애를 그리고 있다. 이 중에서도 특히 〈월강곡〉은 이야기 중간에 노래를 삽입하는 기법을 발휘함으로써 경험 현실이 설화로 변용되는 사정을 효과적으로 보여주고 있다.

3. 만주 땅은 위도가 높은데다 기온마저 매우 낮은 지역이다. 이런 악조건에도 불구하고 이주민들은 논밭을 개간하고 벼농사에 성공하는 쾌거를 이룬다.

---

36 정리설화란 문헌 기록으로 전하는 중국 조선족 설화를 말한다. 이 말을 쓴 까닭은 현전하는 이들 자료가 제보자의 구술을 그대로 기록한 것이 아니라 수집자의 정리 단계를 거친 후의 산물이라는 점 때문이다. 이를테면, 일정 정도 윤색된 설화라는 것이다. 이에 대해서는 본고의 각주 4)를 참조.

구술 경험담에 보이는 이런 사연이 설화로 변용된 작품으로는 〈해란강 이야기〉, 〈선녀샘〉, 〈구룡천〉, 〈용정의 전설〉 등을 들 수 있다. 이 설화들에서 우리는 이주민들이 힘을 합쳐 여러 악조건과 온갖 방해를 극복하는 연대의식의 발현은 물론, 이를 통해 끝내는 소망을 이루어내고야 마는 강한 집념과 함께 그 낙천적 세계관의 기저를 아울러 읽어낼 수 있다.

4. 이주민을 괴롭히는 수탈자 내지는 착취자와의 투쟁을 그리고 있는 구술 경험담은 그리 많지 못한데, 정리설화에서는 이것이 괴물퇴치모티프로 변용되면서 그 작품이 많고 다양한 모습을 보인다. 〈골회와 함께 산 사람〉, 〈마적 소굴에서 뛰쳐나온 안해〉, 〈해란강 전설〉, 〈옹성라자〉 등이 대표적이다. 이들 설화에서 우리는 이주민의 삶에서 수없이 부딪히는 좌절의 순간은 물론, 그 좌절을 극복하고 재기의 길을 모색하거나, 모두가 힘을 합쳐 침탈자를 물리치는 등의 적극적 투쟁정신을 엿볼 수 있다.

5. 낯설고 물선 땅에서 살아남는 이야기들 중에는 원조자의 도움과 동포애, 그리고 망향의식을 담고 있는 작품도 적지 않다. 구술 경험담 중에는 이 유형이 가장 많다고 해도 과언이 아니다. 정리설화 중에서 전자에 해당되는 작품들로는 〈고마운 사람들〉, 〈김내하 이야기〉 등을 들 수 있으며, 후자로는 〈망향의 전설〉, 〈금강봉〉, 그리고 〈황금은 흑사심〉 등을 들 수 있다. 전자에서 우리는 경험 현실의 미담이 동포애 내지는 인간애로 확산되면서 설화화 되는 모습을 엿볼 수 있다. 그리고 후자에서는 이주민의 고향은 어디까지나 마음속의 고향, 그리움의 고향으로만 남아 있을 뿐임을 보임으로써 고향 상실의 아픔이 영원히 지속될 것임을 떠올리고 있다.

이상의 논의와 관련해서 몇 가지 남는 문제가 있다. 첫째는 기존의 중국 조선족 설화집 즉, 정리설화가 지닌 자료적 한계를 밝히는 일과 함께, 그런 가운데서도 이 설화집들이 지니는 그 나름의 독자성을 음미·정립할 필요가 있다. 둘째는 정리가 지나쳐서 정리설화가 창작 작품으로서의 성격을 지니게 된 경우이다. 여기서는 둘째와 관련된 문제에 관한 필자의 기존 논의와 함께 근자에 발견한 자료에 대한 견해를 제시하면서 몇 가지 문제를 제기하는 선에서 논의를 마감한다.

고향에서 내몰린 사람들이 생존의 위기를 벗어나고자 낯선 땅으로 건너가게 되는 고난과 아픔, 남의 땅에서 겪는 떠돌이의 애환과 살아남기 등에 얽힌 사연의 구술 경험담은 중국 조선족 이주·정착담의 기저를 이룬다. 이러한 이주 정착의 체험을 한편의 작품으로 집대성한 설화가 바로 황구연의 〈황금은 흑사심〉이다. 필자는 이 작품이 구비 전승되는 설화라기보다는 창작 작품으로서의 성격을 다분히 지니고 있음을 살핀 바 있다.37 그 당시에 필자가 텍스트로 사용한 자료는 1999년 2월 13일 연변인민방송국에서 '문학과 함께 하는 밤'이라는 주말 프로그램에서 방송된 녹음테이프였다. 그리고 이 작품의 수집 정리자 및 해설자는 김재권이라고 밝힌 바 있는데, 김재권은 중국 조선족의 민담을 수집 정리하는 분이다. 그가 수집 정리한 대표적인 민담집으로는 『소년부사』(흑룡강 조선민족출판사, 1985) ; 『황구연전집』 10권(연변인민출판사, 2007-2008) 등을 들 수 있다.

당시에 방송된 녹음자료에는 이 작품의 제보자(구술자)에 대한 언급이 없었다. 그런데 필자는 근자에 간행된 『황구연전집』 제7권에 이 작품이 수록되어 있음을 발견하고 그 내용을 비교해보았다. 그 결과 이야기의 틀은 크게 다르지 않으나, 세부적인 정황 등에서는 군데군데 누락된 부분이 적지 않을 뿐만 아니

---

37 이헌홍, 「〈황금은 흑사심〉의 창작설화적 성격」, 『동남어문논집』 제19집(동남어문학회, 2005), 257-280쪽. 여기서의 논의로 모든 문제가 해결된 것은 아니다. 설화는 본디 구비전승으로 존재하는 자연발생적인 것인데, 이에다 특정의 의도를 더하여 정리한 것을 두고 '정리설화'라고 말할 수는 있을 듯하다. 그런데 그 정리의 정도가 심하여 창작 작품의 모습을 띠게 된 경우를 창작설화라고 해야 할지, 아니면 정리창작설화라고 해야 할지는 여전히 의문으로 남아 있음을 밝혀두고자 한다.

라 결말에서는 3쪽 정도가 아예 없어진 사실도 알게 되었다.[38] 여기서는 이런 차이에도 불구하고 황구연의 작품이 조선족 이주·정착체험을 집대성하여 창작한 허구성이 짙은 소위 정리창작설화란 점에서는 변함이 없음은 물론, 그 허구성의 정도가 전자보다 오히려 심한 것임을 확인할 수 있었다는 점만을 밝혀두고자 한다.

이에 더하여 『황구연전집』의 설화를 수집 정리한 사람이 바로 김재권이다. 그렇다면 〈황금은 흑사심〉의 본디 모습과 정리 후의 모습에 얼마만한 거리가 있는지도 의문으로 남는다. 이 문제는 기존의 중국 조선족 설화집 일반이 지닌 특징의 해명을 위한 하나의 열쇠가 될 수 있을 것이다. 즉, 정리설화와 구술 당시 설화와의 차이를 엿볼 수 있는 단서가 된다는 뜻이다.

---

38 『황구연전집』에 수록된 이 작품의 이야기 전체은 20쪽으로 200자 원고지 80매 내외인데, 방송 원고는 이보다 25매 내외가 적은 분량이다.

2. 참고문헌*

정길운 수집 정리, 연변 민간이야기 천지의 맑은물, 연변인민출판사, 1962.

부육광 등 수집 정리, 길림 민간이야기 인삼 처녀, 연변인민출판사, 1962.

서유영 원저, 송정민 외 역, 금계필담, 명문당, 1985.

임석재, 한국구전설화, 1~4권(평안도, 함경도, 강원도 편), 1987~1989.

연변민간문학연구회 편, 연변의 견우직녀, 교양사, 1988.

김선풍 편, 『조선족 구비문학총서』 1권~16권, 민속원, 1991.

김태갑 편, 『조선족 전설집』, 민족출판사, 1991.

소재영 외, 『연변지역 조선족 문학연구』, 숭실대 출판부, 1992.

중국조선족청년학회 수집 정리, 『중국조선족이민실록』, 연변인민출판사, 1992.

정재호 외, 백두산 설화 연구, 고려대학교 민족문화연구소, 1992.

실화문학, 정판룡의 이야기 -중국의 유명한 조선족 학자, 연변대학출판사, 1993.

월터 J. 옹 지음, 이기우 · 임명진 옮김, 『구술문화와 문자문화』, 문예출판사, 1995.

박창묵 엮음, 중국조선족 구전설화, 백송, 1996.

하미경, 「중국 조선족 설화 연구」-자생적 설화를 중심으로-, 부산대 대학원 석사논문, 1998

김현룡, 한국문헌설화, 1~7권, 건국대학교출판부, 1998~2000.

이복규, 이강석 구연설화집, 민속원, 1999.

김동훈, 『중국 조선족 구전설화 연구』, 한국문화사, 1999.

김동훈, 『중조한일민담 비교연구』, 료녕민족출판사, 2001.

김경식 외 2명, 조선족생활사, 문음사, 2001.

우상렬, 『중국 조선족 설화의 종합적 연구』, 국학자료원, 2002.

가와다 준조 지음, 임경택 옮김, 『무문자 사회의 역사』, 논형, 2004.

설용수, 재중동포 조선족 이야기, 미래문화사, 2004.

윤병석, 해외 동포의 원류 -한인 고려인 조선족의 원류 민족운동, 집문당, 2005.

이윤기, 잊혀진 땅 간도와 연해주, 화산문화, 2005.

이헌홍, 『동북아시아 한민족 서사문학 연구』, 박이정, 2005.

정근재, 그 많던 조선족은 어디로 갔을까?, 북인, 2005.

---

* 여기서 보이는 자료 및 참고문헌은 이 책의 내용과 직·간접적으로 관련되는 단행본 중심으로
  소개하는 것이다. 정리설화의 자료를 담고 있는 책으로는 김선풍이 영인 편찬한 《〈조선족 구비문
  학총서〉》 1-16권을 주로 참고하였고, 여기에 없는 초기의 자료로는 정길운, 부육광 등이 정리한
  책들을 참고하였다. 기타의 수많은 정리설화 자료의 목록 및 관련 참고문헌에 대해서는 임철호의
  저서에 두루 소개되고 있음을 밝혀둔다.

김일렬, 한국설화의 민족의식과 민중의식, 새문사, 2006.

김재갑 수집정리,『황구연전집』1권~10권, 연변인민출판사, 2007~2008.

황인덕, 이야기꾼 구연설화 -이몽득, 박이정, 2007.

곽충구 외 2명, 중국 이주 한민족의 언어와 생활 -길림성 회룡봉, 태학사, 2008.

박광성, 세계화시대 중국조선족의 초국적 이동과 사회변화, 한국학술정보(주), 2008.

이복규, 중앙아시아 고려인의 구전설화, 집문당, 2008.

이헌홍,『중국 조선족 이야기꾼 김태락의 구연설화』, 박이정, 2012.

최향, 황구연의 설화 연구, 민족원, 2013.

강봉근, 중국 조선족 설화 연구, 전북대학교출판문화원, 2015.

임철호, 조선족설화 연구, 역락, 2017.

황인덕, 전통사회 이야기꾼 탐색, 충남대학교출판문화원, 2020.

중국조선족 이야기꾼의 구연설화

초판 인쇄   2023년 12월 20일
초판 발행   2023년 12월 30일

지은이   이헌홍
펴낸이   박찬익
편집장   권효진
편 집   정봉선

펴 낸 곳   **박이정** | 주소 경기도 하남시 조정대로45 미사센텀비즈 8층 827호
전   화   031) 792-1195
홈페이지   www.pijbook.com | 이메일 pijbook@naver.com
등   록   2014년 8월 22일 제2020-000029호

ISBN 979-11-5848-922-9 (93810)

* 값 35,000원